Guerra das Rosas

RAVENSPUR

OBRAS DO AUTOR PUBLICADAS PELA EDITORA RECORD

O livro perigoso para garotos (com Hal Iggulden)
Tollins – histórias explosivas para crianças

Série *O Imperador*

Os portões de Roma
A morte dos reis
Campo de espadas
Os deuses da guerra
Sangue dos deuses

Série *O conquistador*

O lobo das planícies
Os senhores do arco
Os ossos das colinas
Império da prata
Conquistador

Série *Guerra das Rosas*

Pássaro da tempestade
Trindade
Herança de sangue
Ravenspur

CONN IGGULDEN

Guerra das Rosas

RAVENSPUR

Tradução de
Maria Beatriz de Medina

1ª edição

EDITORA RECORD
RIO DE JANEIRO • SÃO PAULO
2020

EDITORA-EXECUTIVA
Renata Pettengill
SUBGERENTE EDITORIAL
Mariana Ferreira
ASSISTENTE EDITORIAL
Pedro de Lima
AUXILIAR EDITORIAL
Clara Alves
COPIDESQUE
Bruno Alves
REVISÃO
Renato Carvalho
Cristiane Pacanowski

CAPA
Capa adaptada do design de coleção de Túlio Cerquize
IMAGEM DE CAPA
Labetskiy Alexandr/Shutterstock (fundo floral); Nikulina Tatiana/Shutterstock (dragão)
DIAGRAMAÇÃO
Juliana Brandt
TÍTULO ORIGINAL
Ravenspur

CIP-BRASIL. CATALOGAÇÃO NA PUBLICAÇÃO
SINDICATO NACIONAL DOS EDITORES DE LIVROS, RJ

I26r Iggulden, Conn, 1971-
Ravenspur / Conn Iggulden; tradução de Maria Beatriz de Medina. – 1ª ed. – Rio de Janeiro: Record, 2020.
(Guerra das Rosas; 4)

Tradução de: Ravenspur
Sequência de: Herança de sangue
ISBN 978-85-01-11387-0

1. Ficção inglesa. I. Medina, Maria Beatriz de. II. Título. III. Série.

19-61085
CDD: 823
CDU: 82-3(410.1)

Vanessa Mafra Xavier Salgado – Bibliotecária – CRB-7/6644

Impresso no Brasil

ISBN 978-85-01-11387-0

À minha mãe

Agradecimentos

Depois da morte do meu pai, tive a esperança de que minha mãe melhorasse e recobrasse as forças. No entanto, ela se foi no ano seguinte. Gostaria de lhe agradecer aqui, no primeiro dos meus livros que ela não vai ler.

Seu amor às palavras e principalmente à poesia teve imensa influência sobre mim. Ela me disse que a história era um apanhado de histórias com datas e sobre pessoas reais. Todos os dias sinto falta dos conselhos dela, porque todos os dias ela me aconselhava.

> Um navio abre as velas brancas na brisa da manhã. De pé, observo até que ele seja apenas um pontinho pendendo entre céu e mar — e alguém diz:
>
> — Pronto. Ele se foi.
>
> E, nesse momento, enquanto alguém ao meu lado diz "Ele se foi", há outros olhos à espera da sua chegada — e vozes alegres se erguem para gritar:
>
> — Aí vem ele. Aí está ele!

Henry Van Dyke

Inglaterra na época da Guerra das Rosas

Linhas de sucessão ao trono da Inglaterra

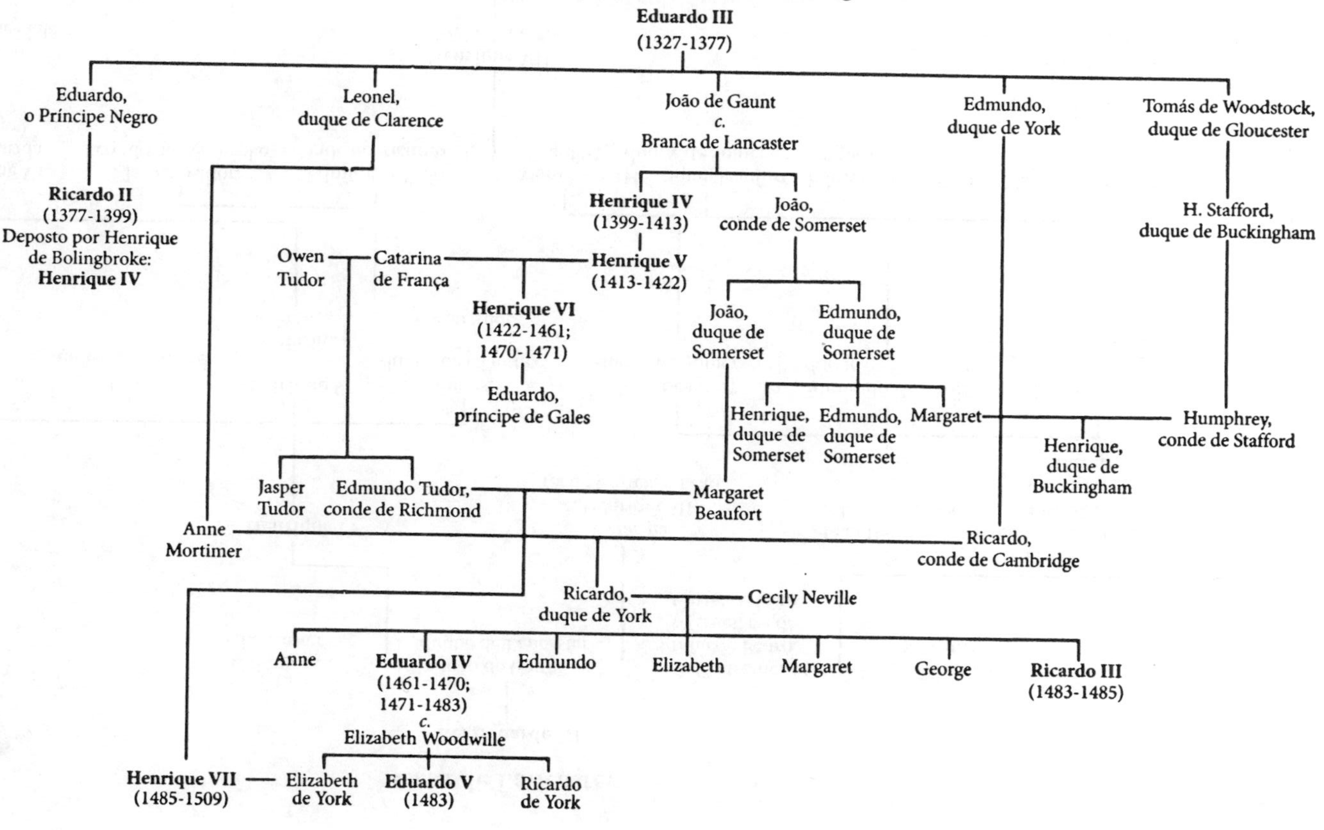

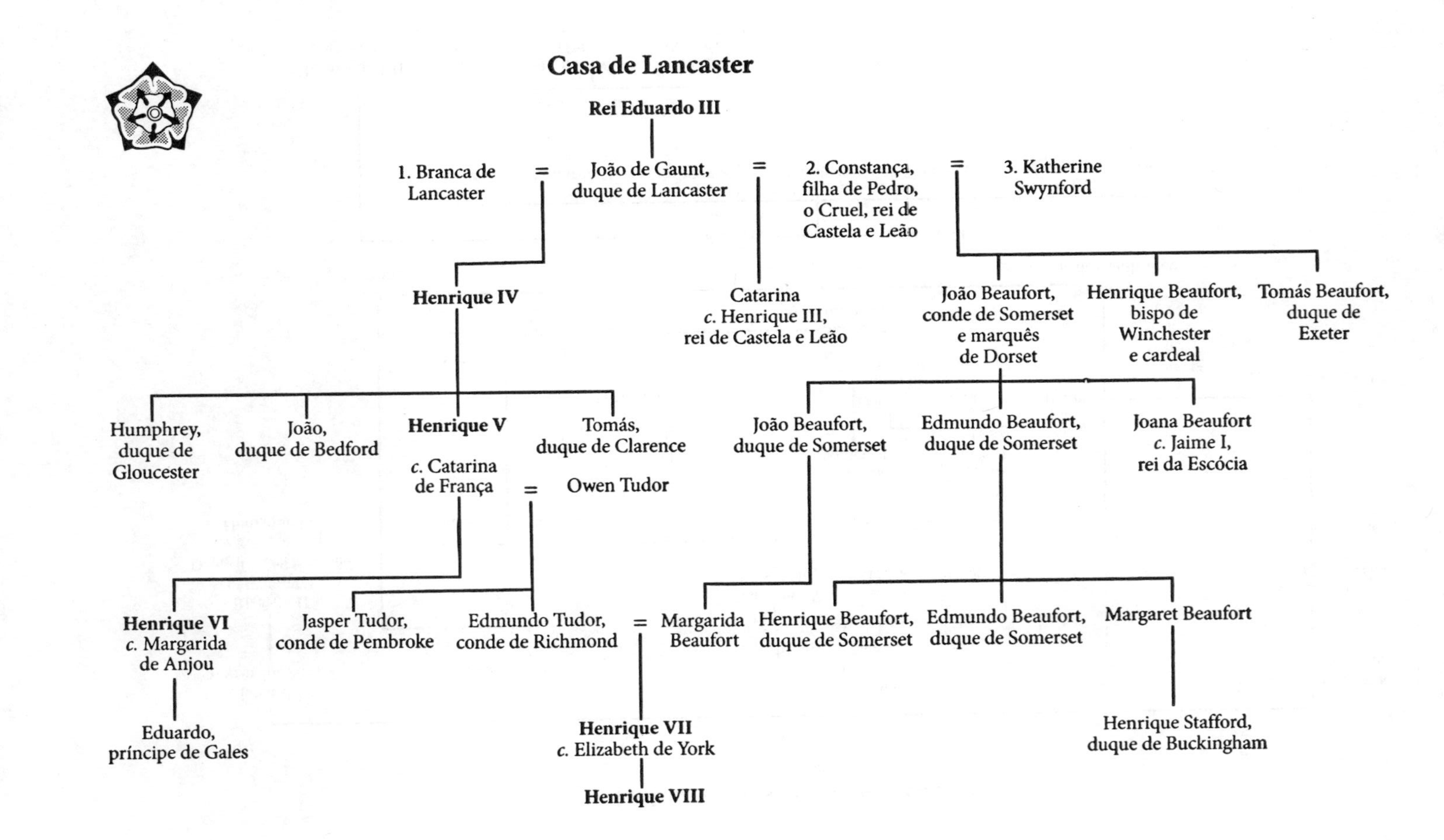
Casa de Lancaster
Rei Eduardo III
1. Branca de Lancaster
=
João de Gaunt, duque de Lancaster
=
2. Constança, filha de Pedro, o Cruel, rei de Castela e Leão
=
3. Katherine Swynford
Henrique IV
Catarina c. Henrique III, rei de Castela e Leão
João Beaufort, conde de Somerset e marquês de Dorset
Henrique Beaufort, bispo de Winchester e cardeal
Tomás Beaufort, duque de Exeter
Humphrey, duque de Gloucester
João, duque de Bedford
Henrique V
Tomás, duque de Clarence
c. Catarina de França
=
Owen Tudor
João Beaufort, duque de Somerset
Edmundo Beaufort, duque de Somerset
Joana Beaufort c. Jaime I, rei da Escócia
Henrique VI c. Margarida de Anjou
Jasper Tudor, conde de Pembroke
Edmundo Tudor, conde de Richmond
=
Margarida Beaufort
Henrique Beaufort, duque de Somerset
Edmundo Beaufort, duque de Somerset
Margaret Beaufort
Eduardo, príncipe de Gales
Henrique VII c. Elizabeth de York
Henrique VIII
Henrique Stafford, duque de Buckingham

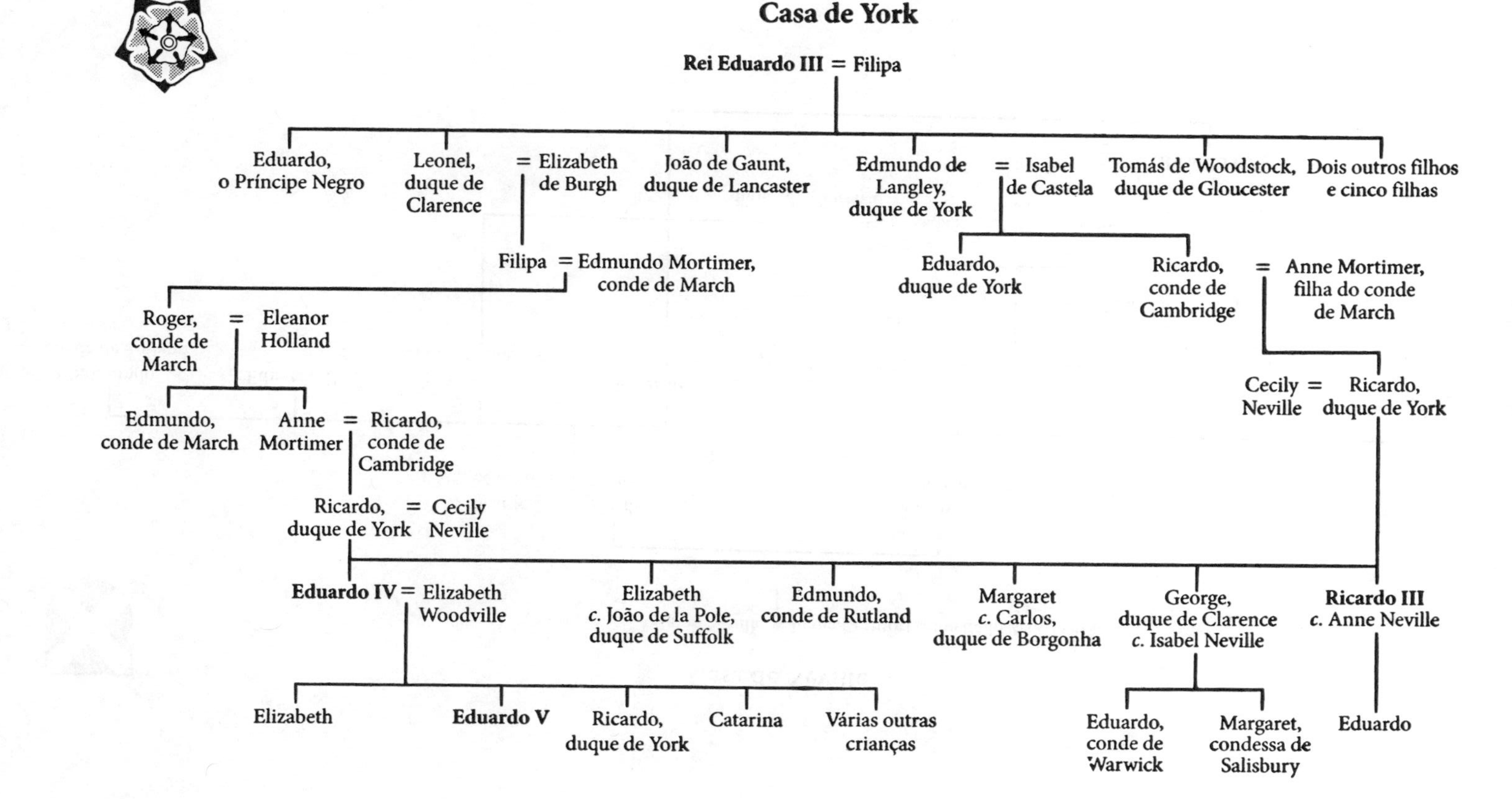
Casa de York
Rei Eduardo III = Filipa
Eduardo, o Príncipe Negro
Leonel, duque de Clarence
= Elizabeth de Burgh
João de Gaunt, duque de Lancaster
Edmundo de Langley, duque de York
= Isabel de Castela
Tomás de Woodstock, duque de Gloucester
Dois outros filhos e cinco filhas
Filipa = Edmundo Mortimer, conde de March
Eduardo, duque de York
Ricardo, conde de Cambridge
= Anne Mortimer, filha do conde de March
Roger, conde de March
= Eleanor Holland
Edmundo, conde de March
Anne Mortimer
= Ricardo, conde de Cambridge
Cecily Neville = Ricardo, duque de York
Ricardo, duque de York = Cecily Neville
Eduardo IV = Elizabeth Woodville
Elizabeth c. João de la Pole, duque de Suffolk
Edmundo, conde de Rutland
Margaret c. Carlos, duque de Borgonha
George, duque de Clarence c. Isabel Neville
Ricardo III c. Anne Neville
Elizabeth
Eduardo V
Ricardo, duque de York
Catarina
Várias outras crianças
Eduardo, conde de Warwick
Margaret, condessa de Salisbury
Eduardo

Casa de Neville

Ralph Neville = Joana Beaufort, filha de João de Gaunt

Ricardo, duque de York = Cecily Neville

Ricardo, conde de Salisbury = Alice, filha de Tomás Montacute, conde de Salisbury

Edmundo, conde de Rutland

Eduardo IV

George, duque de Clarence

Ricardo III

Ricardo, conde de Warwick e Salisbury, "O Influente" = Alice, irmã e herdeira de Henrique Beauchamp, conde e duque de Warwick

João, marquês de Montacute

Jorge, arcebispo de York

George, duque de Clarence = Isabel

Anne = Eduardo, príncipe de Gales

= **Ricardo III**

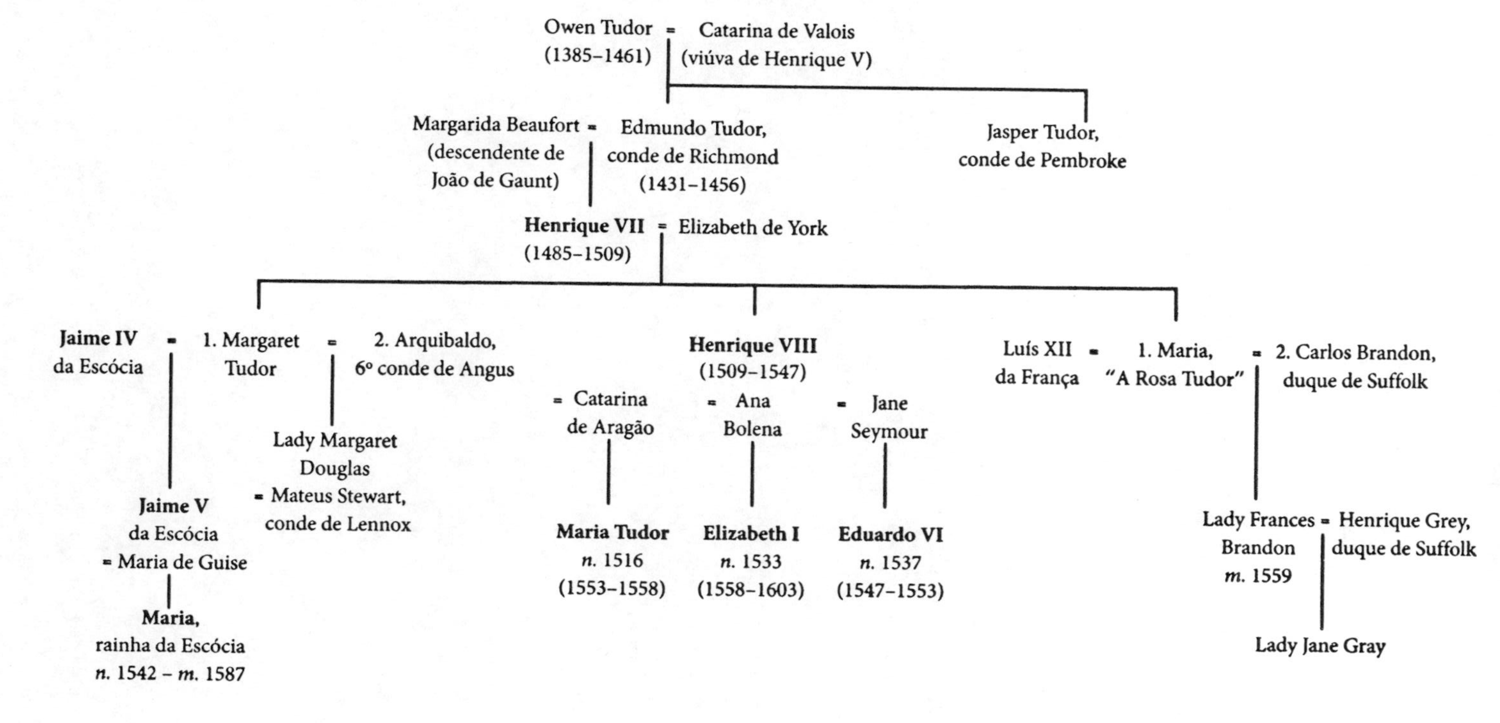

Casa de Tudor
Owen Tudor (1385–1461) = Catarina de Valois (viúva de Henrique V)
Margarida Beaufort (descendente de João de Gaunt) = Edmundo Tudor, conde de Richmond (1431–1456)
Jasper Tudor, conde de Pembroke
Henrique VII (1485–1509) = Elizabeth de York
Jaime IV da Escócia = 1. Margaret Tudor = 2. Arquibaldo, 6º conde de Angus
Jaime V da Escócia = Maria de Guise
Maria, rainha da Escócia n. 1542 – m. 1587
Lady Margaret Douglas = Mateus Stewart, conde de Lennox
Henrique VIII (1509–1547)
= Catarina de Aragão
= Ana Bolena
= Jane Seymour
Maria Tudor n. 1516 (1553–1558)
Elizabeth I n. 1533 (1558–1603)
Eduardo VI n. 1537 (1547–1553)
Luís XII da França = 1. Maria, "A Rosa Tudor" = 2. Carlos Brandon, duque de Suffolk
Lady Frances Brandon m. 1559 = Henrique Grey, duque de Suffolk
Lady Jane Gray

Lista de personagens

Rainha Margarida/ Margarida de Anjou	Esposa de Henrique VI, filha de Renato de Anjou
Lady Margarida Beaufort	Bisneta de João de Gaunt, mãe de Henrique Tudor
Thomas Bourchier	Arcebispo da Cantuária
Derry Brewer	Espião-mor de Henrique VI e da rainha Margarida
Henrique Stafford, duque de Buckingham	Partidário de Ricardo, duque de Gloucester
Carlos, o Temerário ou o Audaz, duque da Borgonha	Inimigo do rei Luís XI e partidário de Eduardo IV
George, duque de Clarence	Irmão de Eduardo IV e de Ricardo, duque de Gloucester
John Courtenay, conde de Devon	Partidário da rainha Margarida e do príncipe de Gales na batalha de Tewkesbury
Eduardo IV	Rei da Inglaterra, filho de Ricardo Plantageneta, duque de York

Eduardo V	Filho mais velho de Eduardo IV, um dos príncipes da Torre
Henry Holland, duque de Exeter	Partidário de Henrique VI e da rainha Margarida
Ricardo de Gloucester	Irmão de Eduardo IV e de George, duque de Clarence; mais tarde, rei Ricardo III
Lorde barão William Hastings	Lorde camarista de Eduardo IV
Henrique VI	Rei da Inglaterra, filho de Henrique V
Eduardo de Lancaster	Filho de Henrique VI e da rainha Margarida, príncipe de Gales
Luís XI	Rei da França, primo da rainha Margarida
Jacquetta de Luxemburgo	Mãe de Elizabeth Woodville
João Neville, barão/ marquês de Montacute	Irmão do conde de Warwick
John Morton	Bispo de Ely
Ana Neville	Filha do conde de Warwick, esposa de Eduardo de Lancaster e depois de Ricardo de Gloucester
George Neville	Arcebispo de York, irmão do conde de Warwick
Isabel Neville	Filha do conde de Warwick, esposa de George, duque de Clarence
João de Mowbray, duque de Norfolk	Partidário de Eduardo IV e Ricardo III, ex-partidário de Henrique VI

Henrique Percy, conde de Northumberland	Chefe da família Percy, partidário relutante de Ricardo III, ex-partidário de Henrique VI
João de Vere, conde de Oxford	Partidário de Henrique VI e da rainha Margarida; mais tarde, de Henrique Tudor
William Herbert, conde de Pembroke	Tutor de Henrique Tudor no castelo de Pembroke
Anthony Woodville, conde de Rivers	Cunhado de Eduardo IV
Edmundo Beaufort, duque de Somerset	Partidário da rainha Margarida e de Eduardo de Lancaster
Lorde Thomas Stanley	Tesoureiro real e padrasto de Henrique Tudor
Sir William Stanley	Irmão de lorde Stanley e capitão de lorde Hastings; lutou ao lado de Eduardo IV e depois de Henrique Tudor
Robert Stillington	Bispo de Bath e Wells
Rhys ap Thomas	Capitão galês, partidário de Henrique Tudor na batalha de Bosworth
Edmundo Tudor	Marido de Margarida Beaufort e pai de Henrique Tudor; morreu de peste em 1456
Jasper Tudor	Irmão de Edmundo Tudor, tio de Henrique Tudor
Owen Tudor	Pai de Edmundo e Jasper Tudor; morreu na batalha de Mortimer's Cross

Ricardo Neville, conde de Warwick	Chefe da família Neville depois da morte do conde de Salisbury, mais tarde chamado de Fazedor de Reis; ex-partidário de Eduardo IV, devolveu Henrique VI ao trono
Barão Wenlock	Partidário de Margarida e do príncipe de Gales
Elizabeth Woodville	Esposa de Eduardo IV
Conde de Worcester	Partidário de Eduardo IV e condestável da Inglaterra
Anne, Bridget, Catherine, Cecily, Mary e Elizabeth de York	Filhas de Eduardo IV e Elizabeth Woodville
Ricardo de Shrewsbury, duque de York	Filho mais novo de Eduardo IV, um dos príncipes da Torre

A estrada até aqui

No século XV, duas grandes casas da Inglaterra eram ligadas por sangue. Lancaster, a linhagem mais antiga, ocupou o trono durante três gerações, até que o rei Henrique VI adoeceu. Foi quando York, a linhagem inferior, assumiu as rédeas — então veio a guerra.

Não poderia haver dois reis. Eduardo de York se uniu ao conde de Warwick para resolver a questão em 1461 no campo de batalha. A casa de Lancaster foi derrotada. A rainha Margarida fugiu para a França com o filho e deixou o marido, Henrique, para ser preso na Torre de Londres.

O rei Eduardo IV se casou com Elizabeth Woodville, que colocou o marido contra o conde de Warwick. Depois de inúmeras provocações, Warwick perdeu a paciência e capturou Eduardo, mantendo-o cativo. Também permitiu que George, duque de Clarence e irmão do rei, se casasse com sua filha.

Embora Warwick tenha libertado Eduardo no fim das contas, a amizade dos dois jamais se recuperou desse golpe. Eduardo agiu com base em acusações de traição contra Warwick e mandou que o prendessem.

No fim dos eventos de *Herança de sangue*, Warwick fugiu. Partiu da Inglaterra com a filha no fim da gestação e o genro George de Clarence. Sem ter onde aportar, a criança nasceu e morreu no mar. Warwick e Clarence ficaram exilados na França, renegados por amigos e parentes.

Luís XI, rei da França, viu nisso uma oportunidade única e deu a Warwick e Clarence um exército de mercenários — além de navios para transportá-los. Ambos voltaram ao litoral da Inglaterra em setembro de 1470. Folhas douradas, vermelhas e brancas foram varridas por um vendaval, e por isso ninguém sabia como desembarcariam. A temporada de vingança havia começado.

PARTE I

1470

Pois não merece fé quem é perjuro.

William Shakespeare, *Henrique VI, Terceira Parte*

1

O rio fazia uma curva em torno do Castelo de Pembroke. O sol de inverno brilhava rubro nas muralhas, e a torre se erguia acima de todo o resto, alta feito uma catedral e quase tão orgulhosa quanto.

Na estrada próxima ao portão, o desconhecido mantinha as mãos repousadas na sela, esfregando com o polegar uma linha de pontos rompidos. O cavalo estava cansado, de cabeça baixa, sem encontrar o que comer entre as pedras do chão. Comparado aos guardas que o olhavam do alto, Jasper Tudor era moreno como um pastor. Seu cabelo estava coberto de poeira, parecendo um tecido fosco. Chegava aos ombros e mantinha seu rosto encoberto por sombras, enquanto o sol se punha e o dia começava a morrer ao seu redor. Embora estivesse cansado, seus olhos não se demoravam em ponto algum, observando cada movimento na muralha. Quando um guarda virava a cabeça para o pátio interno ou voltava os olhos para algum oficial lá embaixo, Jasper via, escutava e avaliava. Ele soube quando a notícia da sua presença convocou o senhor do castelo. Soube quantos passos o sujeito teve de dar para chegar ao portão externo, reforçado com ferro, apenas a primeira de mais de uma dezena de defesas contra um ataque.

Jasper contou em voz baixa, distraindo-se da raiva que sentia pelo simples fato de estar naquele lugar. Imaginou cada volta dos degraus de pedra lá dentro, e sua boca se retorceu quando viu William Herbert chegar às ameias. O jovem conde olhou para ele do alto, uma forte emoção deixando seu rosto com manchas vermelhas. O novo senhor de Pembroke tinha apenas 17 anos, um valentão enrubescido ainda abalado com a morte do pai. O conde Herbert pareceu não gostar muito de ver o sujeito moreno, esguio e rijo que erguia os olhos para ele. Isso ficou bem claro pela sua expressão e pelo modo como agarrou a pedra com as grandes mãos.

Jasper Tudor já fora o conde de Pembroke, doze anos antes. Era difícil não se irritar quando um homem com metade da sua idade o olhava com arrogância das muralhas que já tinham sido suas.

O conde William Herbert se limitou a fitá-lo por um tempo, os olhos semicerrados como se estivesse enjoado por causa de algo que havia comido. A cabeça do rapaz era grande, não gorda, mas larga, encimada por cabelos lisos com um corte reto. Sob aquele olhar, Jasper Tudor inclinou a cabeça numa saudação. Já teria sido difícil o bastante lidar com o pai, caso o homem ainda estivesse vivo.

O velho Herbert não tivera uma boa morte e não dera novas honras à linhagem da família. Ele não havia perdido a vida num ato de bravura, mas fora morto como alguém inexpressivo quando o rei Eduardo foi capturado por Warwick. Essa pequena perda, ignorada na época, havia sido ofuscada pelo pecado maior que fora Warwick ter posto as mãos no rei. Em Pembroke, porém, a morte significara uma cidade inteira de luto.

Na escuridão crescente, Jasper Tudor engoliu em seco, nervoso. Através de fendas nas pedras da muralha, tinha vislumbres do brilho da armadura de homens quando estes mudavam o pé de apoio. Sabia que vê-los não lhe garantia nenhuma vantagem. Era impossível ser mais rápido que uma flecha.

Nuvens corriam pelo céu, iluminadas por baixo pelo que restava do sol. Nas muralhas, o novo conde por fim perdeu a paciência com o silêncio. Apesar da pequena vantagem, apesar de todo o seu pesar e de sua dominância, não havia muitos rapazes de 17 anos capazes de igualar a calma pétrea de um homem de 40.

— *E então?* O que o senhor quer aqui, mestre Tudor?

O jovem conde parecia extrair certo prazer na falta de um título de nobreza. Jasper Tudor era meio-irmão do rei Henrique. Fora elevado pela casa de Lancaster e, em troca, lutara por ela. Havia entrado em combate contra Eduardo de York, o gigante de 18 anos que ainda chorava de raiva por causa da morte do pai. Jasper reprimiu um arrepio com a lembrança daquele monstro de armadura vermelha, carmim como o sol nas muralhas de Pembroke.

— Dou-lhe um bom-dia e recomendo-me a você. Naveguei da França até este litoral à frente de todas as notícias. Já soube de Londres?

— Fere tanto essa garganta galesa me chamar de senhor? — inquiriu William Herbert. — Eu sou o conde de Pembroke, mestre Tudor. Se está no meu portão para pedir comida ou dinheiro, ficará desapontado. Guarde suas notícias. Sua turba de Lancaster e seu rei esfarrapado e *preso* não têm nada a reivindicar de mim. E meu pai deu a vida em defesa do *legítimo* rei da Inglaterra, Eduardo de York. — O rapaz deu um sorriso de lado, retorcendo o rosto. — Quanto ao senhor, Tudor, acredito que tenha sido *desonrado* e que tenha perdido os títulos e as propriedades. Eu deveria mandar abatê-lo imediatamente! Pembroke é meu. Tudo o que era do meu pai é *meu*.

Jasper assentiu com um gesto, como se tivesse ouvido um argumento que talvez valesse a pena levar em consideração. Ele percebeu petulância no rapaz, encobrindo a fraqueza. Mais uma vez, desejou estar tratando com o velho conde, que fora um homem honrado. No entanto, assim eram as coisas quando as guerras começavam. Os homens bons morriam e deixavam os filhos para segui-los, para o bem ou para o mal. Jasper balançou a cabeça, agitando seu cabelo emaranhado. Ele mesmo era um desses filhos, um homem talvez pior que o pai, Owen. Com o agravante de que, nos anos de exílio, Jasper não encontrara esposa nem tivera filhos. Se o rei francês não tivesse lhe concedido um estipêndio por ser seu primo, pensou Jasper, era possível que tivesse morrido de fome, sozinho e sem um tostão. Mas ele permanecia leal ao rei Henrique e à rainha Margarida de Anjou, em todo o seu desespero e queda.

Jasper baixou os olhos um instante, sua esperança se esvaindo sob o desdém do conde. Mas ali estava ele, diante de Pembroke, e aquele velho lugar tinha lhe pertencido. O simples fato de estar ali lhe inspirava certa familiaridade incômoda e lhe causava um estranho consolo, instigando-o a estender a mão e tocar a pedra. Não podia se permitir passar vergonha diante daquelas muralhas. Jasper ergueu a cabeça mais uma vez.

Ainda havia uma pessoa que ele amava dentro daquela fortaleza, tanto quanto qualquer pai amaria um filho, a verdadeira razão da visita. Jasper Tudor não tinha ido a Pembroke para acusações ou vinganças. A maré dos negócios dos homens o chamara de volta da França, e ele pedira a Warwick permissão para dedicar um tempo a uma missão particular. Enquanto a grande frota enfrentava o mar aberto, seu navio havia zarpado sozinho para o oeste.

Jasper observou a extensão da muralha e não viu sinal do filho do seu irmão, mantido como pupilo ou prisioneiro havia quatorze anos.

— Eu achava que Pembroke era um mundo diferente de toda a agitação de Londres, com todas as atividades e o comércio — comentou Jasper, levantando a voz para ser ouvido. — Duas semanas difíceis na estrada, com uma série de cavalos. Pode ser feito, mas não é fácil. E no inverno as estradas viram um atoleiro tão grande, que é mais fácil navegar pelo litoral da Cornualha, embora no mínimo leve o mesmo tempo e seja mais perigoso. Quanto a mim, temo aquelas tempestades de inverno capazes de rachar o casco de um navio e afogar todos os que arriscam a vida em águas profundas; que Deus abençoe suas almas.

As palavras fluíam dele, deixando vidrados os olhos do conde até o rapaz balançar a cabeça em confusão.

— O senhor não entrará aqui, mestre Tudor — explodiu o conde de Herbert, perdendo os últimos fiapos de paciência. — Chega de joguinhos galeses; não abrirei meu portão para o senhor. Diga o que tem a dizer e volte para suas florestas úmidas, para seus campos e sua caça ilegal de lebres. Viva como o bandoleiro imundo e esfomeado que é, enquanto gozo de Pembroke, do cordeiro assado e de todos os confortos da confiança do rei Eduardo.

Jasper esfregou o maxilar com o nó do polegar para conter um lampejo de raiva. Ele ainda amava Pembroke, cada pedra, cada arco, cada salão e depósito mofado, repleto de vinho, cereais e quartos salgados de ovelhas e cabras. Ele caçara em toda aquela terra, e para ele Pembroke era o lar ao qual mais tinha direito no mundo. Quando criança, sonhara que um dia possuiria o belo castelo de um lorde. Depois de esse sonho ter sido realizado, Jasper Tudor se sentira satisfeito. Não havia sonho mais ambicioso, não para o filho de um soldado.

— Quer tenha ouvido, quer não, *milorde*, a maré virou. O conde de Warwick voltou para casa com uma frota e um exército.

Jasper hesitou, buscando as palavras certas. O jovem conde que o observava tinha se inclinado para fora ao ouvir esse nome, agarrando-se com tanta força às pedras, que dava a impressão de que queria arrancar um pedaço para jogar em Jasper, que continuou falando devagar, fazendo suas palavras irem muito além do portão.

— Eles restaurarão Lancaster, milorde. Colocarão ferro em brasa nas feridas e acabarão com York. Não falo como uma ameaça, mas para lhe dar a boa-nova, de modo que possa escolher seu lado, talvez antes que alguém o peça empunhando uma espada. Agora, vim buscar meu sobrinho, milorde. Henrique Tudor, filho do meu irmão Edmundo e de Margarida Beaufort. Ele está bem? Está a salvo aí dentro?

Quando o conde de Pembroke abriu a boca para responder, Jasper enfim percebeu um movimento na muralha, um rosto branco emoldurado por uma cabeleira preta. O menino, sem dúvida, ainda imberbe. Jasper não deu sinal de tê-lo visto.

— *O senhor* não tem nenhum direito a ele — retorquiu William Herbert, mostrando os dentes. — Meu pai pagou mil libras por um pupilo. Vejo a bainha esfarrapada da sua capa, Tudor. Vejo daqui seu rosto oleoso e a poeira que o cobre. Por acaso o senhor tem como me devolver aquelas mil libras?

O sorriso desdenhoso do rapaz desapareceu quando Jasper Tudor tirou de trás de si uma sacola de lona e couro preso ao quadril. Ele o pegou e o sacudiu para fazer as moedas de ouro tilintarem.

— Posso — respondeu, embora não houvesse triunfo em sua voz. Ele conseguia ver o desdém do conde e sabia que as moedas não importariam.

— Ah, é? E o senhor também tem... — a boca de William Herbert se moveu como se houvesse um nó de raiva entalado em sua garganta — ... *os anos* dedicados ao treinamento nesse seu saco? Tem o tempo despendido pelo meu pai? A confiança? — As palavras saíam mais depressa, a segurança voltando. — Essa sacola parece pequena demais para tudo isso, Tudor.

A vontade do jovem conde prevaleceria, não importava o que fosse dito ou quem tivesse mais vantagem na troca. Um único homem não poderia forçar a porta de Pembroke. Dez mil não conseguiriam.

Com um suspiro, Jasper guardou a sacola. Pelo menos não deveria nada ao rei francês quando devolvesse o empréstimo. Esfregou a testa como se estivesse cansado, escondendo os olhos do homem dez metros acima para olhar de relance para o sobrinho. Jasper não queria que o menino fosse visto e mandado embora. Caso se dirigisse a ele diretamente, tinha a impressão de que o desprezo que William Herbert sentia seria suficiente para transformar a vida do sobrinho num inferno ou até para pô-la em risco. Quando Jasper voltou a falar, foi tanto para os ouvidos de Henrique Tudor quanto para o novo conde de Pembroke.

— Esta é uma oportunidade de receber um pouco de boa vontade, milorde — gritou. — O passado é passado, nossos pais foram para o túmulo. Agora o senhor está onde eu já estive como conde, e Pembroke é seu. Os anos passam, *milorde*, e não podemos recuperar um dia nem voltar atrás uma *hora* para realizar uma escolha melhor quando tivemos oportunidade.

O silêncio do conde o encorajou a continuar, sentindo que, pelo menos, o rapaz não berrava ameaças e maldições.

— Eduardo de York está longe, no norte, milorde, distante dos seus exércitos e dos seus palácios. E agora é tarde demais para ele! — prosseguiu Jasper com orgulho, fazendo a voz soar para todos os ouvidos. — Warwick retornou à Inglaterra! Com uma imensa hoste formada em Kent e Sussex, sim, e na França. Até reis se aproximam para ouvir o que homens como ele têm a dizer. São pessoas de uma estirpe diferente da sua e da minha, milorde. Veja o senhor, o conde de Warwick tirará Henrique de Lancaster da Torre para reinar outra vez. *Ele* é seu rei legítimo... e meu meio-irmão! Agora, eu gostaria de levar meu sobrinho para Londres, milorde. Peço-lhe que o deixe aos meus cuidados, com boa-fé e confiança na sua misericórdia. Pagarei o investimento feito pelo seu pai, embora isso seja tudo o que tenho.

Enquanto eles falavam, tochas e lampiões protegidos tinham aparecido ao longo da muralha, parecendo furtar o resto de luz do dia. Iluminado por um dourado tremulante, William Herbert levou apenas um breve instante para responder quando a petição chegou ao fim.

— Não — gritou ele para baixo. — Essa é minha resposta. Não, Tudor. Você não receberá nada de mim. — O conde desfrutava o poder que tinha sobre o homem esfarrapado junto ao portão. — Embora eu possa mandar meus homens tomarem as moedas, se não for uma das suas mentiras. Será que o senhor não é um bandoleiro na minha estrada? Quantos o senhor roubou e assassinou para juntar tantas moedas, Tudor? Seus lordes das sebes galesas são todos ladrões, todos sabem disso.

— Você é mesmo assim tão *tolo*, garoto? — vociferou Jasper Tudor, fazendo o rapaz gaguejar de raiva. — Eu já lhe disse que a maré virou! Vim procurá-lo de mãos limpas, com uma oferta justa. E mesmo assim você grita comigo e ainda me ameaça por trás da segurança da sua muralha? Então é essa sua coragem, na pedra sob suas mãos? Se não vai me entregar meu sobrinho, então ouça bem, garoto! Vou garantir que você vá parar debaixo dessa terra fria se o ferir de qualquer forma que seja. Está me entendendo? Bem fundo debaixo dessa terra.

Embora parecesse falar com raiva, Jasper Tudor olhou de relance para o sobrinho de 14 anos, que o observava das ameias, mais adiante na muralha. Ele sustentou o olhar do jovem até sentir William Herbert espichar o pescoço para ver o que havia chamado sua atenção. O rosto sumiu. Jasper só podia torcer para que a mensagem tivesse sido passada.

— Sargento Thomas! — chamou o conde de Pembroke com voz imperiosa. — Pegue meia dúzia de homens e expulse esse bandoleiro da minha estrada. Ele não demonstrou o devido respeito a um conde do rei. Seja *descortês* com esse canalha galês. Derrame um pouco do sangue dele, depois o traga a mim para que seja punido.

Jasper praguejou entre os dentes ao ouvir o estrondo e os estalos do lado de dentro do portão do castelo, além do chocalhar das enormes correntes. Os soldados subiram correndo por todos os lados da muralha para verificar se havia alguma tropa escondida nas cercanias. Alguns portavam bestas, e Jasper Tudor sentiu o olhar frio deles percorrê-lo. Não importava que, anos antes, um ou dois tivessem lhe servido. Agora obedeciam a um novo senhor. Jasper meneou a cabeça com raiva, deu meia-volta com o cavalo e bateu com os calcanhares nas costelas do animal, que se recobrou e se lançou pela estrada aberta. Nenhuma seta de besta foi disparada atrás dele na escuridão. Queriam-no vivo.

Inclinado para fora o máximo que ousava entre as pedras, Henrique Tudor tinha encarado o cavaleiro magro e desafiador diante do portão de Pembroke, montado como um mendigo num cavalo escuro e mesmo assim ousando desafiar o novo conde. O menino de cabelos pretos não guardava nenhuma lembrança do tio e não seria capaz de identificá-lo numa multidão se William Herbert não o tivesse chamado de Tudor. Tudo o que sabia era que seu tio Jasper lutara pelo rei Henrique, por Lancaster, em cidades tão distantes que não passavam de nomes.

Henrique havia observado com enorme interesse a imagem daquele seu parente, arriscando-se a cair para ouvir cada palavra, agarrado às pedras ásperas que tão bem conhecia. Tinha nascido em Pembroke, e tanto ele quanto a mãe ficaram à beira da morte no parto, era o que diziam. Ouvira que havia sido um milagre uma mulher tão pequena ter sobrevivido. A menos de seis metros da muralha do portão onde se postava William Herbert, Henrique viera ao mundo, a mãe com apenas 13 anos e quase enlouquecida de tanto medo e dor. Ele fora entregue a uma ama de leite, e Margarida Beaufort tinha sido levada embora para se casar de novo, o único filho e o marido morto esquecidos e deixados para trás. Quando os yorkistas tomaram Pembroke e seu tio Jasper foi perseguido como traidor e partidário da família Lancaster, Henrique Tudor ficou completamente sozinho.

Ele se convencera de que esse isolamento o havia fortalecido. Nenhum outro garoto crescera sem mãe, sem amigos e sem família, e tendo, no lugar disso, inimigos por todos os lados para machucá-lo e zombar dele. Em consequência, na sua cabeça, ele se tornara tão forte e rígido quanto Pembroke. Havia sofrido milhares de crueldades da família Herbert, pai e filho, mas suportara cada uma delas — e aguardara, durante todos os anos da sua vida, por um único momento de fraqueza e desatenção.

Havia passado por épocas vergonhosas, quando quase esquecera o ódio e tivera de nutri-lo para mantê-lo aceso. Antes de o velho conde ter sido assassinado, houvera até mesmo dias em que Henrique tinha a sensação de que era como um segundo filho do sujeito e não uma mera moeda, o que de fato era, que devia ser guardada e usada na hora certa. Ele se vira desejando receber algum elogio de William, embora o menino mais velho jamais perdesse a oportunidade de lhe causar algum tipo de dor. Henrique odiara a própria fraqueza nessas ocasiões, agarrando-se à raiva no peito ao dormir, envolvendo-a.

Na estrada abaixo, ouviu o tio ficar cada vez mais austero. Sua torrente de palavras ficou presa em Henrique como um fio de arame farpado agarrado à sua garganta. "... debaixo dessa *terra* fria se o ferir." Henrique não se lembrava de nenhuma ocasião em que alguém tivesse se preocupado com seu bem-estar, e isso o deixou abalado. Naquele instante, quando entendeu com espanto que um homem se preocupava com ele a ponto de ameaçar um conde, seu tio Jasper o olhou diretamente. Henrique Tudor ficou paralisado.

Ele não havia notado que o tio percebera sua aproximação. Foi perfurado pelo olhar dele, então sua mente se agitou, seus pensamentos se encaixaram. *Debaixo* dessa terra. *Bem fundo*. O peito de Henrique se encheu de esperança, e ele voltou correndo para dentro, para longe dos olhos do tio — para longe também de um conde Herbert que havia muito direcionara o ódio que sentia da família Lancaster ao elo mais fraco de uma linhagem distante. Henrique Tudor não tinha tomado partido na guerra, pelo menos não além da cor do seu sangue, tão vermelho quanto qualquer rosa de Lancaster.

O menino correu, os passos pesados nas passarelas que descansavam em vigas abaixo das ameias. À luz tremeluzente das tochas, um dos guardas estendeu a mão para detê-lo, mas Henrique a empurrou, fazendo o sujeito praguejar em voz baixa. O velho Jones, surdo feito uma porta do ouvido direito. O menino Tudor conhecia todos os homens e todas as mulheres do castelo, desde os que moravam no interior das muralhas e cuidavam da família Herbert até os cerca de cem que vinham da cidade toda manhã, trazendo suprimentos, carroças e sua força de trabalho.

Ele pulou alguns degraus, jogando-se na viga mais externa com todo o descuido da juventude, então bateu com força no parapeito, mas não perdeu velocidade. Ele já havia corrido pelo terreno do castelo milhares de vezes, ganhando fôlego e agilidade. Isso ficou evidente naquele momento, além do propósito que o fazia abandonar toda precaução e correr rápido feito uma flecha pelo terreno de Pembroke.

Na quase completa escuridão, atravessou uma oficina que ficava no pátio principal, passando por cima de pilhas de caixotes com o cheiro verde, salgado e forte do mar. Em outro dia qualquer, talvez ficasse por ali para ver os peixes prateados e as ostras serem desencaixotados, mas ele tinha um caminho a seguir e uma necessidade profunda de saber que não havia se enganado. Do outro lado do terreno aberto, viu que o sol poente já estava abaixo das muralhas, lançando uma luz estranha quando chegou aos salões de pedra pela fortaleza, uma torre imensa que se estendia por cinco andares acima do restante do castelo e podia ser trancada para resistir a um exército inteiro. O Castelo de Pembroke fora construído para defesa, embora, para quem conhecesse sua estrutura, ele tivesse um ponto fraco, um segredo muito bem-guardado.

Henrique derrapou quando chegou ao salão de banquetes inferior. Viu o condestável do conde, um homem corado numa conversa séria com um feitor do castelo, ambos analisando um pergaminho como se contivesse o sentido da vida e não apenas um registro de telhas quebradas e quintais de carvalho e faia. Henrique atravessou sorrateiramente o salão do lado oposto ao deles. Sentiu os homens voltarem o olhar para ele, ou talvez tivesse imaginado isso, porque não foi chamado. Sem sequer olhar de relance para os dois, o menino chegou à porta e a abriu, deparando com o calor da cozinha.

Pembroke tinha dois salões de banquetes, e as cozinhas ficavam embaixo do mais imponente. Os criados e os convidados menos importantes comiam no primeiro. Henrique passara diversas noites comendo pão e carne na escuridão quase total do ambiente, pois lhe negavam até o custo de uma vela de sebo. Ficava sozinho, enquanto reflexos de luz e risos eram despejados pelas janelas acima, do salão principal, onde o conde entretinha seus hóspedes favoritos. Henrique arriscaria levar uma surra só para entrar naquele lugar, mas naquela noite ele queria saber apenas da cozinha em si — e do que ela escondia.

As criadas e os serventes mal ergueram os olhos quando ele entrou, supondo que o menino magricela estivesse trazendo uma vasilha de volta, embora geralmente comesse numa bandeja de madeira e levasse um pedaço de pão duro para mordiscar mais tarde ou alimentar as gralhas das torres. Mesmo assim, Henrique era uma figura conhecida e não viu Mary Corrigan, a cozinheira que o enxotaria com as enormes mãos vermelhas enquanto agitava um avental. No vapor das panelas, o ar estava abafado e havia atividade por toda parte, enquanto o pessoal recolhia ingredientes que estavam empilhados e os pesava. A imagem o fez ficar com água na boca, então percebeu que não tinha comido nada. Devia tentar adular os cozinheiros para arranjar um pouco de comida? Seu olhar passou por uma pilha de maçãs descascadas que já adquiriam uma coloração de mel amarronzado. Pedaços de queijo boiavam perto das maçãs numa vasilha de soro diluído. Levaria quanto tempo até voltar a comer?

Parado na cozinha, com o barulho, os cheiros e o trabalho duro ao seu redor, conseguia sentir a porta do outro lado. Embutida na parede de pedra, era mais estreita que o peito de um homem, de modo que um soldado teria de ficar de lado para passar. Uma tábua de carvalho bloqueava a passagem, descansando sobre grossas braçadeiras de ferro presas na alvenaria. Henrique sentia a presença da porta enquanto olhava para qualquer outro lugar do cômodo, exceto diretamente para ela. Conhecia cada pedra de Pembroke, no inverno e no verão. Não havia um depósito, um sótão, um caminho que não houvesse percorrido, embora nenhum tivesse atraído tanto sua atenção quanto aquela única porta. Ele sabia o que havia do outro lado. Já conseguia sentir a umidade e o frio, embora sua pele estivesse brilhando de suor.

Atravessou a cozinha, e os criados abriram caminho para ele como dançarinos, carregando panelas e bandejas. Teriam de alimentar seiscentos homens e cerca de oitenta mulheres naquela noite, desde a mesa alta do salão principal e as mais próximas do jovem conde até os falcoeiros e os padres e, depois, os guardas e os meninos que limpavam os estábulos. A comida era parte fundamental do pacto entre o lorde e o povo, um dever e um fardo, parte simbólica, parte pagamento.

Henrique chegou à porta e ergueu a barra com um impulso forte, cambaleando com seu peso quando ela se soltou. Perdeu um tempo precioso até encostar a tábua na parede. Ofegante, pegou a chave pendurada perto da porta e, ao enfiá-la na fechadura, sentiu a mão de alguém no seu ombro. Virou-se e viu Mary Corrigan o encarando. Ela era mais baixa que ele, mas, com seu imenso corpo, parecia ter três vezes seu peso.

— E você, o que está aprontando? — perguntou ela, limpando as mãos num pano grosso.

Henrique se sentiu enrubescer, embora não tivesse parado de girar a chave até ouvir um clique na antiga fechadura.

— Vou descer até o rio, Mary. Pegar uma enguia, talvez.

Os olhos dela se semicerraram um pouco, mais por desdém que por suspeita.

— Se o mestre Holt ou o condestável virem você usando essa velha porta, você vai ser esfolado vivo. Você sabe disso, não sabe? Francamente, *esses meninos*! Preguiçosos demais para dar a volta. Então vai, tudo bem. Eu tranco depois. Vê se não esquece de pendurar a chave de volta no pino. E volta pelo portão. Eu não vou escutar você batendo aqui, não com todo esse barulho.

Para surpresa de Henrique, a enorme cozinheira colocou a mão na sua cabeça e bagunçou seus cabelos com os dedos fortes o suficiente para curvar uma concha de ferro.

Ele sentiu seus olhos ameaçarem se encher de lágrimas, embora não conseguisse se lembrar da última vez que chorara, não em toda a sua vida. Percebeu que havia a possibilidade de nunca mais pôr os pés em Pembroke. O que se passava por sua família estava toda dentro das muralhas daquele castelo. Sim, Mary Corrigan podia ter lhe dado três surras por ter roubado coisas da cozinha, mas certa vez ela dera um beijo no seu rosto e enfiara uma maçã na sua mão. Esse era o único ato de bondade de que conseguia se lembrar.

Ele hesitou, mas se lembrou da figura escura do cavaleiro. Seu tio viera buscá-lo. A determinação de Henrique se fortaleceu e ele assentiu para a cozinheira. A porta se abriu com uma lufada de ar frio, e o menino a fechou diante das bochechas reluzentes e do suor de Mary, ouvindo a fechadura estalar e a mulher grunhir ao levantar a barra e colocá-la de volta no lugar. Henrique se endireitou, sentindo o frio se entranhar nele depois do tempo que passou no ar pesado da cozinha.

Havia uma curva na escada logo depois da porta, para que ninguém que subisse por ela tivesse espaço para se firmar e brandir um machado. Os degraus desciam até o penhasco sob Pembroke, fazendo curvas bem fechadas. Os primeiros eram iluminados pelas rachaduras da porta, mas esse brilho fraco só chegava até a segunda curva. Depois disso, Henrique se viu na escuridão completa, tão espessa quanto linho molhado pressionando o rosto.

Ninguém sabia se a caverna fora descoberta depois da construção do castelo ou se era ela a razão para o primeiro forte de madeira ter sido construído naquele lugar séculos atrás. Henrique vira pontas de flecha de sílex lascado recuperadas do chão da caverna, feitas por caçadores de um passado remoto. Também foram encontradas moedas romanas, com o rosto de imperadores mortos gravado em prata enegrecida. Era um lugar antigo, e Henrique havia se deliciado ao descobri-lo num inverno de chuva constante em que cada dia fora um sofrimento de tutores, hematomas e umidade.

A mudança no eco dos passos o impediu de bater de cara na porta de baixo. Ela também estava trancada, mas ele tateou a parede em busca da chave e a encontrou numa tira de couro. Precisou de toda a sua força para abrir a porta depois de destrancá-la, batendo com o ombro várias e várias vezes na jamba inchada até cair numa escuridão muito mais fria. Ofegante por causa do esforço e com um medo considerável, Henrique forçou a porta para fechá-la e apertou na mão a chave fria, perguntando-se o que faria com ela. Não parecia correto levar embora algo tão importante. Sentia a imensa caverna acima dele — um mundo diferente, embora estivesse diretamente abaixo do Castelo de Pembroke. O silêncio era quebrado pelo esvoaçar de pombos nas pedras altas, reagindo instintivamente à sua presença. Ele escutou com cada vez mais atenção a respiração suave do rio.

A escuridão era completa quando deu um passo e imediatamente bateu a canela na quilha de um barco a remo, sem dúvida puxado até a caverna para ser consertado. A existência da caverna não era o segredo de Pembroke. O segredo era a porta escondida nas trevas que levava ao coração do castelo lá em cima. Henrique praguejou e esfregou a mão na perna, sentindo a chave mais uma vez. Ele a pendurou na proa do barco, onde seria encontrada, e foi tateando por um chão tão liso quanto o leito de um rio.

A última barreira para chegar ao rio era de ferro, um portão embutido em muralhas de pedra construídas sobre a entrada natural da caverna. Henrique encontrou outra chave e a girou na fechadura até ouvir um clique. Atravessou e ficou parado na escuridão, de costas para o rio, enquanto voltava a trancar a porta e jogava a chave para o outro lado. Não fez isso por William Herbert, com todo o seu desprezo e crueldade, mas por Pembroke — e, talvez, por Mary Corrigan. Não permitiria que os segredos de Pembroke fossem descobertos.

Não tinha mais como voltar. Henrique se ouviu respirando fundo antes de tomar coragem e desacelerar o coração, forçando a calma como se despejasse creme de leite numa sopa fervente, até tudo ficar parado. O calor ainda estava lá, mas escondido ou afogado.

Então ele se virou para o rio e ouviu os sons abafados de um barco em algum ponto próximo. Embora não houvesse luar e a escuridão do rio fosse tão profunda quanto a da caverna, ele achou que ainda conseguia distinguir uma mancha mais escura, com uns seis metros de comprimento. Assoviou na direção dela, torcendo para não estar enganado.

Remos bateram na água e rangeram, soando alto na noite. O barco deslizou no rio, atravessando a correnteza, e Henrique Tudor o fitou, temeroso. Contrabandistas, pescadores, caçadores ilegais e negociantes de escravos — havia vários homens com razões para navegar na escuridão. Não muitos seriam bondosos ao serem chamados por um menino.

— Muito bem, rapaz — veio de uma voz na escuridão. — E seus tutores não disseram que você era inteligente?

— Tio? — sussurrou Henrique.

Ele ouviu o homem dar uma risadinha e começou a embarcar, quase caindo dentro do barco até um vulto escuro o agarrar pelos braços e, em seguida, expulsar todo o ar de dentro dele com uma força surpreendente. Henrique sentiu a barba por fazer do sujeito raspar sua bochecha e o cheiro de suor e ervas verdes e o odor de cavalos profundamente entranhado nas roupas do tio. Não havia lampiões acesos, não com as muralhas de Pembroke assomando lá em cima. Entretanto, depois do negrume da caverna, as estrelas eram suficientes para Henrique enxergar surpreendentemente bem ao ser conduzido até um banco para se sentar.

— Muito prazer, rapaz — cumprimentou Jasper Tudor. — E eu adoraria que meu irmão tivesse vivido para ver isso. Metade dos guardas me procurando na cidade, o restante seguindo um dos meus homens com um tição acesso, enquanto eu estou aqui. E você se lembrou da caverna sob Pembroke. Seu pai ficaria orgulhoso.

— Ele não me reconheceria, tio — retrucou Henrique, franzindo a testa. — Ele morreu antes de eu nascer.

Henrique sentiu que recuava do afeto do homem, da sua voz e do seu abraço, retraindo todos os sentidos, encontrando um antigo consolo na frieza. O menino se afastou um pouquinho no banco, sentindo o barco balançar.

— Não se demore mais por minha causa, tio. Deve haver outro barco, um dos grandes. Ouvi suas palavras a William Herbert. Vamos para Londres?

Henrique não pôde ver o olhar de desapontamento com o qual tio Jasper o encarou. Eles eram estranhos um ao outro, e ambos ficaram conscientes disso ao mesmo tempo. Henrique não conhecera a mãe nem o pai. À espera num silêncio tenso, supôs que não fosse assim tão estranho que o tio mantivesse algum sentimento de família pelo filho único do irmão. Não sentiu nenhuma necessidade de corresponder, apenas uma frieza tão profunda quanto o rio debaixo dos dois. Isso, entretanto, parecia uma força.

Jasper pigarreou, livrando-se da imobilidade que o tomara.

— Para Londres, sim. Sim, menino! Meu navio está atracado em Tenby, e esta coisinha aqui é frágil demais para o alto-mar. Mas tenho cavalos à espera menos de dois quilômetros rio acima. Sabe montar, filho?

— É claro — respondeu Henrique secamente.

Ele tinha o treinamento de um cavaleiro, ou pelo menos de um escudeiro de William Herbert. É claro que recebera mais bofetadas e desdém do que instruções adequadas, mas conseguia se manter numa sela. E sabia empunhar uma espada.

— Ótimo. Assim que estivermos longe do castelo o bastante para que ninguém nos veja, montaremos e cavalgaremos até a costa. Então, Londres, menino! Para ver seu xará, o rei Henrique. Para ver a casa de Lancaster restaurada. Por Deus, ainda mal consigo acreditar nisso. Estamos livres! Para vagar como homens livres, enquanto eles vasculham os bosques atrás de nós.

O barco avançou no sentido da correnteza, os remos fazendo pouco barulho quando usados. Por muito tempo, os únicos sons vieram da água e da respiração pesada de homens trabalhando. Com o silêncio do menino, Jasper balançou a cabeça. Ele tinha esperado uma gralha faladeira. Em vez disso, resgatara uma corujinha observadora e imóvel.

2

A boca de Warwick se contraiu de preocupação. O rei Henrique estava diante da multidão de Londres, observando a cidade do alto das muralhas da Torre. Um vento frio soprava lá em cima, e Warwick se forçou para não se retrair ao ver como o rei ficara debilitado. Henrique de Lancaster estava alquebrado, esvaziado pelos anos da sua vida. Embora naquela manhã vestisse um tecido finamente adornado e uma capa grossa, Warwick sabia que o pobre homem era só pele e osso por baixo de tudo aquilo. Na verdade, a capa parecia um grande peso para ele, o que fazia Henrique ficar ainda mais corcunda e curvado que o normal. Não parava de tremer, as mãos se agitavam como se estivesse com malária ou com a paralisia dos velhos. Quando a capa escorregou até o cotovelo, não revelou o volume de músculos, mas um antebraço de largura uniforme, apenas dois ossos achatados, resumido a pele e veias.

De pé ao lado de Warwick e do rei, Derry Brewer fitava a multidão agitada lá embaixo. Como o próprio rei, o espião-mor não era mais o homem que já havia sido. Andava com a ajuda de uma bengala e espiava o mundo com um único olho reluzente. As cicatrizes que substituíram o outro estavam escondidas por trás de uma tira de couro fervido, que, de tanto roçar a cabeça de Brewer para se moldar ao seu crânio, o fizera perder o cabelo, rangendo e se mexendo na pele nua. Warwick sentiu calafrios ao ver os dois, e Brewer percebeu isso, então virou a cabeça e captou um vislumbre da repulsa do homem mais jovem.

— Formamos uma dupla e tanto, não é, filho? — comentou Brewer, baixinho. — Eu sem um olho, uma perna que não funciona e tantas cicatrizes que me sinto envolto em panos, de tanto que repuxam. Mas não reclamo, já notou? Não, sou como uma rocha; eu, como são Pedro. Talvez até mude meu nome para lembrar isso aos outros. Eis Pedro Brewer, e sobre esta pedra reconstruirei o meu reino.

O espião-mor do rei deu uma risadinha amarga para si mesmo.

— E o rei Henrique Sextus aqui, ainda tão sem marcas quanto um cordeiro recém-nascido. Não! Eu me lembro de uma. Ele foi ferido na colina de St. Albans. O senhor se lembra disso, milorde?

Warwick fez que sim lentamente, sabendo que Brewer o provocava por causa dos velhos tempos.

— Lembra mesmo? — questionou Derry, a voz endurecendo. — Pois *devia*, já que a ordem foi sua, e foram seus arqueiros que dispararam a flecha. Na época o senhor era o inimigo, Ricardo Neville, o maldito conde de Warwick. Eu me lembro do senhor.

Ele balançou a cabeça, irritado, recordando-se de um ano melhor do que aquele que sabia que o aguardava, em que todos os dias começavam com dor.

— Além daquele arranhão, creio que o rei Henrique não tenha ganhado nenhuma outra cicatriz, não em todos os anos desde que o conheço. Não é estranho quando se pensa nisso? Um rei ferido uma única vez, mas a flecha foi sua. E ela o alquebrou, digo ao senhor. Ele se rachou todinho feito uma jarra velha, despertado do seu estupor, mas débil e fraco, quase incapaz de sustentar uma armadura. Aquela sua flecha foi como largar a jarra num chão de pedra.

Para desconforto de Warwick, o espião-mor do rei tocou o olho perdido, se foi para se coçar ou enxugar uma sugestão de lágrima, era impossível dizer. Brewer continuou em sua raiva súbita, indicando a multidão.

— Ah, esse povo comemorando! As pessoas fazem tanto barulho! Mas clamam a um homem vazio. Vou lhe dizer, Ricardo, prefiro ter todas as minhas cicatrizas e um só olho bom a perder meu juízo. Hein?

Warwick fez que sim em resposta, receoso do olhar animado do outro.

— Talvez, somados, você e o rei Henrique formem um homem — disse. — Sua inteligência, a forma dele.

Derry Brewer piscou para Warwick.

— Como é? O senhor está dizendo que eu não sou um homem? Que sou menos que um homem?

— Não... Falei brincando, mestre Brewer.

— Ah, é? Estou disposto a lhe provar agora mesmo, se acha que é mais homem que eu. Eu vou *nocauteá-lo*, filho. Ainda tenho meus truques.

— É claro que tem — comentou Warwick. — Eu não quis insultá-lo.

Ele sentiu o rosto começar a esquentar, e é claro que Derry Brewer também notou.

— Não tenha medo, milorde, eu não o machucaria. Não agora que o senhor está do lado certo.

Warwick franziu a testa, depois viu que o espião-mor tinha uma expressão irônica que revelava seu senso de humor. Warwick balançou a cabeça.

— Tome cuidado, mestre Brewer. Isso é sério.

O rei não havia se mexido enquanto conversavam. Henrique estava de pé como sua própria efígie de cera, como as que eram enviadas a santuários em tempos de doença ou o manequim que o césar Marco Antônio mostrara certa vez à multidão de Roma. Quando pegou a mão do rei, Warwick quase se surpreendeu ao sentir a carne quente e macia. Ele se retraiu quando os nós inchados dos dedos se mexeram em seu punho, as veias como cordões. Devagar, Henrique se virou com o toque, sem demonstrar reconhecimento ao vê-lo. Havia um vazio ali e um vestígio de tristeza. Todo o resto tinha desaparecido.

Lentamente, Warwick ergueu a mão do rei com a sua, um gesto para todos os olhares que estavam sobre eles. A multidão gritou e bateu os pés lá embaixo, mas ainda assim Warwick ouviu o rei Henrique ofegar e o sentiu puxar o braço de volta, fraco demais para se soltar.

Deu pena, mas Warwick tinha de segurá-lo, virando o rei de um lado para o outro enquanto segurava sua mão erguida.

— Está doendo! — murmurou Henrique, a cabeça inclinada.

Warwick baixou o braço quando o homem começou a amolecer, sentindo que isso só iria piorar. Então os guardas da Torre passaram por Derry Brewer e sustentaram o peso do rei. Warwick deu uma olhada na mão de Henrique quando a soltou. As unhas estavam pretas de sujeira, e ele balançou a cabeça.

— Tragam luvas para Sua Majestade! — gritou aos guardas.

Havia criados para cuidar do rei no Palácio de Westminster. Eles o restabeleceriam e o banhariam. Talvez os médicos reais até conseguissem devolver ao homem um pouco de vida.

A voz de Derry Brewer interrompeu seus pensamentos.

— Pobre coitado. Olho-o agora e me pergunto se ele sabe que o senhor o libertou. Ou se ele é o... alicerce certo para esta sua rebelião, se é que o senhor me entende.

— Entendo. Não é uma questão de certo ou errado, mestre Brewer. Ele é o rei.

Warwick ficou irritado quando Brewer deu uma gargalhada.

— Os guardas se foram, milorde! Os que estão lá embaixo não podem nos ouvir aqui em cima da muralha. Talvez acreditem que o sangue dos reis é mais vermelho que o deles, não sei. Mas o senhor... — Derry balançou a cabeça, sorrindo com assombro. — O senhor viu Eduardo de York se fazer rei. Dizem que foi uma sugestão sua que o levou a isso. E mesmo assim o senhor o nega agora. Talvez *o senhor* seja o são Pedro aqui, milorde, afirmando que não conhece seu senhor várias e várias vezes até o galo cantar.

— O rei Henrique de Lancaster é o rei da Inglaterra, mestre Brewer — declarou Warwick em voz baixa.

Pela primeira vez na conversa, Derry viu a mão do homem descansar no punhal do cinto. Ele não sentiu uma verdadeira ameaça do conde, foi apenas a percepção de que isso havia acontecido. Mesmo assim, Derry passou o peso de uma perna para a outra e ajustou a mão na bengala, que tinha uma ponta pesada de chumbo. Nos anos decorridos desde Towton, ele surpreendera alguns homens com ela.

— Pode lhe dar o nome que quiser — retrucou Derry. — Não significará nada. Vê aquela multidão lá embaixo? Todos olhando para nós aqui em cima, na esperança de mais um vislumbre? Quer um conselho?

— Não — respondeu Warwick.

Derry fez que sim.

— Que bom, filho! Meu conselho é exibir o rei em alguns lugares. Deixar que vejam Henrique vivo e livre. Depois ponha algo em sua comida que o tire deste mundo, para que durma e não acorde. Sem dor nem sangue, veja bem, para um homem que nunca teve a capacidade de fazer mal a não ser pela própria fraqueza. Deixe que se vá tranquilamente. O filho dele será um bom rei. Por Cristo, aquele menino é neto do vitorioso de Azincourt. Ele nos deixará a todos orgulhosos.

Warwick semicerrou os olhos, inclinando a cabeça como se visse algo em que mal pudesse acreditar.

— O senhor acha que essa é minha intenção! — exclamou ele. — Acredita nisso a meu respeito? Que eu assassinaria o rei? Por um menino que mal conheço?

Para surpresa de Derry, Warwick riu de repente, um som rouco ao vento que soprava àquela altura.

— Certa vez Eduardo de York me disse algo assim quando fomos visitar Henrique na cela. Ele disse que lhe desejava quarenta anos de boa saúde para que não pudesse haver nenhum rei jovem e novo sobre as águas. Ele *compreendia*, mestre Brewer. Como eu compreendo agora. Não precisa me sondar e provocar com suas suspeitas. O rei Eduardo me deu as costas, e eu queimei as pontes que me ligavam a ele. Não há como voltar atrás. Juro por Maria, mãe de Deus, por meu juramento de lealdade e pela vida das minhas filhas. Agora, é isso. Mobilizei um exército para vencê-lo, como uma capa lançada sobre a cabeça dele. Césares *caem*, mestre Brewer. Foi *isso* que aprendi nos meus anos de vida.

O olhar caolho de Derry não cedeu enquanto Warwick falava, avaliando e lendo o homem em busca da mínima pista de mentira ou fraqueza. O que viu aliviou um pouco a tensão nos seus ombros. Ele estendeu a mão devagar para não assustar o conde e lhe deu um tapinha no braço.

— Bom rapaz — comentou. — Sabe, o senhor causou um grande mal. Com seu pai e com York. Não, me deixe falar. Praticamente a única coisa que o senhor fez direito foi combater os rebeldes de Jack Cade. O senhor se lembra disso? Ainda acordo banhado de suor à noite quando me lembro daquela noite, é verdade. Agora o senhor tem a oportunidade que a maioria dos homens *jamais* tem: desfazer parte do mal que causou. Só espero que a agarre pelo pescoço quando ela aparecer. Deus sabe que não haverá outra.

Enquanto Warwick o encarava, Derry Brewer se virou e foi mancando atrás do rei que tinha seguido e protegido a vida inteira. Naquele momento, Warwick entendeu que Brewer era o mais próximo de um pai que o rei Henrique jamais conhecera.

Quando ficou sozinho, um olhar de relance sobre a muralha fez Warwick se lembrar do que estava em jogo. Milhares de homens e mulheres enchiam as ruas em torno da Torre de Londres, uma massa que aumentava cada vez mais conforme as pessoas que moravam mais longe vinham ao ouvir a notícia. O rei Henrique tinha sido libertado. A casa de Lancaster fora restaurada. No início houvera algumas lutas e escaramuças, mas os poucos dispostos a berrar com raiva em prol de York foram forçados a se silenciar, a fugir ou deixados para morrer. Londres não era uma cidade tranquila, não era um lugar contra o qual se opor. Warwick sabia disso muito bem. Ele precisava dos estivadores e dos pescadores, dos padeiros e dos ferreiros, dos caçadores ilegais, dos cavaleiros e dos arqueiros. Ele precisava dos soldados mercenários cedidos pelo rei da França, apesar do ressentimento que causavam nos ingleses. Apesar dos cofres de prata necessários para manter sua lealdade. Ele precisava de todos eles para manter o ímpeto, senão seu destino seria como cair de um cavalo a galope: ser lançado ao chão e feito em pedaços na estrada para o norte.

O sul era e sempre havia sido a pátria de Warwick. Kent e Sussex de outrora, Essex e Middlesex também — os antigos reinos onde ainda se cochichava que Eduardo de York era um usurpador e um traidor. Os homens de Devon e da Cornualha vieram se unir a ele quando a notícia se espalhara, e aldeias inteiras partiram juntas para restaurar o legítimo rei. Warwick fizera de Londres uma fortaleza para lhes dar tempo de caminhar ou cavalgar até ele, sabendo que precisaria de todos para derrotar o rei Eduardo em batalha.

A mera ideia de enfrentar Eduardo trazia medo — e recordações desagradáveis de Towton à sua mente: um Golias de armadura prateada, rápido, furioso e irrefreável. Mas também tão frágil, tão presa dos caprichos dos anjos que poderia ser derrubado por um tropeço ou uma única pedra lançada com precisão. Warwick também estivera em Towton. Ele vira a facilidade com que homens bons podiam morrer e como era escassa a noção de justiça daquilo.

Enquanto observava Londres, Warwick evocou uma imagem mental do amplo sul da Inglaterra, estreitando-se a cada quilômetro para o norte. Ele o imaginava como a cabeça de uma escora que pudesse marretar, lançada da França nas falésias brancas, enfiando a ponta de ferro em Eduardo de York, com toda a sua arrogância e juventude. Os acontecimentos do passado eram irrelevantes, não importa o que Derry Brewer pensasse. Nenhuma vela podia ser "desqueimada", por mais que reis e bispos rezassem. Warwick deu um tapinha com a mão enluvada nas velhas pedras da Torre. Caso se tornasse uma questão da sobrevivência, com Eduardo de York à sua mercê, ele não hesitaria. Brewer vira isso nele, e era verdade. Warwick já capturara reis. Ele os via como meros homens.

Então pensou que talvez não houvesse outro na Inglaterra que entendesse o mundo tão bem quanto ele. Se um conde podia criar um rei, ele podia não amá-lo também.

Warwick sorriu com seus botões, afastando-se do tumulto febril da multidão lá embaixo. Naquele mar de rostos, nos seus gritos e murmúrios, era fácil pensar em galinhas num galinheiro ou talvez no zumbido das abelhas. Mas tratavam-se de homens e mulheres, antes escolhidos para cuidar de um jardim, tolos e orgulhosos o suficiente para furtar a única fruta proibida.

Warwick seguiu os guardas e desceu até os coches que aguardavam. Enquanto isso, seu sorriso se retorceu e se amargou. Talvez não *houvesse* reis, não sem homens para segui-los. Os homens sonhavam essas coisas a partir do pó — e depois esqueciam que eram sonhadores. Colocavam raposas junto das galinhas e depois só riam e riam enquanto sangue era derramado.

Assim que o viram à sombra do portão da Torre, seus criados de libré saíram rapidamente com bastões abaixados, afastando a multidão para deixar o conde chegar até seu cavalo. Doze cavaleiros montados com armadura completa aguardavam, atentos a qualquer sinal de violência na multidão, prontos para atacar, olhando em volta com raiva para qualquer um que se aproximasse demais. O rei Eduardo era amado. Deus sabia disso, e Warwick também. Apesar de todos os excessos e crueldades, aquele gigante de armadura, ainda com apenas 28 anos, podia trazer a multidão para seu lado com um único gesto grandioso ou uma convocação ao combate. Sem dúvida haveria alguns ali que dariam a vida por um senhor como ele. Os seguidores de Warwick estavam tensos e nervosos, vendo ameaça em cada grito bêbado.

Num castrado preto, um rapaz aguardava com eles, magro feito a lâmina de uma espada e endurecido durante o ano anterior. George, duque de Clarence, estava inclinado sobre a sela enquanto matava o tempo, descansando apoiado nos antebraços e fitando o horizonte por cima das cabeças do povo. Londres era repleta de casas, guildas, estalagens, oficinas e armazéns, tudo amontoado ao longo de um rio que transportava mercadorias para terras que a maioria do povo jamais veria. Ali poliam-se lentes, montavam-se relógios, soprava-se vidro, esculpia-se pedra, fatiava-se e secava-se carne. Era um lugar tão movimentado quanto um pernil esquecido ao sol quente, dando vida a todos em seu interior.

George de Clarence não parecia satisfeito com o que via, embora Warwick não pudesse discernir se era por causa do amontoado de plebeus ou de alguma farpa íntima que o incomodava. Warwick forçou um sorriso quando o genro olhou de relance para ele e se endireitou.

— Eles me fizeram lembrar de leões ou ursos com seus rugidos quando eu estava no alto da muralha — comentou Warwick. — Mal consigo imaginar como deve ter sido aqui embaixo.

O marido da sua filha começou a dar de ombros, mas pensou melhor, recordando as boas maneiras.

— São bastante barulhentos, milorde, e impetuosos, esses moradores de Londres. Não muito limpos, também, alguns deles. Ofereceram-me dezenas de tipos diferentes de comida em troca de dinheiro, e há mendigos e pivetes e...

Ele fez um gesto, sem palavras para descrever a variedade que os cercava.

— Fique grato por estarem comemorando conosco — recomendou Warwick.

Como seus guardas, ele não gostava daquela oscilação da multidão, muito parecido com o movimento da maré, que podia levar um homem para as profundezas ou se erguer numa enorme onda sem nem perceber quem era arrastado junto.

— Eu os vi se levantar com fúria e ódio, George, como quando lorde Scales despejou fogo-grego na sua cabeça, a pouco mais de dez metros de onde estamos.

Warwick tremeu ao se lembrar de homens e mulheres em chamas, os gritos cada vez mais altos até seus pulmões só soltarem labaredas. Lorde Scales não sobrevivera àquela noite. Seus carcereiros se afastaram e permitiram que a turba entrasse na cela.

— Falou com o rei, senhor? — perguntou George, cauteloso.

Ele não estava acostumado com a palavra, não em usá-la para se referir a Henrique de Lancaster. Warwick desviou o rosto das festividades e deu um tapinha no ombro do genro.

— Falei — mentiu, alegremente. — Ele estava fraquíssimo por causa da prisão, mas lhe falei de seu serviço para mim, e ele concordou.

Quando houver um novo selo de Lancaster para emitir leis, você se tornará o segundo herdeiro do trono, depois do filho dele, Eduardo de Lancaster.

George de Clarence tinha 20 anos e testemunhara a morte de sua primogênita no mar poucos meses antes. Ele culpava o irmão, o rei Eduardo, por aquela morte, com uma raiva que o cobria e enchia até a borda, de tal modo que às vezes parecia não haver espaço para mais nada. Baixou a cabeça ao ouvir a notícia.

— Obrigado, senhor. O senhor honrou nosso acordo.

— É claro — respondeu Warwick. — O marido da minha filha! Ainda preciso de você, George. Entre outras coisas, pelos homens que pode pôr em combate. Você é o duque de Clarence. Seu irmão... Bom, se não é mais rei, por enquanto ainda é duque de York. Não subestimo sua ameaça. Cada dia que perdemos aqui é um dia a mais para Eduardo reunir um exército. E eu prefiro partir com metade dos homens e pegá-lo despreparado a travar outra batalha de Towton. Que Deus nos poupe a todos disso.

Warwick viu a expressão do genro ficar distante quando o rapaz imaginou como seria encontrar o irmão mais uma vez. Havia ali um mar de dor e fúria, tudo concentrado no homem que o chamara de traidor e os forçara a fugir. Isabel, a filha de Warwick, dera à luz na maresia e perdera a criança para aquele frio. Warwick não viu perdão em George, duque de Clarence, e agradeceu por isso.

— Seja paciente — recomendou, a voz mais baixa.

George olhou de soslaio para ele, parecendo compreender. Tirar do cativeiro o legítimo rei Lancaster era como representar para a multidão uma cena de teatro com atores mascarados — um ferro em brasas a ser erguido sobre a cidade para acender as tochas da turba. Agora que isso estava feito, podiam correr para o norte e encontrar Eduardo desarticulado e desfortunado.

A rainha Elizabeth de York ofegou, comprimindo os lábios até formar um biquinho, com a respiração pesada, quase assoviando, enquanto se apressava pelo caminho perto da Abadia de Westminster. As filhas corriam ao seu lado, as três meninas com expressões temerosas e com os olhos marejados de lágrimas, seguindo o exemplo da mãe.

A gestação da rainha estava tão avançada que ela precisava usar a mão para apoiar a imensa barriga e andar bamboleando, mais parecendo um marinheiro bêbado que a esposa do rei Eduardo. Sua respiração fria arranhava a garganta, mas ela ainda usava parte do fôlego para praguejar contra o marido de vez em quando. A criança que dava chutes em seu útero seria o sexto filho. Ela sabia que estava perigosamente perto de dar à luz e ofegava enquanto avançava, sentindo mais uma vez as diferenças que lhe diziam que seria um menino. As filhas todas se desenvolveram em perfeita serenidade, mas, quando gestava filhos homens, Elizabeth vomitava tanto pela manhã que ficava com minúsculas estrelinhas de sangue nos olhos e manchas vermelhas surgiam nas bochechas. Ela ousou torcer por um príncipe herdeiro.

Sua mãe, Jacquetta, olhava para trás sempre que ouvia Elizabeth sibilar uma palavra irritada, estalando a língua e franzindo a testa para ela com reprovação. Aos 55 anos, pálida, de cabelos finos, ela sobrevivera a dois maridos e tivera quatorze filhos, mas não perdera os bons modos nem o sotaque da infância no ducado de Luxemburgo. Elizabeth revirou os olhos, exasperada, mordendo a língua.

— Estamos quase lá, minha pombinha — avisou a mãe. — São menos de cem metros, só isso. Então estaremos em segurança até seu marido vir nos buscar.

Elizabeth não tinha fôlego para responder. Ela olhou para a construção atarracada de pedra cinzenta à frente, construída no terreno da abadia. Santuário. Ele a assustava; parecia uma fortaleza ou mesmo uma prisão, apesar da hera que cobria as paredes. Ela mal notara sua existência antes, mas de repente se tornara a única possibilidade de segurança.

Ela mantivera a calma quando Warwick havia chegado à capital com um exército de mercenários e soldados estrangeiros. Sem confusão nem fanfarra, Elizabeth convocou sua barcaça, levou as filhas e a mãe até a beira do rio e embarcou para subir a correnteza a remo no exato momento em que Warwick entrava na Torre para libertar o rei Henrique. Seu coração batia forte quando se lembrava de como fora por pouco — e em que prêmio Warwick poderia transformá-la. No entanto, ela não entrara em pânico e, assim, chegara ao único lugar onde não ousariam entrar.

A pequena fortaleza não tinha sido construída para oferecer esperança, mas apenas o mínimo conforto na pior necessidade. Era, porém, da proteção da Igreja que Elizabeth precisava desesperadamente, com um filho tão perto de nascer e o idiota do marido no lugar errado e incapaz de defendê-la. Elizabeth deu um longo suspiro ao pensar nisso, parando para descansar as mãos nos joelhos e só ofegar, sentindo o calor aumentar no rosto. Uma gota de suor escorreu pelo maxilar e escureceu a pedra do caminho. Tudo o que ela conseguiu fazer foi encará-la.

— Estamos quase lá agora — comentou a mãe com ternura. — Só mais um pouquinho, *ma cocotte*, minha franguinha. Veja, há um jovem monge aguardando à porta. Venha, querida. Pela memória do seu pai.

Os olhos do monge se arregalaram ao avistar a rainha, a mãe e três jovens princesas em vestidinhos, todas ofegantes como se tivessem corrido quilômetros. Seu olhar passou pelo grande bojo do ventre de Elizabeth, e ele corou e olhou para os pés dela, irradiando calor.

— Peço proteção — solicitou Elizabeth formalmente, enquanto recuperava o fôlego — para mim, para minha mãe e para minhas filhas. Deixe-nos entrar.

— Milady, tenho de chamar meu mestre, que está rezando na abadia. Por favor, fiquem aqui enquanto corro até ele.

— *Non!* — exclamou com vigor a mãe de Elizabeth, cutucando o peito do sujeito. — Você é o irmão da porta. Escreva nosso nome no seu livro e nos deixe entrar! Depois disso você pode buscar quem desejar. *Agora,* monsieur*!*

Elizabeth fechou os olhos, sentindo-se tonta e aliviada por deixar o mau humor da mãe cuidar dos detalhes. Ela se encostou na ombreira da porta enquanto o jovem monge gaguejava e aquiescia, trazendo um grande tomo de couro com tinta e uma pena. Ele entregou tudo a Jacquetta e correu de volta para buscar uma mesa.

Elizabeth ergueu os olhos, seus sentidos se aguçando ao ouvir um grito vindo do rio. Podia ser um barqueiro avisando que chegara à margem. Ou poderiam ser perseguidores, seguindo seu rastro desde seus aposentos naquela manhã. Talvez não esperassem que uma rainha da Inglaterra se movesse tão depressa, sem criados nem bagagem. Ela estava à frente deles, tão perto da segurança que achou que poderia chorar ou desmaiar.

— Mãe, eles estão vindo.

A mãe jogou o livro no chão e quase rasgou as páginas enquanto passava as folhas de velino, o registro de séculos. Quando encontrou uma página em branco, a velha molhou a pena e respingou gotículas pretas em sua pressa de rabiscar o nome e os títulos do pequeno grupo de cinco pessoas. Enquanto escrevia, o monge chegou com uma escrivaninha sobre um pedestal, realizando um enorme esforço para arrastar todo o peso do carvalho e do ferro fundido. Ele fitou meio confuso a mulherzinha sentada feito uma criança no capim para escrever; depois, pousou a mesa no chão e recebeu o livro dela.

Elizabeth ouviu outro grito e, ao erguer os olhos, viu um grupo de homens correndo, todos de cota de malha e portando espadas.

— A proteção foi concedida agora, não foi? — indagou ela ao monge, sem tirar os olhos dos homens que se aproximavam.

— Contanto que as senhoras permaneçam em terreno consagrado, milady, sim, de agora até o fim dos tempos. Homem nenhum pode entrar aqui, a partir deste momento.

Ele disse essas últimas palavras sabendo muito bem que sua voz poderia ser ouvida pelo grupo que havia diminuído a velocidade e se espalhara em torno deles. Elizabeth empurrou as filhas e a mãe pela porta aberta antes de olhar para trás, já no interior sombrio. O jovem monge demonstrou uma coragem surpreendente, pensou ela, enquanto ele continuava falando. Talvez sua fé lhe desse bravura.

— Qualquer homem que invadir o santuário sagrado será considerado criminoso e excomungado da Igreja, para nunca mais receber a hóstia sagrada, nem se casar, nem ser enterrado em terras da Igreja, e sofrer em vida e no inferno por toda a eternidade, condenado neste mundo e posto em chamas no próximo.

As ameaças eram para todos os homens que, raivosos, olhavam para Elizabeth pela porta. Quando teve certeza de que eles não ousariam segui-la, só então ela se virou e partiu, desaparecendo nas sombras. As dores do parto começaram depois de percorrer alguns poucos metros, e ela teve de sufocar um grito para que não a ouvissem.

— Não perdoarei Eduardo por isso — sibilou Elizabeth quando a mãe a pegou pelo braço e tentou sustentar parte do seu peso. — Onde ele está, aquele maldito idiota?

— Shh, minha franguinha. Seu marido fará todo o possível contra esses exércitos, você sabe disso. Um homem tão bom! Agora você está a salvo; é isso que importa.

A mão da mãe descansava sobre o volume do ventre de Elizabeth enquanto elas caminhavam para o interior da fortaleza do santuário. Com uma arfada, ela recolheu a mão como se tivesse sido picada.

— O bebê...?

— Está vindo? Sim, acho que está. A corrida fez com que ele balançasse demais.

Para surpresa de Elizabeth, sua mãe deu uma risadinha.

— Seu grande marido *merece* um filho. Rezo para que seja um menino. Agora, vou mandar aquele monge buscar o abade. Precisaremos de uma parteira e de um quarto particular para a criança nascer.

— Eu estou com medo — disse Elizabeth, a voz vacilando.

— Por quê? Eu não tive quatorze filhos vivos? Sei tanto quanto qualquer parteira, minha pombinha.

— É a estranheza deste lugar. Tão frio e escuro...

Elas chegaram a uma porta, e Jacquetta conduziu a filha por ela, sem se preocupar com o que encontrariam, desde que houvesse mais luz que no corredor. O barulho das filhas de Elizabeth aumentou quando elas entraram num estúdio revestido de madeira, confortável e cheirando a verniz, sebo e suor.

— Serve, eu acho — comentou Jacquetta. — E este lugar não é tão estranho assim. Lembre-se: é um terreno consagrado, meu amor. Nascer no santuário deve ser uma enorme bênção.

Elizabeth arfou quando outra contração despontou, entregando-se então aos cuidados da mãe.

3

Cercado pela multidão agitada da feira, Jasper Tudor pulou do cavalo e se afastou sem olhar para trás. Um açougueiro de rosto corado gritou que ele não podia simplesmente largar o cavalo no meio da maldita rua, mas foi ignorado.

— Siga-me, rapaz — chamou Jasper por cima do ombro. — Venha, rápido.

Henrique jogou as rédeas para o açougueiro, vendo os olhinhos do sujeito se agitarem num misto de confusão e mau humor.

— Ei! Vocês não podem... Ei!

Henrique apeou depressa, decidido a não se perder do tio na multidão. Jasper já estava à frente, os passos largos e a expressão carrancuda afastando os comerciantes madrugadores de Tenby. O sol ainda nascia e eles estavam por toda parte, carregando bandejas de pão quente ou cestos de peixe trazidos da primeira pescaria do dia. Pareciam sentir que Jasper passaria por cima deles caso não saíssem da frente rápido.

Henrique ouviu gritos vindos de trás dele, diferentes dos berros dos mercadores, que pareciam cada vez mais empolgados, como se caçadores o tivessem avistado. Ele baixou a cabeça e ficou curvado, tornando-se pequeno, imperceptível. Achara que estariam a salvo na multidão. Afinal, as pedras do calçamento não ajudavam rastreadores. Sentiu o estômago se revirar de medo quando olhou para trás e viu cabeças balouçantes de homens usando cota de malha com as espadas desembainhadas. Gritos ofendidos e o barulho de barracas derrubadas pareciam estar no seu encalço. Henrique já conseguia imaginar a primeira mão batendo no seu ombro, fazendo-o parar.

E ainda havia uma boa chance de serem ambos mortos, forçou-se a admitir, justamente quando começava a sentir que escapariam. Com a vida em risco, não havia espaço para desejos e fantasias. Não podia se permitir sentir essa fraqueza, a mesma que levara pobres a sonhar com justiça enquanto subiam os degraus do cadafalso, mesmo com a corda já roçando o pescoço. Henrique não seria tolo assim. Aqueles que os caçavam eram homens brutais e sem remorso. Ele sabia que prefeririam mil vezes voltar ao conde com um corpo do que de mãos vazias.

Ofegante, Henrique seguiu em frente. Tio Jasper não tinha nenhuma proteção da lei pela sua antiga propriedade. Como um mero plebeu, seria preso e torturado por qualquer autoridade do rei. É verdade que um juiz e um júri acabariam sendo chamados para ouvir os acusadores, mas, com o conde Herbert para falar contra ele, só havia um resultado possível.

Era muito mais provável que Jasper fosse morto por um golpe de espada na perseguição ou por uma seta de besta nas costas. Henrique corria atrás daquele homem, um completo desconhecido cuja familiaridade com ele se limitava ao sobrenome em comum, sopesando a probabilidade de ser morto da mesma forma que o companheiro. Ele poderia aproveitar alguma oportunidade, pensou, antes que o fim chegasse. Sem dúvida haveria algum momento em que conseguiria simplesmente dar um passo para o lado e se misturar à multidão, quem sabe até se render a um dos guardas, que o conheceria de vista. Para sua surpresa, Henrique se sentiu desconfortável com essa ideia. No entanto, não escolheria a morte por um homem que mal conhecia, não se houvesse alguma chance de sobreviver e planejar de novo.

Henrique mantinha os olhos no tio enquanto serpenteavam pela multidão, passando tão perto de um aprendiz de açougueiro carregando uma carcaça de porco, que o rapaz perdeu o equilíbrio. Quando o garoto se virou para erguer o punho em riste, Henrique se esgueirou por trás dele e, por diversão, deu um tapão no lombo do porco. O aprendiz começou a se virar para o outro lado cada vez mais indignado, mas Henrique já havia passado por ele, e mal teve tempo de ver o tio sumir na escuridão de uma botica.

Ele hesitou ao chegar à porta, observando a rua movimentada. Os guardas ainda estavam lá, não muito longe. Pareciam decididos a continuar a caçada, e Henrique pensou tê-los ouvido gritar. Achou que conseguiria conduzi-los numa dança alegre o dia inteiro, mas não se sentiu inclinado a correr até a exaustão. O porto ficava algumas centenas de metros à frente, depois das falésias e da fila de lojas aos pés dos rochedos. Sem dúvida a botica era apenas um buraco de rato sem saída. Os guardas os encontrariam. Henrique respirou fundo para se acalmar. Talvez estivesse na hora de se render aos homens do conde Herbert. Ele levaria uma surra, mas já sobrevivera a outras.

Esses pensamentos foram interrompidos por um braço peludo que saiu da porta da loja e o agarrou pelo colarinho, puxando-o para dentro. Henrique grunhiu e baixou a mão para a adaga no cinto até sentir dedos se apertarem sobre os dele; então ergueu os olhos para o tio.

— Não podemos deixar você aí fora parado feito um poste, não é, garoto? — perguntou Jasper. Ele estava corado e ofegante, mas dava um sorriso de canto de boca e seus olhos brilhavam com diversão. — Venha.

Com o tio segurando seu braço, Henrique atravessou aos tropeços o assoalho de madeira da loja, entre fileiras de potes de vidro e frascos. As prateleiras estavam tão atulhadas de mercadorias que mal havia um corredor, e o tio teve de se virar de lado e se desviar para chegar ao balcão. O lugar exalava um cheiro forte de vinagre e de alguma outra coisa no mínimo tão azeda quanto. Henrique apertou o nariz para conter um espirro, ainda na tentativa de escutar os perseguidores. Ele ergueu os olhos quando o tio falou com o dono do lugar.

— Mestre Ambrose? Desejo-lhe um dia bom e as bênçãos de Deus. O senhor se lembra de mim? Sabe meu nome?

— Acredito que sim, milorde — respondeu o boticário, sem parecer muito satisfeito com a situação.

O homenzinho era completamente careca, o couro cabeludo de um branco pálido e sardento depois de tantos anos passados na loja longe do sol. Ele se parecia um pouco com um dos peixes estranhos que espiavam das jarras com tampa de vidro das prateleiras mais altas. Quando sorriu, Henrique viu dentes bem curtos, gastos de tal forma que não passavam de tocos que mal saíam das gengivas.

— Esse é meu sobrinho, Ambrose, não muito mais velho do que eu era quando estive pela última vez nesta sua loja.

Henrique e o velho trocaram um olhar cauteloso. Isso foi suficiente para trazer à tona a coragem do boticário.

— Dizem que o... novo conde é um cachorrinho vingativo, milorde — comentou o velho, sugando algo na boca que fez todo o seu rosto se contorcer. — Se eu for acusado de abrigar um foragido, minha vida, minha loja, tudo o que eu tenho será perdido. Sinto muito, milorde. Conheci bem seu pai e sei que ele gostaria que eu fizesse o bem ao seu filho, mas...

Jasper perdeu a paciência com essa cantilena.

— Mestre Ambrose, não lhe peço nenhum favor, apenas que o senhor faça vista grossa enquanto usamos sua entrada para os túneis.

A testa pálida se franziu com consternação.

— A velha porta foi pregada há quase vinte anos — avisou ele, passando a mão pelo rosto onde o suor começara a brilhar.

— Mesmo assim. Há homens me seguindo, mestre Ambrose. Eles manterão as ruas até o porto bem vigiadas. Esse é o único jeito que tenho de passar por todos eles. Tenho um navio à minha espera. O senhor não ouvirá mais falar de mim, a menos que seja para recompensá-lo por manter a boca fechada. Agora, por favor, saia da frente.

O velho deu um passo para o lado e fez uma pequena reverência quando Jasper levantou a tampa do balcão e passou correndo, com Henrique logo atrás.

— Cuide da sua loja, mestre Ambrose. Eu não estive aqui.

Jasper abriu caminho por entre fileiras de sacos e caixotes de madeira prontos para serem abertos. Pegou uma barra de ferro usada como alavanca, girando-a na mão enquanto andava.

A loja se estendia por uma distância surpreendente. No alto, o teto de alvenaria deu lugar à pedra rústica, como se tivesse sido escavada na falésia. Henrique acenou a cabeça para si mesmo enquanto andava. Já ouvira falar de contrabandistas que usavam túneis em Tenby. Sem dúvida o velho não se surpreendera com a exigência.

Jasper chegou a uma parede de velhas tábuas que bloqueava o caminho. Tanto ele quanto o sobrinho ergueram os olhos e ficaram paralisados ao ouvir vozes altas na loja, em tom de pergunta.

Estavam sem tempo. Jasper enfiou a barra de ferro numa rachadura e a puxou, arrancando as tábuas dos pregos. Ele usou a mão livre para aumentar a abertura, e a madeira se despedaçou, levantando uma nuvem de poeira e trazendo um sopro de ar fresco tingido de umidade verde.

O túnel à frente levava para a escuridão, coberto de mofo e escorregadio. Jasper não hesitou em mergulhar nas trevas. Henrique teve tempo de ouvir alguém gritar "Lá! Nos fundos!" antes de partir, com a respiração tão curta que percebeu que estava ficando tonto. Ainda não era hora de desistir, não com o convite à fuga diante dele.

O tio correu em linha reta e às cegas por cem, duzentos, trezentos metros, como se tivesse certeza de que não haveria uma curva súbita nem um bloqueio para derrubá-los. Para Henrique, o simples ato de mantê-lo em vista já era esforço de sobra, embora o terror de ficar para trás desse asas aos seus pés. Mesmo assim, era difícil acompanhá-lo. Jasper Tudor corria por sua vida, e não seria pego por falta de tentativa.

Quando por fim chegou, a primeira curva surgiu tão repentinamente que Jasper bateu de lado na pedra, perdendo o fôlego com um grito de dor. Henrique o ouviu sibilar instruções para si mesmo, e então eles partiram de novo, numa escuridão tão absoluta que era impossível enxergar as próprias mãos estendidas que sacudiam e balançavam à frente.

Jasper diminuiu o passo enquanto contava, os dedos tocando a parede até que encontraram uma abertura. O som dos perseguidores tinha minguado e, quando se viraram mais uma vez para a direita, o silêncio das profundezas da terra pareceu assomar sobre eles. Sem distrações, Henrique se sentiu relaxar. Aquele era um lugar fresco e pacífico que cheirava a pedra e argila — um lugar sem vida, sem som, talvez um lugar de morte, mas ainda assim calmo. Ele sorriu na privacidade da escuridão ao perceber que se divertia. A essa altura, seu tio já precisava se esforçar para respirar, mas continuava em frente, ainda murmurando números até que Henrique percebeu as mais tênues linhas cinzentas perfurando as trevas. Havia luz à frente, que aumentava conforme Jasper voltava a correr. Uma porta minúscula estava diante deles, as tábuas rachadas e cobertas de sarças e samambaias. Estava fechada com uma barra; Jasper a ergueu e, sem hesitar, forçou a porta para abri-la.

Os dois ficaram ofuscados pela luz do sol. Se houvesse homens armados à espera deles naquele momento, teriam sido pegos com enorme facilidade, como se fossem crianças. Mas não havia ninguém, e Henrique ficou boquiaberto ao se ver numa praia de cascalho. A porta fora instalada nos fundos de uma fissura profunda nas falésias do porto, escondida dos olhos de quem passasse. Nas águas profundas, alguns poucos navios balançavam ancorados. Gaivotas grasnavam no céu enquanto Henrique e o tio se esgueiravam até a borda da falésia e espiavam as docas.

Havia guardas por lá: quatro, com a libré da família Herbert. Estavam atentos e portavam armas, mas encaravam a cidade, os olhos voltados para as ruas. Henrique sentiu que Jasper o fitava e olhou nos olhos do tio, percebendo neles alívio e diversão.

— Está vendo aquele barco lá? — perguntou Jasper. — Com um veado no estandarte? É meu. Ele nos levará àquele glorioso navio à nossa espera, aquele com o convés baixo. Entendeu? — Ele esperou o sobrinho fazer que sim e deu um tapinha no ombro dele. — Agora, rapaz, você deve ter visto que dois daqueles guardas têm bestas. Não basta correr até o barco, senão eles simplesmente andarão até a orla e enfiarão uma seta nas nossas costas enquanto os remadores nos levam. Teremos de ir devagar, passeando, talvez um de cada vez. Tudo bem?

— Por que um veado? — indagou Henrique.

Ele viu o tio franzir a testa com surpresa, dando outra olhada nos guardas que aguardavam a menos de duzentos metros.

— Um *hart*, um cervo, rapaz. Eu nasci em Hertfordshire. Meu irmão também. Agora, vá.

Ele deu um empurrão no sobrinho para fazê-lo avançar, mas, teimoso, Henrique resistiu.

— Um cervo?

— O escudo do condado! Talvez uma piadinha também, já que fui caçado a vida inteira. E estou sendo caçado agora, caso você tenha esquecido.

Ele tentou empurrar Henrique outra vez.

— *Espere* — retorquiu Henrique, soltando-se com um safanão. — Minha mãe era inglesa. Se meu pai nasceu na Inglaterra, como é que eu posso ser galês?

A expressão do tio se abrandou. Apesar de toda a loucura da situação, com soldados à caça deles e de vigia no cais, ele deu uma risadinha. O filho do seu irmão falava sério, e ele respondeu.

— Você não sabe? De que importa onde nascemos? Somos aquilo de que somos feitos, e você é o sangue que o fez. O lugar onde nasceu é só... uma questão de impostos. "Tewdyr" é uma linhagem galesa, filho. — Jasper pronunciou o sobrenome com bastante sotaque, fazendo-o soar estranho aos ouvidos de Henrique. — Era o nome do meu pai. Seus ancestrais estavam com Glendower quando ele combateu o dragão branco dos estandartes ingleses. Presto-lhe homenagem por isso, embora eles o tenham derrotado. Nunca foram uma raça resiliente. E, se o nascimento tiver alguma importância, você nasceu no Castelo de Pembroke!

Ele viu que o garoto ainda parecia perplexo e deu um tapinha no ombro dele.

— Veja, você tem o mesmo sangue que corre nas minhas veias: um pouco francês, um pouco inglês e um pouco do melhor galês já derramado por uma boa causa. Você já provou brandy ou aguardente de cereais?

Henrique fez que não com a cabeça, confuso.

— Ah, então não vou lhe falar dos belos resultados obtidos com as misturas. Basta se lembrar disso: homens do seu sangue ergueram a bandeira do rei Cadwaladr, o Dragão Vermelho, o *Ddraig Goch*. Vermelho como a rosa de Lancaster. Não é lindo e poético? Isso é importante, rapaz. É importante que você não envergonhe todos os homens que tiveram seu nome e seu sangue, que vieram antes e que aguardam nós dois. Quando os encontrarmos, não quero que você esteja envergonhado.

Henrique se espantou ao ver os olhos de Jasper reluzirem com o reflexo de lágrimas.

— Gostaria que você tivesse conhecido meu pai, rapaz. E aí está você, o garoto belo e corajoso... e o último da linhagem. Orgulhe-se disso. Entendeu? Agora está na hora, esteja você pronto ou não.

O tio deu outra olhada onde o sol brilhava na areia e no cascalho, cintilando no mar azul. Os soldados tinham se afastado mais um pouco e estavam talvez a pouco menos de trezentos metros de onde eles os vigiavam. Jasper sorriu.

— Henrique, meu irmão não era idiota. Ele conseguia me vencer no xadrez sem parecer se esforçar. Portanto, quando digo ao seu filho único que corra para o barco, esse filho vai correr, está claro? O filho dele, seu belo menino Tudor, não discutirá a ordem. Ele *correrá*, como se o fogo do inferno estivesse atrás dele... e ele de fato estará.

— O senhor disse que eu devia caminhar — retrucou Henrique.

— Mudei de ideia. Tenho a impressão de que se você caminhar vai começar a discutir de novo. E acho que eu não vou suportar isso.

Os olhos do tio faiscaram, mas o rapaz de testa franzida que o analisava não parecia disposto a argumentar.

— O senhor deveria ir na frente. Está cansado. Se formos vistos, será lento demais.

— Obrigado pela preocupação — disse Jasper.

Henrique meneou a cabeça com firmeza.

— Não é preocupação. Não sei se seus homens no barco me levarão sem o senhor. O senhor deveria ir na frente.

Jasper olhou espantado para o menino, a cabeça se movendo para a esquerda e para a direita como se não conseguisse acreditar no que tinha ouvido. No fim, tensionou os lábios até se tornarem uma linha fina.

— Só vá, rapaz. Agora. *Corra*, senão, por Deus, juro que eu mesmo o matarei.

Com um pouco de esforço, empurrou Henrique para o sol, e os dois partiram. Não foi bom para o humor de Jasper ver a rapidez com que o garoto abriu espaço entre os dois, correndo feito uma lebre rumo ao tojo. Jasper não ousou se virar para os guardas que ficaram para trás no cais. Bastaria que olhassem de relance para a direção do som dos passos. Pronto. Um grito atrás dele.

— Preparar para zarpar! — berrou Jasper para seus homens.

Ele viu o primeiro-imediato serrar a corda alcatroada que os prendia a uma escora de ferro, o barco quase virando quando a pequena tripulação de seis homens correu para os remos. O escaler do navio era estreito de través, construído para ser rápido.

Dez passos à frente, Jasper viu Henrique dar um salto que fez seu corpo inteiro ser lançado no ar até ser recebido por mãos que estavam à sua espera. Ele teve sorte de não atingir a lateral do barco e afundar a todos, pensou Jasper, a mente trabalhando com medo e empolgação desenfreados. Sua respiração estava rascante, e suas pernas, lentas e desajeitadas. Ele sentia o barulho das botas na pedra às suas costas e achava que seria atingido a qualquer momento. Quando chegou à beira da doca, Jasper seguiu o exemplo do sobrinho e se jogou de cabeça no barco. Ele não sabia nadar, e pareceu ficar uma eternidade no ar.

Jasper aterrissou atingindo a parte de baixo das costelas na amurada. Suas pernas caíram na água fria e agitada, enquanto seus homens comemoravam e o puxavam. Não podiam remar com o peso dele no costado. Jasper rolou para dentro, ofegando e rindo enquanto fitava as nuvens brancas que corriam no céu.

— Remem! E mantenham a cabeça abaixada! — gritou ele.

Quando o fez, ouviu o estalo seco das bestas, e um remador francês deu um grito agudo, colocando as mãos no peito. O remo baixou fora do ritmo das remadas e deixou de acompanhá-lo. Jasper sentiu o barco virar e praguejou, sabendo que seriam um alvo fácil para os soldados no cais enquanto a proa fazia a volta.

Ele se levantou enquanto o sobrinho agarrava o moribundo e o jogava pela amurada, pegando o remo solto. Henrique se instalou com movimentos rápidos e precisos e com uma expressão de calma absoluta, mergulhando o remo junto dos outros.

O marinheiro atrás do sujeito ferido deu um grito de surpresa e raiva, embora não tenha parado de remar, Jasper notou. Os dois claramente eram amigos. O marinheiro francês parecia estar entre a ofensa e o choro enquanto remava com os outros, ao mesmo tempo que amaldiçoava Henrique Tudor.

A proa oscilante do barco vacilou, e Jasper viu uma seta atingir a água e deixar um rastro de bolhas, errando-os completamente. Os remadores sabiam muito bem a agonia e a febre que os aguardavam caso fossem atingidos. Eles remaram com movimentos bastante amplos, os rostos roxos e inchados enquanto se afastavam das docas.

Cansado, Jasper Tudor voltou a se recostar, apoiado num cotovelo no banco dos remadores, espichando o pescoço para olhar para seu navio, que assomava diante deles. *Pembroke* fora batizado em sua homenagem. Mesmo tripulado e pago pelo rei da França, ele se apegara ao navio. Media quase trinta metros de proa a popa, sete de través, com uma grande vela triangular e bancos para remadores, para quando não houvesse vento. A galeota de construção flamenca era esguia e veloz, e ele sabia que nada no litoral galês conseguiria alcançá-los.

— Não é lindo? — perguntou Jasper a Henrique, que ainda estava inclinado sobre o remo.

Uma parte do Tudor mais velho permanecia consciente da fúria do marinheiro que fitava as costas de Henrique. Jasper não tinha chegado até ali nem arriscara tanto para perder o sobrinho numa briga ou para uma punhalada. Com um suspiro, Jasper tateou a faca que carregava no bolso, uma coisinha afiada só um pouco mais comprida que seu polegar.

Em sua posição no remo, Henrique Tudor conseguia ver a costa se afastar. Os guardas do jovem conde viraram figuras minúsculas e solitárias nas docas, ainda fitando e talvez pensando em seu futuro, agora que os Tudor tinham escapado.

Sob o olhar de Jasper, Henrique sorriu com seus botões, respirando bem fundo para encher o peito estreito. O rapaz estava visivelmente cansado, mas o tio sentia que ele queria terminar a tarefa, então não o interrompeu. Quando se aproximaram do casco do *Pembroke*, os remadores juntaram os remos e agarraram as cordas que lhes foram lançadas. O bote foi amarrado com o máximo de firmeza possível. Jasper fez um gesto para o sobrinho e viu o marinheiro se levantar às costas dele no mesmo instante, o rosto retorcido com uma vontade passional. Quando o francês estendeu o braço, Jasper o desequilibrou lhe dando um encontrão com o ombro, exatamente como o homem pretendia fazer com o rapaz. O marinheiro se debateu e caiu no mar, espirrando água para todo lado.

— O restante de vocês, embarque — grunhiu Jasper. — E cuide desse menino, meu sobrinho, que tem o sangue de reis. Mantenham-no a salvo, caso contrário, serão enforcados.

Eles subiram com facilidade, descalços e fortes. Jasper notou que tomavam o cuidado de mostrar a Henrique onde pôr as mãos nas cordas ásperas, embora as cerdas espetassem a pele macia do rapaz. Quando olhou pelo costado, Jasper se surpreendeu ao ver o marinheiro francês ali, nadando tranquilamente. Poucos dos seus homens sabiam nadar, mas as pessoas que crescem perto do litoral costumam aprender a fazê-lo na infância.

Não havia mais raiva no rosto do marinheiro. Ele sabia muito bem quem o havia empurrado, e seu mau humor fora resfriado pelo mar.

— Milorde, eu sinto muito. Eu tropecei. Não o incomodarei mais.

Jasper percebeu que o homem se sentia culpado, como se tivesse se chocado com o comandante do navio por acidente. Não que importasse o que o sujeito pensava. Por um instante, Jasper cogitou deixá-lo nadar até a praia, mas os guardas do conde ainda estavam lá. O marinheiro conhecia o porto de onde vieram, as forças que tinham, os partidários com que contavam. Jasper Tudor estendeu o braço para ajudar o sujeito a subir de volta ao barco. Quando o marinheiro o segurou, Jasper estendeu sua faca e cortou a garganta dele. A água ficou vermelha em torno do marinheiro, que caiu para trás e afundou com uma expressão de espanto e traição.

Jasper se virou o mais rápido que pôde, voltando a amarrar o cordão da lâmina no cinto. Subiu depressa as cordas, esfolando os nós dos dedos nas tábuas grosseiras, mas sentindo o prazer do sucesso e da brisa marinha. Ele viera salvar seu único parente vivo. Nenhum homem de Pembroke, nenhum criado, guarda, caçador e soldado do conde, ninguém fora capaz de detê-lo. Ele sentiu nas costas o peso do ouro do rei francês e deu um tapinha na bolsa. Parecia uma vergonha simplesmente devolvê-lo, com Londres ainda à frente. Um homem poderia fazer fortuna em Londres, se tivesse um bom capital para começar.

— Içar velas e rumar para Bristol, a leste. Comando esta embarcação em nome do rei Henrique VI da Inglaterra, da casa de Lancaster.

Havia ingleses e galeses na tripulação. Esses deram vivas. Os marinheiros bretões e flamengos só deram de ombros e continuaram levantando a âncora, que se arrastava distante no leito do mar.

4

Vestido de preto, Ricardo, duque de Gloucester, parou no degrau mais alto da escada que levava ao patamar da estalagem, o queixo apoiado na palma da mão, o cotovelo escorado. Seus culotes tinham um acolchoamento em cada nádega. Foram feitos para longas cavalgadas, mas também serviam para manter sua bunda protegida de farpas. O gibão era bastante confortável, com um corte largo que permitia a um espadachim ter liberdade de movimento. De vez em quando, ele raspava o queixo na gola alta, esfregando os pelos loiro-escuros no tecido de linho. Em breve teria de se barbear de novo, embora a experiência fizesse sua pele ficar em carne viva, como um ganso depenado.

Sentia dores nas costas. Ele se mexeu com desconforto para aliviá-las, da direita para a esquerda, cada vez mais entediado e irritado. Numa noite normal, ele imaginava que as conversas e os risos da taverna sufocariam os gritos e as batidas rítmicas vindas do quarto acima. No entanto, com os guardas do rei Eduardo olhando de cara feia para qualquer um que se mexesse ou falasse, a maioria dos frequentadores beberrões tinha escapulido. Os poucos obstinados que ficaram estavam decididos a não prestar atenção em nada. Eles esvaziavam canecas de cerveja num ritmo constante, mantendo o olhar fixo no chão coberto de junco.

Os ruídos no alto aumentavam num crescendo extraordinário, cada nota claríssima através das paredes finas, como se eles estivessem no quarto com o rei. As moças da taverna nem eram tão bonitas, recordou Ricardo, apesar dos boatos que levaram a caçada real àquela porta. Mesmo assim, elas demonstraram entusiasmo suficiente quando viram quem as levaria para o quarto. Eduardo era renomado pela generosidade quando gostava de uma meretriz e sentia que era correspondido. Em breve saberiam o resultado. Ricardo se perguntou se o irmão estaria estrangulando uma delas, considerando o barulho que fazia. Parte dele desejou que sim, só para que ela parasse de gritar feito uma raposa no cio.

Era um pensamento indigno, e Ricardo suspirou com seus botões. Às vezes o irmão trazia à tona o que ele tinha de pior, embora o humor do grandalhão mudasse com apenas um sorriso ou uma palavra. Homens e mulheres ficavam assombrados com Eduardo. Quando estava ao lado dele, ofuscado e esquecido, Ricardo ficava livre para observar os olhos arregalados e as mãos trêmulas. Não havia vergonha em se ajoelhar, pensou, principalmente diante de um rei ungido por Deus. Às vezes lhe parecia que todos os homens foram feitos para se ajoelhar, que tudo o que realmente queriam era um pastor que os mantivesse em segurança e usasse a clava nos lobos que os ameaçavam. Em troca, Eduardo podia ficar com suas filhas para se divertir, e eles não se queixariam.

Ricardo balançou a cabeça, girando o pescoço até estalar, sentindo a força acumulada nos ombros. Quando menino, sofrera terrivelmente com a coluna torta. O remédio do pai fora fazê-lo acumular tantos músculos e força que agora era capaz de arremessar uma bigorna de ferreiro no outro lado do pátio. Não havia se livrado da dor, nem mesmo um alívio, e todos os dias sentia pontadas percorrendo a carne e o interior dos ossos, mas ficou tão forte quanto o pai queria. A poucas semanas do décimo oitavo aniversário, poucos guardas de Eduardo ainda eram capazes de competir com Ricardo. Veloz e de cintura fina, ele se tornara um guerreiro que pensava antes de agir, sempre à procura de um lugar para enfiar a lâmina. Suas lutas não duravam muito, e ele sabia que assustava homens mais velhos que sentiam o toque do inverno nos membros. A primavera dele ainda estava à frente.

Ricardo se deixou afundar ainda mais. Se Eduardo quisesse, os dois filhos de York poderiam comandar os ingleses e os galeses numa grande cruzada contra os blasfemos maometanos, ou contra a França, ou, por Deus, até os confins do mundo. Considerava uma tragédia o irmão preferir ignorar e desperdiçar tudo o que conquistara. Eduardo só ficava realmente feliz quando se embrenhava em bosques ou brejos, rodeado por seus cães, falcões e homens de confiança.

Ficar à sombra de um rei não era a experiência alegre que Ricardo imaginara quando menino e pupilo do conde de Warwick. Na época, o irmão corria um perigo real, sitiado pelos seus inimigos da casa de Lancaster. Apenas o braço forte de Eduardo, apenas sua fé e sua honra o fizeram prevalecer, embora dezenas de milhares jazessem no exato local onde caíram, agora nada além de ossos, ferrugem e covas rasas no Campo de Towton.

Ricardo se afundou mais um pouco na palma das mãos, tentando ignorar as arfadas desavergonhadas uns cinco metros às suas costas. A luta para erguer a coroa e mantê-la parecia ter sido uma época mais nobre, sem dúvida, antes que Warwick, dentre todas as pessoas, se voltasse contra eles e fizesse de George de Clarence, irmão de Ricardo, um traidor, sequestrasse o rei Eduardo e o mantivesse prisioneiro. Warwick não havia cometido regicídio, o que era basicamente a única boa coisa que se podia dizer dele. À exceção dessa última vergonha, ele cometera todos os atos de traição citados na lei.

Uma batidinha peculiar começou a soar, ecoando pelo corredor no alto da escada. O jovem duque ergueu a cabeça para prestar atenção e depois levantou os olhos para o céu. Ele não estava sendo convocado. O irmão não devia ter despido alguma parte da armadura e estava batendo na parede com total despreocupação. Ricardo não sorriu como costumava fazer. Foram noites demais; não, meses demais de torneios ébrios, lutas, quedas de braço e enormes banquetes jogados na enorme boca aberta que era o rei da Inglaterra. Embora Eduardo ainda não tivesse chegado ao trigésimo ano de vida, a antiga armadura ficara apertada demais e ele precisara pagar fortunas por armaduras novas com espaço para respirar.

Já Ricardo se mantinha esguio, a cintura e as costas como couro de sela costurado. Quando comentava com o irmão a diferença entre os dois, Eduardo só sorria, dava um tapinha na barriga e lhe dizia que um homem precisava de um pouco de carne. Era enfurecedor. Ele não sabia se era porque as recompensas do mundo tinham chegado com demasiada facilidade ou porque simplesmente faltava a Eduardo inteligência para apreciar e merecer a própria sorte. Nenhum homem, num raio de mais de cem quilômetros, negaria ao rei algumas moças locais, nem o enorme número de odres ou canecas de cerveja que ele conseguia esvaziar de uma só sentada. Mesmo assim, Ricardo defendera que eles retornassem a Londres para aguardar com dignidade, calma e moderação o nascimento do quarto filho de Eduardo.

— Será uma menina — argumentara o rei, olhando-o com raiva no pátio de treinamento de Windsor.

Naquele dia, eles só enfrentaram os mastros de justa de carvalho acolchoado. Nada havia sido dito em voz alta entre os dois, mas os irmãos faziam questão de não se enfrentar. Em seus pensamentos mais íntimos, Ricardo achava que tinha o talento e talvez a velocidade, mas o irmão era um cavaleiro matador. Os adversários costumavam ser carregados para fora do campo de torneio, por maior que fosse o bom humor no começo. Eduardo não treinava bem, embora lutasse como um arcanjo.

Ricardo mudou o pé de apoio, olhando para o outro lado da taverna. Alguns velhos bêbados entravam no estabelecimento, conforme o crepúsculo se transformava em trevas lá fora. Ricardo estava observando quando três deles avistaram os guardas do rei e pararam, indecisos, passando a língua nos lábios secos. Seus olhos dardejaram para as canecas de cerveja e depois para ele, o espadachim esguio que bloqueava a passagem para o andar de cima e observava tudo que se movia. Um deles tocou a testa para saudá-lo, por instinto, e saiu. Os outros dois decidiram ficar, a escolha visível no leve erguer de cabeça e no modo como os ombros baixaram e relaxaram. Eram homens livres, afinal de contas, com moedas que tinham feito por merecer. Ricardo sorriu ao ver a coragem deles, sentindo o pequeno ato melhorar o próprio humor.

O mundo era cruel e repleto de dor. Ele acordava toda manhã com tamanha agonia nos ombros que mal conseguia se mexer. Só os alongamentos e os exercícios a transformavam na dor leve e constante que ele suportava no resto do tempo. Não se queixava, embora precisasse aguentar muita coisa. Todos os homens conviviam com o sofrimento, e a vida era assim. Matavam o que comiam. Perdiam as esposas que davam à luz e ainda assim toda família, rica ou pobre, encontrava crianças com corpos frios e rígidos pela manhã, para depois enterrá-las com seu luto na terra congelada.

Mais uma vez, os duques eram diferentes, Ricardo sabia, homens que treinavam à exaustão todos os dias para quando tivessem de se defender em combate, ou talvez simplesmente enfrentar outro guerreiro de armadura que quisesse tirar deles tudo que amavam. Foi um desgosto que o pai dele conheceu ao ser decapitado num campo próximo à sua propriedade, o Castelo de Sandal.

Era raro que as mãos de Ricardo não tivessem bolhas estouradas ou seu corpo não apresentasse hematomas. Quando sua determinação fraquejava, da mesma forma que seu irmão era fraco, quando queria empanturrar o corpo faminto ou beber até esquecer tudo, ou quando simplesmente desejava deixar todos os ferimentos sararem para se poupar da dor, ele recitava as palavras que um monge beneditino lhe ensinara para tais ocasiões: "*Non draco sit mihi dux. Vade retro Satana.*" "O dragão não é meu senhor. Afasta-te, Satanás." As palavras se tornaram para ele um talismã, e recitá-las o fazia se sentir sereno. Ricardo vivia com dor, e sua carne se opunha à sua vontade. Mas ele venceria, porque a carne era fraca, enquanto a vontade era um mar profundo o bastante para se afogar.

Por estar no alto da escada, Ricardo talvez tenha sido o primeiro na taverna a ver o arauto do rei se esgueirar pela porta enquanto ela se fechava. O homem usava a insígnia do sol em chamas do rei Eduardo bordada no tabardo que lhe cobria o peito. Como tal, era obrigado a não portar armas nem armadura além da autoridade de seus senhores. Ricardo notou a longa adaga presa ao cinto largo do homem, além da cota de malha coberta de poeira que se estendia das coxas à garganta enquanto ele se virava e examinava a taverna. Então não era o tipo de sujeito que confiava nos outros, pensou, a boca se franzindo num sorriso discreto. Longe das cidades, a lei era um tanto volúvel.

Sentiu o olhar do arauto primeiro passar direto para então se fixar nele. O homem deu um único passo na direção da escada antes que um guarda do rei Eduardo se postasse para lhe bloquear o caminho.

Ricardo fez um gesto para que permitissem que o estranho passasse, embora ainda assim tenham ficado com a adaga do arauto. Os guardas do irmão eram homens cautelosos.

Sem dúvida, o arauto devia conhecer Ricardo de Gloucester de vista, mesmo sem o javali branco bordado no peito da camisa preta. Ricardo viu os olhos do homem passarem por ele enquanto tentava fazer uma mesura na escada sem cair rolando. Bom equilíbrio, observou o duque. O arauto se daria bem numa briga.

— Milorde Gloucester, trago notícias urgentes para Sua Alteza, o rei Eduardo.

— Fale, então, se me conhece. Passarei a notícia para meu irmão.

O sujeito hesitou por apenas um instante. Londres se armava para uma guerra, cerca de trezentos quilômetros ao sul. Ele cavalgara cada um deles sem descanso e sentia dores em pontos do seu corpo que mal se lembrava existirem. Não havia espaço para que se demorasse em detalhes.

— Milorde, o conde de Warwick desembarcou e está formando um exército perto de Londres. — O olhar do arauto se desviou antes de continuar o relato, sabendo a reação que provocaria. — Dizem que o duque de Clarence o acompanha, milorde.

Os olhos de Ricardo se semicerraram e ele se inclinou para a frente.

— Meu irmão George? Ora, ele sempre foi um idiota. A rainha está em segurança?

A pele do sujeito ficou lustrosa de suor, e ele abriu as mãos como se pedisse desculpas.

— Haverá outros vindo com essas notícias, milorde. Fui mandado de Londres por lorde Hastings, camarista de Sua Majestade. Acredito ter sido o primeiro a chegar com a notícia.

Ricardo viu que o arauto tremia, mas se era de medo, de exaustão ou apenas por estar num lugar quente vindo da noite ele não sabia nem se importava. Levantou-se de repente, quase fazendo o sujeito cair escada abaixo.

— Espere lá embaixo enquanto falo com Sua Alteza. Ele terá mais perguntas.

Ricardo atravessou o corredor a passos largos e bateu à porta já abrindo-a, sem se preocupar com a cena que veria depois de receber tais notícias. Mesmo assim, parou na soleira, ligeiramente boquiaberto. Uma criada loira estava deitada nua, de bruços, batendo na parede com o salto do sapato. A entrada de Ricardo interrompeu seus gritinhos de alegria, e ela se encolheu, enrolando-se no cobertor com um guincho.

O rei Eduardo IV da Inglaterra estava deitado de barriga para cima na cama, completamente adormecido e roncando baixinho. Havia outra mulher deitada com a cabeça apoiada no seu braço, o corpo espalhado, com um braço mais pálido sobre a extensão do peito dele.

— Ele disse que eu devia continuar... — justificou a moça da parede, jogando longe o sapato enquanto tentava se cobrir.

Ricardo a ignorou, entrou e chutou o peito do pé do irmão. Não lhe importava os joguinhos de Eduardo e tampouco lhe embaraçava a nudez relaxada do irmão, embora ele jazesse como um peixe morto imenso, pesado, as coxas grossas, ocupando a cama inteira sem nenhum recato. Havia questões mais importantes com que se preocupar. Ricardo o chutou uma segunda vez, com mais força do que pretendia por causa do mau humor, riscando a carne do irmão com a lâmina da espora.

— Pare com isso — murmurou Eduardo, sonolento.

Eduardo começou a se virar quando sentiu a presença de um homem em pé assomando sobre ele. Ricardo viu o irmão passar do estupor ao alerta total num enorme espasmo. Os olhos se abriram de repente, e o rei afastou a moça, pronto a se lançar da cama. Quando viu que se tratava do irmão mais novo, soltou todo o ar que havia prendido, dando uma risadinha e buscando com os olhos a jarra de vinho precariamente equilibrada numa mesinha de cabeceira.

Eduardo começou a fazer algum comentário fútil, mas Ricardo o interrompeu, irritado e tenso.

— Há um exército chegando a Londres comandado pelo conde de Warwick. George o acompanha, é claro. Nenhuma notícia ainda de Elizabeth e das suas filhas. Sinto muito. Desça agora, pode ser? Vou esvaziar a estalagem.

Sem mais uma palavra, Ricardo se virou e saiu, deixando o irmão o encarando consternado. De repente, Eduardo rugiu e estendeu a mão para as roupas que tinha deixado de lado. As duas meretrizes foram mandadas embora sem pagamento, mas não se queixaram depois do que ouviram. Por cima dos culotes de lã e da camisa de baixo, o rei Eduardo abotoou uma túnica grossa ainda fedendo a suor. Então, ficou de pé cambaleando ao lado da cama e mijou com força e por um longo tempo num penico que tirara de baixo dela; em seguida, voltou a se sentar para calçar as botas, erguendo a perna com a força das mãos nos atilhos de couro. Por fim, molhou o rosto e o cabelo com a água fria de outra bacia funda deixada na cômoda. Urrando como um urso, mergulhou o rosto na água, soprou, ofegou e balançou o maxilar enquanto passava a mão no rosto. A cabeça latejava com uma dor constante acima do olho direito. Ele sentia vontade de vomitar, e dois dos seus dentes de trás estavam moles e quentes, herança de algum pedaço de carne preso ali por uma semana. Teria de mandar arrancar os malditos dentes antes que o deixassem doente, disso tinha certeza.

Quando terminou de se arrumar, Eduardo olhou para as manoplas e para a cota de malha, ao lado das placas e das correias da armadura das pernas. Ele passava quase todo dia com tanto peso de metal que, quando o tirava, sentia-se leve feito um menino. Com tristeza, Eduardo deu um tapa na barriga saliente. Seu irmão esguio era um escárnio constante para ele, um motivo de irritação. Eduardo suava mais e, sim, sabia que estava muito mais lento e pesado. No entanto, sentia a força de que precisava nos braços, nas pernas, nas costas. Não era essa a razão de tantas caçadas, restaurar a cintura fina que tivera?

Evitou olhar para a grande pilha de ossos de cordeiro no chão, que tinha ido parar lá depois de ele ter chutado um prato mais cedo. Homens precisavam de carne para lutar e cavalgar. Era uma simples questão de bom senso. Ele se ergueu o mais ereto que pôde, contraindo a barriga e dando-lhe tapinhas. Melhor, com certeza. Quase tudo músculo. O quarto pareceu tremer repentinamente, e Eduardo sentiu um calafrio com o amargor ardente que lhe subiu pela garganta. Ignorou a armadura espalhada e pegou apenas o cinto da espada que estava jogado de lado. Assentiu com a cabeça, satisfeito, enquanto saía do quarto, certo de que ainda não se deixara engordar demais.

Quando Eduardo apareceu, a taverna já havia sido esvaziada à força. Até o dono e os funcionários foram obrigados a sumir; para onde tinham ido, o rei não sabia. Ele viu o irmão Ricardo e um arauto com a libré de York se levantarem da mesa para se ajoelhar na sua presença. Só um dos guardas havia permanecido. Eduardo semicerrou os olhos para a taverna. Sir Dalston, sim. O homem tinha bons olhos para caças caídas em terra.

Eduardo sentiu os pensamentos perderem o rumo, a bebida ainda deixando-o lento e retardado. Ele sacudiu a cabeça, mas o movimento súbito só lhe trouxe um novo refluxo de ácido e fez a sala girar. Uma depressão escura se agarrou nele, fazendo sumir aquela sua primeira onda de confiança.

Ele sabia que havia cem seguidores seus ou mais acampados nos campos próximos, com galgos e mastins, com o falcão-gerifalte do rei e vinte cavalos extras. Amigos e lordes de confiança se uniram e partiram na grande caçada, passando semanas com Eduardo até o farto regime de carne, vinho e cerveja os reduzir a velhos trêmulos. Então eles retornavam às suas propriedades com o objetivo de recuperar a vitalidade, para exasperação das esposas. Em comparação, Eduardo parecia florescer naquela vida.

Além de seu irmão Ricardo, havia outros de elevada posição no grupo real. Anthony, conde de Rivers, cunhado do rei, estava presente, levemente desgastado depois de uma semana das disputas etílicas de Eduardo. Os barões Howard e Say tinham se juntado à caçada, sem dúvida com alguma ideia do favor que poderiam conquistar com o acesso aos ouvidos reais. O conde de Worcester era o último dos homens importantes, conhecido por tratar com selvageria os inimigos do rei. Eduardo se perguntou como Worcester reagiria à notícia do retorno de Warwick. Como condestável da Inglaterra, Worcester supervisionara os julgamentos e a execução de vários seguidores de Warwick nos últimos meses. Não ficaria com uma boa imagem caso a rebelião de Warwick fosse bem-sucedida. Eduardo fez uma careta ao pensar nisso.

No total, ele tinha talvez cento e quarenta combatentes — e um número igual de criados que poderiam usar uma lâmina se a vida deles dependesse disso. Eduardo praguejou entre os dentes enquanto cambaleava nos degraus. Não se tratava de um grupo grande, essa era a verdade. Mas ele não podia levar um exército sempre que quisesse cavalgar, caçar ou visitar uma viúva solitária em alguma propriedade distante. Eduardo levou um momento para passar a mão no cabelo molhado. Os reis deveriam poder cavalgar em sua própria terra sem precisar se proteger dos inimigos. A Inglaterra sempre parecera tão pacífica, tão imutável. Mas era um lugar traiçoeiro. Ele baixou os olhos para o irmão, acreditando perceber desprezo nele, o que o deixou ainda mais irritado. Quando meninos, não sonhavam com uma coroa nem com ducados além do de York. Ele conquistara essas coisas para os dois, elevando-os pelo cinto e pelo colarinho, arrastando-os para a luz. Não merecia aqueles olhares sombrios do irmão. O que Ricardo seria sem ele? Um barão inexpressivo, lembrou-se, um homem esquecido.

— George está com ele? Nosso irmão? — perguntou Eduardo, a voz tensa. Irritado, pigarreou, fazendo as faces corarem.

Ricardo fez uma careta e assentiu.

— Voltado contra nós. Com os arqueiros e os homens de armas das propriedades dele, não duvido. George consegue pôr dois ou três mil em campo, até mais. Você sabe que Warwick consegue o mesmo, sem sequer recrutar ou convocar às armas nos condados. Na atual situação, fomos pegos num lugar onde estamos em desvantagem.

— Não me sinto em desvantagem tão perto de York, irmão! — retrucou Eduardo. Ele se esforçou para soar confiante, embora tentáculos de trevas parecessem arrastá-lo. — Eu já os convoquei uma vez.

Em vez de discutir, Ricardo sentiu a dor e a confusão do irmão. Seu tom se atenuou um pouco quando continuou:

— Eles virão em nome do rei, Eduardo; virão, sim. É claro que virão. Já mandei nossos rapazes com sua insígnia para tirá-los da cama. Cada hora trará mais homens para o nosso lado, não tenho dúvidas.

Ele só não disse que seria impossível fazer isso a tempo. O arauto de Londres percorrera os trezentos quilômetros em apenas dois dias, trocando mais de dez vezes de cavalo em boas estradas. Fora uma façanha e tanto de cavalaria e resistência. Entretanto, Ricardo de Gloucester fora pupilo de Warwick e morara anos na casa do conde. Admirava muitas qualidades de Warwick, e uma delas era a capacidade de agir depressa enquanto os outros hesitavam e discutiam. Isso provocara erros no passado: decisões precipitadas, tomadas rápido demais. Neste caso, neste dia, isso significava que Warwick já estava na estrada. Ricardo tinha certeza disso.

Warwick estivera em Towton. Ele havia matado o próprio cavalo e lutara à direita de Eduardo, com o jovem rei em seu primeiro ímpeto de juventude e força. Ricardo de Gloucester sabia que Warwick não deixaria o norte nas mãos de Eduardo, um rei capaz de levantar exércitos. Não. Warwick viria para o norte com todos os dados lançados e todos os homens que pudesse convocar, comprar ou tomar emprestados para pôr um fim a tudo isso.

Eduardo desceu a escada sem firmeza, apoiado no corrimão. Ricardo engoliu em seco, só pensando em agir, mas perfeitamente imóvel no lugar pelo juramento feito ao rei, pela lealdade ao irmão.

Mesmo sem armadura, mesmo com culotes frouxos e a barriga pálida exposta sob a jaqueta aberta, Eduardo tinha uma enorme presença, um peso na sala, e isso em parte se devia ao seu porte físico. Ao baixar a grande cabeça para não bater nas vigas, Eduardo parecia encher a taverna como um urso, de tal modo que o guarda recuou um pouco. Sem dizer uma palavra, ele puxou um banco alto de três pernas e se sentou, oscilando e piscando. Ricardo soube então que o irmão ainda estava bastante bêbado. Sem dúvida a sala girava enquanto Eduardo, com o bafo azedo, se sentava.

— Vá buscar um balde para Sua Alteza — murmurou Ricardo para o guarda.

Sir Dalston pareceu ofendido com a ordem, mas saiu correndo e encontrou um balde de couro velho e rachado. Ele o depositou aos pés do rei como se fosse incenso ou mirra, curvando-se enquanto se afastava. Eduardo pareceu observá-lo, mas seus olhos estavam vidrados.

De repente, Ricardo sentiu um surto de mau humor. Ele teria estapeado ou sacudido qualquer homem até o sujeito ficar sóbrio, mas seu irmão não perdoaria tal desfeita, jamais. Eduardo era capaz de fazer brincadeiras violentas com guardas ou cavaleiros, mas nunca ultrapassava certos limites. O rei não se permitiria ser humilhado nem dominado fisicamente de nenhuma forma, por mais leve que fosse. Ricardo ainda se lembrava de Sir Folant de Guise, que cometera o erro de dar uma gravata no rei quando estavam bebendo juntos. Eduardo suportara um único instante; depois, enfiara a mão entre as pernas do cavaleiro e praticamente lhe arrancara os testículos. Os lábios de Ricardo se comprimiram ao se lembrar do grito agudo de Sir Folant.

Eles ficaram em completo silêncio por um tempo, três homens diante de Eduardo no banco, enquanto ele cambaleava com o olhar perdido. O rei havia erguido um braço ao longo do balcão polido, e todos se espantaram quando de repente ele bateu na madeira com os nós dos dedos.

— Cerveja, aqui — gritou. — Para desanuviar minha cabeça.

— *Mais* cerveja? — questionou Ricardo, exasperado. — Não está preocupado com a notícia? De Warwick marchar para o norte? De George estar com ele?

Esta última pergunta era uma alfinetada maldosa entre eles; em parte, feita para despertar Eduardo de seu torpor. O irmão deles havia se apaixonado pela filha de Warwick alguns anos antes. Com uma assombrosa inabilidade em prever os desdobramentos do caso, Eduardo proibira a união. Então, ambos simplesmente se casaram em segredo; George fora empurrado para Warwick por novos laços de família e lealdade — e, quando acusados de traição, ambos fugiram juntos, com a filha de Warwick prestes a dar à luz.

Ricardo de Gloucester observou com desagrado o pedido de bebida do irmão ser atendido por Sir Dalston, que deu a volta no balcão e tirou a rolha de um barril. Sir Dalston era um cavaleiro corpulento que via o rei com a mesma afeição acrítica dos seus mastins. Não importava ao cavaleiro que Eduardo estivesse ou ficasse bêbado, só que o rei pedira cerveja. E o rei teria cerveja.

Ricardo se limitou a observar quando uma caneca feita de cerâmica marrom-escura e brilhante cheia de espuma foi entregue ao irmão. Ele a agarrou com suas mãos repletas de cicatrizes e bebeu e bebeu, com olhos arregalados e um sorriso infantil nos lábios, engolindo com ferocidade. O rei começou a exibir um sorriso radiante para eles antes de se inclinar de repente e vomitar no chão coberto de junco, errando por muito o balde.

Ricardo bufou pelo nariz, cerrando o punho com tanta força que sentiu os músculos das costas se retesarem. Isso o fez abrir a mão imediatamente, com medo da primeira pontada aguda que sentiu nos músculos. Essa sensação era como se cordas o repuxassem ou suas costelas fossem torcidas e presas no lugar errado. Com um movimento errado, ele podia passar semanas sentindo uma dor aguda feito uma facada, sem que houvesse como encurtar esse período. Sua respiração ficava entrecortada, e sua omoplata, saliente, de modo que a sentia contra a armadura.

Ricardo olhou para o irmão com uma mistura de desdém e inveja. Eduardo expulsara Warwick, e o destino decretara que sua filha daria à luz no mar — e que a criança morreria antes mesmo de chegar à terra firme.

Isso não devia ter sido o suficiente para separar os três irmãos, pensou Ricardo; seria no máximo motivo para um ataque de fúria por causa da tragédia. Poucos eram os pais que não perderam dois ou três filhos, encontrando-os imóveis pela manhã ou vendo-os definhar, com a febre furtando-lhes a vida e os sorrisos. Ricardo fez uma careta ao pensar nisso. Não tinha filhos, e supunha que culparia, *sim*, o homem que o expulsasse para o mar, caso perdesse o primeiro em consequência disso. Uma coisa era certa: desde então as cartas que enviara a George foram devolvidas sem serem abertas. Havia fúria ali — assim como ainda não havia nenhum perdão.

Quando Eduardo se sentou com as costas retas e limpou a boca com as costas da mão, parte da sua consciência tinha voltado. Ele se concentrou no arauto nervoso que, ainda em pé de cabeça baixa, sem dúvida desejava não ter sido testemunha da embriaguez do rei. Coisas como essa eram lembradas e nem sempre perdoadas.

— Você... arauto. Fale dessa mistura de pústulas de pescadores e... meirinhos de Warwick.

Eduardo fez um gesto de irritação ao tropeçar nas próprias palavras, ciente de que seus pensamentos ainda nadavam em lagos profundos.

— Vossa Alteza, como contei ao milorde Gloucester, só vi a primeira manhã, quando atravessaram a ponte de Londres e entraram na cidade propriamente dita. Eram milhares, Vossa Alteza, embora tenham me mandado para o norte antes que fosse possível ver todo o efetivo, em número ou em armas.

Eduardo piscou devagar, fazendo que sim.

— E meu irmão George estava lá com ele?

— Os estandartes de Clarence foram avistados, Vossa Alteza, sim.

— Entendo. E minha esposa? Que notícias tem de Elizabeth? Das minhas filhas.

O arauto se encolheu, corando intensamente. Embora nesse momento desejasse ter aguardado notícias da família real, ele partira num galope desgovernado assim que recebera as ordens.

— Não tenho notícias delas, Vossa Alteza, embora não duvide de que estejam a salvo.

— Há alguma outra coisa que possa me dizer, rapaz? — perguntou Eduardo, espiando o homem que era pelo menos uma década mais velho que ele. Tudo que o arauto pôde fazer foi acenar negativamente com a cabeça, os olhos levemente arregalados. — Não? Nada? Então volte pela estrada do sul e me sirva de batedor. Procure a ralé de Warwick e observe bem que distância o homem marchou nos dias passados desde então.

O arauto estava esgotado, praticamente morto em pé, mas se limitou a fazer uma reverência e saiu depressa.

Ricardo olhou com amargura para o irmão. Ele gostaria de ter interrogado o homem um pouco mais meticulosamente do que o débil esforço de Eduardo, mas a oportunidade fora perdida.

— Outra caneca de cerveja — pediu Eduardo em voz alta, olhando em torno.

Essa foi a gota de água para a paciência de Ricardo. Ele se virou para o guarda do irmão.

— Sir Dalston, deixe-nos a sós.

— Milorde, eu...

— *Saia!* — ralhou Ricardo.

Ele pousou a mão no cabo da espada, sabendo que descontava sua raiva impotente num homem de condição inferior, mas ainda assim incapaz de se controlar. Sir Dalston empalideceu e franziu os lábios ali parado, sem se mexer. Ricardo teve a sensação de que o cavaleiro desembainharia a espada. E sabia que o mataria se o fizesse.

— Vá, Dalston — ordenou Eduardo, liberando o homem de seu dever. — Vejo que meu irmão mais novo quer conversar em particular. Tudo bem. Espere lá fora.

Sir Dalston baixou a cabeça, embora os olhos permanecessem argutos, mesmo que evitassem o olhar ainda furioso de Ricardo.

— Ande, vá — disse o irmão do rei às suas costas, sorrindo quando o homem quase tropeçou e depois voltou a andar normalmente.

— Isso foi mesquinho — comentou Eduardo assim que ficaram sozinhos. — Você forçaria um bom homem a desembainhar a espada? Para que eu tivesse de mandar que o enforcassem? Por quê? Só para me espezinhar? Tenho problemas suficientes e um número tão reduzido de homens que não posso perder nenhum hoje.

As palavras ainda se arrastavam, mas Ricardo sentiu parte do seu medo se aliviar. Ele precisava do irmão atento. Quando sóbrio, Eduardo era o sol em chamas que usava bordado no peito e gravado no metal da armadura. Ele comandava como se tivesse nascido para ser rei — a habilidade mais próxima de magia que Ricardo já vira.

O duque respirou fundo, esforçando-se para se acalmar.

— Eu tenho medo — disse em voz baixa. — Você conhece Warwick tão bem quanto eu. Não recebemos nenhuma notícia de exércitos se reunindo na França. Ele deve ter posto seus espiões para trabalhar muito desde o ano passado, e mesmo assim essa é a primeira vez que ouço falar dessa conspiração. E aqui estamos, com algumas dezenas de homens, o inverno quase sobre nós... e milhares na estrada para tirar sua coroa.

— Eu já lutei durante o inverno, Ricardo. Na neve — declarou Eduardo depois de um tempo.

Então ele levantou o grande volume de cabelos que envolvia a cabeça e o amarrou com uma tira de couro. Quando voltou a erguer os olhos, eles estavam mais claros.

— Uma ida ao banheiro acalmará minhas entranhas agitadas. Algumas horas de dura cavalgada acabarão com essas dores que fazem minha cabeça doer. Visitaremos algumas aldeias, você e eu, está bem? Vamos convocá-los pela rosa branca. Como já lutaram por mim outrora.

Ricardo percebeu que o irmão precisava ser tranquilizado. Mais que tudo, ele queria concordar com Eduardo, dar um tapinha no ombro dele e sair cavalgando; porém, no último instante, descobriu que não conseguiria fazer isso.

— Irmão, Towton não foi há tanto tempo assim. Quando foi? Dez anos atrás? Mas trinta mil homens morreram. Uma geração perdeu maridos, irmãos, filhos...

— E os que eram meninos de 12 anos naquela época têm 22 agora, no auge da forma! A terra nos dá safras de trigo e lúpulo... e de *homens*, irmão. Nunca tema por isso.

Ricardo sentiu o olhar do irmão. Eduardo estava imensamente gordo e tão fora de forma que bastava montar seu corcel para ficar ofegante. Na verdade, o rei era um homem profundamente infeliz, com seu casamento frio, vazio e sem herdeiros. Caçar era seu único prazer. Não por acaso se mantivera tão longe de Elizabeth quando o fim da gestação se aproximava. O rei mal passava tempo na presença dela.

Mas naquele olhar ainda estava o extraordinário poder persuasivo dele. Ricardo não queria desapontar o irmão mais velho. De certo modo, seria doloroso ver o sorriso desaparecer do rosto largo de Eduardo.

Ele reuniu coragem para ser cruel, para dizer a Eduardo que eles não tinham escolha além de fugir, que estavam no lugar errado, na estação errada e que Warwick já vencera... mas não conseguiu. Em vez disso, Ricardo se agarrou ao fio de esperança que tinha feito Eduardo vencer todas as suas batalhas. Os homens acreditavam nele — e o rei provara que tinham razão em acreditar. Ricardo escondeu seus medos e seu desalento e deu um leve sorriso forçado.

— Tudo bem, Eduardo. Cavalgarei ao seu lado mais uma vez.

Os monges que cuidavam do livro e administravam o santuário não estavam em lugar nenhum, é claro. Além da parteira, da própria Elizabeth e de sua mãe, duas outras criadas corriam de um lado para o outro na pequena sala, aquecendo vasilhas de água num braseiro que reduziria a cinzas o cordão umbilical e o âmnio para impedir seu uso em rituais de magia negra.

Elizabeth estava bastante calma e falava para tranquilizar todas elas, enquanto a parteira esfregava suas coxas, relaxando os músculos tensos.

— Dei à luz três filhas saudáveis e, antes, dois filhos para meu primeiro marido. Digo-lhes tranquilamente que vou parir mais um como se fosse uma ervilha.

Ela parou, sentindo a tensão crescente que era cada contração. Por algum tempo, não houve som nenhum na sala, a não ser o ruído das mãos que esfregavam nela óleo de rosas. A parteira fez uma oração a santa Margarida, padroeira dos partos. Quase com timidez, a mulher enfiou uma pedra de jaspe vermelho polido na mão direita de Elizabeth. Ela sentiu seu calor e agradeceu com um movimento de cabeça, sem conseguir falar.

— Estou vendo uma cabeça — avisou a criada com empolgação.

A parteira a tirou do caminho e mergulhou a mão inteira na jarra de óleo. Ela aguardou com paciência o fim da contração antes de enfiar a mão entre as pernas de Elizabeth. A rainha olhou para o teto, enquanto a mulher mais velha acenava a cabeça para si mesma.

— Cabeça para baixo, contorcendo-se. Ótimo. O cordão está limpo e solto. Milady, a criança está vindo. Faça força, querida. Faça o máximo de força que puder.

Outra hora se passou, e as velas se queimaram todas antes que a criança saísse apressada, vermelha e abrindo a boca para um choro sem som.

— É um menino, milady! — avisou a parteira.

Mesmo para alguém com tanta experiência, ela ficou bastante satisfeita de trazer ao mundo o herdeiro do trono — apesar das circunstâncias complicadas. Um marido no exílio. A casa de Lancaster reivindicando seu antigo direito ao trono. Um menino nascido em solo sagrado.

— Eduardo! Ele terá o nome do pai. Um dia, será rei — declarou Elizabeth com orgulho, afastando uma madeixa de cabelo do rosto. Ela ofegava de leve, mas o alívio era ainda mais forte. As três meninas que parira não tinham garantido o trono do marido. Só um filho o faria.

A parteira mordeu o cordão para libertar a criança, depois lambeu o rosto do menino até limpá-lo e o envolveu em tiras de pano limpo antes de entregá-lo a Elizabeth. Uma das criadas abriu a blusa para mostrar os seios cheios, os olhos da moça marejados de lágrimas por causa do bebê que perdera dias antes. A parteira franziu a testa.

— A Santa Virgem amamentou o próprio filho, milady. A senhora sabe que a Igreja não aprova o uso de amas de leite. Talvez, como estamos em solo consagrado...?

— Não, querida — retrucou Elizabeth com firmeza. — Meu marido está sendo perseguido e não posso pôr o pé fora dessas salas de pedra sem ser aprisionada. Tenho tanta raiva dentro de mim que meu leite faria da criança um tirano sanguinário. Deixe que assim seja... e deixe que meus seios sequem.

Ela pegou a mão da mulher e devolveu a pedra de jaspe, aquecida pela sua pele. Os olhos de Elizabeth continuaram na criança enquanto era enrolada em panos. Seu filho. Filho de Eduardo, finalmente.

5

Lincoln era um lugar bastante lúgubre para perder a coroa, pensou Ricardo. A chuva escorria pelo seu rosto, desaparecendo sob a cota de malha e a túnica e fazendo a capa parecer feita de chumbo. Ele não se importava com o frio, mas havia algo na umidade que fazia suas costas doerem e transformava o ato de se levantar todo dia num sofrimento ainda maior. Ele concluíra que não gostava de Lincoln, embora talvez fosse a companhia que cavalgava ao seu lado, homens de cabeça baixa e com ar de derrota. Enquanto seguia pelo ponto mais alto de um campo e atravessava um pequeno bosque de carvalhos, cada respiração ofegante parecia furtar um pouco de calor. Esse tipo de elevação era bastante raro na região, e por isso que o rei Eduardo o apontara e levara seu bando esfarrapado para lá.

Os campos e as florestas de Lincoln podiam ser lugares de beleza soporífera. Não fazia muito tempo que o verão chegara ao fim, e, para os que recordavam os longos dias quentes, era como se o sol pudesse despontar mais uma vez a qualquer momento. Não parava de chover, no entanto, e as nuvens continuavam cobrindo o céu. Trilhas no campo que antes eram de terra batida pela passagem do gado se tornavam verdadeiros atoleiros, a lama quase funda demais para um homem atravessá-la a pé. A lama respingava enquanto cavalgavam, até estarem todos tão pintalgados quanto ovos de melro-preto — e quase igualmente azuis em torno dos lábios.

Ricardo via as costas curvadas de Eduardo logo à frente, o irmão travado na sela e fazendo o cavalo trotar como se fosse avançar para sempre, subindo rumo ao topo da colina. Cada metro que assomavam revelava mais da terra ao redor. Ele sorriu com essa ideia. Um homem subia — e era recompensado com a visão de longo alcance. Os que se recusavam a subir viveriam para sempre à sombra dos outros e não veriam quase nada.

Ele ainda conseguia sentir a humilhação e a raiva do irmão na cabeça baixa e no olhar feroz. Eduardo arremessara longe o elmo num ataque de fúria na noite anterior. Depois que o rei virara a montaria, Ricardo havia feito um sinal de cabeça a um criado para que fosse buscar a peça da armadura e a colocasse junto com a bagagem. Deus sabia que ainda poderiam precisar daquele elmo.

Três dias tinham se passado desde que o arauto de Londres chegara à taverna perto de York. Cada manhã começara com desapontamento e vira a esperança tremeluzente desaparecer conforme o sol mais uma vez escurecia o céu a oeste. Ricardo ainda mal conseguia acreditar que tinham sido surpreendidos daquele jeito. O irmão ficava enfurecido com isso quando não se importava que o ouvissem e dizia que um rei não deveria ter de revistar suas meretrizes em busca de facas nem vasculhar suas cidades em busca de traidores nem mandar que provassem sua comida em busca de venenos, como um cã do Oriente. Ricardo suportara o grosso dessas afrontas, ao mesmo tempo que pensava que talvez um rei devesse fazer tudo isso. Talvez isso significasse ser rei. Pelo menos no caso de um rei que conquistara a coroa no campo de batalha.

Ricardo sibilou de raiva, sentindo seus músculos doloridos se contraírem. Havia mais de um tipo de batalha, essa era a verdade. No momento em que perceberam que a causa de Lancaster tinha voltado a firmar um pé nas cidades, no instante em que entenderam que uma campanha fora preparada aos sussurros durante semanas ou meses, eles deveriam ter fugido para uma posição mais segura. Quando um rei da Inglaterra não consegue entrar numa cidade e reunir rapazes ao seu serviço, é hora de recolher as bolsas, as moedas e as joias e correr para o litoral.

Eles encontraram aldeias vazias na primeira manhã, trazendo os antigos temores da Peste Negra, que havia feito capim crescer sobre os cadáveres de comunidades inteiras. Entretanto, não havia corpos nas valas. A notícia da caçada real tinha sido levada adiante, e o povo simplesmente partira, fugindo para as profundezas dos bosques e os penhascos altos das charnecas de Yorkshire, lugares tão obscuros e verdejantes que jamais conheceram os passos dos homens. O rosto de Ricardo se retesou no frio, sentindo-o lancetar o frio interior que era ainda maior. Reis não poderiam governar quem se recusasse a ser governado, esse era o segredo. Tudo aquilo, todos os xerifes, meirinhos, juízes e lordes dependiam da obediência silenciosa e duradoura oferecida em troca da paz. Ele se lembrou da história de Jack Cade chegando a Londres, invadindo a Torre. Se o povo se recusasse a seguir, não poderia haver rei.

É claro que Eduardo queimara as aldeias vazias, indo pessoalmente de casa em casa com um ferro em brasa. Alguns dos que o acompanhavam eram o tipo de homem que se deliciava com a destruição, como Anthony Woodville, lorde Rivers. O irmão da rainha rira ao ver as chamas se espalharem, e mais ainda quando cães e gatos saíram correndo com o pelo chamuscado.

No segundo dia, eles queimaram um velho vivo dentro de casa. O velho diabo magricela aparecera quando eles passaram, erguendo o punho em riste e xingando Eduardo de traidor yorkista. Rivers havia fechado e pregado sua porta, e eles esperaram o velho tentar abri-la mais uma vez. A maçaneta sequer balançara conforme o fogo se espalhava. O ancião ficara sentado lá dentro, sem dar um único grito até a fumaça e o calor o consumirem.

A notícia havia se espalhado. Por meio de pessoas ainda leais que encontraram, descobriram que as aldeias foram visitadas por homens que diziam que a casa de Lancaster se reergueria. Cartas foram deixadas à noite, pregadas com belas adagas à porta de tribunais e cartórios. Ninguém viu quando foram colocadas nem ouviu as batidas do martelo, era o que se dizia. As pessoas contavam essas histórias com assombro, como se fossem obras de espíritos sombrios da vingança em vez de mera campanha de homens espertos com cartas, subornos e sussurros. Toda boca que murmurava, todo papel rabiscado dizia que o rei Henrique fora restaurado e que Eduardo não passava do repulsivo filho de uma meretriz que não conseguia manter o que havia roubado. As mentiras eram desagradáveis e simplórias. Ricardo de Gloucester sentiu nelas um toque familiar, pelo menos de nome. Derry Brewer, o espião-mor da casa de Lancaster. Trabalho dele.

Ricardo achou que não era coincidência as cartas entregues por mãos nervosas a ele estarem todas assinadas por "Reynard". Na França, esse era o nome de uma raposinha perspicaz que derrotava animais muito mais fortes com sua inteligência. No outro lado do canal frio e salgado entre as duas nações, Margarida de Anjou e o rei Henrique tinham um herdeiro, um príncipe no além-mar, até mesmo uma espécie de corte, tudo pago pelo rei francês, seu primo Luís. Parecia que no exílio não tinham perdido as esperanças, embora tivessem perdido todo o resto.

Eduardo puxou as rédeas e Ricardo ergueu os olhos mais uma vez, deparando com uma paisagem cinzenta de chuva se estendendo na névoa turva. A neblina da manhã ainda era visível, reunida em torno das chaminés fumegantes das casas de uma aldeia minúscula que conseguiam ver ao longe numa encruzilhada, como uma ruga numa bochecha velha, nada além de umas dez casas e da roda-d'água de um moinho num riacho de correnteza forte. A neblina branca se agarrava aos que lá moravam, enquanto o grupo de caça do rei observava a pouco mais de um quilômetro, sem ser visto no alto do morro. Nem todos os camponeses tinham fugido. Nem todos os cavaleiros tinham dado as costas, por covardia ou ingratidão, ao rei que vencera em Towton. O grupo real havia reunido quase oitocentos combatentes em suas fileiras. Entre eles, dando uma leve esperança a Ricardo, havia quarenta arqueiros. Era verdade que os anos pareciam se acumular nas barrigas desses homens, não nos braços. Ainda assim, houve uma época em que todos eles conseguiam puxar um arco.

Voltou a chover, deixando o ar úmido e com um som que sempre fazia Ricardo pensar em ervilhas secas sendo despejadas numa bandeja de estanho. Homens de armadura sob um aguaceiro. Infeliz, com frio e com fome, ele fitou a distância e decidiu apear.

O bosque de carvalhos no alto do morro era jovem; o tronco das árvores, ainda finos. Ele conseguia ter uma boa visão entre os troncos, mesmo com os ramos ainda repletos de folhas vermelhas e douradas. Sem dúvida foram plantados por algum agricultor que ainda pensava no estilo de vida pagão, antes que os cristãos chegassem às ilhas do estanho delimitadas por falésias brancas. De repente, a mente de Ricardo foi dominada por nomes e livros antigos. Esta terra fria e úmida fora Cassitérides para os gregos, Albion e Britânia, para Roma. Plantar árvores em lugares altos era um hábito dos velhos tempos, um hábito que Ricardo reconhecia. Ele tocou a testa em respeito enquanto se virava para apear, cumprimentando os espíritos da terra. Não seria orgulhoso, não agora que ele e o rei eram caçados.

— *Lá*, a oeste — gritou um dos homens, apontando.

Ricardo se virou para olhar por sobre o ombro esquerdo, o coração apertado. Eles quase foram pegos no segundo dia, absortos na própria arrogância, indo de aldeia em aldeia. Ele tremeu ao lembrar como fora por um triz e como estivera cego, culpando tanto a si quanto ao irmão por deixá-los tão expostos.

Warwick e Derry Brewer tinham pago homens para que se esgueirassem até o centro das aldeias e afixassem traições vis em portas de carvalho mas também arranjaram tempo para reunir soldados no norte, prontos para investir contra o grupo do rei. O rei Eduardo, no entanto, se movera primeiro, ativando cedo a armadilha que o teria deixado entre dois exércitos.

Ricardo balançou a cabeça com raiva. Com toda a neblina e a chuva interminável, eles ainda não sabiam o efetivo que os fazia correr pelo reino. Mais do que poderiam deter e fazer em pedaços, com certeza. O grupo de caça do rei não conseguiria romper esse nó — e, a cada dia que avançavam para o sul, Warwick se aproximava mais, marchando pela estrada de Londres. Era como ser pego por uma tenaz, pensou Ricardo, numa armadilha preparada por homens que conheciam os pontos fortes e fracos de seu irmão. Nenhum tirano francês teria sido capaz de tal feito, não em solo inglês. Este era o cerne da fúria que mantinha Ricardo aquecido na chuva: apenas traidores ingleses conspirariam tão bem, com um resultado daqueles. Em poucos dias cruciais, Eduardo passara da farra descuidada a ser perseguido como um veado diante de cães de caça. Era uma inversão cruel.

A distância, os campos pareciam se mexer. Três colunas de soldados encharcados avançavam a pé como óleo derramado pela terra plana na direção deles. Estavam no máximo a três quilômetros de distância, com certeza não mais que isso na garoa e na umidade. Ricardo se perguntou se os que estavam a cavalo e os que marchavam ao lado, a cabeça balançando, veriam o grupo do rei no alto do morro. Os estandartes de Eduardo ainda adejavam: a rosa branca e o sol em chamas, os três leões da coroa da Inglaterra. O orgulho não lhe permitiria mandar enrolá-los, embora pendessem tão encharcados e sem força na chuva que era quase a mesma coisa.

Para Ricardo, os seguidores de Eduardo não pareciam tão temíveis assim. O grupo do rei não passava de uma manchinha no morro, estendendo-se numa linha de homens trêmulos e cansados, abrigando-se do vento atrás das montarias.

— Continuem em frente, então — gritou Eduardo. — Para leste outra vez. Vejam aquela estradinha lá. Vão para ela e torçam para haver pedra e cascalho sobre essa lama.

Como se em resposta, a chuva dobrou de intensidade e peso, forçando-os a se curvar na sela enquanto voltavam a montar, cegos pela torrente, espancados pela torrente, exaustos. Não havia euforia em terem virado presa.

Ricardo olhou para trás quando chegaram outra vez a um terreno plano, os homens do irmão numa coluna irregular e surrada, saindo do campo. Percebeu que o conde de Worcester tinha ficado para trás, o homem tão ensopado e com tanta febre que não aguentara acompanhar o ritmo. Mastins e galgos caminhavam cambaleando ao lado e entre eles, com focinheiras para que os latidos não atraíssem os inimigos. Ricardo balançou a cabeça, sentindo o desespero aumentar. A chuva tinha feito a névoa se adensar, e ele não via nenhum sinal dos perseguidores. Cerrou os dentes e continuou. Havia redes prontas para recebê-los ao norte e Warwick ao sul. Só podiam fugir para o leste, e Ricardo sabia que Eduardo devia estar pensando nos portos de Norfolk.

A ideia era vergonhosa: que o rei da Inglaterra, o vencedor de Towton, fosse forçado a fugir para o mar. Ricardo pensou no próprio futuro com crescente amargura. Ele não daria as costas ao irmão, isso era certo. Mas essa decisão lhe custaria tudo. Se Warwick restaurasse a casa de Lancaster, os filhos de York seriam chamados de traidores e desonrados.

Ricardo deu de ombros sob o peso da cota de malha e da capa molhada. Ele não tinha esposa nem filhos. Toda a sua honra cavalgava com o irmão, aquele beberrão enorme. Mas ele não abandonaria Eduardo, nem que tivessem de deixar a terra que alimentara e cultivara sua linhagem desde os tempos mais remotos. Com surpresa, percebeu que esse pensamento lhe provocava dor, fazendo seu estômago se retorcer. Não queria ser expulso de casa. Esse lugar fazia parte de quem ele era.

Ricardo percebeu que havia adormecido enquanto cavalgava, então acordou de repente e olhou ao redor para ver se alguém tinha notado. A chuva retornara a cântaros, gelando-o até despertá-lo. Eduardo ainda cavalgava um pouco à frente, curvado e balançando a cabeça como se já fosse um prisioneiro. Ricardo franziu a testa, querendo chamar a atenção do irmão para que exibisse uma postura mais animadora. Sentiu a raiva levar um pouco de calor de volta às mãos geladas. A aurora era mesmo uma hora cruel do dia, em que todas as falhas se revelavam. Se tivesse tido a chance de se manter sóbrio e uma semana para enviar homens de confiança, Eduardo teria conseguido um exército. Jovens ávidos por ascensão e glória sempre o seguiram — cavaleiros ou lordes que gostavam de ter um rei forte no trono e não se importavam nem um pouco com a linhagem debilitada dos Lancaster. Mas os inimigos prepararam uma armadilha perfeita para Eduardo, acompanhando seus passos com tamanho efetivo, que ele não conseguiria reunir homens suficientes para defender a própria posição. Como um urso perseguido por cães, não lhe deram nenhuma chance de descansar, e ele teve de suportar as investidas que o faziam avançar debaixo de chuva.

Num impulso, Ricardo bateu com os calcanhares no cavalo, embora estivesse dormente de cansaço, os pensamentos pesados. A montaria havia passado a noite inteira caminhando através da lama e das lufadas de vento que carregavam folhas na escuridão. Ele supôs que cochilara, mas não conseguia se lembrar de ter feito isso. As costas eram a única parte quente do seu corpo, tão exaustas pela privação de sono, que, quando o cavalo disparou, ele teve de morder o lábio para não gritar.

Quando conseguiu se emparelhar com Eduardo, Ricardo estendeu a mão para dar um tapinha no ombro do irmão. Eduardo recuou, semiconsciente e pálido de um jeito que Ricardo jamais o vira. Seu rosto já fora mais magro, isso era verdade. Tinha acumulado muita carne nos dez anos passados desde Towton, rosada e macia feito uma capa que escondia o homem rijo que havia sido.

— Eles pretendem me acuar, Ricardo — comentou Eduardo baixinho, a voz quase um sopro —, é isso que querem. Eles vão me perseguir e me forçar a virar e lutar, e serão numerosos demais. Eles me forçarão a ir de encontro ao meu fim. Talvez você deva partir. Warwick não tem motivo para ter raiva de você. Me deixe ir sozinho, pode deixar que eu me defendo. Não posso abandonar a Inglaterra como um ladrão.

Eduardo balançou a cabeça, perdido em autopiedade, uma atitude tão irritante para Ricardo quanto os exércitos que os caçavam. Ele cerrou os dentes quando a dor sob a omoplata aumentou e a maldita coisa começou a se mexer e se espremer dentro da armadura. E aí não haveria alívio, ele sabia. Levaria semanas até voltar a se sentar sem sofrimento. Ele rilhou os dentes e sentiu a língua passar por um pedacinho de um deles que tinha se quebrado.

Cornetas soaram em algum ponto às costas dele, uma nota lamuriosa como o grito de um veado. Um arrepio de medo fez Ricardo se virar, mas na neblina da manhã não poderia haver sinal de estandartes. Ainda assim, ser caçado causava um terror gélido, mesmo para alguém habituado ao combate.

Enquanto olhava para trás, Ricardo franziu a testa. Num lugar daqueles, no frio e na chuva e encurralados por inimigos violentos, ele não condenaria os seguidores do irmão se tivessem escapulido durante a noite. Mas eles permaneciam ali, tão teimosos quanto juramentos pessoais e ainda certos de que Eduardo se safaria. Ricardo achou que isso era loucura enquanto piscava os olhos debaixo de uma chuva que deixava tudo borrado. Ele conseguiria fazer muita coisa com uma lealdade dessas, caso um dia a tivesse sob seu comando.

O conde de Rivers cavalgava junto a Eduardo, sempre de olho no progresso social da casa de Woodville, Ricardo não duvidava. Lá estava alguém que ficaria ao lado de Eduardo até o último suspiro, para o caso de algum título ou fortuna precisar de um novo dono.

Esse pensamento era deprimente. Embora nenhum dos dois York tivesse anunciado o plano, eles estavam correndo para o leste, rumo ao porto de Bishop's Lynn, a decisão final se aproximando gradativamente. Com apenas oitocentos homens, a terra estava perdida. Porém, se Eduardo se lançasse ao mar, seria um fim humilhante num mar amargo. Não haveria mais títulos nem grandes caçadas. Nada de York, nada de Gloucester. Os inimigos teriam triunfado, e a casa de Lancaster reinaria mais uma vez, como se os primos nunca os tivessem derrubado. Ricardo balançou a cabeça ao pensar no pobre mudo alquebrado que usaria a coroa. Eles deviam ter matado o rei Henrique, apesar de toda sua inocência tola. Warwick não poderia pôr um cadáver no trono.

O cavalo de Ricardo tropeçou. O animal estava exausto e podia cair a qualquer momento. Será que ele dormira de novo? Eduardo seguia uns doze passos à frente, e Ricardo ergueu a mão para se estapear até acordar, com pancadas dolorosas. Já cavalgava quase sem descanso havia três dias... Não, quatro. Aquele era o quarto dia. Alguns dos homens tinham ficado para trás e já não era mais possível vê-los, mas Ricardo tinha quase 18 anos e não falharia com o rei, seu irmão. Não falharia.

Eles começaram a passar por uma fila de antigas sebes de espinheiros, tão grandes que assomavam e furtavam a pouca luz que havia. A oeste, as trombetas soaram de novo, mais próximas; a leste, pela primeira vez, Ricardo sentiu o cheiro do mar. Percebeu as lágrimas surgindo com a ideia de partir. Teve de tirar a manopla para enxugá-las, mantendo a cabeça baixa para que ninguém percebesse. Quando ergueu os olhos, no entanto, viu que não era o único. Eles forçaram seus cavalos nos últimos quilômetros até as docas. Eduardo parecia apático, de olhos baços, abatido demais para esboçar qualquer reação que não fosse fitar, infeliz, o sol da manhã.

Os pescadores já haviam zarpado, e o porto de Lynn estava silencioso. Ninguém parecia saber o que fazer de tanto cansaço, as mentes pesadas feito chumbo. Centenas de cavaleiros perambulavam a esmo, falando em voz baixa e erguendo os olhos de tempos em tempos para ver os homens que os perseguiam. Ricardo olhou de relance para o irmão, sabendo que Eduardo deveria ter algo a dizer aos seus homens. Ainda não tinham abandonado o rei, mas, mesmo assim, Eduardo estava curvado na sela, perdido, entristecido e distante dali.

Com um gemido dos músculos torturados e das articulações rígidas, Ricardo apeou. A dor era quase insuportável, e ele queria se encostar na ombreira de uma porta e dormir. Em vez disso, tirou a capa e a deixou escorrendo no flanco do cavalo superaquecido. Ricardo cambaleava quando se aproximou de um barco mercante e chamou o capitão. O homem estava ali para supervisionar o carregamento. Tinha observado a chegada do bando de soldados e cavaleiros cansados sem conseguir disfarçar o medo.

— Em nome do rei Eduardo, exigimos transporte seguro — declarou Ricardo.

Não daria para todos. Para oitocentos seria necessária toda uma frota, mesmo que dispusessem de um dia ou dois para embarcar. Ele queria que Eduardo liberasse os homens, dissesse algumas belas palavras e depois embarcasse. Seu corpo doía terrivelmente, e estava tão cansado que até a morte parecia tentadora, uma oportunidade de simplesmente *descansar*.

Como um fantasma pálido, Ricardo não saiu do lugar, piscando para o capitão. Em resposta, o homem deu um passo para trás, balançando a cabeça antes mesmo de conseguir falar e erguendo as mãos vazias.

— Eu sou só um mercador, milorde. Não quero novos inimigos. Não desrespeitei nenhuma lei. *Por favor*, me deixe com meus negócios.

— Não pedirei de novo — retrucou Ricardo, cansado. Ele não ousou olhar para trás, embora suas costas se arrepiassem com a ideia dos homens de Warwick se lançando ao cais. — Em vez disso, cortarei seu coração e o deixarei morto neste convés. Meu nome é Ricardo Plantageneta, duque de Gloucester. Meu dever é preservar a segurança do rei. Não duvide das minhas intenções.

Ele sabia que Eduardo tinha vindo para seu lado pelo jeito como o mercador olhou para cima e depois, nervoso, para a rosa branca de York bordada na túnica dos dois. Eduardo também deixara a capa para trás. Além do símbolo de York, sua túnica tinha pérolas minúsculas bordadas no peito, formando o desenho do sol em chamas. O mercador o encarou com olhos arregalados.

— Posso mandar os cavalos embarcarem? — perguntou Eduardo.

O homem só conseguiu fazer que sim, mudo. Eduardo fez um gesto para lorde Rivers, e o homem começou a dar ordens ríspidas, encaminhando os animais para a rampa. Os cavalos subiram com os cascos ressoando no convés, e o mercador fez uma careta com o som. Ricardo deu um tapinha no ombro dele.

— Há traidores atrás de nós, capitão. Se não zarpar e se afastar além do alcance das flechas quando chegarem a esta doca, não duvido de que ponham fogo no seu navio com flechas embebidas em óleo. É o que eu faria.

Então, Ricardo se virou para o irmão. Eduardo ainda assomava, mas alguma fagulha vital lhe fora tirada. Seus olhos estavam vermelhos quando encontraram os de Ricardo.

— Mande os homens embora, Eduardo. Não podemos levar muitos.

Sem dizer mais nada, Ricardo subiu a rampa até o convés. Atrás, ouviu Eduardo respirar fundo. Quando falou com os homens, foi sem floreios nem apelo retumbante. Ele falou como homem e não como um rei.

— Os senhores me trouxeram a salvo até este lugar. Têm minha gratidão. Se Deus quiser, voltarei a procurá-los e recompensarei sua lealdade. Até lá, vão com Deus, meus irmãos.

Isso era tudo que os prendia nas docas. Eles fizeram reverências e voltaram a montar, trotando para longe em todas as direções. O pobre conde de Worcester sem dúvida já devia ter sido preso, quilômetros atrás dos outros.

Eduardo observou os homens leais partirem até só restarem alguns lordes com criados e guardas. Uma dúzia, no máximo. Eles levaram as montarias até o navio, deixando Eduardo encarando o reino que perdia.

Os cabos que os prendiam à margem foram desamarrados, as rampas, recolhidas, e as velas, içadas ao mastro. Um metro de água surgiu entre a balaustrada de madeira e a doca de pedra, depois dois, e eles se afastaram.

— Qual é seu porto de origem, nosso destino? — gritou Ricardo.

O capitão praticamente chorava ao ver os fardos que havia deixado para trás no cais. O homem o encarou, sem ousar dar voz à raiva pela virada no seu destino. Ricardo de Gloucester teve vontade de atravessar o convés e estrangulá-lo. Um homem podia sofrer perdas maiores do que um mero carregamento. Algo daquela forte emoção no olhar fez o capitão baixar os olhos.

— Picardia, milorde. França.

— Não mais — berrou Ricardo acima da brisa que ficava cada vez mais forte. — Mude o leme e vá para Flandres, no litoral norte. Ainda temos amigos lá. E alegre-se! Você teve um belo papel hoje. Esse seu barquinho leva o rei da Inglaterra.

Em resposta, o capitão fez uma reverência, não que tivesse escolha. Se qualquer um dos seus tripulantes ousasse resistir, os cavaleiros e lordes que restavam a Eduardo ainda eram guerreiros, apesar de toda a fome e o cansaço.

— Flandres, milorde, como quiser.

A terra se afastou e, pela primeira vez em dias, Ricardo relaxou, acompanhando o movimento da coca mercante. Flandres ao norte, com Luxemburgo ao sul. Abaixo deles, os ducados de Bar e Lorraine — e depois a própria Borgonha. Ele criou uma imagem mental de tudo isso, todos os territórios disputados. Eduardo só tinha um aliado no outro lado do canal: o duque Carlos da Borgonha, inimigo jurado do rei francês, que governava sua terra em Flandres. O ducado tivera ganhos enormes enquanto o velho rei francês era fraco. Ricardo invejava a posição daquele homem.

No alto, o sol era uma manchinha de luz entre as nuvens, uma coisa fraca incapaz de aquecer os irmãos, que observavam o litoral verdejante inglês que perdia nitidez ao longe.

— O conde de Warwick voltou, irmão — gritou Ricardo. — Você se tornou menos homem?

Para seu deleite, ele viu Eduardo pensar, as sobrancelhas se erguendo com a reflexão. Ricardo deu uma risadinha. Apesar de todas as falhas e da ruína, ainda havia algo prazeroso na sensação de ter um navio navegando sob eles, dos borrifos de sal e da manhã.

Foi um prazer que sumiu depressa depois que Ricardo passou a sentir ânsia de vômito e foi invadido por um enjoo sufocante que piorava a cada vez que a embarcação subia e descia. Em pouco tempo, seu estômago pareceu ir parar na sua garganta e ele correu até a amurada, conduzido para trás e a sota-vento pelos marinheiros exasperados. Ele passou o dia e a noite seguintes amarrado à popa, a cabeça acompanhando o balançar das ondas cinzentas, indefeso feito uma criança e passando mal de um jeito que imaginara ser impossível.

6

Margarida de Anjou sentia de mil maneiras a melhora de sua situação. Isso ficava evidente na deferência dos cortesãos do rei Luís, homens e mulheres que passavam a vida com uma refinada capacidade de avaliar o poder e as ligações de quem os cercava. Durante demasiado tempo, ela fora apenas uma entre a centena de pequenas *moules* da família real. Margarida ouvira a palavra sussurrada por escriturários desdenhosos e filhas gordas de nobres franceses. As *moules*, ou mexilhões, se prendiam em cachos aos cascos dos navios ou cresciam nas rochas e se abriam para pegar comida, como filhotes de pássaros no ninho. Ela não sabia se a comparação doía ainda mais pela verdade que continha.

Seu pai ainda estava vivo, o que era um motivo diário de irritação. Outros da geração dele tinham falecido docemente durante o sono, cercados por entes queridos. Renato de Anjou não havia partido, agora magro pela idade, mas ainda um grande sapo branco com seus mais de 60 anos. Embora morasse no Castelo de Saumur, não convidara a filha para ficar com ele. Nos seus momentos privados, Margarida admitia para si que, se seu pai a tivesse chamado, era possível que ela o sufocasse durante o sono, de modo que talvez essa não tenha sido uma decisão ruim por parte dele. Renato, em vez disso, oferecera-lhe uma casa velha e decrépita na propriedade de Saumur, uma cabana mais adequada a um carvoeiro, sem nem sequer um teto. Talvez tivesse feito isso para deixar clara sua desaprovação;

ele a mandara ao mundo para se casar com um rei inglês — e ela voltara com um filho e pouco além da roupa do corpo.

Mesmo assim, a ideia fazia a raiva arder dentro dela, anos depois. Como era estranho que o rei francês lhe demonstrasse mais bondade e misericórdia que seu próprio pai! Chamavam o rei Luís de "Aranha Universal, por todos os seus planos engenhosos, suas conspirações. Ainda assim, ele determinara um estipêndio para Margarida e lhe permitira ocupar aposentos no Palácio do Louvre, na capital, acompanhada dos criados cujos modos mudaram de forma tão abrupta no último mês. Ela e o filho foram pequenas *moules* no navio do Estado, sim, mas Warwick cumprira sua palavra, e o marido de Margarida havia sido libertado da Torre.

— E Henrique usa a coroa mais uma vez — sussurrou ela com seus botões.

Não era apenas a resposta às suas orações; era o resultado de anos de trabalho. Ela inclinou a cabeça, encarando uma janela adornada com folhas de ouro, cada delicado detalhe colado por um mestre cujo trabalho era unicamente este. Ela conseguia ver o próprio reflexo quando focalizava com mais atenção. O tempo havia furtado o viço juvenil de sua pele, cravando nela suas garras. Margarida passou a mão no cabelo enquanto se examinava. Cada dia exigia um pouco mais de talento com cores e pós — e, ainda assim, perdera vários dentes ou eles se acastanharam. Ela bufou, irritada com os sinais de uma fraqueza que não sentia. Não tinha dores, o que podia considerar uma bênção. Quarenta anos era o começo da velhice, principalmente para quem tinha visto e perdido tanto no quarto de século que lhe haviam concedido na Inglaterra. Agora, entretanto, tinham lhe dado outra jogada em troca.

Mesmo depois de tanto tempo, ela não sabia com certeza se podia confiar em Warwick.

— Mostre-me — dissera ela, imperiosa e inflexível, quando ele havia feito as promessas.

O pai dele havia sido morto pelos homens dela, era isso que a perturbava e a fazia temer. Salisbury caíra junto com York, e, embora ela só tivesse sentido triunfo, aquele momento fora seu maior fracasso. Ao derrubar os pais, ela deixara espaço para os filhos.

Seria Warwick um dia capaz de perdoá-la? Ele não nutria nenhum afeto por ela, isso Margarida compreendia. Na verdade, não lhe restava opção, após se desentender com Eduardo e sua preciosa e traidora casa de York. Ele disse que queria desfazer a dor e o pesar que havia provocado. Como se isso fosse possível.

Margarida fungou, o primeiro sinal dos resfriados de inverno que a importunavam durante meses todos os anos. A vida se desenrolava como bifurcações em trilhas nas profundezas de uma floresta. A cada escolha feita, o homem ou a mulher tinha de continuar em frente, sem poder retornar e encontrar o caminho de volta para uma época mais feliz. Tudo o que se podia fazer era avançar aos tropeços, embrenhando-se cada vez mais fundo, às cegas e em lágrimas.

Warwick, porém, prometera libertar Henrique de Lancaster, o verdadeiro rei da Inglaterra — e libertara. Ele havia prometido pôr a coroa na cabeça curvada de Henrique, e os espiões dela juravam que o tinha feito. Por isso os cortesãos que desdenharam de seus ornamentos desbotados agora pareciam envergonhados. O marido dela voltara a ser o rei da Inglaterra; seus inimigos estavam sendo caçados. Margarida ergueu a cabeça um pouquinho mais, sentindo a tensão na nuca. Havia passado tempo demais curvada. Ela podia se olhar no espelho, a boneca esquisita do reflexo fitando-a de volta com segurança, sem sentir vergonha.

Tudo que Warwick havia lhe pedido fora que a filha que lhe restava se casasse com o filho dela. Margarida rira quando ele havia apresentado essa ideia pela primeira vez. A filha mais velha dele já estava casada com George de Clarence. Ter uma segunda filha casada com um Lancaster daria a Warwick um genro de cada lado. Algum menino da sua linhagem poderia até ser rei da Inglaterra depois que todos se fossem. Ela jamais tinha visto ambição maior que a dele, e Margarida só conseguia suspirar ao pensar nas coisas que poderia ter contado a si mesma quando mais jovem. Todos os caminhos estavam lá atrás, as decisões tomadas, para o bem ou para o mal.

Seu filho entrou no quarto, as botas com esporas abafadas nos tapetes. Os criados se curvaram quando ele apareceu e, mais uma vez, Margarida viu que se portavam de forma adequadamente respeitosa. Seu belo e jovem Eduardo era mais uma vez o príncipe de Gales.

— Já soube da notícia, mãe? — perguntou ele em francês fluente assim que pôs os olhos nela.

Margarida soubera de tudo horas antes do filho, é claro, embora fizesse que não para dar a ele a alegria de lhe contar as boas-novas.

— Meu pai foi outra vez coroado em Westminster. Só se fala disso em Paris, *maman*! Dizem que Eduardo de York fugiu para o norte, mas que ele só tem algumas centenas de homens. Dizem que ele vai ser caçado com cães e que vai ser feito em pedaços.

— Isso é *magnífico* — comentou Margarida.

Ela sentiu as lágrimas virem e percebeu que seus olhos reluziam. Adorou quando Eduardo se aproximou e segurou suas mãos. Ele tinha uma bela compleição, mais parecido com o avô do que com o pai, algo que vivia lhe dizendo. Aquele homem levara a guerra até o centro da França e derrotara os franceses em Azincourt com força, coragem, fúria e flechas. O menino à sua frente agradaria o rei guerreiro, Margarida tinha certeza. Linhagens grandiosas podiam pular uma geração.

Seu Eduardo era mais alto que o pai, embora não fosse tão alto quanto o gigante de York com quem compartilhava o nome, o que era uma pena. Desde que aprendera a falar, o filho escutara dela milhares de histórias de perda, quando não havia mais ninguém para vê-la chorar. Ele amava a mãe, e com sua juventude tudo que queria era dar um jeito na situação, arrancar a erva daninha do trono. Afinal de contas, a Inglaterra a havia traído. O príncipe Eduardo se esforçara mais que qualquer homem que Margarida conhecia para obter a habilidade e a força de um cavaleiro, embora, é claro, coubesse ao rei francês lhe conceder tal honraria.

Ele estava ali de pé, com os ombros de um jovem touro, o peito largo e os olhos claros, sua saúde e os 17 anos de perfeita juventude evidentes em cada movimento. Margarida sentiu as lágrimas escorrerem pelo rosto e as enxugou com força. O orgulho das mães pode ser avassalador, mesmo para quem já perdeu tanto.

— Quando partimos, mãe? — perguntou ele em inglês. — Meus cães e meus cavalos já estão prontos. O tio Luís disse que mandará comigo os melhores homens que tem à disposição, se eu quiser, só para poder dizer que fez sua parte.

Margarida sorriu. O "tio Luís" e suas teias tinham obtido o resultado que ele queria. Fora o rei francês quem convencera Margarida e Warwick a se encontrarem em primeiro lugar, esforçando-se ao máximo para colocá-los frente a frente. Eduardo de York não tinha tempo para a realeza francesa e preferia a Borgonha, com toda a sua sede vulgar de sucesso. Sem dúvida, o rei Luís estava fazendo um brinde a Henrique de Lancaster enquanto ela falava com o filho.

— Ainda nos resta uma tarefa, meu filho, antes de corrermos de volta para a Inglaterra. Seu casamento com a filha de Warwick. Eu prometi isso a ele, como prova de minha confiança e boa vontade. Warwick cumpriu a parte dele no acordo, pelo menos por ora. Enquanto a cabeça do rei Eduardo não estiver enfiada numa estaca como a do pai nos muros de York, não dormirei tranquila, mas por ora isso é... suficiente.

Margarida ficou satisfeita ao ver o filho gesticular com a mão como se isso fosse mera formalidade. Ele se encontrara algumas vezes com a filha de Warwick depois de anunciado o noivado, mais para manter as aparências que por algum grande desejo de se conhecerem. O coração e o olhar fixo do príncipe Eduardo estavam na Inglaterra, como sempre. Margarida sabia que ele daria tudo para pôr os pés lá outra vez. A tarefa dela era puxar as rédeas da precipitação do rapaz para se assegurar de que a Inglaterra não lhe tiraria seu amado filho. Afinal de contas, aquele reino desgraçado lhe tirara tudo e todos os anos de sua juventude.

— Assim que puder ser feito, mãe. A mim não me importa. Quero estar no mar! Quero observar aquelas falésias brancas mais uma vez depois de tantos verões cavalgando pela costa francesa e vendo-as lá... proibidas para mim. Serei rei, mãe! Como você prometeu.

— É claro.

Ela lhe dissera isso milhares de vezes, mas jamais tivera tanta certeza quanto naquele instante.

Warwick encarava o mar do inverno. Homens armados aguardavam, lotando as estradas e os campos que os cercavam. Além daquelas temíveis fileiras, a cidade de Bishop's Lynn parecia totalmente deserta, as casas fechadas e trancadas como se à espera de uma enorme tempestade.

Warwick olhou para os dois homens ao seu lado — um ligado por sangue; o outro, por casamento. Era difícil não pensar em dezesseis anos antes, quando era o menos experiente, quando seu pai, conde de Salisbury, e o duque de York cogitaram levantar estandartes contra um rei da Inglaterra. Muito havia acontecido desde aquele dia, embora no frio e na chuva fraca não fosse difícil se imaginar de volta ao campo lamacento perto da cidade de St. Albans, com tudo ainda a se desenrolar.

George, duque de Clarence, parecia menos confiante do que o normal. Warwick o observava com atenção, e percebeu que o rapaz havia perdido um pouco de sua segurança. Talvez sentisse a expulsão de Eduardo da Inglaterra como um golpe à sua posição, Warwick não tinha como saber. O genro parecia perdido em pensamentos enquanto eles observavam as ondas. Warwick ouvia focas gritando em algum lugar. Ele não perseguiria Eduardo, não sem uma frota já preparada, pronta para armar uma grande caçada pelo oceano, onde ele não deixaria rastros.

Warwick imediatamente dispensou a própria irritação. Era impossível acertar sempre, e ele se recusava a desperdiçar mais um minuto da sua vida com sentimentos de culpa sem sentido e desejando que as coisas tivessem sido diferentes. Não. Agora ele aceitava seus erros e os colocava de lado. Seguiria em frente.

Seu irmão João, lorde Montacute, estragou o belo sentimento daquele instante ao erguer a cabeça e responder a uma pergunta que ninguém havia feito.

— Devíamos ter deixado alguns navios velozes no mar à espera dele. Sim. Então poderíamos enforcar Eduardo em algum pátio e não ter de nos preocupar com a volta dele.

— Obrigado, João — disse Warwick com azedume. — Isso não me ocorreu.

— Só estou dizendo que não se deixa vivo um homem como Eduardo de York, só isso. Você sabe disso melhor que eu. Ele só vai parar se *acabarem* com ele. Foi para isso que vim até você, irmão. Essa é a caçada que eu queria. Uma limpeza total, com todos os restos jogados pelo ralo. Não isso. Agora passarei o resto da vida olhando por sobre o ombro.

Warwick olhou de cara feia para o irmão mais novo. João Neville era cínico e sombrio, a pele do rosto esticada nos ossos. Era um dos homens mais impiedosos que Warwick já conhecera. Por algum tempo, João chegara a ser chamado de cão de caça de Eduardo, até o rei lhe tirar o título de conde de Northumberland. Foi um dos maiores erros de Eduardo, e tudo por conta de sussurros e manipulações de sua esposinha. Warwick rosnou ao pensar nisso, então voltou a olhar para o mar e recordar sua decisão de não se deixar ficar preso ao passado.

— Não podemos fazer nada agora, João. Você terá Northumberland de volta, como combinado. E eu terei todas as terras e títulos que me foram tirados e negados às minhas filhas. Títulos que você herdará, George, que tal? Quando eu me for.

— E serei duque de York — concluiu George de repente, a voz tensa.

— É claro — respondeu Warwick de imediato. — Quando Eduardo for desonrado, o título será seu por direito.

— E herdeiro. Herdeiro do trono — continuou George.

Ele parecia obstinado e pronto para discutir, mas Warwick se limitou a dar de ombros.

— Como eu disse, embora só depois do filho de Henrique.

— Sim... é claro.

Ele não parecia tão contente com isso quanto estivera antes. O que havia sido uma fantasia estava se realizando diante dos seus olhos. Seu irmão, rei Eduardo, fora expulso da Inglaterra. Henrique de Lancaster ocupava mais uma vez o trono, e George se lembrou de que o filho de Henrique era um rapaz forte. Ainda assim, ser o segundo na linha de sucessão do trono da Inglaterra não era pouca coisa. Warwick observou George dar de ombros e decidir aceitar e esperar. Era tudo o que podia pedir.

— Bom rapaz — comentou Warwick, representando com perfeição o sogro expansivo ao segurar o ombro do outro. — Agora, vá e veja se os capitães sabem montar acampamento. Estamos longe demais da estrada de Londres para voltar hoje. Parece correto e apropriado ficar de vigia, pelo menos uma noite. Não posso fazer mais que isso agora.

George de Clarence baixou a cabeça, satisfeito por receber tal responsabilidade. Ele se afastou, e Warwick esperou que estivesse longe o bastante para não ouvir o que ia dizer antes de se virar para o irmão, esperando encontrar aquela exata amargura na expressão dele.

— Era impossível virmos mais rápido, João, eu juro — explicou Warwick. — Você me disse que Eduardo fugiu cedo. Isso salvou a vida dele.

— Ele voltará — retrucou Montacute, cuspindo no calçamento como se essas palavras fossem amargas.

— Talvez — considerou Warwick. — E, se voltar, seremos os seguidores do verdadeiro rei, com Henrique, sua esposa e seu filho, o príncipe de Gales, todos a salvo. Talvez eu pague um exército para protegê-los quando o Parlamento me devolver minhas propriedades. Por Deus, eu pagarei! Por que deveríamos convocar agricultores rabugentos toda vez que precisarmos que lutem? Deveríamos ter soldados de verdade, como as antigas legiões. Homens que não voltem para casa no campo para fazer a maldita colheita.

— Dizem que ele engordou — comentou Montacute, ainda insatisfeito. — Mas Eduardo de York continua sendo o homem mais perigoso que já conheci. Ele voltará, a menos que você faça algo contra ele. Use os homens que tem. Derry Brewer, por exemplo. Aquele filho da mãe depravado é mais astuto que vários dos seus companheiros do Parlamento. Entregue uma bolsa de ouro a Brewer e lhe diga que se certifique de que Eduardo de York não nos incomode mais. Ele saberá o que fazer.

Warwick esfregou o queixo, cansado do frio e da umidade. Recordou as vezes que demonstrara misericórdia na vida e tudo que isso havia lhe custado. A decisão não era difícil, e ele não sentiu remorso.

— Tentarei fazer isso. Nenhuma palavra sobre o assunto ao jovem George. Ele já está dividido o bastante, e quero mantê-lo leal.

— Eu não confiaria nele — disse Montacute.

— Você não confia em ninguém — replicou o irmão.

— E isso me serviu bem.

Jasper Tudor mal conseguia acreditar no quanto Londres era movimentada enquanto atravessava ruas estreitas rumo ao Palácio de Westminster. Ele havia passado os quatorze anos anteriores na França e em Flandres, sobrevivendo e aceitando o tipo de trabalho de soldado que seu pai, Owen, conhecia tão bem. Fora capitão de uma tropa e guarda de um armazém, meirinho de um xerife e, num ponto baixo, lutador profissional, nocauteado três vezes. Tudo isso tinha ficado para trás, e ele ainda mal conseguia acreditar como sua sorte mudara.

No rio, via navios mercantes e mil barcos a remo ou impelidos por varas nas águas rasas. Tudo o que o mundo podia fornecer era vendido bem ali, nas docas. Parte do barulho e do clamor minguou quando ele e o sobrinho levaram as montarias para oeste, mas havia casas e ruas brotando na terra entre a cidade e o grande palácio. Um dia, pensou Jasper, a cidade engoliria Westminster completamente. Ele balançou a cabeça, impressionado por tudo aquilo.

Mas não era o barulho do comércio que o empolgava. No Palácio de Westminster, seu meio-irmão, Henrique, usava uma coroa antiga. O primeiro filho de sua mãe, pensou Jasper, espantado, tirado do cativeiro como Daniel do covil do leão ou José do poço onde os irmãos o jogaram. Henrique era rei, e a estrela de Lancaster tinha voltado a ascender. Era uma sensação inebriante, e Jasper não parava de olhar para o sobrinho, com vontade de compartilhar seu espanto e sua alegria.

Henrique Tudor parecia impassível ante o espetáculo do rio da capital, embora Jasper se maravilhasse ao pensar no contraste para quem fora criado em Pembroke. Talvez o sobrinho tivesse esperado gritos e multidões e, por isso, não ficasse surpreso com tudo aquilo. Ou talvez, como Jasper começava a suspeitar, houvesse algo de errado com o garoto, alguma parte que não reagia como deveria. Ainda assim, ele sorriu para Henrique, convidando-o a sorrir. O menino sem dúvida havia sido maltratado, criado com algemas e maldições, sem pais nem amigos. Não era surpresa que fosse frio nos seus modos e nas suas maneiras. Jasper acenou positivamente com a cabeça. Ele conhecera um cão que fora submetido a surras durante meses antes de romper a corda que o prendia e encontrá-lo em seu pequeno acampamento no bosque, atraído pelo cheiro do guisado. Demorou muito para que parasse de morder e tremer, para que recuperasse a confiança. Talvez fosse essa sua tarefa com o sobrinho, pensou, ensiná-lo a encontrar um pouco de alegria, mesmo num dia gelado de inverno.

Jasper seguiu um caminho que se afastava do rio, em torno das imensas muralhas do palácio. Ele e Henrique apearam com a abadia às costas, erguendo os olhos com assombro ao entrar em Westminster Hall, que se estendia para cima e para longe. Jasper sempre perdia o fôlego diante de seu tamanho e de sua pura ostentação. Os conselhos do rei se reuniam nos salões cavernosos de Westminster, os Comuns e os Lordes — e, acima e além, ficavam os aposentos do próprio rei.

Para dar sorte, Jasper tocou numa barraca de madeira onde um velho encarquilhado vendia penas de ganso a advogados, um centavo a dúzia. Estava ao alcance do rei Henrique conceder o Castelo de Pembroke de volta ao homem que o amava acima de tudo. Jasper mal ousava pensar nisso pelo desconforto que essa ideia lhe causava. Um homem podia manter a bexiga cheia por muito, muito tempo, mas sentia uma agonia profunda assim que pegava o penico. Estar perto do seu maior desejo pode ser uma dor peculiar.

Um andar após o outro, eles subiram, passando por salas onde o som era abafado por tapetes, tapeçarias e mobília de madeira grossa e pesada, de modo que todo o mundo externo parecia se afastar. Jasper e Henrique foram detidos várias vezes por homens do rei que usavam a libré com a rosa vermelha de Lancaster bordada e os símbolos reais do cisne e do antílope. Jasper se deteve e para examinar a insígnia de peltre que um guarda usava com uma imagem do rei Henrique a cavalo, segurando um orbe e uma cruz. O sujeito pareceu satisfeito com a atenção e respondeu à pergunta enquanto olhava para a frente.

— Comprei na feira, senhor. Pegue, se quiser. Posso arranjar outra.

— Não. Sua lealdade me dá alegria suficiente — justificou Jasper. — Eu mesmo encontro a minha. Que cidade esta, em que já estão vendendo insígnias do rei Henrique antes mesmo de ele ter esquentado o trono.

— Não há lugar como Londres, senhor, isso é verdade — respondeu o homem, empertigando-se um pouquinho mais.

Jasper sorriu de repente e seguiu para o lance de escada seguinte, que o levaria aos aposentos do rei. Mais guardas esperavam lá, olhando-o de cima. Jasper suportou tudo isso de bom humor, observando que o sobrinho parecia fascinado com tudo, os olhos indo de um lado para o outro.

Tio e sobrinho foram meticulosamente revistados na última porta. Jasper entregou duas adagas antes que elas fossem descobertas e tomadas.

— Quero-as de volta — disse ele, antes de, ao lado do filho do irmão, caminhar até a presença do rei Henrique da Inglaterra.

Jasper percebeu que sorria enquanto seguia o rapaz. A uns trinta metros, o rei estava sentado, a cabeça voltada para o raio de sol que se infiltrava na sala por uma janela sobre o Tâmisa. Embora houvesse guardas ao longo das paredes, apenas um arauto e Derry Brewer se postavam perto do trono. Jasper passara anos suficientes na torre de Pembroke para não se assombrar demais com a altura, mas ainda era difícil afastar os olhos da imagem de Londres que a janela revelava, um lugar movimentado de casinhas, ruas, feiras e grandes campos, com o rio serpenteando por tudo no ritmo do inverno. O dia estava límpido, e ele tentou preservar aquela imagem na memória.

— Mestre Jasper Tudor — anunciou o arauto quando ele se aproximou —, que foi conde de Pembroke. Seu sobrinho Henrique Tudor, filho de Edmundo Tudor, que foi conde de Richmond.

O homem pareceu desapontado por não ter mais a dizer. Jasper franziu a testa ao ver que o rei Henrique continuava encarando a janela.

Então, Derry Brewer avançou, usando um belo gibão castanho e culotes pretos apertados. Jasper observou a tira de couro no olho e a bengala de aparência nodosa que Brewer usava, mais parecida com uma maça de abrunheiro do que com um instrumento para ajudar o equilíbrio.

— Sua Majestade não é mais dada à fala e à conversa fiada como na última vez que a viu, mestre Tudor. Seu espírito se partiu em St. Albans... e ainda não se recuperou. Mas me lembro do senhor. O senhor lutou bem e entregou seus arqueiros ao destino sem hesitar.

— Todos levamos nossos cortes e golpes, mestre Brewer. Pembroke me foi tirado e dado aos meus inimigos.

— Ah, o mundo é um lugar difícil — comentou Derry despreocupado, compreendendo que o homem diante dele estava satisfeito com a oportunidade de citar suas posses perdidas.

Todos que visitavam o rei Henrique tinham alguma história do tipo. Metade das terras e dos títulos da Inglaterra fora concedida por favor na última década. Tudo seria resolvido pelos tribunais e em particular, um ou outro, embora Derry desconfiasse de que levaria uma vida inteira de disputas.

Jasper estendeu a mão e forçou o sobrinho a avançar um passo, de modo que o rapaz quase tocava o rei.

— Este é Henrique. Filho de Margarida Beaufort e do meu irmão Edmundo. Sobrinho do próprio rei Henrique.

— Mas por parte de mãe, não é? — indagou Derry alegremente. — O senhor é filho de Owen Tudor, mestre Jasper, não do rei Henrique de Azincourt. Há uma diferença, no sangue e no coração.

— Margarida, a mãe dele, é da linhagem dos reis de João de Gaunt — retrucou Jasper com rigidez, lembrando-se de como achava irritante o espião-mor do rei.

Derry estalou a língua para ele e deu de ombros.

— Lembro-me de que havia uma amante... Alguns filhos nascidos fora do leito conjugal? Foi tudo há tanto tempo... e a linhagem masculina legítima é que importa. Henrique IV, V e VI, colega, e os homens da casa de York são apenas usurpadores que pulam e agarram as moedas como os aleijados de Londres nos dias de festa. — Jasper viu o rosto do sujeito se contorcer, a boca deixando evidente o desdém. — Então, seja lá qual for sua pretensão, o senhor não tem nenhum direito além do grande papel que já lhe coube.

Pela primeira vez, a testa de Jasper relaxou. Ele se perguntou quantos outros tinham vindo implorar velhos títulos e qualquer outra coisa ao alcance do rei.

— Não estou aqui com nenhuma pretensão, senhor — disse ele com segurança. Foi duríssimo naquele momento não mencionar Pembroke e fazer de si mesmo um mentiroso. — Trouxe meu sobrinho de Gales e achei que seria bom apresentá-lo ao homem com quem partilha o nome, seu parente de sangue, o rei Henrique. Apesar de todas as suas farpas, mestre Brewer, meu sobrinho *é* da casa de Lancaster.

Derry Brewer sopesou os dois num olhar frio que captou os rasgos remendados e o tecido bem escovado, além da qualidade das velhas botas que Jasper usava. Ele fez que sim, parecendo relaxar. Para espanto de Jasper, Derry pegou a mão do rei Henrique e se inclinou para olhar nos olhos dele.

— Majestade? Seu irmão está aqui com seu sobrinho, filho de Edmundo.

Com a lentidão de um degelo de inverno, os olhos de Henrique mostraram uma fagulha. Ele inclinou a cabeça e se virou para eles, os cantos da boca subindo.

— Como sou abençoado, cavalheiros. Como sou abençoado por vê-los — disse.

Sua voz era suave e aguda, presa entre o tom flauteado de um velho e a canção de uma criança. Ele estendeu a mão, e os olhos de Jasper se franziram ao ver dedos tão pálidos, mais osso que carne. Mesmo assim, aceitou a mão do rei, e o toque pareceu agradar Henrique. O rei se virou de novo para o sobrinho, e o jovem Tudor se deixou empurrar à frente mais uma vez, calado e atento quando chegou a vez de ter as mãos seguradas pelo rei.

— E não é um belo rapaz? — comentou o Henrique mais velho. — Sinto muito pelo seu pai. Tantos se perderam agora... Não sei como...

Ele ficou em silêncio, e Derry Brewer imediatamente estava lá para pôr o braço do rei de volta no colo e ajeitar um pouco melhor o cobertor. Quando encarou tio e sobrinho outra vez, Derry os observou com atenção, protetor feito uma ovelha com seu cordeiro.

— Sua Alteza não está bem e se cansa facilmente. Farei o que for possível pelo senhor, mestre Tudor.

— Eu não fiz nenhum pedido — retrucou Jasper.

— Eu sei, mas o senhor lutou por ele quando o futuro do rei ainda era dourado. Isso merece uma recompensa.

Jasper percebeu que prendia a respiração, mal ousando ter esperanças.

— Então é verdade que York foi expulso? — perguntou, baixando a voz para um sussurro.

Londres estava cheia de mentiras e meias verdades, sem muito conhecimento real. Eles só sabiam com certeza que o exército de

Warwick partira correndo para o norte e que nenhuma notícia voltara desde então.

Jasper não fez menção de se afastar quando Derry segurou seu ombro. Não insultaria um homem que poderia fazê-lo recuperar Pembroke. Em vez disso, permitiu que Derry o conduzisse por alguns metros, até fora do alcance dos ouvidos do rei.

— Eu soube esta manhã que Eduardo de York foi forçado a fugir — declarou Derry com uma satisfação arrepiante.

Ele passara anos trabalhando para que isso acontecesse. Seu orgulho ficava evidente.

— Não morto? — questionou Jasper, mordendo o lábio em seus pensamentos.

— Infelizmente, não. Ele alcançou um navio com alguns homens.

— Então ele voltará — declarou Jasper com certeza.

Derry Brewer o encarou, considerando se valia a pena discutir a questão. E decidiu que não.

— Ele tentará. E o mataremos quando isso acontecer. Eduardo está gordo e lento agora, sabia? Passa metade do dia bêbado, chorando e vomitando. No fim das contas, o trono foi demais para ele. Não, o tempo de York acabou. Pode ter certeza disso.

— O senhor já se enganou, mestre Brewer? — perguntou Jasper com um sorriso amargo.

Ele tinha passado mais de uma década no exílio, com estranhos e inimigos no seu lar. Para sua surpresa, Brewer deu uma risadinha.

— Cometi erros tão graves, que você não acreditaria, filho. Um deles me custou este olho. Mesmo assim, não somos anjos, não é? Damos o nosso melhor, com fracassos e tudo o que vem junto. E continuamos em frente, sem olhar para trás.

Talvez as quatro últimas palavras tenham lembrado aos dois homens que haviam deixado o rei e Henrique Tudor sozinhos. Quando se viraram, foi para ver os dois conversando. O rei sorria, as rugas de preocupação no rosto atenuadas. Derry sentiu os olhos arderem e balançou a cabeça.

— Jesus, ninguém jamais me avisou que envelhecer significava chorar feito uma menininha sempre que visse algo emocionante. — Ele deu uma olhada para verificar se Jasper zombava dele, depois riu consigo mesmo. — Sua Alteza passou por muito sofrimento. Gosto de vê-lo sorrir. Seu sobrinho deve ter um jeito especial com ele.

— Talvez tenha — comentou Jasper, balançando a cabeça de espanto.

Eduardo de York desembarcou em Flandres, numa doca de pedra cerca de cento e sessenta quilômetros a nordeste de Calais. Ainda pálido, o irmão estava ao seu lado. Ricardo abençoara os santos pelo fim do seu enjoo. Nada o deixara tão debilitado até hoje; entretanto, quando passou, a força e a boa forma voltaram quase como se não lhe tivessem sido furtadas. Tudo pareceu girar por um tempo, mas depois se acalmou, a confiança retornando.

Não havia soldados à espera para capturá-los nem para prendê-los em troca de resgate. Ricardo sabia que teriam ultrapassado qualquer perseguidor em quatro dias no mar. Ele sentiu seu estado de espírito melhorar aos poucos e viu o mesmo em Eduardo, que se empertigou, olhando com interesse para o pequeno e movimentado porto comercial, com dezenas de barcos de pesca puxados até a praia de seixos e pintados de diversas cores.

— Já estive aqui — comentou Eduardo. — Há um quartel, ou havia, a menos de dez quilômetros. Se ainda estiver lá, seus homens levarão uma mensagem nossa à Borgonha. — Ele ergueu os olhos para as bandeiras que adejavam com o vento leve que soprava na cidade. — Parece que o duque Carlos manteve seus ganhos aqui. Tudo que posso fazer é torcer para que se lembre da nossa amizade.

— Ele nos ajudará? — perguntou Ricardo.

O irmão fez que sim com confiança.

— Ele *odeia* o rei francês; e onde Warwick e George passaram o exílio? Não, irmão, o duque Carlos verá que o interesse dele está conosco. Frustrar os planos do seu inimigo sempre foi seu maior prazer. Ele é chamado de Carlos, o Temerário. Você verá.

Ricardo percebeu que o irmão falava para superestimar suas chances, soando mais confiante do que de fato se sentia. A verdade era que estavam abandonados numa praia estrangeira, com apenas alguns homens leais. Eduardo havia perdido tudo o que o pai conquistara e estava desconsolado e totalmente envergonhado, quase incapaz de olhar nos olhos do irmão.

Neste momento, o capitão do navio se aproximou e se postou diante dos dois.

— Milordes, cumpri meu dever, mas os senhores precisam entender que tive de abandonar minha carga nas docas de Bishop's Lynn. Não sou um homem rico, e no inverno... posso perder tudo. Os senhores pagarão alguma parte do meu custo, milordes?

Ricardo sentiu a raiva subir. Ele começou a avançar, com uma das mãos baixando para o punho da espada, mas o braço de Eduardo o deteve como uma barra diante do seu peito.

— Não, Ricardo. Ele tem razão. Há uma dívida a ser paga.

A jaqueta que Eduardo usava era cravejada de pérolas que chocalhavam nas costuras. Para a consternação do irmão, Eduardo a despiu e a entregou aos braços espantados do capitão.

— Aí está. É o suficiente? — perguntou Eduardo.

O vento gelado o fustigava, e ele já tremia de frio. O capitão hesitou, preso entre a pena e a ganância. A ganância venceu; ele agarrou a jaqueta com firmeza e assentiu, fazendo uma reverência enquanto recuava.

— Deixe que eu a recupere — murmurou Ricardo.

O comandante ainda esperava uma mudança em sua sorte e olhava com nervosismo por sobre o ombro enquanto aumentava a distância entre eles. Fora um presente régio.

Eduardo balançou a cabeça.

— Deixe que ele fique com a jaqueta. Vai me fazer bem tremer um pouco. Estou gordo demais, irmão! Eu deveria mortificar minha carne, como os monges que se espetam e se açoitam. — Ele pareceu se animar com a ideia. — É, como aquelas palavras que você murmura quando você chora por causa das suas costas.

— Eu não choro — sussurrou Ricardo, horrorizado porque o irmão havia notado.

— Tudo bem, Ricardo. Mas as palavras, quais são? As que lhe dão poder sobre sua fraqueza?

— *Non draco sit mihi dux. Vade retro Satana.*

— O dragão não é meu senhor?

— Isso. Afasta-te, Satanás.

Eduardo fechou os olhos e murmurou as palavras para si, várias e várias vezes, ajeitando a postura dos ombros e erguendo a cabeça no vento frio. Para surpresa de Ricardo, o tremor parou. Quando o irmão o olhou de cima mais uma vez, sua tristeza se reduzira um pouco.

— Treinarei com você esta noite, se me permitir — disse Eduardo.

Ricardo concordou, embora as costas dessem um novo grito de protesto.

Os cavalos tinham sido descarregados, e os tripulantes do mercador pareciam aranhas penduradas nas cordas e nas vergas, preparando o navio para o mar outra vez. Eduardo montou com os outros, dando tapinhas de lamento na barriga que aparecia através da camisa.

— Dominarei o dragão, Ricardo — gritou ele, o cabelo desalinhado.

O rei bateu com os calcanhares no cavalo, que disparou, os cascos ecoando pela estrada do sul.

7

Elizabeth franziu a testa para a cabeça calva do monge. Ele a abaixara em sinal de respeito, mas, embora ainda tremesse sob o olhar dela, fizera questão de permanecer de pé. Como um eco da sua própria raiva em ebulição, o filho recém-nascido começou a berrar, o som chegando ao tutano dos seus ossos, fazendo os seios doerem e uma cólica subir do útero até a garganta.

— Não entendo sua hesitação, irmão Paul. *Todo* o terreno da Abadia de Westminster e parte do santuário são consagrados, não são?

— Isso... é verdade — respondeu o rapaz de má vontade, seu rubor se aprofundando tom a tom sob o olhar severo de Elizabeth. — Mas esta construção é a parte mais segura. O abade...

— E meu filho recém-nascido deve ser batizado o mais rápido possível. Isso também não é verdade?

— É claro, milady, mas a senhora deve entender...

— E ainda assim o senhor vem a mim — continuou Elizabeth, sobre os débeis protestos dele — com esse *disparate*? Essa... falta de modos que só posso supor que seja um insulto deliberado ao meu marido, o rei da Inglaterra?

O monge, angustiado, ficou boquiaberto. Sua boca se mexeu, mas só para emitir um som reprimido. Ele balançou a cabeça e preferiu baixar os olhos mais uma vez, encarando os dedos dos pés nas sandálias, que apareciam debaixo da túnica preta.

— Acredito que um erro tenha sido cometido, irmão Paul, talvez um que seu querido abade não tenha compreendido por completo. Meu filho nasceu em terreno consagrado, no santuário. Quero que ele seja batizado na Abadia de Westminster, em terreno consagrado e a salvo de todos os meus inimigos. O jardinzinho daqui até lá está todo sob a autoridade da Igreja, não é?

— Milady, é claro que está, mas a senhora sabe que o abade não pode garantir sua segurança se a senhora deixar este lugar, mesmo que seja para atravessar até a abadia propriamente dita. Um simples disparo de besta, milady... por parte de um louco ou um traidor... *Por favor!* Fui ordenado padre, é claro. Posso batizar seu filho aqui, com segurança e tranquilidade.

Furiosa, Elizabeth Woodville permaneceu calada, sabendo que o rapaz se curvaria como uma lesma tocada pelo sal. Ela não precisava de palavras para envergonhar um fracote daqueles.

Quando ele pareceu estar à beira das lágrimas de vergonha, ela respondeu:

— Seu abade não se importa nem um pouco com minha segurança, rapaz. Nem com a segurança do meu filho Eduardo. Não. Se tivesse a coragem de uma criança, o senhor diria isso sem rodeios. Seu abade quer agradar o conde de Warwick e, talvez, Henrique de Lancaster, aquele *saco* vazio. Ou será que meu marido foi morto? Seu abade quer que eu suma também? Homens virão me buscar à noite?

Enquanto falava tudo isso, ela o observava e franzia a testa quando ele se contorcia de forma estranha, balançava a cabeça e cerrava os dentes. O monge sabia alguma coisa e quase a corrigira. Ela voltaria a isso. E agitou a mão.

— Mas não importa o que o destino me reserva; meu filho *será* batizado hoje... e na abadia. Não nesta cela de pedra, como um prisioneiro. *Não.* Como um menino que será príncipe de Gales, como um futuro *rei.*

Ela percebeu que sua voz ficara alta e ríspida, cada palavra açoitando o monge até o tremor dele parecer mais uma convulsão. Com esforço, Elizabeth suavizou o tom de voz.

— Eduardo I foi batizado aqui. O homônimo de meu filho, senhor! Ancestral dele! A abadia é o coração de Londres, e não serei afastada dela feito uma mendiga. Entendeu? Agora reúna seus monges e ladeiem o caminho para nós, se necessário. Eu percorrerei o caminho sobre solo consagrado, e o senhor assistirá a cada passo.

O jovem monge só conseguiu gaguejar. De repente, Elizabeth estendeu a mão e pegou o braço dele, sentindo a força surpreendente sob o tecido grosseiro. Os olhos do monge se arregalaram de espanto ou nojo, e ela se perguntou se ele sentira o toque de uma mulher depois de fazer seus votos.

— Diga ao seu abade que me espere. Estou a caminho.

O irmão Paul se lançou à frente e quase caiu ao deixar o quarto cambaleando. Elizabeth suspirou enquanto o observava. Ele era um daqueles que não conseguiam aguentar a agitação do mundo, com seu ruído, suas ameaças e barganhas. O pobre irmão Paul era adequado à vida no claustro e aos murmúrios da oração. Ele escolhera um posto pacífico, mas naquele dia fora agredido, ameaçado, tratado a gritos e forçado a correr de um lado para o outro entre Elizabeth e o abade até ficar com o rosto vermelho e fedendo a suor.

Sua mãe, Jacquetta, assistira à cena inteira numa cadeira ao canto, trabalhando com um almofariz para moer gengibre, canela, pimenta-do-reino e um pouco de açúcar e fazer o *poudre forte*, o "pó forte", para acrescentar aos pratos insípidos fornecidos pelos monges. Ergueu os olhos quando Elizabeth se virou para ela. As duas só interromperam o olhar compartilhado quando o bebê se mexeu no minúsculo berço de madeira. Um dos monges o havia feito com madeira de árvores caídas, como um presente. Elizabeth se levantou com um grunhido e se inclinou, balançando o berço minúsculo antes que o filho começasse a berrar.

— Ele está com fome de novo — avisou a mãe. — Devo chamar aquela preguiçosa da Jenny?

— Não, só se ele chorar. Talvez volte a dormir.

— Não se formos sair no frio, meu amor. Ele vai balançar os braços e chorar, estou dizendo.

Elizabeth percebeu que a mãe estava com medo. Ela abandonara a vida tranquila de aposentada para visitar a filha e fora envolvida numa correria de eventos que havia feito a casa de York rolar ladeira abaixo. Quando a mãe pousou o almofariz, Elizabeth viu que suas mãos tremiam antes que ela as entrelaçasse. Jacquetta não era uma mulher corajosa, embora talvez estivesse daquele jeito por causa da opressão do santuário, um lugar construído sem que se pensasse em conforto nem em comodidade.

Elizabeth tomou a decisão: pegou o filho no colo, descansou-o no ombro e começou a andar de um lado para o outro. A mãe se levantou imediatamente e pôs um pano sob a cabeça dele, para o caso de vomitar o leite.

— Você não precisa ir comigo, mãe — avisou Elizabeth depois de um tempo. — Espere por mim aqui, por favor. Eu gostaria de saber que você está em segurança. E gostaria... que minhas filhas fossem protegidas.

Para sua surpresa, a mãe fez um gesto para desprezar a ideia.

— E eu perderia um momento desses da sua vida? As meninas não correm perigo aqui, com a babá. Acho que Katie enfrentaria um leão da Torre se ele sequer lambesse os beiços para elas. Só se preocupe com esta noite, Elizabeth. As meninas estão a salvo aqui.

A mãe sorriu para ela, e Elizabeth se sentiu reconfortada, apesar de saber que era apenas um eco da crença dos filhos no amor da mãe. Ainda assim, aliviou o medo.

— Vou ficar ao seu lado — disse a mãe sem titubear. — Vi um bastão junto à porta quando entrei. Vou levá-la e dar uma surra em qualquer patife que chegar perto demais.

Elizabeth sentiu o coração bater mais forte com a ideia. Teria cometido um erro?

— Meu orgulho me trouxe até aqui, mãe. Será que eu errei?

— Não, não seja boba, Elizabeth. Você é uma rainha! Eles não esconderão você nem seu filho.

— Mas aquele monge estava com tanto medo... Ele fez meu coração hesitar.

— *Ora!* Ele era apenas um menino, quase. Um mero lírio, não um homem. Não é como seu Eduardo. Pense nele quando sair. Não demonstre nenhum medo, Elizabeth. São menos de cem metros. Se houver homens lá, eles não ousarão se lançar sobre você.

A mãe falava para deixá-la mais confiante, para tranquilizá-la, porém o medo de Elizabeth pareceu dobrar e disparar quando desceram juntas a escada e cumprimentaram Jenny, a ama de leite. As três filhas de Elizabeth saíram correndo de um quarto, espalhando blocos de madeira que tinham reunido no bojo da saia, estendendo os braços para ela. A mais velha, chamada Lisabet em homenagem à mãe, tinha apenas 4 anos. A menininha franziu a testa para as duas mais novas quando elas sentiram a tensão na sala e começaram a chorar. Mary e Cecily se sentaram de repente, erguendo os braços para pedir colo e ficando com o rosto vermelho com a intensidade do choro.

— Calma, meninas — disse Elizabeth com o máximo de segurança que conseguiu reunir. — Vou sair só um minutinho para que seu irmão seja abençoado na fonte da abadia. Não vou demorar muito, juro.

A babá finalmente veio atrás delas, com a expressão carinhosa de amor letárgico que sempre exibia. A mulher mal ergueu os olhos enquanto reunia as menininhas e as enxotava de volta para os aposentos laterais.

Elizabeth achou que poderia estar doente quando a babá colocou uma capa pesada nos ombros dela, protegendo a criança de algum vento frio.

— Ele *tem* de ser batizado — sussurrou Elizabeth para si mesma, como se recitasse uma oração. — Não lhe negarei o paraíso se ele morrer... e já esperei vários dias. O terreno da abadia está incluído na proteção do santuário. Não o esconderei com vergonha, *jamais*.

Ela viu os olhos da mãe reluzirem de orgulho e lágrimas, e Jacquetta de fato pegou o bastão deixado junto à porta. Jenny contornou sua senhora para abrir a porta, e o som do rio chegou a elas no ar da noite.

A luz se derramou sobre as duas e, por um instante, Elizabeth se encolheu ao ver homens com tochas à sua espera. Ela ouviu a mãe arfar, mas então entendeu. O abade decidira ajudá-la em vez de repreendê-la ainda mais ou continuar resistindo. Talvez seu monge trêmulo tivesse apresentado a questão melhor do que ela esperava, ou o abade idoso simplesmente tivesse desistido diante da sua teimosia; não tinha como saber. Elizabeth saiu entre duas fileiras de monges de hábito preto, todos de capuz e com uma tocha na mão. As chamas iluminaram o rosto de cada um deles, e Elizabeth relaxou ainda mais ao ver quantos sorriam. Não era uma turba que viera para arrastá-la nem um júri para julgar suas ações. Eles cumprimentavam a rainha com a cabeça e sorriam para o bebê que descansava nas dobras da grande capa.

Elizabeth ergueu a cabeça e caminhou entre eles. Não conseguia enxergar a escuridão exterior para além da luz das tochas. Todo o terreno ao seu redor estava escondido, mas o caminho de luz se estendia até a imensa porta aberta da abadia. Avistou mais pessoas à espera lá, e seus passos vacilaram. Então a mãe tocou seu braço.

— Não demonstre medo, minha pombinha. Confie em Deus... e no abade. Eles não permitirão que nada de mau lhe aconteça.

Elizabeth deu um sorriso forçado e, embora sentisse o coração bater forte e disparar, chegou à abadia e passou do frio da noite para o frio equivalente lá dentro.

Eduardo pareceu nervoso por um instante quando o duque Carlos da Borgonha entrou na sala. Eles não foram deixados esperando, e, quando seu irmão Ricardo se levantou da cadeira para fazer uma reverência, eles viram o duque tirar um guardanapo do pescoço e jogá-lo para o lado.

— Eduardo, meu amigo! Quanta perfídia! Quanta animosidade! Só recebi a notícia esta manhã.

Eduardo estendeu a mão direita, mas o homem mais velho o abraçou. Quando ele se afastou, Eduardo pareceu crescer em estatura conforme sua confiança retornava.

— Vossa Alteza me honra vindo até aqui — disse o duque Carlos.

Seu olhar baixou para o pescoço de Eduardo, observando o tecido da camisa manchado da viagem. Enquanto Ricardo o observava, ele tocou uma corrente e um ornamento de ouro que usava como pingente.

— Não está usando o tosão? — perguntou o duque Carlos.

— Só tenho a camisa do corpo, Carlos, sinto muito. Ficou em casa.

— Mandarei lhe trazerem outro, para que todos os homens saibam que você é um cavaleiro da Borgonha, além de rei da Inglaterra, hein? E roupas! Eu lhe juro, antes que o sol se ponha o senhor estará vestido como um rei outra vez. E quem é esse belo rapaz?

— Meu irmão Ricardo, duque de Gloucester, se nossos títulos ainda não nos foram tomados.

Dizer essas palavras pareceu furtar o humor que retornava a Eduardo, fazendo-o baixar a cabeça e sua pele assumir outra vez um tom acinzentado. O duque Carlos notou de imediato.

— Eduardo, você é meu amigo desde que conquistou a coroa. Enquanto Luís da França, aquela aranha, farejava por aí com Warwick, você recebeu meu pai e a mim em Londres. Ainda me lembro daquelas noites, Eduardo. Como bebemos! Você foi generoso, mais que generoso. Reconheceu meu pai como igual, e ele ficou orgulhoso. Agora que ele se foi, considero Vossa Majestade um de meus amigos mais caros. Permita que eu lhe retribua.

O duque da Borgonha concedeu a Ricardo um olhar e um cumprimento de cabeça em reconhecimento, mas toda a sua empolgação, toda a sua energia se concentrava no gigantesco rei inglês, de repente seu devedor e sob seu controle.

Ricardo se perguntou se podiam mesmo confiar naquele sujeito, embora ele achasse que dependiam de sua inimizade pelo rei francês. O fato de Luís e do duque Carlos serem primos nada importava; os homens de York e de Lancaster eram prova disso. O mais importante era que Carlos herdara as propriedades havia apenas três anos, mas já conquistara a alcunha de "Temerário". Ele capturara Flandres numa série de batalhas campais, e pensar nesses guerreiros profissionais fazia Ricardo sorrir.

— Não viverei no exílio, Carlos — declarou Eduardo de repente. — Retornarei ao meu reino antes da primavera e morrerei lá, ou farei uma sangria para eliminar todos os humores sórdidos. Esse é o juramento que lhe faço.

Era um belo discurso partindo de um homem de camisa molhada e com a barriga protuberante, sem dinheiro para nem sequer uma taça de vinho. Mas pareceu funcionar, pois o duque Carlos anuiu com a cabeça, como um homem assoberbado pela emoção. Suas palmas convocaram vários criados para levar os hóspedes e cuidar deles, com promessas de que os veria quando estivessem alimentados e descansados.

Ricardo permitiu com satisfação que o bando de criados o conduzisse a quartos onde a água era aquecida, o pusesse de pé diante de uma enorme banheira de latão com água fumegante, o despisse e tomasse suas medidas. Ele afundou na água de olhos fechados, com uma careta para o calor que fustigava sua carne, mas que, imediatamente, começou a desenrolar o nó rígido entre as omoplatas. Involuntariamente, deu um gemido bem alto. Do outro lado do quarto, Eduardo também entrava numa banheira, embora seu corpo imenso fizesse os criados correrem para secar a água que transbordava.

Enquanto se recostava, Ricardo ficou à beira das lágrimas pelo modo como a dor havia diminuído. Naquele momento, decidiu que levaria para casa uma das banheiras, talvez com alguns criados que soubessem como cuidar dela. Era maravilhoso. Descobriu, ao abrir os olhos, que um prato de comida tinha sido posto numa tábua larga ao lado. Ele pegou algumas uvas e tomou um copo cheio de alguma bebida transparente, engasgando com o calor de anis, que lhe queimou a garganta.

— Essa bebida é forte, Eduardo — comentou ele. — Você vai gostar.

O irmão estava recostado, os braços enormes descansando nas bordas da banheira. Ele abriu os olhos ao ouvir a voz de Ricardo e estendeu a mão para o copo, imediatamente enchido e estendido por um dos criados. Ricardo viu a mão se enrijecer no ar, e depois Eduardo balançou a cabeça em recusa, afastando o copo.

— Não, não tomarei uva nem cereal até ter a Inglaterra de volta. Estou gordo demais, lento demais. Eu fico suando, irmão... e tenho dobras que não existiam quando lutei e treinei pela última vez. Não, Ricardo, viverei feito um monge virgem até estar pronto para recuperar tudo. Não perderei o que conquistei por ter ficado relaxado, nem agora nem nunca. Juro por Deus, pela minha vida e pela minha honra.

Enquanto observava, Ricardo viu algo da antiga força do irmão no maxilar projetado, apesar de estar mais suave com a carne acumulada. Ele fez sua própria oração particular para que aquele grande touro tivesse força de vontade e não falhasse nem fosse encontrado chorando sobre os copos.

Uma ideia ocorreu a Ricardo, que se empertigou.

— Com certeza seu filho já deve ter nascido a essa altura. Pode ser que você tenha um filho homem.

Eduardo fechou os olhos mais uma vez, cochilando no calor e no vapor.

— Ou uma filha, ou um natimorto. Eu preciso de um exército, Ricardo. Depois, veremos isso.

Ele abriu os olhos de novo, de repente, encarando o irmão do outro lado do cômodo.

— Acorde-me ao alvorecer, Ricardo. Eu gostaria de treinar como você. Você suportará os hematomas por mim?

A ideia deixou Ricardo desalentado. No entanto, ele entendia o impulso do irmão, e a verdade era que, na Inglaterra, seus títulos e suas terras estavam sendo confiscados por atos do Parlamento. Eles tinham tão pouca esperança que ele não roubaria a que restava ao irmão.

— Suportarei, Eduardo, é claro. Agora, pode descansar.

Elizabeth caminhou como se estivesse atordoada pela grande nave da abadia, onde reis eram coroados e missas, rezadas havia cinco séculos.

Iluminada pelo brilho fraco das lâmpadas no alto, ela estremeceu, segurando o filho próximo ao corpo para que ele sentisse o cheiro da sua pele, seu conforto e seu calor. Ela se forçou a avançar, com o olhar fixo à frente, ciente, e sofrendo por isso, do homem que mancava ao seu lado esquerdo, a bengala batendo no chão ladrilhado. À frente, o abade Thomas Millyng os aguardava junto à pia batismal, um venerável ancião com grandes sobrancelhas brancas e o rosto cor de tijolo.

Derry Brewer se inclinou para perto dela enquanto continuava batendo a bengala.

— Não faço guerra contra crianças, milady. Não tema por isso. Pense nesta noite como uma pequena trégua entre nós, se quiser. Milorde Warwick é da mesma opinião. Recebemos a notícia do que a senhora faria e decidimos que não poderíamos perder uma coisa dessas.

Elizabeth cerrou o maxilar até os dentes doerem, recusando-se a sequer olhar para ele. Sabia que Ricardo Neville, conde de Warwick, estava atrás dela. Seu coração tinha começado a vacilar quando vira o conde se curvar numa reverência à porta da abadia. Então o coração passara a bater tão selvagemente que ela teve certeza de que desmaiaria e deixaria a criança cair nas pedras. Elizabeth conhecia todos e não confiava neles. O único motivo de alívio era não poder ver o triunfo no rosto de Warwick. Ela o conhecia melhor que ninguém, vira-o desde sempre como a erva daninha traiçoeira que era quando chegou pela primeira vez à corte.

Elizabeth sabia que estava enrubescida, que o suor brilhava e escorria por sua pele. A respiração se acelerara, e suas mãos tremiam quase tanto quanto as do irmão Paul mais cedo. Como ela desejou não ter saído dos aposentos! Sua mãe caminhava à sua direita, de cabeça baixa, toda a leveza e alegria tomadas dela.

A igreja da abadia era uma casa de Deus. Era essa sua proteção, dissera Elizabeth várias vezes a si mesma. Já houvera, porém, assassinatos diante de altares, homens bons derrubados em solo consagrado, embora sua queda tivesse abalado coroas e reinos.

Como se num eco daqueles antigos terremotos, Elizabeth balançou a cabeça numa leve negação, aumentando o ritmo dos passos. Teriam de matá-la antes que ela os deixasse vencer. Teriam de arrancar o filho de Eduardo dos seus braços. Em nome do marido, em nome do próprio orgulho, ela manteve a cabeça erguida. Sem dúvida sabiam que estava com medo, mas ela não se encolheria diante deles.

Talvez tivesse havido grupos mais estranhos reunidos nos séculos de existência da abadia, embora Elizabeth duvidasse. Brewer e Warwick estavam acompanhados de João Neville, que ela havia conhecido outrora como Northumberland. Ele tinha o olhar frio, e ela estremeceu quando sentiu esse olhar se esgueirar por sua pele. Além da mãe, apenas a apavorada ama de leite Jenny estava ao seu lado, embora um passo atrás. Três mulheres e três homens, com o medo adensando o ar entre eles o suficiente para talhar leite.

Quando Elizabeth chegou até o abade Thomas, ele parecia tão nervoso e com olhos tão arregalados quanto ela. Warwick estava com a espada no quadril, e ela não duvidava que o espião-mor estivesse armado com laminazinhas cruéis, o instrumento preferido de sujeitos que matavam e depois se afastavam do local. Era difícil não se encolher na presença de um homem desses, com tudo o que Derry Brewer era capaz de fazer.

Elizabeth se forçou a olhar para o conde de Warwick. Ele captou o olhar e, imediatamente, baixou a perna numa grande reverência.

— Milady, mestre Brewer disse a verdade. A senhora não será ferida, por minha honra.

— Essa pobre moeda doente e *adulterada* que é sua honra — comentou Elizabeth.

Warwick corou, mas ainda assim sorriu. Ele tivera sua vitória, percebeu ela. Empoleirado no alto do morro, ele podia optar por não crocitar.

O abade pigarreou, atraindo os olhares.

— Lembro a todos. Foi concedida proteção a Sua Alteza, a rainha consorte Elizabeth de York... pelo poder e pela autoridade da santa

Igreja de Deus. Deus nos vê a todos, cavalheiros. Pela lente dessas janelas, Ele vê com especial clareza. Ele nos observa agora. Ele julga *todas* as nossas palavras. Em Seu nome, neste lugar sagrado, não permitirei interrupções nem clamores. O batismo é a porta da Igreja, o primeiro dos sete grandes sacramentos. Não é um espetáculo de saltimbancos. Está entendido?

Os três homens fizeram que sim e murmuraram que entenderam. Elizabeth engoliu o medo quando o olhar do abade passou por ela, que não ousava esperar sair em paz daquele lugar. Havia muito em jogo, e ela já pensava com desespero no que deveria fazer se a criança lhe fosse tirada.

— Todas as crianças nascem com o pecado original da humanidade ainda agarrado a elas, uma mancha que só a água límpida do batismo pode lavar, como o próprio Cristo foi batizado no rio Jordão. Agora, Elizabeth, entregue aos meus cuidados a criança, Eduardo, seu filho.

Elizabeth sentiu as lágrimas surgirem nos olhos e escorrerem pelo rosto quando abriu a capa. Sentira tanto medo naquele momento, que foi uma bênção estar quase cega de lágrimas. Se um dos outros três homens estendesse as mãos para seu filho, ela estava certa de que morreria na hora, o coração explodindo no peito.

Quando o estendeu, o abade pegou o bebê nos seus cueiros, sorrindo para o rosto pacífico e adormecido, apesar de todo o medo que sentia na mãe e apesar de irritado com os homens que tinham provocado essa situação. Mesmo assim, ele se recusou a apressar os votos. Elizabeth e a mãe responderam em voz alta, suas vozes reunidas às de Brewer e dos dois Neville, para não provocar a ira do abade.

— Renuncia a Satã?

— Sim.

— E a todas as suas obras?

— Sim.

— E a todas as suas promessas vãs?

— Sim.

O abade Thomas encostou o polegar no óleo dos catecúmenos e marcou as orelhas, as pálpebras e o peito do bebê, desenhando uma cruz na sua testa. A criança então começou a resistir e se remexer, forçada a fazer um momento de silêncio quando o abade pegou água da pia com uma jarra de prata e ergueu a criança enquanto despejava uma torrente clara sobre o seu rosto, murmurando:

— Então eu o batizo, Eduardo, em nome do Pai, do Filho e do Espírito Santo. Amém.

A criança minúscula balbuciou e engasgou, cuspindo e piscando o tempo todo.

Foi um momento estranhamente solene. Elizabeth sentiu parte do seu medo recuar quando a ameaça imediata desapareceu. O céu não seria negado ao seu menininho, mesmo que ele morresse naquele exato instante. Foi um alívio do fardo que carregara durante dias, e ela sentiu mais lágrimas prestes a cair. Era exasperador parecer tão fraca diante dos inimigos do marido.

Elizabeth observou o abade aceitar um pano limpo da sua mãe e enrolar o corpo trêmulo da criança. O menininho já estava corado e aos berros, mas havia renascido. Elizabeth observou a mãe pegar a criança e enrolá-la bem apertada, antes de finalmente se virar para as três testemunhas.

Derry Brewer sorria com seus botões.

— Foi ideia minha vir, milady. Agora sinto que devo me desculpar. Mas eu queria ver. No fim, o pai dele fugiu. O trono está em segurança e devolvido à casa de Lancaster, com um belo rapaz como herdeiro. Temos alguns anos de trabalho duro pela frente, mas nunca foi diferente disso. Eu tinha de ver isso, no entanto; o filho de Eduardo. Se viver, talvez sirva de cavaleiro para o filho do rei Henrique, não sei. — Então uma sombra passou pela testa de Brewer, que limpou o rosto com a mão. — Espero que ele não seja criado no ódio, milady. Já tive guerras suficientes.

— Ele será *rei*, mestre Brewer — sussurrou Elizabeth.

Brewer fez uma careta, como se estivesse triste.

— Se ele tiver o tamanho do pai, talvez se torne capitão da casa de Lancaster. A senhora não deveria ter esperanças para um posto além desse, se quiser meu conselho. Caso contrário, a senhora vai azedá-lo e estragá-lo.

Warwick fez outra reverência, empertigado e confiante ao dar um tapinha no ombro do irmão, que observava e começava a andar de volta pela longa nave. Derry ficou mais um tempo, vendo a mulher aninhar o filho junto ao corpo, encarando-o com raiva, como se bastasse sua fúria para mantê-los em segurança. O espião-mor balançou a cabeça com um suspiro, fez uma reverência e foi embora.

8

Ao amanhecer, os sinos de Natal começaram a soar em toda a cidade de Dijon, na Borgonha, abafados pela neve que caía, ecoando numa cacofonia com os batimentos do coração. O mundo estava em paz, e, em toda a cristandade, famílias trocavam presentes como os três reis magos tinham feito ao chegar a uma manjedoura mais de mil anos antes.

Ricardo escorregou, o pé deslizando de repente. Aquela maldita neve derretia e virava lama aonde quer que ele fosse, e cada passo era traiçoeiro, capaz de derrubá-lo. Ele estava gelado, com dor, prestes a desmaiar, ofegando chamas, embora o ar trouxesse um frio sepulcral. Ricardo agarrou a balaustrada para recuperar o equilíbrio.

No pátio cercado, o irmão estava de peito nu, os flocos de neve se transformando em água translúcida em seus ombros ao tocá-los. Escorria sangue de seu rosto. Eduardo começava todos os dias com uma hora de luta antes do amanhecer contra qualquer rapaz musculoso da cidade que quisesse arriscar os dentes ou os punhos em troca de algumas moedas de prata. Logo se espalhou a notícia de que o rei da Inglaterra poderia ser nocauteado sem represália. Depois de isso ter sido estabelecido, todos os dias começavam com uma fila de garotos do campo alongando os ombros e estalando o pescoço, à espera da oportunidade de deixar Eduardo estirado no frio.

O último deles jazia inconsciente nas lajes de pedra, com Eduardo de pé acima dele, com um sorriso de triunfo. Enquanto o rapaz era arrastado para longe por dois amigos, Eduardo sentiu a ardência do corte e levantou o braço, franzindo a testa para o sangue que se infiltrara nas mãos enfaixadas. Ele lutava no estilo romano, mas decidira não usar as luvas cravejadas de metal dos antigos. A meta era melhorar seu fôlego, como um pônei depois de ir para o pasto pode, com o tempo, recuperar a forma para corridas.

Nos dois meses passados desde o desembarque, Ricardo observara com prazer e assombro a determinação do irmão, vendo enfim o homem que se defendera e lutara a pé e montado em Towton durante todas as horas do dia até a escuridão.

Quando chegaram a Dijon, onde ficavam os palácios do duque Carlos, eles treinaram horas por dia, até Ricardo se transformar numa massa de hematomas e costelas quebradas. O irmão tinha apenas 28 anos e mantivera a promessa sobre excessos e bebidas fortes, vivendo como um estoico ou um monge guerreiro. Depois de lutar e correr quilômetros pelos morros, Eduardo voltava aos postes de treinamento, atingindo-os de um lado e do outro até cortar o carvalho. Levava uma vida simples, sem as sutilezas do planejamento e do pensamento estratégico.

Ricardo sorriu com isso. O irmão seria a vingança do próprio Deus quando estivessem prontos. Isso era algo que ele não se incomodaria de ver. Sabia que a fraqueza de Eduardo era que ele só trabalhava duro quando se sentia oprimido e derrubado. Sem inimigos, Eduardo ficara mais gordo e preguiçoso a cada dia. Agora que lhe negavam a coroa e o filho recém-nascido, ele se tornou uma figura implacável, inflexível e que não se preocupava com as pessoas em quem dava uma surra no treinamento.

Eduardo levantou o rosto ao sentir o olhar do irmão, aliviando a testa franzida. Ricardo não tinha certeza se era imaginação ou se de fato conseguia ouvir os flocos de neve chiarem ao tocar a pele exposta.

— Está frio demais para ficar aí sem camisa, irmão — gritou ele para o outro lado do pátio.

Eduardo deu de ombros.

— Só sinto quando paro. Sou um espartano, Ricardo. Não sinto dor.

Ricardo baixou a cabeça em resposta, embora sentisse uma pontada de raiva ao ver uma confiança física que jamais conheceria. A torção nas costas havia piorado no último mês, com alguma parte profunda provocando uma pontada tão intensa que ele buscara remédios nos boticários da Borgonha. A maldita omoplata se deslocava constantemente, como se alguém estivesse sempre encostando nas suas costas. Ele tentara até imaginar que era a mão do pai apertando ali, mas a ideia tinha se tornado opressiva.

Pelo menos o duque Carlos aprovara um estipêndio de grande generosidade. Todo mês, uma bolsa de ouro e prata era levada a Eduardo. Então Ricardo tinha de reivindicar sua parte da bolsa, experiência humilhante, como se fosse uma criança tendo de pedir uma moedinha ao pai. Ele gastava sua pequena riqueza em ervas e óleos fedorentos, em filtros e pós e orações nas catedrais. Ricardo encontrara uma escrava cega cuja tarefa era massagear com os polegares os pontos mais doloridos até ele não aguentar mais. Com as banheiras fundas de metal, uma hora daquela compressão metódica lhe dava algum alívio, e ele conseguia dormir.

Eduardo pegou uma espada da bainha, além de um colete de lã e a camisa que deixara de lado. Ele ficou irritado consigo mesmo ao ver como as roupas estavam molhadas, sacudiu a camada de neve e se aproximou da borda do claustro, onde o irmão estava à espera.

— Mais alguma notícia de casa? — perguntou Eduardo, esperançoso.

Ricardo fez que não, e o irmão suspirou.

— Então vou entrar para repartir o pão... a menos que você esteja com vontade de cruzar as lâminas mais uma vez comigo. Outro mestre virá me encontrar hoje à tarde, algum amigo de Carlos lá do sul. Preciso ficar mais flexível.

— E você o nocauteará, como fez com o último — comentou Ricardo com amargura, ainda sentindo a série mais recente de machucados.

Ele levava mais tempo que a maioria dos homens para se recuperar e voltar a se mover direito, embora nunca admitisse nem pedisse a Eduardo que pegasse mais leve. Essa dor era só dele e não devia ser compartilhada.

Eduardo deu de ombros.

— Talvez. Dado o que pretendemos, Ricardo? Dado o que pretendemos, não posso reclamar de nenhum tempo passado treinando os pés e os ombros... e o braço da espada. Ou pomos os pés na Inglaterra e vencemos ou posso jogar minha esposa e meu filho numa fogueira.

Eduardo ficou de pé diante do irmão mais novo, o peito nu ainda subindo e descendo depois do esforço, com o fio de sangue se misturando à neve derretida e se espalhando em trilhas pelo queixo até o pescoço. Ricardo conseguiu ver o desespero nos olhos de Eduardo — e isso o chocou, abalou sua confiança. Eduardo sempre fora o fanfarrão, o que conseguia rir da morte e lhe dar um chute na bunda alegremente quando ela se virava. Mas tal efervescência o fizera levar uma surra terrível. Ele havia deixado sua terra natal sem trazer nem sequer um casaco nas costas. Agora, dependia da generosidade de um homem que não sentia nenhum afeto pela Inglaterra, mas odiava o rei da França — e, por consequência, a casa de Lancaster.

— Não vai demorar muito mais, eu juro — avisou Ricardo.

Mesmo tão longe de casa, ele olhava de um lado para o outro para ver se poderiam ser ouvidos, inclinando-se sobre a balaustrada enquanto Eduardo se aproximava para escutar. Com prazer, Ricardo viu que, pelo menos desta vez, estava na mesma altura que o irmão, seu igual em estatura.

— O duque Carlos concordou em fornecer mil e seiscentos homens e três dúzias de navios, para partir quando quisermos. Ele não tem bons arqueiros, mas mais ou menos uns cem bombardeiros, com trovões e relâmpagos sob suas ordens. Eu disse que vamos partir no primeiro dia de março, não mais. Mesmo que o inverno ainda nos fustigue com seus ventos, partiremos. Ele nos dará navios, homens e armas para o desembarque. O resto cabe a você e ao exército que formará na primavera.

— E eles virão? — perguntou Eduardo entre os dentes.

Mal foi audível, quase um murmúrio para si mesmo. Ainda assim, Ricardo escolheu responder.

— Antes, mal tivemos três dias, e ainda assim oitocentos homens leais acorreram ao seu lado! Com dois exércitos caindo sobre nós e sem lugar para nos defender, mesmo assim vieram! Se conseguirmos ganhar um único mês e um campo aberto, eles se lembrarão de York. Eles se lembrarão de Towton e do que você fez por eles na época. Lembrarão, sim! E depois disso acabaremos com os canalhas. E *não* vamos parar até eles serem esmagados. Não dessa vez. Warwick, Montacute, o bispo Neville, o rei Henrique, Margarida, Eduardo de Lancaster e Derry Brewer. Não deixarei *ninguém* vivo. Eles traíram nossa confiança, e, em troca, *acabaremos* com a confiança deles.

Eduardo viu a fúria e a paixão no irmão e se comoveu, estendendo--lhe a mão, segurando Ricardo pelo pescoço e sacudindo-o com afeto. A mão enorme quase deu a volta, e Eduardo sentiu a garganta do irmão se mexer quando ele engoliu em seco.

— Não falharei com você de novo, Ricardo — declarou Eduardo. A voz dele não era mais alta que o som da neve caindo. — Minha esposa teve a sorte ou a determinação de buscar o santuário. E agora eu tenho um filho, um herdeiro. Portanto, não pararemos depois que começarmos. Como você disse. Não até que só restemos eu e você.

George, duque de Clarence, ergueu os olhos confuso, boquiaberto, para o desconhecido corajoso e atrevido o bastante para saudá-lo, parecendo a todos um daqueles homens que levavam vidas selvagens nas sebes ou talvez numa caverna, como os antigos eremitas. Irritadíssimo, Clarence puxou as rédeas, deixando o veado que perseguia desaparecer no mato.

— Milorde Clarence, o senhor faria a gentileza de me conceder um momento e algumas palavras, talvez em nome dos seus queridos irmãos, como alguém que os apoiou em tudo que fizeram?

O duque franziu a testa com o sotaque da Irlanda. O homem sorria para ele, e George se virou na sela, de repente convencido de que ele e seus homens estavam prestes a sofrer um ataque.

— Vossa Graça! Não há razão para alarme. Asseguro-lhe, milorde Clarence, não há ameaça. Estou desarmado e indefeso, embora lhe traga notícias de amigos.

— Se for um mendigo, você acabou de me custar um belo veado para minha mesa, na minha própria terra — retorquiu Clarence. — Acredito que em troca terei algo seu. Traga-me uma das orelhas desse sujeito, Sir Edgar.

O cavaleiro em questão apeou com graça, embora usasse cota de malha e meia-armadura. Ele tirou uma das manoplas e puxou uma adaga longa de uma bainha presa na sela. Com medo repentino, o irlandês empalideceu por baixo da sujeira e recuou até encostar nas samambaias e nos espinheiros atrás dele. Parecia tão pronto para sair correndo quanto o veado.

— Milorde, me disseram que o senhor me ouviria a sós. Trago notícias dos seus irmãos!

— Ah, entendo — respondeu Clarence. — Então é uma pena que eu não deseje notícias dos meus irmãos. Continue, Sir Edgar. Pegue a orelha dele em troca do meu veado. Eu o farei pensar duas vezes antes de arruinar minha caçada outra vez.

O homem tentou escapar mas foi derrubado com um soco no estômago e depois imobilizado com um joelho, gritando de agonia conforme uma de suas orelhas era decepada. O cavaleiro a ergueu para Clarence, enquanto o homem se levantava com dificuldade, encarando-o com espanto e dor. O sangue cobria seu pescoço, e ele mantinha a mão na lateral da cabeça.

— Continue seu caminho agora, vagabundo — gritou Clarence enquanto batia os calcanhares no cavalo. — Agradeça por eu ter lhe poupado a vida.

O irlandês observou com ódio o homem que o cortara voltar a montar. Curioso, Sir Edgar espiou o retalho vermelho que segurava; depois o jogou no mato e seguiu o seu senhor.

Margarida de Anjou voltou os olhos para o rei Luís, inclinando a cabeça para ele. O sol de janeiro entrava pelas janelas, frio lá fora, mas de algum modo aquecendo a sala. Era como magia numa estação tão rigorosa, com a primavera ainda a caminho. Ela ergueu o rosto para aquela luz, fechou os olhos e respirou fundo.

— Consegue sentir, Vossa Majestade?

— O calor, minha querida? Consigo, é claro. Este palácio é uma maravilha da arte; não há lugar igual no mundo inteiro, pelo que me contam. Dizem que algumas construções do Oriente são feitas puramente de vidro, mas acho que isso não passa de fantasia, a ser desdenhada como as histórias de gigantes e grandes lagartos.

Margarida sorriu para o homenzinho, tão cheio de vigor e disposição. Ela gostava da companhia do rei, embora não o tivesse visto muito durante os primeiros anos, quando não tinha nenhum valor. Margarida tinha bom senso suficiente para saber que só se tornara útil para os propósitos dele quando Warwick se desentendera com Eduardo de York. Então, o plano do rei francês fora forçar a reconciliação entre ela e Warwick — e o conseguira.

Mais uma vez, ela baixou a cabeça para ele, que não precisava que lhe revelasse seus pensamentos nem sua admiração. O rei Luís via tudo, como ele gostava de afirmar. Se tinha um talento, era a capacidade de ler as emoções e as mentiras daqueles que o cercavam, de vê-los como de fato eram. Tal dom teria valido uma fortuna no comércio, mas ele havia nascido acima dessas preocupações mundanas. O talento o fizera manter seu trono — e fizera Eduardo de York cair rolando do dele. Pensar nisso ainda era uma intensa fonte de prazer para Margarida. Ela sentiu suas covinhas aparecerem e um leve rubor escurecer seu pescoço.

— Vossa Majestade, eu queria lhe perguntar se conseguia sentir a tensão deste momento, deste dia. Antes do Natal, meu filho se casou com Ana de Warwick. Os homens de York se foram da Inglaterra. Meu filho e eu estamos... prontos agora, Majestade, para atravessar o mar e recuperar tudo o que nos foi roubado, para sermos seus aliados certos e seguros por todos os anos de vida à frente. Quem sabe formar um vínculo tão forte que nossos dois reinos possam permanecer amigos para sempre.

— E ainda assim você teme, Margarida — retrucou Luís, semicerrando os olhos com bondosa diversão. — Você só precisa dar mais esse único passo e ainda assim não confia em mim para concretizá-lo?

— Ah, Vossa Majestade, como poderia não confiar? — protestou ela. — Vossa Majestade organizou tudo... para que Warwick viesse a mim, para que deixássemos de lado antigos pecados e recomeçássemos, com novos votos jurados sobre uma relíquia da vera cruz.

O rei francês se levantou da mesa e andou por toda sua extensão para pegar as mãos dela.

— Margarida, você sofreu demais e aguentou com a dignidade de uma *grande dame*. Seu marido, traído e aprisionado, você e seu filho, banidos. É claro que tem medo ao estar tão perto de ter tudo devolvido. É perfeito demais? É demasiada justiça para você ver seus inimigos derrubados? Pensar em Eduardo de York sofrendo e desesperado, como não duvido que você sofreu nos primeiros anos?

Por razões que não conseguia entender muito bem, Margarida sentiu desmoronar parte da sua resistência, dos seus contrafortes. Seus olhos se encheram de lágrimas, e ela achara que eles ficariam secos pelo resto da vida. Luís sorriu ao ver uma mulher chorar de forte emoção, embora escondesse dela sua empolgação peculiar com a imagem, por não ser muito útil naquele momento.

— Minha querida — disse ele, segurando-lhe as mãos com mais força —, eu entendo sua cautela. Você viu tanta traição que não consegue se livrar do medo. Asseguro-lhe que seu marido, Henrique, está mais uma vez em belos aposentos, sendo cuidado por criados. Um ou dois membros da equipe daquele pequeno palácio em Londres me escrevem para transmitir essas notícias. Imagino que o mesmo ocorra aqui em Paris. Às vezes penso que todos os navios que navegam entre a Inglaterra e a França estão apenas cheios de cartas do nosso povo, todos espionando uns aos outros e rabiscando o que escutam.

Ele deu um suspiro, desviando os olhos dela. Alguma fagulha de animação saiu do rei Luís quando o desejo se esvaiu.

— Agora, querida, escute. Mande suas cartas ao conde de Warwick ou àqueles lordes que a amaram e foram mais leais. Diga-lhes que chegará num navio com uma guarda de honra dos meus melhores homens, uns cem, não... *duzentos*, para garantir sua segurança, para que não machuque o pé numa pedra solta. Minha autoridade manterá milady e seu filho a salvo até estarem de volta a Londres. Até esse dia, até estar pronta, você ainda é minha hóspede e pode continuar a sê-lo pelo tempo que desejar.

Margarida sentiu a pressão nas suas mãos diminuir e a pele seca do rei Luís deslizar sobre a sua. Ela ergueu os olhos novamente para o sol que atravessava o vidro, lembrando-se de que a preocupação dele tinha sido alquebrar o rei Eduardo, que preferira um duque traiçoeiro da Borgonha a um rei da França. Esse, e nenhum outro, fora o insulto que Luís devolvera multiplicado por mil. O destino de Margarida, assim como o do seu filho e o da casa de Lancaster, sempre fora uma mera sombra frente àquilo.

Ela permitiu que os lábios se abrissem e soltou o ar em silêncio para relaxar. O rei viu sua aceitação e sorriu sem que ela visse. Depois que a casa de Lancaster se instalasse e a Inglaterra se tranquilizasse, Luís sabia que seria capaz de voltar sua mão e seu poder contra Carlos, o Temerário, o usurpador da Borgonha.

O rei se lembrou de um vaso que tinha visto certa vez. Era uma coisinha pequena, delicada, azul e branca. Feio demais para ser exibido, embora tivesse sido pintado e queimado em algum reino distante do Oriente onde reinavam cãs e sátrapas. Havia sido reforçado com pequenas barras de metal, uma peça de cerâmica considerada tão valiosa que valera a pena salvar, mesmo quebrada. Peça por peça, um mestre-artesão a remontara, com cola, metal e meses ou anos do seu tempo. Luís fez que sim com a cabeça. Sua recompensa seria maior: a França unificada sob uma só coroa, tendo a Inglaterra como firme aliada. Ele só desejava que o pai tivesse vivido para vê-lo fazer tanto com as peças que recebera.

George, duque de Clarence, abriu os olhos na escuridão. Ele sentiu uma linha fria pressionando sua garganta e, quando uma voz cochichou no seu ouvido, foi tomado por tanto terror que se enrijeceu na cama e arqueou o corpo para cima, de modo que só a cabeça e os calcanhares ainda a tocavam. Ao lado dele, Isabel, sua esposa, dormia um sono inquieto, esparramada sobre as cobertas.

— Se o senhor se mexer, cortarei sua garganta. Vão encontrá-lo encarando o teto pela manhã.

Clarence se recuperou devagar do espanto inicial e baixou o corpo para voltar a se deitar normalmente. Havia pouquíssima luz das estrelas lá fora. Não havia luar, e o homem no seu quarto era apenas uma mancha acocorada ao seu lado. George respirou mais rápido ao sentir cheiro de sangue no ar, vindo do sujeito. Sangue e mato. Ele sentiu o corpo inteiro suar.

— Agora, Vossa Graça, mandaram que eu lhe passasse um recado e eu vou passar, embora sinta vontade de cortá-lo por ter *arrancado a minha orelha*.

Apesar da necessidade de cautela, a voz do irlandês ficou mais alta quando ele falou, como se mal conseguisse conter a raiva. No sono, Isabel murmurou alguma coisa, e os dois homens ficaram paralisados.

— Você não entende — cochichou Clarence em resposta. Ele começou a virar a cabeça, mas parou ao sentir o movimento provocar uma pontada e uma gota de calor. — Você não conhece Derry Brewer, o espião-mor do rei. Ele tem homens por toda parte, escutando. Eu não poderia deixar você se aproximar de mim com outros homens por perto para transmitir cada palavra a ele.

A pressão da lâmina da faca aumentou um instante, como se o homem quisesse que ele ficasse imóvel enquanto pensava. Clarence engoliu em seco e sentiu o pomo de adão se mexer desconfortavelmente de encontro à lâmina. Isabel gemeu em seu sono, meio se virando sem acordar, e ele achou que seu coração sairia batendo do peito. Clarence sentiu a maciez dos seios dela repousar em seu braço esquerdo. Mesmo com a vida por um fio, ele percebeu o surgimento de certa excitação. Não poderia mesmo haver pior momento.

— Deus sabe que eu preferiria matar o senhor — sibilou a voz irlandesa, sem perceber a vergonha ardente do outro. — Mas fui pago e sou um homem de palavra. Fique parado e escute.

O silêncio caiu sobre o mundo mais uma vez, até Clarence escutar a respiração rítmica da esposa, não um ronco, mas profunda e áspera na garganta.

— Seus irmãos voltarão para casa para recuperar a autoridade que tinham. Logo, embora não tenham me confiado a data. Quando estiverem de volta à Inglaterra, querem que o senhor se lembre de que Warwick jamais o tornará rei. Ele casou a segunda filha dele com Eduardo de Lancaster, que, pelo que contam, é um rapaz belo e fértil. O senhor apostou no cavalo errado.

Clarence piscou os olhos com força na escuridão, satisfeito porque o desconhecido não podia vê-lo. Havia traído os irmãos por um sentimento de raiva e perda — mas ainda assim sentia saudades dos dois. Era difícil para ele manter ardentes as grandes paixões, sempre fora. Seu instinto era perdoar e deixar as antigas dores se perderem na brisa. Ele ouviu a voz seca de Ricardo nas palavras que o homem tinha decorado, talvez a rispidez de Eduardo. Ele sonhava em recuperar a confiança deles.

Clarence pensou de novo na jovem que dormia ao seu lado, a filha mais velha de Warwick. Ele era capaz de dizer honestamente que a amava, e ela a ele. Mas continuaria assim se ele traísse o sogro?

Quem saberia dizer se ela voltaria de bom grado ao seu leito? Se Clarence retornasse a York, ela poderia odiá-lo com o mesmo vigor venenoso que reservara antes para Eduardo e a esposa, Elizabeth. Clarence cerrou os punhos na escuridão. O casamento ou os irmãos. Um lado ou o outro.

— O que eles querem que eu faça? — sussurrou.

— Só que pense a quem deveria dedicar sua lealdade. Esta é uma estação passageira. Tudo será resolvido em combate, e o senhor sabe que Eduardo de York não perderá no campo de batalha. Reúna seus homens e se prepare para marchar ao nosso lado. Se o fizer, será perdoado e restaurado; caso contrário, será condenado e destruído. Agora vá com Deus, irmão. Mas venha conosco.

A voz do irlandês mudou sutilmente quando ele chegou ao fim dos trechos que memorizara, irritando-se mais uma vez com a dor latejante e o enjoo que sentia por causa do ferimento. A essa altura, os olhos de Clarence tinham se acostumado o suficiente com a escuridão para ver que a cabeça do sujeito estava envolta em panos, bulbosa e deformada na noite.

— Há uma bolsa de moedas na cômoda — avisou Clarence baixinho. — Leve-a como pagamento pelo seu ferimento. Eu o ouvi.

Houve um leve tilintar quando o homem encontrou a bolsa de seda com dedos inquiridores, embora a faca na sua pele não tivesse se movido. Era estranho não sentir mais o frio do toque da lâmina, pensou Clarence. Sua pele esquentara o aço.

— O senhor enviará uma resposta? — veio a voz do homem.

Clarence ficou imóvel, encarando a escuridão.

— O quê? Eles aceitariam minha palavra? Eles não conhecem o que reservo no meu coração e não o conhecerão, não importa o que eu lhe disser esta noite. Comando três mil homens, senhor. Eles são minha palavra, quando se moverem. Agora, boa noite. O senhor perturbou meu sono tempo demais.

Por um instante, a pressão da lâmina pareceu aumentar, e Clarence se encolheu no escuro, prendendo a respiração. Depois, ela desapareceu, e ele ouviu um rangido quando a janela foi aberta e a sombra se foi. Então ele se virou para passar a mão esperançosa nos seios da esposa, até que ela murmurou alguma coisa ininteligível e lhe deu as costas. Depois disso, Clarence ficou em silêncio e desperto até a hora de se levantar para o dia.

9

Março começou com ventos frios e lufadas desgraçadas de chuva. O canal da Mancha fora um inferno cinzento durante a maior parte de fevereiro. Tempestades fustigaram as costas da França e da Inglaterra e castigaram as frotas mercantes de tal modo que elas se viram forçadas a abandonar o comércio e se aglomerar em portos protegidos, longe do alto-mar. Os navios de guerra franceses aguardavam nos atracadouros de águas profundas do Sena, a quilômetros do oceano, prontos para escoltar Margarida e o filho mais uma vez de volta à Inglaterra. A nordeste, açoitados por ventanias, os navios da Borgonha, ancorados, balançavam e gemiam. Havia centenas de ilhas no arquipélago onde se reuniram. Nos meses de inverno, dezenas de navios foram rebocados, um por um, ocultos dos olhos e do conhecimento dos homens. Lá, nas margens verdejantes e emboloradas, o duque Carlos montara uma força invasora para a casa de York.

O ar estava frio, e o sol, fraco, enquanto regimentos silenciosos, vestidos de couro e cota de malha, embarcavam com esforço nos navios atracados ao longo do cais. Alguns oficiais usavam cimitarras envolvidas em couro nos quadris. O restante podia levar lanças ou alabardas, e até algumas achas inglesas que foram parar nas trouxas de lona. As armas tinham embarcado em imensos rolos de pano já manchados de ferrugem. As manchas estavam todas na superfície. Quando as armas enferrujassem a ponto de ficar frágeis, a guerra já teria acabado.

Cerca de oitocentos homens ainda aguardavam em pequenos grupos para embarcar nos navios e velejar até uma terra de onde sabiam que poderiam não retornar. Estavam desanimados com essa possibilidade, com todo o retinir e chocalhar de homens em trajes de combate que verificavam o equipamento dando tapinhas com as manoplas ou praguejavam baixinho ao perceber que tinham esquecido algo crucial.

Eduardo subiu pela prancha do navio capitânia, o *Marco Antônio*, fazendo a tábua se curvar sob o peso do corpo e da armadura. Nervoso, olhou de relance para a água ao passar por ela, sabendo que, se caísse, não voltaria mais para a superfície. Ele estendeu a mão para a amurada de madeira polida ao pisar na parte mais estreita do navio de guerra, olhando ao redor com interesse austero. O *Marco Antônio* era propriedade pessoal do almirante borguinhão, um navio com um belo acabamento feito de carvalho alvejado e latão polido. Cerca de trinta homens tinham se reunido nos castelos de proa e de popa, além do convés principal. Outros se agarravam às cordas como ladrões enforcados, espichando o pescoço para ver o rei da Inglaterra que os mandaria à batalha numa praia estrangeira. Ele ouviu um dos cavalos relinchar no porão ao sentir alguma nota crescente na guarnição que o fez chutar a baia minúscula.

Eduardo enfrentou o olhar de cada homem com deliberada confiança, olhando ao redor lentamente, para que todos pudessem dizer que tinham olhado nos seus olhos e sentido a força da sua determinação. Alguns que o avaliavam eram experientes soldados mercenários de Flandres, contratados para o único serviço que pagava tão bem. Eduardo sabia que haveria espiões entre eles para mandar notícias ao duque Carlos, mas isso não o preocupava. As metas e os desejos dele estavam totalmente de acordo com os do patrocinador da expedição: contrariar a França e recuperar a Inglaterra. Ele sentiu uma onda de empolgação ao perceber que os homens também estavam confiantes. Eles não falhariam. Eduardo só precisava pôr os pés no litoral da Inglaterra e fincar sua bandeira. Sem dúvida lhe dariam isso.

Ricardo subiu a bordo com passos mais leves, fazendo as tábuas balançarem. O estado de espírito dos dois filhos de York se alegrou ao verem os navios manobrando em meio às ilhas, testando o lastro e o cordame, já carregados de homens. Outros mais levantavam âncora e içavam pequenas velas, prontos a navegar pelos canais profundos da Zelândia e voltar para alto-mar.

— Como uma flecha deixando o arco, irmão — comentou Ricardo, fazendo a voz se espalhar pelos ventos. — Como um falcão descendo de uma enorme altura, cairemos sobre eles.

Ele ficou satisfeito ao ver a ferocidade no sorriso do irmão. Tinham ficado para trás os olhos baços e a grande barriga branca de Eduardo. Quatro meses de treinamento agressivo o transformaram outra vez num cão de caça, restaurando juventude, vigor e velocidade. Eduardo se movia com leveza enquanto o navio balançava nas ondas. Ele estendeu o braço para puxar Ricardo para perto, seu sorriso se alargando enquanto lhe falava num murmúrio que a tripulação não poderia escutar.

— Acha que haverá uma frota à nossa espera?

Era esse seu grande medo, que espiões do seu reino natal tivessem revelado os preparativos aos seus inimigos. Se avançassem pelo canal e encontrassem uma frota inglesa à espera, o sol se poria sobre seus planos e suas vidas.

Ricardo deu um tapinha no ombro do irmão, representando o papel de dois jovens satisfeitíssimos com tudo o que viam. Ao mesmo tempo, falou entre os dentes, aproximando-se.

— Eles não podem já estar à espera, irmão! Não se passaram nem seis meses desde que você deixou o litoral da Inglaterra, mas aqui estamos nós, prontos, com homens e navios. Eles não podem estar preparados para isso. Também não podem saber que você reencontrou seu espírito de luta. — Então, ele deu uma risadinha. — E eu nunca perdi o meu. Bem lhe digo, Eduardo...

Ricardo de Gloucester se interrompeu quando o conde de Rivers forçou a prancha, fazendo-a ranger. Anthony Woodville tinha deixado crescer uma barba escura que caía sobre a armadura como uma pá, de modo que não havia como saber onde terminava seu queixo. Ricardo reprimiu a irritação quando o homem os cumprimentou e fez uma reverência. Rivers herdara o título do pai na luta pelo poder. O irmão da rainha vira sua maior oportunidade no rei Eduardo e se mantivera próximo a ele desde então. Ricardo o cumprimentou com um movimento de cabeça, embora estivesse gostando da conversa aos sussurros com o irmão — uma intimidade rara com Eduardo, e ainda mais valorizada por causa disso. Com o lorde Rivers parado ao lado dele, não haveria mais privacidade.

Assim sendo, Ricardo se virou para a amurada a fim de observar as docas. O irmão era um tremendo líder na guerra, só um tolo negaria isso. Na paz, por outro lado, Eduardo se cercava de cavaleiros de pernas grossas e barões de cabeça dura, homens que deviam seus avanços ao rei e que se dispunham a desperdiçar tudo em bebidas e caçadas. Ricardo desprezava todos eles — principalmente aquele selvagem do irmão da rainha. Sorriu, porém, e baixou a cabeça enquanto Anthony Woodville forçava sua presença, reclamando da chuva e do frio.

— Cavalheiros — disse Eduardo de repente.

Ele ainda tinha o talento de projetar a voz longe, embora não parecesse gritar. Ela ressoou entre todos, e até os homens do navio ao lado interromperam as tarefas e se viraram para Eduardo.

Então, Eduardo desembainhou uma imensa espada, presente inestimável de Carlos, o Temerário, e descansou sua ponta no convés, fincando-a na madeira. Ele se ajoelhou, e todos os homens de pé se ajoelharam em uníssono. Até os que estavam nas cordas baixaram a cabeça e ficaram de mãos postas em reza por entre os cabos ásperos. Eduardo segurou a lâmina nua, de modo que a cruz polida do punho ficasse erguida diante dele.

— Peço a Nosso Senhor e Salvador Jesus Cristo que nos guie na nossa viagem e nos mantenha a salvo. Peço ao meu santo padroeiro e a todos os santos que nos deem força, determinação e honra para tomar de volta o que nos foi tirado. *Placebo Domino in regione vivorum...* Agradarei a Deus na terra dos vivos. Na Inglaterra, cavalheiros, onde sou rei. No mar e na terra, peço Sua proteção, Senhor. Que Deus nos conceda a paz quando terminarmos. E forças até então. Amém.

A palavra final foi repetida pelos homens. Nos navios já no mar e naqueles ainda atracados, todas as cabeças tinham se curvado com o mesmo propósito, embora pouquíssimos ouvissem as palavras. Mil e seiscentos homens fizeram o sinal da cruz e se levantaram com um estrondo arrastado e o clangor de armas e armaduras. Eduardo sorriu, mostrando dentes afiados.

— Agora me levem para *casa*, cavalheiros! Quero ver minha Inglaterra mais uma vez.

A tripulação do navio correu com suas tarefas, içando-se nas cordas e conduzindo soldados desajeitados quando necessário. O *Marco Antônio* pareceu tremer quando as últimas cordas se soltaram. As velas estalaram tensas na brisa, e o movimento mudou sutilmente, tornando-se uma embarcação viva em águas profundas. Eduardo fez o sinal da cruz mais uma vez. Deixar a costa de Flandres não era um final, mas um novo começo. Ele mal conseguia conter o desejo de pôr os pés novamente em solo inglês, quase uma dor física que negara durante os meses de exílio. Mais ainda, queria que homens como Warwick enfim entendessem quem ele era e tivessem medo. Havia apenas um rei da Inglaterra. Quando o navio entrou em formação com mais três dúzias de embarcações, o vento e a velocidade aumentaram. A grande proa mergulhou no mar, emergindo com uma barba de água verde e baixando outra vez. A espuma se agitou sobre Eduardo, e ele avançou para dentro dela, extasiado com a pontada de frio e tudo o que ela significava.

— Vamos! — gritou ele, embora ninguém soubesse se era para os homens no alto, para as gaivotas ou para o próprio navio. — *Vamos!*

Ele estava voltando para casa para acertar todas as dívidas e recuperar sua coroa, mesmo que estivesse suja de sangue.

— Os bravos homens do Parlamento resistem, milorde, porque acham que podem servir a dois senhores.

— Pois temos de lhes mostrar que não podem! — retorquiu Warwick. — Estou cansado de ser frustrado por esses homenzinhos.

O rei *Henrique* convocou o Parlamento. Todos fizeram o juramento de lealdade a ele e assistiram à execução do conde de Worcester por traição. Uma lição para todos! E, ainda assim, parecem decididos a me bloquear e a se passar por tolos.

Derry Brewer suspirou, examinando o fundo da caneca de estanho e erguendo-a para que voltassem a enchê-la. Ele não se cansava do serviço e dos cortesãos aduladores do palácio de Westminster. O acréscimo de uma bela insígnia de estanho na túnica e uma palavra em alguns poucos ouvidos certos lhe conferiram uma aparência de respeito. Os criados se curvavam quando ele entrava numa sala e saíam correndo quando pedia cerveja, vinho, um bife ou torta de rim. Brewer descobriu que gostava da facilidade da vida nessas condições.

— Ricardo, eles são apenas homens — retrucou. — Homens instruídos que sabem latim e grego, pois é. Homens que conseguem fazer algumas contas se lhes dermos um pedaço de giz e uma lousa e não quisermos a resposta na mesma manhã. Mas são espertos o bastante para fazer manobras em nome da própria sobrevivência, se é que me entende. Eles têm lares e lareiras, esposas e amantes, filhos para alimentar. E tudo isso pode lhes ser tirado e dado a outros, se Eduardo de York voltar.

Ele deu de ombros quando Warwick o fitou com raiva, recusando-se a pedir desculpas pelo que sabia ser verdade. Os homens do Parlamento tentavam andar numa corda bamba inviável. Se Eduardo retornasse, poderiam lhe mostrar que tinham retardado tudo e sido leais. Se Lancaster continuasse no trono, começariam a se atropelar em busca de favores do rei.

Derry desprezava todos eles, mas, ao mesmo tempo, esse era um sentimento que nutria desde sempre, desde que o orador Tresham, morto muito tempo atrás, lançara dois cães contra um velho amigo. Cães com ferramentas e um braseiro. Derry não esperava nenhuma ajuda daqueles homens — e nada além de desapontamento e obstrução. Em consequência, eles não tinham como desapontá-lo, e ele achava isso estranhamente reconfortante. Warwick não tivera a mesma epifania e continuava se esforçando.

— Tenho metade das casas de Londres cheias de homens, Derry, dormindo em todos os sótãos e porões, empilhados nas tavernas feito lenha... e roubando cerveja assim que os donos adormecem, como vejo em reclamações e petições quase todo dia.

— Então construa um quartel para abrigá-los — sugeriu Derry, dando de ombros. — Um pouco fora da cidade, onde não possam incomodar as moças. Arranje-lhes um prado onde possam suar e treinar.

Ele viu a ideia ser assimilada enquanto Warwick bebia, o pomo de adão subindo e descendo. O conde suspirou ao terminar, balançou a cabeça e levantou a caneca para que voltassem a enchê-la.

— Tudo bem, talvez eu o faça. Mas isso é em Londres. Enquanto isso, tenho uma frota indo de um lado para o outro pelo litoral da França em busca dos navios deles, suportando o frio do inverno e as tábuas podres e quebradas, além de homens que caem do cordame e perdem a cabeça no convés com o vento forte. Outros têm febre e morrem aos gritos. Mas eles continuam lá, indo de um lado para o outro, sem jamais saber quando York será avistado.

Warwick parou para apertar a ponte do nariz com o nó de um dedo, soltando o ar com algo entre um suspiro e um gemido.

— E o tempo todo, enquanto despejo essas fortunas no mar, não posso nem ao menos confiar que o Parlamento do rei, esses vendedores de trigo e advogados dos condados, de grandes e pequenas cidades, perceberá a mudança dos ventos! York *se foi*. Lancaster voltou, depois de uma década do governo venenoso de York. Meu irmão João vem a mim toda manhã para avisar que não teve notícias do seu título em Northumberland. O arrendamento de metade das minhas antigas terras ainda é despejado nos cofres de outros homens, e quando toco no assunto me mandam recorrer aos tribunais! Talvez o rei Henrique tenha sido gentil demais com esses advogados canalhas de barbas brancas! Levaram três meses só para desonrar Eduardo de York, como já tinham feito com o pai dele. Aquela linhagem maldita! O máximo que consegui para Clarence foi torná-lo tenente da Irlanda, enquanto seus antigos títulos estão sem uso ou sendo disputados. Devo passar o resto da vida num tribunal? Digo com certeza que a dádiva de Towton foi deixar tantos títulos vagos. Eduardo teve dezenas deles para conceder aos seus favoritos e, com isso, assegurar apoio. Aconselhe-me, Derry! Você mandaria esses sujeitos do Parlamento embora, em nome do rei Henrique? Juro que eles vão resmungar e discutir até as trombetas anunciarem o fim do mundo, enquanto devo favores a uma dúzia de homens e não tenho títulos nem propriedades para eles.

— Os homens da Câmara dos Comuns só estão com medo de uma grande sombra cair sobre eles de novo. Atingimos Eduardo de York, e o filho da mãe sortudo escapuliu do golpe e fugiu. Como o retorno do rei Artur, estão esperando que ele volte para casa no verão. Todo esse bendito reino está.

Derry aproveitou esse momento depois da triste declaração para beber metade da caneca que tinham lhe servido, estalando os lábios com apreciação.

— Esse é o cerne da questão — comentou Warwick baixinho. — E estou pronto para ele.

Derry resfolegou na cerveja, fazendo respingar gotas de espuma.

— O senhor não pode manter um exército acampado em Londres durante o inverno, milorde. Peça mais dinheiro emprestado aos priorados e construa seu quartel. Esse é meu conselho. As rodas do Parlamento giram devagar. No fim das contas eles aprovarão os recursos que o senhor gastou, mas não é possível ficar sem nada, não agora.

— Por Deus, eu já fui o homem mais rico da Inglaterra!

— Sim, milorde, fico de coração partido pelos reveses que o senhor sofreu — comentou Derry, olhando para os anéis de ouro nos dedos de Warwick. — Tenho certeza de que não passa de fofoca maliciosa quando me dizem que o senhor permitiu que seus capitães confiscassem navios mercantes de outras nações como pagamento, tudo sob o selo do rei Henrique. Alguns podem chamar de pirataria, milorde, mas não sou um desses que corre para condenar alguém nem dos que se importam muito com isso, contanto que não tenha de ouvir reclamações depois. Se o senhor não ganhar uma fortuna com sua parte dos lucros, então faça isto: diga aos agiotas que segurem as pontas durante este inverno. O senhor será rico de novo dentro de um ano ou dois, quando eles virem o reino prosperando em paz. A única coisa que todos esses mercadores detestam é a guerra. Ver suas rodas e seus carregamentos roubados por piratas impiedosos, exércitos comendo toda a comida. Não, filho, é paz que dá dinheiro. A guerra interrompe o comércio, e o comércio é o que nos dá vida. Dizem que Henrique V pediu tanto dinheiro emprestado que quase levou Londres à falência. Se não tivesse vencido e capturado riquezas de todo tipo, bom, talvez estivéssemos falando francês, muito, *muito* mal, monsinhê.

— E até lá eu tenho de depender daquelas velhas do Parlamento, não é? — concluiu Warwick, abespinhado. O rosto e o pescoço tinham corado quando ele percebeu até que ponto Derry Brewer sabia dos seus negócios. — Assim como dependo de você, Brewer, para me dizer onde York e Gloucester se esconderam, para depois atingi-los.

Derry usou com competência seu único olho bom, sabendo que tinha uma propriedade penetrante. Ele o encarou até Warwick voltar o olhar para as profundezas da própria caneca.

— O senhor costumava ter a... abordagem de um cavalheiro nesses assuntos, milorde. Um comedimento. Eu o admirava.

— É? Pois bem, fui desonrado e mataram meu pai, Brewer. Agora não sou mais tão inocente nem tão paciente. Quero ver o final... e não me importa como Eduardo de York será vencido. Seja caindo do cavalo ou esfaqueado pela amante, ficarei igualmente satisfeito. Aproveite as oportunidades que puder. Se ele retornar à Inglaterra, nada será garantido. Entendeu? Lutei ao lado dele em Towton, Brewer. Conheço o homem. Se não conseguirmos detê-lo antes que finque a bandeira, tudo o que conquistamos pode nos ser arrancado. Tudo.

Derry Brewer fez uma careta para si enquanto esvaziava outra caneca da bela cerveja âmbar, com os sentidos oscilando. Ele tinha homens na França e em Flandres em busca de algum sinal dos irmãos da casa de York. Havia vários boatos, mas todos os pombos tinham sido enviados e tiveram de ser remetidos de volta ao continente. Tudo isso levava tempo, e ele não conseguia fugir à sensação de que a ampulheta já havia sido lançada na parede. O mar era vasto, e frotas inteiras não passavam de lascas naquela profundeza aquosa. O continente era escuro e sem fim, mesmo com os espiões que trabalhavam para o rei Luís. Derry arrotou, pousou a caneca e fez que sim para Warwick, então se levantou a fim de se encaminhar para a escuridão e a chuva.

Daw encarou o mar cinzento, o sol se pondo às suas costas. Era sua hora predileta do dia, quando ouro e ardósia se misturavam em grandes faixas pelas ondas, um padrão que se estendia ao longe, todo salpicado de branco. Ele estava sozinho em seu morro, como sempre. Durante algum tempo mantivera um cão caolho lá para lhe fazer companhia, mas o açougueiro da aldeia tinha espalhado isso para todos, que disseram que não confiariam que ele ficasse de vigia se estivesse brincando com o cachorro. Eles o obrigaram a deixar o animal em casa, e então é claro que ele foi embora, desaparecendo como o orvalho da manhã. Sua mãe dissera que o animal simplesmente saíra pela porta e nunca mais voltara, mas Daw achava que o açougueiro o tinha pegado para fazer aquelas tortinhas horríveis que vendia na feira. O sujeito costumava chamá-lo de *jackdaw*, como se ele fosse uma gralha, e sempre ria, como se essa fosse uma piada inteligente. Daw era apelido de David, só isso. Ele gostava de Daw. E gostaria de Jack Daw, se não fosse o açougueiro que tivesse inventado.

Ele suspirou. Tinha 14 anos e uma perna torta demais para que fizesse um serviço de homem e ganhasse seu pão, era o que todos diziam. Ele só podia ficar parado e olhar fixamente até que alguém lhe desse um tapa, e eles lhe mostraram o posto de vigia do morro e a cabana minúscula lá em cima para quando chovesse. Ele mijava no mato e esvaziava as tripas numa fossa pequena não muito longe, com um freixo lindo e esguio para se apoiar quando se agachava. Ao meio-dia, a mãe lhe levava alguns ovos cozidos ou um pouco de pão e carne, o que tivesse sobrado — e, no fim do mês, os mercadores locais pagavam à mãe pelo seu trabalho. Não era uma vida tão ruim assim, ele passara a admitir. No verão, outros subiam o morro nos dias bonitos para aproveitar o sol no rosto e a vista. Ele odiava essa época e essas pessoas que ficavam de pé à sua sombra, como gostava de resmungar. Já era ruim o bastante quando a viúva Jenkins vinha mancando para o turno da noite no morro, mas o máximo que já fizeram fora trocar um cumprimento de cabeça. Em dois anos, ela nunca lhe dirigira uma palavra, e ele gostava das coisas assim. Havia passado tanto tempo sozinho que não conhecia outra vida.

Sua mãe disse que havia meninos e homens que não batiam muito bem da cabeça no alto dos morros ao longo de todo o litoral, estendendo-se até onde ele não conseguiria enxergar. Daw não tinha certeza se podia acreditar quando ela matraqueava o nome das cidades que ele não conhecia e jamais visitaria. Eram lugares distantes, e ele nem sequer conseguia imaginar o belo povo que vivia em cidades grandes e conhecia casas de pedra e ruas largas. Às vezes ele sonhava em ir para o sul ver os outros como ele, imaginando-se todo bronzeado e saudável, só andando até lá e trocando com eles um cumprimento de cabeça, como iguais. Isso sempre o fazia sorrir, embora soubesse que jamais aconteceria. Não, Daw passaria a vida na chuva e no sol e observaria as folhas ficarem verdes e depois douradas todo ano. Ele já conhecia aquele seu morro melhor que ninguém e passara a amá-lo depois dessa observação, assim como adorava o mar lá longe, com todas as suas cores e seus humores.

Com cuidado, prendeu um pedacinho minúsculo de gordura de porco num galho, afastando-se com tamanha cautela que praticamente não fez barulho. Ele ergueu os olhos para o castanheiro, atrás do esquilo-vermelho que fizera seu lar em algum ponto lá em cima. Todo dia ele seduzia o animal a se aproximar, experimentando nozes e um pouco de mel, tudo o que pudesse furtar da cozinha da mãe. Esperava bons resultados da gordura de porco. Disso todo mundo gostava.

Ele deu um passo para trás e se virou para passar os olhos pelo horizonte — e ficou paralisado. Num instante, havia esquecido o esquilo. Correu até a beira do penhasco, cobrindo os olhos para se proteger do sol, embora estivesse fraco.

Navios. Lá na imensidão cinzenta, cada um deles do tamanho de um dos seus dedos. Ele estava postado naquele lugar no inverno e no verão havia dois anos, além de outros dois antes desses, quando era aprendiz de Jim Saddler. O velho se ressentia da sua visão cada vez mais fraca — e do menino que o substituiria. Ele dera tantas surras em Daw que o garoto não se lembrava de todas, mas o havia ensinado a ler as bandeiras e as flâmulas e lhe falara dos navios vikings e de como usavam remos ou velas e como eram os navios franceses e que tipo de cores ostentavam. O velho Jim estava debaixo da terra havia um ano, mas a mente de Daw tremeluziu enquanto os fitava, contando e recordando. Não eram navios mercantes, reunidos para garantir a segurança em alto-mar. Não eram navios ingleses. Não eram um ou dois, mas uma frota de verdade, mais de trinta, palavra de honra.

Daw olhou para a pilha imensa de lenha a uns cinquenta metros da cabaninha. Fazia parte do seu trabalho desmontá-la e refazê-la toda semana, para manter a lenha seca. Ele tinha lonas para cobri-la nas tempestades, bem amarradinhas. Sabia que ela acenderia e que tinha de agir logo, mas ainda assim se limitava a olhar da frota para a fogueira de novo e de novo.

Ele balançou a cabeça para acordar, murmurando pragas entre os dentes. A lâmpada a óleo estava acesa na cabana, graças a Deus! Era a primeira tarefa do dia, da qual não se esquivara nas manhãs frias, quando tinha o prazer de colocar as mãos no vidro, que esquentava até ficar quente demais. Ele a pegou da prateleira junto de um maço de varetas e correu de volta para a fogueira. Ficou de quatro para inserir as varetas acesas, soprando-as e enfiando musgo seco até começar a pegar fogo. As labaredas envolveram as varetas como as fitas vermelhas da festa do levantamento do mastro, começando a crepitar e a fazer ferver a seiva ainda dentro da madeira. Quando teve certeza de que o fogo pegara bem, Daw correu de volta à cabana e pegou punhados de longas samambaias verdes, jogando-as no fogaréu para criar uma torrente de fumaça cinzenta com muitos metros de altura.

Então ficou ali, as mãos na cintura, percebendo que ofegava enquanto observava a frota inimiga atravessar o mar do Norte ao longo da costa inglesa. Ele não olhou em volta quando uma corneta de aviso soou na aldeia lá embaixo, embora pudesse imaginar as bochechas do açougueiro ficarem vermelhas enquanto soprava com força. Daw sorriu com a ideia, então percebeu outro pontinho de luz.

Ele se virou, os olhos se arregalando. Ao longo da costa, mais longe do que jamais fora, outra fogueira havia se acendido. Enquanto fitava, ele viu um ponto de luz ainda mais distante cintilar. Ele se virou e sua boca se abriu ainda mais ao avistar outro brilho a uns vinte quilômetros. Homens e meninos como ele, que respondiam ao aviso, transmitindo-o para mais longe. Daw não via muitas delas, mas criou uma imagem mental que o deixou ofegante: fogueiras se espalhando por toda a costa, transmitindo sua palavra. Por um instante, sentiu medo, mas o orgulho afastou a preocupação. Ele sorriu e desejou que seu cão pudesse estar ali.

Eduardo estivera observando a costa, quilômetros de distância a bombordo, com uma espécie de ânsia desesperada. Ele tentara não pensar na Inglaterra nos meses de exílio. Não havia um bom motivo para isso enquanto estava exilado e incapaz de retornar. Naquele momento, porém, com os montes de calcário desaparecendo entre o verde e o marrom, com as grandes falésias curvas falando com algo no seu sangue, ele só podia observar e alimentar esperanças.

Surgiu um ponto de luz num morro alto de calcário. De tão longe, não brilhava mais que uma única tocha, talvez. Mas, enquanto ele observava, uma linha deles tomou vida, um por um, como contas reluzentes num fio formando uma corrente. Era uma coisa estranha pensar nos homens em cada um deles, acendendo o fogo, avisando que havia navios ao largo, ameaçando a costa. Eduardo via o sol se pondo atrás da fileira de fogueiras. Não demoraria que se tornassem gotas de âmbar sobre veludo negro. Ele ergueu os olhos para o mastro lá em cima.

— Capitão! Ice minhas cores! O Sol em Chamas, por favor. Que vejam que estou de volta.

Eles demoraram um pouco para encontrar a enorme bandeira no baú, mas o duque Carlos o conhecia bem e havia garantido que ela estava lá. O rolo de pano bordado foi preso a cordas de sinalização e içado até o alto do mastro, adejando lá em cima. Eduardo ouviu vivas soarem nos navios ao redor, espalhando-se conforme os homens avistavam as cores dele no ar. Eduardo sorriu quando o irmão Ricardo subiu do porão com um estrondo, quase caindo no convés com a pressa.

— Agora eles sabem que estamos aqui — avisou Eduardo, apontando para a linha de luzes.

Até onde a linha avançaria para o sul antes que algum cavaleiro levasse a notícia para o interior? Ou será que os homens já estavam correndo, galopando por trilhas estreitas para serem os primeiros a chegar ao rei Henrique, em Londres?

O irmão Ricardo ergueu os olhos para o Sol em Chamas e riu.

— Ótimo! Que sintam medo! Eles nos expulsaram, e essa desonra não permanecerá, irmão. Não para os filhos de York. Que o fogo arda. Pararemos apenas quando só restarem cinzas.

10

Naquela noite, eles ancoraram ao largo de Cromer, no litoral leste da Inglaterra, e mandaram tripulantes em botes alugar cavalos e encontrar aliados. Eduardo e Ricardo jantaram com Rivers e o barão Say a bordo do *Marco Antônio*, enquanto aguardavam notícias. Pela primeira vez em meses, receberiam notícias dos seus partidários sem a sensação de estar atrás dos acontecimentos, ou, pior, de que alguém interceptaria e leria suas mensagens. Os pombos que saíam de Flandres nem sempre tinham sorte. A falcoaria e o arco e flecha eram obsessões na maioria das aldeias inglesas. Os códigos podiam ser decifrados. Às vezes, a única forma garantida era ir à presença de um homem e lhe perguntar o que sabia.

A aurora seguinte foi um momento de nervosismo para a frota inteira. Apenas alguns navios ousaram se aproximar, e o restante navegava de um lado para o outro, em labuta constante, esperando a volta de notícias ou algum sinal de uma frota inimiga que viesse do canal para o sul. Não ajudava o fato de as fogueiras ainda estarem queimando naquele amanhecer, reabastecidas e reconstruídas ao longo da costa até onde se conseguia enxergar na névoa. Milhares foram até as praias, tremendo no frio, ver as bandeiras de York, descobrindo que o rei Eduardo não fora tranquilamente para o exílio.

Algumas horas depois do meio-dia, o capitão flamengo do navio avisou ter visto a bandeira de sinalização. Ele enviou um barco a grande velocidade antes que seu homem fosse morto na praia por aqueles que o tinham visto sinalizar para os navios. Foi por pouco, e ele se postou diante de Eduardo e Ricardo de Gloucester com um olho roxo e o lábio cortado.

Eduardo largou o prato e ofereceu ao homem uma taça de vinho pelo esforço.

— O que descobriu, Sir Gilbert?

A única demonstração do quanto considerava importante a resposta eram os dedos grossos torcendo a toalha de mesa.

— Vossa Alteza, trago uma mensagem selada de Thomas Rotheram, bispo de Rochester. — O cavaleiro entregou uma fita selada com um disco de cera, contendo um nome rabiscado no selo como prova. — Ele jura lealdade, mas diz que Vossa Alteza não deve desembarcar em Cromer. Os duques de Norfolk e de Suffolk foram presos por ordem de Warwick, quando não quiseram prestar juramento a... Henrique de Lancaster.

Sir Gilbert Debenham tomou o cuidado de não se referir a nenhum "rei Henrique" naquela companhia.

Eduardo fez uma careta, colocando a língua no ponto da boca onde tinha tido os dentes arrancados, uma lembrança da enorme dor seguida por dois dias de febre e suor. Norfolk, principalmente, fora seu portão de entrada para o reino.

— O que mais? — perguntou Eduardo.

Estava claro que o cavaleiro relutava em continuar, mas Eduardo fez um gesto de impaciência, desviando o olhar, pensativo, quando Sir Gilbert falou mais uma vez.

— O conde de Oxford se declarou a favor de Lancaster, milorde. Ele tem bandos de homens em toda essa região do reino, prontos para se unir e lutar, segundo o bispo. Se o senhor convocar Sir William, milorde, ele lhe dirá que ouviu o mesmo, embora de bocas diferentes. Na situação atual, Cromer não servirá como ponto de desembarque, Alteza.

— Pode ir, Sir Gilbert. E diga ao meu intendente que ponha um anjo de ouro nesse seu olho inchado. Dizem que faz maravilhas.

O cavaleiro sorriu largamente com isso e fez uma reverência profunda ao sair.

— Isso foi um golpe — murmurou Eduardo. — Norfolk era o lugar certo para desembarcar: ao alcance de Londres, com bons homens para reunir sob meu estandarte. Que estranho isso, Ricardo. Você conhece de Vere, o conde de Oxford?

— O suficiente para saber que ele não será nosso aliado, não importa o que ofereçamos. O pai dele foi executado por traição, não foi? Estou pensando no homem certo?

— Está, é esse mesmo. O irmão mais velho também. Creio que o homem não sinta nenhuma gratidão por eu ter lhe assegurado o título! — Eduardo balançou a cabeça. O cabelo que havia deixado crescer varreu seu rosto como um gorjal de cota de malha. — Se já não tivessem cortado a cabeça de Worcester, eu teria mandado açoitá-lo pela sua maldita crueldade. Juro, Ricardo, se todos os inimigos que ele fez ficarem contra mim em cada porto... Aonde iremos, então? Eu jamais devia ter dado a ele o cargo de condestável da Inglaterra.

— Worcester o apoiou, irmão. Ver a casa de Lancaster no poder o enfurecia, pelo que me disseram, e ele não suportava que continuassem vivos. Você não pode se preocupar com cada julgamento, cada multa imposta, cada criminoso decapitado! As decisões foram dele.

— Não mais, então. Se sobrevivermos, Ricardo, você será o condestável, com o estipêndio anual e os belos aposentos em Londres. Chega dessa loucura.

Ricardo de Gloucester sorriu com surpresa, genuinamente satisfeito.

— Se sobrevivermos, acredito que eu gostaria do serviço. Você me faz uma honra, Eduardo.

O irmão deu de ombros.

— Isso não vai significar nada se não conseguirmos desembarcar. Se não for em Cromer, onde, então? O sul é território hostil. Nem Kent nem Somerset, nem Sussex, Devon, Cornualha, Bristol... Todos esses lugares são fortalezas de Lancaster. Minha vida não valeria um centavo de prata se desembarcássemos mais ao sul.

— Dizem que até a cidade de York está contra nós — comentou Ricardo com tristeza —, embora não haja dúvida de que Northumberland ficará ao seu lado, se Deus e a honra da casa de Percy permitirem. O herdeiro Percy tem medo demais de Montacute, o irmão de Warwick, com seus olhos gananciosos no antigo título.

— Talvez eu não seja muito querido em York, embora eles me devam lealdade e não amor! Ah, que todos vão para o inferno. Eu queria voltar ao ponto de onde parti, para ser visto me erguendo outra vez.

— Mas esse portão está fechado. Para o norte, então? Temos de desembarcar em algum lugar... e nossa primeira tarefa será nos afastar marchando e sermos vistos. Você sabe disso. Há alguns lordes que só o apoiarão se virem que não é uma causa perdida. Se acreditarem que você pode vencer, virão correndo ficar ao seu lado. Basta desembarcar e marchar, Eduardo. Você tem mil e seiscentos homens.

— Homens flamengos — murmurou Eduardo.

— O restante virá.

— Ou ficará assistindo à minha caminhada até as espadas da família Neville — retrucou Eduardo.

— É... Pode ser. Mas tente evitar isso — respondeu o irmão.

Eduardo sorriu, encarando a taça. Estava entre a raiva triste e a diversão com os próprios erros.

— Henrique de Bolingbroke voltou do exílio — comentou, por fim.

Ricardo ergueu a cabeça, entendendo de imediato.

— E reconquistou o trono.

— Ele desembarcou em Ravenspur, junto ao rio Humber, sabia? — acrescentou Eduardo, olhando para longe.

— Isso poderia chamar a atenção...

Os olhos dos dois se encontraram e ambos fizeram que sim, chegando a um acordo e afastando o desespero por mais uma noite. Eduardo se levantou e abriu a porta da cabine para falar com o criado que aguardava do lado de fora.

— Mande o capitão avisar ao restante da frota. Vamos para o norte... para Ravenspur. Lá eu fincarei minha bandeira.

Warwick sentiu mais uma vez o peso da armadura. Ter aquelas placas afiveladas e amarradas lhe trazia muitas lembranças, poucas delas bem-vindas. St. Albans, com o pai; Northampton, onde capturaram Henrique pela primeira vez; St. Albans de novo, onde o perdera. Towton, acima de tudo, com terror e carnificina. Algumas placas da armadura foram refeitas desde então, enquanto outras ainda exibiam marcas antigas, polidas até se tornarem sombras no aço. Ele olhou para as camadas de couro manchado de suor do elmo e não sentiu nenhuma vontade de colocá-lo.

Seu irmão João fora na frente, saindo a cavalo assim que a notícia da frota chegara a Londres. Derry Brewer se tornara um fantasma, avistado apenas a distância e então correndo de um lado para o outro, a bengala batendo nas lajes. Parecia que o espião-mor mal dormia, e ele devia ter envelhecido uns dez anos. Dissera a Warwick que havia exposto a vida secreta de homens que foram leais por décadas só para que saíssem em busca de notícias. Os espiões de Derry podiam não usar armadura, mas ainda eram fundamentais para a causa. Correra a ordem de avisar se houvesse desembarques em qualquer ponto da Inglaterra. Nenhum barco conseguiria aportar no cascalho ao longo do litoral sem que fosse relatado ao xerife local horas depois.

Warwick desembainhou a espada com a mão direita e inspecionou a lâmina, ainda que seus escudeiros e criados já tivessem verificado cada peça do equipamento dezenas de vezes. O cavalo aguardava nos estábulos que faziam parte de Westminster Hall, prontos para cavalgar para noroeste. Warwickshire ainda era a sede do seu poder e do seu principal título, quaisquer que fossem todos os outros que o Parlamento mantinha afastados dele. Aqueles homens mesquinhos e suas disputas teriam de esperar sua volta. Foi no Castelo de Warwick que ele manteve preso Eduardo de York. Agora só desejava tê-lo matado e poupado a todos anos de dor e medo. Doía ver os caminhos que devia ter tomado, tão claros quanto a estrada para Warwickshire à frente. Ele suspirou, sem saber se algum dia iria olhar para trás, recordar esse momento e saber que devia ter feito outra coisa.

Ele viu a própria expressão grave no vidro escuro das janelas e deu uma risadinha. Um homem jamais seguiria em frente envolvido por tantas dúvidas e questionamentos. Tudo o que podia fazer era agir com a certeza de que, às vezes, estaria errado. Não fazer nada, entretanto, o transformaria num brinquedo na mão de outros homens, um peão trêmulo que não ousava se mexer até ser varrido pelos acontecimentos.

Sua espada fez um clique ao voltar para a bainha, uma longa lâmina de cavalaria com três dedos de largura na base e rigidez suficiente para cortar uma placa de ferro. Ele se lembrou de uma antiga história do rei Ricardo I, o homem que chamavam de "Coração de Leão" pela sua bravura. Ele usara uma espada como aquela para cortar ao meio o cabo de uma maça de aço. Serviria.

Então Ricardo Neville fez uma oração pelo seu pai, o conde de Salisbury, pela mãe sepultada na abadia de Bisham, pelos irmãos e pelo seu próprio destino. Eduardo de York, se dispunha de uma frota, tinha também um exército — e nem homens nem anjos impediriam que desembarcasse. Mal fazia cinco meses desde que o próprio Warwick voltara para casa, e ele estava satisfeito. À exceção da pontada de azar que permitira a fuga de Eduardo e Ricardo de Gloucester, ele havia conseguido tudo o que desejara. Se pudesse voltar atrás um ano e dizer a si mesmo que teriam o rei Henrique no trono e a Inglaterra em paz outra vez, isso teria bastado. Talvez.

Deu um sorriso irônico, sabendo que estava com medo e tentando negá-lo. Se Eduardo desembarcasse, Warwick teria de enfrentá-lo em combate. Essa mera ideia fazia suas entranhas gelarem e se retorcerem. O mesmo aconteceria com qualquer um que tivesse visto Eduardo em combate. Warwick, no entanto, lutaria contra York, porque renovara seus juramentos e escolhera um lado. E porque tinha uma filha casada com o príncipe de Gales Lancaster.

Ele passou os dedos pelos cabelos, vendo força e determinação refletidas num espelho longo. Não podia permanecer em Londres enquanto Eduardo desembarcava ao norte. Numa hora dessas, devia estar em campo, cavalgando e reunindo os bandos de homens que aguardavam seu comando. É claro que temia Eduardo, embora recordasse que a coragem precisava do medo, senão de nada valeria. Se não pudesse ver a ameaça, resistir não significava um ato de valentia. Mais uma vez, sua boca se contorceu com ironia. Nesse caso, Eduardo fizera dele o homem mais corajoso do mundo, porque Ricardo Neville, conde de Warwick, estava aterrorizado com a ideia de enfrentá-lo.

Ele ergueu os olhos quando a janela tremeu por causa da ventania, repentinamente coberta por respingos de chuva enquanto as nuvens se espalhavam sobre a cidade. Warwick cerrou o punho, ouvindo ferro e couro rangerem. Torceu para que Eduardo estivesse no mar, no meio da tempestade. O litoral era cruel, e navios podiam ser lançados nas rochas ou afundados em ondas tão altas quanto as torres de uma catedral. Talvez Deus fizesse o trabalho por ele, só dessa vez, e despedaçasse os navios, afogando todos os sonhos de York.

— Se puder ser assim, Senhor, erguerei capelas em Sua glória — murmurou em voz alta, fazendo o sinal da cruz e baixando a cabeça.

O vento lá fora pareceu aumentar, as gotas de chuva atingindo o vidro escuro. Warwick passara boa parte da vida no mar. Apesar disso, estremeceu ao pensar em homens lutando sobre águas negras numa noite daquelas.

Eduardo sentiu o medo subir ao peito e inundá-lo como se ele tivesse sido pego por uma onda. Não conseguia ver quase nada, com a lua e as estrelas ocultas por nuvens espessas. O mundo inteiro parecia ter enlouquecido, jogando o navio de um lado para o outro. Ele havia se acostumado ao sobe e desce suave da proa, mas esse novo movimento era muito diferente, cada guinada era interrompida pelo caos das ondas que atingiam os costados. Ricardo assumira um tom pálido, quase verde, mas não podia se inclinar sobre a popa em águas tão violentas a não ser que quisesse ser jogado ao mar. O capitão mandara um homem amarrá-lo ao mastro, onde ele vomitava em cima de si mesmo e rosnava.

Na escuridão, o capitão do *Marco Antônio* perdeu a costa de vista. A partir daquele momento, sem vislumbre das estrelas nem da lua para se orientar, o grande medo era serem arrastados para o litoral, disparando pelas trevas até as rochas. Para sua surpresa, Eduardo percebeu que ainda havia homens nos ovéns, embora devesse estar um inferno congelante lá, sem abrigo da chuva nem do vento tempestuoso. A salvação, a vida de todos eles dependia de avistarem a margem antes de se chocar com ela. Aqueles homens permaneciam no lugar sem se queixar, congelando e semicerrando os olhos, virando a cabeça de um lado para o outro a fim de ver alguma coisa na escuridão que pudesse ser terra firme.

Eduardo odiava ficar indefeso. Ele e o irmão tinham entendido, quando a tempestade chegou, que, para a tripulação, o melhor que podiam fazer era não atrapalhar. As velas foram baixadas e uma âncora flutuante se arrastava atrás deles, uma jangada feita de tábuas e lona velha presa a um cabo tão grosso quanto o braço de um homem para lhes dar algum equilíbrio no mar enlouquecido ao redor deles. Eduardo e Ricardo achavam já ter visto tempestades, mas parecia que não. As ondas subiam e subiam em trovões, enquanto os relâmpagos estalavam de repente no céu, deixando para trás silêncio e cegueira até que metade do oceano caía sobre os conveses com espuma e torrentes, arrastando os homens por sobre a amurada. No restinho de luz, os filhos de York só conseguiam se entreolhar com horror e esperar que passasse, paralisados e inúteis com o passar das horas, rezando para que o navio não afundasse, que continuasse navegando e não fosse esmagado no litoral, deixando-os como peixes pálidos nas praias do norte e do sul para serem recolhidos e roubados por estranhos.

— Terra a bombordo! — soou uma voz lá de cima, quase encoberta pelo vento e pelo mar.

Eduardo olhou para cima e depois para a frente, esforçando-se para ver o que o marinheiro vislumbrara. O capitão também olhou para cima, puxando a esparrela com outros dois homens, batendo com os pés no convés e forçando as tábuas de carvalho, rosnando de frustração enquanto combatiam ondas maiores e mais pesadas que o próprio navio.

— Cuidado com a costa! Terra a bombordo! — ecoou a voz solitária outra vez. — Afastar.

Por um instante, Eduardo achou ter visto uma fonte de luz, flutuando e mergulhando na escuridão, embora soubesse que o movimento era todo do navio que lhe sustentava a vida. Ele ouvira falar de cidades de desmanche, que punham lâmpadas nos morros em noites de tempestade, conduzindo capitães desesperados para as piores rochas e assim roubar o que restasse do carregamento. Ele não sabia se devia mencionar a luz, que desaparecera assim que fora avistada.

Ela reapareceu à sua esquerda — e os marinheiros comemoraram.

— Por que a comemoração? — berrou Eduardo para um tripulante que passou por ele.

— Porque a luz está longe! — respondeu o sujeito.

Ele carregava um enorme rolo de corda e perdeu o equilíbrio quando o navio deu outra guinada, quase caindo até que Eduardo estendeu o braço e o segurou.

— Obrigado — disse o marinheiro, bruscamente, percebendo quem segurara seu braço, semicerrando os olhos até mais perto na escuridão. — Significa que não vamos bater em terra. Agora o capitão vai dar a volta e seguiremos para leste ou nordeste à frente da tempestade... e voltaremos pela manhã.

— Não podemos alcançar a costa? — perguntou Eduardo, sentindo-se como um inocente ou uma criança.

Ele ardia de desejo de voltar a pôr os pés em terra firme. O mar era um mundo diferente, um mundo do qual não gostava. Como se quisesse reforçar a sensação de erro, o marinheiro riu da sugestão.

— Jamais conseguiríamos no meio de uma tempestade. Mesmo o maior porto da Inglaterra nos mataria se tentássemos entrar velejando. Sem as velas, mal temos como controlar o rumo, entende? Por isso é uma armadilha fatal procurar abrigo. Não, o único jeito é correr à frente dela e torcer para que acabe.

— E se não acabar? — perguntou Eduardo.

— O norte depois das ilhas Shetland é muito frio, o suficiente para congelar os cabos se formos parar muito longe. Mas, se essa tempestade não acabar, as tábuas vão se soltar bem antes disso. Elas não aguentam essa surra muito tempo, não mesmo. Vamos afundar muito antes de ficar frio a ponto de congelar, então não adianta se preocupar com isso.

Para surpresa de Eduardo, o marinheiro lhe deu um tapinha no ombro e levou o rolo de corda para onde era necessário, desaparecendo na escuridão. Com enorme cuidado, ele avançou até onde o irmão fora amarrado e largado. A cabeça de Ricardo estava caída, e o cabelo pendia em mechas, o retrato do sofrimento.

— Você está vivo? — perguntou Eduardo, cutucando-o. A única resposta foi um gemido, o que o fez dar uma risadinha. — Vimos uma luz na margem, a oeste, Ricardo. Escutou? Não pode ser uma fogueira numa noite como esta. Essa ventania e a chuva a apagariam. E só há um único farol num raio de mais de cem quilômetros: em Grimsby e no Humber. Acho que acabamos de passar por Ravenspur, Ricardo. Se Deus quiser, a frota sobreviverá a este golpe e poderemos voltar. O que acha?

O irmão não dormia, mas passava tão mal que abandonara o mundo, como um homem nocauteado. Com enorme força de vontade, ele levantou a cabeça para o irmão e lhe disse que achava que ele devia se foder, o que fez Eduardo rir.

A tempestade passou durante a noite, em algum momento antes de o sol nascer, embora pouco tenha sido feito até a alvorada. Era verdade que o *Marco Antônio* fora impelido para o norte, mas o mastro principal estava intacto e o nível da água no cavername não era perigoso, embora tivesse atingido uma linha marcada nas tábuas que não era tocada havia uma geração inteira. O próprio capitão descera para dar uma olhada, e Eduardo o acompanhara, observando com atenção o rosto do outro e vendo pouco que lhe agradasse.

O mar ainda estava agitado, com espuma branca no alto das ondas, levada pelas lufadas de vento. Mesmo assim, eles poderiam içar as velas e avançar para o sul contra o vento, voltando para o trecho de terra que fazia de Grimsby um dos portos pesqueiros mais bem abrigados do mundo.

A tripulação começou a trabalhar enquanto o navio adernava, seguindo de volta para a costa, verificando cada junta, consertando e remendando tudo o que tinha se soltado na tempestade. As balaustradas tiveram de ser reassentadas, e o carpinteiro trabalhava com seu ajudante, serrotes e serragem úmida, o barulho curiosamente agradável.

Ao meio-dia, Ricardo de Gloucester perdeu um pouco do tom esverdeado e pôde ser deixado para gemer em segurança na popa. Os marinheiros sorriam com o barulho que fazia, embora ele não achasse graça nenhuma. Ricardo não participara do içamento de bandeiras de sinalização para a frota, embora o capitão observasse com imensa cautela a aproximação dos primeiros navios, pronto para içar velas e fugir caso atraísse a atenção das pessoas erradas. Havia navios naquele mar que atacariam uma embarcação castigada por uma tempestade sem pensar duas vezes. Era provável que alguns tivessem zarpado naquela manhã na esperança de avistar um navio exatamente como o deles. No entanto, a frota se reuniu, vinda principalmente do norte e do leste, para onde as embarcações tinham se espalhado. Eduardo assumiu pessoalmente a responsabilidade de subir no ponto mais alto do mastro para contar os navios, assimilando uma vista e uma lembrança da qual jamais se esqueceria. Trinta e dois deles voltaram para se reunir em torno do *Marco Antônio*. Eles se puseram em posição, numa formação fechada, com espaço suficiente entre si para evitar colisões, e aguardaram o dia se despejar entre os dedos e o mar começar a subir de novo.

O comandante do navio capitânia esperou o máximo que ousou, mas era óbvio que Eduardo não cessaria a busca pelos navios que não voltaram. No fim das contas, o comandante subiu em outro mastro e pediu permissão para levar o restante até o porto. Na verdade, fora uma sorte perderem apenas quatro navios, com cerca de duzentos homens e quarenta cavalos, arrastados para o fundo do mar ou atacados por uma força armada. Mas o sol já seguia mais uma vez para o horizonte quando Eduardo desistiu e concordou.

Os comandantes da frota apenas esperavam a ordem. Todas as velas que os navios podiam suportar foram içadas, e eles chegaram depressa ao grande estuário do rio Humber, com três quilômetros de um lado do leito ao outro. Por segurança, entraram de três em três, cada tripulação sentindo a queda súbita do vento e a mudança do ritmo das ondas, que significavam que, mais uma vez, havia terra entre a embarcação e as grandes vagas oceânicas. Os homens que tinham ficado enjoados se sentiram melhor, e à frente, dourada pelo sol que se punha, estava a restinga de Ravenspur, um braço estendido para abrigar todos das tempestades lá fora. Uma aglomeração de casas agarrada à borda externa, que parecia estar a uma tempestade de ser arrancada do lugar.

Trinta e dois navios ancoraram e começaram o trabalho de mandar barcos à margem e organizar o desembarque seguro de cavalos e homens. Alguns deles olhavam para o sul, onde havia docas e cais no estuário, mas fora em Ravenspur que um rei desembarcara, e Eduardo só riu e balançou a cabeça quando o irmão, sem palavras, apontou Grimsby do outro lado. Uma das mais belas aldeias pesqueiras do norte, bem ao lado deles, mas a verdade era que não se começava uma revolução em Grimsby.

Antes que a escuridão se instalasse de fato na restinga, Eduardo desembarcou com o irmão e seus lordes. O conde de Rivers e o barão Say assumiram o posto de seus guardas e representantes. Os cerca de duzentos que desembarcaram se reuniram em volta deles. Não foi coincidência os poucos que nasceram na Inglaterra e em Gales também terem sido os primeiros a pôr os pés na terra que já chamaram de lar. Também foram os primeiros voluntários quando Carlos, o Temerário, requisitara homens. Muitos não punham os pés na Inglaterra desde a infância ou o crime, qualquer que fosse, que os fizera fugir para o mar quando eram jovens e tolos. Os sorrisos de satisfação que exibiam comoveram Eduardo, que os retribuiu. O restante desembarcaria no dia seguinte, para não correr o risco de se afogar nas águas rasas e lamacentas. Enquanto olhava a paisagem ao redor, Eduardo sentiu a alegria do momento, e seus olhos reluziram.

— Tragam meus estandartes — ordenou.

Seu irmão estava ali para entregá-los presos a mastros de carvalho polido com dois ou três metros de altura. Eduardo os tomou nos braços com reverência e os descansou ao ombro enquanto caminhava em meio aos homens. O irmão o seguiu carregando tochas, e a multidão foi atrás, dando voltas em torno dos dois, que estavam maravilhados com a cena.

A menos de cem metros da margem, Eduardo encontrou uma elevação e a escalou, com o sol se pondo à sua direita. No ponto mais alto, fincou os mastros dando fortes golpes, enfiando-os bem fundo no chão. Ele sabia mais do que muitos que os homens considerariam mau agouro se um dos estandartes caísse, então usou toda a força para enfiá-los no barro. A rosa branca, pelo seu pai. O Sol em Chamas, por si mesmo. Os três leões, pela coroa da Inglaterra. Então, ele se ajoelhou em silêncio e, quando se levantou e fez o sinal da cruz, estava escuro — e ele, em casa.

11

Foi necessário mais um dia para que as demais forças de Eduardo desembarcassem da pequena frota castigada. Alguns capitães encontraram pontos arenosos onde os barcos podiam ser puxados para terra, enquanto outros tiveram de abrir caminho por capim e lama espessa. Apesar do cuidado que tomaram, alguns homens de armadura ainda se afogaram, afundando na lama ou na água salgada antes que alguém tivesse tempo de lhes arremessar uma corda ou tirá-los de lá. Era um trabalho árduo, e estavam cansados e ofegantes quando o sol subiu a pino.

Além do *Marco Antônio*, seis navios trouxeram cavalos em baias que podiam ser derrubadas em instantes. Dois deles eram projetados para isso, com correias e guindastes para baixar os animais até a água, de onde poderiam nadar até a margem com os meninos que cuidavam deles. Os outros quatro eram apenas embarcações mercantes com um porão profundo, grosseiramente adaptadas para a tarefa. Foram levadas à praia o mais rápido possível, parando com a madeira estalando, depois viraram de querena com os cavalos relinchando de terror no interior, o barulho chegando longe na manhã fria. Aqueles navios não voltariam a navegar — e a tripulação os tratava como cascos mortos. Equipes de tripulantes usaram martelos para bater nas tábuas e nas juntas, abrindo enormes buracos. Eles levaram os pobres cavalos para fora e os reuniram. Os animais pisoteavam a vegetação rasteira e pareciam adoentados depois da tempestade. Alguns morreram com o caos e o choque das grandes ondas, dominados pelo enjoo ou abatidos pelos mesmos martelos quando arrebentavam as baias e ameaçavam a segurança do navio. Esses corpos pretos e lustrosos foram deixados na água do cavername enquanto a luz do dia brilhava lá dentro pela primeira vez.

Talvez por causa do fim da tempestade, o dia de março parecia ter certo toque primaveril, embora o exército que se reunia na planície estivesse sujo e enlameado. Os barcos continuavam indo e vindo dos navios que aguardavam ancorados, trazendo armas, ferramentas e peças de armadura encontradas espalhadas nos conveses depois da tormenta. Os homens sentiam em tudo o gosto do sal que se agarrava à pele e às roupas como um pó fino. Eles bebiam de frasqueiras e de barris rachados que continham água potável levados à margem, mas não era suficiente para aplacar a sede, e havia dois dias que ninguém comia nada além da ração magra de peixe e carne secos.

Eduardo olhou para os homens que reconquistariam seu reino. Estavam ali de pé como se já tivessem sido derrotados, exaustos e com fome, mais parecendo mendigos. O irmão parecia bastante atento, assim como lorde Rivers, tendo o barão Say ao lado. Esses homens o seguiriam até o fim, ele tinha certeza. Os demais veriam o péssimo estado deles quando olhassem ao redor. Começariam a ter dúvidas e sentir medo.

— Lorde Rivers — chamou ele. — Tire meus estandartes do alto do morro e os entregue a três dos seus homens. Vamos começar com orgulho. A cidade de Hull fica a menos de vinte quilômetros. Lá teremos comida e descanso. Mais além, fica York. Reuniremos mais homens sob minhas cores lá. Esse é apenas o primeiro passo, cavalheiros! Capitães! Mandem os homens formarem colunas.

As ordens foram repetidas pelos vinte homens com autoridade sobre os soldados resmungões, forçados a entrar em linha e em formação, enquanto davam comandos aos meninos que corriam com cornetas, flautas e tambores. O ritmo da marcha começou a ecoar pela planície salgada, e os que já o tinham ouvido sentiram o sangue lento reagir no frio, erguendo a cabeça para farejar o vento. Deram as costas ao mar e seguiram para o interior, deixando a frota para fazer os reparos e retornar a Flandres. Os capitães do mar sabiam que não seriam mais necessários. Eduardo não fugiria uma segunda vez, não importava o que enfrentasse.

Warwick não desmobilizara o exército nos meses de inverno, embora manter vinte mil homens longe dos seus respectivos ofícios durante uma estação inteira o tivesse deixado à beira da mendicância. A origem do problema era o caos em torno dos seus títulos. Simplesmente não havia na lei um mecanismo para trazer de volta à sociedade um homem desonrado. Sem a renda das suas terras, Warwick ficara reduzido à venda de pequenas propriedades. Não havia como evitar. O exército tinha de ser pago — e alimentado, vestido e armado. Aqueles homens precisavam de outra hoste de ofícios para se manter em campo, desde ferreiros e artesãos de couro a sapateiros, fiandeiros, alfaiates, médicos, gente demais para contar. Isso significava que era preciso encontrar uma fonte de ouro e prata, mesmo quando Warwick pagava o mais tarde possível, sempre um ou dois meses atrasados. Ele parecia passar dias inteiros enclausurado com copistas e pilhas de contas até ficar com dor de cabeça e mal conseguir enxergar.

Embora ainda não tivesse recuperado o direito formal às suas propriedades de Warwickshire, era como se estivesse voltando para casa. Coventry era sua pátria inglesa, a grande cidade ao norte do condado. Não tão rica quanto Londres, embora ainda assim ele tivesse pedido empréstimos em todas as casas monásticas de lá, sob quaisquer termos que lhe impusessem. De um jeito ou de outro, recuperaria tudo — ou, se morresse, as dívidas não mais importariam. Era uma estranha liberdade sentida por um homem sem filhos do sexo masculino. As filhas seriam protegidas pelo duque de Clarence ou pelo príncipe de Gales. De qualquer forma, a fortuna lhe pertencia e seria recuperada — e gasta como julgasse adequado.

O último dos religiosos saiu com seus livros-caixa, curvado pela responsabilidade e pela velhice. Warwick ficou sozinho pela primeira vez em seis dias e percebeu que os sentidos oscilavam. Desde que uma frota fora avistada, ele trabalhava e planejava mil detalhes. Tudo por causa da ameaça de um único homem.

A porta na ponta do corredor foi aberta. Warwick ergueu os olhos com a interrupção e se flagrou sorrindo ao dar boas-vindas a Derry Brewer. Não era uma amizade que ele teria esperado, e, na verdade, os dois tinham ficado em lados opostos mais de uma vez. Seu irmão João Neville não gostava nem um pouco do sujeito, embora tivesse, a contragosto, desenvolvido certo respeito pela lealdade do espião-mor. Entretanto, se conseguira perdoar a rainha que havia matado seu pai, sem dúvida Ricardo Neville também poderia perdoar os criados dela. Warwick se sentia um pouquinho orgulhoso disso, como se tivesse alcançado um tipo de espírito sábio que outros homens jamais conheceriam.

— Pensei que estivesse voltando a Londres, mestre Brewer — comentou quando Derry se aproximou, batendo com a bengala.

Curiosamente, apesar de toda a recente afabilidade para com o outro, Warwick ainda ficava consciente da adaga que carregava presa ao quadril. Sentiu uma pontada de cinismo cansado, mas, mesmo assim, manteve a mão perto do punho. O mundo provara ser um lugar difícil, com traições e mortes violentas. Ele não seria pego de surpresa, nunca mais.

— E voltarei, esta tarde — respondeu Derry. — Achei que, enquanto reunia minhas abelhinhas, poderia aproveitar um momento para visitar o senhor.

— Suas "abelhas", Derry? Os sussurros dos homens e das mulheres que emprega, suponho.

— Gosto da imagem, Ricardo. Do meu pessoal se instalando aqui e ali, sem que ninguém seja notado enquanto escuta. Ou talvez seja apenas porque as notícias que trazem sejam como mel para mim.

— Soube de alguma coisa? — perguntou Warwick, empertigando-se.

— Como o senhor disse, Londres fica longe demais do norte da Inglaterra para nos ser útil. As notícias estão sempre desatualizadas.

Coventry, no entanto, essa terra média, é um coração pulsante. E tem alguns quilômetros de muralhas boas e grossas, que passei a valorizar com o passar dos anos. Gosto disso. Talvez eu venha residir aqui na aposentadoria... se conseguir um patrono disposto a me arrendar uma propriedade, talvez, a um preço justo.

Warwick coçou o lóbulo da orelha.

— Imagino que um homem com informações úteis seja capaz de fazer todo tipo de negociação, mestre Brewer. Depende do que ouviu dizer.

— Sim, não tenho dúvida — respondeu Derry, desistindo.

Na verdade, ele tinha uma casinha em meio aos cortiços de Londres e uma casa senhorial fora da cidade em nome de um velho amigo arqueiro. Ele mal passara um mês lá na década anterior, mas ainda sonhava em cuidar de verdade das suas colmeias e podar as macieiras quando o filho de Henrique estivesse são e salvo no trono e York não passasse de uma mancha escura nos registros. Ele sorriu para Warwick, o único olho percebendo a exaustão do homem mais novo e compreendendo-a muito bem. Nenhum deles continuaria vivo caso deixassem Eduardo vencer, essa certeza era absoluta.

— Soube que Eduardo e o irmão partiram de Flandres com mais de mil homens. Tenho lá um rapaz de confiança que disse que são mercenários da Borgonha, embora isso tudo pudéssemos ter adivinhado. Mas o garoto merece um patrono, e eu disse que o senhor lhe arranjaria uma vaga nas fileiras.

Warwick fez um gesto de desdém com a mão.

— O que é mais um na folha de pagamento? Tenho milhares de homens dormindo no mercado daqui, já os viu? Há muitos mais marchando de um lado para o outro no Castelo de Warwick. Toda manhã, recebo a visita do bom prefeito e dos conselheiros de Coventry de chapéu na mão, que vêm perguntar se eu poderia, por favor, mandar meu exército parar de roubar comida e de incomodar as moças. Tive de mandar enforcar um belo brutamontes por matar um morador, dá para acreditar? Por fazer aquilo que preciso que ele faça, tive de tirar sua vida! Eu acho que me transformei em babá de todos eles... ou tutor, ou... contador! Tudo isso enquanto aguardo, e cada dia que passa é uma volta do parafuso, cada vez mais *apertado*...

— Acalme-se, Ricardo — disse Derry. — Avistamos uma frota, isso é tudo. Sim, esse é o pior período: a espera. Não pareceremos idiotas se aquela grande tempestade tiver feito os navios dele em pedaços? Pense só! Ou se ele desembarcar perto de York... Pense em tudo o que fizemos para lhes lembrar Towton nos últimos meses. Lancaster no trono significa *paz*, filho! Paz significa comércio. Comércio significa riqueza. Esse é nosso discurso, quando perguntam. Firme e bem-educado; diga-lhes o que querem ouvir. As cidades do norte não querem as guerras de Eduardo. Elas ainda se lembram da última.

Derry ficou satisfeito ao ver que Warwick pelo menos o escutava.

— Quando desembarcarem, minhas abelhinhas mandarão notícias o mais depressa possível, e então nos lançaremos sobre eles. O senhor tem o conde de Oxford ao seu lado, o duque de Exeter, o conde de Essex e Devon, Somerset no litoral, aguardando a travessia de Margarida. O senhor tem seu irmão João... e imagino que tenha seus próprios homens de confiança no norte com pombos, para o momento em que avistarem nosso grandalhão.

Derry fez uma pausa até Warwick anuir. Os pombos haviam sido levados para York meses antes, prontos para voltar voando para Londres. Ele mordeu o lábio e murmurou um xingamento ao perceber que as aves passariam direto por Coventry, seguindo para os pombais de Westminster, onde foram criadas. Era só mais uma das mil coisas a levar em conta ao planejar.

Derry Brewer continuava falando como se nada notasse, embora Warwick soubesse, por experiência, que era raro o sujeito deixar de perceber alguma reação às suas palavras, mesmo com um único olho. Nesse sentido, Derry lembrava o rei francês, outro homem que observava com bem mais atenção do que seria educado.

— E Eduardo está com o irmão Ricardo e o lorde Rivers, leal como um cachorro velho. O barão Say foi com ele, e é provável que ainda esteja ao seu lado, se alimentando das migalhas que caem. — Derry sorriu com essa imagem, depois ficou mais sério. — Há homens em quem não confio nestes tempos, Ricardo... O conde Percy, no norte, por exemplo. O senhor o conheceu quando ele era um menino, por isso talvez eu pudesse desconsiderá-lo. Mas seu irmão João não para de dizer a qualquer um que pergunte que fará com que o título retorne para suas mãozinhas. Nesse caso, Percy pode muito bem se aliar à casa de York. Se pelo menos seu irmão conseguisse ficar de boca fechada, talvez ele ficasse de fora da briga.

— Vou ter uma palavrinha com João — avisou Warwick.

Brewer deu de ombros.

— É tarde demais para isso agora! O reino inteiro já sabe o que seu irmão vai reivindicar, ou pelo menos pretende. E Clarence? Pode confiar nele?

Warwick pensou um momento no genro e fez que sim.

— Posso. Eu estava lá quando a filha dele nasceu e morreu no mar. Ele não perdoou o irmão, não ainda.

— Mas ele parece esperar demais para quem escolheu a mulher e a vingança. Herdeiro do trono? Ele já soube do casamento da sua filha com Eduardo de Lancaster? Isso não deixa Clarence ainda mais distante do trono? Então o que "segundo na linha de sucessão" importará?

Warwick bufou.

— Mais que tudo, ele quer o ducado de York... e Eduardo o exigirá acima de qualquer outro direito. Não, confio no meu genro pela sua ambição, mesmo que ele esfrie no resto.

— O senhor perdoou Margarida de Anjou — recordou-lhe Derry, cutucando velhas feridas.

Warwick lhe lançou um olhar ríspido.

— Perdoei porque foi meu jeito de recuperar meus títulos. Cansei de errar.

— Eu entendo. Mas só quis dizer que Clarence pode vir a sentir o mesmo. Eu não confiaria nele em combate caso o dia pudesse se virar contra mim, se é que me entende. Ele, Eduardo e Ricardo, os três perderam o mesmo pai. O senhor deveria ter cautela com esses filhos de York, é tudo o que digo. Basta pensar nos seus próprios irmãos, até em João, com sua raiva mesquinha e a sensação de que o mundo está contra ele. Ele continua do seu lado, caso todos mostrem as armas.

De repente, Warwick deu uma risadinha.

— Eu jamais deixaria João ouvir o que disse. Então você veria o que é raiva mesquinha e desdém. Foi João que me disse para não confiar em Clarence. Você e ele são mais parecidos do que se dão ao trabalho de admitir. Gêmeos na desconfiança! Vou lhe dizer o que importa, Brewer: reuni e alimentei mais de vinte mil homens neste inverno. Pense nisso um instante, sessenta mil refeições por dia ao longo de meses e meses. Equipamento, cavalos, armas, terra. Paguei para que ficassem em Warwickshire, no coração da Inglaterra, para treinar, se aprimorar e se exercitar. E, quando Eduardo vier, e ele virá, eles cercarão seus poucos homens e os destruirão. — Então ele se recostou, soprando. — Temo aquele homem, Derry, não há vergonha em dizer isso, não para os que estiveram em Towton. É por isso que tenho arqueiros aumentando o alcance de suas flechas fora dos muros de Coventry. É por isso que tenho dez mil homens marchando para ter mais fôlego e força e depois lutando em todos os campos em torno do Castelo de Warwick. E mais aqui em Coventry. *Mais* prontos para vir, se Eduardo for avistado!

Derry se curvou um pouquinho, relaxando a perna direita.

— Fico contente em ouvir isso, Ricardo. Gostaria de ver essa situação chegar ao fim, e o senhor sabe que Eduardo tem de morrer para que haja um fim. Ele sequer tem 30 anos! O senhor já viu como será a vida se ele permanecer vivo, com dias passados à espera do toque das cornetas, do reino inteiro se erguer para nos engolir. Cinco meses disso foram demais para mim. Consegue imaginar cinco anos assim?

— Não, não consigo — respondeu Warwick. — E concordo, Derry. Aconteça o que acontecer, não o deixarei vivo. Já cometi esse erro quando Eduardo era meu prisioneiro no Castelo de Warwick... e essa é minha oportunidade de corrigi-lo. Minha última oportunidade.

— Não espere — continuou Derry. — Ele ficará mais forte a cada dia depois de desembarcar. O senhor sabe como os outros acorrem a ele, todos os despossuídos, todos os enraivecidos, todos aqueles lordes e cavaleiros que não veem um futuro especial para a família sob Lancaster; todos ficarão do lado dele. Portanto, o senhor deve atacar assim que tiver notícias. O senhor acampou aqui, longe de Londres. Foi uma medida inteligente. Daqui, pode convocar os exércitos e avançar em qualquer direção. Que Deus o acompanhe, filho. Não estrague tudo.

— Então o senhor não vai ficar? — perguntou Warwick, embora já soubesse a resposta.

Derry fez que não, um sorriso brincando nos lábios.

— Farei companhia ao rei Henrique em Westminster. Onde ele está a salvo. Estou velho demais para marchar, e sempre disse que meu trabalho termina quando a luta começa. Agora só quero uma aposentadoria tranquila... e a cabeça de Eduardo na Ponte de Londres. Então ficarei feliz em perdoá-lo, mas só então.

— Vá com minha bênção, mestre Brewer. Espero que erga uma caneca para mim quando nos encontrarmos de novo. E passe minhas orações ao rei Henrique.

— Ah, Sua Alteza não entenderá, Ricardo. Não mais. Mas erguerei uma caneca ou duas de cerveja de Londres, isso posso prometer. Até nos encontrarmos de novo, filho.

As muralhas de Hull eram feitas de tijolos vermelho-escuros e tinham doze metros de altura no ponto mais baixo, com torres se erguendo ao longo do rio e em torno da cidade fechada. A dupla coluna de Eduardo percorrera com esforço uns vinte e cinco quilômetros desde os pântanos, na melhor das estimativas. Estavam parados, esperando pacientemente que os deixassem entrar pelo portão mais próximo, enquanto os que moravam dentro das muralhas se amontoavam em todos os espaços abertos para espiá-los com fascínio.

Os estandartes de Eduardo adejavam orgulhosos diante dos muros da cidade, mas o portão à frente permanecia fechado. Ele sabia que sua chegada tinha sido observada, claro. Seria difícil qualquer guarda daquelas muralhas altas não perceber a aproximação de tantos homens armados, mas parecia que lhes negariam a entrada. Enquanto ele trocava um olhar furioso com Ricardo, um arauto foi baixado até eles numa plataforma de madeira sustentada por um equipamento com uma viga comprida. O homem chegou ao chão e saiu apressado, bem a tempo, pois a plataforma foi logo guinchada de volta.

— Imagino que esse sujeito não traga boas notícias — murmurou o irmão. — Parece que Hull se declarará por Lancaster, irmão. Quem imaginaria?

O arauto se aproximou e fez uma profunda reverência. Ele usava a libré da própria cidade e era um homem sem nada de extraordinário, embora estivesse com o pescoço coberto de crostas brancas de fungo ou alguma erupção cutânea. Ele o coçava enquanto falava, dando a Eduardo e Ricardo vontade de se afastar da doença, fosse lá qual fosse, que o dominava.

— Milordes, o conselho da cidade prefere permanecer afastado de qualquer conflito.

— Se recusarem minha entrada, estarão do lado de Lancaster — retrucou Eduardo.

O homem engoliu em seco e se coçou de novo, os olhos arregalados de medo.

— Sou um reles mensageiro, Alteza, não quero ofender. Todos estamos com medo, e os portões ficarão fechados. Isso é tudo que me mandaram dizer.

— Então volte. Diga ao seu conselho que não me esquecerei disso. Voltarei aqui e os responsabilizarei quando terminar. Isso é tudo que tenho a lhe dizer.

Eduardo deu meia-volta no cavalo e balançou a cabeça para o irmão.

— Vamos. Não implorarei a ajuda dessa gente. Sou o rei da Inglaterra e eles são meus súditos. Finquei meus malditos estandartes. Isso é tudo o que preciso fazer.

Sem dar outra olhada no arauto encolhido, Ricardo foi atrás do irmão, de volta aos rostos atentos dos soldados flamengos. O irmão cavalgou no meio deles, afundado na raiva, até avançar mais uns quilômetros pela estrada e apear.

Embora não houvesse nada para comer, Ricardo ordenou que montassem acampamento para passar a noite e que mandassem quem tivesse habilidade procurar um rebanho ou alguma caça, e o restante que se acomodasse como fosse possível no chão úmido. Só os cavalos comeriam seu quinhão de capim primaveril. A não ser que encontrassem algumas vacas ou ovelhas, a maioria dos homens passaria fome, com mais uns cinquenta quilômetros para marchar no dia seguinte. Ricardo mandou um dos capitães buscar os estandartes do irmão, e nisso começou a pensar. Ele desceu a estrada que ia para oeste, uma trilha larga, melhor que a que os trouxera do litoral.

— Bom, o que queria que eu tivesse dito, Ricardo? — indagou Eduardo quando ele se aproximou. — Eu devia ter implorado que me deixassem entrar, seu rei ungido e coroado?

— Acho que não deixariam, nem que você implorasse — respondeu Ricardo. — Mas isso me fez pensar outra vez em Henrique de Bolingbroke. Ele foi rejeitado quando chegou ao norte. E teve de parar de reivindicar a coroa.

— Mas ele não era rei, era? — indagou Eduardo. — Não naquela época. Essa gente, que se lançaria aos meus pés há menos de seis meses, agora vem me dizer que não vai abrir os portões? Não esquecerei, Ricardo. Vou me lembrar disso!

— Irmão, me escute. O velho Henrique de Bolingbroke lhes disse que não se importava com a coroa da Inglaterra. Em vez disso, afirmou que viera recuperar seus títulos pessoais. Isso as cidades e as aldeias não poderiam lhe negar. *Aí* está seu portão. Erga apenas o estandarte de York e o Sol em Chamas quando chegarmos à cidade de York amanhã. Deixe os três leões enrolados, e talvez eles abram os portões para nós. Você é o filho mais velho de Ricardo de York; nenhum homem pode questionar seu título.

— Ele me foi tirado pelo Parlamento — retrucou Eduardo, embora já estivesse menos ruborizado.

Ricardo fez um muxoxo.

— Um Parlamento que fica a centenas de quilômetros daqui. Estamos em Yorkshire, irmão. Um mundo diferente de tudo o que é feito lá no sul. Erga apenas sua insígnia e a de York amanhã. E reze.

12

Eduardo conseguia sentir o Portão de Micklegate assomar diante dele. O irmão dissera aos capitães que eles se aproximariam da cidade de York pelo sul porque assim dizia a tradição e lá pediriam ao prefeito permissão para entrar. Depois que os portões de Hull permaneceram fechados, não deviam tratar isso com descuido. A verdade, contudo, era mais sombria e complexa. A cabeça do antigo duque de York e do seu filho Edmundo foram deixadas em estacas para apodrecer justamente no Portão de Micklegate. Durante anos, Eduardo sonhara em tirá-las de lá, e, na primeira manhã depois de Towton, ainda sujo de sangue e terra, ele fora àquele lugar e dera fim à humilhação da família.

O conde de Warwick o acompanhara naquele dia para recuperar a cabeça do próprio pai. Era difícil acreditar que Eduardo estivesse contra aquele homem, agora seu verdadeiro inimigo, depois de dividirem um momento como aquele na vida. Eduardo conseguia ver tudo como se estivesse lá dez anos antes; bastava fechar os olhos e deixar o cavalo se aproximar do portão. O irmão Ricardo o olhava com preocupação, mas não teria como entendê-lo, pois não passava de uma criança quando Eduardo derrotou a casa de Lancaster e vingou o pai e o irmão.

Eduardo abriu os olhos. A cidade de York tinha uma ligação mais íntima com sua família do que todo o resto da Inglaterra, e, ao se aproximar dela, ele trazia consigo os triunfos e as derrotas passadas numa grande tempestade íntima. Percebeu que sua respiração estava mais intensa e quente, embora fizesse frio.

O portão estava fechado, embora isso por si só não fosse uma surpresa. As muralhas estavam lá justamente para cumprir este propósito: proteger homens, mulheres e crianças lá dentro de serem arrasados por toda tropa de soldados que passasse em busca de pilhagens. Imensos portões e torres de pedra permitiam às cidades crescer e prosperar onde antes viviam aterrorizadas por invasores vikings ou exércitos particulares de lordes em guerra. As muralhas de York eram motivo de confiança e orgulho para os habitantes que agora encaravam o estandarte da rosa branca e, atrás, o Sol em Chamas de Eduardo.

Ricardo de Gloucester ergueu o punho direito para mandar os homens parar, e a ordem se espalhou pela coluna. Os dois irmãos trocaram um olhar de relance e avançaram sozinhos, as batidas dos cascos dos cavalos no chão ecoando nas muralhas. Micklegate era uma torre larga perfurada por janelas e passarelas, um símbolo de poder por direito, proclamando York como um centro de comércio — e de força.

Os filhos de York pararam diante dos portões, puxando as rédeas e aguardando enquanto um homem saía andando com pernas rígidas até eles. O prefeito Holbeck estava corado, rosado e brilhante, segurando um maço de papéis como se eles o protegessem. Ele abriu a boca, mas Eduardo falou primeiro.

— Venho não como rei da Inglaterra, mas como duque de York. O senhor viu meus estandartes. As propriedades da minha família ficam aqui perto. Tudo que peço é poder atravessar esses muros em paz, talvez para pagar por comida e descanso para meus homens. Fora isso, não lhe exigirei nada, embora esta cidade ostente meu nome e tenha mantido a cabeça do meu pai e do meu irmão nesse portão onde o senhor está!

O prefeito se encolheu ao ouvir isso, agarrando seus papéis com ainda mais força. Mas ele não era tolo, tampouco fraco. Holbeck encarou os dois irmãos e viu a determinação deles. Mais além, estava o exército, como uma alcateia faminta, observando a cidade que, sem dúvida, ficaria sem comida e cerveja depois da sua passagem. Holbeck balançou a cabeça com essa ideia, pensando nas próprias filhas.

— Milorde, sei que o senhor é um homem de honra. Sei que sua palavra tem valor. Se o senhor me fizer o juramento de passagem segura, ordenarei a abertura dos portões. Peço que escolha... uma dúzia de homens para entrar com o senhor e obter os suprimentos de que precisa. Não posso permitir mais sem romper o juramento feito à casa de Lancaster. Não posso fazer mais, milorde, embora deseje.

Então o prefeito Holbeck fechou a boca e ficou de cabeça baixa, enquanto Eduardo olhava para o lado.

— Melhor que nada — murmurou Ricardo.

O irmão fez que sim e respirou fundo para proferir sua resposta.

— Muito bem, prefeito Holbeck. O senhor tem minha palavra, em meu nome e em nome de todos os que estão sob meu comando. Não haverá nenhum embate, ferimentos nem ações rudes. Com sua permissão, entrarei com meu irmão e mais doze homens para obter comida e água para aqueles que ainda amam York. — Ele encheu os pulmões de novo para projetar a voz para as centenas de pessoas que deviam estar amontoadas ali perto, dentro dos muros, espichando o pescoço para ouvir cada palavra. — Então, se qualquer homem desta cidade quiser se unir a mim, eu o aceitarei! E, se não houver nenhum, não esquecerei quando voltar! Sou o duque de York, título de meu pai. Sou Eduardo Plantageneta, chefe da minha casa, por minha honra. Eu lhe dei minha palavra, em nome de Cristo.

O prefeito fez um sinal aos homens abaixo dele, e os portões foram destrancados, as correntes, removidas. Eduardo esperou até ter às costas doze dos seus homens e depois cavalgou por sob a torre do portão. Ele não se encolheu quando foi coberto pela sombra de Micklegate, embora tenha tido de parar no pátio interno e virar a montaria para observar a fila de lanças de ferro cravadas na pedra.

— Ali, Ricardo. Aquela loba de Anjou pôs ali a cabeça de meu pai. Mergulhada em alcatrão para fitar, boquiaberta, a multidão aqui embaixo... e com uma coroa de papel.

Ricardo olhou para o irmão mais velho e viu seus olhos reluzirem. Naquele momento, ele se perguntou se o juramento pelo qual obtiveram a entrada seria quebrado. Os guardas os observavam, e alguns ainda portavam bestas, mas estavam perplexos ao ver um homem que fora rei apontar para o lugar onde estivera a cabeça do pai.

— Gostaria de ter visto isso — comentou Ricardo. — Eu era apenas uma criança quando você venceu em Towton. Eu daria tudo para ter estado ao seu lado naquele dia.

Eduardo estremeceu.

— Não, se você tivesse estado lá, não falaria com tamanho anseio. Aquele dia... — ele deu um tapinha na cabeça — ... continua na minha memória, claro e terrível. — Eduardo ergueu os olhos mais uma vez para o Portão de Micklegate. — E, quando o sol voltou a nascer, escalei aquela muralha e baixei a cabeça do meu pai e do meu irmão, Edmundo. Enegrecidas pelo alcatrão, não se pareciam com nenhum deles, embora eu conseguisse ver o cabelo de papai... — Eduardo se interrompeu, com tanto pesar que sua voz soou estrangulada. — Ela fez isso para insultá-lo, para dizer que um homem como nosso pai podia aspirar à coroa, mas tudo que conseguiria seria uma coroa de papel. Mas eu sou o filho dele e fui coroado com ouro, Ricardo! Sentei-me no trono e combati sob os estandartes reais.

Ele soltou o ar devagar, esforçando-se para controlar o humor até conseguir olhar direito para Ricardo e para os homens em volta deles, os guardas assustados e o prefeito ainda à espera de que ele lhes falasse. Eduardo ignorou todos.

— E ela ainda vive, Ricardo, com o filho tornado homem... com a idade que nosso irmão Edmundo tinha quando foi morto. Não é estranho? Às vezes sinto que temos tanto poder de influência na nossa vida quanto eu e você tivemos naquela tempestade no mar. Somos apenas lançados de um lado para o outro. Alguns afundam e se perdem... e outros se erguem em grandes vagas, ninguém merecedor do próprio destino.

Seu tom de voz tinha aumentado até preencher a área junto às muralhas, de modo que todos os homens e mulheres que observavam mantiveram os olhos fixos nele.

— Mas sou eu que me elevo *diante* da onda que me engolirá e não tenho medo! Eu sou a casa de York, irmão. Eu sou a antiga linhagem. Não darei as costas à tempestade, mesmo que ela me derrube. E, se me derrubar, me erguerei outra vez!

Alguns moradores daquela cidade não tinham perdido o amor por Eduardo como rei. Eles deram vivas às suas palavras nas janelas e nas ruas que levavam ao interior da cidade. Ricardo se uniu a eles, erguendo os braços e gritando com os outros.

Por meio de puro trabalho e dor, o irmão refizera a ruína em que se transformara. Foi um momento de alegria, e Ricardo ainda ria quando apeou e deu um tapa nas costas do prefeito surpreso e atônito.

— Vamos, senhor. Temos um exército leal a York necessitado de uma refeição quente... e ouvi rumores sobre cerveja. Vamos, abra para nós suas panelas e seus barris, seja um bom camarada.

O prefeito se encolheu com o tapa, ainda olhando em volta para aqueles que comemoravam a vinda de Eduardo de York e sentindo-se corar. Ele fizera um juramento pessoal a um arauto que trazia o selo de Lancaster. Isso parecera correto alguns meses atrás, embora não esperasse ver o rei Eduardo retornar em pessoa para pôr sua palavra à prova, ali em pé diante do mundo inteiro como se jamais tivesse partido. Bom, ele faria o possível.

— Siga-me, milorde. Mandarei trazerem carroças e quartos de carne, o senhor verá. Seus homens comerão bem esta noite.

O pequeno exército de York havia marchado cinquenta quilômetros naquele dia e estava com os pés doloridos, morrendo de fome. Todos comemoraram quando os portões se abriram ao sol poente, revelando uma fila de carroças e caldeirões fumegantes. Os capitães tiveram dificuldade para interromper a corrida dos soldados, berrando e batendo neles com varas. Os homens nascidos na Inglaterra sentiram certo prazer em avançar em uma frente unida, mantendo o restante atrás para que as filas se formassem. Senão, seria um "caos dos infernos", como explicaram devagar e em voz alta aos homens da Borgonha e de Flandres.

Havia o suficiente para todos e muito mais, e eles encheram cantis e acrescentaram dezenas de carroças à bagagem, o suficiente para as refeições seguintes. Algumas mulheres da cidade saíram para se juntar a eles em sua jornada, combinando com os capitães ou lordes o pagamento pelo seu trabalho. Na verdade, todos aqueles homens ficaram agradecidos pela presença delas, e não houve nenhum caso de mulheres respeitáveis sendo insultadas ou tratadas com grosseria. Elas cozinhariam, remendariam e qualquer homem tolo o bastante de lhes dizer uma palavra errada provavelmente levaria uma surra dos companheiros.

A coluna aumentou com quase uma centena daquelas senhoras de York, com as mangas arregaçadas até o cotovelo e toucas e xales bem amarrados enquanto subiam nas carroças e tomavam as rédeas de pôneis velhos e sonolentos. Agora eles pareciam um exército em movimento, não uma coluna de refugiados, como antes.

Não poderia haver um chamado geral às armas depois de Eduardo ter concordado em não convocá-los como rei da Inglaterra. Mesmo assim eles vieram. Conforme o pôr do sol se tornava noite, os homens saíam da cidade aos pares, aos trios e em grupos, com cotas de malha e as armas que tivessem, andando com orgulho para se unir ao acampamento. Foram recebidos com humor, satisfação e uma caneca de cerveja. Seus nomes foram designados aos capitães que os comandariam, com alguns homens novos promovidos entre aqueles nascidos em solo inglês. Era verdade que os novatos somavam apenas uns trezentos pela manhã, enquanto o restante da cidade permanecia em segurança atrás das muralhas. Mas era um começo, e Eduardo se fez de contente, apesar de desapontado. Ao amanhecer, marchou com os homens para o sul, com meninos tocando tambor e todas as cornetas soando. Ele precisava ser visto.

Atrás deles, pombos bateram asas, libertados de pombais particulares na cidade. Os pássaros se orientaram depois de voar em círculo acima das muralhas, então reagiram a algum antigo instinto e seguiram para o sul, levando a notícia do desembarque de York. Com uma expressão de mau presságio, Eduardo e Ricardo os viram passar, os pássaros voando alto demais até para os arqueiros. Os irmãos sentiram um aperto no estômago ao pensar na notícia que se espalhava e chegava a Warwick e a Londres.

Partindo de York, eles seguiram por algum tempo a estrada para o sul, passando por Towton de cabeça baixa em respeito a todos aqueles que deixaram os corpos lá. Quando chegaram a Ferrybridge, Eduardo atravessou a ponte que vira ser destruída e reconstruída, perdido em lembranças solenes.

Perto de Pontefract, a estrada era feita de pedras de qualidade. A essa altura, Ricardo tinha batedores afastados em linhas amplas, cavalgando quilômetros à frente das fileiras em marcha. Foram eles que avisaram que os estandartes de Montacute estavam içados acima das ameias do Castelo de Pontefract.

Eduardo não sabia quantos homens estavam em segurança atrás daquelas muralhas, mas, mesmo assim, foi até o limite do alcance das flechas e desafiou Montacute a sair. Não houve resposta. Alguns homens de Eduardo exibiram as nádegas para as muralhas. Ricardo se divertiu com isso, embora o irmão tivesse o rosto contraído com um sorriso falso ao ordenar que continuassem a marcha. João Neville, lorde Montacute, tivera papel na sua humilhação no ano anterior. Seria um começo grandioso pegar o irmão de Warwick fora das muralhas e pendurá-lo pelas entranhas. Esse era o tipo de mensagem que Eduardo queria enviar, mas tudo o que pôde fazer foi passar direto, olhando por sobre o ombro para os estandartes ainda erguidos nas ameias, como se zombassem da sua ambição.

O Castelo de Sandal era um lugar de peregrinação especial para os filhos de York, onde o pai e o irmão foram assassinados por uma rainha francesa que lutava ao lado de escoceses contra homens melhores. Eduardo e Ricardo, usando capas, se ajoelharam e rezaram pelas almas perdidas naquele lugar e pela orientação de que precisariam para uma vingança já havia muito atrasada. Não era muito a pedir, não em Sandal, próximo à cidade de Wakefield. Pelo menos lá, tão perto da propriedade do pai, eles não foram rejeitados nas muralhas. Eduardo empenhou o anel num empréstimo de mil moedas de ouro e depois trocou a maior parte delas por prata para pagar o serviço dos seus seguidores.

Outros oitenta homens se uniram a ele ao ver esse ato generoso, entre eles dez cavaleiros e uma dúzia de ferreiros e ferradores, empunhando lâminas de ferro saídas da forja. Era um número tão pequeno, que Eduardo esteve perto de se desesperar, embora os recebesse como irmãos e falasse com todos que pudesse. Em particular, disse a Ricardo que temia avistar o primeiro exército que aparecesse contra sua pequena força. Ele seria vencido e morto. A Inglaterra cochilava, e Eduardo não conseguia ver como acordar a ela nem ao seu povo.

Cada dia trazia uma sensação maior de primavera e crescimento na terra. Ricardo mandou homens à frente para espalhar a notícia, mas o povo estava frio, com o coração sombrio. Poucos vieram, e parecia que tinham dado as costas à casa de York.

A notícia sobre eles começou a se espalhar, de modo que todas as cidades, pequenas ou grandes, aonde chegavam sabiam que York tinha retornado. Algumas eram hostis e vaiavam sua passagem ou usavam fundas para lançar pedras nos cavaleiros de armadura. Eduardo resistiu ao desejo de deixar essas cidades e aldeias para trás em chamas. Ele era o rei retornado, não um usurpador violento. Isso o irritava mais do que conseguia expressar; entretanto, tudo a que se permitiu foi refutar as acusações de forma dura e digna e não estrangular algumas pessoas, o que o teria agradado mais. Ele e o irmão se sentiam solitários à noite, embora o exército aumentasse em torno deles como calosidades ou carapaças, às dezenas e vintenas. Em Doncaster, um velho amigo de caçadas levou consigo duzentos homens bem armados e equipados. William Dudley também levou uma quantidade imensa de clarete numa carroça e ficou espantado ao descobrir que Eduardo não tocaria numa gota. O juramento de abstinência ainda estava em vigor, embora Ricardo visse o irmão passar a língua pelos lábios secos ao ver tantos belos odres e barris. Talvez por sentir a sondagem do olhar do outro, Eduardo não fraquejou.

Em Nottingham, dois homens que Eduardo promovera a cavaleiros anos antes alcançaram a coluna trazendo mais de seiscentos soldados, tão cansados e sujos da viagem quanto possível depois de mais de cento e cinquenta quilômetros trotando na esteira dele. O estado de espírito de Eduardo começou a melhorar quando pensou em quantos outros lhe deviam o sustento e as propriedades, de casas senhoriais menores e licenças comerciais a dezenas de condes e barões. Apenas cinco meses antes, ele fora suserano desses homens. Embora alguns lhe virassem as costas, parecia que nem todos tinham esquecido o juramento.

Em Leicester, o primeiro dos seus homens mais poderosos demonstrou lealdade: o barão Hastings chegou e se ajoelhou diante dele, renovando o juramento ao "filho legítimo de York e rei da Inglaterra". Eduardo abraçou o sujeito com alegria pela lealdade e também pelos três mil homens em fileiras organizadas que Hastings trouxera consigo à estrada de Londres. No total, seis mil homens seguiam os dois filhos de York, com os três leões bem erguidos ao lado da rosa de York e do Sol em Chamas. Não havia mais ambições ocultas quando Eduardo caminhava pelos campos. Ele falava com quem lhe dirigisse a palavra e afirmava que voltara para recuperar a coroa.

Naquela noite, Ricardo e Eduardo dividiram o pão com lorde Hastings, juntamente com o capitão dele, Sir William Stanley. Mais uma vez, Eduardo não tocou no vinho nem na cerveja, e os que o conheciam bem assumiram um ar solene e até ficaram comovidos com as mudanças. Ele comeu pouco e afastou um prato que ainda não estava completamente vazio, encarando os recém-chegados com olhos límpidos, a pele com uma bela cor, o próprio retrato da saúde.

— Vossa Alteza — começou Hastings com um sorriso largo —, fico satisfeitíssimo em vê-lo tão forte e saudável. Só desejaria que todos os homens da Inglaterra pudessem vê-lo neste momento, talvez para compará-lo à criatura adoentada e à esposa francesa que são a alternativa.

— E homens como Warwick, Alteza — acrescentou Sir William Stanley, erguendo a taça. — Morte e danação a ele.

Stanley era magro se comparado a outros homens na mesma posição, com uma barba lustrosa, cuidadosamente aparada perto do queixo, e bigode grosso. Eduardo talvez desdenhasse dele chamando--o de almofadinha, mas o irmão dele, lorde Stanley, fora um grande partidário seu e dizia-se que o caçula conhecia as artes da guerra como qualquer um que tivesse dedicado a vida a elas. Ricardo saudou sem reservas o brinde de Stanley, erguendo a taça em resposta. Não haveria acordo com Warwick, não de novo. Homens como ele se tornaram tantas vezes traidores que nunca mais voltariam a merecer confiança; só podiam ser mortos como cachorros loucos.

— Seus três mil homens são mais que bem-vindos, lorde Hastings — respondeu Eduardo, instalando-se. — E os usarei bem. Diga-me, então, que notícias tem de Warwick ou do conde de Oxford? De todos aqueles canalhas traidores que acharam que conseguiriam me expulsar da Inglaterra sem pagar o preço de tanto desdém! Fale-me deles.

Hastings deu uma bela gargalhada ao ver Eduardo tão feroz e arrogante.

— Talvez haja seis mil reunidos em Newark, milorde. Sob o comando de de Vere, conde de Oxford. Uma força muito maior está com Warwick em Coventry, ao sul. Alguns dizem que ele tem vinte mil lá, talvez até mais. — Por um instante, Hastings pareceu pouco à vontade, mas se esforçou para continuar falando. — Seu... irmão George está a sudoeste de nós, milorde. Tem uns três mil homens com ele e dizem que é leal a Warwick, sogro dele.

— Sim, lorde Hastings. É o que dizem — comentou Eduardo, olhando de relance para Ricardo. — Meu irmão foi manchado pela influência de Warwick, isso é bem verdade. Não tenho certeza de suas ambições, mas chamarei o sangue acima do casamento e verei para que lado ele pula.

Eduardo fez um gesto para afastar os pensamentos desagradáveis.

— Tenho meu caminho, portanto, ou pelo menos o primeiro passo. Newark, se é lá que se reúnem. Marcharemos, o quê? Um dia para o norte? Não deixarei aqueles seis mil às minhas costas, para quem sabe se unirem a Montacute, quando ele finalmente tiver coragem de sair do seu castelo em Pontefract. Não, isso será conveniente e me dará a oportunidade de unir estes homens em companhias. Descobri que a batalha forma laços poderosos, Hastings. Talvez já tenha visto combates demais, mas ainda não acabei. Diga aos seus homens que se preparem para marchar antes do amanhecer. Encontrarei aqueles cães de Oxford e quebrarei seus dentes. E não pararei enquanto não acabar.

Os lordes e os capitães de Eduardo se equipararam a ele em gritos e barulho, enquanto Eduardo podia ser visto totalmente vestido e alerta antes mesmo de o sol nascer. Com o rei à espera, eles correram para acordar os homens de seu sono, chutando-os para que formassem filas. Não houve tempo para um desjejum de verdade; todos tomaram água e pegaram tortas de carne ao passar pelas carroças do rancho.

O corcel de Eduardo bufava e esfregava o casco no chão, reproduzindo o estado de espírito do homem que aguardava no seu lombo. A impaciência do rei se espalhou para os demais, e logo o exército partiu num ritmo que fez os homens suarem depois de apenas dois ou três quilômetros. A estrada, contudo, era boa, e havia riachos pelo caminho para que bebessem água gelada. Newark ficava a uns trinta quilômetros do acampamento, mas eles chegaram às linhas externas dos batedores de Oxford muito antes do meio-dia, fazendo esses homens voltarem correndo para levar a notícia da aproximação.

Então Eduardo reduziu o ritmo o suficiente para os capitães organizarem os homens em linhas mais amplas para a batalha. Ele mandou os cem operadores de artilharia flamengos para as fileiras da vanguarda, ansioso para ver do que eram capazes com as armas pesadas que carregavam no ombro. Ele já vira aquelas coisas, mas elas ainda pareciam fazer mais barulho e fumaça do que causar algum dano real.

Eles ficariam desapontados. As fileiras de bombardeiros deram de ombros e apagaram as mechas fumegantes mal o sol passou do meio-dia. À frente deles, dava para ver os rastros de milhares de homens que se estendiam para o sul. A passagem de uma força armada sempre deixava restos para trás: botões e correias rompidas das sandálias, comida podre jogada fora, varas quebradas e armas enferrujadas. Eduardo se sentiu desapontado, embora percebesse que os homens ficaram bastante satisfeitos por não precisar lutar naquele dia. O irmão também pareceu alegre, e, quando Eduardo o chamou para perguntar a razão, Ricardo riu.

— Eles não o enfrentam, irmão! Não está vendo? Primeiro, Montacute se escondeu atrás das muralhas; agora, Oxford e seus capitães correram para a mãe assim que viram o exército real em marcha. Sua fama nos antecede como uma vanguarda de mais de dez mil homens. Eles estão apavorados.

— Pois deveriam estar mesmo — afirmou Eduardo, animando-se. Ele deixou de lado o desejo de ver o primeiro golpe do seu retorno e se limitou a aceitar que um inimigo correndo à frente e balindo de terror era quase tão bom, talvez ainda melhor para espalhar a notícia.

— Mande os homens acamparem aqui — gritou para Anthony Woodville, quando o grandalhão apeou ali perto —, mas mantenha os batedores espalhados. Não serei emboscado por nenhum patife. Assegure-se de que possamos vê-los chegando.

Lorde Rivers fez uma reverência e foi transmitir a ordem. O cunhado do rei sorria com o entusiasmo renovado de Eduardo, muito diferente dos meses desolados que ficaram para trás. Todos o sentiam. Deus sabia que aquele exército era pequeno demais, mas ainda era melhor estar em movimento do que enraizado num lugar.

Levaram algumas horas para reunir os seguidores que tinham ficado para trás. Embora o dia ainda não estivesse no fim, Eduardo deu ordens para descansar e verificar o equipamento. Eles passariam a tarde de primavera cuidando das armas e comendo a enorme quantidade de comida necessária para homens saudáveis marcharem e lutarem.

Caçadores foram trotando para os bosques locais enquanto outros buscavam gado saudável para comprar ou furtar. Rivers ria enquanto peava o cavalo com uma rédea velha e removia a sela e o equipamento. Ele se lembrava do rei gordo e bêbado que Eduardo havia sido. Ver o grande falcão de volta junto deles, esguio e feroz, era uma alegria.

Os batedores iam e vinham do acampamento York a todo momento, trabalhando em turnos de meio dia para manter os olhos descansados e avistar qualquer um que se esgueirasse pelos morros. Ao amanhecer do dia seguinte, um deles veio correndo do norte, soprando sua corneta e berrando o alarme. O acampamento inteiro tomou vida quando seis mil homens afastaram os cobertores e pegaram lâminas e armaduras. A notícia se espalhou com a rapidez dos gritos: os estandartes de Montacute tinham sido avistados lá, com milhares em marcha. Parecia que, no fim das contas, João Neville viera atrás deles.

Eduardo bocejou ao ser acordado de repente. Ele dormia de barriga para cima no ar noturno, deitado sobre um cobertor e enrolado em duas ou três capas, de modo que o rosto nu estava úmido e voltado para o céu. Ele se levantou e se vestiu enquanto o jovem batedor empolgado parado ao seu lado lhe passava a notícia, orgulhoso como um frangote por ser útil.

— Obrigado, filho — disse Eduardo.

Ele enfiou a mão na bolsa atrás de um centavo de prata e, em vez dele, encontrou na mão um anjo de ouro. Os olhos do batedor se arregalaram e Eduardo deu uma risadinha. Ele demorou um instante em busca de outra moeda e então desistiu. Estava num estado de espírito leve e estranho, agora que sua campanha tomara vida. Ele jogou a moeda, e o rapaz a pegou com assombro, cheio de alegria. Eduardo ergueu os olhos e viu o irmão Ricardo observando-o com ar divertido.

— O que o faz sorrir tanto, irmão? — perguntou Ricardo. — O que eu ouvi não foi que Montacute está se esgueirando atrás de nós?

— Está, sim, Ricardo. Não está vendo? Warwick está à frente com seu exército, com sua hoste. João Neville se lança sobre nossa sombra atrás, e somos empurrados para o sul. Bem como no ano passado, quando fugimos para o litoral.

— Não entendo por que isso faz seus olhos brilharem... — respondeu Ricardo, começando a temer que o irmão tivesse enlouquecido.

— Não é o *mesmo*, Ricardo. Antes, eu tinha oitocentos homens no inverno. Agora, tenho seis mil na primavera. E você sabe que não sou o homem daquela época. Estou lhe dizendo, irmão. Vou comê-los vivos quando vierem. Evidenciarei a todos sua traição e sua covardia, e cuspirei seus ossos!

Derry Brewer levantou um garfo de prata com um pedaço de porco assado espetado. O objeto polido era presente do embaixador italiano, um homem cuja companhia Derry apreciava, embora não confiasse nele. Era óbvio que o embaixador D'Urso era um espião, embora parecesse genuinamente satisfeito pela casa de Lancaster estar de volta ao trono. Reinos antigos preferiam estabilidade, supôs Derry. Não gostavam de reis usurpadores nem de revoltas camponesas. Esse tipo de coisa fazia tremer os alicerces dos seus próprios reinos. Antes de sair, o homem dissera que Eduardo partira pela porta e teria dificuldade de voltar pela janela. Que ele sem dúvida deixaria a pele para trás. Derry deu uma risadinha com seus botões. Era divertido o jeito como os estrangeiros falavam.

— Mais um, Henrique — avisou ele. — Vamos.

O rei Henrique franziu a testa de leve sem olhar para ele, mas abriu a boca, e Derry colocou o pedaço de carne com molho entre os lábios dele, observando pacientemente enquanto seu rei mastigava.

Quando uma batida soou, Derry arrumou a mesa, de modo que o prato e o garfo ficassem diante do rei e não restasse nenhum sinal de que ele o alimentava como uma criança. Mandou o visitante entrar, sabendo muito bem que apenas notícias de extrema importância conseguiam passar pelas camadas de guardas em cada porta e escada do Palácio de Westminster.

O homem que entrou lhe entregou um pombo cinzento, segurado de cabeça para baixo e aparentemente bem tranquilo. O interesse de Derry se aguçou ao ver um minúsculo tubinho de latão preso a uma das patas. Ele verificou se não fora violado e devolveu a ave ao sujeito enquanto se recostava, dando uma olhadela no rei sentado, que não esboçara nenhuma reação.

Derry desenrolou uma tirinha de papel e se aproximou da janela para vê-la com uma luz melhor. Depois, jogou-a na chama de uma lâmpada a óleo e voltou a se sentar junto ao rei Henrique, pegando o garfo e o prato frio havia muito.

— Eduardo de York desembarcou, Alteza — avisou Derry em voz baixa. — Está cavalgando para o sul, onde esperamos por ele.

Derry não esperava resposta e se surpreendeu quando o rei falou.

— O primo York é um bom homem, Derry.

— É claro que é, Majestade. É claro que é. Vamos, agora, se não se importa. Mais um pedacinho. Vossa Majestade tem de comer para ficar forte.

13

O sol brilhava, e Eduardo inspecionava o cavalo novo, presente de um cavaleiro que criava pessoalmente aqueles imensos cavalos de batalha castanhos e, claramente, queria impressioná-lo. Sir James Harrington também tinha trazido quarenta rapazes da cidade que possuía a alguns quilômetros de Leicester, entre eles doze arqueiros. No total, fora um presente principesco e, se sobrevivessem, Eduardo sabia que encontraria alguma recompensa para o homem, como decano da sua capela ou um dos cem cargos que cabia ao rei distribuir, todos levando ao dono riqueza e posição social.

— Eu cavalgarei o animal hoje mesmo e testarei sua resistência, Sir James — avisou ele. — Ficaria contente de contar com sua companhia.

O cavaleiro apoiou um dos joelhos no chão, felicíssimo. Quando Eduardo se virou, Sir James voltou ao bando de familiares e criados do lado de fora, contente como nunca por ter falado com o rei.

Eduardo se virou para o irmão, que o observava com ironia, e sorriu ao ver a expressão de Ricardo.

— Você o mandaria embora ou o desdenharia depois de um presente desses, Ricardo? A Inglaterra é feita desses sujeitos. Homens espertos e bons negociantes que trabalham todas as horas do dia e, no fim, beijam as esposas e contam as moedas. Homens de bom julgamento e visão clara, difíceis de enganar, que só se ajoelharão para mim se acharem que sou um homem digno de ser seguido.

— Então fico satisfeito por ser o caso, irmão — comentou Ricardo. — Embora eu tema que tenha deixado a admiração deles subir à cabeça.

Eduardo deu uma risadinha, esfregando a mão imensa no focinho do cavalo. O animal assomava sobre ele, com força e tamanho extraordinários, mas estava calmo, treinado e vigilante.

— Foi você que me abriu os olhos, Ricardo. Montacute se segura, Oxford foge com o rabo entre as pernas assim que avista meus estandartes. Eles estão com medo, e fico contente por isso. Eu disse que não pararia. Correrei riscos suficientes para envergonhar até o diabo! De que outro modo você quer que eu transforme este pequeno exército em vitória? Você sabe que Warwick tem uma hoste...

Ele se interrompeu, cerrando os punhos ao perceber que falava alto. Assoviou para chamar um criado, entregou-lhe o cavalo e se aproximou do irmão.

— Ricardo, eu tenho pouquíssimos soldados. Se Warwick tiver bom senso... não, o instinto belicoso de avançar sobre mim, seremos engolidos. Sou eu quem tem de desferir o golpe! Se atingir o alvo, acaba aí. Se errar, Warwick parecerá um tolo, indefeso e alvo de zombarias. Entende? É por isso que mantenho nossas colunas magras e fortes com essas marchas. Temos de atingir Warwick antes que ele decida que tem a força e o efetivo para nos perseguir. Mesmo com pouquíssimos homens, posso desafiá-lo. Posso chamá-lo para a luta. Quem sabe? Talvez ele até me enfrente.

Ricardo esfregou a boca, de repente ansioso por uma bebida para atenuar todas as preocupações. Ele não dissera nada, mas, enquanto Eduardo sofria com a abstinência, Ricardo o acompanhara em silêncio. Seu apetite nunca fora grande como o do irmão, mas ele descobriu que a falta de vinho e cerveja o deixava mais esperto. Sentia falta da bebida principalmente quando a raiva e a frustração tomavam conta dele. Era quando a cerveja âmbar e o álcool transparente dariam um alívio maravilhoso à sua mente perturbada. Sem eles, o mundo era cheio de espinhos e irritações.

— Estou ao seu lado, Eduardo, até o fim, mesmo que você lance a sua espada. Juro, não o abandonarei. Tampouco o fará nenhum homem que veio procurá-lo aqui. Com tamanha lealdade, talvez valham dois ou três dos que estão contra nós. Assim espero.

— Monte, irmão — disse Eduardo com uma risadinha. — Você pensa demais sobre tudo. Há momentos em que só é preciso cavalgar, e malditos sejam todos os que tentem contê-lo.

O cavalo de batalha era uma bela montaria, embora Eduardo fizesse questão de ter seu corcel de sempre por perto, caso o novo fosse arisco demais para o combate. Como nos homens, nos cavalos o sangue-frio era no mínimo tão importante quanto a força e até o treinamento. Ele deu um tapinha na seda azul e vermelha que cobria o animal e subiu num bloco para lançar a perna por cima do cavalo. Seus homens o observavam, prontos e calmos. Eduardo sorriu e levantou a mão aberta para eles, que comemoraram, como ele sabia que fariam, levados à alegria pelo seu grande ânimo. A cidade de Leicester minguou atrás deles quando saíram marchando, contando com mais duzentos voluntários.

A estrada era plana e seca, e o sol subia num céu cravejado de branco, aquecendo os homens em marcha. Coventry ficava a cerca de vinte quilômetros de onde tinham acampado, e a notícia entre eles era que Eduardo os levaria até a garganta de Warwick, que veriam combate naquele dia. Ainda não era meio-dia, no entanto, quando os batedores voltaram correndo, sobre montarias ainda descansadas. Os homens que caminhavam pelas pedras romanas se entreolharam e não se surpreenderam quando receberam ordem de parar. Os capitães avançaram para receber ordens e trouxeram o comando de formar batalhões para o combate.

Ricardo de Gloucester comandava dois mil na ala direita, seus estandartes erguidos por três cavaleiros de armadura completa. Eduardo mantinha o centro: três mil homens, os mais fortes e experientes de todos. A ala esquerda, um pouco mais atrás, era comandada pelo conde de Rivers, com Hastings e Stanley como segundos em comando, os três aguardando pacientemente os capitães organizarem as fileiras.

Não era uma manobra impressionante para homens que se conheciam mal havia um mês. Houve muitas imprecações, empurrões e perda de paciência. Porém, quando encontraram o lugar para ficar, todos seguraram firme piques e alabardas, achas e machados, como homens que sabiam usar essas armas. Os arqueiros se reuniram nas alas externas, com os próprios capitães, enquanto à frente da vanguarda se juntavam os bombardeiros, apenas uma centena, com varas acesas deixando rastros finos no ar. Dois cães tinham seguido o exército em sua saída de Leicester. Eles saltitavam entre as fileiras da vanguarda com enorme empolgação, latindo para todos os homens de pé que fitavam o horizonte. Então houve conversas e risadas nervosas nas fileiras, com velhos amigos zombando do nervosismo dos outros para aliviar o próprio. Vários fizeram o sinal da cruz e tocaram amuletos escondidos sob a camisa, erguendo os olhos para o céu enquanto os lábios se moviam.

Houve um silêncio geral quando os três batalhões avistaram o inimigo que atravessava com dificuldade o campo na direção deles. A imagem causou um arrepio, e um dos homens deu um chute forte num dos cães, que ganiu e latiu para ele. Outro fez algum comentário irônico, e uma onda de risos soou naquela parte do exército, embora o restante não tivesse escutado e aguardasse em silêncio.

Apenas os batedores sabiam quantos homens tinham visto, e mesmo assim o número seria a melhor estimativa de rapazes não treinados. A única realidade que importava era observar as fileiras que se formavam e se alargavam a cada passo, embora pelo menos o dia estivesse claro. Na neblina ou na escuridão, não havia como saber quantos enfrentavam. Homens como Eduardo, que lutara na neve e durante a noite em Towton, se lembravam do horror, da sensação de hordas intermináveis de inimigos que jamais hesitavam, jamais paravam de atacar, enquanto sua força e sua determinação se esvaíam a cada passo. Era uma lembrança de tanto medo e desespero que eles não pensavam nela, até que lhes ocorria outra vez.

— Defendam a posição! — vociferou Eduardo para as linhas. Ele levara seu novo corcel até a vanguarda do centro, então desembainhou a espada e a ergueu. — Milorde Gloucester, acompanhe-me aqui.

As fileiras de homens observaram confusas essa ordem ser levada pelas linhas e Ricardo Plantageneta vir da ala direita e se unir ao irmão. Os dois chamaram um dos batedores e falaram com ele muito seriamente, a cabeça do rapaz se movendo para cima e para baixo, confirmando o que vira. Mais uma vez, os homens que se conheciam nas fileiras olharam em volta e deram de ombros. Estavam dispostos a lutar, o coração batendo forte, todas as dores desaparecidas. Eles observaram uma dúzia de capitães importantes se reunir e sair trotando; para todos, parecia um grupo destacado para conferenciar com o inimigo. Aquilo não fazia sentido para os que tinham vindo lutar por York.

A mais de um quilômetro dali, quase dois, os homens com olhos mais argutos conseguiam avistar estandartes trazidos pelo inimigo. Quem os comandava tinha igualado sua largura, embora ninguém pudesse dizer, nem então, quantas fileiras enfrentavam nem que extensão tinham as companhias e os batalhões. Os estandartes que viam eram esquartelados, como o escudo de Eduardo, contendo dois quartos com três leões e dois com as flores de lis da França. Mas os estandartes erguidos do outro lado do campo e que ainda se aproximavam tinham uma contrabanda de prata por cima. George de Clarence, um duque real da casa de York, estava em campo. Enquanto os homens das fileiras observavam, a grande força parou a pouco mais de meio quilômetro. Era perto o suficiente para ser uma ameaça, e eles agarraram os cabos dos machados e apertaram cintos e peças soltas do equipamento, cientes de que a paz do dia podia se quebrar a qualquer momento com cornetas e gritos selvagens. Levaria apenas dois minutos para exércitos adversários se chocarem àquela distância, um momento de terror precipitado que ninguém que o sentira conseguiria esquecer.

A ordem de atacar não veio, e os homens na vanguarda viram capitães e cavaleiros saírem a cavalo das fileiras de Clarence. Eles se encontraram no meio do campo, homens graves e sérios, avaliando as intenções uns dos outros. Conversariam por mais tempo se Eduardo e Ricardo não fossem até aquele ponto central com o conde de Rivers e alguns guardas. A confiança de Eduardo ficava evidente em como ele se portava, como se não conseguisse imaginar que estivesse em perigo.

Alguns homens de Clarence se afastaram para aceitar a promessa de Eduardo de salvo-conduto, e foi então que George de Clarence avançou, a cabeça descoberta, até aquele ponto central. Ele sorria com nervosismo ao puxar as rédeas, encarando os irmãos.

— Aceito o salvo-conduto e o concedo — gritou Eduardo aos homens reunidos em volta para protegê-los. — Os senhores têm meus agradecimentos, cavalheiros. Retornem agora, pois eu e meus irmãos precisamos conversar a sós.

George de Clarence reproduziu a ordem, e todos os soldados que o acompanharam deram meia-volta nos cavalos sem dizer palavra e se afastaram a trote, deixando os três homens se entreolhando.

— Meu irlandês o encontrou? — perguntou Ricardo.

George fez que sim, sem saber o que dizer. Todos sentiam que uma palavra errada os faria brigar, e o silêncio quase parecia a melhor alternativa.

— E então, George? — questionou Eduardo. Ele não usava elmo, mas, fora isso, não relaxara em nenhum sentido. Estava montado em seu corcel com as costas eretas, as manoplas descansando tranquilas num nó de rédeas. — Espera que eu facilite a situação para você?

George de Clarence fez uma careta súbita e balançou a cabeça. Sem pressa, apeou e se aproximou. Armado e revestido de ferro, apenas caminhar até os irmãos fez os dois se aprumarem e se prepararem. Ao sentir sua reação, Clarence desafivelou o cinturão da espada e segurou lâmina e bainha longe do corpo. Era mais um gesto do que de fato um desarmamento, observou Ricardo. Ele teria de se lembrar disso.

O duque de Clarence cumprimentou Ricardo com um aceno de cabeça e depois voltou o olhar para o irmão mais velho, a quem tinha traído.

— Sinto muito, Eduardo. Quebrei a palavra que lhe dei, meu juramento. Foi a perda de minha filha. Com o pesar...

— Todos perdemos quem amamos, George — retrucou Eduardo em voz baixa.

Ricardo olhou de relance para o irmão. Ele achava que conhecia a mente do rei, mas ainda havia algo ameaçador no modo como Eduardo olhava para George, como se não tivesse perdoado nada. Por um instante, Ricardo precisou avaliar se teria de impedir ou se conseguiria evitar que Eduardo abatesse George ali mesmo. Os homens que foram até aquele campo ao lado de Clarence poderiam ser aceitos na ala do irmão mais velho. Eduardo baixou a cabeça um pouco, fitando de cima o homem que escolhera Warwick em vez da própria família.

George se encolheu quando Eduardo passou da imobilidade ao movimento súbito, apeando rapidamente na lama espessa. Em dois passos, foi capaz de pegar a mão estendida do irmão e puxá-lo para um abraço. George de Clarence riu com alívio sincero.

— Você me deixou preocupado — disse George. — Achei que, quando visse que eu trazia três mil homens para lutar ao seu lado, você me perdoaria, mas eu não sabia. Tenho dormido tão pouco nos últimos dias, Eduardo! Desde que disseram que você desembarcou...

Então foi a vez de Ricardo apear, escutando o irmão balbuciar. George tinha sentido mais medo do que deixava transparecer, isso ficava claro pela torrente de palavras que parecia incapaz de impedir. Eduardo se afastou dele, ainda avaliando-o com aquela expressão esquisita que Ricardo já observara.

— Deixaremos o passado para trás, George — avisou Eduardo. — Este é o lugar certo para isso, não acha?

— Vou corrigir tudo, irmão, eu juro. Fui feito de bobo por Warwick, seduzido por ele com promessas e mentiras. Todos fomos! Ele é uma víbora, Eduardo. Esses Neville... Juro que sua mulher tinha razão. Eles têm o coração podre, tudo o que tocam apodrece. Vamos corrigir tudo, irmão. Eu vou corrigir tudo.

— Como quiser, George — disse Eduardo. — Traga aqui seus capitães e os deixe sob meu comando, para que não haja confusão entre eles.

— Irmão, eles são leais, eu juro. Eu os trouxe desde a Cornualha, alguns deles. Homens de Kernow que mal falam inglês, mas conhecem o fio de um machado.

— Ótimo, George. Traga seus capitães aqui agora, como já lhe pedi uma vez. Se me fizer pedir uma terceira vez, eu o mato aqui neste campo. Você reconquistará minha confiança, *irmão*. Mas não a tem agora.

George gaguejou e corou, fazendo que sim e recuando enquanto acenava para os capitães. Eles se aproximaram com cautela, e Eduardo se dirigiu a eles, a voz firme e clara.

— Colocarei mil de vocês em cada ala, o restante vai me apoiar no centro. Espero que obedeçam às ordens dos meus lordes como se fossem minhas, como se fossem ordens dos seus pais, como se Deus todo-poderoso viesse lhes dizer para lutar por mim. Recompensarei a bravura e os grandes feitos de armas, sem nenhuma limitação. Se quiserem ganhar uma mansão, um título de cavaleiro, um baronato ou até um condado, farão bem se me seguirem hoje. Saibam que meu inimigo é o conde de Warwick, o homem mais rico da Inglaterra. Quando ele cair, haverá um bom quinhão para vocês em meu nome. Entendido?

Houve um brilho de ganância em alguns dos olhos que observavam Eduardo, mas Ricardo também viu neles um toque da antiga magia. Ali estavam homens, homens firmes e experientes, que diziam a si mesmos que *chamariam* a atenção daquele gigante de armadura reluzente. Realizariam façanhas capazes de impressioná-lo. Eduardo conseguia trazer à tona o melhor dos homens sob seu comando, essa era a verdade. Não eram nem as palavras que dizia, mas o modo como os olhava, o modo como os via.

Quando os capitães de Clarence voltaram às fileiras, houve um movimento imediato à frente. Eles traziam os piques e as armas apoiados nos ombros, em vez de apontados em postura agressiva.

Eduardo viu que o irmão George estava desconsolado, privado do comando e ainda incerto de seu novo lugar junto ao irmão, rei da Inglaterra. Com visível esforço, Eduardo falou com ele de novo, deixando o desdém de lado.

— Você conseguirá se provar, George, não tenho dúvida. Você é filho do nosso pai, exatamente como eu. Como Ricardo. Não se esqueça disso.

— Não me esquecerei — respondeu George, que, para espanto de Ricardo, de repente começou a chorar, escondendo a cabeça com o braço para que não vissem. Eduardo olhou para ele, e Ricardo falou para encobrir os sons abafados do pesar.

— Venha agora, irmão. Monte antes que seus homens o vejam... Pararemos aqui para comer, talvez...

Ele se interrompeu quando Eduardo fez que não em resposta.

— Não. Coventry fica a apenas nove ou dez quilômetros. Ainda temos Montacute atrás de nós. Quando os novos homens estiverem instalados e organizados na coluna, seguiremos até lá, hoje. Fique ao meu lado, George, por favor. Você pode me contar tudo o que sabe antes que a batalha comece.

George ficou espantado com a confiança impulsiva do irmão mais velho. Ele sabia que o exército de Warwick era mais numeroso que aquele que via, o triplo, uma hoste de tamanho nunca visto desde Towton. Ele esperava que Eduardo comandasse um exército que o igualasse, como antes. A realidade era diferente a ponto de fazê-lo suar.

Depois de um momento de silêncio, George se lembrou de onde estava, engoliu o medo e baixou a cabeça, aceitando a autoridade do irmão sem mais palavra.

Warwick sentiu um súbito arrepio de tristeza ao sol da primavera. O dia estava lindo, os últimos fiapos do inverno soprados para longe, de modo que o sol aquecia a terra verde e trazia de volta a sensação de vida e desejo, afinando o sangue e fazendo tudo parecer bom.

Ele se inclinou para a frente, curvando os ombros no alto das muralhas de Coventry. Uma torre assomava acima dele, à direita, e ele pensou em subir aquele último lance de escada para enxergar o ponto mais distante possível. Os tijolos à sombra da torre ainda estavam úmidos ao toque de sua mão, embora fossem se aquecer até o fim do dia. Parte dele observava as próprias reações, estranhando o quanto estava ciente da aspereza da pedra enquanto os estandartes de York ainda surgiam drapejando à frente de um exército. Warwick pensara que estariam mais de cento e cinquenta quilômetros ao norte, construindo a grande força de que Eduardo certamente precisaria para reivindicar tudo o que perdera. Era completa loucura os filhos de York erguerem os estandartes de guerra antes de terem efetivo para apoiá-los. No entanto, Warwick sentiu um frio agarrá-lo.

Os estandartes de Clarence surgiam ao lado dos de York e Gloucester. Três irmãos juntos — e mais uma punhalada no lado de Warwick para lhe causar dor. Enquanto observava os campos em torno dos muros de Coventry, pensou na reação que teria a filha quando soubesse. E, como pai, sofreu por ela.

O próprio Warwick fora pedir permissão ao rei Eduardo para aquele casamento. Fora ele quem aconselhara os jovens pombinhos a fugir para a França e partiu com eles. Fora ele quem correra para salvar George e Isabel quando a ira de Eduardo se voltara contra eles e tiveram de fugir.

Escorado na pedra, Warwick respirava bem fundo, enchendo-se do ar limpo que corria acima das ruas tortuosas e das lareiras acesas da cidade. Ele vira a filha do casal, a sua própria neta, nascer no mar e receber um nome só para morrer sem batismo na espuma salgada. Foram as ordens do rei Eduardo que impediram a pequena embarcação deles de atracar em Calais. Fora a frota de lorde Rivers que os perseguira ao longo da costa sul da Inglaterra e os expulsara.

Warwick arrastou os nós de aço da manopla para a frente e para trás no tijolo, marcando a pedra cada vez mais fundo, sem notar, sem sentir. Conhecera Eduardo quando era apenas um garoto grande e impulsivo feito um touro, que adorava lutar, beber e catar meretrizes com a guarnição de Calais. Na época era conhecido como Eduardo de March, e ele aceitara a orientação de Warwick, sensato o bastante para ver nele algo que valia a pena aprender. Ou assim havia parecido. Warwick fora seu guia, o seu professor. Ele sabia que, em parte, era responsável pelo homem que ele se tornara. Mas não por tudo. O jovem rei tinha se casado mal e talvez sempre tivesse havido fraquezas nele, como no mármore que parece forte, mas se estilhaça ao toque do cinzel. Ou talvez as fraquezas jamais tivessem aparecido se Warwick não o houvesse ajudado a chegar ao trono, a estender a mão e tocar uma coroa que Eduardo não conquistara e, sem dúvida, não merecia. Eles depuseram um santo e Eduardo se tornara um rei embebido em sangue e vingança. Talvez os seus pecados o tivessem apodrecido. Ou o orgulho.

Warwick arranhou mais fundo a pedra com as juntas de metal, querendo destruir alguma coisa, querendo deixar uma marca. Gostaria que Derry Brewer estivesse ali para aconselhá-lo. Ele se acostumara com o desprezo do homem e o achava estranhamente reconfortante.

Eduardo Plantageneta estava mais uma vez em campo. Quem se lembrava de Towton ou sobrevivera a Mortimer's Cross sentiria uma pontada de medo com tal notícia. Warwick não podia negar o medo dentro de si ao observar o exército de York avançar em fileiras bem espaçadas, espalhando-se até assumir a largura da cidade. Quase um quilômetro deles na vanguarda, e só Deus sabia quantos se estendiam além.

Num impulso repentino, Warwick se virou para a torre de vigia e subiu às pressas os degraus. Em pouco tempo, chegou à crista octogonal que lhe permitia ver quilômetros além da grande planície do coração da Inglaterra. Uma terra que o próprio César admitiria ser boa para batalhas. Warwick sentiu o coração bater mais depressa. Viu que Eduardo não reunira a hoste imensa que temia. Clarence lhe dera três mil — e negara o mesmo número a Warwick com sua traição.

Mesmo assim, o exército de Eduardo não tinha mais do que dez mil, talvez onze mil homens.

Warwick se lembrava de estar diante da colina de St. Albans, encarando ruas bloqueadas com espinheiros e mobília quebrada. Ele e o pai tinham ficado ao lado de Ricardo, duque de York, e juntos comandavam apenas três mil homens, uma força minúscula em comparação àquela de tempos recentes. Warwick sabia que as guildas de mercadores se queixavam de que o comércio havia sofrido e que, em consequência, o reino ficara mais pobre, de que agora faziam armas e criavam homens para o massacre em vez de ferro e peltre — e carneiro, boi e porco. A guerra tinha ferido todos eles, e, enquanto olhava para as fileiras em posição, Warwick pensou no pai e se sentiu grato pela brisa que estava lá para secar o brilho que despontava dos seus olhos. Eram bons homens, aqueles que tinham partido. Melhores que todos os pobres patifes que deixaram para trás.

Ele ficou observando, arrastando a mesma manopla por um bloco enquanto Eduardo de York avançava com os dois irmãos e seis cavaleiros de armadura, os estandartes adejando. Eduardo e Ricardo usavam tabardos longos sobre a armadura, o cinturão da espada descansando sobre quartos de cores gloriosas: vermelho, azul e dourado, leões e flores de lis. Os estandartes eram uma bela mistura de York, Gloucester e Clarence, uma exibição calculada: a casa de York reconciliada e unida contra ele. De certa maneira, era mais uma exibição para quem fitava das muralhas do que para o próprio Warwick.

Seus próprios estandartes tremulavam acima da sua cabeça, de frente para os que chegavam. Warwick deu uma olhada nas cores do seu escudo lá em cima e pensou como era estranho que, naquele dia, todos os homens no comando fossem membros da mesma ordem de cavalaria. York, Gloucester, Clarence, Hastings, o próprio Warwick, seu irmão Montacute, que vinha do norte — todos membros da Ordem da Jarreteira, com o lema bordado em torno do escudo das famílias: "*Honi soit qui mal y pense*" — "Envergonhe-se quem nisto vê malícia".

A vista de Warwick ficou embaçada e ele piscou, grato por não ter ninguém que pudesse observá-lo e considerá-lo fraco. Ele fora tutor de Eduardo, depois de Ricardo, que morara no Castelo de Middleham como seu pupilo. Eles já foram amigos inseparáveis, e era cruel vê-los unidos contra ele. O pior era Clarence, uma ferida tão recente que lhe doía a cada vez que respirava. Em geral, Warwick se sentia como um pai renegado pelos filhos, e a dor atingia diretamente o seu coração.

14

Pela primeira vez na vida até onde lembrava, Derry Brewer cogitou esmurrar um arcebispo. Já quase conseguia sentir os músculos se contraírem nos braços e no peito. Um belo jab de esquerda, para depois largar a bengala e entrar com o cruzado de direita. Mas George Neville não era um clérigo covarde. O sujeito era corpulento e quase tão irritado quanto o próprio Derry quando lhe negavam algo. O espião-mor do rei sabia que, se desse um soco, eles estariam se engalfinhando pelo chão imediatamente feito dois meninos, de colarinho rasgado e lábios sangrando. Ele estava velho demais para isso, o que lamentava.

— Vossa Graça — tentou ele mais uma vez, com paciência exagerada —, estou em melhor posição do que o senhor para fazer essa avaliação. O rei Henrique não está bem o suficiente de saúde para fazer o que o senhor pede. Se estivesse, de verdade, eu mandaria enrolá-lo numa boa capa e cobrir as ruas de juncos, exatamente como o senhor propõe. Mas ele não está. Sua Majestade não entenderá o que o senhor quer. Pode cair. Pode chorar, entende? Não vai ajudar que o vejam fraco.

— Onde está Beaufort, duque de Somerset? Estou cansado dessa sua resistência. Mande um homem convocar Somerset para me dar o aval.

— Milorde Somerset não está em Londres, Vossa Graça — avisou Derry pela segunda vez, com uma paciência deliberadamente gélida.

Ele não disse que a chegada de Margarida e seu filho, Eduardo de Lancaster, era esperada a qualquer momento nem que Somerset fora ao litoral para escoltá-los. Essa notícia devia ser o segredo mais bem guardado do reino.

A falta de justificativas fez o arcebispo Neville corar ainda mais.

— Meu irmão Warwick confia no senhor, mestre Brewer. Essa é a única razão para eu não ter chamado os guardas para tirá-lo do caminho. Sou um príncipe da Igreja, senhor! Vim aqui com um aviso desesperado em tempos de guerra... e me vejo discutindo com um lacaio como se tivesse vindo pedir esmolas. Pois deixe-me dizer *o seguinte*, senhor! Minha avaliação ponderada é que a própria Londres corre perigo, e com ela o rei Henrique. Ele *precisa* ser visto, mestre Brewer! Compreende isso? O povo de Londres nada sabe dos grandes eventos da Inglaterra, *nada*. As pessoas só escutam alarmas e boatos de invasões, de frotas avistadas. O rei está morto? York retornou? Margarida de Anjou está marchando mais uma vez sobre a cidade que a rejeitou para *queimá-la*? Ouvi uma dezena de especulações só esta manhã, mestre Brewer, e nenhum sinal da verdade. Preciso mostrar Henrique ao povo para tranquilizá-lo... sim, e para lhes mostrar por quem lutam. O rei é um símbolo, Brewer, não apenas um homem.

— Vossa Graça, o rei Henrique está... recolhido. Até que o senhor o veja...

Derry interrompeu o que dizia, refletindo. Ele não tinha nenhum papel oficial de guardião da porta do rei, mas passara tanto tempo ligado a Henrique e era tão claramente um homem de confiança que se tornara o árbitro final para decidir quem teria uma audiência. O arcebispo de York talvez tivesse o direito de convocar os guardas do próprio rei, mas Derry tinha uma noção mais arguta da possibilidade de cumprirem a ordem. Ele confiava que conseguiria expulsar o arcebispo. Contudo, essa decisão, sem dúvida, se voltaria contra ele mais tarde, ou mesmo contra Margarida e o filho, quando se dignassem a embarcar e voltassem de fato para casa. Ninguém contrariava a Igreja sem represália. O caminho mais fácil seria dar ao clérigo Neville o que queria e deixá-lo ver que desperdiçara a viagem à cidade.

Com uma mudança de expressão capaz de desarmar o arcebispo, Derry fez uma reverência.

— Vossa Graça, talvez eu tenha ultrapassado meus limites. Se o senhor me seguir, vou levá-lo à presença do rei.

O arcebispo Neville não perdeu mais tempo falando e foi atrás, enquanto Derry batucava pelo caminho ao longo de um corredor até os aposentos reais particulares. Foi Derry quem disse a senha do dia aos guardas, homens que recusariam até a passagem dele se errasse o sinal. O espião-mor atravessou uma câmara de audiências com quatro homens em posição de sentido junto às paredes.

— Descansar, cavalheiros — pediu Derry alegremente ao passar.

Eles o ignoraram, como sempre.

Depois dos cômodos públicos, chegaram a uma última porta menor, protegida por um velho capaz de deter invasores armados tão bem quanto um menino.

— O velho Cecil aqui protege as portas há quase quarenta anos — explicou Derry.

— Quarenta e dois, Brewer — corrigiu o homem, olhando de cima.

Ele não parecia gostar do espião-mor do rei. Derry suspirou.

— E é um trabalho valioso, tenho certeza. Não há porta mais bem protegida no reino.

— Espere aqui — pediu o velho com um muxoxo.

Ele bateu e entrou; Derry seguiu imediatamente nos seus calcanhares, fazendo o porteiro se virar para ele com uma fúria abrasadora. Derry levantou as mãos.

— Já discutimos isso, mestre Fosden. O rei não está bem de saúde. Se eu aguardasse o seu chamado, ficaria aqui a noite inteira, e então o que seria do reino?

— Estaria melhor — retorquiu o velho, que baixou a cabeça, murmurou "Vossa Graça" para o arcebispo Neville e saiu, fechando a porta com uma batida.

— Velhote impertinente — disse Derry, perto o suficiente do carvalho para ser ouvido do outro lado. — Eu deveria suspender o pagamento dele.

O arcebispo Neville já atravessava o quarto para chegar à cama onde Henrique jazia, o cabelo comprido solto e espalhado como uma auréola escura sobre o travesseiro. Sua cor era branca e não o amarelo pálido dos cadáveres, mas, embora os olhos estivessem abertos, havia pouquíssima vida neles.

Enquanto Derry observava, o arcebispo se aproximou e se ajoelhou, estendendo a mão para tocar a coberta do rei, mas Henrique não fez nenhum movimento para segurá-la.

— Sou George Neville, Vossa Alteza, arcebispo de York. Rezo todos os dias pela sua saúde — murmurou o homem, de cabeça baixa. — Rezo para que Vossa Alteza melhore o suficiente para caminhar pelas ruas mais uma vez, para permitir que o povo de Londres o veja vivo. Temo que, com o assombro infantil que demonstram, se voltem para York se isso não acontecer. Eles não sabem o que fazem, Alteza.

Henrique se sentou na cama, parecendo escutar enquanto juntava o cabelo num rabo comprido e depois o deixava cair solto outra vez. Nos últimos meses, ele comera bem melhor que durante o aprisionamento na Torre, mas ainda estava assustadoramente magro, como os relevos da morte vistos em lápides e túmulos. Todos os ossos estavam aparentes, e Derry viu a esperança do arcebispo se esvair devagar.

— Se achar que devo, Vossa Graça — disse Henrique de repente. — Sou um servo de Cristo e do meu povo. Vou me levantar, se preciso for.

Derry pigarreou.

— Sua Alteza tende a concordar quando homens sérios vêm e dizem que precisam que ele assine ou sele ou lhes empreste algo tão importante que não pode esperar. Seria uma crueldade se aproveitar dessa natureza, Vossa Graça.

O arcebispo olhou do homem para o rei, o olhar permanecendo na figura frágil que, sentada na cama, o observava. Ele também sentia a falta de uma força de vontade que o conduzisse, pois as palavras que proferiu em seguida foram tanto para Derry quanto para o rei.

— Ainda assim, devo pedir. Esta é a encruzilhada, Alteza. York voltou à Inglaterra e romperá as muralhas e derrubará todas as torres, se não for detido. O povo de Londres está com medo... e tem razão em estar! Se puderem ver o rei Henrique caminhar entre eles, com os estandartes de Lancaster erguidos, saberão que ainda há um coração na cidade.

Derry viu Henrique assentir com a cabeça e se retraiu ao ver isso quando o rei o fitou, do outro lado do quarto.

— Eu gostaria de fazer isso, Derry — avisou.

O espião-mor se flagrou com a respiração pesada, surpreendido pelo pesar quando seu rosto se enrugou e ele fez que sim, só conseguindo se controlar tarde demais.

— Então farei com que aconteça. Caminharei com Vossa Majestade.

O olhar que Derry lançou ao arcebispo nesse momento era de uma fúria gélida que fez o outro homem estremecer.

Da altura da torre norte da muralha, Warwick observou, com descrença crescente, um homem com a libré real sair do exército de York e avançar com uma corneta do tamanho do braço. Warwick olhou para baixo, para as muralhas que se estendiam para os dois lados. Seu próprio arauto aguardava lá para levar qualquer resposta que quisesse enviar.

O metal raspando e ecoando na pedra assinalou a chegada do duque de Exeter ao teto da torre. Warwick o cumprimentou com um aceno de cabeça, embora preferisse ficar sozinho em vez de dividir um momento daqueles. Henry Holland não era nenhum grande pensador, infelizmente. Logo quando precisava de um bom tático, Warwick tinha Exeter para fitar além das ameias ao seu lado, como um buldogue míope. A mandíbula do sujeito chegava mesmo a se projetar além do maxilar superior, dando-lhe um ar agressivo que combinava com o mapa de veias rompidas nas faces que os anos de bebedeira lhe renderam.

Uns vinte metros abaixo, na planície, a voz do arauto de York soou com todo o volume e o alcance da sua profissão. Warwick suspirou e coçou a cabeça.

— ... um desafio pessoal em nome de Sua Majestade, o rei Eduardo de York, em resposta às injúrias e aos insultos feitos contra a sua real pessoa e à sua linhagem.

A lista de faltas foi bastante breve, e Warwick reparou no número de vezes que o arauto usou honrarias e títulos reais. O homem não mencionou que Eduardo havia perdido a coroa, como se a casa de York quisesse fingir que isso não tinha acontecido.

— Canalha impudente — murmurou Exeter, olhando para baixo.

Warwick quase o mandou embora naquele momento. Não que não precisasse de conselho. Havia uma escolha diante dele que abalava seus alicerces. No entanto, não pediria esse conselho ao duque de Exeter.

— De Vere e eu temos seis mil homens alguns quilômetros a leste — continuou Exeter. — Seu irmão Montacute está logo atrás, pelo que dizem. Tínhamos Clarence a oeste, embora isso agora esteja perdido, é claro.

— Sei muito bem onde e como estamos todos, milorde — declarou Warwick, um tanto seco.

O desdém não passou despercebido por Exeter, e ele corou mais um pouco, inclinando-se com o dedo em riste enquanto firmava a questão.

— Está pensando em mandar um campeão? Ou pretende ir pessoalmente, Neville?

Warwick controlou um espasmo de desagrado. Na maior parte das últimas duas décadas, ele lutara em ambos os lados de uma violenta guerra civil. Era inevitável que encontrasse homens que enfrentara como inimigos em combate. Alguns, como Somerset, ele respeitava. Henry Holland, duque de Exeter, não. O sujeito era um tirano com quem tinha o azar de ficar sob seu domínio e um bajulador com quem considerava superior. Homens como Warwick ficavam numa posição mediana e menos clara. Warwick tinha mais terra, mais poder, mais riqueza e mais experiência, porém sempre ciente de que um duque podia comandar um conde. Essas sutilezas nunca escapavam a Exeter, enquanto Warwick vira tanta coisa que mal pensava em títulos, a não ser, talvez, quando era alfinetado por um tolo enrubescido.

— Depois do senhor, milorde, se assim o desejar — retrucou Warwick, apontando para o arauto de York. — Sou alguns anos mais velho que o senhor... e o senhor não conseguiria enfrentá-lo. Eduardo está no auge da sua força. Não acredito que eu tenha no exército um homem capaz de levar as minhas cores até aquele campo e vencer. Não, não darei a York uma vida só para aumentar a própria lenda. No entanto, milorde, tenho *certeza* de que o senhor tem assuntos urgentes a resolver lá embaixo. Deveria aprontar os seus capitães junto ao portão principal do norte.

— Alguns o chamarão de fraco se não sair, Neville.

— Pois bem, não estou preocupado com a falação dos tolos, Holland.

Ele se manteve de costas, mas sua raiva encontrava um foco em Exeter e não no inimigo que o chamava para o campo de batalha. Era idiotice discutir com um dos seus homens num momento tão delicado.

— Você tem uns dez mil na cidade — insistiu o duque com teimosia — e pelo menos o mesmo efetivo alguns quilômetros ao sul, junto ao Castelo de Warwick. Mandou um cavaleiro chamá-los? Tenho de Vere, conde de Oxford, e os nossos seis mil a leste, prontos para flanquear os canalhas. Portanto, traga-os, Neville. Libere-os!

— Eu mandarei minhas ordens quando estiver pronto, milorde — retrucou Warwick com calma. — Não antes de o senhor reassumir o seu posto junto ao portão norte. Acredito que tenho o comando do exército, acima do senhor. O exército que reuni, paguei e alimentei o inverno inteiro, enquanto o senhor pegou seus milhares e fez o que com eles? Recuperou propriedades que perdeu quando Eduardo ocupava o trono. O senhor desapropriou sua esposa, que mantivera uma parte para o senhor... e resolveu uma dúzia de questões antigas com assassinato e tortura enquanto pôde. Tenho certeza de que o resultado foi do seu agrado, Holland. Eu adoraria ter feito o mesmo em vez de pedir empréstimos em todas as casas monásticas e a todos os banqueiros para apoiar o rei!

Sua voz foi ficando cada vez mais alta enquanto falava; então, ele se virou para Exeter, aproximando-se o suficiente para ameaçar.

— Entendeu, Holland? Você viu a oportunidade de se vingar com maldade e ruína. Eu vi uma oportunidade de paz.

— Ah, claro, você é um sujeito admirável, Neville — comentou Exeter, em tom de zombaria. — E olha só como isso lhe faz bem. Você não terá nenhuma gratidão daquele farrapo em Westminster.

— Desça para junto dos seus homens, milorde — ordenou Warwick, esforçando-se para controlar a raiva, embora achasse que ela o sufocaria. — Eu decidirei se saio ou fico.

— Eles o chamarão de covarde se não responder a York — reforçou Henry Holland.

— *Covarde?* — retorquiu Warwick, perdendo o controle. — Eu lutei em *Towton*, seu moleque! Lutei ao lado de Eduardo e matei homens a pé, na neve, com sangue no rosto e amigos caídos ao meu lado. Lutei até mal conseguir ficar *de pé* e a escuridão cair. E continuamos lutando! Mesmo quando Norfolk se chocou contra a ala, quando era tudo gritaria e homens moribundos. — Ele bateu dois dedos de aço na testa, deixando uma marca. — Eu *ainda* vejo tudo aquilo! Ah, você não sabe *de nada*.

Exeter ficara completamente pálido enquanto Warwick discursava com fúria, perto o bastante para receber perdigotos no rosto.

— Eu sei que estive do outro lado — respondeu ele baixinho. — Sei que vi mais amigos e seguidores meus mortos naquele dia, por você e por York. Pior do que todas as perdas que você pensa que sofreu. Sei que o homem que você seguiu naquele dia me negou minhas casas, minhas propriedades, meus vilões e meus criados. E sei que York está lá fora com um exército com metade do efetivo do seu... e mesmo assim é ele quem lança o desafio, enquanto você se esconde atrás de muralhas. Digo-lhe desde já que não gosto nada disso.

— Vá para junto dos seus homens. Espere a minha ordem — ordenou Warwick mais uma vez.

Henry Holland o encarou por um longo tempo, mordendo o lábio inferior enquanto pensava. Warwick esperou, sabendo que uma das escolhas que lhe restavam era desembainhar a espada. Ele gostaria de fazer isso. Mas no fim Exeter apenas deu um muxoxo e se virou para a escada sem mais palavras.

Warwick expirou devagar. Ele ouviu o barulho do duque descendo e se virou para o exército dos Plantagenetas de York — Eduardo, Ricardo e George. Sentiu a dor daquilo mais uma vez. Para ser vitorioso, teria de destruir três garotos que criara até se tornarem homens. Sabia que ficariam juntos, como ele ficava com seus irmãos. Warwick balançou a cabeça. Tinha 42 anos e lutara durante mais de dezesseis. Pecara, perdera amigos, perdera o pai. Testemunhara bravura no momento da morte, conhecera o exílio amargo, assassinatos, grandes vitórias, e tudo isso havia lhe deixado marcas que não podiam ser limpas nem lavadas. Não tinha filhos homens. Começou a dar uma risadinha na brisa, embora parecesse bem mais soluços de choro.

Derry mordeu o lábio quando o rei deu os primeiros passos pela estrada larga. Henrique usava uma coroa simples de ouro em seu passeio por Londres, e ainda assim o metal amarelo-manteiga talvez fosse o máximo de riqueza que qualquer um na multidão veria ao longo da vida. O rei tinha sido vestido com lã castanha, túnica, culotes e capa. Henrique parecia entender o que queriam dele, embora seus olhos parecessem baços. Ele concordara com um aceno de cabeça quando Derry lhe perguntou se desejava começar.

O caminho que tinham preparado era seco e largo, com guardas reais a postos para impedir que os juncos fossem roubados e surgissem depois numa dúzia de tavernas. O povo de Londres adorava esse tipo de aquisição, e fora um desafio ficar de vigia na rua desde antes do amanhecer. O caminho do rei ia pela rua Cannon até a Catedral de São Paulo, depois da Pedra de Londres que o rebelde Jack Cade atingira com aço tantos anos antes. Era menos de dois quilômetros pelo centro da cidade, disse Derry com seus botões. Não demoraria muito, mesmo com o passo fraco do rei Henrique.

Os tamborileiros começaram os rufos à frente distante, dando um ritmo de marcha bem mais lento que o adequado ao campo de batalha. Trombetas soaram, e Derry recordou que elas não serviam apenas para inflamar o sangue dos homens prestes a atacar mas também para sufocar gritos e berros de pânico dos que queriam fugir.

O arcebispo Neville tinha uma carruagem pronta à espera no final para recolher o rei caso ele caísse de exaustão. Aquele príncipe da Igreja tinha ignorado a torrente contínua de objeções de Derry, todas minadas pelo fato de que o próprio rei Henrique parecia contente em fazer aquilo. Derry não tinha certeza de que Henrique realmente compreendia o que lhe era pedido, mas era possível. O rei recebera uma tarefa e lhe disseram que era algo que podia fazer para ajudar a salvar o trono. Henrique se agarrara a essa ideia simples e não podia ser dissuadido.

Caminhando atrás do rei, Derry Brewer observava as fileiras gêmeas de moradores de Londres, todos reunidos ao amanhecer para se assegurar de que veriam o rei passar. Ele se perguntava quantos se lembrariam de Henrique antes, andando quase como prisioneiro da casa de York, com o pai da família dominando a rainha. Essas lembranças eram desagradáveis, mas Henrique apenas sorria para o povo que acenava e chamava seu nome.

O arcebispo Neville foi até o lado de Derry, parecendo corado e nervoso — como deveria, pensou Derry. Se o rei caísse, o espião-mor garantiria que a culpa recairia tão somente sobre aquele homem.

Atrás e à frente, quase cem cavaleiros e homens de armas caminhavam a passo lento. Usavam armaduras polidas e carregavam imensos estandartes reais que balançavam na brisa como as velas de um navio. Derry não ousava ter esperanças enquanto olhava a extensão da rua. Contanto que Henrique não tropeçasse, desmaiasse nem ficasse com medo... Ele piscou frente às preocupações, temendo a meia hora seguinte.

— Pegue o meu braço, Derry, por favor — pediu o rei Henrique de repente. Os olhos dele brilhavam como os de uma criança. -- Meus passos não são firmes. Arcebispo Neville? Vá na frente, por favor. Eu o seguirei.

Derry se apoiou na bengala enquanto avançava e segurou o cotovelo do rei com a mão livre, firmando-o. Suando de leve de tensão e preocupação, ele se perguntou se conseguiria fazer um sinal aos tamborileiros para desacelerar ainda mais a coluna. Mas, fora os vivas, isso já lembrava um funeral. Ele descartou a ideia quando Henrique se endireitou e seguiu em frente.

O barulho tinha aumentado a tal ponto que as ordens que desse não seriam ouvidas. Em todos os lados, os moradores de Londres não desapontaram em sua exibição de entusiasmo. Eles espichavam o pescoço e ficavam na ponta dos pés para dar uma olhada em Henrique de Lancaster, o Inocente. Aqueles que disseram que Henrique morrera anos antes estavam ruborizados de raiva e mau humor, enquanto outros davam vivas e gritos de alegria, valorizando o momento e a lembrança de terem visto um santo e um rei.

Jasper Tudor estava na primeira fila, erguido num banco de madeira que alugara por um centavo. O sobrinho Henrique estava com ele, olhando com os outros para os cavaleiros prateados que se reuniam e para os estandartes que balançavam para um lado e para o outro. O rapaz comia uma torta com expressão duvidosa, achando a crosta mais saborosa que o recheio, que já vira meses melhores. Jasper tentou discernir se o filho do irmão se divertia, embora fosse difícil saber.

Eles observaram o rei Henrique se aproximar, e tanto Henrique Tudor quanto o tio deram vivas com os outros. Jasper achou ter visto o olhar de Derry Brewer passar por ele e se demorar. O homem, que raramente deixava de reparar em algo, baixou a cabeça em saudação quando o grupinho no centro da processão passou. Jasper teria ido embora então, mas o sobrinho puxou o seu braço e eles ficaram para ver as fileiras de cavaleiros passarem com o elmo aberto, sorrindo para a multidão e para os colegas que ladeavam a rua. Parecia uma festa campestre ou um dia de feira com todo aquele barulho e movimentação, mas Jasper percebera como o rei Henrique estava fraco e franzia a testa para pensar quando, finalmente, o jovem pupilo se virou para ir embora, satisfeito.

— Eu tenho de ir? — perguntou Henrique Tudor com voz queixosa.

Jasper, que já explicara a questão várias e várias vezes, franziu a testa ao ter de voltar a ela.

— Tem, Henrique. Como eu já disse. Ainda há mais uma pessoa que você tem de conhecer antes de irmos embora. Uma pessoa que pediu para vê-lo.

Eles andaram para o leste pela rua, desviando-se dos moradores que catavam os juncos, a camada de cima ainda limpa o bastante para ser usada ou vendida. Jasper afastou com um gesto uma mulher com um balde cheio em cada mão, e ela se dirigiu ao próximo belo cavalheiro que talvez quisesse o chão da cozinha lavado por um centavo. A rua à frente logo se esvaziou, e Jasper caminhou com o sobrinho rumo à Torre e ao rio.

— Eu não deveria ter demorado tanto assim — comentou Jasper, mantendo a voz baixa. — Assim que soubemos do desembarque de York, eu deveria ter ido para a França.

— Fugindo, tio — murmurou Henrique.

A boca de Jasper se comprimiu.

— Chame do que quiser, garoto. Tive o meu tempo em combate, e você ainda é jovem demais para isso. Além do mais, você é filho do meu irmão, é meu pupilo e minha responsabilidade. Não pude proteger o seu pai, Henrique. Portanto, vou mantê-lo a salvo até essa ameaça passar.

Jasper viu que o sobrinho cobriu o lábio superior com o inferior, uma expressão determinada que passara a conhecer bem nos meses passados em aposentos de Londres.

— Veja, filho, se Warwick vencer, estaremos logo ali do outro lado do canal, com as notícias chegando à França. O rei Luís ficará felicíssimo e voltaremos à Inglaterra. Terei meu Pembroke e você herdará as propriedades do seu pai como conde de Richmond.

— E se o rei Eduardo vencer? — perguntou Henrique, sempre em busca de mais detalhes.

Jasper suspirou.

— Então não voltaremos, e a casa de Lancaster será destruída. Não acredito que aquele pobre rei velho que acabou de passar terá permissão de viver se Eduardo de York recuperar o trono. Embora você não deva chamar Eduardo de "rei", Henrique. A linhagem dele era a mais jovem. Ele nunca teve direito à coroa, a não ser por medo e força.

— Que lhe foram bastante úteis — murmurou Henrique.

— E que fizeram com que não pudesse reinar um ano em paz sem ser desafiado! — retrucou Jasper, exasperado. — Não consigo *me lembrar* da paz, garoto! Houve rebeldes, canhões e fogo nesta exata rua... e batalhas de casa em casa. Vi homens morrendo em espinheiros e...

Ele balançou a cabeça, recusando-se a continuar, embora o sobrinho observasse com interesse maior agora. Quando Henrique viu que o tio não continuaria, aquela atenção viva passou e ele se recolheu mais uma vez, andando tranquilamente na direção do rio.

— Você é meu sobrinho, Henrique. Vai me obedecer nisso até que seja seguro retornar. Talvez seja apenas daqui a um mês, no verão! Pense nisso, rapaz! Você queria ver o rei Henrique, e me demorei para que você pudesse assistir à procissão. Agora, há mais uma pessoa que espero ver... Ah, lá está, aquela coisinha linda.

Jasper acenou para a mulher miúda que esperava por eles à margem do Tâmisa. Henrique olhou para o tio com confusão sincera quando se aproximaram e Jasper beijou a mão da mulher e a cumprimentou.

— Lady Margarida, este é o seu filho, Henrique Tudor — apresentou ele.

Os olhos de Henrique se arregalaram e passaram do tio para a dama que o fitava com olhos fascinados, absorvendo cada movimento dele.

— Olá, menino — disse ela com um sorriso tímido. — Espero que seu tio Jasper esteja cuidando bem de você.

Henrique se viu plantado no chão, incapaz de falar ou de se mexer. A boca se abriu; Margarida Beaufort estendeu a mão e a fechou suavemente. Foi o primeiro toque entre os dois desde que ela o deixara no Castelo de Pembroke, quatorze anos antes. Ele o sentia na pele como se ela tivesse usado ferro em brasa e lhe feito uma marca.

— Agora tenho os detalhes da propriedade do seu tio na Bretanha. Escreverei com a maior frequência possível, se você quiser.

— Eu quero — respondeu Henrique em voz baixa.

Ele olhou para o tio outra vez, tentando ver se aquilo era alguma espécie de armação ou piada de mau gosto.

— Você está... bem? — perguntou Henrique. — Tem tudo de que precisa?

Por alguma razão, a pergunta fez a mãe dar uma risadinha, os olhos transformados em fendas que cintilavam para ele. Ela emitiu um som parecido com um espirro, mas parecia bem.

— Estou, querido. Trabalho como dama de companhia na corte. Cuido de Ann, a filha de milorde Warwick. É melhor me ocupar do que ficar ociosa, e eu... gosto de estar perto do coração pulsante das coisas. Você é forte, Henrique, como seu pai. Seu tio me diz que você é esperto e calado, sem essa tendência a se gabar como a de tantos garotos. Fiquei muito contente ao ouvir isso.

— Eu deveria... ficar com a senhora? — perguntou Henrique.

A mãe fez que não com firmeza.

— Não. Seu tio e eu discutimos isso, e Londres é um lugar perigoso demais para você, pelo menos por enquanto. Vejamos como a situação se resolve. Se milorde Warwick for bem-sucedido, talvez você retorne antes do fim do ano. Você gostaria disso?

— Sim, mãe, gostaria.

Seus olhos brilharam, marejados de lágrimas, e ele os secou com os nós dos dedos, envergonhado diante do tio. Margarida Beaufort deu um tapinha carinhoso no braço do filho.

— Seja forte, Henrique. Veremos tempos melhores do que estes, juro. Agora, vá. Tive pouquíssimo tempo para vê-lo, e ele está se esgotando. Vá com o seu tio. Reze todos os dias e resista às tentações. Vá com Deus.

Henrique tropeçou ao descer para o barco, enquanto tentava manter o olhar em uma mulher que jamais conhecera. Mal percebeu o tio se sentar ao lado. Quando já estavam instalados, a pequena mulher se virou e saiu andando, sem olhar para trás.

— Uma mulher *formidável*, a sua mãe — comentou Jasper, com um toque de saudade na voz. — Se eu a tivesse conhecido em vez do seu pai, bom, a nossa vida talvez fosse muito diferente. Remem, rapazes.

Os seis homens aos remos os levaram para o meio da corrente, seguindo rio abaixo, onde o *Pembroke* os aguardava.

Henrique Tudor voltou o olhar para a cidade que aprendera a amar, magnífica e confusa com todo o barulho, as cores, os cheiros, as surpresas. Ele só passara um Natal e uma primavera em Londres, mas fora um período mais cheio de acontecimentos e experiências do que seis anos em Pembroke.

Ele disse a si mesmo em silêncio que voltaria, agora que descobrira como a vida numa grande cidade podia ser fascinante. Agora que conhecera a mulher que imaginara segurando-o durante as febres e as dores de dente, quando ele só tinha os próprios braços com os quais se acalentar. Não revelou nenhum dos seus pensamentos ao tio, preferindo sempre se manter escondido onde não pudesse ser ferido. Quando o olhar de Jasper repousou sobre ele mais uma vez, Henrique fez um sinal educado com a cabeça, os pensamentos longe dali.

15

O arauto de York esperou um tempo enorme até cavalgar de volta aos três irmãos. Diante da cidade, eles aguardaram calados e imóveis, até a luz do sol alongar suas sombras no fim da tarde. Então, deram meia-volta, marchando três quilômetros da muralha até um ponto onde pudessem montar acampamento. Os homens passaram as horas restantes empilhando espinheiros e galhos num grande perímetro, prontos para repelir qualquer ataque que viesse naquela noite. Warwick mal conseguia ver o borrão que se tornaram quando começaram o trabalho, os soldados na labuta transformados em figuras minúsculas. Ele viu grupos entrarem na floresta com machados para derrubar pequenas árvores e arrastá-las. Uma parte de Warwick ficou contente com a boa ordem que observava. Afinal de contas, ele cuidara do treinamento desses homens, mais ao lado de Eduardo e Ricardo que de George. Ficava orgulhoso quando lhe mostravam que não eram tolos.

Mesmo assim, ele sabia que os tinha nas mãos — estava quase certo disso. Era verdade que a perda de Clarence fora um golpe. Tinha de partir do pressuposto de que o genro havia transmitido informações sobre os lordes e o efetivo sob o seu comando. Mas o orgulho de Eduardo não lhe permitiria recuar. O rapaz dependia desse ímpeto. O erro dessa abordagem aparecia quando o inimigo erguia uma lança e o deixava correr diretamente para a ponta dela.

Alguns quilômetros mais além, João Neville, lorde Montacute, teria formado a sua fileira de combate com três mil homens, suficientes para bloquear o norte. De Vere, conde de Oxford, comandava seis mil a leste, enquanto Warwick podia levar dez mil da cidade e mais dez mil de Warwickshire logo atrás. Os filhos de York tinham vindo à terra natal de Warwick, ao seu lar. Ele os tinha a ferros, com apenas a estrada oeste como rota de fuga.

Conforme a noite se esgueirava em silêncio pela paisagem, Warwick observou as tochas se acenderem ao longo das bordas do acampamento de York. Grupos de acendedores de lampiões fizeram o mesmo nas muralhas de Coventry, formando duas fileiras longas de óleo e chamas, com quase um quilômetro de largura, uma diante da outra.

O duque de Exeter tinha lhe enviado algumas mensagens durante o dia, culminando com outra tentativa de entrar na torre, dessa vez frustrada pelos guardas do próprio Warwick. Holland então fora até a muralha, gritando-lhe que era melhor ficar atento. Warwick se recusara a responder; finalmente, o nobre furioso desistira e fora se embebedar. Ficou desapontado por Exeter não tê-lo chamado de covarde na frente de todos. Warwick então exigiria sua cabeça por interferir no comando em tempo de guerra, e ninguém ousaria contestar. Infelizmente, Henry Holland sabia disso tanto quanto ele e parara pouco antes de pôr a cabeça no bloco do carrasco.

Warwick dormiu mal, afastando as cobertas numa noite quente demais para que tivesse conforto. Devia ter fechado a armadilha que montara logo que Eduardo entrou nela. Dava para imaginar a reação e a desconfiança de Derry Brewer quando soubesse que ele não apertara o laço. Três lados seriam suficientes para esmagar a pequena força e colocar um fim a tudo. Warwick mal poderia explicar o que não conseguia entender dentro de si.

Ao nascer do sol, ele se levantou da cama encharcado de suor e enrolou uma capa nos ombros, tomado por uma estranha sensação de temor. Foi até as muralhas e fitou, através das espirais de névoa matutina, a linha escura de mato que jazia de lado a lado no horizonte. As tochas tinham sido todas apagadas ou estavam em brasa, um brilho escuro e triste, que desaparecia enquanto ele olhava.

Não havia sinal de movimento no acampamento, nenhum batedor de York saindo a cavalo para verificar os arredores. Warwick desconfiou, então, mas mesmo assim deu ordens e observou do alto enquanto homens cavalgaram até o acampamento. Eles retornaram ainda mais rápido, agitando os braços e balançando a cabeça em seu trajeto a galope. O acampamento York estava deserto. O exército se esgueirara em retirada à noite, e fora Warwick quem os deixara partir.

Eduardo mantinha o cavalo com rédea curta. Teria adorado sair correndo pela estrada, mas os homens que marchavam atrás dele não tinham como ir mais rápido. Apenas oitocentos homens do seu exército estavam montados, com animais sobressalentes fechando a retaguarda. O restante tinha de caminhar cada quilômetro — e depois lutar, se fossem desafiados mais uma vez.

Eles tinham saído em silêncio na noite anterior, assim que ficara escuro demais para que os vissem partir. Eduardo e Ricardo tinham delegado a tarefa aos capitães, que impuseram a necessidade de silêncio com golpes duros e sussurros que prometiam ameaças tão violentas que fariam homens fortes se encolher. Porém, poucos precisaram ser forçados a caminhar. A maioria, mesmo os que vieram com Clarence, viam-se investidos na causa. A dificuldade era impedir que gritassem e rissem de empolgação com os colegas. Preparar o acampamento para a partida ocupou algumas horas tensas, mas a recompensa foi se esgueirar em silêncio pelo campo negro. A lua não estava cheia e havia poucas nuvens — não o ideal, mas eles foram mesmo assim.

A noite os encobriu o suficiente para que chegassem ao acampamento de Oxford. Eles se lançaram sobre os guardas de vigia e caminharam aos tropeços por um campo e um riacho minúsculo, investindo em meio às barracas com achas e alabardas empunhadas num frenesi. Por um tempo, foi um caos aterrorizante, mas eles eram muitos. Os que despertaram do sono pelo soar abafado de trombetas foram forçados a fugir, quase todos sem armadura nem armas. O pânico se espalhou feito fogo, e homens de Oxford foram vistos correndo pelas colinas ao redor, como se expulsos não por seres humanos, mas por uma hoste de demônios.

Eduardo poderia tê-los colocado para descansar então e deixar que Warwick descobrisse na manhã seguinte que ele rompera as correntes. Em vez disso, olhou para o sul e refletiu. Londres ficava a cerca de cento e vinte quilômetros de onde estavam. Com boa estrada, até homens cansados conseguiriam caminhar cinco ou seis quilômetros por hora. Uma noite e um dia de estrada os esperavam, ao menos se houvesse comida para alimentá-los. Seus homens já haviam se tornado resistentes, caminhando desde o desembarque. Ainda mais importante era que entenderiam o que seu rei pretendia fazer. Londres representava o Parlamento e o poder. A cidade protegia o rei Henrique, o coração de Lancaster. Acima de tudo, lá estavam a esposa de Eduardo, suas filhas... e seu filho.

Eles marcharam pela grande estrada dc Londres que levava para o sul, ainda com o moral alto feito pão fermentado depois de dispersar um inimigo. Aquele fervor no sangue foi minguando a cada hora, até chegarem aos arredores de Northampton. Lá, deitaram-se no chão e cochilaram. Eduardo sentiu a mesma necessidade de sono, que deixava corpo e mente lentos. Os homens e as mulheres das suas carroças de mantimento entraram na cidade com bolsas de prata e voltaram com todo o pão e sopa que conseguiram comprar. Os soldados adormecidos foram acordados de olhos vermelhos para sorrir e aceitar um prato e um terço de pão. Cada um comeu seu quinhão, e então havia linguiças em bandejas trazidas na cabeça por meninos açougueiros, competindo entre si para distribuí-las e mostrar a bandeja vazia aos intendentes de Eduardo. A prata entrou na cidade quase tão depressa quanto os homens famintos de boa saúde fizeram a comida desaparecer, mas o sol já estava alto quando Eduardo os reuniu ao seu redor, formando fileiras. Alguns deles bocejavam, mas os filhos de York tinham se mostrado homens bons de seguir até aquele ponto. Houve sorrisos quando Eduardo os olhou de cima e acenou com a cabeça, satisfeito.

— Milordes, capitães, cavalheiros... senhoras.

Ele disse a última palavra com uma leve reverência para as mulheres que acompanhavam as fileiras de guerreiros. Uma risada subiu do exército com a reação delas, um som agradável quando algumas coraram e outras baixaram a cabeça ou fizeram uma reverência, felicíssimas de serem mencionadas.

— A partir desta manhã — continuou Eduardo —, forçarei um bom ritmo, para igualar ou superar qualquer legião da antiga Roma. Esta estrada se estende sem interrupções, seca e larga, cento e trinta quilômetros até Londres. É isso que tenho a lhes pedir. Vocês já me mostraram a sua força e a sua lealdade. Tenho de pedir mais, tenho de pedir tudo. Tenho de pedir a sua confiança e a sua paciência. Vejam, estou aqui para recuperar a minha coroa. Ela está em Londres.

Então eles deram vivas às suas palavras, surpreendendo-o e agradando-lhe a tal ponto que ele se virou e riu de contentamento para os irmãos, parados ali perto.

— Carroças e suprimentos à retaguarda. Capitães, formem colunas de seis. Que Deus abençoe a todos pela lealdade. Voltarei a lhes falar quando estivermos dentro das muralhas de Londres!

Obedientemente, eles deram vivas mais uma vez, embora flamengos e ingleses já estivessem em movimento, preocupados em recolher armas e ferramentas e entrar em posição. Foi necessária mais uma hora para que formassem as colunas, com batedores e bombardeiros disputando as fileiras da vanguarda para dar o ritmo. Todas as mulheres, velhos e meninos das carroças aguardaram pacientemente para se unir à retaguarda com os suprimentos que os mais empreendedores conseguiram negociar na cidade. Havia algumas mulheres que eram capazes de preparar um banquete com pouco mais de um punhado de ervas. Elas também conheciam seu valor e ocuparam os devidos lugares, pegando as rédeas e chamando seus rapazes favoritos que passavam, fazendo-os sorrir ou corar. Era um lindo dia de abril, e todos tinham marchado ou cavalgado de uma sombria sensação de cerco em Coventry à liberdade e ao sol da primavera. O estado de espírito era alegre quando partiram, todos juntos, com lâminas ao ombro e orgulho em cada passo.

Eduardo e os irmãos assumiram a liderança, fazendo os cavalos trotar lado a lado na fileira da vanguarda, com batedores a galope por todos os lados para verificar o terreno à frente.

— Sessenta e cinco quilômetros hoje e o mesmo amanhã — disse Eduardo. — Isso pode ser feito. Será o suficiente para que vejamos as muralhas de Londres antes que o sol se ponha.

Ele sorriu ao falar, embora soubesse que seria difícil para os homens. Ele se lembrava de Warwick matando o cavalo em Towton para marchar e lutar a pé com o restante do exército — para mostrar que não recuaria, não importava o rumo que a batalha tomasse. Fora uma ação grandiosa, e essa lembrança não caiu bem para Eduardo naquele momento. Ele admirara Warwick na época.

Era estranho pensar que o mesmíssimo homem poderia estar seguindo seu rastro naquele momento, avançando num grande fervor de indignação. Não importava, decidiu Eduardo. Ele chegaria a Londres primeiro e fecharia os portões depois de entrar.

Essa ideia lhe trouxe outra lembrança, que o perturbou e o fez erguer a cabeça. Ele se inclinou para o irmão Ricardo, que cavalgava no centro da fileira.

— E se recusarem a nossa entrada? Como Hull e York? E se os portões estiverem fechados, Ricardo?

O irmão refletiu por algum tempo, olhando a distância como se já pudesse ver a cidade.

— Quando estivermos mais perto, talvez no segundo dia ou mesmo hoje à noite, mandarei pequenos grupos de batedores ou homens sem armadura à frente. — Ele pensou e fez que sim, inclinando a cabeça. — Eles podem se reunir em torno de um portão, digamos, o de Moorgate, na muralha norte. Vinte homens conseguiriam defendê-lo dos guardas da cidade, mas verei se mando uns sessenta, talvez mais. É uma boa ideia, irmão, uma ideia fundamental. Quando estivermos próximos, já teremos homens lá dentro para defender o portão. O prefeito e os conselheiros não nos rejeitarão como fizeram com Margarida e Henrique. Aquilo foi uma blasfêmia, e não permitirei que aconteça outra vez.

Eduardo sorriu com a confiança do irmão, enquanto Clarence os observava, ainda não incluído no laço de afeto e confiança que unia os outros dois.

— Preciso chegar a Londres, irmão — continuou Eduardo. — Elizabeth está lá. E o meu filho.

— E a mãe dela, Jacquetta — acrescentou Ricardo, divertindo-se.

— É, mas não estou tão preocupado assim com ela. Você vai fazer piada com isso, Ricardo?

— Desculpe.

Eduardo sorriu contra a vontade e deu uma risadinha.

— Foi em Londres que fui coroado. Foi Londres que me fez rei... e pode fazer de novo. A menos que eu tenha de arranhar aqueles portões fechados como um cão surrado.

— Foram meros Lancaster que eles rechaçaram antes — disse Ricardo, com um muxoxo. — Uma rainha francesa, um rei alquebrado e uma grande ralé de escoceses. Somos *York*, irmão! Filhos do nosso pai, de volta ao lar. Eles não ousariam nos rejeitar.

Eduardo sorriu para ele, contente com o estado de espírito de Ricardo e deixando que isso melhorasse o seu próprio. A coluna se estendia atrás deles, quilômetro após quilômetro, milhares de homens que, a princípio, eram centenas. Clarence, no entanto, tinha descrito a hoste que Warwick reunira em torno de si. Ser o portador daquela notícia amarga parecia ter reduzido ainda mais o seu irmão George, embora sua expressão de sofrimento não fizesse muito sentido. Ele lhes trouxera uma parte vital do exército. Mas, depois do prazer inicial de se unir a eles, o duque parecia um corvo abatido, o homem inteiro um mau agouro montado.

Eduardo levantou a cabeça no ar que se aquecia lentamente. Havia cento e trinta quilômetros à frente, era isso o que importava naquele momento. Ele não poderia vencer todas as batalhas num único dia. Não poderia sequer saber se a esposa ainda vivia, se o seu filho já perecera para nunca mais abrir os olhos e ver o pai de armadura à sua frente. Eduardo deixou tudo de lado e se empertigou, alto e forte, os olhos na estrada.

Margarida de Anjou olhou para as docas de Paris, recordando que Derry Brewer dissera que, não importava o que acontecesse, ela entraria "em Sena". O espião-mor tinha ficado corado de rir com a própria piada, lembrou ela, chegando a explicar a piada boba até dar gargalhadas e enxugar as lágrimas. Mesmo assim, ela sentia falta dele.

Às suas costas estava o Palácio do Louvre e os aposentos que tinham se tornado seu lar. Era o único lar nas memórias do filho, embora o jovem príncipe Eduardo ainda sonhasse com a Inglaterra como Avalon, uma terra de frio e névoa, com a brilhante joia de um direito de nascença há muito negado. Não muito longe de Margarida, Eduardo de Lancaster envergava uma bela armadura e um escudo pendurado às costas, com dois jovens e orgulhosos escudeiros curvados sob suas armas e seu equipamento.

O pequeno navio de guerra que aguardava mãe e filho se erguia no rio, o convés principal uns seis metros acima das docas e do porão. Sob o olhar de Margarida, cavalos vendados eram levados por uma rampa ao convés e em seguida para a escuridão das baias no porão. O rei Luís não poupara a fortuna necessária para uma partida daquelas. Se não soubesse muito bem que ele se beneficiaria desse apoio todo, Margarida ficaria espantada com a torrente de ouro e prata que ele despejara sobre o pequeno grupo. Eles tinham um inimigo comum em Eduardo de York, tal era o cerne da questão. A restauração de Lancaster seria benéfica a ambos.

Margarida olhou por sobre o ombro como se pudesse ver o rei francês a observando. O tamanho do Palácio do Louvre ainda a surpreendia às vezes, e ela sorriu com seus botões. Sem dúvida Luís estava lá, sua esperança viajando com eles. Na verdade, era apenas por causa da sensação de urgência do rei somada à dela que Margarida partia naquele dia específico. A notícia que abrira caminho até Paris sobre o desembarque e a formação de um exército de York trouxera pânico e caos a todos os outros planos.

Margarida observou o seu único filho subir a bordo, percorrendo a rampa com passos largos e ocupando seu lugar na amurada para fitar, orgulhoso, a cidade que o recebera. Ela sentia a mesma emoção quando olhava para ele, a única coisa boa que viera da sua juventude e de todas as primeiras esperanças que tivera quanto à Inglaterra. Por Deus, ela ainda se lembrava da espuma no canal, com William de la Pole, duque de Suffolk, ao lado. Então encostou um lenço de seda nos olhos para que as lágrimas não arruinassem o kohl.

O rio Sena estava límpido com a chegada da primavera. Havia crianças nadando e pescando a alguma distância ao longo da margem, gritando e acenando com empolgação ao ver tanto movimento, como uma peça encenada para se divertirem. O príncipe Eduardo ergueu a mão para elas, Margarida não sabia se em saudação ou despedida. Ela mal conseguia acreditar que aquela parte da sua vida estava chegando ao fim. Margarida se viu tentando fixar a cena na mente: as cores, os grandes canteiros de flores; entendendo de súbito que talvez não voltasse a ver Paris por anos, se é que voltaria algum dia.

Ela havia protegido o filho de todos os perigos do mundo, aguardando o momento em que a maré de York baixasse até cessar e ele pudesse atravessar o canal com a maré cheia. Só uma mãe saberia como era a tortura daquele dia de primavera no rio, com toda a França em volta — e o filho estendendo a mão para a coroa que sempre deveria ter sido dele. Ela pressionou a mão na boca para se confortar. Havia tantos inimigos que a negariam, que tirariam a vida dele sem hesitar. Mas seu Eduardo era o único filho da linhagem mais antiga dos reis. Nenhum outro ser vivo tinha tanto direito ao trono, fosse por sangue, por lei... e por direito das armas, se preciso.

Ricardo *Neville,* conde de Warwick. Ela dissera esse nome em voz alta milhares de vezes com fúria e dor durante os anos de exílio. Numa espécie de loucura, havia depositado a esperança nesse mesmo homem, cuja cabeça do pai ela tomara e espetara no muro de um portão. Margarida tinha vivido tanto tempo tensa e preocupada que sabia que sua beleza desaparecera junto com sua cintura fina, com sua juventude. Era impossível viver cada dia como um copo lançado no ar, sem jamais saber quando se partiria em mil pedaços. Isso a deixara mais fria e arguta com o passar dos anos, com o desastre sempre esvoaçando nas margens de sua visão.

— Vossa Alteza me daria a honra de me permitir pegar a sua mão? — disse alguém ao seu lado.

Margarida se virou devagar, como se acordasse. O rei Luís descera para lhe dar os títulos e as honrarias que há muito lhe foram negados. Ele sorriu ao ver o prazer atordoado dela com sua presença e inclinou um pouquinho a cabeça. Estendeu a mão, e Margarida pousou a palma na dele com doçura.

— Acredito que seu amigo lorde Somerset estará lá em Weymouth para recebê-la, milady. Isso ele me comunicou. Passo a senhora às mãos seguras dele, ao reino do seu marido e ao seu lar, depois de tanto tempo. Sei que a senhora ainda me considerará um amigo nos próximos anos. Observarei para ver como prospera em meio a todos aqueles frios agricultores ingleses. Mostre-lhes um pouco de cor, Margarida, pode ser? Eles vivem em sombras constantes sem o nosso exemplo.

— Tentarei, Majestade. E fico grata por tudo o que fez. Se houver um modo de pagar, mesmo que só uma pequena parte, farei disso a obra da minha vida, pelos anos que me restarem.

Luís deu uma risadinha enquanto a conduzia pelas tábuas de carvalho esfregado do convés e olhava em volta com enorme satisfação.

— Muitos bons anos, Margarida, quando isso tudo será apenas uma lembrança. Desejo-lhe bons verões, milady da Inglaterra. E o príncipe Eduardo? Desejo-lhe boas caçadas. Que seus ataques sempre encontrem o inimigo.

O príncipe era muito mais alto que o francês, exibindo a altura característica de muitos da sua linhagem. Embora usasse armadura, movia-se como se ela não pesasse nada. Ele se curvou para o rei Luís, satisfeitíssimo.

— *Encontrarão*, Majestade, em nome de Nosso Senhor, Jesus Cristo.

— Amém — disseram juntos Margarida e o rei.

— Dizem que o mar está um pouco agitado hoje — continuou o rei Luís —, mas não duvido que as ondas se aquietarão, talvez com assombro, quando vocês as alcançarem.

Margarida sorriu, como ele esperava que sorrisse. Ela vestia belas sedas, com um pouco de pintura nos lábios e nas faces. Apesar de todas as rugas que lhe marcavam o rosto, apesar de toda a dor que ela havia suportado, Luís não conseguia se lembrar de nenhuma ocasião em que a prima estivesse mais bela.

— Você estará em Londres dentro de cinco ou seis dias, Margarida. Se Deus quiser, milorde Warwick já terá atacado... e arrancado a cabeça daquele que nos ameaça a todos.

— Rezo por isso, Vossa Majestade. E tenho seus pássaros a bordo. Vou libertá-los assim que tiver notícias.

Luís a abraçou pela última vez e segurou a mão do príncipe com um aperto forte, para que o rapaz não lhe esmagasse os dedos com força descuidada. Depois disso, saltitou rampa abaixo e observou quando a retiraram e desatracaram o navio. Ficou à margem com apenas alguns guardas para protegê-lo do olhar e das mãos do povo, enquanto o pequeno navio era levado por dois barcos até o canal principal. Enquanto se esticavam, as cordas entre eles lançavam gotas da água reluzente do rio. Luís sabia muito bem do seu apelido de "Aranha Universal". Ele pensava nos fios como parte de uma teia e sorriu com a visão e o conceito. Era um fim... e talvez também um começo. Os estandartes de Lancaster recém-bordados seriam içados no mar. Por enquanto, em Paris, o navio usava apenas as flores de lis da França, em dourado e azul.

16

O capitão do portão mandou outro garoto correr para receber as ordens do prefeito John Stockton. Não havia movimento nas ruas em torno deles, isso era certo. Até onde o capitão Seward sabia, praticamente toda Londres estava apreensiva. Ele conhecia os humores da cidade, tendo nascido filho de um mercador de pimenta da rua Wych. Metade dos seus homens vinha dos cortiços, mas o capitão Seward era um sujeito abastado. Ele não ostentava tal riqueza no couro e no ferro gastos e desbotados que usava. Havia encontrado um posto que lhe agradava no Moorgate, um dos portões da muralha de Londres. Não importava que ao entrar em casa tivesse belas mesas e criados, ou pelo menos achava que não importava. Ele tratava seus homens como um pai trataria os filhos, e, de fato, dois deles eram seus próprios garotos.

Seward mandara o primeiro mensageiro depois de ter sido convocado à muralha pela notícia de fileiras marchando rumo à cidade. Os portões de Londres não eram decorativos. Fechados e trancados, protegeriam a população da cidade contra qualquer força hostil. Londres não podia sequer ser sitiada, não com o grande rio que corria para o sul.

Trancado do lado de fora, qualquer inimigo poderia negociar com os lordes e com o prefeito, mas não era essa a preocupação de Seward. Sua única preocupação era o portão, seu mundo e sua responsabilidade.

Ele estivera presente quando chegara a ordem de fechá-lo para a casa de Lancaster, anos antes. Na época, Seward havia deparado com um grande exército esfarrapado que se estendia por quilômetros — mas o portão permanecera fechado. Tinha discordado do velho prefeito naquela ocasião, mas mesmo assim obedecera às suas ordens.

Ele cumprira o seu dever, e isso era tudo o que importaria para um homem no fim da vida, ou ao menos era o que dizia aos filhos.

Desde então, o capitão Seward havia ficado grisalho e passara a ostentar uma grande mancha no alto da cabeça que se exibia sem nenhum cabelo, como um pedaço de couro. O pai só lhe deixara a bela casa da rua Wych, sem nenhum tipo de renda que a acompanhasse. Seward alimentara e vestira a família durante todo esse tempo sendo o senhor do portão e ficando de olho na estrada que o atravessava.

Naquele momento conseguia identificar estandartes, embora não parasse de se virar para ver se o seu garoto mais novo já estava voltando. Fechar o portão levava tempo. Era preciso trazer bois para erguer as grandes vigas. Seward estava com tudo pronto na rua, com seis dos seus melhores homens, sujeitos firmes que não entrariam em pânico nem se vissem soldados andando na direção deles enquanto reduziam a faixa de luz a uma fenda e, em seguida, a nada.

Os mercadores urrariam em protesto, é claro. Era o que sempre faziam, principalmente quando Seward realizava os treinos trimestrais. Apenas quatro dias por ano para os homens treinarem como se fechava um portão de Londres, e sempre, sem falta, os mercadores reagiam como se lhes tivesse furtado a bolsa ou espancado as esposas. Seward sorriu de leve ao pensar na reação deles naquele dia. Talvez não se queixassem tanto quando vissem seu portão impedindo que homens violentos simplesmente entrassem.

Foi com alívio que enfim viu o filho correndo pela rua lá embaixo. A torre do portão onde Seward estava se erguia uns doze metros acima dela, já movimentada com transeuntes que vinham olhar conforme a notícia se espalhava. Não tinha tempo para eles. Seward viu o menino chegar aos degraus da muralha e subi-los sem diminuir o ritmo. O garoto tinha uma crosta de catarro entre o nariz e o lábio superior que parecia nunca sumir, embora ele a lambesse o tempo todo. O capitão Seward o cumprimentou com um aceno de cabeça, orgulhoso, quando o menino subiu o último degrau, virando-se mais uma vez para olhar além da muralha da cidade. Àquela altura, as fileiras em marcha estavam a pouco mais de meio quilômetro, talvez menos. Daria tempo de fechar, mas estavam no limite.

— Então, Luke? Desembucha! Qual é a ordem? — perguntou Seward.

O pobrezinho ofegava como um fole, e Seward começou a perder sua lendária paciência. Ele baixou os braços e pegou o filho, erguendo-o.

— Luke! Fechado ou aberto?

— O prefeito foi para casa, pai, capitão Seward! — ofegou o menino. — Foi pra cama e não quer sair.

Seward baixou o filho. O prefeito Stockton nunca fora de decisões rápidas, Seward sempre soubera. Não era surpresa o homem ter fugido dessa. Bom, Seward lutara por Lancaster em Towton e era um homem de decisões rápidas. Ele sabia que o rei Henrique fora exibido diante do seu povo no dia anterior como um bezerro num leilão. Ele não fazia ideia de onde estava o rei, mas o dever dos capitães do portão estava, em primeiro lugar, com o monarca no trono, para protegê-lo de todo e qualquer inimigo.

Seward se inclinou por cima da muralha para dar ordens às equipes lá embaixo. Isso significaria fechar o portão à vista dos que se aproximavam, mas ainda havia tempo caso agissem depressa.

Ele sentiu um braço envolver seu pescoço e apertar sua garganta, puxando-o para trás. Ouviu o filho gritar de medo e surpresa. Enquanto lutava e tentava rugir, Seward viu seus homens lá embaixo serem cercados por dezenas de comerciantes e transeuntes, todos subitamente sacando facas.

— Você vai deixar o portão aberto — soprou uma voz em seu ouvido, carregada de alho e de violência. — York voltou para casa.

O capitão Seward era um homem corajoso. Ele lutou um instante antes de sentir um empurrão violento nas costas, então berrou quando foi lançado para a frente, tentando agarrar o ar enquanto despencava doze metros até o calçamento de pedra da rua.

* * *

Eduardo e Ricardo de York cavalgaram juntos, ambos com a expressão pesada de tensão ao atravessar o portão e entrar na cidade de Londres. Naqueles primeiros momentos, passaram por juntas de bois e soldados da cidade, parados de cabeça baixa. As bestas e os arcos lhes foram tirados, e os homens do exército que tinham seguido à frente cumprimentaram com acenos de cabeça ou fizeram reverência para os filhos de York. Eles deixaram o caminho seguro e mantiveram o portão aberto.

Havia alguns corpos espalhados em volta, prova da breve violência que ocorrera. Eduardo trincou os dentes enquanto passava por eles. Ele não pedira que a rebelião francesa de Warwick desembarcasse e o expulsasse do reino. Ele não pedira que traições e traidores molestassem seu reinado. Mas ele voltara e viera à toda pelo norte para chegar a Londres. Suas forças eram pequenas demais, mas mesmo assim ele tinha a capital na mão.

No pátio logo depois do portão, Eduardo e Ricardo fizeram um gesto para Clarence se unir a eles. Os três cavaleiros York levaram as montarias para o lado, onde o corpo de um capitão jazia estatelado no chão. Havia quatro ou cinco colegas dele em pé, com um menino aos prantos, a cabeça descoberta e os chapéus torcidos nas mãos. Ricardo mandou um dos batedores perguntar o que queriam e, depois, mostrou com um gesto a sua aceitação. Eles levaram embora o corpo do capitão Seward, enquanto o exército de York entrava.

— Dez mil homens — murmurou Ricardo. — Não parece muito, até que tenham de passar por um portão. Então parece que não tem fim, como uma hoste do céu.

— Acredito que possamos confiar em George para fechar o portão depois da nossa passagem — disse Eduardo.

Era um ramo de oliveira oferecido ao irmão, e George fez que sim, contente por ser incluído na amizade que via entre os outros dois. Seu sorriso desapareceu quando Eduardo e Ricardo saíram cavalgando juntos, a montaria a trote pela lama grudenta para alcançar a vanguarda.

Ambos preferiam liderar a seguir. George de Clarence se perguntou se algum dia sentiria o mesmo, talvez com o avançar da idade. Ao olhar para os dois, era difícil ter certeza. Ricardo era o mais novo, mas passara anos importantíssimos longe da sombra dos irmãos. Essa era uma das razões para pôr jovens nobres como pupilos de outras famílias — eles tinham de aprender a comandar, em vez de ter cada passo dominado pelo primogênito da própria linhagem.

George fitou a rua atrás dos irmãos até as últimas fileiras passarem marchando e lhe restarem apenas os batedores que aguardavam ordens. Ele ergueu os olhos, levando o dedo à orelha para coçá-la.

— Muito bem, cavalheiros. Fechem o portão — ordenou. — Depois fechem os outros.

Clarence conduziu o cavalo até o meio da rua para observar a luz lá fora se reduzir pela fresta do portão, com dois bois pretos idênticos grunhindo e fazendo força ao seu lado. Os últimos centímetros se estreitaram e se encontraram com um ruído abafado e, depois, os homens se afastaram para enfiar varas de ferro em fendas da borda inferior. Fechar um portão de Londres não era um ato menor. Nem mantê-lo aberto.

A cidade parecia mais escura depois disso. Clarence sentiu de novo a coceira no ouvido e enfiou o dedo o mais fundo que pôde, abrindo e fechando a boca enquanto se virava e seguia os irmãos cidade adentro.

— Para onde, Vossa Alteza? — perguntou Ricardo ao irmão, a voz tensa.

A multidão parecia aumentar aonde quer que eles fossem, empurrando-se pelos becos e formando três filas junto às paredes. Algumas pessoas saíam correndo feito crianças ou idiotas por entre os homens em marcha, sempre sob o risco de serem derrubadas e pisoteadas. Não comemoravam, notou Ricardo. Os cochichos e os movimentos rápidos deixaram os guardas de York nervosos, embora a multidão não parecesse hostil nem mal-humorada. Em sua maior parte, as pessoas se limitavam a observar os filhos da casa de York. Algumas delas levaram a mão à testa e ao chapéu em sinal de respeito. Outras olhavam com raiva ou se viraram de lado para cochichar e rir com os amigos.

O caminho de Moorgate até o centro da cidade era grudento, uma mistura de lama, sangue dos porcos dos açougues, vários dejetos químicos que faziam o nariz arder e, é claro, o estrume de homens e animais, abandonado em pilhas esquecidas onde os donos o deixavam. O esgoto às vezes voltava para a rua, e isso era capaz de deixar os olhos lacrimejando. Eduardo percebeu que ficava mais ofegante conforme avançava, esperando que o pulmão aceitasse aquele ar pesado. Fazia bem à saúde, diziam.

Ele pensou seriamente na pergunta do irmão. Ao entrar, Eduardo sentira uma confiança crescente, uma sensação vertiginosa, quase de assombro. Não ousara imaginar que voltaria a ver as ruas de Londres, ainda mais cavalgando à frente de um exército para recuperar o trono. Essa loucura deliciosa se drenara lentamente sob o olhar de milhares de homens e mulheres, todos interrompendo a labuta diária para sair e vê-lo passar.

Ter controle de Londres significava ter a Torre e a Casa da Moeda Real, a Catedral de São Paulo, o próprio rio e Guildhall, onde o lorde prefeito se retirara para os próprios aposentos e se recusava a sair. Isso significava lordes e riqueza, ambos de vital importância. Mas, naquele primeiro dia, havia pouco de que Eduardo realmente precisasse na parte murada da cidade além de todo o simbolismo de ter entrado.

Batedores e mensageiros iam e vinham enquanto ele cavalgava cidade adentro, alguns aceitando pagamento. Ricardo via nisso promessas e juramentos, homens que declaravam nova lealdade e não perdiam tempo em declarar suas pretensões a terras e seus títulos perdidos. Ele só passava adiante algumas informações mais urgentes que achava que Eduardo pudesse querer saber. Dessa maneira, descobriram que o rei Henrique jazia prostrado nos aposentos reais de Westminster. Parecia que o pobre coitado fora arrastado até a beira do colapso por uma caminhada exibicionista por Londres no dia anterior.

O Palácio Real de Westminster ficava longe dos odores fétidos da cidade propriamente dita, mais de um bom quilômetro ao longo do rio — e naquela aglomeração de parlamento e abadia, casa do tesouro e palácio, ficava tudo o que importava a Eduardo. Mas ele estava indescritivelmente cansado e satisfeito em deixá-los todos esperando. O Castelo de Baynard era uma fortaleza da casa de York à margem do rio. A ideia de descansar ali em paz e segurança o fez bocejar até a mandíbula estalar.

— Os homens estão exaustos — comentou Eduardo enfim, chamando o irmão para mais perto com um gesto. — Na verdade, eu mesmo estou cansado e dolorido. Sessenta e cinco quilômetros hoje é bastante para todos. Passe aos capitães a ordem de buscar armazéns, tavernas, casas vazias, qualquer lugar onde haja espaço para descansar e se alimentar. Londres terá de aguentar esses nossos bons rapazes por uma ou duas noites.

Ele olhou ao redor em busca de algum sinal de apoio, mas não se via nenhum na multidão. Lá estavam eles, lúgubres, de olhos arregalados, e até as conversas costumeiras e sons de movimento tinham minguado.

Eduardo levantou a cabeça. Ele entendia que o povo da Inglaterra fora jogado de um lado a outro com o passar dos anos. Meses antes, esperava-se que dessem vivas e pagassem tributos como firmes partidários de York, com Eduardo no trono. Depois tiveram de virar de lado — e o rei Henrique estava lá mais uma vez, devolvido ao seu abraço amoroso e perplexo.

Eduardo encarava com altivez, reagindo ao escrutínio deles enchendo o peito e olhando-os do alto. Embora percebesse certo ressentimento, *nem morto* o admitiria. Londres era a sua cidade, a capital do seu reino. Eles eram seus súditos. Podiam engolir aquela verdade, sufocar nela, caso preciso. Sentindo a raiva dando força aos seus músculos cansados, ele se empertigou ainda mais.

— Acho, Ricardo, que *não* descansarei no fim das contas, ainda não. Chame algumas dezenas de homens para ir a Westminster comigo antes que se instalem, pode ser?

Ricardo de Gloucester virou o cavalo para fora das fileiras em marcha e fez um gesto para lorde Rivers quando ele se aproximou. O Woodville conde parecia contente de ser chamado, embora ficasse menos contente a cada momento que passava.

— Eu e o meu irmão continuaremos esta noite, milorde — avisou Ricardo. — Deixo o exército de Londres em suas mãos, com exceção de uns... oitenta dos nossos melhores cavaleiros para guardar Sua Majestade.

— Ficarei honrado de me juntar a eles — respondeu lorde Rivers. Ele preferia ficar perto do cunhado e se mostrava teimoso quando deixado de fora das conferências entre os irmãos. Ricardo considerava o homem cansativo, e foi exatamente por essa razão que o interrompeu naquele dia.

— Não, creio que não. Eu lhe passei a ordem do meu irmão, lorde Rivers. Eduardo e eu iremos até Westminster e retornaremos hoje mais tarde ou amanhã. Imagino que então haverá uma coroação, talvez na Catedral de São Paulo, para que a cidade se lembre de que York voltou. Glória a nós etc. Agora estou cansado, lorde Rivers. O senhor entendeu o que eu lhe disse?

— Acredito que sim, milorde — respondeu Rivers, embora os músculos da mandíbula tivessem cerrado de forma alarmante.

Ricardo mandou o homem voltar às fileiras e retornou ao irmão, já pensando na noite que tinham pela frente. Estava cansado, era verdade, mas também tinha 18 anos e conseguiria ficar acordado dois dias seguidos se fosse preciso. Ele viu Eduardo bocejar longamente e ficou incerto se o irmão conseguiria com a mesma facilidade.

— Pelo amor de Deus, nós *sabemos* onde ele está *agora*! — rugiu Exeter, a voz tão alta que era uma arma por si só. — Está em Londres, comendo fatias de carne rosada e assassinando o rei Henrique! Isso não é mistério nenhum, Neville! Ele e os canalhas traiçoeiros que o seguem se esgueiraram por nós porque achamos que ele tinha vindo nos desafiar ou começar um cerco. Nunca vi um exemplo tão merda de batalha oferecida e recusada em toda a minha vida. Digo de antemão, Neville...

O estalo do chicote da voz de Exeter foi sufocado quando lorde Montacute se enfiou entre ele e Warwick.

— O senhor fica usando o nome da minha família... — disse João Neville. — Está falando com meu irmão, o conde de Warwick? Ou comigo? Não sei se esse tom de familiaridade é sinal apenas de grosseria ou de um homem que não sabe quando conter a língua. Posso fazer isso pelo senhor, se quiser. — Ele se inclinou para muito mais perto, até Exeter sentir os pelos da barba do outro no queixo. — Posso segurar essa língua por você.

Exeter ficou ainda mais ruborizado. Ele semicerrou os olhos para o lorde Neville mais novo, vendo as cicatrizes em seu rosto.

— Não fui eu que errei, milordes — argumentou ele, inclinando-se para trás. — Perdemos a oportunidade de quebrar o pescoço de Eduardo... ah, e os dos irmãos dele. Tínhamos os homens, a posição. Mas aí ele se esgueira e nos deixa de pau na mão.

Ele olhou em volta da sala num apelo. O conde de Oxford baixara e erguera a cabeça em um gesto deliberado. Montacute e Warwick continuavam olhando como se fossem de pedra, sem ceder nem um pouco. Mesmo assim, Exeter continuou, sentindo-se encorajado.

— Milordes, não estou reclamando de incompetência nem de traição, embora alguns possam se perguntar por que não esmagamos os filhos de York quando os tínhamos aqui em desvantagem numérica! Isso caberá a um juiz e ao Parlamento decidir, não tenho dúvidas.

Então ele deu uma olhadela em Warwick, uma promessa de más intenções no futuro.

Oxford pigarreou para falar.

— Seja qual for a verdade, para mim está bastante claro que *Exeter* deveria comandar — disse no silêncio. — Ele tem posição e autoridade sobre os homens. E não está ... manchado por este desastre. Nenhuma suspeita recai sobre ele, portanto... — Warwick fez menção de falar, e o conde de Oxford ergueu a mão como aviso. — Portanto Exeter deve erguer os estandartes dele acima de todo o resto. Os homens confiarão num duque, e não podemos nos demorar mais aqui. Na verdade, já deveríamos estar na estrada de Londres...

— E estaríamos, se não tivessem exigido essa reunião extraordinária — retrucou Warwick.

Por mais que reconhecesse que fora sua fatal hesitação que permitira a fuga dos homens de York, ele não moveria um centímetro para ajudar a causa de um tolo como Exeter ou do fracote de seu amigo.

— Acredito que ainda comando, milordes — declarou Warwick. — Para o bem ou para o mal. Com autoridade concedida pelo selo do rei Henrique e a aprovação do Parlamento. Não vejo aqui nenhum poder capaz de me destituir dos meus deveres. Estou errado? Sendo assim, não tenho *opção* senão continuar. Não resmungue para mim, Oxford!

Sua voz subira até parecer um latido repentino quando o conde fizera um ruído insensato. Warwick o fitou com raiva por um instante até ficar claro que o homem não reclamaria abertamente.

— Sem nenhuma autoridade legal que me substitua, tenho de continuar hasteando os meus estandartes.

— Você poderia renunciar — sugeriu Exeter, os olhos frios.

Warwick balançou a cabeça.

— Eu fiz um juramento! Não posso quebrá-lo meramente porque outros homens desaprovam minhas ações! Será que sou alguma leiteira para sair correndo em lágrimas com as censuras dos outros? Não, milorde. Permaneço no comando com a bênção do rei Henrique. Não posso largar o fardo e manter a alma. E isso é tudo. Os senhores que façam o que quiserem.

— Está me liberando do meu dever? — questionou Exeter rapidamente.

Warwick sorriu.

— Ah, não, Holland. Você deu a sua palavra de seguir quem o rei pusesse no comando, com o risco de perder a sua alma. Você se arrisca à danação pelo simples fato de mencionar essa *ideia* a mim, como se houvesse alguma interpretação que lhe permitisse recuar. Não há. Entendido, Holland? Está perfeitamente claro, milorde Exeter?

Exeter olhou mais uma vez para Oxford em busca de apoio, mas o conde manteve a cabeça baixa e se recusou a erguer os olhos. Henry Holland franziu a boca, as bochechas recuando com várias marcas de expressão.

— O senhor não me deixa escolha, milorde.

— Como ousa, Holland? — explodiu Warwick, surpreendendo a todos. — O que lhe deixo não é da sua conta. Seu *juramento* é que é da sua conta! Não me venha com essa vozinha ressentida! Fique, se quiser ficar. Vá, se quiser queimar no inferno. *Essa* é a sua escolha.

Warwick esperou até o homem mais jovem enfim perder um pouco da expressão de teimosia. Henry Holland ficou um pouco menos tenso e fez uma reverência, dobrando a cintura.

— Permaneço sob o seu comando, milorde Warwick — declarou em voz baixa.

Para sua surpresa, o outro avançou e lhe deu um tapinha nas costas, deixando todos espantados.

— Fico contente, Henry. Sua palavra continua intacta, apesar de todas as nossas divergências. Meus erros são meus para expiar. Eu é que devo responder, mas estou aliviado porque você não quebrou o seu juramento nem condenou a sua alma.

Mais uma vez, ele deu um tapinha nas costas do duque, como num cão predileto.

— Na verdade, estamos de acordo — continuou Warwick, surpreendendo Exeter ainda mais. — Temos vinte e quatro mil homens, todos prontos para marchar. Londres e o rei Henrique estão sob a ameaça de uma casa usurpadora. Já deveríamos estar na estrada, como eu disse, e não arriscando nossas almas aqui. Milordes, faço-lhes meu juramento agora, por Maria, mãe de Deus, pela honra da minha linhagem. Lutarei contra York quando nos encontrarmos de novo. Se errei no passado, lavarei o erro então. Essa é a minha palavra aos senhores, por Cristo Nosso Senhor, amém! *Amém!*

A última palavra foi um berro suficiente para fazer Exeter recuar, ainda preso num turbilhão de emoções que mudavam tão depressa que ele mal conseguia acompanhá-las. Ele entendeu o final e se animou.

— Para Londres, então?

— Com tudo o que temos, milorde — respondeu Warwick, mostrando os dentes. — Terminaremos isso lá, tendo o mundo inteiro como testemunha.

Eduardo de York empurrou e abriu a porta dos aposentos particulares do rei Henrique em Westminster. Na escuridão lá fora, as luzes de Londres brilhavam. Ele e Ricardo traziam o cheiro de ferro e o som tilintante da cota de malha àquele espaço silencioso.

Henrique jazia pálido na cama, o lençol caído longe do peito, revelando veias azuis e as linhas das costelas. O cabelo estava molhado de suor, os olhos, vermelhos e entreabertos. Quando foi atingido pelo sopro de ar frio vindo de fora, o rei começou a se esforçar para se sentar.

O barulho acordou o único outro ocupante do cômodo, que roncava ao pé do leito com as pernas abertas e cruzadas, no conforto de uma cadeira larga e estofada. Derry Brewer acordou de repente e, com olhos turvos, encarou os dois homens de pé junto à porta aberta. Uma sombra então passou pelo seu rosto, e ele estendeu para a bengala mãos que tinham se tornado retorcidas, com nós grossos nos dedos. O espião-mor do rei tinha 63 anos; ele gemeu ao se sentar e se apoiar no abrunheiro.

Eduardo atravessou o quarto com passos leves, com o irmão ao lado. Derry os observou com olhos lúgubres.

— Ele não está em condições de ser tirado daqui — avisou o espião-mor.

Derry sabia que a sua voz atrairia a atenção deles, e os dois filhos de York se viraram para ele como lobos sobre a presa. Antes que qualquer um deles pudesse responder, Henrique falou de onde estava, a voz fraca e aguda como a de uma criança.

— Primo York! Graças a Deus você veio. Agora sei que tudo ficará bem.

Derry levou a mão à boca de pesar ao ouvir a confiança de Henrique. O espião-mor pensou na lâmina escondida na bengala quando Eduardo se inclinou para segurar a mão que o rei estendia, revelando sua garganta pálida. Derry poderia ter agido naquele momento, mas Ricardo de Gloucester ainda o observava. O rapaz pressionou a mão mais forte sobre a dele e o afastou do rei, levantando seu peso da cadeira como se não fosse nada. Derry se viu agarrado com tanta força que mal conseguiu respirar enquanto era levado para fora do quarto, meio arrastado e meio empurrado. A porta se fechou atrás dele.

Derry percebeu a própria voz rouca de pesar.

— Vocês não precisam matá-lo. Não precisam. Por favor, filho. Deixe-o num mosteiro em algum lugar distante. Ele não os incomodará mais.

— Ah — disse Ricardo, a voz suave. — Você o ama. — Ele olhou de lado um instante, depois deu de ombros. — Não precisa temer por Henrique de Lancaster esta noite, mestre Brewer. Não o mataremos, não enquanto o filho dele puder desembarcar na Inglaterra a qualquer bela manhã dessas. Meu irmão e eu viemos para pôr fim a tudo isso, não para erguer outro rei no litoral. Há o conde de Warwick também, com sua grande hoste. Talvez precisemos de um refém para conseguir passar. Não, mestre Brewer, Henrique não tem nada a temer de meu irmão hoje à noite, nem de mim. Mas *você*... você já era.

Ainda segurando o espião-mor do rei com sua mão forte de rapaz, Ricardo de Gloucester o empurrou por outra escada até o pátio vazio lá fora. O Palácio de Westminster tinha lâmpadas acesas suficientes para lançar um brilho dourado numa parte daquele quadrado, com a grande abadia na escuridão do outro lado.

Derry olhou em volta os homens de armas que aguardavam em silêncio enquanto o observavam com fria indiferença. Dali não viria ajuda. Ele curvou o corpo, apoiado na bengala.

— Perdi uma filha e uma esposa quando era muito jovem — comentou Derry, erguendo os olhos para o céu limpo da noite. — E alguns bons amigos, filho. Espero vê-los de novo. — Por um instante, ele virou o único olho para Ricardo e sorriu, parecendo quase um menino. — Lembro-me do seu pai. Era um filho da puta arrogante, mas ainda assim um homem duas vezes melhor que você. Espero que tenha o que merece, corcunda.

Ricardo de Gloucester acenou com a cabeça para o seu capitão num gesto seco. O homem se aproximou, e Derry encarou as trevas da noite, maravilhando-se com a beleza pura das estrelas no céu. Ele emitiu um grunhido baixo quando o homem o atingiu, então foi ao chão, tossindo uma vez enquanto morria. A bengala se afastou dos seus dedos e rolou, o único barulho naquele silêncio.

17

Elizabeth sentiu uma pontada de terror quando ouviu o barulho da aproximação de homens de armadura. Durante meses, sofrera com esse pesadelo, que se expandia como uma fagulha branca no seu peito sempre que um merceeiro ou um padre ia ao santuário. Sempre que ouvia uma voz estranha ou o dobrar de um sininho, vinha o medo imenso e sombrio de que fosse Lancaster ou algum lorde enviado para massacrá-la, a ela e aos filhos. Elizabeth sonhava com sangue derramado, preto sobre o chão.

Escutou o alarido real de cavaleiros de armadura e acordou de repente, o coração batendo forte na escuridão. Havia sempre um ou dois monges nas celas minúsculas do santuário. Ela havia passado a conhecer bem todos eles nos meses de confinamento. Reconheceu a voz do irmão Paul, depois um grito e um estrondo que a fez apanhar o roupão, esforçando-se para colocar o cinto no escuro.

Dormia sozinha e conseguia ouvir Jenny, a ama de leite, se mexendo no quarto ao lado, no mesmo corredor. Sua mãe, Jacquetta, já estava por lá e apareceu com uma lâmpada e o cabelo numa enorme pilha de cachos amassados durante o sono.

Sem dizer uma palavra, Elizabeth lhe mostrou a faca comprida que escondera. Jacquetta sumiu de volta em seu quarto e voltou com o atiçador da lareira. As duas mulheres foram até o alto da escada de madeira, mandando Jenny fazer silêncio quando ela também apareceu, empurrando-a de volta ao quarto. Mais além no andar, uma das meninas começou a chorar. O choro seria capaz de acordar a velha que cuidava das crianças, e ela era bem surda, e, quando a menina gritasse, acordaria o restante da casa. Elizabeth mordeu o lábio de medo enquanto ia na ponta dos pés até o alto da escada e se agachava para espiar o minúsculo saguão de entrada.

O irmão Paul jazia encostado na parede, morto ou inconsciente, ela não sabia. Elizabeth inspirou de repente e, então, parte dela percebeu que conhecia o homem em pé ao lado dele, de costas para ela. Viu Eduardo se virar em silêncio, embora tivesse de haver barulho.

O marido ergueu os olhos para o ponto de onde ela o fitava entre os balaústres, e o rosto dele se abriu num grande sorriso e num grito. Elizabeth fez o mesmo, dando um berro de alívio, embora sentisse que estava prestes a desmaiar e rolar escada abaixo. Ela cambaleou quando tentou se levantar e sentiu as mãos da mãe na cintura, protegendo-a da queda.

Eduardo subiu correndo a escada, fitando a esposa com orgulho.

— Vejo que acordei você — comentou ele, rindo.

Elizabeth se agarrou freneticamente aos seus pensamentos.

— Eduardo, eu... Acabou, então?

Confusa, viu o gigante do marido fazer que não, embora continuasse sorrindo.

— Não, amor. Embora isso tudo faça parte do fim. Mas Londres finalmente é minha... e posso tirar você deste lugar. Isso basta por hoje, não é? Agora, onde está o meu filho, Elizabeth?

— Eu o chamei de Eduardo. Jenny! Traga o bebê. E ele foi batizado na abadia.

A ama de leite saiu com ar triunfal, o príncipe enrolado erguido nos braços. A moça, devidamente, olhou primeiro para Elizabeth pedindo permissão. Elizabeth fez que sim, engolindo o ressentimento — o marido nem a abraçara, mas já pegava o filho no colo.

Sem perceber o desapontamento da esposa, Eduardo ergueu o menino no ar, fitando com prazer e assombro o rostinho minúsculo e enrugado. Ele nunca tinha visto o filho.

— Luz, menina! — pediu ele à ama. — Pode trazer aquela lâmpada para mais perto? Mais luz aqui para que eu possa ver meu filho. Olá, menino. Eduardo, príncipe de Gales, que será rei da Inglaterra. Por Deus, Elizabeth, estou contente de vê-lo inteiro. O rei Henrique foi devolvido à Torre... e agora tenho minha esposa e meu filho.

— E suas meninas — acrescentou Elizabeth. — Suas três filhas.

— É claro, amor! Mande que me tragam. Vou apertá-las até ficarem rosadas e lhes dizer quanta saudade senti de todas.

Eduardo havia percebido a irritação crescente da esposa; tentou não deixar que isso o incomodasse, mas mesmo assim ela conseguiu, com a cara fechada e os olhos arregalados que ele sabia que significavam uma discussão. Eduardo olhou de relance para o irmão no andar de baixo, que observava a feliz reunião com expressão soturna. Nenhum deles se lembrava de quando dormiram pela última vez. A aurora estava próxima, e Ricardo já vira violência e esforço suficientes, ao menos por um tempo. Queria dormir.

— Você voltará comigo para o outro lado da rua — disse Eduardo à esposa. — Mandei tirarem Henrique dos seus aposentos lá.

— Você foi vê-lo primeiro? Comigo prisioneira neste lugar frio? — indagou Elizabeth.

O mau humor de Eduardo explodiu de repente, cansado demais como ele estava para adular e lisonjear a esposa. Seus olhos ficaram frios, e ele devolveu o filho à ama, que pairava ao seu lado.

— Fiz o que achei correto, Elizabeth! Por Deus, por que você tem de...? Não. Estou cansado demais para discutir com você. Mande trazerem as meninas a mim e depois os meus homens as levarão com você ao palácio. Esta noite você dormirá numa cama melhor.

Ele não mencionou se unir a ela, e Elizabeth só fez que sim, numa fúria fria por razões que não sabia expressar em palavras. Ela passara um século sonhando em vê-lo. Lá estava ele, parecendo magro e mais jovem outra vez, porém preocupado apenas em ver o filho, como se não sentisse a menor saudade da esposa. Elizabeth não achara que Eduardo conseguiria feri-la tão profundamente.

As três filhas vieram correndo para agarrar as pernas do pai e olhar para ele com adoração. A visão das suas lágrimas de alegria ajudou a alegrar Eduardo, mas ainda assim ele bocejou, sentindo-se tão cansado que parecia doente, como se a qualquer momento pudesse se deitar e desmaiar.

— Sim, também estou contente em ver vocês. Sim, todas vocês, é claro! Como estão bonitas! Agora, meninas, sim, tenho de ficar mais um tempinho longe.

As duas menores começaram a choramingar com a simples sugestão de que o pai não ficaria com elas. Eduardo fez um gesto brusco para a babá que as seguira e ainda estava em pé, com um sorriso desdentado para as jovens pupilas. Ao perceber o olhar, a mulher deixou de lado o sorriso beatífico e reuniu as filhas dele junto às saias.

— Vamos, queridas — pediu ela, estalando com a garganta.

Jenny, a ama de leite, fez uma reverência e depois também foi preparar as malas, carregando o príncipe de Gales no colo.

Eduardo ficou parado pouco à vontade com a esposa, todo o movimento e barulho centrados na sua chegada se esvaindo. Na porta lá embaixo, o irmão Paul começou a se mexer, um hematoma evidenciando onde havia sido atingido e derrubado. Eduardo olhou para baixo sem desculpas quando o monge se levantou.

— Você tem a minha gratidão — disse ele, jogando uma moeda de ouro escada abaixo.

Os olhos do irmão Paul não desgrudaram dos dele enquanto a moeda descrevia um arco no ar e caía nas pedras com um som seco. Eduardo bufou de exasperação, sentindo-se cansado demais para ficar de pé.

— Deixarei uma dúzia de guardas aqui. Venha quando as crianças estiverem prontas.

— Sim, Eduardo. Eu irei — respondeu Elizabeth. — Encontrarei você nos seus aposentos.

Eduardo desceu a escada com passos mais pesados do que quando tinha subido. Precisou baixar a cabeça para passar sob o lintel da fortaleza do santuário. Talvez por causa disso, parou no patamar e voltou sozinho para dentro. Subiu de novo os degraus da escada para abraçar a esposa, apertando-a com força suficiente para fazê-la sufocar em seu ombro. Para sua própria surpresa, Elizabeth começou a chorar, e ele sorria quando se afastou e a beijou. Ele tirou a manopla, revelando uma mão escura de óleo e sujeira, mais adequada a um golpe mortal do que a algo mais gentil. Mas ela não se afastou quando Eduardo enxugou uma lágrima do seu rosto.

— Pronto, amor — disse Eduardo. — Estou em casa e tudo está bem, não é?

— Não se você tiver de lutar de novo, Eduardo.

Então ele desviou o olhar.

— Eu tenho. Preciso ser um ferro em brasa agora, por pouco tempo. Haverá paz depois disso, eu juro.

Ela olhou nos olhos de Eduardo e viu neles determinação. Contra a vontade, mesmo sabendo que a inimizade dele não estava voltada contra ela, Elizabeth estremeceu.

Eduardo acordou de sonhos tenebrosos e se sentiu escorregadio com o suor do sono, como se tivesse lutado ou corrido durante uma hora. Sabia que jazia espalhado na mesma cama onde falara com Henrique na noite anterior. Não se lembrava de ter desmoronado nela, sem parte da armadura e o restante se enterrando na sua pele. O sol ou estava nascendo ou se pondo, ele não sabia ao certo. Não ficaria surpreso se tivesse dormido o dia inteiro, com o cansaço que sentira, mas ainda estava exaurido. Ele se coçou e fez uma careta. Também fedia tanto que começou a pensar em mandar encher uma banheira.

Ele ergueu os olhos com o som de pés se arrastando e teve um vislumbre de um criado que recuava para longe do seu campo de visão. Eduardo gemeu e se recostou. Estaria ficando doente? A cabeça estava limpa, e a barriga, vazia. Não tocava em uvas, lúpulo nem cevada desde que fizera o juramento no exílio, exatamente como prometera ao irmão. Como Sansão e seu cabelo comprido, o juramento havia se tornado um talismã e não seria quebrado naquele momento, não quando ainda precisava enfrentar Warwick, Montacute, Oxford e

Exeter, todos com sangue nos olhos. Então se sentou ao pensar que já tinha o Parlamento nas mãos. Poderia ordenar que os duques de Norfolk e Suffolk fossem libertados. Cada dia fortaleceria sua posição e enfraqueceria a de Warwick... exceto por um ponto fraco.

Margarida de Anjou desembarcaria com o filho. O reino inteiro parecia saber que isso aconteceria, embora ninguém soubesse dizer quando ou onde ela poria o seu pezinho delicado em solo inglês. Eduardo sabia que não podia ignorar a mãe nem o filho. Margarida já resgatara o marido uma vez. Com o exército de Warwick, o desembarque poderia se tornar uma poderosa rebelião no sul, poderosa a ponto de colocar abaixo as muralhas de Londres.

Ele levantou a cabeça ao ouvir os passos de um mordomo. O homem se abaixou sobre um dos joelhos na outra ponta do quarto, a cabeça curvada.

— Vossa Alteza, os lordes Gloucester e Clarence o aguardam na sala de audiências.

— Ou foram impacientes demais para esperar — acrescentou Ricardo atrás dele ao entrar. — Um ou o outro, com certeza.

O mordomo se levantou, confuso, e Eduardo o dispensou.

— É manhã, noite ou a manhã seguinte? — perguntou, hesitante.

— É manhã da Sexta-feira da Paixão, irmão, algumas horas depois de eu tê-lo visto pela última vez. Então, estava sonhando? Espero que tenha conseguido descansar um pouco para restaurar o humor, porque tenho notícias.

— Estou morto de fome, isso eu sei — disse Eduardo enquanto bocejava. — Há cozinha aqui. Peça que me mandem alguma coisa antes que eu mingue até me tornar uma sombra.

Ele sorriu para os irmãos enquanto falava, então se levantou e se alongou como um mastim, puxando a ombreira que não conseguira tirar na noite anterior.

— Esta maldita coisa estava me espetando. Eu de fato sonhei... com uma lança enfiada bem aqui.

Ricardo balançou a cabeça.

— Não diga isso, irmão. Não hoje, quando Cristo sofreu o mesmo ferimento. Devo esperar, então, que você se vista e coma?

Eduardo suspirou.

— Não. Muito bem, pode contar. O rei Henrique morreu à noite?

Ricardo ergueu as sobrancelhas, e Eduardo deu uma risadinha.

— O que mais faria vocês virem correndo me acordar? — Ele olhou de um irmão para o outro. — Então...?

— O exército de Warwick foi avistado, Eduardo, vindo para o sul. Eles chegarão a Londres amanhã à noite.

Eduardo baixou os olhos um momento, pensativo.

— Isso é um pouco lento. Será que se retardou para buscar canhões de sítio? Deve ser isso. Esse meu velho amigo adora armas longas, lembra? Sempre pôs mais fé nelas que nos homens sob seu comando. Ele espera que eu me esconda atrás das muralhas desta bela cidade.

Então ele levantou a cabeça, os olhos desanuviados e um sorriso. Ricardo sorriu para o homem que o irmão se tornara, muito mais ameaçador que o enorme pudim branco que fora outrora.

— E você não se esconderá — sugeriu Ricardo.

— Não, irmão. *Eu não me esconderei.* Eu sairei para *encontrá-lo.* Você comandará a minha ala direita, minha vanguarda. Eu comandarei o centro, e você, George... — Depois disso ele se inclinou de lado para observar o irmão. — Se quiser, você comandará a ala esquerda. É uma honra, George. Está disposto a isso?

— Quantos homens você tem, dez mil? — perguntou George de Clarence com voz fraca.

Eduardo viu uma linha de suor reluzente surgir na raiz do cabelo do irmão. Queria sentir pena dele, mas ainda não recuperara a paciência com o irmão fracote. Aquela traição específica o ferira, mais afiada, dolorosa e profunda que a de Warwick.

— Recrutarei alguns rapazes corajosos em Londres antes de irmos, George, não se preocupe! Serei coroado mais uma vez na Catedral de São Paulo, sob o olhar da multidão. Então você terá alguns bons rapazes para lhe fazer companhia.

George de Clarence engoliu em seco, erguendo a mão como se fosse dar uma bênção, embora tremesse. Ele via o estado de espírito desvairado e selvagem nos irmãos e, naquele momento, teve certeza de que isso levaria a destruição a todos eles.

— Eduardo, eu lhe *disse*, Warwick tem o dobro ou o triplo. Ninguém sabe o efetivo correto, além do tesoureiro e dele próprio. É... — Uma ideia horrível lhe ocorreu, e a sua voz ficou tensa. — Será que você não acredita nos números que eu lhe dei? Pedi desculpas por quebrar a minha palavra. Vou me redimir com o tempo, como prometi. Mas comecei quando me juntei a você em Coventry. Levei três mil homens alistados em *minhas* aldeias e cidades, equipados e alimentados com os *meus* recursos. Vai me renegar mesmo assim?

Eduardo lançou um olhar frio para George, que não aguentou aquela avaliação gélida.

— Se não confia em mim, confie no que eu lhe disse! Não foi exagero. Juro pela cruz de Cristo que Warwick tem os números que lhe contei. Uma hoste, Eduardo, uma *hoste*, bem armada e experiente. Ele...

— Irmão, eu acredito em você — interrompeu Eduardo. — Jamais pensei que você mentiria sobre uma coisa dessas... Como poderia, quando a falsidade se revelaria assim que os nossos inimigos ocupassem o campo de batalha contra nós? Não, eu aceito que Warwick e seus aliados tenham um exército maior que o nosso.

Então ele olhou de lado para Ricardo, e Gloucester fez que sim com a cabeça. Clarence sentiu os olhos irem de um lado para o outro, mais uma vez com a sensação de ter perdido alguma comunicação prévia.

— O que foi? — indagou George.

Eduardo deu de ombros.

— Não nego o efetivo de Warwick, George. Mas decidi atacá-lo mesmo assim. Vou me lançar na garganta dele... e vencerei... ou perderei.

— Contra tantos? — retorquiu George. — Você não *tem* como vencer!

— Veremos, irmão — disse Eduardo, sombrio, irritando-se. — Seja como for, levarei nosso pessoal até eles. Ficarei no caminho de Warwick.

Ele girou os ombros e chamou criados para alimentá-lo e banhá-lo, batendo palmas para fazê-los correr. Olhou os dois irmãos ali de pé, George ainda em choque, Ricardo com alguma satisfação obscura que Eduardo não se deu ao trabalho de decifrar.

— Deixarei a esquerda com lorde Hastings, George. Seria melhor ter você comigo no centro. Isso lhe agrada?

George fez que sim como um menino. Os três sabiam que ainda havia uma alternativa: que o duque de Clarence permanecesse em Londres. Eduardo não a ofereceu, e George não podia pedi-la. Por fim, Eduardo sorriu, o bom humor se reafirmando.

— Acho que vou dormir mais um pouco, talvez o resto do dia. Encontrem-me na escada da Catedral de São Paulo ao meio-dia de amanhã para assistir à minha coroação. Tragam... o bispo de Londres, Kempe, não aquele Neville que me coroou antes. Ele não me trouxe nenhum bem. Não, hoje quero um conjunto diferente de presságios. Tragam-me o bom bispo Kempe e uma coroa simples da Torre, um aro de ouro sem adornos. Preparem meu exército e divulguem o chamado aos bons homens que prefiram lutar hoje a depender dos que lutarão para manter a liberdade.

Então Eduardo olhou para a cidade através das janelas altas com caixilhos de chumbo. A luz ficara mais intensa enquanto falava com os irmãos. Ele ainda sentia dor nas articulações por causa da falta de sono, mas sorriu quando os criados trouxeram uma grande banheira de cobre e começaram a enchê-la diante do fogo da lareira. Talvez ele cochilasse por algum tempo na água quente antes de se levantar para lutar pelo seu reino mais uma vez, com a vida e a morte de todos os que amava em jogo.

Weymouth já fora outrora um grande porto antes que a Peste Negra o devastasse no século anterior. Metade da população partira para os poços de cal, e a cidade ainda não era tão próspera quanto antes. Essa fora uma das razões para Edmundo Beaufort, duque de Somerset, tê-la escolhido para o desembarque de Margarida. Não havia espiões tão longe de Londres, e, se houvesse, ele contava com homens na única estrada do leste para interceptá-los, homens com bestas e lenços pretos. Não teve escrúpulos de dizer a esses homens que usassem os meios que fossem necessários. Somerset sabia muito bem da importância da tarefa. Ele estava nas docas de Weymouth e fitava o mar escuro, à procura de qualquer sinal da chegada de um navio, como fizera a semana toda. Cada dia terminava em desapontamento, e ele estava começando a ficar desesperado.

As notícias eram escassas naquela parte do mundo, tão longe das cidades do norte. Somerset só tinha consigo mil e duzentos homens, suficientes para manter Margarida de Anjou a salvo com o filho. No entanto, um único cavaleiro viera de Londres dias antes e lhe dissera que York havia desembarcado. Ele reconhecera o toque de Derry Brewer na exigência ridícula de trocar senhas e contrassenhas com o mensageiro, mas a notícia o fizera esquecer a irritação. Eduardo de York e Ricardo de Gloucester de volta à Inglaterra, como se o próprio Deus os tivesse posto fora do alcance e cedido, trazendo-os de volta para casa uma última vez.

O pai de Somerset fora morto em St. Albans, junto à Estalagem do Castelo, lutando até o último suspiro pelo rei Henrique e pela casa de Lancaster. Então o título passara para o seu irmão mais velho — um bom homem que tentara dar continuidade àquela lealdade. Acabara executado pela casa de York, por um homem que, segundo lhe disseram, era melhor evitar caso não pudesse chamá-lo de aliado: João Neville, lorde Montacute e irmão de Warwick. A ideia de que Edmundo Beaufort algum dia seria partidário daqueles dois ladrões desgraçados era uma abominação impossível de acreditar. Mas ei-lo ali — e duque, porque o irmão e o pai foram assassinados por uma causa perdida. Ele sentiu um toque sedoso de arrependimento por ter voltado da França. Estaria lá em paz se não tivesse sido seduzido pela notícia de que York fora enfim expulso, forçado a correr com o irmão, duque de Gloucester. Somerset chorara ao chegar à Inglaterra mais uma vez, acreditando que um período amargo e terrível da sua vida havia chegado ao fim. Em vez disso, lá estava ele, aguardando um navio e sua última esperança.

Ele observava o mar que escurecia, com o sol dourado se pondo à sua esquerda, virando a cabeça de um lado para o outro enquanto tentava perceber qualquer coisa diferente no oceano. Quando viesse, ele a notaria de imediato, um brilho de metal captando o resto de luz. Um pedaço da amurada ou uma lâmpada de vidro soprado, ele não sabia. Edmundo Beaufort fez o sinal da cruz e levou aos lábios a moeda que pendia do pescoço numa corrente. Tinha pertencido ao pai e ao irmão, e naquele toque ele os levava consigo.

— Acendam — gritou aos seus homens.

Eles tinham erguido numa viga de carvalho um berço de ferro cheio de palha e óleo. Um trapo em chamas foi levantado e a tocha se acendeu de repente, subindo dois metros na brisa. Todos os que foram tolos o bastante para fitá-la ficaram momentaneamente cegos, mas Somerset mantivera os olhos no mar. Com um sorriso, ele viu um navio de guerra vir em zigue-zague na direção da margem. Tinham visto o sinal e estavam preparados. Deve ter sido um enorme alívio para aqueles que se aproximavam de um litoral que fora a morte de tantos.

Somerset chamou os capitães e mandou que reunissem os homens em fileiras perfeitas ao longo do cais. Contava com uma companhia de arqueiros de prontidão com os arcos, em posição de sentido, enquanto o restante era de soldados bem-treinados, não garotos do campo nem agricultores com um pedaço de ferro afiado. Eles integravam a guarda de honra que levaria a rainha Margarida e o príncipe Eduardo de Gales de volta a Londres. A tarefa do grupo era proteger aquelas duas vidas à custa da própria, se preciso fosse.

Somerset sentiu seu punho se fechar com esse pensamento. A família dele já pagara o bastante, se é que tais coisas podiam ser mensuradas. Ele não tinha filhos homens, o que era como uma coceira que não conseguia aliviar. Se fosse morto, a linhagem de seu pai seria interrompida para sempre. Somerset odiava os homens de York, que tanto tinham destruído para satisfazer à própria ambição, a um custo tão alto, e eles em si tão pequenos que não conseguiam espiar por cima da borda de tudo que tinham arruinado. Isso ardia dentro de Edmundo Beaufort, de modo que mal suportava viver.

Enquanto ele observava, o navio de guerra francês hasteou as cores de Lancaster, mas então baixou as velas e ficou à deriva, a menos de meio quilômetro da costa. Com o sol já posto, a escuridão caíra sobre eles. Beaufort espichou o pescoço para enxergar e suspirou ao ver um barco ser baixado e os pontinhos brancos das ondas em movimento.

As ondas aumentavam, sopradas até formarem espuma num vento que se transformava numa ventania. Ele conseguia imaginar a costa negra feito piche nesse momento, além da tocha que acendera — uma mera fagulha na escuridão. Somerset supôs que o capitão francês preferisse o navio ancorado em segurança a correr o risco de se aproximar. Talvez fosse sensato, tendo em vista quem levavam. Somerset aguardou até ter certeza de que o barco carregava a âncora e não aqueles que viera escoltar. Ele escutou o barulho forte da água quando a lançaram, mas o som se perdeu no uivo do vento.

— Descansar, cavalheiros — gritou aos capitães. — Deixem alguns rapazes aqui, mas voltarei à estalagem. Acho que não desembarcarão com essas ondas. Retornem antes do amanhecer, se possível. Eles pisarão em terra amanhã.

Ele estremeceu e fez o sinal da cruz ao dar meia-volta. O mar podia virar num instante, de brisas suaves e ondas leves para um lençol aterrador de ferro agitado, tão cheio de fúria e maldade que deixaria um homem sem fôlego.

Eduardo foi coroado pela segunda vez naquele Sábado de Aleluia, numa cerimônia notável pela brevidade, embora os bancos estivessem lotados na Catedral de São Paulo. Ele aceitou o aro de ouro pressionado na sua testa pelo bispo Kempe, o clérigo ainda parecendo bastante desconcertado, mas respeitoso. A Igreja apoiara York; não poderia se recusar a apoiá-lo de novo, apenas meses depois de Eduardo ter reinado em paz e sido expulso por traidores.

O rei Eduardo saiu para ser visto pelo povo de Londres e ficou satisfeito ao encontrar tanta gente nas ruas em volta. Alguns eram seus próprios homens, claro, mas Ricardo parecia contente, e havia alguns rostos novos pedindo uma lâmina e um lugar nas fileiras.

Enquanto a tarde se esvaía, eles absorveram a urgência de Eduardo, que verificava, inquieto, a armadura, as armas e os escudeiros. Ele se movia e falava como se não pudesse esperar nem mais um segundo para estar na estrada. A mulher, o filho e as filhas tinham sido tirados do santuário sãos e salvos. Henrique fora posto de volta na antiga cela da Torre, e Eduardo usava uma coroa mais uma vez. No fim das contas, fora um bom dia.

Só restava procurar aqueles que tinham se voltado contra ele e ainda andavam livremente pelo seu reino com ferro nas mãos e sem o direito de caminhar pelas estradas. Ele estava de cara fechada quando finalmente convocou os homens. A ordem de "preparar" foi gritada por todas as fileiras, repetida por rapazes de Londres em sua empolgação até parecer que a cidade inteira tremia com a ordem.

Enquanto Eduardo montava seu corcel, o sol se afundava no oeste. Ele viu os dois irmãos passarem a perna por cima da sela, um de cada lado, ajustando-se e arrumando capas e bainhas. Era um consolo ter os dois ali.

— Chegamos muito longe — comentou Eduardo com Ricardo. — Não acho que seja o fim, mas, se for, sei que o nosso pai estaria orgulhoso de você. Sei que eu estou.

Ricardo de Gloucester estendeu a mão, e Eduardo a pegou com ferocidade.

— Deus ama gestos grandiosos, Eduardo.

— Assim espero — respondeu o rei.

Ele olhou para suas linhas de homens, em pé com sombras longas se estendendo, esperando em fileiras pacientemente que Moorgate se abrisse mais uma vez.

— Abram o portão — gritou Eduardo. — Ergam os meus estandartes. Por York.

18

Com a decisão vital tomada, Warwick se sentiu livre para impelir rapidamente suas forças pela Grande Estrada do Norte até Londres. Se devesse algum resquício de lealdade a Eduardo de York, Ricardo de Gloucester ou mesmo àquele idiota do genro George de Clarence, ele o pagara até o último centavo deixando-os passar em Coventry. Sua consciência estava leve. O passado fora expurgado, e só restava o que havia à frente. Era uma sensação agradável, como um navio que cortasse o cabo da âncora e flutuasse livremente. Todo o passado eram cinzas. Agora ele via isso.

Só um tolo faria planos antes de enfrentar Eduardo de York no campo de batalha, então ele não os fez. Contava com uma força imensa e levava bons canhões das fundições de Coventry, que seriam puxados a passo rápido por parelhas de pôneis. Seus comandantes — Exeter, Oxford e Montacute — tinham todos experiência em combate. Ele sabia que não dariam quartel se ele pedisse.

Desta única ordem ele recuou. Eduardo proibira a tomada de prisioneiros em Towton, condenando milhares de potenciais sobreviventes a serem massacrados naquela grande matança. A lembrança do chão encharcado de sangue e neve até onde os olhos alcançavam ainda o perturbava. Às vezes ele acordava do sonho com as mãos erguidas para se proteger do ataque. Sabia que os homens não se oporiam, se ele assim ordenasse. Era mais fácil para os soldados matar numa selvageria desumana, muito mais fácil que usar a racionalização humana e mostrar controle. Ele poderia exigir que as rédeas fossem cortadas, que se soltassem todos os freios e peias. A ordem seria bem-recebida.

Quando fora inocente, quando fora bom, isso havia se voltado contra ele. Quando se colocara ao lado de Eduardo e firmara a mão dele, recusando-se a permitir que matasse o rei Henrique, Margarida usou o marido como símbolo e levantou o reino inteiro contra eles. Quando mantivera Eduardo prisioneiro e não lhe cortara a cabeça, sua recompensa fora ver Eduardo restaurado, e ele, exilado. Diziam até que o velho duque de York saíra do Castelo de Sandal para salvar o pai de Warwick. O resultado de tal ato de coragem e amizade fora a execução — e a cabeça dos dois em espetos de ferro. Durante quase vinte anos, mostrar misericórdia ou defender a honra levara a desastres. Não aceitar resgate, assassinar prisioneiros amarrados — deleitar-se com massacre e sangue nas mãos — levara a vitórias e mais vitórias.

Warwick não podia desfazer o momento de loucura quando se contivera em Coventry. Fora o pagamento de velhas lealdades e antigas dívidas — que estavam pagas. Se ainda o observasse — e ele esperava que não —, o espírito de seu pai estaria satisfeito. A Grande Estrada do Norte foi mais uma vez percorrida, e Warwick inspirava o ar bom enquanto trotava na montaria. Sentia-se renovado. Estivera em guerra durante metade da vida, e isso o consumira e o diminuíra. Ele estava cansado disso.

Warwick ficara surpreso por não ter flagrado os filhos de York na estrada, pelo menos a princípio. Acabou percebendo que Eduardo correra à toda para a cidade, forçando os homens à exaustão e a lesões só para atingir a capital. Exeter assumira uma postura de frio desagrado quando compreendera a oportunidade perdida. O jovem duque não atacaria Warwick diretamente, mas fazia questão de deixar claros o desdém e o desprazer para que toda a coluna visse, com metade dos homens cochichando que Warwick deveria ter detido York em Coventry — e nunca deixá-lo passar.

Warwick desejou a todos sorte com aquela capacidade de olhar por sobre o ombro e ver exatamente onde estiveram e que passos deveriam ter dado. Apesar de toda a consciência dos próprios erros, ele sabia que comandar era dar aquele passo único numa sala escura e depois reagir ao que o pegasse e o arrastasse para dentro. Ser responsável pela vida de milhares era sentir uma combinação de assombro, orgulho e soturno arrependimento, tudo misturado. As vitórias eram dele... e os fracassos também. Mas ele não devolveria nenhum momento, nenhum.

O sol se pôs devagar, arauto de uma primavera doce e gentil, toda a rispidez das rajadas do inverno agora uma lembrança, como se jamais tivessem existido. Mas, para os soldados e aqueles que os comandavam, a primavera sempre vinha com a sensação de perigo. Era a temporada dos combates, em que os exércitos despertavam e gastavam a gordura do inverno com golpes duros e quilômetros se desenrolando sob os pés. A escuridão estaria sobre eles quando chegassem às muralhas de Londres, e Warwick mandou tocar a trombeta para deter a coluna. Acamparam um pouco ao norte da cidade de Barnet, para que os homens comessem bem e alguns oficiais pudessem até dormir em camas de verdade e não no chão seco. Mas Exeter mandou batedores e começou a criar turnos de guarda para a noite. Londres ficava a apenas doze quilômetros, perto o bastante para uma marcha forçada e um ataque súbito. Eles não seriam pegos de surpresa.

Quando a escuridão total caiu, as estrelas já brilhavam num céu dolorosamente limpo e desanuviado, o negrume perfeito enquanto esperavam a aparição da lua. As primeiras companhias tinham se alimentado nas carroças do rancho, e as demais reuniam as vasilhas de estanho e faziam fila, a barriga roncando de fome. Os homens se viraram ao ouvir gritos vindo da borda sul do acampamento, olhando desapontados para os caldeirões de guisado e para as pilhas de pão da altura de um homem. Os gritos ficaram mais altos e chegaram mais longe, e os que esperavam comida praguejaram e desistiram, correndo de volta para onde tinham deixado as armas e o equipamento. Os capitães e os sargentos já corriam pelas linhas, gritando "Formar batalhões! Batalhões, formar!" várias e várias vezes.

Warwick sentiu um arrepio percorrer o corpo enquanto montava no escuro, murmurando agradecimentos ao escudeiro que segurava o cavalo e guiou o seu pé até o estribo. Em parte, era porque Warwick sabia que tinha de confiar nos outros. Com tantos homens, ele fora capaz de manter uma reserva na retaguarda dos três batalhões principais. Estivera em Towton e vira o duque de Norfolk investir contra o flanco no momento certo. Era importantíssimo ter uma reserva a ser direcionada aonde fosse necessária, se houvesse homens sobressalentes. Ali, havia — e Warwick ficou com seis mil enquanto Montacute, Exeter e Oxford se formavam através da Estrada do Norte em três imensas companhias, cada uma delas tão grande quanto a sua. Ele tremeu de novo com as lembranças que não paravam de vir. Esquecera algumas com o passar dos anos, mas parecia que ainda estavam lá para voltar e enchê-lo de temor. Vastos exércitos se chocando na escuridão. O verdadeiro terror quando a noite se enchia de flechas, fumaça e metal, e a habilidade por si só não servia de nada. Ele engoliu em seco, aceitando o elmo das mãos do escudeiro e fechando a fivela sob o queixo para que ficasse no lugar. Estava pronto. Embora estivesse escuro e ele montasse o seu cavalo atrás da linha de frente, Warwick mandou erguerem seus estandartes. Dava para ouvir o pano bordado estalando de um lado para o outro, o barulho como o de asas.

Eduardo não havia esperado avistar as forças de Warwick assim tão perto de Londres como em Barnet. A essa altura ele mal se afastara oito quilômetros das muralhas. Era como se os homens que tinham saído da cidade nem tivessem começado a se alongar direito quando os batedores da vanguarda voltaram correndo com a notícia de um imenso exército. O sol estava se pondo quando partiram, e Eduardo esperara usar a estrada larga para marchar quinze ou vinte quilômetros e depois acampar e comer direito. Estava calado e pensativo enquanto trotava, mal erguendo os olhos quando vieram os arautos de Ricardo, à frente dele, e de lorde Hastings, atrás. Os dois cavaleiros aguardaram pacientemente as ordens do rei.

Era loucura atacar no escuro, principalmente atacar um homem com histórico de cavar estruturas defensivas, como Warwick fizera em St. Albans. Por quanto tempo o inimigo preparara o terreno? Só uma ou duas horas já teriam sido o bastante para cavar uma ou duas trincheiras capaz de trazer a ruína para a cavalaria, com as rampas e as pilhas de terra para proteger os arqueiros das flechas que viriam em reação ao seu ataque. Eduardo enfiou a mão por dentro do couro e do pano do elmo para coçar o queixo. Ele percebeu que sentia coceira quando estava sob tensão e se perguntou se sempre fora assim. Fosse como fosse, ele não recuaria. Saíra de Londres para travar combate e encontrara o inimigo esperando-o pacientemente.

— As minhas ordens, cavalheiros — gritou aos dois arautos.

Todos os homens que marchavam ao seu alcance espichavam o pescoço para escutar, tanto que as linhas à frente começaram a se curvar e a sair da rota.

— Não iniciarei um combate na escuridão, mas diga aos homens que se preparem para acordar antes do amanhecer e atacar. Formarei batalhões o mais perto que puder para avançar sobre eles assim que houver luz. Nada de tochas, nada de barulho. Não quero que eles tenham a chance de mirar os canhões enquanto descansamos. Quando a batalha começar, que não se ofereça quartel, que não se aceite resgate. Eu *não* enfrentarei esses canalhas outra vez.

Alguns soldados mais experientes em torno dele deram risadinhas ou murmuraram de prazer ao ouvir isso. Outros repetiram suas palavras para os que ainda não tinham entendido, de modo que ela se espalhou para a frente e para trás da posição. Mesmo nesse momento, todos marchavam. Os batedores, que estiveram cinco quilômetros à frente, voltaram a galope pleno entre os exércitos que tinham avistado. Eduardo tomou a decisão e deu as ordens quando estavam separados por praticamente meia hora na estrada.

As forças de York marcharam pelas ruas silenciosas de Barnet, alegres, mas resignados. Espalhou-se depressa a notícia de que uma grande hoste os aguardava e que, com certeza, eles lutariam pela manhã. Os risos ficaram abafados e a conversa se reduziu a murmúrios ou preces sussurradas.

O exército de Warwick foi avistado fora da cidade, delineado pela Grande Estrada do Norte com pontinhos de tochas. Talvez isso mostrasse que não tinham medo do inimigo que saltara de Londres, ou apenas que comandantes experientes não queriam que a força de York esbarrasse neles na escuridão. A noite era negra por todo lado, e a terra, desnuda, a não ser por algumas árvores e sebes. A estrada subia e descia suavemente, enquanto Eduardo se aproximava, avaliando o ponto. Pouco mais de um quilômetro era suficiente, decidiu. Ele deu a ordem e depois fez uma careta quando ela foi rugida de uma ponta a outra da coluna. Os homens entraram em formação com barulho e estrondo, cada sargento, cada capitão ocupado reunindo os homens que conheciam, organizando as fileiras uma a uma e gritando furiosamente enquanto homens perdidos chamavam os amigos. Era um caos completo, e Eduardo não conseguia ver quase nada, apenas ouvir tudo acontecendo ao seu redor. Só estava contente por Warwick não ter pensado em arriscar um ataque durante aquele período de mais ou menos uma hora. Mas a lua já nascera e começava a subir no céu. Até aquela fatiazinha tornava a noite um pouco mais fácil de suportar.

Eduardo ficou contente por ter proibido que os capitães acendessem tochas quando o primeiro canhão atirou, um estalo barulhento e um ferrão de luz a menos de dois quilômetros. Ele não avistou o projétil nem o ouviu cair, mas de repente a ideia de suportar uma noite sob uma barragem de ferro e fogo se tornou insuportável.

— Chamem os meus capitães... em *silêncio* — ordenou ele aos arautos. — Andem por entre os homens e tragam todos aqui a mim.

Cada homem falou com uma dúzia e eles saíram por sua vez, e pareceu passar pouco tempo até que cem capitães grisalhos estavam em torno do cavalo do rei, aguardando ordens. Ao norte, outros três canhões cuspiram chamas, e todos ficaram tensos ou fizeram o sinal da cruz. Houve uma explosão a algumas centenas de metros e vozes erguidas com medo ou guinchos de dor, logo abafados pelos que estavam em volta. Eduardo baixou a cabeça com raiva, como se já quisesse atacar naquele exato momento.

— Não podemos ficar aqui — declarou.

Ele não conseguia ver se concordavam ou não. Seria loucura dar um alvo ao inimigo acendendo uma tocha, e a noite estava muito escura, de modo que Eduardo falava quase para o ar.

— Poderíamos recuar, mas prefiro avançar na direção das fileiras deles. Se puder ser feito em silêncio, não saberão que estamos lá a noite inteira. Dormiremos como crianças e todos os seus tiros passarão acima de nós.

Ele esperou, e alguns responderam às ordens com um coro de concordância, entendendo que Eduardo não os via assentir com a cabeça.

— Tem de ser feito em silêncio, rapazes — avisou Eduardo. — Se souberem que estamos aqui, ajustarão a mira. Se ficou claro, voltem e falem com os seus homens, mas que saibam que pretendo esfolar quem fizer barulho. Pouco menos de um quilômetro, cavalheiros, antes que se deitem para dormir. Mantenham a formação dos batalhões para que estejamos prontos para atacar pela manhã. Em silêncio e devagar é a ordem por enquanto. Em silêncio e devagar.

Os homens mais experientes não apresentaram objeções, e alguns até deram risadinhas com a ideia de ficar em segurança sob as asas de um inimigo que atirava para o alto. Mas seria uma posição tensa a manter. Na verdade, era bem pouco provável que qualquer um deles conseguisse dormir.

— Atacaremos à primeira luz — prometeu Eduardo.

Deslocar dez mil homens no escuro já era um desafio, embora pelo menos não houvesse resistência à ideia. Ninguém queria ficar esperando uma bola de pedra ou ferro vir rasgando uma fileira. Eles avançaram fileira a fileira, arrastando os pés, confiando que os da frente calculariam a distância a ser caminhada. No fim, Ricardo de Gloucester encontrou uma elevação logo à frente, a uns quinhentos passos da linha de tochas do exército de Warwick. Ficava por pouco fora do alcance das flechas, e a própria elevação não passava de um aclive bem suave. Não os retardaria em marcha, mas permitia que se deitassem no chão, sobre o capim da primavera que crescia em torrões e montinhos, e encontrassem um lugar para dormir com insetos se esgueirando sobre eles no negrume.

O fogo dos canhões continuou a noite inteira, passando por cima deles sem ameaçá-los. O exército de York se deitou em três grandes batalhões, aguardando a manhã.

Margarida não se incomodara com a agitação das ondas. Fora agradável sentir de novo que não tinha nada a temer do mar — e que seu filho sentia o mesmo, parecendo não se incomodar com o vento insistente ou com os solavancos do convés. Ela vira a tocha erguida para guiá-la na noite anterior, o coração batendo forte ao avistá-la. Mas o capitão havia se recusado a aportar e não permitiria a autoridade dela sobre ele quando o assunto era conduzir o navio. Margarida fora forçada a observar com frustração o homem buscar ancoradouro. A costa estava bem ali! Quase poderia ter nadado até ela. Suportara anos de exílio, engolira mil pequenas inconveniências e verdadeiras humilhações. Conhecera as dívidas, a pobreza e a vergonha de depender totalmente da generosidade de alguém que, a qualquer momento, poderia deixar de se importar se ela vivesse ou morresse. Mas aquela última noite fora a mais difícil de todas, com o litoral da Inglaterra ali no escuro, com uma grande torrente de luz erguida para ela — e um comandante francês que só daria ouvidos às suas súplicas quando voltasse a ver o sol.

Foi uma noite de sono perturbado e sonhos ruins. O filho Eduardo passou a maior parte acordado, até treinando um pouco com um dos cavaleiros que o rei Luís mandara. O barulho das botas de ferro no convés acordou Margarida do cochilo, e ela se sentou, ainda vestida, na pequena cabine fétida. Uma luz fraca e esbranquiçada se insinuava, um brilho pálido da aurora que a fez respirar fundo e chamar uma criada para ajudá-la a atar as botas. Margarida saiu para o convés ainda corada, tremendo de imediato na brisa. O mar se acalmara à noite, e ela viu que o capitão sorria e o barco era levado ao longo da costa.

Cedo assim, o litoral estava escondido na neblina que redemoinhava com a brisa do mar, exibindo uma mancha verde ou branca, como uma menina que girasse o vestido e deixasse ver vislumbres das pernas. Margarida sorriu. Era tão nova quando havia visto aquela costa pela primeira vez — a primeira terra que não era a França!

— Segure a minha mão, mãe — disse Eduardo ao seu lado, estendendo-lhe o braço. — Ainda há um pouco de vida nas ondas, de acordo com o capitão Cerce.

Margarida permitiu que o filho jovem e forte a conduzisse pelo convés até a abertura na amurada e o barco que caturrava lá embaixo. Aquela visão era mesmo um tanto angustiante, mas ela se forçou a sorrir e inclinar a cabeça para o capitão, embora o achasse um sujeitinho pomposo.

Eduardo foi na frente e ficou no barco para guiar Margarida com segurança na descida. Sendo solícito com a mãe, fez questão de que estivesse devidamente instalada antes de pegar alguns dos baús que Luís dera à sua causa. Um ou dois estavam cheios de bolsas de dinheiro, Margarida sabia. Ela esperava não precisar deles, mas ainda assim já fora bastante pobre para sentir conforto com o peso.

Por fim, o filho ocupou o próprio lugar. Haveria meia dúzia de viagens naquele dia para levar o restante de seus pertences e os escudeiros que os guardavam no convés, fitando o príncipe de Gales como se tivessem sido abandonados. O fato de que Margarida desembarcaria já bastava. Ela perscrutou as docas à frente conforme elas pareciam crescer através da neblina. Havia soldados lá, e seu coração se apertou de medo, embora Somerset tivesse içado os próprios estandartes bem alto à frente para tranquilizá-la. Beaufort era um bom homem, recordou ela. Como tinham sido o pai e o irmão. A guerra tirara tanto, destruíra tantas famílias. Ela só podia torcer para que tivesse voltado para ver seu fim.

Havia degraus de pedra no cais, e Margarida observou o filho pular até eles com facilidade e depois lhe estender a mão. Os marinheiros franceses recolheram os remos e descansaram, ofegando um pouco por causa do esforço. Margarida avançou e ergueu os olhos para ver o duque de Somerset à espera, belo em sua armadura.

— Bem-vinda ao lar, milady — saudou Edmundo Beaufort.

Ele se ajoelhou e baixou a cabeça quando Margarida subiu no cais e sentiu a Inglaterra sob os calcanhares pela primeira vez em quase dez anos.

19

Durante a noite, a neblina densa aumentou nos campos, instalando-se feito neve soprada pelo vento. Os batedores, que não conseguiam mais ver uns aos outros assim que se afastavam mais de dez passos, informaram devidamente o perigo aos sargentos. As estrelas sumiram e tudo ficou na completa escuridão, como se tivessem caído num poço. Apenas o rugido dos canhões ainda em ação de Warwick iluminava o negrume um instante, deixando manchas de luz dourada e verde dançando. As guarnições dos canhões desperdiçaram pólvora e projéteis durante toda a madrugada, sem jamais descobrir que o inimigo estava quase na sombra deles.

Eduardo tentou dormir e passou ao menos um tempo fingindo, para que os homens o vissem calmo e despreocupado. No entanto, foi com alívio que se levantou, depois de tanto tempo deitado imóvel. Não conseguia ver o sol, seu símbolo pessoal. Nenhum brilho amarelo surgia através da manhã nublada, apenas a brancura eterna de umidade e frio.

O simples ato de ficar de pé trouxe à vida o exército em torno dele, erguendo-se do chão onde estivera deitado. Alguns precisaram ser sacudidos para acordar, mas a maioria estava pronta como nunca. Os homens sabiam o que aconteceria e a vantagem que tinham obtido quando se esgueiraram para perto do acampamento inimigo.

Sempre havia barulho quando homens e cavalos se preparavam para a guerra. Os animais bufavam, mãos fortes mantendo a cabeça dos animais baixa para que não chamassem uns aos outros. Os homens escorregavam e praguejavam em voz alta, enquanto cotas de malha e placas de armadura retiniam como sinos tocando. Eles estavam de pé, a expressão fechada, nervosos mas resolutos enquanto aguardavam o toque das trombetas. Então fizeram o sinal da cruz, erguendo os olhos para um céu que não conseguiam ver.

As trombetas soaram, e os arqueiros nas duas alas de York dispararam flechas, seis por minuto com boa mira, dez por minuto, sem. Havia apenas centenas deles, mas despejaram milhares de flechas na brancura e receberam como resposta gritos e o som de armaduras se chocando.

A essa altura os homens de Warwick já sabiam onde eles estavam — e que estavam perto. Uma chuva de flechas começou a sair das névoas sobre as linhas de York, derrubando os homens enquanto avançavam. As pontas de ferro retiniam nas armaduras ou atingiam escudos erguidos que reduziam o tamanho do alvo. Algumas encontraram lacunas, e cavaleiros se curvaram e cavalos desmoronaram devagar para a frente, as patas dianteiras cedendo. Mas as saraivadas foram mal miradas, e a maior parte passou por cima. A resposta veio dos cem bombardeiros flamengos dispostos diante de Eduardo, um estalo compacto de tiros que lançaram bolas de chumbo girando na neblina. Em torno deles, subiu uma nuvem mais espessa, manchada de cinza. Vieram gritos de agonia em resposta, e eles não cessaram.

Os arqueiros de York guardaram apenas algumas flechas de reserva cada enquanto comemoravam com vozes ásperas e recuavam para a retaguarda, zombando dos bombardeiros estrangeiros por conseguir tão pouco. Enquanto eles partiam, três grandes batalhões avançaram às pressas, forçando o ritmo, cada homem se concentrando na fileira da frente para não cair nem ser pisoteado.

Esse era o terror inicial daqueles que marchavam na neblina: tropeçar, cair e todos os homens de trás passarem por cima. Eles olhavam para o chão enquanto avançavam, segurando com firmeza alabardas e achas, machados e espadas. Apenas as primeiras fileiras olhavam para a frente, e, quando viram homens se agrupando para resistir ao seu avanço, rosnaram. Era um som de violência, ameaça e desafio animalesco a outro homem. Fazia o coração bater mais forte e deixava para trás todas as restrições mesquinhas da vida mundana. Eles portavam ferro e matariam qualquer um que se colocasse contra eles. Isso seria a ruína de muitos, que não poderiam voltar para casa. Outros receberiam um orgulho particular que guardariam como um tesouro — e o restante seria deixado morto no campo.

Houve resposta ao rugido. Perfuradas e sangrando por causa das flechas sibilantes, as fileiras de Warwick estavam lá, na neblina, de pé com as armas erguidas, prontas para eles.

Ricardo de Gloucester montava seu corcel na terceira fila da ala direita do irmão. Sua companhia seria a primeira a alcançar o inimigo, à frente do restante, com os cavaleiros mais fortes e os capitães mais experientes. Somente os arqueiros defendiam o terreno mais adiante, e já haviam lançado suas flechas sobre um inimigo que não viam e trotado para trás logo em seguida.

Chegara a vez dele. A ala de Ricardo de Gloucester era o martelo de York, prestes a golpear. Ele estava exultante com a responsabilidade, aos 18 anos, de armadura completa e com apenas uma fenda para a visão. A neblina envolvia tudo, girando feito um líquido branco enquanto homens saíam dela e suas fileiras se chocavam. Mas Ricardo não podia erguer a viseira. Bastaria uma flecha, uma única lança arremessada, e ele tombaria em sua primeira batalha. Em vez disso, forçou o cavalo a avançar, sentindo cada impacto quando o peito blindado do animal atingia os homens e os derrubava ou os deixava no caminho da sua espada. O ombro ardia, e sentia espasmos de pura agonia no pescoço, como se estivesse em chamas, mas ele golpeava, matava e esmagava, sentindo-se forte, forte como nunca achara que poderia ser.

Eles não podiam tocá-lo. Não podiam derrubá-lo. Ele esmagou homens que rugiam, derrubando-os com ferimentos terríveis, e então passou por ele um cavaleiro de armadura, numa montaria tão imensa quanto a dele. O cavaleiro ergueu uma grande maça de ferro com espetos pontiagudos projetados para romper elmos e os crânios que protegiam. Ricardo o feriu sob a ombreira e atravessou a articulação, e o braço direito do homem pendeu mole. Ele levou a espada num arco para atingir o pescoço do cavaleiro, fazendo suas mãos tremerem e se debaterem quando alguma parte vital do sujeito se quebrou. O cavaleiro deslizou para o lado e desapareceu entre os homens que marchavam lá embaixo.

Gloucester fincou os calcanhares na montaria, forçando o animal a passar pelo cavalo sem cavaleiro. Mal podia acreditar em quanto movimento havia. Tinha visto os estandartes de Exeter contra ele e sabia que Henry Holland não lhe abriria caminho, mas mesmo assim a ala avançava passo a passo, como se ninguém conseguisse segurá-la. Ele não entendeu como, até a neblina se erguer à frente, então viu que sua grande companhia atravessara a linha de Exeter. Por pura sorte, seu acampamento ficara além do flanco externo da ala de Warwick.

O primeiro avanço dera a volta e se tornara um ataque de flanco na investida inicial, aterrorizando os homens que se viram atacados por duas direções, como se tivessem sido emboscados. A neblina havia feito aquilo funcionar, e Ricardo fincou os calcanhares no cavalo com deleite repentino. Ele rugiu um desafio e matou outro soldado que ergueu um machado para acertar sua coxa.

— Avancem! Avancem! — vociferou para os capitães. — Flanqueiem! Deem a volta no campo.

Nada era mais assustador para combatentes que sentir todo o batalhão ser empurrado para trás, tentando manter a formação. Cada passo de falha e retirada prejudicava o moral, de modo que eles podiam se partir a qualquer momento — e seriam massacrados quando corressem. Isso era tudo o que os mantinha em formação: saber que fugir, que alimentar o terror que subia em cada homem enquanto sentiam o exército ceder, significaria a morte. Mas o medo aumentava, e o branco dos olhos aparecia enquanto eram forçados para trás, um passo de cada vez.

— Avancem! — ordenaram os capitães de Gloucester, exibindo os dentes de alegria.

Sabiam que tinham rompido a ala. Se a neblina se desfizesse, veriam como estava o restante do campo de batalha. Até então, estariam por conta própria, perdidos e lutando com fúria, medo e triunfo.

A neblina fez Eduardo se lembrar dos primeiros momentos de Towton, a proximidade aterrorizante da umidade branca que parecia pressionar o rosto e a garganta. Com a viseira abaixada, não conseguia respirar; então a ergueu e respirou o ar com cheiro de ferro.

Da altura do corcel, ele já deveria ter uma noção de como se desenrolava a batalha, mas a neblina o deixava cego, e ele sentia o pânico crescer no peito. Eduardo rugia ordens para um lado e para o outro da linha, gritando "Avançar!" para os capitães e sargentos, que impeliam os homens à frente. Ele sentira a investida da ala do irmão Ricardo pelo modo como ela pressionava sua própria formação. Sempre que a neblina se agitava, ele via que o batalhão à sua direita seguira em frente como uma lança. Isso colocava pressão no centro para avançar com eles.

Mas, na ala esquerda, lorde Hastings fora forçado a recuar quase na mesma velocidade. Eduardo chegara a ter um vislumbre dos estandartes de Oxford lá, avançando alegremente, drapejando acima das fileiras. Ele sentiu que estava virando como se fosse o centro do campo de batalha, forçado para o sul de um lado e para o norte do outro. Todo o batalhão do centro teria de virar sem sair do lugar, senão perderia contato com ambas as alas e ficaria isolado.

— Virar para a esquerda! — gritou Eduardo, enfim. — Centro de York! Capitães! Virar para a esquerda sem avançar! Em marcha lenta.

Teria sido uma manobra difícil no pátio de treinamento. Tentar virar três mil homens ao mesmo tempo enquanto lutavam o fez morder o lábio de preocupação com tanta força que sentiu o gosto do próprio sangue. Estivera em desvantagem numérica desde o princípio. Agora a ala esquerda havia desmoronado, ainda desmoronava, com os homens de Oxford rugindo ao avançar e Hastings ficando para trás.

Rumo à terceira fileira, onde ele estava sobre o cavalo, disparavam os mensageiros de Eduardo, ofegantes, gritando, cortando formas no ar com as mãos enquanto tentavam descrever o que tinham visto. Ele puxou as rédeas, olhando para a esquerda e para a direita enquanto entendia o que era dito. No escuro, seus homens tinham ocupado uma posição onde os flancos direitos se sobrepunham, sem enfrentar ninguém na extremidade mais distante. Num dia normal, teriam se ajustado enquanto lutavam, mas a neblina tornara isso impossível. As duas alas direitas tinham se dobrado no ataque, e o resultado era uma roda gigante, dois exércitos virando lentamente numa espiral, deixando sangue e osso pelo caminho.

Era tarde demais para tirar proveito daquele acidente. Eduardo viu sua ala esquerda se romper, e os homens de Oxford, os mesmíssimos soldados que ele fizera fugir dias antes, vieram com tudo, uivando feito lobos atrás de veados, perdidos na fúria e liberando a vontade profunda e incansável de matar. Não havia liberdade tão terrível nem tão exaustiva. Eduardo se recordou do horror e do prazer daquilo e sentiu todo o seu corpo tremer e se arrepiar.

Ele viu uma grande inundação, uma torrente de homens correndo e ondulando juntos, toda a coragem esvaída. Eduardo berrou novas ordens aos capitães mais próximos, mas eles não podiam deter a maré, e dois ou três mil romperam a formação e correram feito lebres. Atrás deles, vieram os cavaleiros de Oxford, uns quarenta, mais ou menos, com espadas longas para golpear e torcer, movendo-se depressa para pegar mais um. A matança começava, e Eduardo também se lembrou disso em Towton. Ele não conseguia suportar, e a resposta foi reforçar com lanças a ala esquerda atrofiada e depois se deslocar para dar apoio ao irmão Ricardo. A ala esquerda de Eduardo tinha sido rompida e seria feita em pedaços. Não havia nada que pudesse fazer além de avançar na neblina.

— Avancem! — berrou, a voz como o sopro de um canhão. — Eles estão nas nossas mãos! Avancem!

Era loucura e mentira, mas os que aguardavam seu comando se esforçaram ainda mais, numa grande fúria de golpes, esgotando-se. Entraram pela lacuna que abriram, e a ala direita de Ricardo de Gloucester ainda pressionava à frente com ordem. O difícil era mantê-los à vista.

Os homens de Exeter não foram derrotados, mas mortos fileira a fileira, atacados pela frente e pelo flanco. Era um trabalho feio, desprezível e cansativo, mas Ricardo vira o próprio Exeter cair, os estandartes ondulando. Os homens de Gloucester tomaram ânimo com isso e forçaram a roda a girar ainda mais. A neblina transformava tudo num caos, e eles só podiam esmagar paus e ferros no rosto dos que os enfrentavam, vê-los cair e dar um passo à frente, pisoteando-os para que não pudessem se levantar outra vez.

João de Vere, conde de Oxford, considerava-se um cavaleiro matador. Ardia de orgulho frio enquanto seus homens venciam e arruinavam toda a ala esquerda do exército de York. Tudo o que ele via na neblina era do seu agrado: um inimigo forçado a recuar, seus homens triunfantes e derrubando tudo diante deles. Ele levou o cavalo a passo sobre o terreno coberto de sangue, e até a neblina parecia tingida de rosa enquanto avançava. Quando a ala de York se rompeu, ele uivou como um lobo, com as mãos em concha junto à boca, imitando o chamado da matilha enquanto fincava os calcanhares na montaria. Era um antigo sinal de caça, e os homens que vieram das suas propriedades pessoais repetiram o som com alegria selvagem, forçando o avanço para aproveitar a vantagem.

Os soldados de York sob o comando de lorde Hastings passaram de inimigo determinado que relutava a cada passo cedido a homens em fuga, exibindo as costas. Os perseguidores deram um grito que fez o medo deles aumentar ainda mais. Não eram mais iguais, e sim presas caçadas. Os homens de Oxford avançaram brandindo as armas de cabo longo, como colhedores em campos de cereais.

Na grande corrida avante, Oxford cavalgou ao lado dos seus homens, com risadas e uivos, mergulhando a espada longa no pescoço dos soldados que corriam dele. Oxford tinha boa mão para matar javalis dessa maneira e percebeu que apreciava o desafio. Os homens se esquivavam e levantavam as mãos, dando-lhe uma oportunidade rara de testar sua habilidade. Ele os fazia rolar e berrava de triunfo com as estocadas eficientes que os derrubavam de forma limpa, num único golpe, e franzia a testa quando a lâmina escorregava e ele cortava a carne como um açougueiro. Esses ele deixava para os outros como antiesportivos.

Oxford estava tão envolvido no desafio de seus cortes que mal percebeu o tanto que se afastara da batalha. Só ergueu os olhos para a neblina cinzenta quando o cavalo escorregou numa rua calçada. Ele sibilou uma praga para si mesmo. Perseguira a tropa derrotada até os limites da própria Barnet, a cidade um labirinto de becos e ruelas que levaria um século para vasculhar, como se arrancasse lesmas da concha com um alfinete.

O conde ouvia o barulho de botas nas pedras ao redor e até os grunhidos e arfadas de pessoas lutando. Era impossível distinguir amigo de inimigo, e ele teve uma visão súbita de que seria cercado e derrubado que o fez estremecer. Não gostava de deixar uma força de homens às suas costas, mas o inimigo fora de fato derrotado, e Oxford tinha certeza de que metade tinha morrido na corrida desembestada. Ele franziu os lábios e puxou um lenço para limpar gosma da lâmina da espada. Ficou irritado quando o pano agarrou em lascas e arranhões, provavelmente profundos demais para polir. Ele estalou a língua e depois gritou suas ordens para a neblina em volta.

— Formar! Homens de Oxford! Formem à minha volta mais uma vez em boa ordem! Capitães e sargentos, reúnam os homens aqui! Homens de Oxford!

Houve respostas em volta, e os homens pararam, ofegando muito por causa do esforço. Muitos estavam de olhos arregalados e salpicados de sangue, chocados com o que tinham feito. Outros riam e sorriam, contentes por ter vivido e matado. As linhas voltaram a se formar devagar e com algumas caras feias quando os homens perceberam que voltariam ao perigo. Um ou dois deles gritaram o que Oxford deveria fazer consigo, e o resultado foram capitães e sargentos furiosos patrulhando as linhas mal-ajambradas, dispostos a quebrar a cabeça de quem insultasse seu senhor. Oxford era o proprietário das terras de quase todos os próprios oficiais, o que significava que o apoiariam em qualquer situação. De qualquer modo, aqueles homens de cabelo grisalho não tinham tempo para quem berrava insultos na segurança da multidão.

Uma leve brisa tinha surgido, dando-lhes esperança de que a neblina se desfaria enquanto marchavam de volta rumo à batalha. A sensação de estarem cercados piorara, tornando estranhamente difícil para alguns respirar, então ofegavam até para andar, como foles trabalhando.

O próprio Oxford ocupou uma posição na segunda fileira, cavalgando com orgulho ao lado de uma dúzia de homens. Congratulou os que conhecia; na verdade, eles tinham motivo de estarem orgulhosos. Tudo o que ele desejava naquela manhã era a oportunidade de atingir um dos filhos de York. Se não conseguisse, esperava atacar a bagagem ou as reservas do falso rei. O melhor de tudo seria a retaguarda do batalhão central de Eduardo. Seria a resposta às orações, e havia uma boa chance de conseguir. Oxford sabia que seus homens estavam pouco mais de um quilômetro atrás do campo de batalha. Ele tinha de manter a rédea curta para impedir que sua montaria, que sentia a empolgação dele, empinasse.

— Procurem o Sol em Chamas! — gritou aos homens. — Passem a notícia se virem o inimigo!

A insígnia da sua família era uma estrela dourada com seis raios ondulados. Seus homens a usavam em broches de estanho e nos grandes estandartes que balançavam em mastros altos. Ele pensou em como era parecido com o símbolo de Eduardo. Tanto chamas quanto raios de luz podiam queimar.

Oxford ouviu gritos agudos de medo e confusão soarem à frente, embora não os entendesse. Seu dever era voltar à batalha, e ele não se esquivaria depois de uma única ação bem-sucedida. Instou os homens a avançar, embora o ar se enchesse repentinamente de flechas e alguns dos que estavam em torno caíssem com grande estrondo.

— Traição! — ouviu ele à frente, o grito dado por vozes em pânico.

Oxford fincou as esporas no cavalo, fazendo mais sangue pingar. A montaria se precipitou adiante, derrubando seus próprios homens naquela urgência.

— Que grito foi esse? Que traição? — perguntou ele aos capitães.

Eles só puderam dar de ombros na névoa, mas o grito continuou, alto e repetido. "Traição! Traidores!"

— Quem é esse homem? Quem grita? Oxford aqui! Homens de Oxford!

Os capitães berraram o seu nome várias vezes, mas havia um grande tumulto à frente, e tudo o que Oxford conseguiu fazer foi forçar o avanço para chegar lá.

A chuva de flechas minguou, e ele viu seus homens massacrando uma massa de arqueiros.

— Meu Deus, que sejam reservas de York — murmurou Oxford.

Ele fizera maravilhas naquele dia. Poderia fazer ainda mais. Não havia como entender os gritos de traidor e traição que ficavam mais altos a cada momento. Ele se esforçou para enxergar através da névoa e depois desmoronou na sela com uma sensação crescente de horror.

A batalha inteira havia girado enquanto ele refizera as fileiras perto de Barnet. A volta das linhas continuara com esforço lento e trabalhoso. Em vez de a retaguarda de York, os homens de Oxford tinham atacado o centro dos exércitos de Warwick, seu próprio lado. Oxford viu o estandarte de Montacute cair, e seus homens ainda assim avançavam, desaparecendo na neblina, incapazes de parar, embora alguns gritassem e agitassem os braços em negação.

O efeito da queda de Montacute foi que todo o centro de Warwick cambaleou — e Eduardo de York investiu pelo meio da confusão. Deram a ele uma oportunidade única, e o homem não hesitou. Seus guerreiros formaram uma grande lança e cortaram e golpearam para abrir caminho através dos homens de Oxford e Montacute já em pânico, sem saber para onde ir nem como se afastar do abraço assassino dos aliados.

Warwick ouviu um rugido longo e rouco subir em algum ponto à frente dele, como ondas se quebrando numa praia de cascalho. A maldita neblina impossibilitava saber onde deveria atacar com a reserva, mas sem dúvida o momento viria. Ele tinha seis mil homens descansados e sem identificação, às suas ordens.

— Avançar para o centro — gritou ele.

Sua ordem e seu exército. Não pôde reservar um pensamento para o destino do irmão João onde a luta parecia mais intensa. Sempre que a neblina se agitava, Warwick virava a cabeça e observava o máximo possível antes que a brancura grudenta voltasse e o deixasse com o que vislumbrara. A ala direita tinha sido despedaçada por Gloucester. Warwick via fileiras em movimento rápido se fechando sobre seu flanco enquanto tentava reforçar o centro. Foi uma decisão violenta, mas ele estava pondo os homens no caminho de um ataque duplo.

— Lanças ao flanco! Rechaçar... o flanco! Erguer piques e lanças ali!

Os sargentos repassaram a ordem. Era tudo o que podia fazer: apresentar uma borda eriçada para os que tentassem ultrapassá-la. O centro teria de aguentar, senão Warwick sabia que estaria acabado e que fora tudo em vão.

Ele desembainhou a espada ao sentir um tremor passar pelas fileiras à frente. Apesar de ainda estarem com força e descansados, sabiam que estavam sendo atingidos pelo flanco e que, com o tempo, seriam envolvidos na retaguarda. Nenhum combatente enfrentava impassível essa possibilidade, mas eles continuaram. Não podiam fugir enquanto o batalhão de Montacute era dilacerado diante deles.

Fileira a fileira, a reserva de Warwick abriu caminho até o centro, enquanto outros passavam por eles aos tropeços, morrendo ou apertando algum ferimento tão terrível que os deixava lívidos. Na ala, as companhias vitoriosas de Gloucester rugiram através dos últimos homens de Exeter e se lançaram sobre a ala mais descansada das reservas. Naquele momento, Warwick conseguiu ver Eduardo no alto de seu cavalo, a armadura amassada, a viseira erguida e o estandarte do Sol em Chamas adejando às suas costas. O jovem rei não parecia ver o velho amigo.

Warwick golpeava qualquer um que se mexesse. Em passos lentos, avançou numa fila de cavaleiros, abrindo caminho com pura força e ferocidade. Alguns que caíram ergueram os olhos, viram um cavalo passar por cima e golpearam cruelmente, mesmo enquanto morriam. Não havia limite para a maldade e a fúria liberadas naquele campo.

O cavalo de Warwick deu uma guinada e ele, ao senti-lo se inclinar, pulou depressa da sela antes que o animal caísse e o deixasse preso. Warwick cambaleou quando chegou ao chão e se chocou com um desconhecido armado com uma lâmina pontuda de alabarda presa a um cabo de machado. Ele o socou com a manopla de metal, mas o homem se esquivou abaixo do golpe e enfiou a alabarda no lado do seu corpo com selvageria. Ela amassou as placas, e o homem a torceu, dilacerando Warwick profundamente e fazendo-o gemer. Incapaz de encontrar a espada, ele socou e socou até o rosto do homem virar uma massa de sangue e carne; depois, caiu apoiado num joelho, ofegando pesadamente, embora parecesse não conseguir respirar.

A batalha continuava em torno dele, um clamor de gritos e metal. Warwick balançou a cabeça, vendo sangue pingar da boca quando olhou para o chão. Ele soube então que a morte estava próxima e, com imenso esforço, tentou se colocar de pé.

Com uma das mãos, ele pressionou o lado do corpo, de onde escorria sangue. A dor piorava ali, abrindo-se dentro dele como ácido ou chamas. Warwick tossiu e respingou de vermelho a manopla. Sentiu que engasgava e, de repente, teve medo ao olhar em volta. Seu olhar pousou na espada caída; ele deu um passo instável e a pegou. Com a força diminuindo, ele a mergulhou no chão à frente e descansou nela um dos braços. Então se ajoelhou no capim rasgado e sufocou até não conseguir mais respirar. Ele viu Eduardo cavalgar triunfante pelo centro, derrotando o restante do seu exército. Era magnífico. A mão de Warwick escorregou da espada, e ele caiu.

Quando as últimas escaramuças chegaram ao fim e os trapos das forças de Warwick fugiram, Eduardo de York percorreu o campo de batalha a pé com os dois irmãos para ver as linhas que tinham escrito através da Grande Estrada do Norte e as perdas sofridas. A neblina enfim se atenuava conforme o sol se erguia no céu. Alguns homens olhavam para cima para ver se ela dançava, como as mães tinham lhes dito que podia acontecer. Aquela manhã era Domingo de Páscoa, e os sinos das igrejas de Barnet soavam pelos campos, longos e sonoros.

Os olhos de Eduardo estavam secos e vermelhos quando ele encontrou o corpo de Warwick. Ele se ajoelhou ao lado, e Ricardo e George se uniram ao irmão. Deram adeus e fizeram uma prece pelo homem que, em vários aspectos, fora como um pai para eles. Ainda assim, Ricardo Neville escolhera ficar do outro lado de um campo de batalha e conquistara uma morte cruel. Depois de algum tempo, Eduardo voltou a se levantar, olhando para baixo.

— Não me arrependo — disse ele a Ricardo. — Serei para eles um ferro de marcar, como já disse. Oxford me escapou, esse é meu único arrependimento.

— E agora? — perguntou George, fitando o corpo do pai da sua esposa.

— Farei Warwick e Montacute serem exibidos em Londres, sob guarda. Não quero que espalhem histórias de que ainda vivem e restaurarão a casa de Lancaster. Vocês sabem como o povo é.

— Depois arrastados e esquartejados como traidores? — perguntou Ricardo, erguendo os olhos.

O irmão fez que não.

— Não. Talvez para Montacute, não para Warwick. Ele era... um bom homem. Mandarei o corpo de volta aos Neville para que o sepultem.

Ele ficou algum tempo em silêncio, e nenhum dos irmãos o interrompeu.

— Eu disse que daria um fim a isso — murmurou Eduardo, e ergueu a cabeça, os olhos reluzentes. — E darei. Eles me expulsaram. Não me conterei agora, não importa quem mandem contra mim.

20

Margarida esfregou a testa, sentindo o óleo de rosas borrar sob a ponta dos dedos. Ela olhou para eles e viu um leve borrão branco. Quando jovem, possuíra uma disciplina física de que mal conseguia se recordar aos 40 anos, uma capacidade de suportar qualquer coceira ou desconforto sem levantar a mão e arruinar os pós e os óleos sobre a pele. Não que precisasse de pigmentos dissimuladores na época, pensou ela com melancolia. Pensara que seria sempre assim, mas a idade também lhe tirara isso, de modo que seu próprio corpo a traía com sua falta de controle.

Era cruel que lhe pedissem que enfrentasse um homem como Eduardo de York, ainda com menos de 30 anos, ainda no fim da flor da juventude. Ela fora forte o bastante para matar o pai dele, mas os filhos tinham revertido aquela vitória extraordinária, destroçando--a com dentes e espadas. Ela sentiu uma pontada onde as unhas se enfiaram nas palmas e, quando abriu as mãos, viu marcas vermelhas que já se esmaeciam.

— Temos certeza de que não é algum artifício? — indagou Somerset. — Alguma... história para assustar quem ainda poderia nos apoiar? Por Deus, Warwick tinha *vinte mil* homens!

O duque ainda parecia incrédulo, percebeu Margarida, todos os planos dele estilhaçados antes de começar. O filho dela fitava o nada, e o desconhecido que a procurara simplesmente ficou ali parado, à espera de ordens de Margarida.

Ela se sentia nervosa perto desse desconhecido, magro feito um cadáver, embora o sujeito tivesse se apresentado com a frase secreta que Derry Brewer lhe confiara anos antes. Leo de Aldwych parecia um homem muito mais solene que o antecessor. Sem dúvida sabia que trouxera uma notícia terrível, a morte de Warwick e Montacute, justamente quando Margarida e o filho mais precisavam que tivessem vencido.

Margarida ainda não ousava pensar em todas as consequências da presença do sujeito. Ela já pensara certa vez que Derry Brewer havia morrido e não podia suportar a ideia de isso ser verdade. Se Derry tivesse morrido como Warwick e Montacute, ela poderia muito bem mandar um dos seus preciosos pombos a Paris para que outro navio viesse buscá-la.

Se tivesse voltado sozinha da França, Margarida achou que faria exatamente isso. Onde quer que o marido deitasse a cabeça era onde ficaria, depois de dez anos de separação. Com todas as mudanças que sofrera, Henrique lhe era tão desconhecido quanto aquele subordinado de Derry Brewer. Mas seu *filho* merecia uma oportunidade — e uma vida que fosse mais do que apenas frustração e fracasso. Afinal de contas, ela lhe prometera o mundo.

Margarida também se sentia nervosa perto de Somerset, que tinha perdido o pai e o irmão mais velho na defesa do rei Henrique e da casa de Lancaster. Ele andava de um lado a outro, as mãos na base das costas. Na verdade, o homem parecia ter tanto desejo pessoal de vingança que obscurecia a causa de Margarida. Somerset queria ver York arder e, imaginava ela, não se importava muito com quem estaria no trono depois disso.

— Se a notícia for verdadeira, milorde — disse ela —, ainda poderemos continuar?

Somerset parou de andar e se aproximou de Margarida, os olhos tão frios quanto as mãos que ele apertou nas dela.

— Milady, Londres fica muito longe daqui. A notícia sobre Warwick já tem três dias, e isso porque veio de um homem que esgotou as montarias para trazê-la o mais depressa possível. Ela só chegará à Cornualha e a Devon ou a Dorset e Hampshire... e até mesmo a Sussex, embora fique mais perto de Londres, daqui a mais alguns dias. Em nome do seu filho, posso mandar a ordem e convocar um exército. Os homens de York devem ter sofrido perdas terríveis no combate com Warwick em Barnet. Não podem ter nenhuma grande força a reunir, ao menos por algum tempo. — Ele falava mais rápido, a empolgação aumentando. — Devem ter feridos que não podem voltar a lutar... e outros que estarão machucados e esgotados, meros remanescentes de uma força de combate. Se formos rápidos, Vossa Alteza, se formos impiedosos, acredito que possamos honrar a memória de Warwick terminando o que ele começou.

Para surpresa de Margarida, o espião se aproximou e fez uma reverência.

— A contagem de grandes números sempre foi confusa, milady. Não é como se um exército tivesse consideração suficiente para desfilar diante de um dos meus rapazes enquanto ele os marca num quadro ou joga seixos num pote. Mas confio no sujeito que me disse que Eduardo de York perdeu dois mil homens ou até mais em Barnet. York tem de estar mais fraco agora, apesar da vitória. Ele só tem oito mil *no máximo* sob seus estandartes. Se conseguir convocar o mesmo efetivo em pouco tempo, acredito que milorde Somerset tenha razão. Ainda é possível derrotá-lo.

— Tenho uns mil e duzentos agora — declarou Somerset. — Espero mais duzentos com o barão Wenlock, talvez já amanhã. Ele não nos decepcionará.

— Acha que encontrarei o restante dos que preciso aqui no sul? — perguntou Margarida com um sorriso frágil. — Devo mandar sargentos recrutadores com meninos tocando tambor a todas as cidades e aldeias à beira-mar? Enquanto Eduardo vem à toda contra mim, com sangue ainda fresco nas mãos?

Então ela tomou a decisão, enquanto o filho se virava para olhá-la. Com o tempo, caberia a ele dar esse tipo de ordem, mas não ali, não naquele dia.

— Sinto o mar às minhas costas, milorde Somerset. Reúna os homens que tiver e se prepare para marchar para o norte. A que distância daqui fica Gales? Já encontrei um exército lá outrora. Ainda tenho amigos naquelas terras, embora Deus saiba que não são o que já foram.

— Gales, milady? — questionou Somerset. Ele esfregou o queixo e tomou sua própria decisão rápido, fazendo que sim com firmeza. — Pelo seu filho, é claro.

— Meu filho, que é príncipe de Gales, sim, milorde — confirmou Margarida com uma calma fria. — Príncipe entre aqueles que sempre apoiaram a casa de Lancaster contra York. É em Gales que encontraremos nosso exército. Que vejam apenas meu filho alto e forte. Eles pegarão nossos estandartes mais uma vez.

— Bristol também já rejeitou York antigamente, milady — acrescentou Leo de Aldwych. — Fica a apenas cem quilômetros do litoral, mais ou menos. Não fará mal nenhum bater o tambor por lá... nem em Yeovil e Bath, aliás. A senhora pode parar nesses lugares... e, de Bristol, viajar para Gales de navio.

— Terei um exército para marchar ao seu lado até lá, milady, juro — acrescentou Somerset, franzindo a testa para um homem em quem não tinha nenhuma intenção de confiar. — A senhora precisaria de centenas de navios e não só dos barcos de pesca que encontraria lá. Não, a senhora precisará avançar mais, até uma das grandes travessias do rio Severn. A ponte do pedágio de Gloucester, talvez, ou o vau de Tewkesbury.

— Se eu conseguir chegar a Gales — declarou Margarida —, passarei um longo verão nas montanhas para formar uma grande hoste para meu filho comandar. Esse é meu caminho... e o seu, Eduardo. Então, se conseguir a vitória, poderá restaurar Lancaster sobre os ossos da casa de York. Como o Príncipe Negro de outrora, toda Gales o reconhecerá como o legítimo herdeiro. Chega de rebeliões e traições de usurpadores. Chega das marchas súbitas e das batalhas que nos atormentam há tanto tempo. Apenas a paz, cavalheiros, com o rapaz do arado e sua namorada, com as cidades movimentadas e todos os padres, mercadores, marinheiros e lordes. Todos sem marcas de guerra, todos sem se curvar e sem cicatrizes.

— É... um sonho grandioso, mãe — comentou o filho, em dúvida.

Ele tinha 17 anos e se preparara para aquela exata guerra a vida inteira. Ver a mãe desejar que tudo acabasse, à espera de cerveja e maçãs antes mesmo que ele pusesse os pés no campo de batalha, era um tanto frustrante.

— Gales, portanto — declarou Eduardo com um sorriso. — Gostaria de ver a terra que me chama de seu príncipe.

— Muito bem — concluiu Somerset, seu abatimento diminuindo. — Yeovil, Bath e Bristol estão na nossa rota, enquanto envio a notícia a todos os homens leais. "Lancaster se mantém e convoca a Inglaterra", essa é a notícia a enviar, a gritar. Milady, não creio que esses rapazes camponeses deixarão os galeses superá-los em lealdade. A senhora verá, eu juro.

— Ah, milorde, ouvi *tantos* juramentos — respondeu Margarida. — Conheci bem seu irmão e seu pai. Eram homens de honra... e a palavra dos dois era boa. No fim, ela não bastou. Acredito que já ouvi juramentos suficientes, milorde. Em vez deles, mostre-me feitos.

Eduardo refletia sentado ao sol da primavera. O Castelo de Windsor era melhor ainda no calor sonolento, e ele tinha lembranças felizes de caçadas e grandes banquetes ali. Talvez fosse por isso que passava a língua nos lábios secos e pensava nos juramentos e promessas que fizera. Warwick caíra. Ainda não conseguia acreditar nisso por completo. Como aquele homem, com tanta inteligência, poderia não estar no mundo? Como era possível? Isso o incomodava, como se tivesse esquecido alguma coisa e, apenas com a palavra certa, pudesse trazer todos de volta. Ele ainda sentia falta do pai. Sentia falta de Edmundo, o irmão mais novo, elevado a uma presença angélica pelo ferro de passar da memória. Não podia chamá-los de volta nem que arrependimentos doessem como dentes quebrados e o fizessem tremer e respirar fundo.

Nos dias passados desde então, Eduardo não se permitira uma única caneca espumante de cerveja, embora todas as partes dele ansiassem por tal. Em vez disso, ficara rabugento e ralhava com aqueles que o serviam, até o irmão Ricardo partir para Middleham, de modo a levar a notícia da morte de Warwick à viúva. Clarence voltara para casa, sem saber como seria recebido pela filha do falecido. Eduardo desejou sorte aos dois. Sua própria esposa se portava com ele de modo estranhamente frio, e a verdade era que não conquistara a paz e a calma que pensara. Talvez tivesse esperado demais de uma única vitória. Por todos os santos, era melhor do que ter perdido! Ele ainda se sentia perturbado e, embora brilhasse com o suor do pátio de treinamento, o exercício não trouxera a sensação de alegria que ele imaginava ser capaz de encontrar numa caneca de cerveja quente. Ele passou a língua nos lábios mais uma vez, embora estivessem rachados e doloridos.

Não tinha pesadelos quando dormia, forçou-se a recordar. A barriga não o fazia mais rastejar até o penico debaixo da cama. Estava mais saudável do que se lembrava a vida toda, e... ainda assim, a mente parecia arguta demais, como um pedaço de pano puxado pela garra de um gato. Uma vida saudável não era uma vida feliz, essa era a verdade, pelo menos para um homem com seu sangue e sua ambição. Eduardo sabia que não fora feito para seguir outro homem nem para viver uma vida tranquila. Ele era barulhento e forte, com um olhar que fazia outros cavaleiros quererem examinar o chão perto dos pés. Algumas mulheres o achavam enfurecedor quase à primeira vista, enquanto outras... bom, o jeito dele tinha certas vantagens.

Mas não quebraria o juramento. Seus homens tinham bebido até desmaiar depois da batalha, é claro. Ele não podia lhes negar tal coisa e pareceria um tolo amargo se tentasse. Lorde Rivers erguera um grande barril de cerveja e derramara sobre si muito mais do que jamais lhe chegara à garganta. Desmaiara não muito tempo depois, fedendo.

Eduardo percebeu que um pedacinho do lábio inferior tinha se soltado feito uma lasca de carne. Ele o mordeu e se inquietou com ele, contente de ter alguma coisa para distraí-lo das preocupações de sempre. Ele não era um homem fraco, sabia disso. A ideia de que alguém ou alguma coisa pudesse dominá-lo lhe dava alergia. Mas o perigo vinha quando ele se submetia a isso, quando dava de ombros e decidia não ser forte, não resistir.

Margarida havia desembarcado com o filho. Essa notícia dominara seus pensamentos e, de certo modo, trouxera sua sede à tona. De todas as bebidas dadas por Deus, do vinho que ajudava o homem a dormir à cerveja que o fazia rir, era do destilado de cereais moídos que mais sentia falta. Os romanos o chamavam de *aqua vitae*, os escoceses, de *uisge beatha* — a "água da vida". Qualquer que fosse o nome, a bebida dava a Eduardo uma concentração clara e firme. Permitia-lhe falar e falar durante horas, e, quando chegava a hora de dormir, ele simplesmente dormia. O dia seguinte não era tão bom, mas ele estava acostumado à dor, como dizia o irmão Ricardo. Uma vida sem dor era como carne sem sal, sem sabor.

Ele se perguntou como estaria o filho de Margarida dez anos depois. O rei Eduardo de York era um mero Eduardo de March quando aquele menino pusera os pés na Inglaterra pela última vez.

Eduardo sabia que enlouquecera depois da morte do pai. Ele não falava daquele ano, nem mesmo aos irmãos. Warwick era seu amigo na época, e Eduardo havia bebido uísque e vinho suficientes para matar alguns homens. Muito do que acontecera havia simplesmente desaparecido da sua memória, como se outro homem tivesse vivido aquele tempo em vez dele.

Eduardo se viu pensando demais no estupor da bebedeira daqueles meses violentos. Ele não lavara o sangue da armadura, lembrou-se, de pé. Acabara descascando, como tinta.

Com o sol da primavera entrando pelas janelas altas, Eduardo começou a andar de um lado para o outro e ergueu a cabeça quando uma criança começou a chorar perto dali. Seu filho. Seu herdeiro. Isso o fez sorrir, então fez o sinal da cruz numa prece silenciosa pela saúde do menino. Eduardo esperava que o filho reinasse em paz quando chegasse a vez dele. Uma dinastia começada na guerra se tornaria uma família governante. Já fora assim antes, e sua linhagem não era menor, não mais.

Enquanto andava de um lado para o outro, ocorreu-lhe a imagem da garrafa imensa de um vinho tinto grosseiro que ele sabia que ficava no armário perto da porta da cozinha lá embaixo. Conseguia visualizá-la, e era a coisa mais estranha. Ele sabia que era da pior qualidade, usado para cozinhar, quase um vinagre, mas bastou pensar nele para a boca se comprimir e pinicar, como se naquele momento ele o preferisse a qualquer boa safra.

Ele parou, olhando para a porta que levava à cozinha. Não importaria se passasse um dia se afogando naquele vinho amargo. Ninguém se ressentiria por isso. Ele poderia começar só com um pouquinho, para ver se o estômago se revoltaria; caso contrário, pelo menos tornaria mais fácil suportar a espera. Margarida marcharia sobre Londres? Ele não tinha como saber. Seus espiões estavam nas estradas, com pombos em gaiolinhas de vime. Os pássaros voltariam para casa, e então ele investiria pela última vez contra um inimigo tão antigo quanto a própria guerra. A mulher que havia matado seu pai e seu irmão. A mulher que dilacerara a Inglaterra em prol de um rei fraco e alquebrado. A mulher cujo filho tinha pretensão a um título que cabia a Eduardo conquistar. Se devia existir um príncipe de Gales, que fosse seu próprio filho.

Ele não permitiria que mãe e filho vivessem. Deus sabia que já havia pagado um preço alto, pensou Eduardo. Ele queria que isso terminasse.

Eduardo percebeu que esquecera o vinho tinto da cozinha, parabenizando-se enquanto começava a pensar nele de novo.

A distância dos condados da Cornualha e de Somerset para Londres não tinha nada a ver com estradas ou mapas, embora estes não fossem nem um pouco abundantes. O litoral era bem conhecido, mas havia regiões a oeste que homens de xerife nenhum percorreriam sem alguns rapazes robustos armados com porretes... e às vezes nem assim Impostos eram odiados por homens e mulheres de bem e reprovados nas igrejas junto de todos os outros pecados. As aldeias obedeciam a leis mais antigas que as que Londres reivindicava para si e talvez já fossem antigas e carrancudas quando os romanos aportaram seus navios e construíram belas mansões. Londres era um lugar diferente, com modas, costumes e maneiras que não chegavam de jeito nenhum ao oeste.

Margarida descobriu que sua causa estava viva em Yeovil, depois em Evercreech e em Westholme. Em cada povoado ou aldeia por onde passava, alguns homens robustos largavam as ferramentas, beijavam as esposas e se despediam da família. Viam os estandartes de Lancaster e tiravam o gorro na presença dela. Margarida ficou com os olhos marejados de lágrimas quando observou uma fileira de homens de cabelo cacheado, todos de pé para fazer o juramento diante de um sargento de Somerset. Eles disseram seus nomes devagar, juntos, e enrubesceram por ter uma rainha assistindo. Deixaram de lado qualquer julgamento que fariam dela como mulher e grande dama — uma dama francesa, aliás. Margarida se mostrava extraordinariamente exótica para homens cuja expectativa era morrer a não mais de cinco quilômetros de onde nasceram, como as cem gerações anteriores. Eles conheciam muito bem a terra, cada árvore, campo, costume e fronteira. Iam à missa, batizavam seus filhos e filhas e nunca pensavam muito no que acontecia em Londres e com o rei de lá, até que ela viera e lhes pedira que o fizessem.

Não prejudicava a causa seu filho ficar tão bem montado num cavalo de batalha. O príncipe Eduardo talvez se apequenasse sobre um animal daqueles, mas suas pernas eram compridas, e ele era tão flexível e forte quanto qualquer rapaz do campo. Numa das cidadezinhas, ele lutara com os rapazes e acabara rolando para dentro de um laguinho. Todos ficaram paralisados então, sem saber se seriam punidos, até o príncipe Eduardo romper a superfície e alegremente segurar o outro rapaz dentro da água até ele amolecer. Esse sujeito foi mais um para se juntar a eles depois que lhe estapearam o rosto e o trouxeram de volta ao mundo. Esse rapaz específico de Devon se unira aos escudeiros de

Eduardo e vinha aprendendo tudo o que precisava fazer para manter um cavaleiro no campo de batalha.

Cada dia de primavera se passava em marcha por um campo vívido, com flores e colheitas, o ar ficando denso e doce com a promessa de verão ainda à frente e tudo crescendo e avançando.

Em Bath, eles se maravilharam com as ruínas romanas, e o príncipe Eduardo nadou nas águas sulfurosas, franzindo o nariz e gritando que a mãe deveria mergulhar. Margarida preferira não fazê-lo, mas o pequeno conselho tinha ficado contentíssimo com a presença pacífica do seu duque de Somerset, talvez mais ainda do que com a de Margarida e do príncipe. Multidões apareceram para saudá-los, e com elas vieram mercadores e agiotas, montando suas barraquinhas. Somerset arranjara comida e novos empréstimos, além de seiscentos homens, todos se alistando juntos. Metade deles trabalhava na mesma mina de carvão, e o proprietário angustiado foi forçado a engolir o prejuízo pela causa. Cada um deles era importante, embora Margarida temesse que o exército de que precisava estivesse crescendo devagar demais. Ela deixou os detalhes a cargo de Somerset e do conde de Devon, quando ele chegou. John Courtenay, que devia o título ao retorno do seu marido, não desistiria dele sem resistência. Trouxera consigo, de suas propriedades e cidades, oitocentos homens treinados. Eles formavam um belo espetáculo, com túnicas combinando e os estandartes de Devon em vermelho e amarelo, até mesmo com tamborileiros e trombeteiros. Outros duzentos homens vieram com o barão Wenlock, um cavaleiro que admitia ter 60 anos. Era de longe o mais velho de todos e tinha o hábito de olhar para quem estivesse falando semicerrando um dos olhos até fechá-lo e com o outro obscurecido por sobrancelhas enormes. Tinha o cabelo branco, do bigode comprido aos pelos que apareciam sob a camisa. Seus homens, no entanto, eram jovens, de boa saúde e equipados com cota de malha e alabardas novas.

Apesar de todos os ganhos, ainda eram pouco mais de três mil quando chegaram aos arredores de Bristol. A notícia os precedera, e, perto como estavam da fronteira de Gales, Margarida não deveria ter se surpreendido com a resposta. No entanto, ficou à beira das lágrimas mais uma vez quando mocinhas saíram para dar flores à sua turba de homens em marcha, todos um pouco mais empertigados ao entrar pelos portões da cidade e marchar pela rua principal.

O príncipe Eduardo cavalgava à frente, ladeado por Wenlock e Devon. Margarida seguia ao lado de Somerset, algumas fileiras atrás, com o coração quase explodindo de orgulho, pensando que não importava que os outros o percebessem. Lancaster vira anos demais de dor e perda. Talvez estivesse na hora de reequilibrar os pratos da balança.

Sob os vivas da multidão, ela começou a imaginar anos à frente sem a sombra de York. Sem dúvida já pagara um preço alto o suficiente em vida, quaisquer que fossem os pecados que tinha cometido. Ela se confessara a um jovem padre antes de pôr os pés no navio francês que a havia levado à Inglaterra. Navios falhavam e naufragavam, e ela não queria se afogar com a alma ainda manchada pelo pecado. Fora a primeira vez em dez anos que se confessara, e ainda se sentia mais leve que antes, em todos os sentidos, como se a brisa suave que lhe roçava o cabelo pudesse simplesmente erguê-la acima das ruas de Bristol. Paris ela amara, mas a primavera na Inglaterra era... Ela fechou os olhos. Era perfeita.

Seu exército tinha mais mil e quinhentos homens quando Margarida se preparou para partir de Bristol. Talvez alguns se arrependessem quando ficassem sóbrios, mas ruas inteiras tinham se unido à causa, pegando a insígnia do cisne dela ou a das plumas de Eduardo como príncipe de Gales, em geral ambos, valorizados e admirados como eram. Todos os homens comeram bem e receberam armas novas, forjadas em todas as ferrarias ou tiradas de paredes onde pais as haviam pendurado uma geração atrás. Os lordes e capitães foram bem tratados pelos burgueses e moradores de Bristol, embora Margarida não pudesse deixar de sentir uma pontada quando lhe deram adeus. Sozinhos, ela e o filho poderiam ter chegado a Gales num barco de pesca naquela mesma hora. Com mais de quatro mil homens chutando pedras pela estrada, só poderiam atravessar o enorme rio Severn para entrar em Gales pela ponte com pedágio de Gloucester. O litoral de Gales podia ser visto dali, a poucos quilômetros de barco. Mas cinquenta quilômetros de marcha os esperavam.

Margarida se perguntou outra vez se perderia alguns daqueles que tinham vindo com flores ainda nas botoeiras e jarros de sidra e cerveja debaixo do braço. Ou ganhar mais, ousava esperar, forçando o queixo a subir mais um pouquinho. A Inglaterra já fora um lugar sombrio, mas ela não podia ver defeito nas boas-vindas que lhe davam naquele ano.

Depois de um dia de marcha por trilhas e estradas, acamparam junto a um riacho naquela primeira noite — e todos os homens teriam ido à guerra se fosse sempre assim. Lordes, cavaleiros e homens comuns se sentaram juntos no capim seco de um pomar, com as árvores florescendo. Os cozinheiros e as carroças se uniram para preparar uma bela refeição com os alimentos que trouxeram de Bristol, com peixe e bolos de farinha, cebolas e cebolinhas de sacos secos e escuros. Fizeram um guisado decente, e todos estavam de barriga cheia quando o sol se pôs em dourado e vermelho, o céu tão claro, que conseguiam enxergar a quilômetros de distância.

Margarida viu o filho se aproximar do lugar onde ela dormiria com preocupação no olhar. Não parecia que seriam perturbados pela chuva, e ela não pedira que montassem um toldo nem uma tenda. No entanto, sentiu um arrepio ao ver a expressão de Eduardo.

— Os homens dizem que têm visto cavaleiros galopando pelas estradas ao redor. Longe demais para persegui-los, assim disseram, e acredito neles. Dizem que um estaria usando um gibão com cores de um arauto... de York.

— Você mandou os arqueiros montar uma emboscada e capturar um deles? — perguntou Margarida suavemente. O filho queria comandar, mas ainda tinha o bom senso ou a humildade de pedir seus conselhos. Ela agradeceu a Deus por isso.

— Mandei cerca de uma dúzia, mas não voltaram. Não sei bem se devo me preocupar.

— Há quanto tempo você mandou os homens? — perguntou ela, com mais urgência.

O filho se aproximou.

— Mais cedo, antes de servirem a refeição. Não sei. Eu não disse que tinham de voltar correndo.

— E talvez não seja nada, Eduardo. Ou talvez haja soldados e batedores cortando a garganta dos homens que encontrarem por aí nos campos, para nos manter às cegas. Acho melhor ser cautelosa demais a ser surpreendida e morta, entende?

— É claro — concordou Eduardo. — Então não podemos ficar aqui. A senhora sabe, os homens vão resmungar e reclamar quando eu ordenar que se levantem, principalmente se estivermos sendo cautelosos demais, como a senhora diz.

— Eu não disse isso. Ainda não sei o que pensar de arautos estranhos e homens desaparecidos. Não se desculpe pelo que tem de ser feito. Ainda não escureceu, e a travessia de Gloucester fica a poucos quilômetros. Seria melhor descansarmos em Gales, com o rio atrás de nós. Seus homens verão a sabedoria disso quando dormirem sem medo de alarmes.

O céu chamejava em violeta quando os capitães de Somerset, Devon e Wenlock desmontaram acampamento e puseram mais de quatro mil homens de volta à estrada. Não houve muitas reclamações, não com tantos soldados experientes nas fileiras ao lado dos recém-chegados. Os que se queixaram não receberam muita atenção dos demais. O barão Wenlock era um homem útil com quem contar nas fileiras, no mínimo porque os capitães apontavam para ele e diziam: "Se aquele velho diabo consegue estar ali, você também consegue, parceiro." Exércitos não se deslocavam à noite sem bons motivos, e a maioria dos homens ainda confiava nos estandartes de Lancaster que adejavam no crepúsculo.

Talvez mais uma hora tenha se passado na boa estrada de pedra quando avistaram as muralhas de Gloucester, com tochas já acesas nos grandes portões. Margarida deixou a égua avançar devagar pelas fileiras de homens sonolentos, já com os pés pesados pela necessidade de descanso. Tinham percorrido uns quarenta quilômetros naquele dia, e ela se orgulhava tremendamente da lealdade que via neles.

Os portões de Gloucester permaneceram fechados. Um velho com belos trajes apareceu no alto e fez um gesto irritado de desdém para que Margarida fosse embora, como se ela tivesse levado à cidade uma tropa de mendigos. Ela observou o homem voltar para dentro e ficou encarando uma fileira de tochas crepitantes. A ponte sobre o rio não podia ser alcançada por fora da cidade. Ela teria de entrar para atravessar e, por algum tempo, não conseguiu pensar no que fazer.

Gales significava segurança, ou pelo menos a segurança possível com Eduardo de York no trono. Lá ela sabia que se lembrariam da casa de Lancaster, mais ainda do que o bom povo de Bristol. O filho estaria na própria terra, e todos acorreriam a ele.

As mãos dela tremiam nas rédeas. Ela vira a morte de homens bons demais, desastres demais. Achava que não aguentaria mais um. Queria gritar sua fúria para as muralhas, e só o braço gentil do filho em seus ombros manteve contida a selvageria.

— Isso é coisa de York ou do irmão dele, sabe? — sibilou Margarida. — Aqueles cavaleiros que você viu. Devem ter passado a notícia a esses traidores fracos e...

Ela fechou a boca para não dizer as piores pragas e vasculhou a mente em busca do que o duque de Somerset dissera enquanto planejavam a rota. A ponte de Gloucester e depois... um vau para cruzar o rio. Ela mandou um mensageiro a Somerset, e ele veio com dignidade rígida, curvando-se na sela diante dela.

— O senhor mencionou um vau para atravessar o rio, milorde.

— Perto das ruínas de Tewkesbury, Alteza, sim. O vau propriamente dito é Lower Lode. Conheço bem o lugar. Eu o atravessei no ano passado.

Ele fez uma pausa, batucando o lábio com o dedo enquanto pensava. Percebeu a preocupação de Margarida, mas apreciava o controle dela. A rainha não teria autoridade para ordená-lo a agir. O príncipe poderia fazê-lo em nome do pai, mas Somerset tinha o dobro da idade do rapaz e era improvável que investisse do jeito errado só porque Eduardo de Lancaster assim dissera.

Somerset sentiu os olhos de Margarida sobre ele na escuridão e entendeu que ela, depois de fazer a mesma avaliação delicada, preferira se manter em silêncio. Ele se dispôs a lhe permitir essa pequena vitória.

— Eu me pergunto, milady, se a senhora concorda comigo que seria melhor levar os homens até Tewkesbury hoje à noite.

— Foi o que me ocorreu, milorde, se isso puder ser feito.

— Ah, com certeza. O vau fica... digamos, a doze ou quinze quilômetros daqui. Os homens ficarão doloridos amanhã, mas a travessia é rasa e depois há uma bela planície onde podem se deitar e roncar feito bois.

Margarida estendeu a mão e tocou o braço do duque, satisfeita por ter o apoio de um homem como ele. Sentiu-se aliviada quando as ordens se espalharam com gemidos e resmungos. Seu exército voltou a se levantar, e ela percebeu como ficara escuro. Entrariam sob tão somente a luz das estrelas em Gales, onde as águas correm rápido e rasas — e nem Eduardo de York nem ninguém do seu povo poderia evitar isso.

21

Em campo, Eduardo podia deixar todos os seus demônios para trás. Ele sentira isso quase imediatamente quando os mensageiros chegaram e ele partiu de Windsor para oeste. Margarida seguia para Gales. Talvez outro homem sentisse um toque de medo ao ouvir isso. Eduardo, por sua vez, sentiu algo próximo da alegria. Poderia deixar para trás os olhares condenatórios da esposa, embora pelo menos tivesse cumprido seu dever para com ela no quarto, por mais frio e mal recebido que fosse. Não tinha sido muito fácil cumprir seus direitos de marido sem a bebida para facilitar, mas ele conseguiu, e, na verdade, parte da nuvem escura que o cobria se dissipara, ao menos por enquanto. Havia chegado até a dedicar um momento para se despedir das filhas, embora a algazarra delas o fizesse ranger os dentes. Uma espada direcionada para a cabeça de Eduardo não o faria se encolher, mas três meninas dando gritinhos o puseram em retirada, fechando as portas atrás de si ao partir.

Ao ar livre com os irmãos Ricardo e George de Clarence, com o sol se pondo em cascatas de ouro, ele não sentia a pressão silenciosa que parecia espremer seu crânio em Windsor ou em Londres. Conseguia respirar mais fundo com o ar quente do campo, sentir com mais precisão, como se os próprios sentidos se aguçassem. Quando observava um bando de pássaros voando em círculos, logo via onde um falcão poderia mergulhar e derrubá-los. De certa forma, ele perdia esse sentido nas cidades e nos palácios, de modo que cambaleava e tateava como um homem tornado cego ou mudo.

Quase todos os lordes e capitães presentes em Barnet tinham voltado para ele. Só Clarence tentara recuar. Eduardo ainda achava extraordinário o egoísmo do irmão, mas a verdade é que George de Clarence jamais poderia ter sido o filho que se tornou rei. A morte de Warwick sem herdeiros homens fizera com que um imenso número de propriedades passasse a ser disputado pelos donos anteriores. Algumas retornariam à Coroa. Eduardo sabia que as transformaria em presentes, inteiras ou vendidas para pagar um bônus aos seus homens, como havia prometido. Outras propriedades estariam atoladas demais em leis e sucessões nebulosas para que as recuperasse, mas ainda assim a imensa maioria caberia a George de Clarence. Foi por essa razão que o irmão pedira para permanecer em Londres — o que foi negado furiosamente.

Eduardo respirou fundo e deixou de lado a raiva que o irmão mais novo conseguia provocar nele. Não servia para nada, além de fazê-lo sofrer. Em vez disso, consolou-se com a presença de Ricardo, que superara as costas tortas e se tornara um belo cavaleiro e um duque real. Eduardo se orgulhava dele, olhando para os estandartes de Gloucester na sua ala direita com um sorriso tenso. Clarence era um desgraçado fraco e inútil, essa era a verdade. Ricardo de Gloucester, contudo, era um irmão que daria orgulho ao pai deles.

Com as baixas que sofreram na campanha e com os feridos, Eduardo só trouxera cinco mil homens para organizar em fileiras diante de Windsor. Os que tinham marchado antes com eles faziam muita falta.

Eduardo sabia muito bem que podia ser precipitado. Casara-se com uma mulher mais velha com filhos por um louco capricho. Declarara-se rei da Inglaterra quando Henrique VI ainda era vivo e enfrentou seus exércitos em campanha. Mas a disposição a saltar para a ação repentinamente lhe fora útil contra Warwick. Reagir sem muito preparo tem seus perigos, mas, ao mesmo tempo, a cada dia Margarida conseguiria convocar mais homens para marchar sob seus estandartes.

Não poderiam permitir que ela chegasse a Gales, esse era o cerne da questão. Havia gente demais lá que se lembrava dos Tudor, que ainda sentia certa lealdade pela linhagem que Eduardo esmagara em Mortimer's Cross. Aquela batalha, antes mesmo de Towton, era como recordar as lembranças de outro homem. Ele só se lembrava da loucura, mas Owen Tudor não havia sobrevivido.

Ao menos cinco mil homens poderiam se deslocar relativamente depressa pela terra, pensou Eduardo. Eram os vitoriosos de Barnet, e ele fizera questão de recompensá-los bem por aquele serviço. Não havia trabalho mais bem pago na Inglaterra naquele ano, e, durante três dias, Windsor fora inundada por mais dinheiro do que a cidade vira em um século. Em seguida, chegara a notícia, e as trombetas soaram, chamando todos de volta à guerra e ao combate. Havia sido um início sombrio, mas, a cavalo ou a pé, eles se lançaram aos quilômetros.

A princípio, Eduardo esperara interceptar Margarida e o filho enquanto ainda se afastavam do litoral. Quando seus cinco mil homens terminaram de percorrer os primeiros cento e quarenta quilômetros em três dias, ela já havia avançado. De acordo com os espiões que voltavam pela estrada, a cidade de Bristol tratara o príncipe como um filho pródigo e matara o bezerro gordo em vez de expulsá-los como traidores. Seria preciso dar algum exemplo ao longo daquelas muralhas, decidiu Eduardo com ar soturno. Talvez a cabeça do prefeito ou do xerife. Ele se recordou das muralhas de Hull fechadas para ele, justamente quando estava mais fraco. Ele esperava que tivessem ouvido falar das suas vitórias desde aquele dia. Agradava-lhe pensar em todos os mercadores da cidade tremendo, pensando no que ele faria.

Eduardo forçou os irmãos e os homens ao máximo, mas a fronteira com Gales ficava muito a oeste, e eles tentavam interceptar um exército sem saber até onde ele havia chegado. Ele teria dado uma bolsa de moedas de ouro para mudar o caminho mais para o norte, porém havia apenas uma única estrada para oeste capaz de acomodar um exército. Seus homens simplesmente não conseguiriam marchar tantos quilômetros sobre terreno irregular. Um bom charco ou uma extensão de moitas de capim faria com que perdessem um dia e ficassem exaustos. A estrada para oeste era a única estrada — e mesmo assim

Eduardo fitava os vales que corriam ao lado, desejando que pudesse mandar os homens os atravessarem.

Os cavaleiros mais velozes correram à frente para trazer informações e mandar alertas às cidades grandes e pequenas no caminho de Margarida. A recompensa veio com a notícia de que Gloucester fechara os portões a eles, fato que deu ao irmão Ricardo uma satisfação particular. A coluna dele não estava longe da cidade a essa altura, o que talvez tivesse influenciado o conselho de Gloucester.

A lealdade era algo instável, pois tanto Lancaster quanto York tinham pretensão à coroa, mas não era nada mau que a cidade que levava o seu nome permanecesse leal a ele. Eduardo só pôde rir e balançar a cabeça quando Ricardo perguntou se York sempre fizera o mesmo. Nada disso importava então. Os mensageiros revelaram que tinham coberto a lacuna no último grande impulso desde a manhã, já tendo marchado cinquenta e sete quilômetros. O exército de Margarida estava em algum ponto à frente na escuridão, com o filho e os lordes. Os homens sentiram o humor de Eduardo melhorar e se animaram com isso. Ele parecia uma ave de rapina fitando a escuridão. Destruíra a família Neville em Barnet. Destruiria o coração de Lancaster também — e traria paz à Inglaterra depois de quase vinte anos de guerra. Não era coisa pouca em que pensar.

A lua surgiu, e a cidade de Gloucester estava do lado esquerdo do exército. Passaram por ela com a cabeça erguida e as costas eretas, prontos para atacar se fossem visados. O capim da primavera estava achatado numa grande extensão à frente. Cada homem que marchava ao lado de Eduardo sabia que estavam perto — que, quando o sol subisse, eles dariam um golpe forte o suficiente para estilhaçar uma casa real.

Margarida tentou não deixar que o filho percebesse seu nervosismo, embora fosse claro que ele o via assim mesmo. O rapaz passara com ela uma parte de todos os dias dos últimos dez anos, tanto na propriedade do avô em Saumur quanto no palácio real e nos jardins do rei Luís. O príncipe Eduardo conhecia a mãe bem demais, talvez. Ele deu uma olhada nela e seus olhos escureceram, como se uma luz se apagasse atrás deles.

— A notícia é tão terrível assim, mãe?

Margarida deu um sorriso tenso e mandou embora o batedor ofegante que chegara. O rapaz parecia tão afetado quanto ela. Ele havia acabado com uma parte das esperanças da rainha e as substituíra por um antigo medo.

— Eu não esperava que ele nos perseguisse assim tão depressa — explicou Margarida.

Não havia necessidade de nomear quem viera atrás deles, saltando de Londres como um gato à espera do menor movimento na grama. Eduardo de York viera com tudo, e Margarida sabia que não estava pronta para enfrentá-lo, nem se algum dia estaria. Ainda se lembrava da multidão de mortos, aquela nação em campo que se reunira sob os estandartes de Lancaster em torno de Towton, por lealdade ao seu marido. Foram massacrados pelo jovem rei que, naquele momento, corria para pegá-la. Ele permanecera em formação e lutara e matara como se fosse incapaz de se cansar.

Ela estremeceu, e o arrepio repentino a levou a fazer o sinal da cruz. Ouvia a voz do rio à frente, o som da água correndo em grande quantidade sobre as pedras. Como que em resposta, escutou outro rugido soar atrás, a apenas quatro ou cinco quilômetros pelos campos. Então ela ficou mesmo com medo. Eduardo havia chegado, e ela ainda estava na Inglaterra.

Pareceu uma eternidade o tempo em que o exército de Margarida ficou parado à beira do vau, com Gales quase ao alcance da mão. O rio Severn tinha se estreitado a cada quilômetro do interior, e a água sem dúvida era rasa ali, mas ainda preta como a noite acima. Era difícil até ter certeza de que estavam no lugar certo, e Margarida mandou os homens lançarem linhas com pedras para verificar se era fundo demais. A todo momento aguardavam o som de trombetas e da aproximação de homens em marcha. De todos os seus inimigos, Eduardo era o menos previsível. Ele poderia esperar a aurora ou simplesmente romper as fileiras dela na escuridão para levar morte e loucura onde quer que tocasse.

As estrelas tinham se voltado para o norte por boa parte da noite quando Somerset concordou com o barão Wenlock e o conde de Devon que as forças de York haviam acampado. Os batedores não relatavam nenhum movimento do inimigo, e os homens exaustos de Margarida se deitaram para finalmente dormir nos campos. A notícia da chegada deles se espalhara até a cidade próxima, onde surgiram luzes no negrume quando lâmpadas se acenderam e uma nota profunda soou nos sinos de uma abadia. Margarida não sabia se era para avisar a cidade adormecida do exército dela ou dos soldados de York, mas parecia um dobre fúnebre retumbando pela noite.

Somerset veio a cavalo e apeou com Courtenay, o conde de Devon e o barão Sir John Wenlock, os três curvando-se diante da rainha e do filho. O príncipe Eduardo os observou com uma expressão de seriedade à luz da tocha, copiando os modos dos lordes mais experientes.

— Ainda podemos atravessar esta noite, milady, se a senhora assim desejar — avisou Somerset. — Farei uma corrente de homens nas águas rasas para guiar os demais sem luzes que alertem nossos inimigos.

— Mas não é isso o que o senhor quer — adivinhou Margarida pela expressão dele.

Ela também estava cansada, sentindo a cabeça pesada com a necessidade de sono.

Somerset sorriu, satisfeito. Trocou um olhar com Wenlock e o conde de Devon. Margarida viu que os três homens já tinham discutido o que pretendiam fazer. Procurá-la não passava de uma formalidade, e ela contraiu a mandíbula com irritação. Entendia bem mais do que Somerset imaginava. Eles não precisavam fingir que pediam permissão, não mesmo. Margarida sabia que não tinha muita experiência militar. Ela esperava que homens como Somerset,

Wenlock e o conde de Devon — ora, até seu filho — tomassem as decisões com base na própria inteligência, força e habilidade e não esperassem pelas ordens dela.

— O senhor tem o comando, milorde Somerset — declarou ela com certa rispidez. — Talvez devesse me dizer o que quer fazer.

— Obrigado, milady, pela confiança — disse ele, curvando-se de novo.

Margarida concluiu que não gostava tanto desse filho quanto do irmão mais velho. Talvez fosse verdade que todos os bons vinhos tinham sido bebidos, deixando apenas a borra amarga.

— Podemos atravessar o rio — prosseguiu Somerset —, mas isso levaria a noite inteira, e as forças de York farão isso em metade do tempo amanhã de manhã. Teremos exaurido ainda mais os nossos homens sem ganhar nada, a não ser fazer com que invistam sobre nós enquanto recuamos.

— E em vez disso... — incitou Margarida.

— Eu manteria os homens aqui, milady. O rio será uma proteção útil naquele flanco. Os homens são dedicados à senhora e ao seu filho. Acredito que não fugirão, embora eu vá posicioná-los longe do vau, para que tenham de passar por York para atravessar. Depois disso, minha intenção é manter a posição enquanto a casa de York desmorona investindo contra nós.

— E acredita que possamos vencer? — indagou Margarida.

Lorde Wenlock quase rosnou através dos bigodes ao assentir. Somerset e Devon fizeram que sim devagar.

— Acredito que sim, milady — respondeu Somerset pouco depois —, com a graça de Deus. Nenhum homem pode dizer mais que isso, e prefiro comprovar com feitos, não com juras ou promessas.

Ela sorriu ao ver que as próprias palavras lhe eram devolvidas.

— Onde devo ficar? — perguntou o filho, a voz contraída de tensão enquanto tentava parecer tão austero e implacável quanto os outros três. Somerset olhou para ele de relance e coçou o rosto, emitindo um som áspero na barba por fazer.

— Eduardo de York prefere o centro, Vossa Alteza. É provável que seu irmão Ricardo comande uma ala, não sei se a direita ou a esquerda. Não conheço todos os homens que nos enfrentam, mas não gostaria de pôr o senhor ao alcance de nenhum dos dois. Talvez o senhor pudesse comandar nossas reservas, Alteza. É um trabalho vital, e Vossa Alteza terá o rio ao lado. Se conseguir manter a posição lá, poderei levar todos os nossos arqueiros para a esquerda. Acha que consegue se manter firme sob fogo, sem precipitação? Será um dia violento, príncipe Eduardo. Sua mãe ficará na retaguarda, na cidade de Tewkesbury. Na verdade... — Ele se interrompeu por um instante, como se a ideia tivesse acabado de lhe ocorrer. — Não seria vergonha nenhuma para um rapaz da sua idade esperar com ela.

A empolgação inicial do príncipe Eduardo se esvaíra conforme ele ouvia onde Somerset pretendia deixá-lo.

— O quê? Não, milorde Somerset — respondeu ele com firmeza. — Se Eduardo de York comanda o centro, acredito que eu deva me colocar contra ele para provar meu valor. A não ser que o senhor pense que possa ganhar renome escondido atrás das saias da minha mãe. Não? Não tema pela minha juventude, milorde. Esperei toda a minha vida por esse momento.

— Ah, veja, é isso que temo, Alteza. Eu... tenho meu desejo de vingança, mas isso não significa que eu vá me lançar sobre o inimigo com um grito selvagem, entende? Batalhas podem durar um dia inteiro e têm de ser tomadas como uma bebida forte, em gotas e golinhos, em vez de um enorme gole que pode deixá-lo sem sentidos ou partir o coração da sua mãe.

Eduardo exibia um ponto rosado no alto de cada bochecha ao responder, com voz ríspida. A mãe sorriu ao ouvi-lo falar com autoridade tão clara.

— Bom, já os ouvi, milordes. É no centro que ficarei. Simplesmente tentarei não desapontá-los amanhã.

Somerset balançou a cabeça, enrubescido e pouco à vontade.

— Sinto muito se o constrangi, Vossa Alteza. Se pudesse, ofereceria minha vida amanhã para que fosse poupado de todo mal. Não tenho filhos meus, e Vossa Alteza é... era a esperança do meu pai quando morreu e do meu irmão quando espichou o pescoço sob o machado dos York. Em honra à memória deles, eu daria minha vida para salvar a sua... só para ver os filhos de York frios e *derrotados*.

Havia uma paixão terrível em Somerset quando ele disse as últimas palavras, e tanto o príncipe Eduardo quanto a mãe desviaram o olhar para não observar a dor mais íntima do homem.

— Comandarei o batalhão central — murmurou Eduardo mais uma vez.

Ele não havia entendido tudo o que ouvira e desejava ter certeza de que os lordes não lhe tirariam com seus discursos o que ele queria.

— Ficarei ao seu lado então, se me permitir, rapaz — disse lorde Wenlock.

Quando o príncipe Eduardo fez que sim, o velho estendeu o braço e lhe deu um sonoro tapinha nas costas.

Com essas palavras, Somerset se recompôs e acenou afirmativamente com a cabeça. Com formalidade, fez uma reverência diante da rainha e do príncipe.

— Está decidido, então. Milorde Courtenay e o conde de Devon ficarão com a ala esquerda. Eu ficarei com a direita, e o príncipe Eduardo e Wenlock, com o batalhão central. Muito bem. Mandarei os homens terem a melhor noite de sono possível. Amanhã, quando tudo estiver terminado, estarei às suas ordens. Saberei melhor então se devemos entrar em Gales ou voltar a Londres para exibir à multidão o corpo de York.

— Rezarei por isso — disse Margarida. — Vá descansar agora, Edmundo. Pedirei a Deus nossa vitória amanhã. Podemos construir tudo de novo se Eduardo cair. Com homens como os senhores, milordes, podemos recomeçar.

22

Eduardo já conseguia ver a névoa fraca de ouro no céu a leste e soltou o ar, aliviado porque não seria como Barnet. Ele entendia como fora grande o papel desempenhado pela sorte naquela vitória. Não remoía muito aquilo, assim como não remoía nada, mas aquilo lhe dera no que pensar. Talvez a sorte tivesse lhe presenteado com Warwick e Montacute, afinal. Ele conquistaria o restante com força e resistência... e seria mais impiedoso que aqueles que enfrentava.

Seu exército cansado se levantara às primeiras luzes, trazendo consigo doze canhões rodando em reparos. As equipes de rapazes que os trouxeram pelas estradas tinham acabado de chegar, curvados e cambaleantes, tão cansados que mal conseguiam ficar de pé. Alguns haviam ficado pelo caminho, depois de terem um pé esmagado sob uma roda ou um braço torcido pelos raios. Os demais, entretanto, ainda cumpririam seu papel.

Enquanto a neblina continuava se agitando e se afinando, Eduardo não gostou de ver as forças de Lancaster organizadas numa fileira larga, uns cinco ou sete metros acima dos seus homens, como se flutuassem no ar. Não passava de um leve aclive na terra, mas ainda significava que seus soldados lutariam ladeira acima quando atacassem. Eles já estavam cansados depois da imensa distância que tinham marchado para interceptar Margarida.

Eduardo resmungou consigo mesmo, mas pouco poderia fazer, ao menos antes que o sol dissolvesse a neblina e ele pudesse enxergar a paisagem em volta. O irmão George estava a poucas posições de distância na linha, fitando as fileiras de Lancaster quase com assombro, como se fossem uma visão religiosa. Eduardo comprimiu os lábios ao ver Clarence boquiaberto. O inimigo formava uma visão bela e corajosa, era verdade, com imensos estandartes drapejando, o azul e o amarelo de Somerset, o vermelho e o amarelo de Devon, as plumas preta e branca de um príncipe de Gales. Eduardo não conhecia as três cabeças pretas nos estandartes de Wenlock, e teve de apontar e perguntar a um dos seus arautos. Ele conhecia o velho Wenlock de ouvir falar e ficou surpreso ao descobrir que ainda estava vivo. Eduardo se perguntou se Margarida havia perdido tantos que tinha de recorrer a meninos e idosos.

O irmão Ricardo veio a meio galope cruzando as linhas em marcha, arremessando torrões e lama pelo caminho.

— Viu Somerset à nossa esquerda? — gritou. — Dizem que ele guarda rancor pelo pai e pelo irmão.

— Por que não guardaria? — retorquiu Eduardo. — Eu também guardo .. e perdi homens melhores que o velho Somerset e o garoto dele.

— Sim, irmão, eu sei muito bem disso. Ainda assim, dizem que corre fogo em suas veias. Se me deixar ficar na ala esquerda, vou atingi-lo primeiro com flechas e canhões. Deixe-me ver se consigo enfurecê-lo a ponto de fazer com que abandone aquela elevação.

Eduardo consentiu com um movimento de cabeça. Ele confiava no irmão — e em lorde Hastings, aliás. Entendia até que ponto a batalha dependia de tal confiança. Não poderia haver um único grande general comandando os homens, pelo menos não com tantos. Aquela era uma irmandade, e ele percebeu que se sentia mais à vontade no campo de batalha que em qualquer sala tranquila de Londres ou Windsor. Eduardo fora feito para os gritos do combate, o choque das armas. O silêncio e a paz o desgastavam como uma mó de moinho.

Enquanto Eduardo refletia, Ricardo de Gloucester saiu correndo com uma dúzia de capitães atrás dele, reorganizando companhias inteiras para que parassem e assumissem novas posições nos dois flancos. O terreno que atravessavam não facilitava nem um pouco a tarefa. As forças de Lancaster estavam serenas na elevação, mas cada companhia de York era forçada a percorrer trilhas minúsculas entre sebes ou buscar uma porteira no fim de um campo cercado de espinheiros que não conseguiam atravessar. Aquilo tudo era deliberado, é claro, mas isso não tornava mais fácil suportar a situação. Eduardo não podia condenar os inimigos por escolherem um lugar adequado para eles e interferir no posicionamento de seus soldados, mas ele se via trotando por um labirinto de trilhas e sebes, separado dos seus homens como se atravessasse um dédalo. Ele perdera de vista as forças de Lancaster, por causa da neblina ou apenas por causa do terreno e das sebes de espinheiros altos demais. Dentro da armadura, suava como um ferreiro, sem a calma vital de que precisava para comandar bem. Sentia a raiva fervilhando dentro de si. E a recebeu de braços abertos.

Edmundo Beaufort, duque de Somerset, baixou os olhos para a paisagem branca e verde-escura, interrompida por borrões de homens em marcha ou a cavalo que apressavam os demais. O que viu lhe agradou bastante. Observara a extensão das valas agrícolas ao sul da sua posição quando pusera os homens em formação. Dava-lhe certa satisfação observar os estandartes de York perambular por antigas trilhas enquanto tentavam encontrar o caminho de volta à direção principal do avanço. Se para isso não fosse preciso mandar fileiras organizadas para aquele terreno acidentado e perder a vantagem, ele se sentiria tentado a fazer uma investida morro abaixo e surpreender o inimigo antes que pudessem realmente se formar. Ele não deu a ordem; em vez disso, observou-os enquanto procuravam o caminho, cada vez mais perto. Chegariam suados e cansados, pensou.

Em certo momento, o centro do exército de York se arrastou por uma elevação do terreno até ficar quase no nível dos estandartes de Somerset, mas depois tiveram de observá-los subir mais uma vez quando o terreno despencou num canal entre as duas forças. Somerset sorriu ao vislumbrar homens de armadura escalando um engana-bode num campo a meio quilômetro. Ele não tinha nenhuma vontade de lhes dar a mínima vantagem, não quando lutava pelo rei legítimo da Inglaterra e pelo seu filho.

À primeira luz da manhã, Margarida se afastara a cavalo com apenas quatro guardas, em busca de um lugar na cidade onde teria de aguardar notícias. Somerset não a invejou por isso. Apesar do perigo que enfrentaria, ele não achava que conseguiria aguentar horas de preocupação silenciosa, esperando os relatos da batalha.

Seus homens estavam prontos, armados com ferro bom, que não quebraria, usando boas cotas de malha ou as melhores armaduras. Muitos tinham pintado o metal e pareciam besouros reluzentes, vermelhos ou verde-escuros. Os cavaleiros mais pobres e os homens de armas se vestiam em tons de ferrugem, com armaduras que os pais usaram.

Somerset via a confiança do exército. Eles tinham controle do terreno elevado e efetivo para defendê-lo. Além disso, pareciam entender como era correto considerarem a si mesmos superiores às fileiras que, perspirantes e aos tropeços, vinham na sua direção. Somerset viu determinação nos homens e ficou bastante satisfeito. Viu alguns deles fazerem gestos silenciosos para os guerreiros que vislumbravam na neblina que se abria. Queriam *começar*. O efetivo não era a única moeda na escala de vitórias em combate, como Somerset sabia muito bem. Havia um momento, em qualquer conflito armado, em que homens comuns desejariam fugir. Se o fizessem, e se o medo contagiasse os homens em volta, a causa estaria perdida; as mulheres seriam levadas; a terra, explorada por outros. Mas, se de alguma forma ele não fugisse, se encontrasse dentro de si a força de permanecer com os amigos e companheiros de ferro, ele seria Esparta, seria Roma, seria a Inglaterra.

— Acredito que os venceremos aqui — gritou Somerset de repente acima da cabeça dos seus homens. Seu cavalo bufou e levantou a cabeça, obrigando-o a andar num círculo fechado enquanto o animal se acalmava. — Eles virão até nós, e cada um dirá: "Basta!" Basta do seu desdém mesquinho, da sua ambição! Basta de tudo isso. Já *temos* um rei. O filho dele, príncipe de Gales, está aqui no campo de batalha conosco.

Eles deram vivas enquanto Somerset respirava de novo, e seu costumeiro humor amargo se abrandou um pouco, melhorado pelo soar daquelas vozes.

— Gritem "Lancaster" ou gritem "Gales", se quiserem. Mas gritem o fim desses mendigos usurpadores, que não são dignos de usar a coroa do nosso reino.

Os vivas soaram mais alto, enquanto eles riam e batiam os pés em resposta, mostrando aprovação e despindo o nervosismo que se segue à espera do ataque. Enquanto dava vivas com eles, Somerset viu os estandartes de Gloucester surgirem na neblina à frente, parecendo próximos a ponto de ser possível tocá-los com as mãos. Ele procurou o próprio Gloucester e o viu lá, numa armadura verde ou preta, o cabelo louro-escuro solto, e nem sinal de elmo. Cada centímetro dele parecia um cavaleiro cruel. Somerset sentiu todo o peso da idade ao fitar o rapaz de 18 anos que cavalgava com as mãos erguidas e leves nas rédeas, fazendo o cavalo pisar nas fileiras rudemente reviradas de barro e capim.

A essa altura, a neblina se dissipava sob o calor do sol. Embora a aurora mal tivesse chegado, Somerset conseguiu observar Ricardo de Gloucester levar para seu flanco uma massa de arqueiros trajando castanho. Viu também os canos pretos dos canhões apoiados entre duas rodas de carroça, apontados e munidos com blocos e braseiros. Trilhas de fumaça cinzenta iam longe na brisa da manhã que levava embora a neblina.

Somerset estava bastante ciente das ordens de levantar escudos dos seus capitães. Os homens teriam de aguentar algum tempo, o que fazia parte de escolher um lugar e manter a posição. Seus arqueiros dariam a devida resposta. Embora não tivesse canhões, Somerset ainda não vira nenhum que se fizesse valer num campo de batalha. Eles desempenhavam um bom papel ao derrubar muralhas de fortalezas, isso era comprovado, sem dúvida nenhuma. No entanto, onde houvesse movimento, onde os homens pudessem atacar a guarnição dos canhões, ele não via futuro naquelas coisas imundas, só barulho e fumaça, como se homens corajosos fossem fugir aos gritos daquelas coisas.

Ele observou uma fileira fina se reunir à frente dos arqueiros com lanças curtas apoiadas no ombro. Somerset balançou a cabeça com irritação quando entendeu os estopins fumegantes. Bombardas de mão. Parecia que teria de aguentar um enxame de abelhas naquele dia. Não pretendia demonstrar medo nem nenhuma outra emoção. Não gostava que os homens o vissem se encolher, caso pensassem que tinha receio. Ricardo de Gloucester teria de atacar no fim. Somerset apertou a manopla com essa perspectiva. Então seus homens teriam a oportunidade de revidar por todas as gotas de sangue que tivessem perdido. Ele só queria ter a oportunidade de encarar pessoalmente o filho mais novo de York. Entre os dentes, começou a murmurar preces silenciosas.

— Deus todo-poderoso, se for a Vossa vontade, recordai-Vos de meu irmão e de meu pai. Recebei-os em Vosso abraço e em Vossa paz. Rezo hoje para ter Ricardo de Gloucester ao alcance de meu braço. Não peço mais nada, Senhor, além dessa pequena gentileza. Se eu viver, peço a vontade de ver isso terminar. Se eu morrer, só peço para ver minha família de novo.

Ricardo de Gloucester olhou para a esquerda e para a direita, satisfeito com a disposição das fileiras caladas. Ainda estavam abaixo da elevação, mas a neblina se desfizera e o sol subia quente. Havia uma razão para as batalhas serem travadas na primavera, e eles a sentiram então, com o sangue correndo quente nas veias. Somerset tinha escolhido seu terreno elevado e ficara imóvel durante toda a aproximação. Os arqueiros dele teriam a vantagem do alcance, mas não havia como impedir isso. Ricardo deteve os homens a trezentos e cinquenta metros de Lancaster, uma linha escura correndo pela elevação à frente. Havia um desafio naquelas fileiras imóveis. Um desafio a que queriam responder, como veados machos responderiam, num poderoso grande choque de ossos, galhada com galhada.

Ricardo tomou fôlego, sentado ereto com uma das mãos no punho da espada, ainda embainhada.

— Arqueiros, preparar! Canhões, preparar. Avanço lento até estarem ao alcance.

Era o momento que todos os homens odiavam, quando se aproximavam enfileirados, fitando o outro lado do campo, esperando o ar escurecer de repente com milhares de flechas, que a pólvora soltasse sua fumaça branca sobre o outro lado deles enquanto marchavam.

Somerset não deu nenhuma ordem, e Ricardo engoliu em seco, nervoso. Ele sabia que era um belo alvo com sua armadura preta. Foi difícil forçar a montaria a avançar com os homens, mas ele tinha certeza de que não morreria. Outros morreriam, sem dúvida. Mas Ricardo fora tocado e abençoado, conseguia sentir isso. A morte não viria para ele, por mais que a chamasse.

Seus arqueiros puxaram os arcos enquanto andavam, cientes de qual seria a ordem seguinte. Ela veio quando Somerset rugiu e o ar se enegreceu de flechas zunindo.

— Alto! Arqueiros, preparar e puxar! Atirar!

As ordens de Ricardo foram transmitidas pelos capitães, cada um cuidando de homens que conhecia bem. Os bombardeiros de mão se ajoelharam para atirar à frente dos arqueiros e, pela primeira vez, Ricardo viu homens caírem nas linhas acima deles quando a fumaça se dissipou. Porém, não gostava de ter a visão ofuscada enquanto flechas caíam sobre ele. O alcance delas era curto e violento, e ele não tinha escudo, confiando em vez disso somente na armadura. Sabia que seria preciso o mais perfeito dos disparos para perfurar a carapaça, mas ainda assim era difícil não se encolher diante das flechas que caíam. Só seu cavalo parecia não se afetar ou não perceber e se mantinha calmo enquanto as flechas batiam e se quebravam no chão em volta.

Então ficou claro o que ele tinha feito. Com a bênção do irmão, Ricardo concentrara todo o fogo na posição do próprio Somerset. Flechas e balas tinham dilacerado uma tira estreita em torno dos estandartes de Somerset, matando dezenas de homens que se viram sob uma chuva de pontas de aço e balas de chumbo, enquanto os tiros de canhão rasgavam a linha de soldados, derrubando dois ou três por vez. Um dos porta-estandartes de Somerset cambaleou e caiu, e, claro, o exército de York deu vivas ao ver isso, deliciado com os primeiros frutos do sucesso.

Os arqueiros de Somerset tinham mirado as flechas ao longo da fileira de York que marchava, onde os guerreiros aguardavam com escudos e as melhores armaduras. Homens ficaram feridos. Aqueles com cota de malha ou armadura se mantiveram perfeitamente imóveis em meio aos companheiros, quase como se dormissem. Não eram tão numerosos.

Ricardo ergueu e baixou a mão, e a essa altura as guarnições dos canhões já tinham recarregado as peças de artilharia. Os homens nas linhas em volta de Somerset visivelmente se encolheram. Eles perceberam que eram o alvo, e nenhum deles queria ficar perto do duque.

Edmundo Beaufort estava em sua montaria, aparentemente intocado. O cavalo usava na cabeça uma proteção blindada guarnecida com um espeto contra soldados a pé. O animal bateu com a pata no chão quando os porta-estandartes recuaram. O duque sentiu o movimento e virou a cabeça para dar uma ordem.

Lá embaixo, Ricardo de Gloucester viu o movimento e sorriu.

— Arqueiros! De novo. Em Somerset!

Eles tinham a pontaria melhor que a guarnição dos canhões e eram muito mais assustadores. Alguns estavam enfileirados, como infantes, enquanto outros corriam à frente em investidas para ganhar mais alguns metros de alcance ao disparar as flechas, antes de voltar à toda para os companheiros. Gritavam, avaliando os tiros uns dos outros o tempo inteiro, vaiando quando um arco estalava ou um homem escorregava e fazia a flecha mergulhar no chão à frente. Eram impiedosos nas zombarias com a falta de habilidade, que era tudo o que tinham e tudo o que valorizavam.

Ricardo desejou ter trazido mais, que seu irmão tivesse esperado mais mil arqueiros. Teriam despedaçado a ala de Somerset. Ele percebeu que sua mente se prendia a pequenos detalhes enquanto os arqueiros castigavam a ala. O duque em si ainda estava vivo. O estandarte dele fora erguido mais uma vez, e o homem que o portava durara apenas um instante antes de também cair, perfurado por flechas. Somerset rugiu um desafio, mas ainda assim despejaram fogo sobre ele, canhões, balas e flechas. A fumaça das armas de fogo avançou a ponto de deixá-los todos cegos. Os arqueiros continuavam lançando olhares venenosos às guarnições que estragavam sua mira perfeita, mas a combinação abrira grandes lacunas nas linhas de Lancaster, enquanto o restante continuava intocado. Ninguém ali entendia por que Gloucester dirigia todo o seu estoque de projéteis contra um só homem, a não ser o próprio Ricardo e Eduardo, no centro. Durante uma hora, ele transformou aquele lugar num inferno, e Somerset sabia que era tudo contra ele. Sua armadura foi atingida e amassada uma dúzia de vezes, de modo que sentia gosto de sangue nos lábios. Aceitara um escudo e puxara uma maça com espetos. O peso da arma era agradável na mão. Ele sentiu a raiva subir como vapor dentro de si; então algo jogou a sua cabeça para trás, fazendo o elmo retinir. Ele chamou um mensageiro; o rapaz veio todo encolhido, e Somerset tratou com desdém sua covardia enquanto falava.

— *Chega* disso. Informe a lorde Wenlock que vou atacar. Ele tem de me dar apoio. Não posso mais ficar parado sob esse fogo. Essa é a minha ordem. Apoie a ala. Ataque quando eu agir.

O mensageiro saiu correndo, desesperado de alívio por conseguir se afastar do ar que parecia gemer como vespas e terror. Somerset se voltou outra vez para as fileiras de besouros que via lá embaixo. Tinham avançado, claro, com sua má disciplina. Ele os avaliou e não estava completamente perdido numa névoa rubra de raiva, embora a sentisse puxá-lo. Ricardo de Gloucester, com toda a sua juventude e arrogância e que não entendia *nada*. Aquela *família* que havia roubado de Somerset o amado irmão e o pai! Que lhe tirara tantos homens e mulheres bons e fizera o reino em pedaços... e, *ainda assim*, lá estavam eles, com toda a sua arrogância e maldade, despejando fogo sobre sua posição como a onda de uma tempestade se quebrando sobre ele. Era demais para suportar.

Eduardo levantou a cabeça depois de ficar analisando a cabeça da sela, onde ele se dividia e lhe prendia as coxas para que pudesse usar ambas as mãos para empunhar armas. Alguns cavaleiros usavam escudo, mas ele era grande o bastante para suportar o peso de uma armadura mais pesada e preferia uma espada e um martelo de cabo longo. A cabeça da arma parecia pequena para um homem do seu tamanho, pouco maior que a mão. Mas ele conseguia empunhar o machado com uma força esmagadora, e o cabo de ferro apararia a maior parte dos golpes de espada.

Ele passara um tempo enorme examinando as armas enquanto o irmão lançava fogo constante sobre a ala de Somerset e ignorava o restante. Eduardo se sentiu atordoado pelas necessidades conflitantes dentro de si. Queria avançar por aquela elevação para chegar às fileiras que acenavam para que subisse. Eram bastante corajosos a duzentos metros. A maioria dos homens era. Eduardo queria ver como se comportariam quando estivesse entre eles. Mas se forçou a esperar como prometera ao irmão, com a cabeça leve e o sangue pulsando nas veias, mantendo-se imóvel enquanto a respiração saía em grandes haustos, como um lobo se preparando para atacar.

Quando ergueu os olhos, foi em resposta a um rugido assim que a ala agredida de Somerset desceu uivando sobre os homens de Gloucester. Os olhos de Eduardo se arregalaram. Era perfeito, e ele abençoou a percepção certeira do irmão.

— Avançar o centro! — berrou ele, a voz atravessando o campo. — Companhias do centro, avançar!

Elas se lançaram à frente quando ele gritou, tendo observado com bastante atenção Somerset perder a calma.

Diante deles, a ala mais forte do exército de Margarida desceu à toda o morro que fora sua única vantagem. As companhias de Gloucester os encararam de frente, e Eduardo de York se chocou com eles pelo outro flanco, piqueiros e lanceiros se enfiando nos inimigos. Os homens que desciam em fileiras não poderiam se defender contra aquele assalto. As lanças mergulharam, voltando rubras e provocando guinchos enquanto homens caíam e eram pisoteados.

A fúria rubra de Somerset se intensificou quando ele olhou para trás e viu que lorde Wenlock não o acompanhara. Estaria o velho dormindo? Wenlock e o príncipe continuavam parados, em fileiras pacíficas, enquanto seus melhores homens e sua única chance eram dilacerados. Somerset não podia permitir que os filhos de York levassem toda a sua força sobre cada parte do seu exército. Isso causaria desastre e morte. Somerset mal saíra do alto do morro quando viu como sua força estava sendo despedaçada. Ele fez um gesto para Wenlock, mas o velho canalha arrogante não fez menção nenhuma de apoiá-lo.

— Recuar em boa ordem! — rugiu Somerset a seus capitães.

Um suspiro coletivo subiu dos homens castigados que suportaram os ataques ininterruptos e depois confiaram nele a ponto de segui-lo. Pediam-lhes que recuassem encosta acima, com um inimigo contentíssimo investindo e brandindo ferro. Era difícil, mas a alternativa seria ver York e Gloucester reduzi-los a pó, e eles pararam e fizeram o possível para segurar, de armas estendidas, as fileiras ruidosas de Gloucester. Havia algumas lanças, e eles deram os primeiros passos muito bem, até que Gloucester percebeu a intenção com descrença e espanto — e ordenou que toda a ala investisse.

Somerset virou o cavalo para subir o morro, sabendo que mal conseguiria fazer o animal voltar pela encosta. Ao girar, ele viu uma matilha de lanceiros sair correndo de um bosque à esquerda, com as armas longas baixadas e prontas para a luta. Ele não conseguiu pensar numa ordem para reagir naquele momento, a não ser gritar um alerta. As lanças eram usadas na defesa ou por cavaleiros. Tudo o que pôde fazer foi piscar ao ver homens correndo para atacar com elas.

— Cuidado à esquerda! Cuidado, lanças à esquerda! — gritou ele, mas seus homens estavam sendo empurrados pela frente e pelo flanco, onde mais lanceiros pressionavam e investiam contra eles.

Os soldados de Somerset tinham apenas um flanco livre, e a única coisa que puderam fazer foi recuar quando duzentos inimigos caíram sobre eles, as lanças golpeando a primeira fileira, e cabeças ensanguentadas caíam e sujavam os que empurravam atrás. Aquilo destruiu o último ímpeto de luta dos homens de Somerset, como se tivessem caído numa armadilha para javalis e espetos fossem enfiados em seus corpos. Tentaram se espalhar, mas a matança continuou sem quartel.

Somerset fincou os calcanhares na montaria e sentiu o cavalo cambalear quando algo o rasgou. Não sabia que ferimento o animal recebera, mas sentiu as forças dele começarem a falhar. O cavalo se esforçou para subir a encosta, arfando e bufando sangue. Inexpressivo, Somerset o impeliu adiante, fincando as esporas várias e várias vezes no animal. Sabia que Gloucester e York deviam estar subindo às suas costas e não se preocupou. Em vez disso, fez o cavalo moribundo trotar morro acima até as fileiras aterrorizadas de homens do batalhão central, que tinham apenas observado enquanto seus companheiros eram massacrados.

O barão Wenlock estava lá no seu cavalo, na terceira fileira, cercado por arautos e mensageiros. Eduardo, príncipe de Gales, estava montado ao lado. O rapaz empalideceu visivelmente ao avistar Somerset. O elmo do duque alquebrado estava salpicado de sangue, e o cavalo sangrava um sangue vermelho-vivo pelas narinas.

— Por que não me deu apoio, milorde? — rosnou Somerset para Wenlock. — Mandei a ordem. Onde o senhor estava?

Wenlock se irritou, o cabelo destacando-se muito branco contra a pele cada vez mais ruborizada.

— Como ousa questionar a minha honra? Seu moleque! Eu não...

Somerset o atingiu com a maça que empunhava na mão direita, um golpe poderoso que silenciou o velho. Escorreu sangue da testa de Wenlock, e sua boca se mexeu com espanto enquanto Somerset o atingia de novo e depois observava, ofegante, o lorde escorregar do cavalo e cair no chão.

— Por Cristo! — exclamou Eduardo de Gales, os olhos arregalados.

Ele não olhava para Wenlock, mas para além deles dois, onde as forças de York investiam. Somerset se virou, e eles foram engolidos.

Eduardo baixou os olhos para os nós de prata das manoplas. Estavam avermelhados, embora ele não se lembrasse de ter socado alguém na loucura da batalha. Ele havia subido o morro rugindo quando a ala de Somerset desmoronara, escolhendo o momento para investir contra as forças na elevação. Vira Somerset discutindo e um rapaz com a libré real de Lancaster, mal capaz de se defender. Eduardo olhou de novo para a manopla. Correra tanto sangue na sua vida. Ele não havia pedido nada disso. Sabia que havia pelo menos uma mulher que choraria naquele dia quando soubesse. Todas as esperanças de Margarida de Anjou tinham virado cinzas; seu filho, pálido e imóvel com todo o resto.

Ele percebeu que chorava e ficou irritado enquanto secava as lágrimas. Outros homens desviaram o olhar, já tendo visto coisas muito mais estranhas. Alguns vomitavam no capim depois das batalhas. Outros caíam num sono profundo se pudessem, como se estivessem bêbados. Outros mais riam ou choravam, sem serem notados enquanto andavam pelo campo e compreendiam que haviam sobrevivido. Tudo que tinham esquecido no calor e no movimento para matar voltava como lampejos, e eles paravam, esfregavam os olhos e respiravam fundo antes de prosseguir.

Talvez fosse a idade, pensou Eduardo, com tristeza. Começou a rir com a imagem de um rei chorão, com o ridículo daquilo. Via o irmão Ricardo cumprimentando os homens, como ele mesmo deveria estar fazendo neste momento. Sentiu a garganta seca; ele agarrou o odre que estava nos ombros de um menino que passava e o emborcou. Esperava água, mas era cerveja espumante, encorpada e amarga. Ele bebeu e bebeu, feito uma criança mamando, só parando quando precisou respirar.

— Por Deus, eu estou seco — murmurou.

Ele viu Ricardo se aproximar e riu com a cara de espanto do irmão.

— Bom, cumpri meu juramento, irmão — declarou Eduardo, irritado. — E acho que estou seco.

— Eu sei, Eduardo, não é isso. Ouvi dizer que há alguns cavaleiros de Lancaster pedindo santuário na abadia perto da cidade.

— Algum nome? — quis saber Eduardo.

Um rubor lhe chegara às faces com a cerveja. Agora ele parecia menos preocupado, mais leve e alegre.

— Não sei. Os monges não deixarão nossos homens entrar para ver.

— Ah, não deixarão, é? — questionou Eduardo.

Ele jogou o odre de volta para o menino e assoviou para chamar seu cavalo. Lorde Rivers o levou até ele. A guarda pessoal de Eduardo entrou em formação, todos selvagens e de cabeça descoberta.

— Venha comigo — disse Eduardo ao irmão.

Ricardo montou outra vez e o seguiu.

A abadia de Tewkesbury não ficava muito depois das últimas linhas de mortos, forçados a recuar de onde estiveram inicialmente. A expressão de Eduardo se fechou ao ver os monges de hábito preto em pé diante da porta e da grande arcada normanda. Então ele pôs o cavalo a meio galope. Rivers e os guardas avançaram ao seu lado, sabendo que havia poucas imagens mais assustadoras no mundo que cavalos de batalha chegando com ferro e fúria.

Eduardo puxou as rédeas diante da porta, fazendo o cavalo derrapar numa curva. Os monges que observavam se encolheram, mas não recuaram.

— Eu dei a ordem de buscar meus inimigos, onde quer que se escondam — gritou Eduardo acima da cabeça deles.

Ele sabia que poderia ser ouvido dentro dos muros, por isso falou bem alto. Em resposta, o abade saiu pela imensa porta.

— Milorde York — começou ele.

— Trate-me como rei — retorquiu Eduardo com rudeza.

— Vossa Alteza, se assim deseja, este terreno é consagrado. É um santuário. Não posso permitir que seus homens entrem.

Eduardo se virou para os cavaleiros que estavam com ele.

— Fui expulso da minha própria terra; minha esposa e meus filhos foram forçados a se esconder. Quando voltei, disse que colocaria um fim a tudo isso. Não dei quartel. Não aceitei resgates. Ainda considero aqui um campo de batalha. Serei compreensivo se vocês entrarem e *darem um fim a quem ainda estiver vivo.*

Dois cavaleiros levaram suas montarias rumo à porta. Os monges gritaram, horrorizados e ofendidos, erguendo as mãos como se pudessem impedi-los. Em vez disso, os cavaleiros baixaram as lâminas em cortes rápidos e firmes, fazendo sangue respingar nas pedras. O abade tentou entrar para trancar as portas, mas os cavaleiros as abriram à força e invadiram a abadia. Veio um grito de medo daqueles que haviam se refugiado lá como última esperança, feridos e assustados. Os cavaleiros adentraram na penumbra e, por algum tempo, houve outros guinchos e gritos de dor e ultraje.

Eduardo olhou de relance para os irmãos. Clarence parecia enjoado, como se fosse vomitar. Ricardo o observava com uma expressão quase de curiosidade. Eduardo deu de ombros. Vira morte e matança demais. Para ele, aquele não parecia um passo tão grande.

Eles encontraram Margarida no dia seguinte. Ela recebera a terrível notícia, e seus guardas sumiram, deixando-a sozinha para correr até um convento a cerca de dois quilômetros. As freiras, sem dúvida, haviam ouvido o destino daqueles que se levantaram contra Eduardo. Embora gritassem em protesto, não resistiram aos soldados rudes que adentraram seus corredores para arrastar Margarida para fora.

Margarida saiu docilmente, desconsolada em seu pesar. O capitão que a pôs num cavalo e segurou suas rédeas teve pena suficiente para levá-la para ver o corpo do filho, que jazia na abadia de Tewkesbury. Ele estava bonito em sua juventude, e Margarida lhe acariciou o rosto e lhe segurou a mão por um tempo, vazia e entorpecida com tudo o que sofrera.

Apesar dos apelos dela, o exército de York deixou Eduardo de Lancaster para trás com centenas de outros ao levantar acampamento e pegar a estrada de volta a Londres. A nave da abadia estava salpicada de vermelho e ninguém parecia saber como lavá-la.

A princípio Margarida achou que a levariam ao rei Eduardo para forçá-la a suportar o seu triunfo ácido. Mas ele não era o pai, Ricardo de York, e não a chamou. Os homens de Eduardo a trataram com certa cortesia na estrada, mas sem nenhum interesse especial. Parecia que a casa de York não se importava mais com o que seria feito dela.

Eduardo tinha sido meticuloso na vingança. Nenhum lorde Lancaster fora poupado. Qualquer que fosse a ligação com a linhagem do rei Henrique, por sangue, juramento ou serviço, Eduardo de York os derrubou. A casa de Lancaster fora eliminada em Tewkesbury e no machado do carrasco, e nem os feridos foram poupados.

Margarida chorava seu luto com o balanço do cavalo, sem saber para onde era levada. Embora não quisesse que os soldados ouvissem seu pesar, ela percebeu que chorava baixinho mesmo assim, como uma criança machucada. Seu filho, seu Eduardo, fora morto antes de se tornar um homem de verdade, toda a sua promessa, toda a sua alegria destruídas. Ela não o veria rir de novo, e isso era monstruoso, tão errado que não conseguia compreender. Ela descobriu que estava vazia por dentro. Dera sua juventude, sua fé e seu único filho à Inglaterra e não lhe restava mais nada.

23

Eduardo estava bêbado, embora se esforçasse para esconder isso de Ricardo, em pé à sua frente. Ele só conseguia se lembrar da clareza fria dos últimos dias em Barnet e Tewkesbury com um assombro anuviado. Seu apetite se avivara como as chamas de uma fornalha, como se ele o tivesse acumulado. Comia e bebia além da conta todos os dias, mas as labaredas ainda tremulavam dentro dele, sempre lá, uma comichão que não podia coçar, um carvão em brasa cujo fogo não conseguia extinguir com vinho. Ele não falou a Ricardo dos pesadelos que o perseguiam. Não suportaria a ideia de o irmão ter pena dele em sua fraqueza. Não. Eduardo sentiu o suor escorrer frio das axilas, mas sorriu como se não houvesse nada de errado.

— Quais notícias, irmão? — perguntou, fitando-o atentamente do outro lado da sala de audiências, tentando ler cada mudança de expressão e cada movimento sutil.

— Algo terrível, Alteza, uma tragédia — respondeu Ricardo.

Eduardo fechou os olhos brevemente. Passara a noite inteira na companhia de sessenta lordes com suas damas, com acrobacias, ilusões e grandes feitos de armas. O irmão não estivera com ele.

— Diga-me, Ricardo, já que estamos sozinhos — cochichou.

— Contei ao rei Henrique de seu filho. Seu espírito sofreu um enorme espasmo, ele caiu desmaiado, e não consegui acordá-lo. Sinto muito, irmão. O rei Henrique está morto.

— Terei de exibir o corpo, como fiz com o de Warwick e o de Montacute. Caso contrário, sempre haverá algum idiota para resmungar sobre a volta da casa de Lancaster. Será que eu posso... O corpo está em condições de ser visto?

Ricardo lançou um olhar frio para o irmão, sabendo muito bem o que lhe perguntava.

— Se ele usar uma gola alta, talvez um gorjal de cota de malha, sim. Mandarei que vistam o corpo com túnicas longas e o guardem bem, para que ninguém consiga chegar perto demais.

— Obrigado — disse Eduardo. Ele procurou algum vestígio de culpa no duque de 18 anos e só encontrou uma confiança tranquila. — Agora mande entrar seu irmão.

Com todos os criados dispensados, o próprio Ricardo atravessou a sala e bateu a manopla nas portas de carvalho. George de Clarence entrou em silêncio, deslizando pela porta semiaberta. Ele olhou de um irmão para o outro, com expressão cautelosa.

— Obrigado por vir a Londres, George — disse Eduardo, inclinando a cabeça para o irmão.

George atravessou a sala quase a passo com Ricardo. Quando chegou perto, passou a observar Eduardo e viu o rubor e o suor que significavam que o rei voltara a mergulhar no copo. George achava que Eduardo não sabia com que frequência parava e respirava, os olhos vazios. Mas o irmão usava uma coroa simples e estava sentado num trono na sala de audiências do Palácio de Westminster. Eduardo destruíra os Neville e a casa de Lancaster em combate. Homem nenhum poderia criticá-lo. Quando se juntaram em maior número, ele saíra e os destruíra. Não uma vez, mas duas, e até três vezes, se Towton fosse incluída na conta. Não havia um rei guerreiro de tamanha fama desde Henrique V, e a tragédia era que Eduardo gastara a juventude e a força protegendo o trono na Inglaterra enquanto a França prosperava em paz. Naquele dia, enquanto Eduardo se sentava no trono, o reino estava silencioso e assustado.

— Chamei-o aqui, George, para lhe pedir conselhos — explicou Eduardo.

Os olhos estavam vermelhos e, enquanto o observavam, ele se virou, tentou pegar algo, contraiu os lábios com irritação e procurou os criados em volta antes de desistir e pôr os olhos nos irmãos mais uma vez.

— Ricardo aqui está pensando numa união com Ana, filha de Warwick — anunciou Eduardo.

Ele viu os olhos de George se semicerrarem com aguda desconfiança e sentiu a chegada de um sorriso. Estendeu a mão mais uma vez para a taça de vinho perto do braço e os dedos se mexeram um instante antes que se lembrasse. Ah, sim. Fora como ele ordenara. Era importante que estivesse de mente limpa. Haveria um grande banquete naquela noite, uma comemoração. Lorde Rivers tinha um aniversário ou outro, e Eduardo concordara em dar um banquete em Windsor. Então poderia beber até desmaiar, vinho e destilados que lhe garantiriam um sono sem sonhos.

— Ela era casada com Eduardo de Lancaster — comentou George de repente. — Tem certeza de que está intocada, Ricardo? Lancaster era um rapaz bem jovem, cheio de vigor.

— Esperarei o suficiente para ter certeza de que o ventre dela está vazio, é claro — argumentou Ricardo, dando de ombros. — Isso não é da sua conta.

Ele ergueu os olhos para Eduardo, e George de Clarence lutou com a sensação crescente de um desastre. Claramente Ricardo instigava o irmão mais velho, e ele podia adivinhar o impulso que levara a isso. Antes que falasse qualquer coisa, Eduardo ergueu um dedo e eliminou toda a esperança.

— Ricardo foi parte vital das minhas vitórias em Barnet e em Tewkesbury. Além disso, prestou um grande serviço à Coroa. É meu desejo encontrar alguma recompensa adequada. Quando ouvi o nome daquela com quem se casará, bom, eu soube que você poderia ajudar a encontrar uma...

A voz de Eduardo vacilou, enquanto ele estalava os dedos atrás da palavra.

— Recompensa, Vossa Alteza — completou Ricardo, lançando um sorriso animado para George.

— Sim, recompensa. As propriedades de Warwick: uma dúzia de castelos, centenas de mansões, cidades, aldeias e fortalezas. Algumas das melhores terras da Inglaterra e de Gales.

— Que herdei *jure uxoris* pelo direito da minha esposa — apontou George.

Clarence parecia obstinado. Eduardo franziu a testa para o irmão, inclinando-se à frente e descansando nos joelhos as grandes mãos cheias de cicatrizes.

— Não tente brigar comigo por causa disso, George — murmurou Eduardo.

Como o irmão ainda exibia uma expressão de teimosia, Eduardo pareceu crescer conforme seu rubor se aprofundava. Nele, a raiva era uma mudança física, e seus dois irmãos conseguiram sentir a ameaça que tinha se esgueirado para dentro daquele salão.

— Os títulos de Warwick foram todos retirados dele, George. Esqueceu? Eu poderia passá-los todos ao seu irmão como propriedades da Coroa... e o que você faria? Recorreria às pressas ao meu Parlamento? Aos meus lordes? Diria que seu irmão estava agindo dentro das leis da Inglaterra e que você não gostou?

— Há mil casos em disputa nos tribunais, Eduardo. Eu mesmo dei entrada a uns quarenta deles! Só lhe peço que não me tire o que será meu quando os tribunais decidirem a seu tempo.

— Não, George. Resolverei isso agora. Se questionar esta decisão nos tribunais, estará agindo contra a minha ordem direta, como seu rei. Não corra esse risco, George. O sangue o protegerá... até certo ponto. Você está nesse ponto agora.

Eduardo se levantara da cadeira e assomava acima dos outros dois. George tremia de fúria; então cuspiu uma maldição, deu meia-volta e saiu batendo os pés com velocidade suficiente para fazer a capa regirar pelo caminho. Irritado, bateu a porta na outra extremidade da sala.

No silêncio causado pelo espanto que se seguiu, Ricardo se virou devagar para o irmão. Estava de sobrancelhas erguidas, e Eduardo voltou a se sentar, desdenhando com um gesto da pergunta tácita.

— Sim, pegue as propriedades que quiser, Ricardo. Clarence é um idiota. Talvez este seja o fim da história e ele não me desafie mais. Caso contrário...

Ele não precisava terminar.

— Assim espero — disse Ricardo. — Ele é um homem fraco, mas ainda é nosso irmão.

— E tio mais uma vez, ou será, se tiver o bom senso de não aparecer na minha frente por algum tempo.

— Elizabeth está grávida? De novo? — perguntou Ricardo com uma risadinha. — Acho que vocês ficaram mesmo muito tempo separados.

Eduardo balançou a cabeça, irritado.

— Eu não gosto dela, irmão. Mas ela consegue me provocar. Já está vomitando pela manhã. Acho que devo ter uma semente muito poderosa. Tudo que preciso fazer é olhar para Elizabeth que ela emprenha outra vez.

— Espero um irmão para seu filho — comentou Ricardo. — Eu não gostaria de ter tido apenas irmãs.

Ele viu que Eduardo estava levantando a mão para desprezar a ideia ou fazer algum comentário zombeteiro e falou antes.

— Estou falando sério. Torço por outro menino, para que eles possam ter... isso. Tenho amigos, Eduardo. Dou mais valor ao que eu e você temos do que a amizades. Para mim, é importante que possamos confiar um no outro. Principalmente desde que o nosso pai se foi. Você sabe que o admiro acima de todos os outros. Embora só Deus saiba como você é difícil de agradar.

— Obrigado. Ainda sinto falta dele. Entro nos seus antigos aposentos e sua autoridade não está lá. Ainda mal consigo acreditar que ele se foi.

Eduardo sorriu, e Ricardo viu que os olhos do irmão se enchiam de brilho. Eduardo pigarreou e fungou. O barulho pareceu tirá-lo dos devaneios.

— Mas, se George ficar contra mim nesse caso das propriedades, não vou avisá-lo de novo. Família ou não, Ricardo, eu sou o rei da Inglaterra. Já vi mais sangue do que se deveria permitir a um homem. Eu conquistei esta paz.

Jasper Tudor despencou na almofada estofada da cadeira como se as pernas tivessem cedido. Ele segurava uma única folha de pergaminho, muito lixada e raspada e depois preenchida outra vez com letras pretas que destruíam a última das suas esperanças. Ele queria jogá-la no fogo da cozinha e se virou para fazer isso, mas se conteve. Henrique talvez quisesse ler. Deus sabia que era da conta dele.

Como se em resposta, o rapaz entrou naquele momento, segurando um pedaço de barbante com minúsculos corpos de pardais amarrados. Jasper, que o ensinara a fazer armadilhas para os passarinhos e também a preparar tortas com eles, não pôde deixar de sorrir com a expressão satisfeita de Henrique, embora, ao mesmo tempo, sua mão fizesse o documento tremer.

— Sente-se, Henrique — pediu baixinho, indicando a segunda cadeira.

A cabana era pequena, e só havia espaço para eles dois. Mesmo no pouco tempo decorrido desde que chegaram, ela crescera em conforto ao redor deles. Pela primeira vez, Jasper se sentiu sufocado pelo lugar. Ele pegou o braço de Henrique e indicou com a cabeça o quintal lá fora.

— A fumaça da lenha está deixando meus olhos vermelhos, Henrique. Ande comigo. Tenho notícias de casa.

Ficou observando enquanto o sobrinho colocava o fio de pardais na mesa, deixando respingar gotinhas vermelho-vivo na madeira polida. Jasper sentiu o olhar atraído por elas e depois fixado. Ele se libertou desse transe balançando a cabeça, então liderou o caminho para o calor da noite.

Por algum tempo, nenhum deles falou. Jasper se afastou da casinha, descendo pelo caminho ao lado do pombal até o campo principal que se estendia para um vale. Havia um carvalho nu na crista do morro, a casca desprendida pela morte, a madeira com cor de creme velho por causa do sol e da passagem do tempo. Jasper andou até a árvore e deu um tapinha no tronco liso. Levantou o pedaço de velino, para o qual o sobrinho olhou de relance com cautela.

— Gostaria de ter outras notícias, Henrique, mas não podemos voltar para casa. Eduardo de York venceu as batalhas, e o rei partiu para se encontrar com o Criador, que Deus tenha misericórdia de sua alma. Dizem que foi por desespero e coração partido, mas acho que ele chegou ao fim da corda que lhe deram.

— Ele foi bondoso comigo — comentou Henrique. — Eu gostava dele. Minha mãe está a salvo?

Jasper fez que sim.

— Ela diz que está. Deixarei que você leia, prometo. Os caçadores do rei não dão importância às mulheres da linhagem, só aos homens. Agradeça por isso nas suas orações de hoje à noite.

Henrique fez que sim, os olhos escuros.

— Agradecerei. Então ela virá até nós? Eu... gostaria que isso acontecesse.

Jasper levantou o documento.

— Ela não disse nada sobre isso. Se for ameaçada, você tem a minha palavra de que a trarei para longe, Henrique. Como fiz com você.

Uma leve tensão partiu do sobrinho. Jasper viu com olhos novos quanta fé o rapaz tinha nele. Isso partiu seu coração. Os campos estavam verdes em torno do carvalho nu, a beleza do verão escrita na terra. Mas Jasper se sentia frio e escuro em meio à vida nova, cansado, com pena e pesar. Não haveria retorno glorioso a Pembroke para ele, e o sobrinho não veria Richmond nem a corte. Eles só tinham à frente um exílio solitário, com algumas moedas do rei francês a cada mês para comprar comida e vinho tinto.

—· Podemos levar uma vida boa aqui — comentou Jasper, forçando alegria na voz. — Há um dinheirinho de Paris... e com o pombal dá para ganhar mais. Tenho certeza de que encontro emprego para nós dois. Você foi treinado como cavaleiro, Henrique. Isso tem valor, e você não passará fome. Podemos manter esses talentos afiados e, talvez, quando você for um pouco mais velho, eu lhe encontre uma noiva entre os barões locais. Quem sabe, talvez achemos alguma com fortuna.

O sobrinho não piscou enquanto o olhava, e Jasper se sentiu cada vez mais sem graça.

— Não voltarei para casa, tio? Nunca?

— Henrique, escute. Sua mãe é a última filha da linhagem de João de Gaunt... a casa de Lancaster. Você é filho único, e ela está com quase 30 anos. O último homem de Lancaster está diante de mim agora. Você. Todo o resto foi morto. Entende? Se voltar para casa, se aparecer em Londres e tentar levar uma vida tranquila, não dou um níquel furado pela sua chance de sobreviver. Talvez o rei Eduardo tenha sido forçado a buscar vingança, mas não hesitou a ir fundo quando teve oportunidade, filho. Agora ele tem tantos mortos nas mãos que não recuaria diante de mais um, ainda mais se for para terminar o serviço. Sinto muito, sinto muitíssimo. Mas você tem de pensar na sua vida aqui agora. É preciso dar um jeito de deixar tudo aquilo para trás.

Henrique observara Jasper estender a mão para o carvalho enquanto falava, acariciando a lisura ondulada. Quando o silêncio voltou, pôs a própria mão na madeira e deixou os dedos passearem por ela. Não deixou marcas, e inclinou a cabeça com interesse, como um passarinho.

— Esperarei, tio — declarou ele de repente. — Esperei muito tempo em Pembroke... e o senhor veio. Se eu esperar de novo, talvez vejamos um caminho de volta. O senhor não deve perder a esperança

Jasper sentiu os olhos arderem e riu da própria reação.

— Não perderei, Henrique. Sonharei com o lar, com Gales e Pembroke. — Por impulso, ele se virou no capim alto, olhando para o sol até achar que encarava o noroeste. — Fica... para lá, neste exato momento. Chovendo, provavelmente, mas ainda um lar.

Margarida observava as luzes de Paris, que ficavam mais brilhantes ao longo do rio. Ela havia passado quatro dias no mar e estava calma e de coração partido como se tivesse um pedaço áspero de sílex no peito. Não conseguia suportar a dor da perda do filho, não conseguia sequer descrever. Talvez tivesse sido uma espécie de misericórdia Eduardo lhe permitir que retornasse à França. Disseram-lhe que tinham feito algum tipo de proposta, embora durante um período muito longo ela estivesse tão afundada no luto que entendera pouquíssimo, e sua própria vida não significava nada. Passara semanas sem se lavar, de modo que a pele ficara cinzenta, e o cabelo, seboso. Fizera um pequeno esforço com um balde e um pano enquanto o barco seguia por alto-mar até o rio mais pacífico além. A vela rangia na brisa, e os homens da tripulação murmuravam entre si, mas ela ainda estava fria como cinzas. Margarida ergueu os olhos dos xales e bolsas quando o barco atingiu as docas. Escurecera, e havia soldados de pé ali, com tochas tremulando no alto. Ela viu que o rei Luís viera recebê-la e descobriu que, ao contrário do que imaginava, ainda tinha lágrimas dentro de si. Margarida se levantou com uma mala pesada em cada mão quando a pequena prancha foi instalada. Ela desceu e pousou as coisas no cais, enquanto Luís se aproximava e pegava as mãos dela nas dele, os olhos cheios de tristeza.

— Ah, *madame,* ele era um rapaz bom e corajoso. Pedi que me fosse enviado para ser sepultado aqui, mas recusaram. Sinto muito. Seu marido também. Que tragédia. Você merecia mais, Margarida, é verdade. Mas agora está em casa. Está sã e salva e não terá de partir de novo.

Ele beijou ambas as suas faces, e Margarida cobriu a boca com a mão e fez que sim, incapaz de falar enquanto o rei Luís a conduzia. As malas foram levadas por outros, mas os ombros dela estavam curvados e sua beleza havia desaparecido. Qualquer um que a tivesse visto antes não reconheceria a menina que atravessara o mar com alegria e expectativa, com William de la Pole ao lado e o primeiro vislumbre da Inglaterra ainda à frente.

PARTE II

Natal de 1482
Onze anos depois de Tewkesbury

Uniremos a rosa branca e a vermelha.

William Shakespeare, *Ricardo III*

24

Eduardo sabia que bebia mais quando ficava sentimental. Ouvira certa vez um arqueiro se referir às "cordas do arco de um homem" — os fios que faziam dele quem era. Eduardo tinha ao menos um desses fios em comum com certo tipo de homem do norte dado à melancolia. O humor mais sombrio o levava à bebida — e a bebida piorava esse humor. As tristezas não podiam ser afogadas. Elas nadavam.

A música não o comovia. Dançarinos passavam pela sua mesa enquanto ele olhava para a frente sem de fato ver nada. Num estrado alto, Eduardo estava sentado numa cadeira de veludo e carvalho com espaldar alto, com o queixo apoiado numa das mãos. Havia uma jarra de um destilado transparente ao seu lado, e um criado estava atrás dele para avaliar o momento perfeito de encher o cálice do rei. Ambos perderam a conta de quantas vezes ele já fora esvaziado.

As festas de Natal de Westminster eram um banquete de luz e música, de presentes para os pobres e mesas postas com comida para centenas. Iluminada por velas, a multidão era entretida por trupes de músicos, mágicos, arremessadores de facas e dois acrobatas que vestiam peles pintalgadas e que pareciam feitos de noite. A noite havia começado bem e ficara cada vez mais turbulenta conforme mais bebida era servida.

Os velhos e as mulheres tinham se retirado havia muito, e a noite avançara madrugada adentro. O sol nasceria outra vez — e só seu reaparecimento anunciaria o fim para os festeiros, com todas as cicatrizes e os arranhões revelados novamente. As velas lhes serviam bem, enquanto os tambores rufavam e as gaitas de fole tocavam outra dança.

Eduardo observou três filhas suas dançarem juntas, todas despertas quando deveriam estar na cama horas antes. Elizabeth, a mais velha, tinha um pescoço de cisne e o cabelo ruivo, com uma bela postura empertigada. A visão de sua felicidade, mais que tudo, era capaz de perfurar a tristeza de Eduardo. Vê-la reunir as outras e pedir um compasso aos músicos fez o pai bêbado sorrir para as meninas.

A irmã Maria morrera naquele ano — 15 anos e cabeça-dura. As crianças choraram com pesar quando ela foi encontrada e por semanas depois disso. Eduardo se limitara a fazer uma careta diante do som das lamúrias. Seu próprio irmão fora morto aos 17. A morte fazia parte da vida, dissera ele. A esposa o chamara de desalmado.

Ele tinha visto mais mortes do que ela jamais veria, pensou Eduardo, mal-humorado. Trouxera ao mundo boa parte delas, que não teriam acontecido sem seu chamado. Talvez fizesse sentido a morte alcançar seus filhos. Deus sabia que ele tinha muitos, se incluísse os das amantes. Às vezes pensava ter conquistado o trono apenas como modo de assegurar a vida de toda a parentalha.

É claro que a jovem Elizabeth já deveria estar casada. O rei francês recuara daquele pequeno arranjo, culpando a doença do filho. A cabeça de Eduardo afundou um pouco mais com a lembrança da temporada de sua única campanha na França. Ele havia desembarcado em Calais, e, por Deus, se a Borgonha o tivesse apoiado apropriadamente desde o começo, eles ainda estariam governando a França juntos. Ricardo apontara com perfeição: *téméraire* coisa nenhuma, não quando importava. Pobre canalha. Chamavam Luís de Aranha, recordou Eduardo, ou outro nome parecido. Em apenas doze anos, o homem tinha unificado a França e recuperado todas as terras da Borgonha.

Eduardo sentiu a raiva se apossar de si ao pensar nisso, o que piorava com a visão de tantos rapazes e moças rindo, cantando e dançando juntos, despreocupados. Nessas ocasiões, ele tinha de lutar contra o desejo de se levantar de repente e espalhá-los, de lhes lembrar a quem deviam a vida e o sustento. Eles nunca se lembravam. Continuavam a levar a vida, e havia desdém ou ressentimento em seus olhos quando o fitavam.

Ele viu a fagulha de um novo amor ou algo mais rude entre duas damas da corte e seus admiradores, curvando-se uns para os outros, dançando de mãos dadas. Flertavam e se exibiam, e Eduardo observava todos eles e erguia o cálice de vidro azul-claro, soprado em espirais para representar o oceano. Caixotes e caixotes daqueles cálices foram trazidos de navio, encomendados para a ocasião. Cada convidado levaria um para guardar de lembrança. Era o tipo de detalhe extravagante que Eduardo exigia do seu senescal, apoiado por sua prata, que corria como um rio. Eles saberiam a diferença de um banquete real quando voltassem para casa! As mesas rangiam com o peso de presuntos, aves e todo tipo de coisa que voasse, nadasse ou pastasse. Mas nem assim eles eram gratos. Curvavam-se e lhe beijavam a mão, mas, no momento em que desviasse o olhar, sabia que o esqueceriam.

Eduardo esvaziou o cálice num único gole e o pousou, arrotando e fazendo uma careta com a subida de ácido na barriga. Ele se gabava com orgulho de nunca beber água, que considerava um veneno. Água podia estragar e ter alguma contaminação que o prenderia à privada real durante um dia, gemendo. Isso acontecera vezes demais, e ele tinha aprendido a culpar a água que bebia com a refeição. O vinho e a cerveja de mesa pareciam não ter efeito parecido, embora não conseguissem mais deixá-lo bêbado. Para isso, ele tinha o uísque de cereais ou, como essa noite, armanhaque francês.

Seus filhos passaram mais uma vez, rindo e dando gritinhos enquanto circulavam pelos dançarinos. Elizabeth, com o cabelo ruivo trançado. Deus, como a amava, mais do que jamais havia esperado. Talvez mais desde que Maria fora para o túmulo, o cabelo dourado escovado mil vezes, tão brilhante na morte quanto fora em vida. Eduardo sentiu os olhos arderem enquanto encarava a multidão. Os dançarinos pareceram sentir que o humor do rei piorava, e passaram a dançar um pouco mais longe dele, como gansos que abrissem caminho para os passos do fazendeiro.

Os filhos de Eduardo esperavam do pai um humor grosseiro, se é que esperavam alguma coisa. Eduardo não conseguia se sentir à vontade com eles, e era sempre barulhento ou desajeitado demais. O príncipe Eduardo ainda era magérrimo aos 12 anos. O menino era mais alto que os filhos de outros homens, mas era todo pele e osso. O pai se perguntava o que lorde Rivers dava de comer ao menino nas fronteiras, pois o príncipe sem dúvida não estava se desenvolvendo com aquilo.

Pelo que se dizia, o príncipe Eduardo fazia o que lhe mandavam, fosse aprender as declinações, o manejo da espada ou o comando de um cavalo de batalha treinado. Entretanto, ele não parecia ter uma grande ambição na vida, algo que o pai talvez fosse entender. Eduardo procurava isso nos dois filhos, mas ambos eram dóceis demais. Não queria minar o moral dos dois impondo empecilhos, mas tinha a sensação de que, na idade dos filhos, ele já era um brutamontes violento. Eduardo se lembrava de apostar em si mesmo em brigas com homens da guarnição de Calais. Foram lutas violentas, com poucas regras. Embora tivesse perdido para os soldados regulares, depois eles o puseram para brigar com estivadores e mercadores franceses. Ele surpreendera um ou dois, ganhando o suficiente para se embebedar de verdade pela primeira vez. Eduardo balançou a cabeça ao pensar nisso, perdido nos vapores da bebida e da memória. As pessoas daqueles salões não sabiam nada a respeito disso. Eles comiam a comida do rei, bebiam a cerveja do rei e levavam vidas de brandura e tranquilidade.

Eduardo ergueu as mãos de repente, analisando os dedos grossos. Dois eram tortos por causa de fraturas antigas. As palmas eram tábuas grossas de calos. Um dos nós da esquerda fora comprimido por algum golpe de que ele não conseguia se lembrar e ficara liso. Eram as mãos de um guerreiro e doíam quase todo dia, de um jeito que o fazia pensar que jamais cessaria. Ele cerrou o punho direito e ouviu um tilintar quando o criado voltou a encher o cálice de vidro azul. Eduardo suspirou e o pegou ao se recostar, erguendo-o na altura dos olhos para banhar os dançarinos com a cor do mar.

Então ele sentiu uma pressão, tão errada para aquele momento que, de repente, teve medo, embora surgisse sem aviso e sumisse com a mesma rapidez. Ele fechou um dos olhos com um desconforto agudo, mais uma sensação de queda que uma dor de cabeça de verdade. Tinha vindo e ido tão depressa que Eduardo nem tinha certeza de que acontecera, mas o deixara abalado. Ele pousou o copo na mesinha ao lado, fazendo uma careta ao perceber o tremor em seus dedos.

Ele não sabia se tinha sido um bom rei. Fora um bom filho, em primeiro lugar. Vingara o pai, e isso era algo que não importava nada ou importava muito. Ele sorriu com a ideia, uma antiga frase que tinha passado a apreciar. Não importava nada ou significava tudo.

Fora um bom irmão, embora mais para Ricardo que para George de Clarence. O pobre George alimentara um rancor tolo e um sentimento de ofensa por tempo demais, como se o reino lhe devesse algo, como se ele tivesse algum direito especial sobre o rei Eduardo. George chegara a mandar tolos ao Parlamento para declarar ter sido ilegalmente maltratado. Eduardo então lhe deu um aviso final. Não permitiria que o irmão o humilhasse em público.

— Esteja avisado — dissera-lhe Eduardo, mas George não havia compreendido. A fonte e a raiz da lei eram o campo de batalha. O restante não passava de sonhos bonitos para os anos intermediários, bons demais, talvez, para uma época de desavenças e vinganças sangrentas.

Eduardo dera a Clarence a oportunidade de abandonar a corte, de sair de Londres, de viver tranquilamente com a esposa e os filhos nas propriedades que tinha. Talvez a morte da esposa o tivesse enlouquecido, como diziam alguns. George acusara quase todo mundo, inclusive as aias dela. No fim, fora como sacrificar um cachorro louco — mais misericórdia que crueldade. Fora o que Ricardo dissera.

Ao menos tinham deixado George de Clarence sem cortes nem marcas para um sepultamento cristão. Os homens de Ricardo o afogaram num barril de vinho Malmsey, um serviço bem rápido. No fim, George de Clarence fora o próprio carrasco; não importava quem o havia colocado lá dentro. O pobre tolo simplesmente não conseguia ter paz.

Eduardo sentiu mais uma vez uma pressão estranha que o fez agarrar o braço da cadeira. Dessa vez, não conseguiu segurar direito, de modo que a mão direita escorregou e se fechou sobre si mesma. O que havia de *errado* com ele? Nem sequer bebera tanto quanto na noite anterior. Não deveria estar torto nem murmurando palavras, com o vômito subindo na garganta. Por Deus, era melhor se levantar antes de passar mal. Fazia muito tempo que bebera até cair. Sentia cãibra nos músculos, e ele se inclinou para trás, fitando o teto e fechando os olhos.

Na Escócia, um filho governava quando o irmão dele, Alexandre de Albany, voltara-se contra ele, como Caim e Abel. O irmão mais novo levara a Londres uma dúzia de garrafas de alguma boa bebida e, quando viram que não estava envenenada, Eduardo e Ricardo o acompanharam copo a copo durante três dias, até o estoque todo acabar. Nunca passaram tão mal. Na bebedeira, prometeram apoiar o jovem. Eduardo se orgulhava de Ricardo ao recordar aqueles dias. Alexandre, duque de Albany, irmão do rei da Escócia. Eduardo havia gostado dele bêbado, mas não sóbrio, não tanto. O escocês prometera ser vassalo da Inglaterra se lhe conquistassem o trono. Eduardo havia trocado um aperto de mão com ele e, solenemente, lhe dera sua palavra.

Ricardo tomara Edimburgo, lembrou-se Eduardo. Por Deus, tinham dito que ele jamais conseguiria, mas conseguiu. Ele manteve o rei escocês prisioneiro e esperou a chegada de Albany.

Eduardo contraiu a mão, embora achasse que tinha afastado uma lembrança ruim. O sujeito os tinha deixado na mão, é claro, fraco demais no fim para fazer o que tinha de ser feito. Ricardo havia liberado o rei para que exercesse a vingança que quisesse e levara o exército de volta para o sul. Deixara uma guarnição em Berwick, e ao menos esta permaneceria território inglês. Um desfecho justo, considerando a despesa que tiveram. Eduardo desejou que George de Clarence estivesse vivo para apontar Berwick-upon-Tweed, cidade que fora inglesa, escocesa e era inglesa outra vez. Onde estava a lei para uma coisa dessas, senão no poder de mantê-la? Onde o irmão buscaria seus belos sentimentos, seus erros e acertos, senão na espada de homens duros e cruéis, dispostos a lutar por isso?

O rei estava inclinado de lado na cadeira. Atrás dele, o criado hesitou, nervoso, quando duas pernas de carvalho se ergueram dois centímetros acima do chão. Era uma cadeira pesada, mas o homem sobre ela também era, mesmo sem armadura. Eduardo usava um gibão de veludo dourado e seda branca sobre os culotes. Era uma criação extravagante que custara o que a maioria dos seus cavaleiros ganharia em um ano. Era quase certo que o usaria uma vez só e nunca mais, mas ainda ficaria irritado se houvesse alguma mancha nele quando acordasse na manhã seguinte.

O criado tentou apoiar discretamente o próprio peso no braço da cadeira para não deixar seu senhor cair ali, bem na frente de centenas de pessoas. O rei não se lembraria desse pequeno ato de gentileza, mas ele o fez mesmo assim.

Mais perto, o rapaz viu que o rei não havia esvaziado o cálice. Um tanto incomum. Ele piscou e hesitou.

— Se a bebida está ruim, Vossa Alteza prefere vinho ou cerveja? — perguntou, esperando ser repreendido.

Eduardo não respondeu, e ele foi se aproximando cada vez mais, contornando a cadeira.

— Vossa Alteza? — perguntou, e então ficou imóvel ao ver que o rosto do rei estava retorcido e avermelhado numa apoplexia, caído de lado, de modo que a boca se abria e emitia sons estranhos, como que sufocados.

A música continuava tocando lá atrás, e parecia que ninguém tinha visto. Um dos olhos de Eduardo se fechara e o outro girava em pânico, incapaz de entender o que estava acontecendo ou por que o criado o encarava e formava palavras com a boca. Eduardo cambaleou de repente, dando um chute que fez o criado sair voando e a cadeira cair, jogando o rei no estrado de madeira, gemendo sem parar.

Eduardo se sentou na cama, as pernas escondidas por uma imensa colcha púrpura e dourada. O rosto recuperara a forma costumeira, embora o braço direito ainda tivesse menos força que o de uma criança e o deixasse bastante angustiado. Se tivesse perdido o esquerdo, seria muito mais fácil suportar, mas o braço direito o fizera superar os grandes obstáculos da vida, e ele odiava o modo como estava enrolado, jazendo sem força. Os médicos reais diziam que havia esperança de recuperar algum movimento. Um deles discordara e só se oferecera para cortá-lo de vez. Este havia sido demitido.

O rei estava nos aposentos reais de Westminster, na cama onde outrora vira Henrique de Lancaster. Toda manhã, contudo, passava algum tempo abrindo e fechando o punho direito. Ele pensava já ver melhora, achava que conseguia mantê-lo fechado cada vez mais tempo. Não contara aos médicos, não ainda. Queria que aqueles canalhas cheios de dúvidas o vissem empunhar uma espada outra vez.

— Muito bem, estou pronto — gritou Eduardo ao camareiro-mor.

O homem fez uma reverência profunda e sumiu para chamar o visitante lá fora. Eduardo resmungou que Alfred Noyes fazia rebuliço demais por sua causa, mas secretamente se sentia aliviado por ter o homem ali para perturbar e enxotar os visitantes do rei. Desde o colapso, Eduardo se cansava com facilidade e não gostava de admitir isso.

Ele se alegrou ao ver o irmão.

— Ricardo! Agora, por que Alfred o manteve lá fora com os outros? Você é sempre bem-vindo aqui, é claro.

Ricardo sorriu enquanto Eduardo fazia questão de balançar a cabeça como repreensão ao criado. Ele entendia o irmão, às vezes melhor do que Eduardo percebia. Nada mudaria.

— Fico contente por vê-lo tão forte, Eduardo. As criadas disseram que você caiu de novo ontem à noite.

Um espasmo de raiva atravessou o rosto de Eduardo.

— Ora, elas deveriam saber que não deviam ficar espalhando fofoca! Quais abriram o bico?

— Não vou contar, irmão — rebateu Ricardo, a expressão ainda irônica. — Elas se preocupam com você, é só isso.

Naquele momento, Ricardo entendeu de repente que o irmão não poderia forçá-lo a falar. A amizade entre ambos havia mudado; ainda se desdobrava num novo padrão. Ele achou ter visto o mesmo lampejo de compreensão em Eduardo, só que veio e se foi.

— Caí porque meu equilíbrio é ruim, só isso — argumentou Eduardo. — Não há nada que eu possa fazer para melhorar.

— Não consegue se segurar? — perguntou Ricardo.

O irmão ficou desolado.

— Não. Começo a cair antes mesmo de saber o que está acontecendo. Já estou cheio de hematomas pelo corpo. Se conseguisse me segurar, eu o faria, pode acreditar.

— E você não está bebendo? Os médicos disseram que seu grande apetite não ajuda, porque piora a gota e inflama o fígado.

— Ah, eu tenho sido um bom menino, não tema por mim — disse Eduardo com irritação, depois cedeu.

Ricardo viera vê-lo quase todo dia nos últimos três meses. Nem a esposa e os filhos tinham vindo com tanta frequência, embora às vezes ele se irritasse e berrasse com eles, o que talvez tivesse exercido alguma influência nisso.

Ele e Ricardo já se conheciam antes da corte, antes da esposa, antes da ninhada fértil de filhos dele vindos ao mundo. Às vezes Eduardo achava que só Ricardo conseguia olhá-lo e ver quem ele era de verdade. Isso nem sempre era confortável.

— Ricardo, pus meu selo em alguns documentos novos e os mandei ao Parlamento. Ali, na bolsa, há uma cópia para você. Para o caso de eu morrer.

O irmão bufou.

— Você tem, o que, uns 40 anos? Homens mais velhos que você se recuperaram dessas apoplexias, irmão. É verdade que seu lombo engordou um pouco.

— Um pouco... — admitiu Eduardo.

— E você andava bebendo aquele armanhaque horrível como se fosse água. Uma garrafa por dia? Duas?

— É como leite materno para mim — justificou Eduardo. — Não posso me negar uma bebida.

Ricardo deu uma risada diante da rigidez ferida dos modos do irmão.

— Eduardo, você estava reconquistando o reino quando eu tinha 8 anos. Fui para o exílio com você quando não tínhamos nada. Lutei ao seu lado e vi seu triunfo sobre todos os seus inimigos. Eu confiei em você... e ainda confio.

Ele viu que Eduardo queria interrompê-lo, então ergueu a mão, sentando-se na beira da cama.

— Você é meu irmão mais velho e um segundo pai para mim, como você bem sabe. Estou *sempre* ao seu lado. Por Deus, como se você já não soubesse! Embarquei naquela aventura maluca na Escócia, não embarquei? "Vá para o norte, Ricardo! Ponha o meu amigo Albany no trono e conquistaremos a Escócia!" E eu fui! Mesmo sabendo que era loucura. — Ricardo começou a rir, e seus olhos se encheram de luz. — Meu Deus, o que você quiser eu farei, Eduardo, porque é você quem pede. Entende? Não falarei sobre a sua morte e ponto final.

Eduardo estendeu a mão esquerda e, meio sem jeito, segurou os dedos do irmão. Aquilo serviu para lembrar aos dois como o rei estava fragilizado, e ele não olhou para Ricardo enquanto falava.

— Mesmo assim, há algumas coisas que devo dizer. Não, escute. Os documentos o nomeiam lorde protetor. Nosso pai teve esse título muitos anos atrás, quando Henrique adoeceu pela primeira vez. Ele lhe concede a autoridade necessária para ficar acima dos desejos de todos os outros. Torna você rei em tudo, menos no nome... e você precisará disso para manter são e salvo o meu filho Eduardo. — O rei Eduardo levantou a mão para interromper qualquer objeção. — *Se* eu morrer, seja o regente até ele ter idade para reinar. Eu gostaria... Espero que você seja bondoso com ele. Eduardo não sofreu como eu e você, irmão. Talvez por isso seja tão gentil. Eu o enviei para lorde Rivers para que se tornasse um homem, mas não deu certo.

— Isso é loucura, mas, sim, tudo bem — aceitou Ricardo. — Eu guiarei seu filho se o pior vier a acontecer. Você tem a minha palavra; está satisfeito? Agora, sua mão está tremendo. Acha melhor dormir? Devo ir embora? Sua esposa está lá fora, esperando que eu saia.

Eduardo virou a cabeça no travesseiro e fez um gesto no ar com a mão.

— Ela vem quando quer me pedir alguma coisa, um penduricalho, cargo ou título, alguma terra que dê fim a alguma disputa e deixe um dos primos dela feliz. Às vezes penso... não importa. Estou cansado, Ricardo. E fico grato por você vir todo dia. Se não fosse você, acho que eu só falaria com mulheres. Elas me cansam com toda aquela falação. Você sabe a hora de ficar em silêncio.

— E de ir embora — murmurou Ricardo.

Ele viu que os olhos do irmão se fechavam e se levantou devagar. Talvez dissesse à esposa de Eduardo que esperasse o dia seguinte, embora ela fosse uma mulher difícil de convencer, como sempre fora.

Ricardo saiu de bom humor e se dirigiu aos seus aposentos no Castelo de Baynard, à margem do Tâmisa. Foi acordado às primeiras luzes da aurora pela esposa, Ana Neville. Olhou para ela confuso de sono quando a esposa se inclinou e pegou sua mão.

— Eu sinto muitíssimo, Ricardo. Seu irmão morreu.

25

O vento estava frio, cheio de pedacinhos de gelo que tilintavam nas armaduras. Os cavaleiros não portavam estandartes como fariam num campo de batalha. Dos doze homens com o conde Rivers e seu pupilo, três usavam a libré do conde e os nove restantes tinham saído de Londres com o príncipe. Embora só tivesse 12 anos, o menino era alto e esguio, um caniço entre carvalhos naquela estrada. A notícia da morte do pai dele só lhes chegara no dia anterior e ainda era visível na expressão deles. Ninguém esperava que aquela árvore caísse. Como filho mais velho e herdeiro, Eduardo se tornara rei naquele momento. Com o tempo, seria cercado pelos homens e pelos paramentos da nova posição. Por enquanto, era como se nada tivesse mudado, e ele corria de volta a Londres. Só seria coroado depois de estar diante do arcebispo da Cantuária e de todos os seus lordes.

Eduardo havia chorado na noite anterior até o conde Rivers puxá-lo de lado e ter uma conversa dura com ele. O pai ainda não estava sepultado e, se o espírito dele ainda pairasse perto deles, sem dúvida não gostaria de ver o filho choramingando. Rivers não era bom em consolar crianças, embora o comentário tivesse surtido efeito. Eduardo limpara as lágrimas e, desde então, exibia uma expressão rígida, para não envergonhar a memória do pai.

O príncipe havia ficado pouco mais de um ano no Castelo de Ludlow, sem contar o Natal anterior, quando havia encontrado as irmãs e vira o pai cair naquele grande paroxismo. É claro que já vira o rei bêbado antes, chorando ou cantando e depois caindo no sono feito um grande urso, roncando onde quer que estivesse. O jovem

Eduardo não achara que aquele seria o começo de um declínio, não imaginara que o gigante do pai não conseguiria se colocar de pé num pulo e rir dos seus temores. Era impossível um homem daqueles não existir mais, nem que fosse para zombar dos seus braços fracos e lhe dizer que usasse os postes de treino com espada com mais frequência.

Eduardo balançou a cabeça como se uma mosca tivesse pousado nele. Não podia se dar ao luxo de chorar, como o tio Rivers deixara bem claro. A partir daquele momento, os homens não mais olhariam para ele para ver como se tornaria um homem, mas para ver se tinha força de vontade para ser rei. Era uma avaliação totalmente diferente, e tudo que Eduardo podia fazer era enfrentar seus olhares e tentar esconder seu acovardamento diante dessa atenção.

— Cavaleiros adiante — avisou de repente um dos homens do tio.

As palavras de alerta os fizeram mudar a formação que assumiam na estrada. Dois avançaram e desembainharam a espada, enquanto o restante formava um losango em torno de Eduardo, tão próximos do príncipe que até uma flecha os atingiria antes de chegar até ele. O jovem sentia o cheiro de suor e óleo da armadura dos homens, e ficou com medo, mais ainda quando puxaram as rédeas lenta e firmemente, passando do trote ao passo e então parando na estrada. Eduardo espiou por entre os que estavam à frente e observou Rivers estalar a língua e levar um pouco mais à frente seu grande cavalo de batalha preto.

À frente do pequeno grupo, uma linha de cavaleiros bloqueava a estrada. Também usavam armadura, pintada de preto ou verde-escuro, era difícil dizer na luz minguante. Apenas um carregava uma tocha erguida, os demais desaparecendo na escuridão indefinida. Eduardo espichou o pescoço por trás de um dos guardas para ver o conde Rivers se aproximar de dois homens que avançaram para encontrá-lo.

— Saiam da estrada — ordenou Rivers com clareza.

Eduardo viu que o tio puxara da alça da sela uma maça de cabo comprido. Rivers a girou no ar, causando um zumbido. Não era uma ameaça vazia, embora os dois cavaleiros diante dele não tivessem se encolhido. Um deles estendeu a mão para pegar a maça e a deixou escapar por pouco. O outro apontou para onde o jovem Eduardo observava, e Rivers se inclinou para a frente e deu um berro furioso para ele. Uma discussão começou, e Eduardo gritou, chocado, quando um dos cavaleiros jogou a montaria de encontro à perna do tio, prendendo-a. A maça era uma arma para ser usada a certa distância, e Rivers ficara velho e lento sem que percebesse. Ele deixou a cabeça de ferro da arma cair sobre uma ombreira com um estalo terrível, mas o jovem cavaleiro aguentou o golpe. O conde Rivers teve a cabeça lançada para trás por um soco bem dado, depois outro. O sangue respingou enquanto seus olhos se reviravam, zonzos. Então espadas foram desembainhadas enquanto ele caía, tanto pelos dois primeiros homens quanto por todos atrás. Aquele sussurro rascante denunciou, mais que tudo, quantos aguardavam além da luz da tocha.

O capitão da guarda de Eduardo se virou na sela e se inclinou para o príncipe o máximo que pôde.

— Apeie, filho. Rápido. Ande até as árvores e o mato perto da estrada. É possível que não o vejam sair. Vá. Lutaremos para atrasá-los.

Eduardo o encarou, os olhos arregalados, incapaz de se mexer quando as linhas à frente investiram e encheram a estrada. Se houvera um momento para escapar, esse momento passou.

— Não lute, Sir Derby, por favor — pediu ele. — Não quero vê-lo morto.

O cavaleiro fez uma careta, mas já estava cercado. Com relutância, baixou a cabeça e estendeu a espada para um dos homens de armadura escura, o punho voltado para o sujeito, em sinal de rendição. A um sinal de Derby, os demais apearam, com variados graus de frustração e o desalento visível. Entregaram as armas para os guerreiros que estendiam a mão, deslocando-se com o capitão para ficar à beira da estrada.

Ricardo de Gloucester avançou da segunda fileira dos seus homens. Ao contrário dos outros, usava uma armadura polida, que reluzia como um luar de prata, um belo espetáculo. Não usava elmo e, quando viu a figura esguia do sobrinho, soltou o ar, contente.

— Vossa Alteza, estou muitíssimo aliviado por ter chegado a tempo. Ah, graças a *Deus*.

— Não entendo, tio — respondeu Eduardo.

Ricardo fez um gesto para os cavaleiros que tinham vindo de Ludlow com o príncipe. Seu olhar descansou sobre o conde Rivers, levado para a vala onde estavam. O tio de Eduardo ainda estava inconsciente, embora se mexesse.

— Alguns desses homens, Eduardo, tinham ordens de não deixá-lo chegar vivo a Londres. Agradeço aos santos por não ter aparecido tarde demais para salvá-lo.

Essas palavras não foram ditas em voz baixa, e os cavaleiros em questão reagiram com raiva e descrença imediatas. Eles gritaram e gesticularam até serem cercados por um número muito maior de cavaleiros com espadas e machados. Então se aquietaram sob aquela ameaça. Um ou dois não tinham mexido um músculo sequer, compreendendo que tinham acabado de escutar a própria pena de morte.

O conde Rivers se levantara, apoiado num joelho, e depois se pôs de pé no meio da gritaria. Lá ficou, ainda um pouco abalado. Como um homem que havia lutado em torneios a vida inteira, estava acostumado a se recuperar de golpes.

— O que é isso? — gritou Rivers. — Gloucester? É você, Ricardo? Deixe-me passar, milorde. Estou levando o príncipe a Londres para ser coroado. Não, que inferno, minha cabeça está meio zonza. Estou levando o rei! Rei Eduardo. Saia do meu caminho e nada direi sobre essa loucura.

O conde parecia ressabiado ao falar, e Ricardo estalou a língua para ele, fazendo-o semicerrar ainda mais os olhos.

— Milorde, não adianta — disse Gloucester como reprimenda. — Seu plano foi descoberto. Seus conspiradores o traíram... e revelaram o assassinato nefasto de meu sobrinho que o senhor planejou.

— Seu canalha mentiroso — retrucou Rivers.

Ricardo balançou a cabeça com tristeza.

— Tenho de proteger o filho de meu irmão, milorde. O senhor será levado daqui para o lugar da execução, como um aviso a todos os homens que pensarem em conspirar contra a linhagem real.

— Como *ousa*, Gloucester? Onde está meu julgamento? Meu direito de falar diante de meus pares? De saber até quais acusações me são feitas? Por que alguém deveria aceitar *sua* palavra, Ricardo Plantageneta?

— Esses são tempos sombrios, lorde Rivers! Dias sombrios. Descobri essa cruel conspiração antes que fosse tarde demais, ou assim espero. Devo agir o mais depressa possível para proteger o legítimo rei da Inglaterra, o filho de meu irmão, para que ele possa ser coroado.

Ele estendeu a mão para o menino de 12 anos que observava a conversa chocado e confuso.

— Venha comigo, menino — chamou Ricardo baixinho. — Eu o manterei são e salvo.

Quando bem pequena, Elizabeth Woodville conhecia uma caverna secreta nas terras do pai, um laguinho profundo cercado de encostas cobertas de musgo por todos os lados. Uma das brincadeiras favoritas do verão era correr quilômetros pelas charnecas de Northamptonshire com os irmãos e as irmãs, uma grande trupe risonha. Eles corriam até ficar quentes e suados e então, sem parar, continuavam correndo até pular pela borda das encostas e cair na água verde abaixo. O resto da tarde era passado secando as roupas em pedras chatas ou criticando o mais novo que levara o cesto da merenda e pulara na água com ele, estragando a comida. Tudo se fundia numa única lembrança enquanto Elizabeth rememorava, mas ela conseguia recordar quase perfeitamente a sensação de correr até a borda, de cair e do medo.

Ela sentiu o mesmo nó na garganta quando soube o que Ricardo de Gloucester havia feito. O mensageiro viera por iniciativa própria, apenas um rapaz que soubera de algo que ela talvez quisesse ouvir e correra pela estrada de Londres para contar. Ela havia lhe dado duas moedas de anjo de ouro, com o rosto do marido cunhado no metal.

O jovenzinho ficara contentíssimo, tropeçando enquanto tentava fazer uma mesura e recuar ao mesmo tempo.

Elizabeth permanecera sentada, olhando Londres pelas janelas dos aposentos reais de Westminster. O marido jazia em Windsor, vestido de branco e com armadura pela última vez. Ela fora rezar com ele e beijar seu rosto frio. Tinha segurado suas mãos, que, sem o sangue correndo por elas, poderiam muito bem ser de cera. Eduardo parecera menor na morte do que em vida, a fagulha vital claramente ausente. Ele, no entanto, fora uma parte tão grande de sua juventude e de suas esperanças que lhe partia o coração vê-lo. Eduardo jamais envelheceria.

Elizabeth tocou um medalhão no pescoço, o fecho de ouro contendo uma mecha do cabelo de Eduardo, cortado por ela com uma tesoura de prata. Amarrara o cacho numa fita, e a consolava saber que estava ali.

Então ela se levantou, batendo palmas bem alto. Duas criadas entraram no quarto imediatamente, fazendo uma reverência diante dela com saias e blusas bem-passadas.

— Não causem um rebuliço — avisou Elizabeth. — Só reúnam as meninas e o pequeno Ricardo. Ele está em algum lugar no terreno. Tragam todos para cá e avisem a Jenny que precisarei fazer as malas com roupas para todos. Isso tem de ser muito rápido, meninas. Rápido e silencioso, como se estivéssemos fugindo de casa. Entenderam? Posso confiar que serão discretas? Não quero tumultuar todo o palácio e metade de Londres.

— É claro, madame — disseram as duas, fazendo outra mesura.

Elizabeth acenou com a cabeça para dispensá-las, e ambas saíram correndo. Ela envelhecera doze anos desde sua última corrida para o santuário, embora não tivesse esquecido aqueles cinco meses passados com os monges. Para sua vergonha, mal pensara neles desde então. Seria ainda o irmão Paul o guardião da porta? O grande touro que era seu marido havia derrubado o monge por ficar no caminho quando fora buscá-la, lembrou-se ela, recordando-se um pouco daquela antiga alegria, agora sempre acompanhada de pesar. Como

Eduardo podia ter partido? Como ela poderia nunca mais ouvir sua voz ribombante, suas discussões, nem observar com espanto quando ele chutava alguma coisa do caminho depois de andar de um lado para o outro e topar nela? Apesar de todo o barulho, presença e relutância em tomar banho, ela o amara. Talvez não tanto quanto ele havia merecido, mas ela não sabia. Era uma coisa privada, e ela lhe dera dez filhos, o que era amor suficiente para a maioria. Vira como a morte da filha Maria, no ano anterior, o tinha ferido, embora ele tivesse tentado se manter frio e indiferente, dizendo a todos que a morte era apenas parte da vida.

Ela se viu chorando de repente, sem aviso, e, quando entraram, os filhos a viram agarrada a um lenço, secando os olhos. A jovem Elizabeth foi imediatamente para o seu lado, abraçou-a e a fez sorrir por entre as lágrimas. O restante se juntou em torno dela, tentando somar sua força também, de modo que formaram um grande feixe de braços. Cinco filhas sobreviventes e o jovem Ricardo. Deus a abençoara além de todas as medidas, percebeu. Ah, se conseguisse ao menos mantê-los todos vivos!

Bridget, a mais nova, tinha apenas 3 anos e entrara com uma ama atrás. Elizabeth sorriu para a moça de faces rosadas que afastou uma fina mecha de cabelo do rosto com as costas da mão enquanto habilmente guiava a criança para longe da lareira.

— Lucy e Margaret avisaram, não foi? — perguntou Elizabeth. — Precisarei de roupas e brinquedos para todos, embalados imediatamente. Em no máximo uma hora.

— Devo pedir carruagens, milady?

— Não, querida. Levarei as crianças a pé ao santuário, do outro lado da rua, junto à abadia. Infelizmente, conheço o caminho.

Elizabeth consolou as filhas Cecília e Catarina e mandou que buscassem as bonecas e os brinquedos mais importantes que não suportassem deixar para trás. Elas voltaram correndo para empilhar os itens onde estavam sendo embalados por criados da cozinha e das oficinas, vindos às dezenas para levar as bolsas.

Elizabeth conseguiu se afastar de lado e fitar mais uma vez as janelas. O filho Eduardo fora salvo por Ricardo de Gloucester de uma conspiração contra sua vida. Foi isso que o mensageiro lhe disse. O jovem cavaleiro tinha ficado contentíssimo ao descobrir que era o primeiro a levar a notícia, que deixou o coração da rainha apertado como naqueles momentos no ar acima da água, só caindo, caindo.

Seu irmão, Anthony Woodville, conde Rivers, era tão leal que a própria ideia de que conspirasse contra os filhos da irmã quase a fazia sorrir. Anthony se dedicava a todos eles e fora absolutamente leal a Eduardo, mesmo quando os Neville de Warwick estavam entrelaçados no rei como uma trepadeira pálida e espinhosa. Elizabeth não duvidava da lealdade do irmão, não importava o que dissessem. Isso significava que ela corria perigo — e que o filho e o irmão talvez já estivessem perdidos.

Ela mordeu o lábio com força suficiente para fazer os tecidos incharem como se tivesse sido golpeada.

Ricardo Plantageneta, duque de Gloucester, revelara-se como o perigo. Pior ainda, ela não vira isso nele. A adoração dele pelo irmão era tão inocente e sem malícia que ela não sentira nenhuma ameaça vinda dessa frente. A ideia do jovem Eduardo nas garras de Gloucester, em seu *poder*, a fazia respirar rápido, lutando para conter o pânico.

Seu olhar caiu sobre o segundo filho do rei Eduardo, o menino Ricardo, que ria de alguma coisa que a irmã Cecília tinha dito ou feito. Enquanto a mãe o observava, ele cutucou Cecília, e ela caiu soltando um guincho em cima de uma pilha de bolsas, depois se lançou sobre ele, que se desviava de todos os criados que entravam e saíam, rindo pelo caminho. Elizabeth temia por todos eles.

— Mais depressa, por favor — gritou ela aos criados. — Acho que levarei meus filhos primeiro. Por favor, venham atrás de nós com o restante das coisas.

Elizabeth pegou a mão do pequeno Ricardo quando ele passou correndo, fazendo-o estacar de repente. Ele tinha 9 anos e sabia ser tão grosseiro quanto um cavalariço qualquer quando queria, mesmo com a mãe. Porém, ele sentiu alguma coisa na seriedade dela e ficou imóvel, olhando-a com raiva na expectativa de receber alguma punição. Não adiantava bater nele, isso ela já havia percebido. O menino absorvia tudo como um tapete e se saía muito bem demonstrando que não se importava. Ela se machucava mais que ele quando o estapeava, e, em consequência, quase não se dava mais ao trabalho de fazer isso. Ainda *ameaçava* lhe dar um tapa no rosto, é claro. Ele, por sua vez, fingia levá-la mais a sério do que de fato levava.

Ela sentiu a mão de Ricardo se contorcer e a apertou com mais força. O jovem Eduardo tinha sido muito mais fácil que esse diabinho, pensou ela. Deus, deixe-o viver. Por favor, deixe-o sobreviver ao tio.

— Vamos, crianças, todas vocês — chamou Elizabeth com firmeza. — Pegue a pequena Brígida no colo, querida. É longe demais para ela andar, e não posso esperar.

Com todos os filhos Plantageneta seguindo-a como gansos, Elizabeth manteve a cabeça erguida ao sair da sala e seguir para a abadia do outro lado da rua e, pela segunda vez, para a pequena fortaleza que era, ao mesmo tempo, refúgio e prisão. Enquanto andava, rezava, ao mesmo tempo que se esforçava para não chorar.

Ricardo de Gloucester retornou a Londres à frente de duzentos cavaleiros, uma força capaz de investir contra qualquer ameaça que os enfrentasse. Lorde Buckingham aguardava com mais quarenta homens em Moorgate, mantendo-o aberto. Por causa disso, Gloucester entrou sem diminuir o galope, forçando os moradores de Londres a correr para não serem pisoteados. Ricardo tinha aprendido com os erros do passado. Eles podiam ser evitados, e lhe dava uma satisfação sombria planejar os contra-ataques antes mesmo que os obstáculos surgissem. A vida corria mais tranquilamente quando ele antevia as valas que seriam cavadas, percebera Ricardo. Ele aproveitou um momento para acenar a cabeça para Buckingham ao passar por ele à toda.

Nada limpava tão bem uma rua quanto o estrondo de duzentos cavaleiros vindo com ímpeto e rapidez. O rei não coroado montava um cavalo no centro da coluna, de cabeça baixa e fitando à frente enquanto atravessavam a cidade, seguindo para a Torre.

Gloucester era o lorde protetor e, numa crise, a palavra dele era o mais próximo da lei. Três de seus homens iam à frente, a galope pleno pelas ruas estreitas, berrando para que mercadores e transeuntes saíssem do caminho para não serem pisoteados. Gritos de dor desapareciam atrás deles enquanto o restante prosseguia, o som mudando quando passaram para as pedras. Era um tumulto que aumentava cada vez mais conforme mais cavaleiros saíam da lama das ruas menores e chegavam aos seixos.

Os homens no portão da Torre os avistaram. Os cavaleiros que Ricardo mandara à frente tinham feito o serviço, e o portão estava aberto lá também. Havia quase alegria naquilo, em ver as peças de todo o mundo se encaixando como um quebra-cabeça resolvido.

O lorde protetor e seu protegido real atravessaram correndo a ponte levadiça e o portão, chegando ao pátio com uma algazarra, penetrando mais fundo rumo à Torre Branca para dar espaço aos outros, que deteriam as montarias e ficariam lá, ofegantes.

Ricardo apeou e foi até o sobrinho, no alto dos estribos, o cavalo ainda querendo disparar depois de uma corrida tão aterrorizante pelas ruas fechadas. O lorde protetor acariciou o focinho e deu tapinhas no animal, acalmando a montaria e talvez o cavaleiro assustado.

— Pronto, pronto, você está a salvo aqui. Há um apartamento real que não é usado faz alguns anos. Seu pai preferia os aposentos do Palácio de Westminster, embora pessoalmente eu sempre tenha preferido a Torre, acho.

— E minha mãe? — quis saber Eduardo. — Meu irmão e minhas irmãs?

A voz dele vacilou enquanto falava, embora tentasse muito ser corajoso. Ricardo estendeu ambas as mãos e o ajudou a descer, depois tirou alguns respingos de lama dos ombros e do rosto do menino.

— Não sei dizer se estão a salvo, Eduardo, ainda não. Quando soube que havia uma ameaça contra você, parti para o norte o mais depressa que pude. Eu queria salvar você primeiro. Você é o herdeiro... o rei.

— Mas você vai procurá-los também? Vai trazê-los para ficar comigo?

— Farei o possível, Eduardo, sim — respondeu o tio. — Isso eu juro. Vá com esses homens agora e deixe que revistem seus aposentos antes de entrar. Ah, não tema, rapaz! Estou fazendo tudo isso apenas por precaução, nada mais. Ficarei tranquilo quando você for coroado, mas não antes disso.

Ele deu um tapinha no ombro do sobrinho e lhe beijou o alto da cabeça. Eduardo olhou para trás, tentando mostrar coragem enquanto era levado por desconhecidos, as paredes de pedra assomando acima de todos eles.

26

Ricardo de Gloucester andava de um lado para o outro ao longo da extensão da mesa, de modo que os seis homens sentados precisavam virar a cabeça o tempo todo para observá-lo. Foram convocados por ele à Câmara Pintada do Palácio de Westminster. Portanto, apesar da posição elevada, eles aguardavam à disposição do lorde protetor. Ricardo andava de um lado para o outro diante deles como um professor, com as mãos cruzadas às costas. Usava um belo gibão dourado e preto sobre os culotes, com uma espada de punho de prata na cintura. Aos 30 anos, ainda conseguia atacar como um espadachim furioso, a ameaça irradiando dele. Isso fez com que o arcebispo da Cantuária se lembrasse de seu gato, e ele quase procurou um rabo ondulando quando Ricardo passou. Manteve-se em silêncio, no entanto.

Como lorde protetor, Ricardo de Gloucester recebera poder real sem limites claros, ou melhor, limites que ele mesmo podia definir em emergências, o que dava na mesma. Os documentos com o Grande Selo do irmão foram arquivados no Parlamento e na Torre dias antes da morte do rei. A autoridade de Ricardo não podia ser negada. A fonte da irritação dele era que, mesmo assim, a negavam. Naquela mesa, três membros do Conselho respondiam a uma autoridade ainda mais elevada que o Selo da Inglaterra e o lorde protetor.

Ricardo parou de repente, o olhar feroz uma acusação por si só. O arcebispo Bourchier da Cantuária tinha pelo menos 80 anos, um ancião que parecia ter mantido a lucidez, com enormes sobrancelhas brancas. O arcebispo podia transmitir muito com uma única olhada ao arcebispo Rotheram de York. Era raro convidar os dois homens mais importantes da Igreja da Inglaterra para a mesma sala, a menos que fosse para coroar um rei. Ambos pareciam entender muito bem o que estava em jogo.

Lorde Buckingham estava lá para apoiar Ricardo quando este fosse atacado, para votar ou simplesmente oferecer outra voz para ganhar uma questão. Com 29 anos, o jovem Buckingham simplesmente surgira em torno do novo coração do poder em Londres. Parecia bastante disposto a ser conduzido. Ele e Ricardo tinham nascido mais ou menos na mesma época, concluiu o arcebispo. Talvez tivessem a mesma sensibilidade, um parentesco ou uma percepção que algumas barbas brancas daquela sala tinham esquecido. Ou talvez Buckingham apenas tivesse visto uma oportunidade de subir na vida, como o homem que aposta tudo num cão específico numa luta.

Nem Ricardo de Gloucester nem o arcebispo Bourchier gostavam de John Morton, o bispo de Ely. Ele era um homem mundano demais para agradar ao arcebispo, mas religioso demais para agradar aos lordes. De um jeito ou de outro, sem dúvida Morton era esperto demais para seu próprio bem.

Do mesmo modo, Ricardo não sentia muito apoio vindo do barão Hastings, ainda lorde camareiro do irmão até que um novo rei escolhesse outro. Hastings estivera nas batalhas de Barnet e Tewkesbury. O velho patife deveria ficar do lado de Ricardo, defendendo-o, não cruzando os braços e semicerrando os olhos como uma velha lavadeira desconfiada. Era enfurecedor.

O último dos homens à mesa era Thomas, lorde Stanley, com uma barba ainda castanho-escura, embora ela caísse sobre a mesa, no mínimo tão comprida quanto a dos arcebispos. Ricardo sorriu para ele, um homem de grande riqueza que fora partidário do irmão nos últimos anos do reinado. Stanley havia conseguido um pagamento de setenta mil por ano dos franceses em troca de não invadi-los de novo. O que o barão mais apreciava era falar de sua tropa particular, que mantinha o ano inteiro, como Warwick havia feito anos antes. Custava uma fortuna a Stanley, mas ele tinha uma habilidade incomum para angariar riquezas para os próprios cofres. Esse entendimento de finanças por si só fazia o homem digno de respeito, e Ricardo pretendia lisonjear Stanley para deixá-lo ao seu lado e se beneficiar dele como o irmão fizera.

A Câmara Pintada tinha uns vinte e cinco metros de comprimento e dez de largura, com espaço suficiente até o teto abobadado para ecoar o som da conversa. Era esquisito ter tantos homens de poder e influência se entreolhando inquietos em silêncio em vez de respondendo às perguntas dele. Hastings e Stanley, em particular, pareciam dispostos a se curvar aos homens de hábito, embora os três tivessem se mostrado incapazes de responder.

— Nesta sala — disse Ricardo — vejo reunidos diante de mim alguns dos homens mais importantes da Igreja na Inglaterra. Os arcebispos de York e da Cantuária... e um bispo renomado por seu ótimo discernimento! Eu imaginava que seria agraciado com opiniões e julgamentos eruditos, não forçado a suportar esse estranho silêncio. Talvez eu devesse ter perguntado quantos anjos conseguiriam dançar na cabeça de um alfinete ou a natureza exata da trindade. Os senhores não ficariam tão calados.

Ricardo se inclinou sobre a mesa e, não por acaso, se postou diante do bispo de Ely. De todos os homens ali, Morton tinha a mente mais arguta. Ricardo ouvira dizer que era mencionado para ser arcebispo da Cantuária quando o cargo ficasse livre, talvez até para se tornar cardeal em Roma.

O bispo pigarreou sob o exame pálido do lorde protetor. Morton não tinha a menor vontade de passar um julgamento que, mais tarde, pudesse se revelar equivocado ou ilegal, mas também era visível que ninguém mais decidiria sobre a questão.

— Milorde, em meu entendimento não há *nenhuma* exceção à proteção de santuário, não que eu saiba. O senhor diz que foi informado de uma ameaça ao jovem príncipe de York na Abadia de Westminster, com a mãe e as irmãs.

— Digo porque é verdade, Vossa Graça — declarou Ricardo com rispidez.

Ele conseguiu ver a objeção vindo enquanto o homem a formulava.

— Sim, foi o que o senhor disse. A dificuldade não está na minha avaliação dessa ameaça, como estou tentando explicar. Não há exceção na lei canônica sobre a proteção de santuário, nenhuma que tenha sido concedida ou aceita. Mesmo que o príncipe corra verdadeiro perigo e que esse perigo possa ser evitado tirando-o de lá... Sinto muito, milorde. Não existem meios para isso. É claro que eu ficaria satisfeito de escrever a Roma para pedir conselhos e orientação sobre o tema.

— Pois penso que até lá isso já terá sido resolvido, de um modo ou de outro — retorquiu Ricardo.

Ele percebeu que respirava com dificuldade em sua raiva; observou o bispo espalmar as mãos como se pedisse desculpas.

— O menino tem 9 anos — acrescentou Ricardo de repente. — Foi levado pela mãe para a proteção da Abadia de Westminster sem nenhuma ideia dos riscos que poderiam enfrentar. Na Torre, tenho centenas de guardas e muros altos; na abadia, ora, aquele bloquinho de pedra poderia ser transposto por meia dúzia de homens. Então me diga, por que não posso retirar de lá *meu próprio sobrinho* por segurança? Se é preciso de uma decisão da autoridade da Coroa, determino que a mãe protegeu *a si mesma* ao fugir para aquele lugar. Os filhos não estão incluídos na sombra do santuário; como poderiam estar?

— Eles estão lá dentro — argumentou de repente o arcebispo da Cantuária, sentando-se mais empertigado. — Eles cruzaram o limite. Não importa se a mãe pretendia que fossem junto ou se buscou protegê-los. Santuário é terreno consagrado, um lugar de segurança para aqueles oprimidos por inimigos. É uma tradição antiga e importante, e, sem dúvida, não pode ser abandonada quando for meramente inconveniente. — Sua boca se mexeu com raiva, como se ele tentasse tirar um pedaço de carne dos dentes de trás. — Se há uma ameaça tão terrível ao menino, o senhor poderia tentar convencer a mãe a entregá-lo aos seus cuidados. No entanto, o senhor *não* pode entrar.

Nem nenhum homem armado. Sem dúvida o senhor não pode tirar o menino à força.

Ricardo balançou a cabeça, meio exasperado e meio divertido com a fonte da resistência. Estava um pouco surpreso ao ver um homem tão velho ficar acordado por tempo suficiente para desafiá-lo em alguma coisa.

— Vossa Graça, tenho um filho meu, mais ou menos da mesma idade. Se fosse cercado por homens que pretendessem matá-lo, e se eu tivesse a oportunidade de salvá-lo, eu ousaria qualquer coisa. Eu o tiraria dos braços da própria mãe.

— E estaria condenado por toda a eternidade.

— Sim, Vossa Graça. Eu estaria condenado, mas teria salvado meu filho, entende? Esse Ricardo é filho de meu irmão. Cada dia que passa traz notícias de novas conspirações. Mas não posso mantê-lo em segurança num lugar onde só homens bons temem pisar! Estou com o jovem Eduardo atrás das muralhas da Torre, sim, com cem homens para vigiar aquelas muralhas e uns aos outros. O assassino mais habilidoso não conseguiria chegar até onde Eduardo repousa a cabeça esta noite; mas o irmão dele? Alguns monges não deterão homens cruéis, Vossa Graça.

— Entendo o que disse, creio eu — respondeu o velho. Ele puxou a barba, esticando inconscientemente os cachos num hábito antigo. — O senhor quer proteger o menino... e talvez dar a ambos os filhos o consolo da presença um do outro.

— Na fortaleza mais segura da Inglaterra, sim, Vossa Graça. Meu irmão Eduardo fez de mim seu lorde protetor e deixou tudo o que tinha sob essa proteção: bens, herdeiros, reino. Só peço que o senhor recupere a peça que falta antes que mais sangue seja derramado.

O velho piscou ao ouvir as últimas palavras, ainda não disposto a perguntar se era uma ameaça ou uma referência às conspirações que Ricardo mencionara. O arcebispo mal podia imaginar o horror e a condenação que enfrentaria caso se recusasse e depois a criança fosse morta com a mãe e as irmãs. No entanto, admitir que a proteção de santuário era incapaz de manter a família em segurança sem homens armados era enfraquecer a autoridade da Igreja.

Ele ficou calado por muito tempo, e os outros se remexeram. Por fim, o arcebispo Bourchier fez que sim para a barba e suas mãos ficaram imóveis.

— Entrarei no santuário, milorde. Entrarei e conversarei com a rainha Elizabeth sobre o filho. Se ela se recusar, não haverá mais nada a fazer.

— Obrigado, Vossa Graça. Tenho certeza de que será suficiente — respondeu Ricardo.

Na escuridão, o arcebispo da Cantuária viu que seu caminho era iluminado por homens com tochas. Ele não podia mais levar o báculo episcopal, com a extremidade curva. O peso se tornara demasiado para ele no ano anterior. Em vez disso, apoiava-se numa bengala de carvalho. A ponta era revestida de couro, e ele ia batucando nas pedras úmidas e brilhantes, olhando para o santuário à frente com a abadia às costas.

O arcebispo Bourchier tinha encontrado pouco que lhe agradasse em Ricardo de Gloucester, embora imaginasse que o sujeito fosse bastante admirável pelos cuidados que tomava para proteger os sobrinhos. Preocupava um pouco o velho a pouca menção feita a Elizabeth Woodville e às filhas. Elas não poderiam herdar nada, é claro. A linha feminina era a mais fraca das duas, como fora desde o Éden. O arcebispo Bourchier balançou a cabeça enquanto seguia o caminho de pedra, pensando em todas as más sementes que as mulheres plantaram desde então. Pobres criaturas ignaras, pensou. Com exceção da mãe dele, é claro. Ela fora uma mulher austera e maravilhosa, que não hesitava ao estapear o filho, mas sentira tanto orgulho quando ele fora ordenado que mal conseguia enxergar através das lágrimas.

À frente, o arcebispo viu o reflexo de homens de armadura se movendo, como besouros se esgueirando para longe, uns acima, outros abaixo, conforme a luz se aproximava. Ele hesitou, sem querer se aproximar e contente de aproveitar o instante para simplesmente parar e recuperar o fôlego diante de todos os rapazes em volta, que jamais conheceram a fraqueza nem a velhice.

— Quem está aí? — perguntou ele, apontando com a bengala. — Junto ao santuário da abadia? Que homens violentos são esses?

— Homens de lorde Gloucester, Vossa Graça — respondeu um dos que estavam em torno dele. — Há notícias de um assassino da terra dos turcos ou dos tártaros.

O arcebispo Bourchier tocou o crucifixo no pescoço. Continha um fragmento minúsculo da verdadeira cruz, e ele o usou para se acalmar. Havia lido muito durante a vida e ouvira falar daqueles homens e da crueldade deles. Trincou os dentes e segurou a bengala com firmeza. Ele ainda poderia cumprir um papel nessa história.

— Avancemos, cavalheiros — disse ele, arrastando os pés.

O arcebispo se aproximou do santuário com a teimosia de um buldogue, curvado sobre a bengala, mas sem jamais diminuir o passo até chegar à porta e ver o jovem monge que observava de dentro. Dois homens de armas com cota de malha recuaram quando ele se aproximou, esperando pacientemente. O arcebispo Bourchier viu que os guerreiros do lorde protetor formavam duas ou três fileiras em todas as direções. Deveria haver uns duzentos soldados em torno daquele santuário, presumivelmente com outros por perto durante as trocas de turno. O velho percebeu com novos olhos quanto custava ao lorde protetor dividir seus recursos entre duas partes de Londres, mais de um quilômetro distantes uma da outra.

O arcebispo Bourchier fitou a escada com preocupação ao entrar. Ficou aliviado quando um monge o levou por um corredor no térreo, revestido de alguma madeira escura e polida. O velho nunca havia entrado naquele lugar e estava curioso. A maioria das pequenas igrejas ou capelas tinha algumas restrições para dar refúgio a criminosos. Em geral, era um mês ou quarenta dias, depois dos quais eles podiam escolher o exílio. Essas coisas tinham de ser assim, ele sabia, senão seriam invadidas todo inverno por pobres que tivessem descumprido a lei. Mas a Abadia de Westminster era a maior igreja do reino. Ali o santuário não tinha limites, depois de concedida a proteção. Um lugar daqueles era um marco da civilização, pensou ele, uma luz brilhante.

O arcebispo trincou os dentes ao pensar nisso, recordando a abadia de Tewkesbury, onde o rei Eduardo traíra a fé de uma das mais antigas tradições da Igreja e mandara homens assassinarem os inimigos amedrontados. Toda a construção e o terreno tiveram de ser reconsagrados depois daquilo. Não foi apenas o sangue que teve de ser lavado das pedras, mas os pecados mortais cometidos dentro daquelas paredes. Eduardo pagara uma fortuna como indenização nos anos que se seguiram. O arcebispo Bourchier ficara bastante desapontado quando a Igreja aceitara aquelas imensas quantias. Parecia-lhe que havia sido uma troca bastante mesquinha pela quebra de confiança.

Eram esses os pensamentos do arcebispo quando ele passou por uma porta que lhe fora aberta para a presença da rainha Elizabeth e dos filhos. O olhar do velho passou de um a outro até descansar em Ricardo de York, de 9 anos. Os títulos do menino foram reconhecidos pelo pai desde o nascimento. O jovem Ricardo recebera não só o ducado de York como também os condados de Norfolk e de Nottingham.

Era uma criança forte, observou o arcebispo, sem marcas de varíola nem sinais de doença. Talvez significasse que ainda as sofreria, é claro. Essa era a grande balança da vida: ficar marcado significava sobreviver. Os não marcados ainda poderiam ser levados à noite. A morte estava sempre presente na risada das crianças. Todos os pais e todas as mães sabiam disso muito bem.

Aquelas crianças específicas formavam um belo grupo, observou o arcebispo. Trouxeram-lhe uma cadeira para ficar ao lado do fogo crepitante, e ele afundou nela com gratidão. Com um sorriso, aceitou um prato de nozes e um copo de aguardente contra o frio da noite. Ele se recostou e recordou a época em que tinha sangue suficiente nas veias para suar, em vez de ser o osso seco e velho em que se transformara.

— Vossa Graça é muito bem-vindo — disse Elizabeth. — Tem notícias desses homens que cercam este lugar? Eles não falam comigo, e já faz dias que não deixam ninguém entrar nem sair. Não tenho recebido nenhuma notícia do mundo.

— Talvez a senhora devesse mandar essas crianças queridas e encantadoras para outro lugar, milady, que tal? Acho que seria melhor.

O rosto de Elizabeth ficou tenso, mas ela fez o que ele pedia e mandou todas as crianças para outros quartos, para que ficasse sozinha com o velho. Ela quebrou outra noz para o arcebispo e pôs os pedaços onde ele pudesse alcançar com facilidade.

— Ricardo de Gloucester é um rapaz bastante determinado — começou o arcebispo Bourchier no silêncio quebrado apenas pelas chamas e pelo crepitar da seiva. — Não é fácil discernir sua maior intimidade. Eu me ofereci para ouvir sua confissão, mas ele disse que conta com um padre do campo para essas coisas. Isso é uma vergonha. Teria me ajudado a decidir o que tenho a lhe dizer.

— Ele quer meu filho — declarou Elizabeth, o rosto contraído. — Isso eu soube antes que os soldados viessem para cá.

— Ele quer protegê-lo, milady — confirmou o arcebispo, mastigando com cuidado um pedaço de noz.

— Protegê-lo de quem? Dos próprios homens? Quem mais viria contra mim aqui, com todos os soldados dele murmurando e retinindo a noite inteira? Eu lhe digo que mal fechei os olhos desde que eles cercaram o santuário. Se é que este lugar merece o nome que tem, assim cercado por ferro e soldados cruéis!

— Fique calma, minha cara. Não há necessidade de... vozes agudas. Não há necessidade de entrar em pânico e permitir que nossos pensamentos corram para a loucura. Não. Em vez disso, vamos decidir o que é melhor para o menino. Ficar aqui, a um custo que mal consigo imaginar, tirando homens vitais para a defesa da cidade e da Inglaterra, ou ir para a Torre e ficar com o irmão Eduardo.

— O senhor o viu? — interrompeu Elizabeth.

O velho assentiu.

— Insisti nisso, sim. Seu filho está com boa saúde e de bom humor, embora solitário. Ele não vê ninguém e, embora leia, só há na Torre alguns livros de seu pai. Ele está se deleitando com alguma história dos Césares, creio eu. Vidas tão terríveis de violência e traição! Mas os meninos se banqueteiam com essas coisas, é claro. Não há mal nenhum nisso.

Elizabeth ficou menos tensa com essas palavras.

— O senhor confiaria em Gloucester nisso, Vossa Graça? Que ele poria meu filho no trono e manteria o outro a salvo? Esse é o cerne da questão, não é?

O velho fitou as chamas por algum tempo. Sua boca trabalhava o tempo todo, e ele cuspiu um pedacinho de casca na palma da mão quando terminou.

— Creio que a senhora não tenha escolha, milady. O lorde protetor foi insistente, e a senhora se recordará de que o irmão dele não hesitou em invadir solo consagrado. Lamento muito até dizer uma coisa dessas, milady, mas temo pelo seu filho caso ele permaneça aqui. Tirá-lo dessas terras se tornou uma obsessão para Gloucester. Escute-me. A senhora tem de confiar em alguém. Estarei lá para garantir que tudo corra bem, não tema por isso.

Elizabeth olhou de relance para o velho de barba branca, perguntando-se que impedimento o arcebispo Bourchier achava que seria para homens violentos. Ela não lhe dissera que os soldados se aproximavam à noite, quando todos os monges estavam dormindo. Eles eram de fato criaturas de sangue, imundície e violência, e ficavam debaixo da janela dela e se esgueiravam, retinindo e sussurrando ameaças, até Elizabeth não ter dúvidas de que entrariam. Ela sabia que podiam, que coisas assim já aconteceram e foram encobertas. Ela temia não apenas por si mas também pelas filhas. Os homens junto à janela faziam ameaças cada vez piores. Ela não contara a ninguém, mas não conseguia mais suportar. Mal conseguia se lembrar de quando dormira mais que alguns momentos, despertada por vozes que gritavam e risadas terríveis.

Ela encarou o arcebispo Bourchier, que estendia a mão para o quebra-nozes e o girava nas mãos velhas. A decisão cabia a ela, embora se sentisse pressionada também, agarrada talvez a ponto de quebrar.

O santuário estava cercado de homens armados, e era fácil demais imaginar um assassino entre eles, um sujeito enlouquecido por alguma antiga ofensa ou desfeita imaginária. Se ela fosse assassinada, se as filhas fossem feridas e mortas como cordeiros, todo o reino falaria daquilo, e todos os dedos apontariam para o lorde protetor — mas tal coisa não desfaria um único ferimento.

Por um lado, ela sentia um medo tão terrível que ele se agitava como coisas rastejantes em seus pensamentos, sempre que descansava a cabeça exausta num travesseiro. Mas não havia provas! Seu filho Eduardo ainda vivia e seria coroado. Teria julgado erroneamente Ricardo de Gloucester? Ele chamara o irmão dela de traidor, e todas as notícias de Anthony sumiram a partir daquele momento. Engoliu em seco com a ideia de que Rivers talvez já não estivesse vivo, sem que ela soubesse.

— Esses homens que me cercam aqui — disse ela baixinho. — Eles vão embora com meu filho?

— Eles só estão aqui para a proteção dele, milady. Insistirei nisso, se desejar.

Elizabeth sentiu os olhos se encherem de lágrimas com a fé dele, como se o velho sacerdote pudesse simplesmente fazer um gesto e, é claro, homens cruéis fossem embora e nunca mais a ameaçassem. Ainda assim, se agarrou àquela possibilidade. Ela escolheu: todas as filhas em vez do outro filho. Em sua esperança e seu desespero incerto, ela escolheu.

— Tudo bem, Vossa Graça. Deixarei Ricardo aos seus cuidados. Confiarei que o senhor e o lorde protetor cumprirão seu dever sincero com um menino de 9 anos.

Seus olhos transbordaram de lágrimas e elas lhe correram pelo rosto em duas torrentes, embora as limpasse. Chamou o filho, e o príncipe Ricardo entrou correndo, vendo a angústia da mãe e olhando com raiva para o velho que parecia tê-la causado. O menino subiu no colo dela e se encolheu ali, segurando-a com força enquanto ela chorava no seu cabelo e o beijava.

— O que aconteceu? Por que você está chorando? — perguntou ele, parecendo à beira das lágrimas também.

— Vou mandar você para ver seu irmão Eduardo, só isso. Não chore agora, Ricardo! Espero que você seja forte: um guerreiro e um soldado. Você é o duque de York, lembre-se, como seu pai também foi. Ele confiou em você para cuidar de mim e do seu irmão.

Ela o abraçou com força durante todo o tempo que o arcebispo Bourchier levou para se levantar e pegar a bengala. O velho sorriu e fez um gesto para o menino.

— Venha, rapaz. Você deve vir comigo, ao que parece. Talvez tenha de me ajudar, sabe? Sou muito velho. Venha, agora, sem choramingar! Você precisa ter coragem pela sua mãe. Ele tem um casaco ou uma capa?

— Junto à porta — respondeu Elizabeth.

Ela observou Ricardo pôr a mãozinha na mão do velho, limpando os olhos. Não aguentava vê-lo partir, mas era o certo a fazer, ela esperava, a melhor decisão que poderia tomar. Mesmo assim, ficou de coração partido quando ele se virou e acenou, sorrindo para animá-la. O menino se soltou do arcebispo e correu de volta, quase derrubando-a com seu entusiasmo e a força do seu abraço.

— Vou trazer Eduardo de volta, se me deixarem — cochichou Ricardo. — Não fique nervosa.

Elizabeth se abaixou e o abraçou com tanta força que ele se contorceu; depois, deixou-o partir.

27

O bispo de Bath e Wells parecia pouco à vontade naquele ambiente, ou talvez porque estava na presença de homens mais importantes da Igreja. Parecia uma criatura tímida, e Ricardo não havia explicado a presença dele, embora sentisse em particular a curiosidade dos arcebispos de York e da Cantuária. Ainda assim, eles teriam de esperar por quanto tempo ele quisesse.

Convocara-os mais uma vez a formar um conselho, como era seu direito de lorde protetor. Nessa ocasião de junho, ele os chamou ao outro lado de Londres, para a Torre propriamente dita. Estava movimentado lá, com reformas e a construção de um novo alojamento no pátio central. A própria Londres estava viva e próspera no calor, com todos os sinais de um belo verão prestes a chegar.

Ricardo observou cada homem que chegava: Hastings. Stanley e Buckingham, o bispo Morton de Ely, o bispo de Bath e Wells e os dois arcebispos. Ninguém ali poderia dizer que não reunira os homens mais importantes da Igreja para uma ocasião tão grave. Para os homens mais velhos do hábito, o simples fato de chegar à sala do conselho da Torre Branca já fora um sofrimento. O arcebispo Bourchier enxugava a testa sem parar, fazendo uma exibição e tanto para mostrar o que sofrera para cumprir o dever. Mesmo assim, estavam todos tensos de expectativa. Era raríssimo convocar os Conselhos Privados, o que ocorria para aconselhar o monarca em tempos de guerra ou desastre. O Parlamento fora convocado a Westminster mais à frente no mês, mas, até que se instalasse, os homens daquela sala eram o único poder do reino. Também era verdade que cada um deles tinha consciência dos dois príncipes, não muito distantes de onde estavam. Não houvera notícias deles durante dias além de vislumbres nas janelas altas dos aposentos da Torre.

— Milordes, Vossas Graças — começou Ricardo. — Em parte, pedi a presença dos senhores aqui porque tenho notícias que precisarão ser discutidas por cabeças sábias antes que a turba as escute e enlouqueça. Talvez eu tenha de erguer um ferro em brasa esta noite. Preciso tomar cuidado com o lugar onde cairá.

Ele observou os homens que reunira em volta da mesa.

— O arcebispo Bourchier tem minha gratidão por sua ajuda. Obrigado, Vossa Graça. Por conta de sua intercessão, quando todos os outros caminhos falharam, consegui trazer meu sobrinho para um lugar seguro. Ao mesmo tempo, não vi mais necessidade de manter uma presença tão grande de homens armados no terreno da abadia. Não soube de nenhuma ameaça à esposa de meu irmão nem às filhas dele, com certeza nada que me permitisse interferir outra vez com o santuário. Já abusei demais de antigas liberdades.

Ele esperou que o arcebispo Bourchier fizesse que sim com sua enorme barba.

— Retirei todos os meus soldados, cavalheiros. Mas deixei um homem para me avisar de qualquer um que tentasse se esgueirar para dentro e para fora do santuário. Foi essa decisão que os trouxe aqui. Sinto muito em dizer que homens foram avistados levando notícias e boatos a Elizabeth Woodville. Homens que ainda não sabem que sei o nome de cada um. Mas saberão com o tempo, Vossa Graça.

— Não entendo — disse o arcebispo Bourchier, as sobrancelhas se erguendo com confusão. — O senhor não está me acusando, está?

Ricardo suspirou.

— Não, Vossa Graça, é claro que não. Não pensei em lhes trazer essa notícia hoje... mas talvez esteja na hora. Eu me vejo forçado a fazê-lo, embora preferisse que houvesse outra maneira.

Com um gesto, Ricardo indicou o trêmulo bispo de Bath e Wells, Robert Stillington. Em épocas comuns, o homem parecia um sábio querubim, com mechas de cabelo branco e uma face redonda e rosada. Naquela câmara, sob o olhar de outro bispo e dos dois arcebispos da Inglaterra, seus lábios estavam pálidos, e ele, completamente desorientado.

— Esses homens vieram a meu chamado para ouvir a verdade, Robert — continuou Ricardo, indicando os outros. — O senhor deve lhes dizer o que me contou. Este é o momento, e a verdade deve ser revelada, embora me parta o coração. Mas insistirei na luz! Levada a todos os cantos sombrios, para que não reste nada escondido. Nada!

— Do que se *trata* isso? — perguntou o bispo Morton, inclinando--se para a frente.

Ele parecia mais irritado que curioso, e Ricardo se limitou a encarar o bispo de Bath e Wells e incentivá-lo em silêncio. Se o velho idiota se recusasse a falar, ele ainda poderia perder todos eles — e todo o resto que talvez se seguisse.

— Mi-Milordes, arcebispos Bourchier e Rotheram, bispo Mo--Morton... — Parecia que a recitação dos títulos secara a boca do bispo. Stillington passou a mão pelos tendões do pescoço, como se estivesse se esforçando para engolir. — Cavalheiros, coube a mim trazer más notícias... de um antigo contrato de casamento entre o rei Eduardo IV, ou conde de March, como era conhecido então, e uma tal Eleanor Butler.

— Ah, irmão, não — murmurou o bispo de Morton de repente. — O senhor será condenado por uma mentira dessas, uma calúnia dessas.

O homem com quem falara empalideceu, e seus olhos correram para a esquerda e para a direita, em pânico.

— Continue, Vossa Graça — pediu Ricardo com irritação e um olhar de raiva para Morton. — Diz que testemunhou isso? Uma promessa de casamento, um noivado. Foi o senhor o celebrante?

O bispo fez que sim de olhos fechados.

— Dois amantes lá estavam, muito jovens, que vieram a mim rindo e pedindo que fossem abençoados no casamento antes de irem para a cama. Eu era apenas um padre jovem na época e pensei que poderia prevenir um pecado maior. Recordo os nomes, embora não tenha visto nenhum dos dois outra vez depois daquele dia. Em Northamptonshire, aconteceu.

— Muito *bem* — retorquiu o bispo Morton. — Então é preciso convocar essa Eleanor Butler diante de nós, para que ela seja interrogada ou posta a ferros. Com uma acusação de tamanha importância, eu precisaria de uma confirmação melhor que as lembranças sinuosas de um velho.

— Um velho de idade, creio eu, bispo Morton — retrucou Ricardo suavemente. — Pois pedi justamente o mesmo quando soube. Não quis acreditar. Traga-a diante de mim, falei. Infelizmente, Vossa Graça, Eleanor Butler morreu há uns cinco anos. Se soubéssemos... Se *ao menos* soubéssemos, meu irmão rei Eduardo poderia ter se casado de novo com Elizabeth Woodville e declarado todos os filhos legítimos. — Ele balançou a cabeça com tristeza. — Mas não o fez. Mal consigo suportar o pesar que sinto, mas não permitirei que nada fique escondido, milordes! Ouçamos a verdade, *toda* a verdade sobre essa loucura juvenil de meu irmão. Deus sabe que ele tinha amantes! Todos os senhores sabem que é verdade. Ele pouco se importava se fossem esposas ou filhas de outros homens, deitando-se com elas quando queria. Na bebida, não sei se ele saberia dizer onde tinha se deitado.

— O senhor tem a palavra de um único homem para toda essa história? — perguntou o bispo Morton em voz baixa. — Nenhuma testemunha, nenhuma esposa? Ainda que fosse verdade, isso significaria, além da anulação do casamento do rei, que os filhos dele, *todos* os filhos, seriam ilegítimos.

Lorde Hastings se levantou devagar quando absorveu toda a importância da notícia. Com a mente menos ágil que a do bispo Morton, ele não pulara à frente tão depressa em seu entendimento. Em vez disso, ficara sentado com raiva crescente, virando a cabeça de um lado para o outro enquanto os homens da Igreja debatiam os pontos como se fossem questões esotéricas de fé e moral. Hastings mal podia acreditar no que estava ouvindo.

— O senhor os deserdaria a todos! — exclamou ele, apontando um dedo trêmulo para Ricardo de Gloucester, o lorde protetor. — A esposa, o herdeiro, *todos*. Que loucura é essa? Que mentiras são essas?

— O senhor chamaria um bispo da Igreja de mentiroso? — retrucou Ricardo com igual paixão. — O senhor conhecia bem meu irmão, lorde Hastings, quase tão bem quanto eu. Está dizendo que ele jamais usaria tal tática de persuasão? Que ele jamais levaria uma moça para a cama com uma mera promessa, com um artifício desses? Poderia jurar isso?

Hastings nada disse, embora seu rubor se aprofundasse sob o olhar dos outros homens. Ele sabia tão bem quanto os demais que uma coisa dessas era possível. Era exatamente o tipo de erro que um rapaz como Eduardo cometeria. Mesmo assim, ele não acreditava, simplesmente pelo ganho que isso trazia a Ricardo de Gloucester. Era perfeito demais, conveniente demais.

— Seja como for, o senhor espera que eu acredite que esse velho idiota de mãos trêmulas só o procurou quando soube que o rei Eduardo morreu e nunca antes disso? Que guardou esse segredo vil por vinte anos? — Hastings se virou para o bispo de Bath e Wells, o velho se encolhendo de medo. — Stillington, sua consciência enfim gritou tão alto que não podia mais ser silenciada? Isso não traz a sensação ensebada das mentiras?

— O senhor não pode intimidar um bispo da Igreja, milorde — interviu Ricardo com firmeza. — Nem deveria tentar. Agora me escutem, todos os senhores. Talvez Hastings tenha nos mostrado uma solução em sua raiva. Não há criados presentes. Ninguém, a não ser nós que estamos nesta sala, sabe que o casamento de meu irmão era falso, que seus filhos são ilegítimos. — Lorde Stanley se remexeu sobre o cotovelo, pouco à vontade, e Ricardo se virou para ele. — Ah, detesto dizer essas palavras, tanto quanto todo mundo! Mas poderíamos fazer um juramento, um pacto, tão solene quanto qualquer ordem de cavalaria, soberania ou juramento diante de Deus. Poderíamos jurar com sangue não revelar o que sabemos sobre a sucessão. Manter a questão nesta sala e nunca além.

Ele parou, respirou fundo e baixou a voz.

— Westminster já presenciou segredos e presenciará de novo. Façam comigo esse juramento de nunca revelar o que ouviram... e sairei daqui e tirarei meus sobrinhos de seus aposentos nesta fortaleza. Levarei o príncipe mais velho para Westminster, onde será coroado rei Eduardo V. Apenas nós saberemos. Mas, se apenas um dos senhores discordar, terei de divulgar a notícia, embora isso me parta o coração.

Os homens à mesa se entreolharam, mas ambos os arcebispos já faziam que não antes mesmo de Ricardo terminar de falar.

— Não posso dar minha palavra a uma mentira dessas — disse o arcebispo Bourchier com firmeza. — O juramento de meu cargo me impede, mesmo que eu o permitisse como homem.

— Nem eu — acrescentou o arcebispo Rotheram de York. — O que o senhor pede... é impossível.

O bispo Morton não disse nada, embora estivesse tenso, como se fosse se levantar num pulo. Ricardo fechou os olhos, seu corpo amolecendo por conta do desespero.

— Então não há nada que eu possa fazer. Tive esperanças... mas não. A notícia será divulgada.

— Como o senhor *pretendia* — acusou Hastings de repente. — Por que faria este homenzinho trazer a acusação a esta sala se esperasse que ela fosse suprimida? Por que não simplesmente guardar o segredo consigo?

— Milorde, o senhor parece ver minha culpa em tudo que faço — disse Ricardo, irritando-se mais uma vez. — Mas tudo o que fiz, tudo o que *tentei* fazer, foi manter a memória de meu irmão e assegurar a vida do filho dele para que suba ao trono. De coração aberto, li os arquivos e falei com centenas de homens que conheceram meu irmão e o que ele poderia ter desejado. Este é o resultado, e não o desejei. Suas suspeitas imundas... bom, talvez eu as compreenda bem.

Hastings descansou a mão no punho da espada.

— É mesmo? O senhor me compreende? Pois bem, ao *diabo* com o senhor.

Lorde Stanley e o bispo Morton se levantaram no exato instante em que Hastings agiu. Os três desembainharam as lâminas, embora ao mesmo tempo Stanley gritasse para que parassem. O bispo Morton brandia uma adaga mais fina e a segurava para se defender, dando um passo para trás.

Hastings ignorou o grito. Ele puxara a espada e investia por sobre a mesa, mirando o coração de Ricardo.

A ponta da lâmina alcançou o lorde protetor no instante em que ele se jogou para o lado, prendendo-se na tira de ouro da túnica. A velocidade e a relativa juventude tinham salvado Ricardo, embora Hastings não tenha permanecido imóvel quando o primeiro golpe errou. Sem hesitar, ele deu a volta na mesa para terminar o serviço.

— Guardas! Traição! — bramiu Buckingham.

Ele também enfim se levantara. Embora parecesse um coelho diante de uma raposa, desembainhou a própria espada e a baixou na direção de Hastings para bloquear seu caminho.

— Traição! — gritou Ricardo de Gloucester por sua vez.

Os olhos dele cintilaram, e Hastings se esforçou para alcançá-lo com fúria enquanto as portas se escancaravam e homens se despejavam para dentro da sala. Hastings derrubou Buckingham de lado, mas foi agarrado por trás antes que conseguisse dar mais um passo, a espada caindo na mesa com estrépito. O bispo de Bath e Wells gritou de medo com a presença súbita de tantos homens armados. Lorde Stanley quase tombou em cima do velho bispo quando ele também foi agarrado e jogado longe, a espada arrancada das mãos. O bispo Morton ficou totalmente imóvel, com uma espada na garganta, e entregou a adaga às mãos que se estenderam para confiscá-la.

Os gritos e os estrondos pararam de repente, deixando apenas o som dos homens que respiravam pesado ou gemiam sob o peso de cinco ou seis que os seguravam para que não pudessem se mexer.

— Eu sou o lorde protetor da Inglaterra — declarou Ricardo com clareza. — Nomeado por meu irmão, o rei Eduardo. Por minha ordem, prendam William, lorde Hastings, acusado de traição e conspiração contra a pessoa do rei.

— Você mente com tanta facilidade que me pergunto se seu irmão o conhecia de verdade — rebateu Hastings.

O rubor de Ricardo se intensificou, e ele se aproximou de Hastings. Embora tentasse se soltar, Hastings era segurado com tanta força que não conseguia se mexer nem um centímetro.

— Quantas vezes você esteve na fortaleza do santuário da Abadia de Westminster, William? Desde a morte de meu irmão, na Páscoa? Antes e depois de eu mandar meus homens cercarem o lugar... durante essas seis semanas, mais ou menos, quantas vezes você diria?

Hastings franziu os lábios.

— Então você tem espiões vigiando o lugar. Que me importa? Eu sou um homem livre e não um conspirador. Não é da sua conta quantas vezes entrei naquele lugar.

— E sua amante? — continuou Ricardo. — Jane Shore. Quantas vezes você diria que ela se esgueirou por aqueles caminhos e entrou, a qualquer hora, mesmo com as estrelas no céu? Eu me pergunto que mensagens levava que não podiam suportar a luz do dia, como qualquer conspiração. O que me diz a respeito dela, milorde?

Hastings havia inchado sob as garras dos homens que o seguravam, como se contivesse emoções crescentes. Estava com o rosto quase roxo, e os mais próximos dele conseguiam ver a teia de veias nas bochechas e no nariz.

— Eu digo que não é da sua conta, Gloucester, não, nem mesmo que você faça parecer uma acusação! Minha amante, minha irmã, eu mesmo: ninguém que me conheça pode dizer que eu não seja leal. Seu irmão confiava em mim. Como pode me acusar agora? Que benefício isso lhe traz? Pelo amor de Deus, Ricardo, *por favor*. Vamos esquecer o dia de hoje e o que foi dito.

— Bem que eu gostaria, milorde — disse Ricardo. — Mas o senhor não acompanhou o caminho até o fim. Ainda não percebeu isso? Não percebeu?

Só havia confusão desesperada em lorde Hastings, e Ricardo balançou a cabeça com tristeza.

— O senhor poria o filho de meu irmão no trono.

— Eu *poria*, juro — disse Hastings.

— Ah, mas o filho de meu irmão não é o herdeiro. Nem Eduardo nem Ricardo. Sabemos agora que o casamento do pai deles foi uma mentira, de modo que meus sobrinhos não podem herdar o trono. Sem os dois, quem é o próximo a ser rei da Inglaterra, William? Quem está diante de você e o chama de traidor? Já consegue ver?

— Você — respondeu Hastings. Ele pareceu murchar enquanto falava, como se aquela única palavra lhe tivesse tirado toda a paixão.

— Eu — confirmou o lorde protetor. — Embora eu desejasse que fosse de outra maneira, não assim. Não posso desfazer os erros de meu irmão. Tudo que posso fazer é aceitar a coroa, e que Deus tenha misericórdia de minha alma. Gostaria que afastassem de mim esse cálice, mas, se não for possível... dele beberei.

Todos os olhos da sala estavam sobre Ricardo, que baixou a cabeça, visivelmente exausto e entristecido.

— Levem milorde Hastings embora agora. Por suas próprias palavras, ele admitiu conspirar contra mim. Não sei quantos estão com ele ou que poder reuniram. Esperem por mim lá embaixo, cavalheiros. Falarei com ele de novo antes de sair deste lugar.

Hastings foi levado embora. Ele saiu da sala desnorteado em sua descrença, sem olhar para trás.

Ricardo então se virou para lorde Stanley e fez um sinal aos soldados para deixá-lo se levantar. O homem falou assim que ficou de pé.

— Milorde, não tenho participação em nenhuma conspiração, de nenhum tipo. Sempre fui leal, e seu irmão confiava em mim plenamente.

— Meu irmão confiava em Hastings — disse Ricardo.

— Mesmo assim, eu nem me aproximei do santuário de Westminster desde a morte do rei. Não tive nenhuma participação. Se o senhor tem espiões lá, sabe que falo a verdade.

Lorde Stanley aguardou, suando, sabendo que sua vida dependia da resposta que recebesse. Passado algum tempo, Ricardo fez que sim.

— Não tenho intenção de prendê-lo, Thomas. Mas você puxou a espada. Morton também, brandindo essa faca de mesa. O que eu deveria pensar?

O bispo de Ely observara com feroz concentração. Ele viu a oportunidade e interrompeu.

— Devo me desculpar, Vossa Alteza. Não entendi o que estava acontecendo à minha volta. Como lorde Stanley, puxei a faca com medo e recuei, só pensando em salvar minha própria pele.

Ricardo sorriu para o bispo, e Stanley continuou rapidamente.

— O bispo tem esse direito. Só agi em reação a Hastings. Não pensei em nada até ter a espada na mão.

Ambos suavam, Ricardo conseguia ver, com total consciência de que ele podia mandar matá-los com apenas uma palavra. Mas Morton o chamara de "Vossa Alteza", e, quanto a Stanley, o irmão dissera que ele era de confiança. Ricardo tomou uma decisão rápida.

— Então os senhores são ambos homens de ação, e isso é bom. Morton, todas as ofensas estão perdoadas. Stanley, preciso de um novo tesoureiro da Inglaterra para levantar os recursos que possibilitam todo o resto. Você aceitaria o cargo?

Os olhos de Stanley se arregalaram, e ele se baixou apoiado num joelho.

— É claro que sim, milorde. Seria uma honra.

Os homens em torno dele se afastaram, conscientes de que tinham posto as mãos num homem de poder considerável que, claramente, sairia da sala com mais poder ainda. De repente, não havia um único soldado presente que não desviasse o olhar dos olhos de lorde Stanley. Ricardo sorriu ao ver isso. Então se virou para Buckingham, que havia observado tudo.

— Há conspirações ainda a serem desfeitas, milorde Buckingham. Preciso de um condestável da Inglaterra, além do tesoureiro. Sem ouro, não pode haver lei. Sem lei, não pode haver segurança. É tudo a mesma coisa.

Antes que Buckingham conseguisse fazer mais que gaguejar sua satisfação e agradecer, Ricardo foi até os arcebispos de York e da Cantuária, que continuavam sentados. Nenhum deles conseguia se levantar com facilidade nem andar sem uma bengala. Ricardo se inclinou sobre os punhos e depois baixou mais, até parecer um falcão ou um lobo tensionando-se para saltar.

— Vossas Graças, arcebispos Bourchier e Rotheram, os senhores demonstraram sua integridade aqui hoje. Quando cogitei fazer um falso juramento, foi um momento de fraqueza que me envergonha. Agi de modo deplorável e confessarei o que fiz como pecado. Mas os senhores se mantiveram firmes e me mostraram a força moral pela qual são renomados. Agora não restam sombras nem tramas nem segredos.

Os homens mais velhos o observavam com atenção, Ricardo percebeu. Ele os encarou com olhos arregalados e inocentes.

— Os filhos de meu irmão não podem ser reis, não agora, Vossas Graças, não depois do que ouvimos. Se é que existiu, o momento de lançar uma mortalha sobre tudo já passou, diante de todas essas testemunhas. Mas, se eu tiver de me tornar rei, hoje ainda sou lorde protetor. Ainda há conspirações: homens que chamam a casa de Lancaster de seus senhores, embora alguns achem que eles estão acabados. Meus sobrinhos estão em segurança na Torre, e eu estou em segurança com homens armados às minhas costas. Arcebispo Bourchier, o senhor coroaria um filho de York, Vossa Graça? Se eu pedir, o senhor me coroará rei Ricardo III?

O arcebispo vira os acontecimentos se passarem numa velocidade espantosa, mas entendeu que ali estava o único homem daquela sala a quem não se podia dizer não. O destino de Hastings já era uma lição que qualquer um com olhos teria aprendido.

— É claro, Vossa Alteza — respondeu ele baixinho.

* * *

Os anciões que estavam no interior da Torre Branca desceram com cuidado os degraus até o chão lá embaixo. Ricardo aguardou até ficar sozinho com Robert Stillington. O bispo de Bath e Wells ficou apavorado quando Ricardo pôs o braço em torno dele e pediu uma escrivaninha e uma caneca de boa cerveja para lhe dar forças. O lorde protetor o deixou escrevendo e desceu com leveza os degraus até o grande pátio da Torre. Parou no degrau mais baixo e inspirou o dia quente, virando o rosto para o sol. Os velhos morriam com demasiada frequência, e ele precisava que Stillington prestasse seu depoimento ao Parlamento. Ricardo sabia que ainda enfrentaria discussões e discordâncias, sem dúvida, mas, como no caso do portão de Londres que deixara aberto, essas coisas podiam ser previstas. Ele teria Stillington sob guarda atenta até o Parlamento se reunir em Westminster. Se o destino ou algum assassino com muita iniciativa desse um jeito de chegar ao velho, o lorde protetor ainda teria seu depoimento juramentado, selado com o anel e a assinatura do bispo. Todos os obstáculos podiam ser evitados, pensava ele.

Um pouco além da Torre Branca, Ricardo viu que um grupo de soldados aguardava suas ordens, como ele pedira. Lorde Hastings estava com eles, desarmado, embora de pé sem nenhuma restrição óbvia. Ricardo estalou a língua algumas vezes. Era espantoso o assombro com que soldados comuns viam seus lordes... ou talvez fossem homens que tivessem conhecido Hastings pessoalmente. O barão era tido em alta conta, pelo que se dizia.

Ricardo se aproximou do grupo com confiança. Hastings ergueu a cabeça, pronto para alguma nova acusação ou talvez um acordo a ser feito. Ricardo sorriu, apreciando o sol.

— Sinto muito, Hastings. Sinto tê-lo feito esperar. Sinto pelo que você agora deve sofrer.

Ricardo fez um sinal para os soldados atrás do lorde. Eles o pegaram pelos braços e, embora Hastings tenha gritado de surpresa e raiva, o levaram por uns dez metros e chutaram suas pernas. Ele caiu para a frente nos braços deles, fitando espantado o suporte de madeira que o mestre de obras deixara na grama adiante.

— O que é isso? Gloucester! Onde está meu julgamento, seu filho de uma cadela? Onde está a justiça?

— Essa é a justiça para um traidor, milorde. Como eu disse, sinto muito, mas tenho de passar uma mensagem clara a todos os que me consideram demasiado fraco. Isso servirá.

Hastings tentou falar de novo, mas os homens que o seguravam o baixaram à força e puseram sua garganta sobre o suporte de madeira.

— Esperem — ordenou Ricardo. — Milorde, gostaria de se confessar? Posso mandar chamar um padre para a tarefa.

Deixaram Hastings ficar de joelhos. Não vendo misericórdia no olhar de Ricardo, o barão se resignou, assentindo brevemente. Também se virou para sentir o sol no rosto pela última vez. O lorde protetor se afastou um pouco enquanto procuravam o padre, que se ajoelhou com William, lorde Hastings, para ouvir seus pecados murmurados e lhe concedeu o perdão. Levou uma hora para o homem se levantar com as pernas rígidas e fazer uma reverência a Hastings e depois ao lorde protetor. O padre não gostou do que viu no rosto dos soldados e saiu às pressas.

Quando retornou, Ricardo viu certa paz reinando em Hastings. O homem ergueu os olhos com bastante calma quando viu que chegara a hora. Esticou bem o pescoço sobre o suporte de madeira e não se encolheu quando o machado caiu.

— Que Deus o guarde — disse Ricardo, fazendo o sinal da cruz.

28

Londres parecia silenciosa naquele mês de junho, embora o sol estivesse quente, e o comércio, bastante animado junto ao rio. Poucos dos súditos comuns sabiam das discussões que aconteciam do outro lado da capital, em todas as grandes casas. Os homens do Parlamento tinham sido convocados a Westminster, vindos de todos os condados, cidades grandes e sedes de feiras, como tantas vezes antes. No entanto, a conversa não começou com sua chegada. Ela acontecia em particular. Em muitos sentidos, a verdadeira conversa terminaria quando se sentassem em seus lugares em Westminster.

No domingo antes da assembleia, o lorde protetor saiu com seu amigo Buckingham e uma grande procissão de lordes e homens importantes. Eles se reuniram primeiro na Torre, onde os príncipes foram observados por todos no pátio central disparando flechas num alvo e cumprimentando com o chapéu qualquer lorde que olhasse para eles.

O grupo partiu a cavalo ao meio-dia, com o lorde protetor e sua guarda pessoal à frente. Os estandartes de Ricardo estavam erguidos o suficiente para um campo de batalha, embora fossem apenas para a parte oeste da cidade, subindo a rua Aldgate até o mercado de títulos de Cornhill, então para Poultry e depois até a estrada larga de Cheapside e Ludgate Hill, onde cinquenta e dois ourives mantinham belos estabelecimentos ao longo da rua. Na Catedral de São Paulo, eles pararam e apearam, um grande grupo animado, lordes e capitães misturados a padres e conselheiros municipais.

Eles deixaram de lado as risadas e as brincadeiras ao assumir seus lugares para ouvir o orador, um frade que era irmão do prefeito e sabidamente sensato. Ele estava no meio de uma exortação ao povo sobre a natureza do perdão quando viu os homens que chegaram. O frei Shaw baixou sua grande cabeça um momento, organizando os pensamentos. Quando voltou a falar, as palavras eram do Livro da Sabedoria de Salomão, primeiro em latim, depois traduzido.

— Porque é esplêndido o fruto de bons trabalhos, e a raiz da sabedoria é sempre fértil. Quanto aos filhos dos adúlteros, a nada chegarão, e a raça que descende do pecado será aniquilada. Não, irmãos, a semente do leito ilegal será lançada fora.

O frei Shaw já havia reunido uma plateia de centenas para o sermão de domingo. Todos concordaram com ele com acenos de cabeça, embora alguns se virassem para olhar para o protetor e seus lordes, todos ali para escutar.

— Dessa maneira será decidido o destino de York, tenho certeza — continuou o frei Shaw.

Houve silêncio então, uma completa imobilidade. A multidão sabia muito bem quem estava às costas dela com homens armados. Eles observavam o frade com atenção, mas o sujeito sorria ainda assim. Se tivesse enlouquecido a ponto de desafiar o lorde protetor, ninguém queria fazer parte daquilo.

— Dos filhos de York, somente um nasceu na Inglaterra, o que o fez ter sangue e barro ingleses. O lorde protetor, que vejo diante de mim. Ricardo de Gloucester, que nasceu no Castelo de Fotheringhay, em Northamptonshire, uma região selvagem e verdejante. Seu irmão, o rei, nasceu na França, creio eu. Em Ruão. E Clarence, aquela pobre alma ignara?

— Irlanda, padre — respondeu Ricardo com clareza nos fundos. — Dublin. O que o senhor diz é verdade.

— E esse único inglês de York veio ouvir o que julgo a seu respeito? — perguntou o frei Shaw, a voz ribombando pelas cabeças baixas. — Sobre o casamento de seu irmão?

— Se assim lhe agrada, padre. Nada tenho a temer da verdade — avisou Ricardo.

— E não fugirei da verdade, lorde protetor! Nem mesmo com o senhor me encarando agora. O senhor ouviu as palavras do rei Salomão. O casamento de seu irmão foi uma coisa falsa, tornada falsa por sua própria mão e por seus desejos corruptos. É verdade que ele fez uma promessa de casamento a outra? Com o propósito costumeiro de menestréis e cortesãos? Muito antes do casamento com Elizabeth Woodville?

Um gemido de desconforto veio da multidão, e Ricardo falou, a voz suplantando a de todos.

— Isso me causa muita dor, mas sim, padre. Sim, é verdade.

— Então todos os filhos dele são brotos bastardos, lorde protetor. Nascidos bastardos. Mas o pobre Clarence tem um filho, não tem?

Irritado, Ricardo sentiu a boca se franzir. Ele não havia planejado essa parte.

— O pai dele foi desonrado, padre. Essa parte da linhagem não tem nenhum direito ao trono.

A multidão murmurou mais uma vez, e Ricardo fitou o pescoço bronzeado dos trabalhadores.

— Então quem é o próximo da linha de sucessão, lorde protetor? Se os brotos bastardos não podem lançar raízes, tampouco os brotos desonrados, quem mais está de pé?

— Eu, padre. Eu estarei. Em nome de meu irmão e em honra à sua memória, eu serei rei.

A multidão passou a dar vivas, começando com aqueles que tinham sido pagos, talvez, mas se espalhando depressa para todo o resto. Ricardo se deleitou com a aprovação. Ele se perguntou se o barulho chegaria ao Parlamento. Provavelmente não, embora eles fossem ouvi-lo de qualquer forma, passado em cochichos, oculto atrás das mãos, mas com a força de uma erva crescendo e se espalhando por pedra. Eles aceitariam aquilo que não podem impedir, no mínimo porque a Inglaterra já vira guerras demais.

Buckingham dissera com palavras melhores, talvez. O reino fora dilacerado desde que Henrique de Azincourt havia morrido cedo demais e deixara uma criança no trono. As cidades e os lordes não permitiriam que outra criança reinasse, não com um homem melhor à espera. Ricardo de Gloucester pertencia à casa de York e era um nome conhecido. Também mostrara que arrancaria o trono de suas malditas mãos caso ficassem no seu caminho. Não havia opção naquele ano. O reino inteiro escolheria coroar o lorde protetor em vez de um menino imberbe.

— Minha mãe diz que eles estão muito reduzidos — comentou Henrique Tudor com o tio.

Jasper grunhiu em resposta, recostando-se na cadeira, de pernas cruzadas, para aproveitar o sol de Paris. Os jardins do Palácio do Louvre estavam bem coloridos naquele ano, com canteiros inteiros de íris e lírios amarelos e roxos que perfumavam o ar com fragrâncias tão inebriantes que davam tontura.

Jasper nunca fora um ouvinte muito disposto das cartas do sobrinho. Parecia que ele abrira uma comporta de palavras ao arranjar aquele discreto encontro com Margarida Beaufort em Londres tantos anos antes. A partir daquele momento, a mulherzinha escrevia quase o tempo todo, contando tudo o que acontecia naquelas terras. E estava em boas condições de fazê-lo, admitiu Jasper. O novo marido parecia ter subido como homem de confiança de Ricardo de Gloucester. Talvez parte dessa mudança de condição estivesse por trás do prazer que o rei Luís agora tinha em tê-los consigo. Afinal de contas, eles não eram convidados com frequência à capital para serem presenteados com banquetes e roupas novas. Jasper se coçou ao pensar nelas, com esperança de que o tecido pinicasse um pouco menos com o tempo. O estipêndio do rei Luís fora suficiente para sustentá-los durante doze anos, mas não com muito luxo.

Era verdade que o rei francês não pagava mais setenta mil em ouro à Inglaterra, não desde que chegara a notícia da morte súbita do rei Eduardo. Luís dera um grande banquete para comemorar a vitória sobre o velho inimigo e gastara grande parte do pagamento em tantos pratos e rodadas de bom vinho que fora reduzido a um velho coberto de vômito pelos três dias que se seguiram à festa. Com 60 anos, o rei Luís parecia ter se tornado uma aranha bastante idosa, com pernas mais cinzentas que pretas. No entanto, ainda assim seu prazer era contagioso. Era uma vergonha que Margarida de Anjou tivesse falecido durante o sono alguns meses antes, nas propriedades da família. Tinham-lhe negado até a satisfação de sobreviver ao rei Eduardo.

Henrique Tudor crescera — o menino reservado que Jasper havia resgatado do Castelo de Pembroke se tornara um homem alto e melancólico. Eles comiam juntos quase toda noite e praticavam esgrima como exercício no jardim da pequena casa de fazenda que tinham ganhado, perto da cidade de Rennes, muito a oeste da movimentação e da energia de Paris. Tornaram-se bastante íntimos nos anos que passaram juntos, vivendo em paz quase como pai e filho. Nenhum deles buscara família nem mesmo muitos amigos além do outro. Em suas iniciativas privadas, Jasper ia de criada a aia de dama nobre, caso alguma gostasse dele e parecesse disposta. Ele não fazia ideia se o sobrinho empreendia tais vícios.

Nas noites do verão, o sobrinho se sentava junto ao carvalho nu no morro e fitava o norte e o oeste. Era o único sinal de inquietação nele, e Jasper achou que Henrique se resignara com uma vida simples. Era verdade que o jovem lia vorazmente em latim e inglês, estudava as leis e trocava livros com um abade local, que os mandava de Paris. O rapaz mal parecia gastar o estipêndio que lhe cabia, fazendo vários empréstimos ao tio e parecendo não notar que nunca eram pagos.

Embora sentisse o frio da idade, Jasper ainda era magro e enérgico o suficiente quase todos os dias, ou assim dizia a si mesmo. No entanto, a oportunidade de voltar a Paris e cochilar ao sol fora boa demais para resistir, mesmo com todos os hematomas e a inconveniência de viajar até a cidade.

Nos invernos, às vezes Jasper ainda sonhava com Pembroke, onde perambulava pelos salões e se postava no alto das muralhas como um fantasma. O verão era uma época mais feliz, e no calor ele dormia mais profundamente.

Jasper abriu bem pouquinho um dos olhos e observou Henrique caminhar de um lado a outro no salão comprido, as janelas abertas para os jardins magníficos lá fora. Uma brisa suave lhe trazia o aroma das flores, e, caso lhe pedissem que descrevesse o paraíso naquele momento, seria como aquele lugar, com uma caneca de cerveja inglesa aguardando ao lado. Diziam que o longo salão fora criado para caminhadas inquietas como aquela. Algum rei anterior havia descoberto que fazê-lo o ajudava a pensar. Henrique parecia gostar da prática.

— Minha mãe diz...

Henrique parou de repente, os olhos indo de um lado para o outro sobre as linhas densas. Era tão incomum que fez o tio se sentar empertigado e reprimir um bocejo.

— Sua mãe era uma doce menina quando a conheci — comentou Jasper. — Mais esperta do que parecia, também. *Certes*, fico surpreso com quantos maridos encontrou para si.

— Espere, tio... Ela diz que o filho do rei Eduardo não herdará o trono.

Jasper se empertigou mais ao ouvir isso.

— Por que não? O menino morreu? Vamos, Henrique, agora você despertou meu interesse. Diga-me, leia em voz alta ou só me entregue a carta para que eu leia por minha conta. Não fique aí boquiaberto.

Para sua surpresa, foi exatamente o que o sobrinho fez, deixando a carta cair no seu colo ao passar por ele, andando mais depressa. Henrique tinha 26 anos e havia passado metade da vida sem ver seu lar. Enquanto lia, Jasper ergueu os olhos da carta e viu o rapaz afastando do rosto a juba de cabelos escuros e depois prendendo-a com uma tira de couro. Henrique se parecia muito com o pai e fazia Jasper se lembrar do irmão em momentos que, quando vinham, eram de dor surpreendente. Esse era um desses momentos, pela maneira como o jovem o fitava. Jasper levantou um dedo em resposta, lendo a carta inteira com atenção. Quando ergueu os olhos outra vez, respirava mais rápido.

— Será uma oportunidade? — perguntou Henrique. — "A casa de York está muito reduzida este ano"... não é, tio? Não havia nenhuma esperança com o rei Eduardo no trono, um homem de 40 anos, com aquela ninhada de filhos e filhas para casar e obter títulos e riquezas. Até agora, mesmo com a morte dele, Eduardo tinha dois filhos fortes. Mesmo assim... Mesmo assim! Você leu a carta até o fim?

Jasper coçou o queixo. Fazia algum tempo que visitara o barbeiro, e sabia que os pelos surgiam brancos e o envelheciam. Talvez estivesse na hora de se barbear de novo.

— Li. Se sua mãe estiver certa e não tiver entendido errado.

— Tio, ela frequenta a corte. O marido dela é o tesoureiro real. Ela saberia como isso é importante para mim. Diga-me! Isso é uma fraqueza deles? Em vez de uma linhagem forte, eles têm esse Ricardo de Gloucester subindo ao trono. Se conseguirmos atacar enquanto tudo é novo, antes que se estabeleçam numa longa linha sucessória de traidores e usurpadores, talvez possamos conquistar tudo de volta. É loucura, tio? Pensei tanto nisso que não sei mais o que é real e o que não é. Diga-me o que pensa.

— Basta falar com o rei Luís, isso é certo. Com o devido respeito à sua mãe, ele terá uma dúzia de ouvidos naquela corte e poderá confirmar o que ela diz. Imagino que seja por isso que fomos convocados a Paris. O rei Luís lhe fará as mesmas perguntas. Será uma oportunidade? Não me acharão despreparado se for, Henrique! Isso eu juro. Não me encontrarão à toa.

— Valeria a pena perder tudo isso, tio, não é? — indagou Henrique, mostrando com um gesto a magnificência em torno deles.

O Palácio do Louvre era um lugar de grande beleza, mas nenhum azulejo, nenhuma vidraça lhes pertencia. Henrique queria dizer segurança e paz. Eles pensavam em arriscar cada pedacinho daquela vida tranquila.

— Vale qualquer risco — concordou Jasper. — Venha. Vamos ver o que Luís tem a dizer a respeito da carta de sua mãe. Talvez lhe escrevamos de volta para dar boas notícias.

Ricardo apareceu no balcão do Castelo de Baynard, olhando do alto para a grande multidão de lordes e mercadores ricos, membros do Parlamento, cavaleiros, capitães e homens da Igreja. Usava culotes e gibão em ouro e azul, com abacaxis bordados num padrão. Sobre essas cores vivas, havia um roupão de veludo roxo debruado de arminho. Ele estava bastante impressionado com o efeito.

Ricardo sorriu para todos. Os grandes e os bons tinham se dirigido ao lar de sua família às margens do Tâmisa para aclamá-lo rei. No dia anterior, o Parlamento debatera seu direito ao trono sem ele, sua presença expressamente proibida. Mas todos sabiam que o olhar de Ricardo pairava sobre eles mesmo assim.

Ele percebeu o olhar de Buckingham, que falara tão bem a seu favor naquela mesma manhã e em Westminster no dia anterior. O jovem duque fora longe demais quando começara a explicar à multidão de Londres que o próprio rei Eduardo poderia ter sido ilegítimo. Parecia que Buckingham não entendia o insulto grave que isso representava a Cecília, mãe do próprio Ricardo. Este tentou e não conseguiu calar a boca de Buckingham sobre o assunto. O jovem duque estava simplesmente transbordando com a própria importância e havia insistido em se dirigir à grande reunião dos comuns em nome de Ricardo.

O importante era que os membros do Parlamento tinham assentido com suas velhas cabeças sábias — homens dos condados, sargentos de armas, juízes de paz, representantes de todas as cidades do reino, barões, condes e duques, todos reunidos numa grande assembleia em Westminster Hall, todos presentes para votar o direito dele de subir ao trono.

Eles tinham concordado em aceitar o lorde protetor como rei. Ricardo ainda estava exultante com a notícia. Não tinham se passado três meses desde a morte do irmão, e ele não desperdiçara nenhum dia sequer.

A multidão lá embaixo dava vivas a ele no grande salão do Castelo de Baynard, repleto de gente que transbordava por todas as portas e janelas abertas, com homens e mulheres espichando o pescoço só para vê-lo.

— Contaram-me que havia boas notícias — anunciou Ricardo, fazendo todos rirem. — Disseram que devo voltar meus passos para Westminster, para me sentar numa cadeira e ser coroado!

Os presentes rugiram em resposta, e ele fez um gesto de comemoração, eufórico. Viu a esposa aparecer na beira do balcão, timidamente. Ana Neville, a segunda filha de Warwick. Ricardo desejou que o pai dela pudesse estar vivo para vê-lo coroado. Ele se perguntou brevemente se o conde de Warwick ficaria encantado ou horrorizado.

— Venha, Ana! — chamou Ricardo. — Deixe que a vejam!

Ela era alguns anos mais nova que ele, pálida sob a touca branca e alta, quase etérea, de modo que Ricardo se preocupava com a saúde dela. Em contraste com a pele bronzeada e as mãos de espadachim de Ricardo, ela parecia capaz de se partir ao meio sob o toque dele. Mas o marido estendeu a mão e ela veio para junto dele, provocando outro grande alarido da multidão lá embaixo.

— Minha rainha, Ana, será coroada ao meu lado — disse ele à multidão. — Meu filho será príncipe de Gales. — Ele inclinou a cabeça para falar em voz mais baixa com a esposa. — Onde está o menino, Ana? Nem isso você consegue fazer por mim?

— Ned saiu correndo — avisou ela com rispidez. — Eu não *sei* para onde. Ele conseguiu se soltar da minha mão. Todos esses gritos e vivas o assustaram.

Ricardo afastou dela o rosto para não começar uma discussão à vista de todos os espectadores. Era uma fonte de constante irritação que seu filho de 9 anos parecesse chorar e correr para a mãe quando deveria estar ficando forte. Também não havia nele vestígios da grande altura do rei Eduardo. Isso fez Ricardo se perguntar se Buckingham não teria razão, afinal de contas.

Enquanto a esposa o fitava com raiva, Ricardo sorriu mais uma vez para a multidão.

— Eu lhes digo, começamos aqui, pela graça de Deus, um novo reinado. Mas continuamos uma linhagem real que chegará a cem anos. Que haja paz agora, sob a rosa branca de York, sob os leões reais. Acordei esta manhã como lorde protetor. Dormirei esta noite como rei da Inglaterra.

Enquanto eles comemoravam, Ricardo pegou Ana pela mão e a conduziu pelos degraus até uma liteira levada por cavalos para ela e um cavalo de batalha para ele. Buckingham havia arranjado oito pajens para o rei eleito, homens que combinavam todos perfeitamente em altura e usavam túnicas de cetim vermelho e branco. Os pajens de Ana usavam o mesmo vermelho e também uma túnica azul-escura em homenagem à mãe de Cristo. Eles formavam uma grande cornucópia de cores nas ruas insípidas, com a multidão cada vez maior se agitando em volta para vê-los partir.

Os lordes e os convidados de Ricardo já acorriam a Westminster numa grande onda, se já não tivessem deixado criados para guardar um bom lugar. Ricardo, vendo que a esposa parecia tensa e nervosa, abaixou-se para beijá-la. Para sua irritação, ela virou o rosto, de modo que os lábios dele roçaram sua face. Ele não podia ralhar com ela, como desejava, com tantos ainda dando vivas ao redor. Mas era típico de Ana tirar o brilho de seu momento de triunfo com algum gesto mesquinho.

Ana subiu no bloco de montar e ocupou seu lugar na liteira, aguardando com o pescoço curvado e a cabeça baixa as criadas arrumarem seu vestido para que drapejasse bem e impedisse qualquer vislumbre de perna ou coxa.

— Obrigada, Lady Beaufort — disse ela à dama que supervisionava as outras.

Ricardo olhou de relance para a pobre truta velha que cuidava de sua esposa.

— Cuide bem dela, milady. Ela é meu maior tesouro.

Margarida Beaufort fez uma breve reverência, embora ainda parecesse amarga. Ricardo desistiu. Não deveria ser demais pedir que a esposa dividisse com ele um pouco de sua alegria e de sua satisfação. Deus sabia que ele trabalhara muito para aquilo acontecer. As costas doíam cruelmente, e ele sentia o ombro se deslocar como um portão se escancarando sob a túnica, trazendo uma sensação de incorreção, além de aumentar a dor. Ele sabia que ficaria se remexendo desconfortavelmente durante todo o tempo em que o arcebispo rezasse sobre sua cabeça e os monges cantassem o *Te Deum*. Mas ao menos podia sorrir para a multidão. Seria agradável se a esposa fizesse o mesmo, pensou.

Parecia que o filho não estaria presente à coroação do próprio pai. Eduardo, que chamavam de Ned para diferenciá-lo do exército de meninos com o mesmo nome do rei. Filho único de Ricardo, que seria príncipe de Gales e, um dia, também coroado. Era enfurecedor pensar nele brincando em algum lugar num momento daqueles da vida do pai.

— Lady Beaufort — chamou Ricardo —, a senhora mandaria alguém buscar meu filho, Ned, por mim? Aquele... menino fugiu para algum lugar, foi o que me disseram. Eu gostaria que ele visse o pai ser coroado, só isso. Mandarei um homem na porta de Westminster guardar lugar para ele.

Para sua irritação, a companheira da esposa olhou primeiro para Ana e recebeu um levíssimo sinal de cabeça antes de fazer outra reverência. Ricardo ergueu os olhos. Um homem podia ser rei, podia realmente ser rei da Inglaterra... e mesmo assim ser desdenhado na própria casa. Ele jurou que Ana não lhe negaria o leito conjugal naquela noite. Ele insistiria, quer ela concordasse, quer não. O filho precisava de irmãos e irmãs, afinal de contas. Não haveria mais conversas sobre dores de cabeça e tosse.

Enquanto montava um jovem capão, Ricardo ficou pensando se o filho seria Eduardo V ou VI quando chegasse a vez dele de ser coroado. Então pensou nos dois sobrinhos na Torre. Ricardo olhou para leste, onde se via a Torre Branca ao longe, erguendo-se acima do restante. A comemoração poderia ser ouvida lá? Ele achava que sim.

Depois que fosse rei, teria de reavaliar os sobrinhos. Discutiria isso com Buckingham, talvez. O jovem duque se dedicara a ele nos meses anteriores, mostrando um entusiasmo pela causa que às vezes chegava a ser constrangedor. Era difícil acreditar que o avô dele lutara por Lancaster e fora morto em Northampton. Ou talvez aquilo fosse a base dos ataques de Buckingham ao rei Eduardo, Ricardo não sabia. Fora Buckingham quem acrescentara à petição no Parlamento os detalhes de que Elizabeth Woodville era uma feiticeira que havia prendido o rei Eduardo com truques de magia. O homem falava com tanta paixão que quase tirara o rei Eduardo dos registros, apesar de suas realizações, como se o pobre homem não passasse de um títere.

Ricardo franziu a testa ao pensar nisso. Apesar de querer incentivar Buckingham, ele ainda teria de controlá-lo. Ricardo havia sido absolutamente leal ao irmão mais velho enquanto ele viveu. Talvez fosse seu maior motivo de orgulho, se ousasse dizer uma coisa dessas em voz alta. Ele adorara Eduardo, o reverenciara como um homem muito maior do que a coroa que usava. A perda de Eduardo ainda doía nele, profundamente oculta. Ele não concederia essa confiança outra vez a mais ninguém.

Por fim, a esposa pareceu estar pronta. Ricardo se arrastou para fora do seu devaneio melancólico e fez um sinal de cabeça aos guardas e aos pajens para andar a passo marcado à frente de todos. Com um pouco do bom humor dele deixado para trás, Ricardo e a esposa partiram em meio aos vivas da multidão. Trombetas e tambores começaram a soar à frente, acelerando seu pulso. Cavaleiros de armadura brilhante e prateada cavalgavam à frente e atrás.

Ricardo sentiu seu ânimo começar a melhorar e ergueu a mão para o público, embora isso fizesse as costas doerem. Piorava a cada ano, pensou. A dor que tinha achado que suportaria a vida inteira ficava mais difícil de aguentar conforme envelhecia. Era frustrante admitir, mas a força física e a certeza de um homem de 20 e poucos anos que dizia "isso eu suporto para sempre" não duravam. Um irmão e rei amado podia morrer. Promessas podiam murchar, as costas podiam se contorcer ainda mais, e a dor talvez nunca fosse aliviada.

29

Ricardo suspirou, recostando-se na cadeira. O verão havia durado um tempo enorme, mais do que conseguia se lembrar. Ainda em novembro, os dias cada vez mais curtos continuavam gloriosamente quentes. As folhas tinham ficado vermelhas e douradas em mil tons diferentes, mas o sol ainda brilhava e, por Deus, parecia que só chovia à noite. Ana o acompanhara na viagem real, com juízes e lordes em grande procissão até York, bem ao norte. Fora um pouco diferente da lembrança de entrar com Eduardo e mais uma dúzia de homens. Como se quisessem compensar aquela recepção fria, ele havia sido presenteado com um cálice cheio de moedas de ouro grossas, enquanto Ana recebera um prato de ouro transbordando de prata. Foram homenageados e festejados por toda parte. Ricardo ficara tão satisfeito com a generosidade daquela segunda cidade da Inglaterra que assistira à coroação do filho como príncipe de Gales na grande e antiga catedral de York.

Um embaixador da Espanha fora com ele e havia se mostrado uma companhia encantadora. Nos meses de calor sonolento, Ricardo cumprira os deveres de Estado indo de cidade em cidade do reino. Firmou paz com a Espanha e com a França e distribuiu justiça para pouco menos de mil criminosos, alguns dos quais haviam esperado anos pelo julgamento. Ainda mais importante que essas medidas, pensou, era ser visto pelo reino. Não como pretendente, nem mesmo como lorde, mas como rei, distribuindo justiça e recompensas, executando criminosos ou perdoando-os conforme o caso. A esposa e o filho enfim o deixaram quando ele seguiu para Londres. Eles foram para o Castelo de Middleham, depois que os médicos reais disseram que ambos estavam exaustos e sofrendo de congestão do pulmão. A tosse da esposa sem dúvida havia piorado, e ele não a acusaria de falta de entusiasmo. No mínimo, Ana parecia ter gostado dos primeiros meses dele como rei. Quando ela e o filho tivessem melhorado, voltariam para Londres com ele.

Ricardo esvaziou a taça de vinho e sentiu o calor se infiltrar nos músculos. Ele tinha muita esperança num novo unguento para as costas, tendo encontrado uma mulherzinha de Dorset com polegares de ferro para aplicá-lo. Ele aguardava as atenções dela naquela noite com uma mistura de temor e expectativa.

Ricardo sentiu um espasmo nas costas quando o mordomo entrou e fez uma reverência. Esse espasmo estava ficando parecido com um daqueles ferimentos antigos, capazes de prever chuva ou más notícias. A ideia o fez sorrir.

— O que foi? — perguntou ele ao mordomo.

— Vossa Alteza, há um mensageiro lá fora. Ele traz notícias sérias de lorde Buckingham.

Ricardo olhou para a outra ponta da mesa, onde estava lorde Stanley, que empurrara o prato para o lado. Stanley deu de ombros, embora, como tesoureiro real, talvez devesse se sentar mais aprumado e prestar atenção.

— Então o mande entrar — pediu Ricardo.

Não conseguia se livrar do formigamento da inquietude, quer viesse das costas, quer fosse apenas sua intuição.

O mensageiro entrou e falou durante meia hora ou mais enquanto Ricardo o interrogava. A notícia era realmente ruim, embora o rei se demorasse limpando a boca e as mãos com um guardanapo enquanto se levantava. Os convidados se levantaram com ele, trocando olhares.

— Bom, cavalheiros, parece que Henry Stafford, duque de Buckingham, não é o homem em quem confiei, afinal de contas. Por Deus, eu lhe dei tudo! Vê-lo voltando-se contra mim... Ele é a criatura mais infiel que existe. Portanto... os senhores ouviram tudo o que ouvi. Alguém deseja interrogar também este jovem cavalheiro? Não? Então farei uma convocação em meu nome. Formarei um exército para me defender dessa rebelião, dessas ameaças e insurreições. Talvez Buckingham tenha enlouquecido ou caído sob algum feitiço, não sei dizer. Não, acrescentarei o seguinte: ofereço uma recompensa por sua captura. Se Buckingham decidiu agir como um criminoso comum, é assim que o tratarei. Por captura, vivo para que seja punido, digamos... mil libras, ou terras no valor de cem libras por ano. Isso por Buckingham. Pelo bispo Morton, um homem em cujos conselhos pensei que podia confiar, quinhentas libras, ou terras no valor de cinquenta libras por ano. Por quaisquer cavaleiros idiotas a ponto de acreditar nas promessas deles... quarenta libras cada um.

Ele olhou em volta para os homens que não esperavam nada além de um banquete tranquilo em Lincoln, no lento caminho de volta a Londres. Muitos sorriam, refletindo a confiança clara do próprio Ricardo.

— Cavalheiros, participei de combates em Barnet e Tewkesbury. Já vi rebeliões. Não tenho paciência para outra! Convoquem os homens da Inglaterra para se levantarem por mim. Eu responderei.

Então eles deram vivas e saíram o mais depressa que puderam com dignidade. Ricardo se sentou mais uma vez, erguendo as sobrancelhas para lorde Stanley, o tesoureiro.

— Isso esvaziará os cofres — comentou Ricardo, taciturno. — Mas talvez deixe um Estado mais saudável, depois da sangria do sangue ruim. Suponho que seja melhor saber agora que Buckingham era um vira-casaca do que temer as facas dele à noite. Pelo menos o homem foi a campo e não tentou mandar me envenenar. Ah, malditos lordes *inconstantes*! Vou lhe dizer, depois de meu irmão Eduardo não surgiu nenhum homem capaz de limpar os sapatos dele. Não, nem mesmo eu. Todos vimos guerras demais. Elas são excessivamente caras.

— São mesmo, Vossa Alteza — acrescentou lorde Stanley com ênfase.

Ricardo ergueu os olhos.

— Sim, é claro. Bom, faça os empréstimos que forem necessários em meu nome. — Ele pensou um instante, a expressão se fechando. — Será que Buckingham é um peão do bispo Morton? Teriam se levantado para pôr meus sobrinhos no trono? Não pode ser por *Lancaster*, não é? Que farrapos restaram daquela casa depois de Tewkesbury? Algum servo? Algum cão leal?

Lorde Stanley sorriu devidamente para o patrono, agradando Ricardo enquanto o rei continuava.

— Não pensei que Buckingham fosse tão idiota. Eu diria que ele é um bom orador, mas não um grande líder. Embora talvez no fundo sejam a mesmíssima coisa.

Ele viu que Stanley desejava ser dispensado e fez um gesto.

— Vá, milorde. Cuide para que minhas ordens de convocação partam antes de mim. Meu exército deve se reunir daqui a dez dias, em... Leicester. Sim, isso servirá. Posso investir de lá, seja o que for que reúnam contra mim.

Enquanto Stanley fazia uma reverência e saía, Ricardo ergueu os olhos para a chuva que respingava nas janelas do salão de Lincoln. Ele já fora expulso daquele mesmo condado com o irmão Eduardo, sem um tostão furado. Eduardo dera seu casaco a um capitão de Flandres para atravessarem o canal! Será que homens como Buckingham achavam que ele era um inocente, um tolo a ser surpreendido por suas insurreições mesquinhas?

Apesar de todas as palavras leves aos homens à mesa, Ricardo estava furioso com a traição de Buckingham. Ele não seria perseguido de novo, não como rei. Gozara um verão glorioso — e isso não era o bastante. As rajadas de chuva batiam mais forte no vidro, e Ricardo sorriu. O verão estava no fim. Que Buckingham temesse os ventos de outono e o frio do inverno. Que o astuto bispo Morton temesse a chuva que transformava as estradas em atoleiros para homens em marcha. Ricardo responderia — a eles e a quem quer que se levantasse. Pensou mais uma vez nos sobrinhos. Enquanto vivessem, seriam sempre um grito de convocação, uma velha ferida não curada. Ele trincou os dentes. Havia uma resposta àquilo também.

Buckingham dera um passo maior que a perna. Ele soube disso assim que mandou homens pedirem conselhos ao bispo Morton e eles voltaram confusos, de mãos vazias, dizendo que não o tinham encontrado. O duque então se sentiu mal ao ver o exército real que apareceu ao pôr do sol, uma maré de armaduras escuras, marchando para investir contra ele em nome do rei Ricardo.

Os homens que tinham acorrido aos estandartes de Buckingham estavam desgostosos e trêmulos sob a chuva que se despejava. Fazia dias que não comiam bem e estavam esgotados por causa do frio e da umidade.

Quando o sol nasceu, havia milhares a menos que na noite anterior. Alguns lordes e seus homens tinham simplesmente se esgueirado assim que a escuridão os escondeu. Eles observaram os imensos batalhões reais tomarem forma, prontos para a manhã — e sua coragem fraquejou.

Não ajudava a chuva que caía quase sem cessar desde o momento em que Buckingham começou a marchar, duas semanas antes. Era como se o longo verão tivesse poupado cada gota de chuva para despejar tudo em torrentes, como no Dilúvio. As estradas e os caminhos não estavam apenas lamacentos, mas cheios de água até o quadril, água que não se infiltrava na terra. Os homens dele dormiam molhados e acordavam tremendo, e a comida estava sempre fria e encharcada.

Buckingham sentiu olhos sobre ele enquanto cavalgava por um caminho entre sebes, buscando terreno plano. Ele tinha certeza de que via cobiça nos próprios cavaleiros e nos poucos lordes que ainda estavam ali naquela manhã. A ideia do rei Ricardo de pôr a cabeça dele a prêmio era tão insultuosa que Buckingham ainda fervia de raiva, mas ela surtira efeito. Morton sumira, no fim das contas. Buckingham não podia mais cavalgar nem andar em lugar nenhum sem que olhos o acompanhassem, como se ele fosse uma fortuna a ser vigiada para não desaparecer. Era enfurecedor. No entanto, mesmo naquelas condições ele pensava que seus planos não teriam desmanchado tão depressa se não fossem os boatos de Londres.

Uma única notícia o arruinara, mais que o prêmio por sua cabeça, a umidade ou o medo. Buckingham não se importava com os dois filhos do rei Eduardo, mas metade dos lordes que haviam se erguido contra o rei Ricardo certamente sim. Alguns tinham vindo à rebelião para restaurar a legítima sucessão, para derrubar o usurpador que agira contra a viúva e os filhos do irmão com pressa indecente, com o corpo do antigo rei ainda morno.

Buckingham não se preocupara demais com as razões deles, desde que fossem a campo. No fim, não importaria por que tinham vindo. A rebelião crescia em poder e ambição, e, quando Ricardo estivesse morto, eles seriam levados e veriam o mesmo resultado que ele. As forças de Lancaster já teriam desembarcado até então para se unir a eles no triunfo. Tudo seria resolvido sobre o cadáver de Ricardo... e os que Buckingham perdesse poderiam descansar em paz.

A notícia de que os príncipes tinham sido mortos na Torre, ninguém sabia como, fora um golpe mortal à sua campanha. Sem eles, não *havia* causa de York, não havia ponto de união. Em seu desespero, Buckingham e o bispo Morton argumentaram que seus lordes deveriam mudar de aliança e continuar lutando por Lancaster. Se surgisse algum sinal dos malditos Tudor, ele poderia ter convencido os lordes reunidos. Mas não surgiu... e havia nobres naquele campo que não manteriam os títulos se Lancaster retornasse. Eles pouco falaram quando a noite caiu, mas todos tinham partido ao amanhecer, levando consigo milhares de soldados.

Talvez fosse a rebelião mais desastrosa e mais curta de sua vida, pensou Buckingham com tristeza. Ele achou que talvez não tivesse nem oitocentos homens em campo naquela manhã, mil no máximo. Só Deus sabia quantos ele enfrentava. Fora flanqueado quase desde o começo e a contragosto sentia pelo rei Ricardo um respeito que jamais sentira. A maré crescente que Buckingham havia sentido durante algumas semanas empolgantes se tornara uma poça estagnada. Ele gostava da imagem, em parte porque os céus tinham se aberto mais uma vez e a chuva golpeava, tamborilando desagradavelmente na armadura. As placas de ferro já estavam marrons de ferrugem, embora ele tivesse escudeiros e criados para dar polimento nelas toda noite.

Viu uma casa de fazenda à frente e apontou para ela em vez de gritar acima do aguaceiro. O exército do rei estava a dois ou três quilômetros, além de um terreno acidentado de campos, valas e um rio. Com a chuva transformando tudo num charco, Buckingham achou que não avançariam naquela manhã, por mais que os estandartes adejassem, a menos que fosse para exigir rendição. De um jeito ou de outro, ele tinha algum tempo, e bastou a ideia de um copo de leite bem quente para lhe dar vontade de gemer.

Ele apeou no jardim da fazenda e caminhou até a porta. Não viu um de seus homens levantar um porrete quando se abaixou para passar sob a verga da porta. Quando o golpe atingiu sua nuca, o duque de Buckingham caiu sem sentidos na soleira. A família lá dentro ficou espantada e apavorada com o estrondo da armadura que trouxe chuva e vento para dentro de casa.

Os homens com Buckingham nada disseram ao arrastá-lo para fora e amarrar o corpo inconsciente no cavalo, os braços presos em segurança nas costas. Ele ficou ali balançando, enquanto os outros se entreolhavam fazendo as mais loucas conjecturas. Mesmo divididas entre os seis, mil libras eram uma fortuna para cavaleiros pobres.

O navio não mais subia e descia com as ondas, mas tremia feito um javali ferido. As cristas brancas surgiam acima da amurada ao virem sibilando, quebrando-se em espuma ao se chocar com os costados ou no convés, causando gemidos profundos em toda a estrutura. Os marinheiros corriam descalços pela meia-nau, agarrando-se a cabos ou amuradas sempre que viam uma onda se aproximando, gritando e apontando uns para os outros como aviso. Repetidamente, um deles via a ameaça tarde demais e era derrubado, lançado pelas tábuas numa enchente branca até bater em alguma coisa. Alguns se esforçavam para se levantar, desgrenhados, água salgada escorrendo aos borbotões de seu cabelo enquanto se esforçavam para respirar. Outros levavam os amigos com eles e caíam pelas amuradas nas profundezas arfantes e espumosas.

Outro perigo, ainda maior que as grandes ondas que ameaçavam virar o navio, eram as outras embarcações que faziam de tudo para se manter flutuando, invisíveis na escuridão pouco natural da tempestade. O vento parava sem nenhum aviso, embora o mar continuasse agitado, deixando os homens se recobrando e vasculhando os arredores escuros em busca de algum vislumbre de terra ou da própria frota. O ar estava denso de espuma, e não houve aviso quando um navio apareceu acima de outro, erguendo-se cada vez mais sobre a meia-nau enquanto os homens gritavam. Os mastros do navio de baixo foram quebrados e ele se virou quando o outro se sacudiu feito um cachorro molhado e se lançou em frente como se não tivesse acabado de assassinar dezenas de homens.

Jasper Tudor observava, horrorizado. Ele se considerava um marinheiro, mas o mar entre a França e a Inglaterra era um dos corpos de água mais perigosos que já conhecera. As tempestades surgiam do nada, e o litoral era de rocha negra ou de penhascos de calcário, sem nenhum porto gentil visível de alto-mar. Ele rezou ao ver um navio destruir outro e ouviu o gemido dos homens do navio sobrevivente quando a embarcação se libertou e prosseguiu. A princípio ela parecia quase intocada, mas então começou a adernar, e o segundo grito foi de terror sem fim. Não havia nada que pudesse ser feito, embora ele visse homens caindo na água como pedras conforme o navio se inclinava e caturrava. As ondas não lhes dariam alívio, e o vento aumentou, assoviando e congelando tanto quem observava quanto quem se afogava.

Ele deu as costas ao desastre e viu que o sobrinho observava sem nenhum sinal de emoção. Henrique Tudor jamais perdera aquele distanciamento peculiar que deixara o tio desalentado desde o primeiro encontro. Não era como se não sentisse nada, embora pudesse ser frio quando quisesse. Aos olhos de Jasper, faltava ao rapaz alguma ligação profunda com os outros homens. Ele era sutilmente diferente dos outros, embora tivesse aprendido a esconder maravilhosamente bem essa diferença. Em todos os padrões costumeiros da vida, um desconhecido não distinguiria Henrique de qualquer outro jovem cavaleiro ou lorde. Mas havia ocasiões em que ele não tinha tanta certeza de como uma pessoa deveria agir, casos em que parecia totalmente perdido.

E era assim então, ao fitar com o rosto inexpressivo um navio subir em outro numa união apavorante e ambos serem destruídos e naufragarem. Cabeças boiavam na água, e alguns homens acenavam, embora não houvesse esperança para eles. Só Deus sabia onde estava a costa, mesmo para os poucos que soubessem nadar. Eles podiam tanto acabar no mar do Norte quanto em alguma esperança de encontrar algum abrigo. Não havia como salvá-los. O restante da frota estava preocupado demais com a própria sobrevivência para pensar em outra coisa. Cada navio tinha pregado tábuas nas escotilhas para impedir as ondas que se quebravam de encher o porão e arrastá-los para o fundo do mar.

O frio logo acometeria aqueles que estavam na água. Se não morressem por isso, seriam mortos pelo simples bater das ondas, subindo e descendo como os navios, leviatãs tão grandes que transformavam todos os homens em reles juncos quebrados e detritos flutuantes.

Jasper viu o capitão berrar novas ordens, e dois marinheiros lançaram o próprio peso sobre os lemes, chamando os outros para combater as ondas. Num lado do navio, tripulantes içavam uma corda para virar a verga no alto. Mais homens aguardavam lá, agarrando-se para salvar a vida na ventania que os atingia ou os congelava onde se seguravam.

— Vamos voltar! — gritou Jasper ao sobrinho.

Ele estava surpreso de terem avançado tudo aquilo. A tempestade aparecera tão depressa que dispersara a frota para todos os lados, vinda de leste, como se tivesse se afunilado e aumentado a velocidade ao longo das costas do canal. A única esperança de Jasper era que conseguissem capengar até os portos franceses. Ele temia o que veria. O rei Luís lhes dera dezoito navios e mil e duzentos homens. A intenção era desembarcar em Gales e se unir à rebelião de Buckingham. Tudo que Jasper podia fazer era balançar a cabeça com frustração. A tempestade até parecia estar diminuindo, de modo que ele conseguia ouvir os marinheiros no alto gritando uns para os outros acima do uivo do vento e dos estalos e choques dos cabos molhados na madeira. Era como se tivessem sido rechaçados, e a tempestade se acalmaria a cada quilômetro que se afastassem do litoral de Gales.

— Vamos voltar para a França — repetiu Jasper. — A tempestade foi... Bom, não podemos ancorar nem encontrar porto seguro, não nessas condições. Você acha que está diminuindo?

Ele fechou os olhos e tocou a cruz pendurada junto ao pescoço, rezando por todos os tripulantes e navios que enfrentaram o alto-mar na temporada das tempestades. Para os que estavam em terra, ele imaginou que isso significava um aguaceiro, talvez algumas telhas arrancadas dos telhados. Nas profundezas cinzentas, aquela havia sido uma das experiências mais assustadoras de sua vida.

— Quando tentaremos de novo? — gritou Henrique em seu ouvido.

Jasper Tudor encarou o rapaz, sabendo que era tão inteligente quanto todos que conhecia, mas às vezes tão frio que parecia insuportavelmente cruel. Jasper estava exausto e meio congelado. Vira centenas de homens se afogarem e, até onde sabia, a deles era a última casca flutuante naquele mar sibilante e vingativo. Ele não podia nem sequer pensar em tentar de novo, nem que o rei Luís substituísse todos os navios e homens que tinham perdido e achasse que valia a pena. No entanto, o sobrinho o encarava, à espera de uma resposta.

— Em breve, Henrique — disse o tio, desistindo com exasperação. — Vamos primeiro voltar a terra firme e então veremos. Hoje, não.

— Alegre-se, tio — pediu Henrique, sorrindo para ele. — Estamos vivos e somos os últimos da casa de Lancaster. Penso que deveríamos demonstrar coragem diante da tempestade.

Jasper limpou a água do mar dos olhos arregalados e do cabelo, de onde ainda escorria.

— É — concordou. — Bom, farei o possível.

Na feira de Salisbury, Ricardo olhou com desagrado para o jovem tolo que se colocara naquela posição. O bloco aguardava, e o carrasco estava a postos com um machado largo. Embora o sol mal tivesse subido das colinas a leste, a cidade havia saído para assistir à morte de um duque. De olhos arregalados e fascinados, observavam e escutavam cada detalhe.

Henry Stafford, duque de Buckingham, ainda era o condestável da Inglaterra de Ricardo, um homem dotado de grande poder — e autoridade para convocar outros ao campo de batalha. Muitos naquela multidão sentiam certa satisfação de ver um homem em tal posição ser rebaixado àquele ponto. Isso mostrava que a lei se aplicava a todos, aos xerifes, aos prefeitos e aos conselheiros municipais, além dos pobres e da gente comum levada aos juízes do rei.

O rei Ricardo estava num lado da praça do mercado, observando os procedimentos. O jovem Buckingham jogara fora sua confiança, mas ainda havia algo insuportavelmente tolo naquela pobre rebelião. Ricardo suspirou e esfregou o queixo com a barba por fazer. As costas doíam de novo. Não havia remédio para isso. Buckingham não ficaria velho e sábio para se arrepender da tolice juvenil. Não haveria segunda chance para ele.

Ricardo fez a voz soar pela praça.

— Creio, milorde Buckingham, que o senhor seja um fantoche do bispo Morton, mais que autor da própria ruína. Tenho relatos sobre ele... e sobre navios avistados no litoral que foram forçados a voltar. Seus patrocinadores não escaparão de meus caçadores, milorde, pode ter certeza disso. Mas devo puni-lo por sua traição. O senhor me custou mais que...

Ele se forçou a parar, para não começar a se queixar. O duque o encarou com uma expressão decidida, ainda esperançoso, mesmo amarrado.

— Se realmente acredita nisso, Vossa Alteza, então, por favor, me perdoe. A misericórdia é uma dádiva sua. Diga uma só palavra, e esse camarada cortará as cordas e me libertará. Viverei para voltar a servi-lo.

— Eu sei, milorde. O que diz é verdade. Escolho não libertar um traidor. O senhor escolheu esse destino quando pegou em armas contra seu rei. Cavalheiros, prossigam.

Buckingham se debateu, mas foi baixado sobre o bloco por dois homens fortes que depois recuaram para dar espaço ao carrasco, um morador da região que suava de nervoso por querer desferir um golpe perfeito enquanto todos os seus conhecidos o observavam. Ele descreveu um imenso arco no ar, e Buckingham deu um gemido de medo que terminou num instante, deixando apenas silêncio em seu encalço.

30

O Castelo de Middleham fora residência do conde de Warwick e do pai dele antes disso. Havia sido o coração do clã Neville. Esse era um dos motivos para Ricardo tomá-lo para si quando o irmão George não pôde mais reivindicá-lo. Passara anos da juventude em Middleham, e isso lhe trazia muitas lembranças felizes. Seu filho havia nascido lá, numa época em que seu casamento era mais feliz e cheio de risos. Mais ao norte que a cidade de York, era inegável que Middleham era um local lúgubre no inverno, mas, com o retorno da primavera, a grande propriedade se via em meio a campos verdejantes, riachos e pomares, um Éden dos vales.

Já era rei havia quase um ano, pensou Ricardo, enquanto se vestia mais uma vez. O banho aquecido junto à lareira no fim da manhã cada vez mais fazia parte de um ritual do dia a dia. Ele mantinha os passos iguais para que soubesse imediatamente se algo dera errado. As costas e os ombros eram uma massa de sulcos e elevações. Nos dias úmidos, ele sentia os ossos se contorcerem. Às vezes acordava na escuridão, convencido por alguma pontada de dor de que algo havia se quebrado. Passava, então voltava a cochilar, mas isso vinha se tornando cada vez mais frequente.

Ricardo sibilou quando um movimento imprudente causou tamanha dor em seu tronco que o fez ofegar. A raiva sempre ajudava, embora fosse melhor manter seus rosnados e suas pragas em privado. Ele era forçado a exibir outro rosto ao mundo e depois chutar uma manopla para o outro lado da sala quando estava sozinho. Deixou soltas as presilhas restantes da túnica e saiu ao sol.

A armadura aguardava à sua disposição, amarrada e afivelada com couro num mastro de ferro da altura de um homem alto. Ricardo encarou a coisa com ódio. Treinava com aquele aparato sempre que podia. Cada golpe que dava era um surto de dor, que ardia e perfurava a coluna e os ombros. No entanto, ele precisava da força que a prática lhe dava quando o suor secava e os criados untavam seus músculos como os antigos senadores de Roma, passando estrígeis de latão ou marfim de um lado ao outro. Sua mão podia esmagar a de outro homem, se assim quisesse. Mais que todos os homens, ele não podia se dar ao luxo de ser fraco.

Ricardo parou de pé diante da armadura, vendo seus pontos fortes e onde enfiar uma lâmina. O campo de batalha era o único e verdadeiro teste, obviamente, onde o inimigo estaria em movimento e contra-atacando. Mas ajudava saber onde as placas eram fracas, onde um golpe poderia penetrar sob um braço erguido, digamos.

O senescal da casa de Middleham nada disse quando entregou a espada de Ricardo, segurando a bainha enquanto o rei puxava a lâmina. O velho então se punha respeitosamente de lado, embora Ricardo soubesse que ele observaria cada golpe.

— Entre, senhor. Ficarei sozinho hoje — disse de repente.

O senescal fez uma reverência e se afastou depressa para deixar Ricardo girando lentamente no mesmo lugar, olhando para a varanda de madeira acima e para a praça abaixo. Não havia nenhum outro rosto espiando, ninguém mais nas sombras para fitá-lo. Ele estava sozinho e percebeu que não conseguia respirar.

Ele rasgou a túnica e a deixou cair quase partida ao meio no chão, então a chutou para longe. Em geral, ficar de peito nu o privava de uma sensação de apoio de tal modo que não lhe causava nenhum deleite. Mas naquele dia ele se sentia sufocado, confinado. O olhar de Ricardo percorreu as paredes do andar de cima e foi além, até onde seu filho jazia imóvel. O príncipe de Gales tossira e tossira, enquanto o pulmão se enchia de sangue e fleuma escura.

Ricardo se virou para encarar a armadura, um cavaleiro de ferro meio desajeitado em pé diante dele, zombando dele. Atacou, dando golpe atrás de golpe, três vezes pela esquerda, depois três vezes pela direita. Cada golpe o fazia arfar conforme a dor aumentava, mas ele perseverou. Era como se alguém apertasse um ferro em brasa nos seus ossos e ele o recebesse de bom grado, dizendo a si mesmo, com seu suor ardente, que, se aguentasse, talvez o filho estivesse vivo quando voltasse a entrar. Talvez a febre diminuísse e a urina rubra que enchia o penico que tanto parecia uma vasilha de sangue estivesse saudável e amarela outra vez.

Ele atacou, embora a armadura resistisse a toda a amplitude de seu ímpeto. Uma vez, duas, três, depois num corte feito um açougueiro, depois no sentido contrário direcionado à garganta blindada. Ele praguejou entre os dentes, como se algo se movesse durante o golpe, errando por centímetros. Acontecia às vezes, e Ricardo não tinha como prever o estalo gritante dos ossos antes que acontecesse. Em vez de se chocar na garganta, a espada deslizou pelo elmo, quebrando a dobradiça da viseira. Mesmo assim, teria feito um homem cambalear com sangue no rosto, pensou Ricardo. Ele ainda era forte, ainda era rápido.

A mãe do menino estava com o pequeno Ned naquele quarto, lavando o peito e os braços do filho. Ele ficara muito magro nos últimos meses. Ana pusera uma bacia com água sobre a roupa de cama e mergulhava nela um pano. Ricardo tinha ficado lá parado com pesar enquanto a esposa fazia círculos amplos sobre a carne do filho, já esfriando sob sua mão.

No pátio, ele começou a chorar enquanto continuava a labuta, girando nos calcanhares e esmagando a outra dobradiça com a lâmina, fazendo a viseira do elmo cair na terra e deixar uma escuridão exposta. Ele enfiou a espada nela imediatamente, rasgando o ferro, querendo matar, querendo que findasse a dor que lhe fazia arderem os olhos e transformava as costas numa agonia tamanha que não conseguia sequer respirar. Era como se uma costela tivesse apunhalado o pulmão, e cada respiração enfiava a faca mais fundo. Ele parou, ofegante, chorando, observando gotas de suor pingarem no chão.

Ana parecera não ouvir quando ele havia tentado chamá-la. Ela ficara sentada como se também fosse um cadáver, quase tão pálida quanto o filho. Seu único menino, a única coisa viva que ele amara no mundo inteiro. O garoto que Ricardo vira balançar e escalar um salgueiro, bem perto de onde estava. Não parecia correto que uma criança com tantos risos e tanto barulho ficasse fria em silêncio, ou apenas com a tosse suave de Ana, que se inclinava sobre ele naquele quarto.

Dez anos era uma idade errada para a morte. Era melhor quando se iam muito pequenos, sempre dissera a mãe de Ricardo, antes que fossem muito mais que um nome e um rosto chorão. Quando tinham em si anos e lembranças de mil noites de conversa e de serem levados nos ombros, bom, era um inverno duro dentro de Ricardo, embora a primavera tivesse chegado do lado de fora.

Ele veria o menino de novo, disse a si mesmo. Mas Ana o veria primeiro, isso ele sabia. Andara encarando-a, sem saber direito como lidar com seu pesar; ela não chorava e não saía. Ele tinha visto o lenço amassado na mão dela e a grande vermelhidão molhada fechada ali dentro.

Ricardo atingiu o gorjal da armadura com um golpe mais preciso na segunda vez. Quebrou as junções, e o elmo inteiro saiu rodopiando pelo pátio, saltitando e raspando até parar. Ele ergueu os olhos para o poste e sua coleção de pedacinhos feridos de metal, mas não havia mais inimigo ali, ameaça nenhuma. Era apenas uma armadura velha, e ele estava cansado e com tanta dor que queria gritar até não ter mais fôlego. Então jogou longe a espada e caiu de joelhos, fitando a terra.

Por algum tempo, pensara em pedir outro filho a Ana, mas soube então que ela não viveria o suficiente para tê-lo. Ricardo ficaria sozinho. Seus irmãos já tinham partido. Ele ficaria sem esposa, sem filhos nem filhas. Não teria ninguém, com todos os anos vazios de seu reinado se estendendo adiante.

Depois de um tempo, conforme os criados da casa começavam a se movimentar pelas varandas, espiando o rei imóvel e ajoelhado, Ricardo voltou a si. Sentiu os olhos deles nos sulcos das suas costas, e foi isso que lhe devolveu a consciência. Levantou-se, pegou a espada e viu que o fio estava arruinado de tal forma que não poderia ser reparado. Os músculos tinham se enrijecido quando ficara ali ajoelhado, e ele grunhiu ao vestir a túnica, embora fosse uma dor mais comum.

De pé, ergueu os olhos para as janelas abertas que davam para os cômodos onde o filho dera o último suspiro e ficara imóvel. Ricardo não precisava ver o menino de novo. Não achava que conseguiria suportar. Em vez disso, encheu o pulmão de ar primaveril e pensou em Londres e nas leis que aprovaria naquele ano. Pensou em Elizabeth Woodville, que ainda se escondia no santuário, quase como um insulto a ele. Como se Ricardo ainda a ameaçasse. O que poderia oferecer a ela para persuadi-la a sair daquele lugarzinho úmido?

Concentrar a energia nas leis e nos estatutos ajudava um pouquinho. Os homens não podiam ser livres, ele sabia. Tinham de ser restringidos por finas redes de linhas. Nada disso importava muito, não comparado ao que havia perdido. Ele só queria que o irmão Eduardo estivesse ali. Eduardo teria compreendido.

Ricardo jamais havia entrado no santuário. O arcebispo Bourchier passara um tempo enorme lhe dizendo as regras do lugar, dando-lhe a bênção da Igreja apenas depois de Ricardo permitir que um homem de armas o revistasse e visse que estava desarmado. Era uma dança, um jogo, e ele passou por aquilo com o coração mais leve do que tinha sido sua praxe mais recente.

Ricardo cumprimentou o monge à porta quando entrou. O homem não se apresentou e, embora tenha feito uma reverência, não disse palavra. Ricardo viu certo desdém na expressão do sujeito, o que lhe deu vontade de chutar o monge pelo corredor. Ele recordou que o irmão Eduardo derrubara um monge jovem quando fora ao santuário buscar a esposa. Ricardo torceu para que fosse o mesmo sujeito.

Ele o seguiu, mas um pouco depressa demais, de modo que o monge teve de trotar para ficar à frente dele e anunciar sua presença. Era mesquinho, mas Ricardo gostava de irritar quem se achasse capaz de julgá-lo.

Ricardo avançou quando chamado e entrou numa sala com belos lambris, muito mais bem mobiliada do que havia imaginado. Ricardo esperara as celas rústicas de pedra dos monges, não um cômodo aquecido com lâmpadas, tapetes e almofadas macias nas cadeiras.

Elizabeth Woodville se levantou quando ele entrou e fez uma profunda mesura. Ricardo fez uma reverência em troca e pegou a mão dela. Ele executara lorde Rivers, irmão dela, e podia ver nos olhos da mulher a consciência disso, ou assim disse a si mesmo. Porém, estava lá para deixar essas coisas no passado, com uma oferta de paz entre os dois. Ela havia permitido que ele entrasse, afinal de contas.

— Milady, vim procurá-la porque sem dúvida suas filhas devem estar sufocadas neste lugar minúsculo.

— Elas estão confortáveis — retrucou Elizabeth com cautela. — Embora não tenham feito mal a ninguém e mereçam a liberdade de sua propriedade. O pai delas era rei, afinal de contas.

— É claro — concordou Ricardo. — E minha intenção é levá-las para a cidade mais uma vez, se a senhora permitir. Consegui que uma bela propriedade lhe fosse concedida como aposentadoria, com uma pensão de setecentas libras por ano. Trouxe comigo um documento a ser copiado e divulgado, em cada esquina, se a senhora quiser. Nele está minha promessa de conseguir bons casamentos para suas filhas, para o bem delas e da Inglaterra. Eu daria fim a toda inimizade entre nós, milady. Ter a senhora e suas filhas neste lugar frio me envergonha.

Elizabeth olhou nos olhos daquele homem mais novo que reinava no lugar de seu marido. Ricardo supervisionara a aprovação pelo Parlamento de um documento que declarava nulo e sem valor seu casamento, com seus filhos tornados bastardos. Ela nem sequer sabia ao certo se era mentira ou fruto de alguma antiga tolice do marido.

Ambas eram possíveis. Mas um dia no santuário era como um mês no mundo exterior. A imobilidade se infiltrava com o tempo. Até o sopro de ar fresco que Ricardo trouxera nas roupas lhe causava dor. Ele podia ser o diabo em pessoa, mas ela não tinha certeza — e não podia desprezar aquela oferta. Pelas filhas, ela manteve a paz. As meninas se casariam com alguns condes ou barões tranquilos que Ricardo desejasse agradar e lisonjear. Poderiam crescer no inverno e no verão, formar família e encontrar o próprio caminho.

Não era uma visão tão terrível assim, pensou Elizabeth. Nem a possibilidade de uma bela propriedade no campo e uma quantia muito generosa todo ano para administrá-la. Comparada à presença sussurrante dos monges, sempre arrastando os pés, era quase uma visão do paraíso. Mas havia uma espinha entalada na garganta que não conseguia tirar. Ela não via culpa nem vergonha no homem diante de si, mas a pergunta estava lá mesmo assim, sufocando cada respiração sua. Não poderia deixá-lo ir sem fazê-la.

— E meus filhos? — Elizabeth pigarreou e tentou de novo, com mais firmeza. — O que foi feito deles?

— Sinto muito, milady — disse Ricardo, balançando a cabeça. — Não sei com certeza, embora acredite que tenha sido Buckingham. Ele era condestável da Inglaterra, sempre entrando e saindo da Torre. Nenhuma porta se fecharia para ele. Talvez tenha achado que me servia, ou à casa de Lancaster, não sei. Só sei que falhei em protegê-los, e agora meu próprio filho está debaixo da terra. — Ele parou por um momento, e a voz engrossou. — Não duvido que estejam em paz, os três. Há muita crueldade na vida, mais do que eu pensava quando jovem.

Elizabeth ergueu a mão e fechou os dedos sobre a boca, segurando os lábios e o queixo enquanto a mão tremia. Ela não emitiu nenhum som, mas fechou os olhos sobre as lágrimas, incerta quanto a se saber era melhor ou não. Durante muito tempo, não conseguiu falar, e Ricardo não a importunou. Ela não soluçou nem chorou além do brilho sob as pálpebras. Tinha anos à frente para isso. Por fim, quando teve a confiança de que conseguiria falar, fez que sim, tomando sua decisão. Não poderia voltar atrás.

— Sairei deste lugar, Ricardo, se você mandar que leiam suas promessas nas ruas de Londres. Gostaria de ver o dourado da colheita mais uma vez, com maçãs maduras nas árvores. Gostaria de ter paz, para mim e para minhas filhas.

— E a senhora a merece, e assim será — confirmou Ricardo, os olhos sombrios. — E sinto muito por tudo o que a senhora sofreu. A senhora sabe que falo a verdade quando digo que amava seu marido. Eduardo via o que tenho de melhor, e sempre fui fiel a ele. Sempre.

O novo rei francês abandonara os Tudor, Jasper tinha certeza. Se Luís tivesse vivido mais um ano, ele achava que o homenzinho teria dado de ombros para o prejuízo e tentado outra vez. Carlos, o filho de Luís, tinha apenas 13 anos quando o pai tombou desfalecido no meio de um grande discurso aos nobres. Os conselheiros do novo rei eram claramente cautelosos e não concordariam com o custo exorbitante em homens, navios e ouro de que precisavam.

Era verdade que os Tudor tinham perdido metade de uma frota na tempestade. Mais de seiscentos soldados franceses foram parar nas profundezas verdes numa única noite. A partir daquele momento, conforme a saúde do rei Luís começava a fraquejar, Henrique e o tio foram abandonados mais uma vez na Bretanha, suas cartas sem resposta. Cerca de noventa homens da Inglaterra foram para a cidade de Rennes para se unir a eles. A maioria escapara depois do fracasso da rebelião de Buckingham ou eram homens e mulheres que ainda alimentavam esperança de restaurar alguma coisa da família que jamais conseguiria sob York. Vinham em busca de antigas glórias e alugaram cômodos em torno da modesta moradia de Jasper e Henrique. Mas o que esperavam não estava lá. Em vez disso, encontraram pobreza e credores reunidos diante da casa dos Tudor, agitando documentos sobre os juros que lhes eram devidos.

No litoral, os navios ainda aguardavam pregos, vigas e velas, com os marinheiros enfrentando problemas com os magistrados locais, de modo que alguns acabaram enforcados por pequenos crimes. A torrente de ouro e prata de Paris secou por completo. Até o estipêndio regular que recebiam havia anos chegara ao fim, e não havia nada que Jasper e Henrique pudessem fazer a respeito.

Jasper duvidava que o novo rei sequer soubesse o nome deles. Eles sempre consideraram Luís uma companhia agradável e, pela primeira vez, tanto Henrique quanto Jasper viram como era difícil conseguir uma audiência com o rei se ele, ou mais provavelmente seus cortesãos, não quisesse. Com o passar dos meses, os Tudor precisaram vender cada item de valor só para comer. Mais cartas seguiram de Jasper a Calais por mensageiros, para serem levadas a Gales e a Londres. Ele detestava mendigar, mas a alternativa era passar fome. Restavam a Jasper alguns amigos em Gales, mas os Stanleys eram a melhor esperança em tempos magros. Como recompensa por serviços prestados, Sir William Stanley fora feito juiz-mor de Gales. Ele mandava notícias e, de vez em quando, uma bolsa de prata a pedido do irmão mais velho. Lorde Thomas Stanley parecia querer agradar a esposa Margarida e seu filho exilado. A mãe de Henrique enviava uma bolsa própria quando ousava, embora achasse que estivesse sendo vigiada. Ela mantivera seu lugar na corte, mas o rei Ricardo tinha espiões por toda parte, que faziam relatórios e anotações, reunidos na Torre.

Jasper e Henrique sobreviviam — e, embora fizessem refeições modestas e usassem roupas fora de moda, ambos já haviam conhecido e sofrido coisa pior. Pelo menos, conversar não custava nada. A pequena comunidade de ingleses e galeses crescera para uns duzentos, e eles podiam rir e conversar a noite inteira. Alguns tinham arranjado trabalho em Rennes e se estabelecido naquela vida.

Ao longo do litoral, ainda eram capazes de ver as costelas quebradas dos navios de guerra puxados para terra. Dos dezoito, nove conseguiram aportar em segurança, e Jasper e Henrique mostrarem a paisagem aos visitantes, caminhando pelos penhascos de tantos em tantos dias para observar os homens subindo neles, ocupados com ferramentas. Um a um, os grandes navios tinham sumido, assim que estavam em condições de zarpar, ainda instáveis.

Um ano inteiro se passou com desaprovação real até que um arauto jovem e bem-vestido apareceu à porta da casa dos Tudor. Jasper sentiu o coração bater mais forte ao avistar o homem de roupa escovada bordada a ouro, com um padrão de flores de lis. Jasper o mandou entrar e pegou o rolo que lhe foi entregue. Ele o abriu e espiou as letras pretas e bem juntas, sem nenhum espaço, que preenchiam o papel de um lado ao outro. Jasper ouviu sua própria respiração enquanto fazia que sim e usava a ponta do dedo para acompanhar as linhas, para não perder o fio do entendimento.

— Sim... ah, bom menino... — comentou ele.

Foi a primeira vez que ouviu falar que o rei Ricardo havia perdido o herdeiro e, alguns meses depois, a esposa. O trono da Inglaterra estava vulnerável, e parecia que alguém na corte real francesa se lembrara de dois Tudor que aguardavam justamente uma oportunidade dessas. Com prazer crescente, Jasper leu a permissão para usar os fundos reais mais uma vez. Ele poderia levá-lo a qualquer agiota e esvaziar os cofres. Sua mão começou a tremer, e ele ouviu o estrondo de rodas de carroça nos seixos lá fora, fazendo-o erguer os olhos. Correu para a porta da casinha e olhou morro abaixo.

A estrada que vinha do leste estava repleta de carroças e homens em marcha. O rei Carlos da França, de 14 anos, decidira agir. Jasper se virou para o sobrinho com espanto.

— Aqui diz dois mil homens, bem treinados e armados. Esses são só os primeiros.

— Precisaremos de muito mais — disse o sobrinho. — Começarei em Gales, então.

— Onde em Gales? — perguntou Jasper.

Era estranho olhar para o sobrinho sob nova luz. A pretensão sucessória de Henrique era tão frágil que se desmancharia à luz do dia num ano bom. Mas não havia anos bons desde Tewkesbury. A mãe de Henrique era Margarida Beaufort, e, quatro gerações antes, João de Gaunt e a casa de Lancaster estavam na linhagem da família. Isso iria servir.

Jasper ergueu os olhos ao se lembrar da mulherzinha que tirara de Pembroke tantos anos antes. Depois de toda a dor e o pesar que havia sofrido, Margarida estava feliz, casada com lorde Stanley — e ficara de olho no filho a vida inteira, aguardando e torcendo pelo momento perfeito. Uma dúzia de casas teria mais direito ao trono que a de Tudor, mas não tinham sobrevivido ao massacre de trinta anos de guerra. Henrique Tudor era o último da casa de Lancaster que ainda podia ter qualquer pretensão ao trono da Inglaterra. Era uma ideia que acendia a imaginação, uma ideia que provocava assombro.

Sem dúvida os assessores do rei francês acharam que havia uma chance. Lá na Inglaterra, Ricardo Plantageneta estava mais fraco que nunca, sua linha de sucessão, rompida. Se pudesse ser levado ao campo de batalha antes que tivesse outro herdeiro, a coroa poderia ser tirada de suas mãos, de sua *cabeça*. Era uma chance, uma aposta louca e desesperada. Quase com certeza lhes custaria a vida. Mas eles iriam mesmo assim. Arriscariam tudo. Jasper sorriu para o filho do irmão, sabendo muito bem o que ele diria.

— Pembroke, tio — declarou Henrique Tudor. — Eu quero ir para casa.

31

Os navios se afastaram do litoral da Bretanha em pleno verão, numa noite quente e soturna de agosto. Isso os Tudor acordaram com os homens do rei e o duque da Bretanha. Não repetiriam o desastre anterior, navegando para as garras de uma tempestade de outono. Com o tempo a seu favor, eles esperariam o mar calmo, o céu claro e uma boa lua para iluminar o caminho. Havia sempre a possibilidade de encontrar um navio de guerra inglês ou mesmo um barco ou dois da alfândega em alto-mar em busca de contrabandistas. Tais eram os riscos, embora, se o capitão de uma dessas embarcações visse a frota deles, com certeza daria meia-volta e correria para casa.

Com o mar gentil e amigável, eles atravessaram suavemente. Os navios de guerra recolheram as velas, embora houvesse tão pouca brisa que estavam praticamente numa calmaria. Ancoraram na água cintilante, chegando um a um, em ordem, ao cais do porto para desembarcar homens, canhões e cavalos; depois, afastaram-se, voltando para o alto-mar.

Soldados franceses puseram os pés pela primeira vez em solo galês em Milford Haven, formando grupos tensos enquanto sua força aumentava. A princípio, houve uma escaramuça com alguns homens da região, que acabou com um ou dois deixados para esfriar nas pedras do calçamento. Pelo menos um menino saíra gritando socorro, correndo para as colinas. Antes que o último navio colocasse para fora os soldados, havia uma fogueira num penhasco, com outra tomando vida a dois quilômetros de distância.

As aldeias daquele litoral estavam acostumadas a receber invasores e traficantes de escravos desde antes dos tempos de Roma. Quando o sol enfim apareceu, os moradores já tinham sumido como sombras nas florestas densas, arcos e machados preparados para proteger mulheres e crianças. Eles sabiam muito bem que os piratas levavam o que pudessem carregar e deixavam o resto em chamas.

Não era o caso com os soldados que os Tudor levaram a Gales. Eles estabeleceram um limite armado e o patrulharam. Em plena vista das docas, usaram blocos e ferramentas para montar carroças e baixaram os canhões sobre elas, com alguns dedos esmagados e muitos xingamentos. Batedores saíram a galope em todas as direções, convocando os que não tivessem esquecido os Tudor.

O Castelo de Pembroke ficava a apenas três quilômetros, mais perto do que nos últimos doze anos. Jasper o sentia lá ao levantar a cabeça para encarar a aurora. Os bosques e as estradas da Bretanha e de Paris nunca tiveram o cheiro do lar que recordava. Bastava ficar naquele ponto para trazer de volta mil lembranças, do sorriso do pai a nadar num lago gelado nos montes Brecknock — ou "Break Necks", os quebra-pescoço, como dizia Owen, seu pai.

As antigas obsessões o chamavam, puxando-o para longe do mar. Passara quase tanto tempo da vida na França quanto em Gales, mas sabia onde ficava seu lar — na grande fortaleza de pedra cinzenta que jamais havia sido invadida e onde ele outrora fora conde. Rezou para que algum dia pudesse entrar em Pembroke mais uma vez como seu senhor. Coisas bem mais estranhas tinham acontecido na história do mundo, pensou ele, uma delas naquela mesma noite: um exército pronto para marchar por Gales em apoio ao sobrinho para desafiar o último Plantageneta.

Em torno de Jasper, vozes inglesas e algumas galesas murmuravam em meio aos franceses. Os que se uniram a eles na Bretanha não tinham ficado para trás. Desembarcaram com os demais e, enquanto ele observava, um ou dois se abaixaram e pegaram um tufo de capim ou algumas pedrinhas, só para tê-los nas mãos. Havia ali um amor difícil de descrever para quem não o sentisse. Ele sorriu para si, tocando uma pedra lisa no bolso que fizera parte das muralhas de Pembroke. Ele entendia muito bem.

O mais estranho de tudo era ver o sobrinho caminhar entre eles. Henrique Tudor trajava uma bela armadura, presente pessoal do novo rei francês. Cobria cada centímetro do rapaz, mas permitia movimentos perfeitos. Henrique não a havia tirado desde que ela chegara de Paris, compreendendo que precisava ser capaz de se mover com liberdade e ter forças para correr e lutar usando-a. Nessas questões, Henrique seguia os conselhos do tio sem questionar, aceitando a experiência dele. No resto, havia uma parte do jovem que nunca poderia ser convencida nem forçada a agir. Se exagerasse, Jasper veria o sobrinho inclinar a cabeça, pensar e rejeitar o conselho. Tal frieza podia ser enfurecedora, mas, na idade de Henrique, Jasper já era um conde com experiência em combate. Preocupava-o que Henrique nunca tivesse visto flechas voarem com fúria, nem uma única vez.

Jasper balançou a cabeça estupefato ao ver como Henrique se moldara em sua autoridade. Desde que o tinham encontrado, os remanescentes da rebelião de Buckingham formaram uma corte rude e depositaram suas esperanças no último Tudor como se ele tivesse nascido para comandar. Viam Henrique como um jovem rei Artur, e alguns galeses tinham até começado a chamá-lo de *Mab Darogan*, o Homem do Destino das antigas lendas, aquele que venceria o dragão branco e restauraria o vermelho. Não podia ser coincidência que a casa de York ostentasse uma rosa branca. A casa de Lancaster contava com uma dúzia de símbolos e insígnias, sendo o cisne o que aparecia com mais destaque. No entanto, a rosa vermelha também estava lá — e o mais importante era que os ancestrais de Henrique tinham usado o dragão vermelho num estandarte de guerra. Jasper só podia se maravilhar com a perfeição daquilo. Será que um tio saberia se o sobrinho fosse o *Mab Darogan*? Ele via o modo como os homens olhavam para Henrique e, é claro, o rapaz nunca titubeava, nunca se fazia de tolo, nunca falava alto demais ou com embriaguez. Aquela frieza peculiar lhe caía bem, de modo que parecia ser maior e não menor, ao menos para homens em busca de um líder.

O tio observou de lado e sentiu orgulho e pesar quando pensou no que Owen Tudor diria, perdido havia tantos anos. O velho teria sorrido para ambos ao vê-los de volta. Teria dito que sabia o tempo todo que sua linhagem salvaria Gales.

Seria um risco grande demais deixar alguém saber que viriam, ou pelo menos Henrique assim dissera. Perderiam dias esperando a notícia se espalhar para que amigos e partidários soubessem que tinham chegado. A demora seria difícil de suportar depois de tanto tempo, mas era melhor que encontrar um imenso exército inglês à espera no desembarque.

Jasper tentou não ficar encarando enquanto o sobrinho dizia algumas palavras a metade dos homens que formavam pequenos grupos naquelas docas. Quando avançou para o grupo seguinte, eles se viraram para segui-lo com os olhos na manhã pálida. Talvez fosse apenas porque ele levava consigo as últimas esperanças desesperadas daquelas famílias.

Embora nunca dissesse, Jasper desconfiava de que faltavam ao rapaz as nuances sutis de compreensão que poderiam minar sua confiança. Em certos aspectos, o sobrinho era extraordinariamente rápido, mas havia partes dele que ainda eram quase infantis, obstinadas na recusa de ver o mundo como de fato era.

Henrique Tudor aceitara que outros o seguiriam. Havia entendido que tinha um tênue direito à coroa que poderia levá-lo à batalha, com o trono em jogo. À exceção disso, parecia não pensar mais no assunto. Até onde Jasper sabia, o sobrinho se moldara àquela autoridade porque não via possibilidade de uma ordem sua ser recusada, ou sua causa, negada. Os homens não sentiam dúvidas nem indecisões nele porque elas de fato não existiam. Jasper não sabia ao certo se admirava essa peculiaridade ou se achava a confiança do sobrinho aterrorizante.

Eles enfrentavam um rei que obtivera sucesso em combate em Barnet e em Tewkesbury e ao sufocar a rebelião de Buckingham.

Ninguém que desembarcara em Milford Haven achava que seria fácil. Os dias eram longos e sufocantes, com o aroma de pólen no ar, mas eles enfrentariam um inimigo frio e implacável que não tinha mais nada a perder.

Enquanto o sol subia, o último dos navios retornou ao mar, deixando dois mil homens e uma dúzia de canhões para serem levados pelas estradas. Os homens respiraram um pouco mais rápido enquanto se organizavam e se punham de pé, reunindo tudo o que tinham baixado enquanto esperavam. Jasper viu o sobrinho falar com um arauto, e o homem levou a trombeta aos lábios, soprando uma única nota que ecoou por todos eles. Os homens de armas ergueram os mastros dos estandartes, bordados durante meses na Bretanha, soltando as amarras para que se desenrolassem e depois balançando-os de um lado para o outro até se abrirem por inteiro. O *Ddraig Goch*, ou Dragão Vermelho, se agitou acima de todos. Com ele se abria a rosa vermelha de Lancaster e a grade e as correntes de Beaufort, mas o dragão foi o símbolo que fez os homens se persignarem e baixar a cabeça em oração. Eram poucos, mas resistiriam.

No início da tarde, os batedores voltaram para anunciar uma força de soldados e arqueiros que barrava a estrada à frente. Henrique e Jasper foram até a vanguarda e levaram consigo os cavalos para conversar em voz baixa. Os mensageiros descreveram as cores de Rhys ap Thomas, um soldado guerreiro que jurara lealdade à casa de York, assim se dizia. Também era verdade que trocara cartas com os homens de Tudor no ano anterior, mas o verdadeiro teste só aconteceria quando ele se ajoelhasse ou pegasse em armas contra eles. Jasper tinha a deprimente sensação de que, para um guerreiro inflexível como aquele, nas suas melhores condições físicas, o momento seria de verdadeira decisão. Não importava o que fora dito ou as promessas já feitas. Só saberiam quando Rhys ap Thomas olhasse para Henrique Tudor e tomasse a decisão. Jasper agarrou o punho da espada e se perguntou se veria sangue naquele dia.

Eles não podiam parecer fracos, isso estava bem claro. A notícia para se prepararem para ataque ou emboscada correu até a retaguarda, e depois eles avançaram em boa ordem por duas estradas estreitas que, de acordo com os batedores, os levariam em direção à força de Thomas.

Para Jasper, foi um dos quilômetros mais difíceis que percorreu. Do alto do cavalo, ele conseguia ver antes dos infantes que havia uma grande força à frente, cruzando a estrada e se espalhando pelo campo. Havia, sem dúvida, centenas de homens com cota de malha, machados e martelos, e uma grande hoste de lanças. Os campos e as sebes poderiam esconder mil deles. À frente, estava uma figura corpulenta, de braços nus, com uma grande massa de cabelo ruivo presa numa trança. O homem usava túnica e cota de malha em vez de armadura completa, embora não houvesse dúvida de quem comandava aqueles homens enquanto, ameaçador, ele fitava a estrada. Rhys ap Thomas era o capitão encarregado de manter aquela costa a salvo de invasões. Ele fora encarregado pelo rei York de reagir com total selvageria a qualquer um que desembarcasse. As fogueiras foram acesas justamente para convocá-lo. E ele tinha vindo.

— Não demonstre medo por esse homem — murmurou Jasper ao sobrinho.

Henrique olhou para o tio com curiosidade.

— Por que eu demonstraria medo?

Jasper trincou os dentes, incapaz de explicar o perigo, próximo como estava. Ele enfiara dentro da camisa uma relíquia da Bretanha, um frasco minúsculo contendo o sangue de um santo. Teve vontade de poder segurá-lo então, para rezar pedindo que Henrique não dissesse a coisa errada a um homem como o capitão Rhys ap Thomas.

Quando puxaram as rédeas, Jasper viu que o capitão galês tinha ombros maiores do que percebera, um sujeito largo feito uma porta, com o olhar fixo no dragão vermelho que drapejava um pouco atrás.

— Essa é uma pretensão grandiosa, milordes — gritou-lhes Rhys, indicando o estandarte que ondulava.

Era um bom começo, se ele lhes permitia seus títulos. Os condados de Pembroke e de Richmond tinham sido negados e desonrados nos anos anteriores. Mas a saudação parecia natural e nada forçada.

Jasper pigarreou para responder, e Henrique se virou para olhá-lo sem nada dizer. Era um lembrete de que ele concordara em manter silêncio, a menos que fosse para evitar um desastre. Não poderia haver dois dragões vermelhos, dois homens do destino. Jasper sabia e aceitara aquilo. Ainda era difícil.

Quando teve certeza de que o tio não falaria, Henrique se virou para o homem que observava com tanta atenção.

— Quem é o senhor para impedir minha passagem? — perguntou Henrique com clareza.

— Sou Rhys ap Thomas, filho de Thomas ap Gruffyd ap Nicolas — respondeu ele, à moda da região, citando os antepassados. — Este litoral está sob minha autoridade, entende? Quem desembarca aqui tem de responder a mim.

— Eu sou Henrique Tudor, filho de Edmundo Tudor, filho de Owen.

— E está sob o dragão vermelho.

— Sou descendente de Cadwaladr; é meu direito.

Os dois homens se encararam com a mesma testa franzida. Parecia que nenhum deles tinha esperado que o encontro decorresse daquele jeito. Jasper se remexeu, mas, tendo prometido ficar calado, manteve a palavra.

Rhys ap Thomas balançou a cabeça.

— Não acho que o senhor seja o Filho da Profecia. Sinto muito. Talvez seja da linhagem, mas não vejo grandeza no senhor.

Henrique Tudor fez a montaria dar um passo para se aproximar. Todos os homens se tensionaram quando ele ficou ao alcance do braço do capitão. Rhys ap Thomas fez questão de se mostrar relaxado, com as mãos nas rédeas, mas mesmo assim havia tensão em torno dos olhos.

— Eu não dependo do que o senhor vê em mim — retrucou Henrique.

A voz era baixa, mas o tio não conseguia ouvir mais nada em torno deles. O canto dos pássaros e o barulho dos outros homens pareciam ter desaparecido, e ele escutou com medo o sobrinho continuar.

— Talvez esteja pensando em me testar, Rhys ap Thomas. Não estou interessado. O senhor impede minha passagem, e tenho assuntos à frente com o rei Ricardo de York. Acredito que lhe tenha feito um juramento solene, portanto ouça isto de mim: se achava que poderia caminhar ao meu lado, minha resposta é não. Não quero alguém que quebra juramentos. Se pensou em manter seu juramento, desembainhe a espada e o verei derrotado na estrada. Seja como for, eu *não dependo* do que o senhor vê em mim.

— Eu... não... — começou o capitão.

Henrique o interrompeu, a voz ficando mais alta a cada instante.

— E estou sob o *Ddraig Goch* porque sou o último da casa de Lancaster, a rosa *vermelha*. Sou o vermelho; e vou ao campo de batalha contra a rosa branca de York, o *dragão branco*, capitão Thomas! Agora, o que vai ser? Quebrará seu juramento ou desistirá de sua vida?

— Não posso quebrar meu juramento — respondeu Rhys ap Thomas.

Ele empalideceu, e Jasper não saberia dizer se era de raiva ou medo. Entre os melhores homens que conhecera estavam aqueles cuja palavra raramente era dada, mas então dada até a morte. Não podia ser quebrada à toa, à custa da própria alma. Ao ver que Rhys ap Thomas era um desses, Jasper sentiu desespero. Poderiam ter feito bom uso dos homens dele.

— Jurei que só permitiria a entrada de inimigos em Gales por cima do meu corpo — disse Rhys ap Thomas. — Escolherá um campeão, milorde? Ou me enfrentará em pessoa?

— Por cima do seu corpo? — questionou Henrique. — Não posso apenas passar por cima do senhor, então? E deixar que cumpra seu juramento?

O capitão Rhys ap Thomas piscou para ele.

— Passar por cima de mim?

— Se foi esse o juramento que fez. Se jurou só me deixar passar por cima de seu corpo, então se deite nesta estrada. Meu exército passará por cima do senhor... e seu juramento não será quebrado.

— Não vou me deitar no chão — rebateu Rhys ap Thomas. — Seria um grande fardo ver seus homens passarem por cima de mim. Acho que não farei isso.

Um pouco atrás, o sorriso encantado e incrédulo de Jasper começou a se desfazer. Ele havia pensado por um instante que o jeito esquisito de Henrique ver o mundo conseguira o impossível. Ver isso lhe ser tirado mais uma vez foi um golpe cruel. Enquanto Jasper observava, um dos homens do capitão galês fez o cavalo se aproximar e se inclinou para murmurar no ouvido de Rhys ap Thomas. As sobrancelhas do homem se ergueram numa conjetura.

— Há uma ponte aqui perto, assim diz meu rapaz, onde o rio praticamente secou neste verão. Se eu ficar em pé no leito do rio, seu exército poderá passar pela ponte. Eu cumpriria meu juramento dessa maneira... e ainda o deixaria entrar.

— Eu aceito — disse Henrique, como se tivesse sido uma proposta definitiva.

Naquele momento, ele fez Rhys ap Thomas pensar se era isso mesmo. Por fim, o homem assentiu.

— Muito bem, milorde. O senhor pode dizer que entrou em Gales por cima de meu corpo.

— Não direi isso, capitão Thomas — respondeu Henrique. — Direi que o senhor me retardou meio dia com tolices.

O orgulho do outro murchou com a resposta, e Jasper sentiu uma pontada de pena do capitão Rhys ap Thomas; chegara a gostar dele.

— Quantos são os seus homens, capitão Thomas? — gritou Jasper, em parte para distraí-lo.

O homem se virou quase com alívio, afastando-se do olhar frio de Henrique Tudor.

— Mil e duzentos no total, milorde, embora eu só tenha oitocentos deles aqui comigo. Trarei o restante hoje à noite, e eles mandarão buscar mais. Gales entregará seus filhos aos seus cuidados, milordes, para seguir o dragão vermelho.

Ricardo estava sozinho na câmara de audiências de Westminster, fitando lá fora o Tâmisa serpentear em seu leito reluzente em meio à aglomeração de prédios e armazéns que brotavam ao longo das margens e que aumentava a cada ano. Daquela sala elevada, ele era capaz de ver as marcas do homem se espalhando por campos virgens, domando as charnecas selvagens com estradas, derrubando árvores para construir e fazer carvão, abrindo grandes foiçadas na terra que antes só dera urtigas e mendigos. Rastros de fumaça subiam de cem fogueiras ou chaminés que tostavam malte para fazer cerveja, forjas que derretiam o ferro com calor maior, moradias que se erguiam orgulhosas em ruas de pedra limpa. Era tudo bem bonito, pensou.

A sala estava silenciosa, e até os criados que ficariam para atender aos seus caprichos tinham sido dispensados. Ele nunca fora um homem solitário, mas mesmo assim isso crescera nele. Seu pai estava no túmulo havia mais de vinte anos, morto na luta contra Lancaster. Os três irmãos tinham partido, assassinados ou executados por traição ou, por fim, vencidos por algum grande paroxismo do cérebro. O único outro homem que Ricardo admirara fora o conde de Warwick. Ele caíra em combate, depois de se erguer contra Ricardo como seu inimigo, decidido a destruí-lo. Isso havia sido tão cruel quanto todo o resto.

O filho tinha sido a ferida mais profunda de todas, pensou. Ele adorava o menino, embora não tivesse demonstrado muito. Fora a coisa mais estranha ter tanta alegria com a mera existência do filho, Ned, mas ainda desejar não demonstrá-la por medo de arruiná-lo. A gentileza e o amor não faziam um homem forte, com certeza não um rei forte. Ricardo sabia muito bem disso. Tornara-se o homem que era pela dor e pela perda, e a morte da esposa não passou de uma alfinetada comparada a todo o resto. Naturalmente, Ana se esvaíra. Como ele ficara sem ninguém para amar? Parecia coerente que, em algum lugar, tivessem decretado que o rei Ricardo tivesse de ser absolutamente só.

Ele sentia saudades de todos. Era o último homem de sua linhagem, pensou, saboreando essa tristeza. Ele era o último Plantageneta.

— Vossa Alteza, há um arauto pedindo para ser trazido a sua presença.

— Ele foi revistado?

O mordomo pareceu ofendido.

— Sim, Vossa Alteza.

— Então o mande entrar.

Ele se virou, apoiando o queixo na palma da mão e o cotovelo no joelho. Olhou o pôr do sol sobre Londres lá fora, o calor ainda no ar enquanto os passarinhos se acomodavam para a noite.

Ricardo não se virou quando o arauto entrou na sala, trazendo o aroma de lama fresca e do exterior para aquele ar parado. Ouviu-o se ajoelhar e fez um gesto para que falasse.

— Vossa Alteza, eu venho de Ludlow. Chegou um homem da costa oeste, exausto, quase morto.

Ricardo sentiu o grande peso de seus pensamentos prendê-lo ali, de modo que era difícil fazer outra coisa além de fitar pela janela a luz dourada do pôr do sol sobre a capital.

— Prossiga — murmurou.

— Ele disse que uma grande força desembarcou no litoral, de franceses e galeses, ele não tinha certeza. Disse que eram Tudor, milorde, vindos sob um dragão vermelho.

Ricardo ergueu a cabeça, inspirando devagar.

— Notícias de meu capitão de lá? Qual era o nome? Evans? Thomas? — perguntou.

O arauto pediu desculpas e murmurou que não sabia.

Não importava, sabia Ricardo. Ele convocaria seus lordes mais leais, como fizera durante a rebelião de Buckingham. Reuniria o maior exército que pudesse pôr em campo, e... Ele interrompeu a torrente de pensamentos e raciocinou.

— Os Tudor? Por Lancaster, é? Mas eles não têm direito nenhum ao trono. Por que alguém seguiria aquela família?

— Não sei, Vossa Alteza — gaguejou o arauto.

— O senhor fez muitíssimo bem em me contar isso. Quanto tempo decorrido desde o desembarque, isso o senhor descobriu?

— Fiquei seis dias na estrada, Vossa Alteza. Acredito que o homem que me procurou em Ludlow tenha cavalgado uns quatro ou cinco.

— Onze dias, então, por aí — ponderou Ricardo. — Vá agora com minha gratidão, senhor. Farei meus preparativos.

O arauto saiu dos aposentos reais, e Ricardo ficou algum tempo sentado com seus pensamentos, deixando o silêncio se infiltrar mais uma vez. Ele não tinha ninguém — nem esposa nem herdeiro nem irmãos. Estava absolutamente só. Se caísse em combate, seria o fim de sua casa, de sua família, de sua linhagem. Nesse instante, ele aceitou isso, não importava o que acontecesse. Mandou chamar o mordomo mais uma vez. O homem apareceu imediatamente, já que estava de pé ali fora.

— Traga-me minha armadura — pediu Ricardo. — Fui desafiado.

32

Havia uma névoa levíssima no ar enquanto o sol subia. O exército de soldados galeses e franceses triplicara de tamanho desde o desembarque, quase um mês antes. Enquanto seguiam para o leste, Rhys ap Thomas se mostrara o mais sincero defensor de Henrique Tudor, convocando homens para seguir o dragão vermelho, ou o *Mab Darogan*, em todas as aldeias por onde passavam.

Seis mil marchavam ao longo da estrada no fim de agosto, numa grande coluna tripla pela terra. O conde de Oxford os alcançara, levando cavaleiros e arqueiros, além de sua tão necessária experiência. Não havia outros grandes nomes, o que deixou Jasper Tudor furioso em particular. Ele mandara cartas para todos os lordes que tinham defendido Lancaster no passado, mas as respostas foram escassas. Talvez tivessem medo do rei Ricardo, que triunfara em Barnet e em Tewkesbury, que fizera a rebelião de Buckingham parecer uma brincadeira de criança. Ou talvez fosse apenas que muitos deles devessem propriedades e títulos à casa de York e não quisessem apostar mais uma vez tudo o que haviam ganhado.

Fossem quais fossem as razões públicas e particulares, a força de Lancaster era menor do que poderia ter sido. Os batedores diziam que o rei Ricardo reunira dez mil, talvez até mais. Jasper ainda esperava que as estimativas fossem exageradas, mas parecia que ele e o sobrinho ficariam em desvantagem numérica. Em consequência, ele não conseguia evitar a sensação de que marchavam alegremente para a própria destruição.

Com exceção dos homens sob o comando de Rhys ap Thomas, os que se uniram a eles eram rapazes galeses sem treinamento. Eram bem fortes e estavam em boa forma física, é claro. Qualquer homem que tivesse matado um porco ou derrubado uma árvore conseguiria brandir uma cimitarra ou uma alabarda com certa habilidade. Os mais valiosos tinham arcos longos e aljavas com flechas emplumadas pelas próprias mãos. Mas essas coisas não eram preparo suficiente para uma guerra.

Homens treinados sabiam quando procurar proteção, onde atingir um homem de armadura para matá-lo ou deixá-lo incapacitado, como responder ao ataque de um cavaleiro para ter uma pequena chance de sobreviver. Entendiam a disciplina no campo de batalha e confiavam naqueles que os comandavam. Um exército não era uma ralé nem uma turba. Um exército massacraria uma turba.

Também havia uma razão para os soldados treinarem até alcançar uma forma física perfeita, muito além do fôlego e da resistência de agricultores. A capacidade de se manter de pé enquanto outros caíam de exaustão lhes salvaria a vida, simples assim. Não bastava apenas brandir um pedaço de ferro com força e coragem. A guerra era um negócio difícil, um ofício brutal. Jasper já vira o resultado quando o inimigo tinha todas as vantagens. Ainda se lembrava de Eduardo, conde de March, assolando o campo de batalha de Mortimer's Cross de armadura vermelha, brilhando com ela. Um conde gigante que comera carne e peixe e treinara ferozmente durante toda a sua jovem vida, com armas, armadura e cavalos. Jasper não falava muito daquele dia, mas se lembrava muito bem.

Henrique Tudor estava montado com armadura completa, com o tio ao lado, no centro. O capitão Thomas cuidava da ala esquerda, e de Vere, conde de Oxford, comandava a direita. As fileiras ficaram em silêncio enquanto se deslocavam pelo terreno aberto. Já era possível ver as forças do rei Ricardo nas colinas que se erguiam à frente. Tinham manobrado durante dias na abordagem, mas a força real do rei Ricardo III encontrara uma bela colina e uma planície à frente.

Afinal de contas, fora Henrique Tudor quem viera lhe tirar a coroa. O rei da Inglaterra poderia escolher qualquer ponto que lhe aprouvesse — e eles ainda teriam de ir ao seu encontro. Ricardo havia entendido isso muito bem e vasculhara o terreno por sessenta quilômetros. Encontrara o ponto perfeito para oferecer combate, com o trigo verde dourando nos campos.

Jasper virou a cabeça de um lado para o outro e semicerrou os olhos, mas não conseguia discernir os estandartes a quase dois quilômetros de distância. Ele via como um borrão a força de cavaleiros de Ricardo no alto da colina e lhe doía ter de pedir ao sobrinho detalhes que antes teria visto como um falcão que sobrevoasse um campo de restolho.

O rei Ricardo reunira seu exército numa pequena elevação, uma subida natural da terra que permitia que dez mil homens formassem fileiras de cavaleiros e arqueiros. Jasper engoliu em seco, pensando a que distância as flechas voariam quando chovessem. Ele conhecia o som melhor que a maioria, pois suportara saraivadas delas em sua armadura, a vida nas mãos do destino, da sorte e do ferro moldado. Não pôde deixar de se perguntar se os homens de armas franceses tinham ouvido falar de Azincourt enquanto marchavam ao lado dos soldados de Gales e da Inglaterra. Eles não se deram bem quando tiveram de lidar com arcos da altura de um homem.

— Parecem as armas de Percy à direita dele. Northumberland — avisou Henrique, estreitando os olhos. — Há um leão azul nos brasões e nos escudos de lá. Pensei que ficariam do lado de Lancaster.

— Deveriam ter ficado — comentou o tio com azedume. — Ficaram antes, desde o começo. Pensei que ficariam agora também. Não duvido que Ricardo tenha seus filhos como reféns em Londres, mantidos como garantia de lealdade. É o que eu faria.

— O rei Ricardo comanda o centro, então, com Northumberland à direita e... Norfolk à esquerda.

Jasper deu de ombros.

— Essa é uma linhagem murcha, que já foi grandiosa. Não temo Norfolk, nem um pouquinho.

Ele falou para animar o sobrinho, caso Henrique estivesse se sentindo intimidado ao se aproximar de uma força em terreno mais elevado e sob estandartes reais, uma força que os superava em número numa proporção de quase dois para um.

Henrique parecia completamente calmo. Mais uma vez, o tio não conseguia decidir se o rapaz era um tolo inocente, um mestre em parecer confiante diante dos homens ou talvez alguma estranha terceira opção: alguém que acreditava ser realmente o Homem do Destino, o Dragão Vermelho que retornava a Gales para lutar pelo trono. Enquanto observava o sobrinho fitar a grande elevação e o exército que lá estava, Jasper viu uma fagulha nos olhos de Henrique, uma selvageria que não havia esperado.

Eles tinham marchado apenas alguns quilômetros desde o acampamento da noite anterior. Os homens haviam comido e esvaziado bexigas e intestinos antes de partir. O dia estava bonito e o céu permanecia claro. Eles não pararam enquanto se aproximavam do exército na colina. Enquanto Jasper observava, partes da força real começaram a se esgueirar encosta abaixo. Os homens lá estavam ansiosos, e ele conseguia ouvir a voz baixa de capitães e sargentos chamando-os de volta, dizendo-lhes que esperassem e esperassem. Eles sabiam que tinham a vantagem, e Jasper conseguia imaginá-los preparando lâminas e machados, inclinados para a frente feito cães na guia, querendo sair correndo. Para alguns rapazes, seria a manhã mais empolgante de suas vidas. Não temiam a morte; ela não viria para eles. Confiavam no seu vigor e na sua força, jamais testados como seriam naquele dia.

As trombetas soaram para deter as colunas de Tudor a mais de meio quilômetro de distância. Com boa ordem, elas formaram batalhões de combate, prontas para investir morro acima. Jasper sentiu um arrepio percorrê-lo; fez o sinal da cruz e uma oração calada de penitência pelos seus pecados. Fazia algum tempo desde a última confissão, e ele só podia pedir misericórdia. Já vira a guerra e não era mais jovem.

* * *

À direita de Henrique Tudor, o conde de Oxford cavalgou ao longo da vanguarda de seu batalhão, dois mil homens no total, composto metade de soldados franceses e metade de galeses. Pelo menos os franceses eram experientes, estavam de armadura e com boas armas. Os galeses tinham recebido lanças longas e cutelos de lâmina pesada que qualquer açougueiro reconheceria.

Oitocentos arqueiros se reuniam na ala externa, já buscando alvos e apontando-os para os amigos. Havia uma leve brisa, e eles não pareciam contentes com a visão de um exército sobre uma colina. Não seria fácil, e eles não tinham proteções de madeira para abrigá-los enquanto atiravam. Haveria uma grande faixa de terreno onde ficariam ao alcance do inimigo, mas não poderiam reagir.

Oxford viu o perigo e ponderava qual seria a melhor abordagem enquanto avançavam. Ele conhecera a confusão da batalha na neblina de Barnet e estava decidido a tomar as melhores decisões, com total consciência de que os melhores comandantes não eram os que tinham um plano, mas os que tomavam as decisões certas quando a oportunidade se apresentava. Enquanto cavalgava na segunda fileira, cercado por cavaleiros e homens de armas robustos, ele viu as forças de Norfolk começarem a descer o morro à frente dele. O conde de Oxford olhou para sua fileira, à esquerda e à direita. Ela avançava em boa ordem, as lanças erguidas como espinhos afiados. Ele estava um pouco à frente dos Tudor no centro, mas não muito. Mais além, Oxford sabia que o restante de seu exército marchava sob o comando de Rhys ap Thomas, o galês amante de combates.

Oxford gostou de ver a vanguarda inimiga abandonar a vantagem do terreno elevado, embora isso revelasse a confiança que sentia. A fileira de soldados de Norfolk pareceu saltar à frente. A abordagem lenta e comedida se transformou numa corrida encosta abaixo quando os de trás empurraram e os da frente avançaram, temendo serem pisoteados. Estavam a uns trezentos metros quando Oxford rugiu para seus arqueiros. Eles já estavam a postos havia um tempo, observando o conde que comandava e torcendo para que ele saísse do transe. As forças de arqueiros que o rei Ricardo pudesse ter estavam no alto da colina, fora de alcance. O sonho de todo arqueiro era enfrentar uma fileira em investida apenas com arco e flecha — e um exército na retaguarda para o qual recuar quando terminasse.

As flechas estalavam com um estrondo, na velocidade com que os homens conseguissem encaixá-las na corda e puxar. Não era preciso muita habilidade em mirar àquela distância que se reduzia, mas eles demonstraram seu treinamento na força imensa que não diminuía depois de alguns disparos.

Os homens de Norfolk corriam para uma chuva de fogo. Pior: quando tentaram forçar passagem por ela, os caídos derrubavam os que vinham atrás. Por alguns momentos vitais, foi um massacre como fora Azincourt, com pilhas de homens moribundos que uivavam esmagados sob o peso dos que tentavam subir neles, desesperados para passar.

As flechas foram se reduzindo até parar, restando uma dúzia dos arqueiros mais lentos, homens mais velhos que molhavam o polegar na língua e encaixavam as flechas com lenta precisão. Eram assustadores na pontaria, e ainda morriam homens enquanto percorriam a lacuna, mas o grande rompimento das linhas e o massacre em massa chegara ao fim. O restante dos arqueiros recuou correndo, rindo e desafiando os homens de armas a tentar igualar aquilo. Os outros soldados olhavam com inveja a condição peculiar de tais homens sem armadura e sem vergonha que saíam correndo e deixavam o serviço para os outros.

As linhas de Oxford voltaram a se eriçar com lanças. Muitos dos homens que ainda desciam a colina foram feridos por flechas e marchavam com as hastes ainda no corpo. Essa parte da investida castigada foi vencida aos poucos. Os homens usavam as lanças até elas quebrarem, quando, então, pegavam as cimitarras.

Oxford não fazia ideia de quantas centenas seus arqueiros tinham arrancado das fileiras reais — e sabia que qualquer avanço sobre a colina sofreria o mesmo. Mas seus homens tinham começado bem. Alguns dos homens que desceram a colina correndo odiaram tanto as boas-vindas recebidas que recuaram, esgueirando-se em torno da colina com a cabeça baixa de vergonha. Em comparação, Oxford sentiu o orgulho aumentar ao encarar as fileiras, na esperança de que os Tudor tivessem visto.

O duque de Norfolk descera com seus homens naquela investida colina abaixo. A armadura o havia salvado da barragem de flechas, mas o brasão fora rasgado e havia sangue em sua coxa, e não sabia se era dele ou de outros. Ele ainda estava montado quando Oxford o viu, atacando com selvageria os homens de armas. Eles não tinham muito o que fazer com uma armadura daquela qualidade, e Norfolk abrira um espaço para si. Seus homens acorriam para ele, vendo o brasão e chamando uns aos outros para aquele ponto, para apoiar seu senhor feudal.

Oxford tomou a decisão. Tinha a oportunidade de rasgar o coração da ala inteira de Norfolk a menos de vinte metros da posição dele. Mandou um mensageiro correr até o centro dos Tudor, baixou a viseira, desembainhou a espada e esporeou sua montaria. O cavalo empinou ao partir, e os cascos em movimento fizeram seus próprios homens se jogarem para o lado para não serem esmagados.

Norfolk ergueu os olhos e viu o conde de Oxford se aproximando, seu cavalo pisoteando e derrubando soldados pelo caminho com suas placas de ferro. Norfolk estava de armadura completa, mas o primeiro golpe o derrubou, fazendo-o cair da sela com um estrondo. O cavalo disparou, e sua perna ficou presa por um instante de desespero, até que o couro se rompeu e ele caiu no chão. Norfolk caiu com força, meio torto, com o elmo afivelado e rompido. Uma dobradiça da viseira havia se arrebentado, e ele não conseguia enxergar nada quando Oxford apeou e lhe deu uma surra, um golpe atrás do outro.

— Espere! — berrou Norfolk, furioso.

Ele recuou e deu um puxão na viseira torcida, forçando-a para a frente e para trás até a segunda dobradiça se quebrar. Então a jogou longe e se levantou, ofegante, com Oxford à espera. Norfolk sentia o sangue escorrer de vários ferimentos, furtando-lhe a força, e engoliu em seco.

Um dos últimos arqueiros no campo estava a menos de doze passos, ainda preparando as duas últimas flechas. O velho Bill tinha se contido para observar os lordes lutarem porque gostava da ideia de pegar um belo nobre com seu velho arco. Ele não entendia por que o conde de Oxford havia parado de atacar, por que estava ali de pé esperando o inimigo recuperar o fôlego a ponto de continuar lutando. O velho Bill fechou um dos olhos e disparou sua penúltima flecha no duque de Norfolk. O arqueiro riu de prazer quando ela voou feito um passarinho para dentro daquela viseira aberta.

O duque ficou parado, atônito, por um instante, e o velho Bill teve o bom senso de se virar e baixar as mãos quando sentiu o olhar de Oxford procurar quem tinha feito aquilo. Então Bill enfiou a última flecha no chão como oferenda. Nada que ele fizesse seria mais grandioso que isso, e nenhum de seus colegas acreditaria nele, o que era uma pena.

Da colina, o rei Ricardo observou, resignado, o duque de Norfolk cair e mais homens da sua vanguarda fugirem da carnificina e da destruição. Norfolk perdera a encosta, depois os homens e, por fim, a própria vida. Isso poupava Ricardo de ter de executá-lo depois, o que era a única coisa boa.

O rei coçou o canto da boca enquanto pensava, alongando a parte das costas que mais doía naquela manhã. Mesmo sem a ala de Norfolk, ele sabia que a força que reunira ainda era mais numerosa que a dos rebeldes. Em torno dele em Ambion Hill estava sua guarda pessoal de mil e quinhentos cavaleiros e homens de armas com armadura completa, uma grande onda de metal prateado nos cavalos mais poderosos já criados pelo homem. Ele *queria* acompanhá-los na investida, só para ouvir aquele trovão. O mero pensamento o fez sorrir.

Mas ele tinha lorde Percy, conde de Northumberland, ainda à sua direita, no comando de três mil homens, aguardando em fileiras silenciosas com os estandartes drapejando no alto. Eles não ficaram consternados com o fracasso de Norfolk. Batalhas podiam ser vencidas na primeira investida, mas também podiam ser lentas e desgastantes, levando o dia inteiro e se resumindo a uma questão de força de vontade. A ala esquerda do rei podia ter sido vencida e recuado, mas a direita estava pronta para atacar. Ricardo se remexeu na sela, forçando os olhos para enxergar longe.

— E aí estão vocês — sussurrou ele consigo.

Eduardo lhe ensinara o poder das reservas, quando usadas adequadamente. As forças dos Tudor tinham dado tanta atenção ao seu exército empoleirado no alto da colina que marcharam diretamente para a posição dele. No entanto, seu exército não estava todo no cume. Ele sorriu ao avistar fileiras cintilantes em marcha. Lorde Stanley estava a uns três quilômetros, e ele duvidava que o exército Tudor sequer soubesse da existência dessa força. Ricardo tinha o filho de lorde Stanley preso em Londres. O homem não vacilaria. Muito bem. Estava na hora de transformar os sonhos dos Tudor em nada.

Ricardo fez um gesto para um arauto, e o homem veio correndo num cavalo leve.

— Lorde Percy deve atacar imediatamente — avisou Ricardo. — Minhas ordens são varrer Rhys ap Thomas do campo de batalha e depois se voltar contra o centro Tudor. Eu o encontrarei lá.

O rapaz saiu correndo, e Ricardo ficou invejando sua juventude e seu entusiasmo. As costas estavam piorando com o vento frio. Ele precisaria de um bom banho naquela noite, com óleo e vinho para dormir. Se é que conseguiria dormir, claro.

Ele esperou, encarando a planície. O exército Tudor parecia pequeno demais para apresentar ameaça. Eles tinham no máximo seis mil homens, e ele tinha o mesmo efetivo se aproximando deles pelo flanco. Só gostaria que o irmão Eduardo estivesse presente para ver, quem sabe o pai.

Lá na planície, um pequeno grupo se separou do centro, não mais que cinquenta homens. A atenção de Ricardo se fixou nele de imediato. Eles levavam os estandartes da casa Tudor, e ele sentiu um aperto na garganta quando foram diretamente para a força de lorde Stanley. Ele ou deixara de perceber alguma coisa ou fora traído.

De repente em pânico, Ricardo ergueu os olhos. A ala de Northumberland não se movera um centímetro, embora o conde Percy com certeza tivesse recebido as ordens. Mas lá estavam eles, a cavalo e a pé, com o vento soprando e nem um rosto virado para ele, todos observando o movimento dos homens lá embaixo.

Ricardo praguejou consigo mesmo. Montava um grande cavalo de batalha, com mil e quinhentos cavaleiros de armadura, uma maça de ferro maior que qualquer força em campo. Ele gritou para seus capitães à esquerda e à direita, precisando deles para passar as ordens adiante.

— Formação fechada junto ao rei! Atacar o centro Tudor. Preparar!

Esperou de olhos fechados enquanto eles repetiam suas ordens e os cavaleiros se reuniam com suas rédeas e lanças. Os cavalos relincharam e bateram as patas no chão, e a ala direita de lorde Percy continuava em fileiras imóveis. Ricardo os amaldiçoou quando fincou os calcanhares nos flancos do cavalo, desembainhando a espada e apontando-a para o pequeno grupo que cavalgava através das linhas Tudor. Ele se lançaria sobre eles antes que chegassem a lorde Stanley. Ricardo relaxou os ombros enquanto se inclinava sobre a sela, deixando o cavalo ganhar velocidade em meio galope, descendo o declive suave. Ele escolhera o terreno unicamente por conta daquilo, regozijando-se agora com a velocidade.

Mil e quinhentos cavaleiros desceram a encosta numa massa unida, como uma lança, mirando o centro das forças de Tudor que parara, repentinamente aterrorizado. Ninguém lá jamais vira uma investida como aquela, e o trovão forçou os homens à imobilidade. Os soldados da França e de Gales lá embaixo já recuavam para se afastar da linha maciça de cavaleiros e ferro que vinha com velocidade terrível em sua direção. Os homens ergueram as lanças e enfiaram os escudos na terra para se agachar atrás deles, mas estavam com medo.

À frente do centro Tudor, Henrique e o tio se viraram para enfrentar a horda prateada que se despejava do morro. Não havia dúvida de para onde iam, e eles puderam ver o rei Ricardo em pessoa cavalgando à frente, o tabardo esquartelado em vermelho, dourado e azul. Jasper sentiu a boca seca de medo, e foi Henrique quem parou e chamou os homens maiores com escudos para receber o primeiro golpe. Eles não poderiam alcançar as forças de Stanley, não naquele momento.

Aguardaram e, enquanto aguardavam, o exército atrás deles avançou de repente. Henrique e o tio estavam na vanguarda, parados à frente do restante. Num movimento súbito, os capitães e os sargentos avançaram, e as fileiras os envolveram. Os homens levantaram os escudos e fecharam os olhos, esperando o impacto que sabiam não poder suportar. As longas lanças romperiam as linhas, e os cavalos os esmagariam à toda, meia tonelada em velocidade máxima.

Henrique prendeu a respiração e puxou a espada. O homem à frente dele ergueu bem alto seu estandarte, embora isso significasse que não poderia empunhar uma arma. Era um ato de loucura e coragem. À direita de Henrique, assomou um imenso guerreiro, Sir John Cheyney. O homem o cumprimentou com um aceno de cabeça e piscou enquanto baixava a viseira e se virava para enfrentar a parede galopante de cavalos e cavaleiros que lançavam no ar torrões que caíam feito chuva. Eles viam o rei Ricardo lá, atrás da primeira fileira, circundado por cavaleiros levados à exaustão para ficar à frente dele.

Por um tempo o mundo ficou mais rápido, embora Henrique visse tudo com bastante clareza. Ele não se encolheu nem desviou o olhar enquanto os homens caíam de repente, derrubados com tanta força que era como se desaparecessem em pleno ar. Os cavalos usavam placas de ferro para se proteger das lanças, e passaram por elas até desmoronar e derrapar com as patas quebradas sobre os homens agachados atrás. A velocidade e a potência da investida foram absorvidas com morte, coisas quebradas e barulho suficiente para preencher todo o Bosworth Field.

33

Ricardo viu o estandarte Tudor cair ondulando de onde havia sido erguido. Ele e seus cavaleiros tinham golpeado as primeiras fileiras diretamente, esmagando-as. Alguns cavalos haviam caído, alguns cavaleiros seus foram empalados ou derrubados, mas o restante mergulhara fundo no centro da força dos Tudor, contra os cavaleiros mais fortes do inimigo.

Ricardo conseguia *ver* o homem que seguiam, aguardando como uma estátua enquanto os outros lutavam para mantê-lo vivo. Henrique Tudor exibia uma expressão de calma enfurecedora enquanto vidas eram arrancadas ao alcance de seu braço. O último daquela raça.

Ricardo fincou as esporas no cavalo, embora o animal estivesse preso no amontoado de homens. Furioso, ele golpeou alguém que se espremia para além de seu estribo. O homem desabou sob os cascos, e Ricardo ergueu os olhos e viu que Henrique Tudor fora bloqueado por um imenso cavaleiro, largo feito uma porta e montado num cavalo de tamanho espantoso.

A viseira do gigante estava erguida, e Ricardo sabia que ele devia esperar uma investida contra aquele ponto fraco. O sujeito estava pronto para isso, os olhos reluzentes de prazer ao ver que estava frente a frente com o rei em pessoa. Sir John Cheyney tinha a vantagem de quase todos os homens que enfrentava serem menores que ele. Ricardo, no entanto, aprendera a lutar com o irmão Eduardo. Tinha mais prática que ninguém em suportar a força de um grande boi de armadura.

A luta continuava em torno deles, e ambos tinham de manter uma parte da atenção em alguma investida de lança ou num golpe de maça pelo flanco. Batalhas podiam depender de sorte ou escorregar em entranhas tanto quanto de lealdade e força.

— Saia do meu caminho — disse Ricardo rispidamente a Sir John Cheyney.

Quando o imenso guerreiro foi responder, ele golpeou o braço da espada de Cheyney, tentando acertar a mão ou o pulso para quebrar ossos pequenos e talvez desarmá-lo. O golpe acertou o suficiente para fazer o grandalhão praguejar e rugir, mas Sir John manteve a lâmina firme e contra-atacou com ela, tentando romper as placas do quadril e da virilha de Ricardo. Os cavalos estavam um ao lado do outro, e a visão de Ricardo estava preenchida pelo homem maior. Ele defletiu o golpe e bateu com a manopla, enfiando os dedos esticados na viseira aberta. Três de seus dedos cobertos de ferro se mexeram lá dentro, e Sir John Cheyney rugiu de dor. Quando Ricardo recolheu a mão, o rosto do sujeito estava coberto de sangue. O cavaleiro gigante se debateu em pânico, tentando piscar para voltar a enxergar. A espada atingiu o cavalo de Ricardo na cabeça e deixou um ferimento terrível, fazendo o animal cambalear, estonteado.

Ricardo se agachou e se esquivou por baixo da lâmina e brandiu a espada para atingir o elmo do cavaleiro, um golpe com toda a sua força. Isso deixou Cheyney sem sentidos e o derrubou da sela, mandando-o para o chão.

A batalha girava em torno deles conforme Ricardo sentia o cavalo fraquejar. Ele apeou depressa, e o animal caiu de joelhos, bufando sangue. De pé, Ricardo rugiu para chamar seus cavaleiros, rezando para que o vissem antes dos homens de armas de Henrique Tudor. No caos da linha de combate, ele perdeu a noção do desenrolar da batalha e se viu sozinho, com homens lutando e rugindo por todos os lados.

Ao longe, Ricardo avistou os estandartes de lorde Stanley drapejando acima da cabeça dos que estavam a pé ou ainda montados. Ficou esperançoso ao vê-lo. Contudo, na colina acima dele, as fileiras de Percy ainda estavam imóveis. Então Ricardo rezou para ao menos sobreviver para que pudesse se vingar de todos eles.

— O rei! — ouviu Ricardo. — Lá! Lá está ele!

Ele se virou para encarar o som e foi atacado por dois cavaleiros com tabardos de Lancaster. Com raiva, rechaçou as espadas. Precisava de um cavalo, qualquer coisa para afastá-lo dos golpes de espada e da lama que lhe prendia os pés. Ele girou e mergulhou, usando a armadura como arma, jogando qualquer parte sua que estivesse coberta de ferro nos inimigos que enfrentava. Nenhum deles era tão grande quanto o cavaleiro gigante, mas eram muitos, e a armadura deles dificultava realizar um golpe fatal, de modo que continuavam a atacá-lo. Ele não conseguia sentir a dor do ombro, o que era um alívio, embora soubesse que estava se exaurindo. Um dos cavaleiros que o atacavam escorregou e guinchou, com a perna quebrada. Ricardo chutou o elmo do homem e o arrancou, fazendo-o cair de costas.

Sua respiração estava tão barulhenta que ele não conseguia ouvir os passos dos homens à sua volta. Enxergava pouquíssimo pela fenda da viseira e se virou sem sair do lugar, a espada cortando o ar, cercado por inimigos. Ricardo não conseguia mais ver a posição das forças de Tudor, e parecia que seus cavaleiros de armadura tinham avançado, deixando-o sozinho em meio ao caos. Rezou para que lorde Stanley atacasse pelo flanco e o salvasse. Era sua última fagulha de esperança. Ele não ouviu o homem que brandiu a acha num poderoso golpe na base do seu crânio, estilhaçando o osso. Seus olhos se reviraram, mas não havia vida neles quando caiu. Vários homens dispararam até lá, golpeando e perfurando o rei morto.

Henrique Tudor estava com a respiração pesada, enlameado e surrado enquanto cavalgava os últimos cem metros até as forças de lorde Stanley. Estava contente de se afastar do sangue e da morte a que assistira. Seis mil homens descansados observavam o turbilhão que ele havia deixado para trás, observando com um fascínio soturno e sabendo que podiam receber ordens de marchar para lá a qualquer momento.

Lorde Stanley saiu das fileiras numa lustrosa égua castanha. Usava armadura, mas não o elmo, preferindo respirar livremente a menos que estivesse de fato sob ataque. A barba pendia na frente do tabardo quase até o umbigo. Ao lado, seus estandartes eram erguidos por um cavaleiro, e outros dois seguravam cavalos de batalha com rédea curta logo atrás, prontos e armados em caso de traição. Jasper e Henrique se entreolharam.

— Bem-vindo ao lar — disse lorde Stanley. — Sua mãe lhe manda lembranças, Henrique.

— Obrigado, milorde. Aceitará meu comando?

Lorde Stanley inclinou a cabeça.

— Como jurei, sim, Henrique. Você sabe que meu filho está sob a custódia do rei Ricardo em Londres?

Jasper viu o sobrinho ficar imóvel e sentiu um aperto no coração. Houve um momento de silêncio enquanto Henrique pensava.

— Sua lealdade então é condicional, lorde Stanley? — perguntou Henrique ao padrasto. — O senhor é meu aliado apenas se eu salvar seu filho?

Lorde Stanley o fitou um momento e depois fez que não.

— Não. Minha lealdade está prometida, aconteça o que acontecer. Tenho outros filhos.

Henrique exibiu um sorriso tenso.

— Essa é a resposta correta, lorde Stanley. No entanto, se estiver em meu poder, farei com que seu filho lhe seja devolvido em segurança.

— Obrigado, milorde — disse lorde Stanley, piscando.

— Agora, conduza-nos — pediu Henrique.

Jasper e Henrique fizeram as montarias darem meia-volta e cavalgaram numa linha de homens em marcha, preparando machados e espadas pelo caminho. Um grande rugido subiu em desafio, e os cavaleiros do rei Ricardo ergueram os olhos da luta com desalento.

Os cavaleiros cobertos de armadura que desceram aquela colina tinham sido fustigados e sobrepujados por homens demais. Sem a ala direita de lorde Percy, foram pressionados desde o começo, uma última aposta desesperada do rei Ricardo para alcançar o coração da ala Tudor. Ao ver a vasta força de seis mil homens de Stanley se voltar contra eles, muitos deram meia-volta e fugiram ou largaram as armas. Alguns tiveram permissão de se render.

Encontraram o corpo de Ricardo, caído e surrado em sua armadura, com dezenas de ferimentos. O elmo contava com um aro de ouro e uma das soldas tinha se soltado, de modo que ele pendia torto. Um cavaleiro o soltou, e o aro rolou até um arbusto. Sir William Stanley enfiou nele a lança e a ergueu, de modo que ele desceu girando até sua mão.

Eles levaram o aro até Henrique Tudor e lorde Stanley. O Stanley mais novo entregou o anel retorcido para o irmão. Lorde Thomas Stanley pegou a coroa simples e a enfiou por sobre o cabelo comprido de Henrique. O tio Jasper foi o primeiro a se ajoelhar, com lágrimas reluzentes nos olhos. Os homens começaram a dar vivas aos nomes de Tudor e Lancaster, juntos, num grande mar de som.

Epílogo

Jasper Tudor engoliu em seco, pouco à vontade enquanto fitava a extensão da Abadia de Westminster. O espaço aberto estava iluminado por uma quantidade enorme de velas e tão lotado que até o salão vasto e abobadado ficara quente. Sentiu uma linha de suor escorrer pelo pescoço e se perguntou se poderia entregar a coroa da Inglaterra a um dos criados enquanto a enxugava.

Virou a cabeça ao sentir cheiro de violetas e, no mesmo instante, sentiu dedos frios em sua garganta. O colarinho era tão alto e estava tão apertado que ele mal podia olhar para baixo, mas sorriu mesmo assim ao ver Margarida Beaufort estendendo a mão para secar sua pele lustrosa.

— Obrigado — sussurrou.

Ainda se lembrava da menina que ela havia sido, tantos anos antes, sem nenhum amigo no mundo e com o mundo inteiro em chamas. Ele pensara na época que salvara aquele fiapinho quando lhe arranjara outra casa e um marido. Margarida havia sobrevivido ao seu irmão Edmundo e ao segundo marido, e achara um terceiro. Aquele homem, Thomas Stanley, fora tornado conde. Estava a menos de cinquenta metros naquele exato instante, com a espada de Estado descansando em seu ombro largo. Jasper mal conseguia imaginar como Margarida conseguira tanto sucesso.

— Obrigada por cuidar de meu filho, Vossa Graça — agradeceu Margarida baixinho.

Jasper sorriu, ainda encantado com o novo título. Parecia que o tio do rei podia ser duque de Bedford. Nunca mais passaria fome nem necessidade. Estivera no Castelo de Pembroke e o encontrara abandonado, com todas as lindas tapeçarias removidas. Ainda não havia decidido se o restauraria.

— Você lhe deu esperança com o passar dos anos — comentou ele, virando-se para Margarida. — Com suas cartas.

No centro do salão lotado, um grupo de bispos punha as mãos sobre Henrique Tudor, abençoando-o. O bispo de Bath e Wells estava lá, com Morton, bispo de Ely, retornado da desgraça para ajudar o idoso arcebispo Bourchier a cumprir seus deveres.

— E minha esperança é conhecê-lo agora, Jasper. Agora que tenho tempo. A Inglaterra está em paz, enfim, e que assim permaneça por muito tempo.

Jasper olhou para o outro lado do salão, aguardando o momento em que seria convocado. A coroa era muito diferente do aro rude que o sobrinho havia usado em Bosworth Field. Os homens tinham dado vivas ao vê-lo, mas aquele anel amassado não era adequado para uma coroação. A coroa que Jasper segurava cintilava com pérolas e rubis engastados em cruzes de ouro. Ela descansava numa almofada de veludo e era obra de mestres ourives e esmaltadores.

Era muito pesada, parecendo pesar mais que o mero metal que a compunha. Jasper olhou para o caminho coberto de tapete entre filas de lordes e damas sentados. Ele sabia que, se tropeçasse e caísse, provavelmente seria a única coisa de que se lembrariam.

— Pode haver paz na exaustão, milady, por assim dizer. Acredito que essas pessoas estejam cansadas de trinta anos de guerra.

— E deveriam estar mesmo, Jasper. Seja como for, nós lhes daremos um belo casamento real para unir meu filho a Elizabeth de York. A mãe dela é... uma mulher pragmática, creio eu. E perdeu mais que todos. Minha esperança é que ver a filha casada em segurança com Henrique também lhe dê paz. Não resta mais ninguém, afinal de contas. Meu filho é o último da casa de Lancaster, e Elizabeth é a herdeira de York.

— Ah, seu filho é muitas coisas — acrescentou Jasper. — Um líder de homens, para minha surpresa. Um cavalheiro e um rei erudito. Mas é um Tudor, milady, e ele fará a própria casa agora. É justo. Ele é o *Ddraig Goch*, afinal de contas, o Dragão Vermelho... e talvez, só talvez, o *Mab Darogan* também.

— O Homem do Destino? — retrucou Margarida, fazendo-o lembrar que passara anos entre os galeses. — Ora, é claro que é, Jasper. Ele venceu. Isso é tudo o que importa no fim.

Jasper se virava para cochichar uma resposta quando ela o empurrou e ele percebeu que centenas de rostos estavam voltados para ele. Jasper engoliu em seco e avançou pelo salão, levando a coroa para o jovem rei.

Nota histórica

Henrique Tudor nasceu em 1457 no Castelo de Pembroke, filho de Margarida Beaufort, que na época tinha 13 anos. O pai, Edmundo Tudor, conde de Richmond, havia morrido de peste depois de capturado por inimigos yorkistas. O tio, Jasper Tudor, ajudou Margarida a encontrar um novo marido, Sir Henry Stafford, embora ela também tenha sobrevivido a ele e depois se casado com lorde Thomas Stanley, mais tarde conde de Derby. É interessante observar que a mãe de Henrique era inglesa de corpo e alma, e o pai, meio galês, meio francês, nascido em Hertfordshire, ao norte de Londres. Ainda assim, Henrique Tudor tinha uma boa base para reivindicar ser o *Mab Darogan,* o "Homem do Destino" da profecia, que sairia de Gales e reinaria na Inglaterra.

É verdade que, quando Henrique tinha 14 anos, Jasper Tudor voltou para levar o sobrinho para a França. Não se sabe se usaram a imensa caverna sob o Castelo de Pembroke, mas seria perfeito. Também é verdade que há túneis sob a cidade de Tenby, quase vinte quilômetros a leste de Pembroke — e as lendas locais contam que esses túneis abrigaram Henrique e o tio enquanto os soldados procuravam por eles até os dois Tudor correrem para um barco e fugirem.

Warwick e George, duque de Clarence, vindos da França, fizeram um grande desembarque em setembro de 1470. Eles se deslocaram rapidamente até Londres para libertar o rei Henrique VI da Torre e restaurá-lo como testa de ferro da casa de Lancaster. Por esse tipo de ação, Warwick se tornou conhecido como o Fazedor de Reis.

Eles tiveram a sorte extraordinária de Eduardo de York ter facilitado muito a situação para eles. É verdade que ele estava afastado, no norte, enquanto Elizabeth se via prestes a dar à luz. Está confirmado que Eduardo era um homem de imenso apetite por comida, vinho e caçadas. Mas há certo mistério sobre esse período. O rei que agiu de forma tão decisiva antes e durante Towton foi pego com pouquíssimos homens e logo cercado — por um exército no norte e Warwick, que vinha velozmente do sul.

Warwick reuniu de vinte mil a trinta mil homens na sua campanha para restaurar a casa de Lancaster. Eduardo se instalou perto de Nottingham e fez sua convocação — e mal vieram três mil. O líder carismático de Towton fora riscado da história. Numa época sem comunicação de massa, uma coisa dessas exigiria muita sola de sapato e centenas de voluntários para espalhar a notícia. Lancaster estava voltando. A antiga coroa retornaria. A casa de York cairia.

Com desvantagem numérica tão grande, Eduardo fugiu para o litoral com apenas alguns homens, entre eles seu irmão Ricardo. Ainda assim, esse gesto fora previsto, e seu barco quase foi capturado no mar. Eduardo não levava dinheiro consigo, e é verdade que o rei da Inglaterra teve de dar o casaco ao capitão do barco para pagar a passagem. Ele o fez com um sorriso no rosto, embora deva ter sido um momento de amargura extraordinária. Como havia acontecido com Warwick, ele seguia para um exílio incerto.

Mas o rei Eduardo IV era um homem inesperadamente decidido. Ele voltou, restaurado e em melhor forma. Já enfrentara situações impossíveis — e vencera, na neve de Towton. Ele foi simplesmente um dos maiores reis guerreiros da história inglesa.

Para todos os que formaram uma imagem romântica do rei Ricardo III, creio que têm razão de serem gratos a Shakespeare, com todo o prazer do bardo em fazer dele um vilão corcunda. Sem Shakespeare, Ricardo Plantageneta, rei por apenas dois anos, não teria sido mais que uma pequena nota de rodapé do reinado do irmão. Não há nenhuma menção contemporânea a sua deformidade física, embora hoje saibamos que sua coluna era torta. Ele teria vivido com dor constante, mas o mesmo acontecia com muitos guerreiros ativos. Certamente não há registro de que Ricardo tenha precisado de uma armadura especial para o ombro mais elevado. Espadachins medievais, como antes os soldados romanos, teriam o lado direito perceptivelmente maior. Um colega meu de escola abandonou a carreira de esgrimista profissional porque seu ombro direito estava formando uma corcova com o treino constante — e isso com uma lâmina leve de esgrima. Compare a experiência dele com a de um espadachim medieval, com uma espada mais larga, de noventa centímetros ou mais de comprimento, sendo que a força e a resistência fariam a diferença entre a vitória e uma morte humilhante. Ricardo lutou em 1485. Lutou mesmo sabendo que a esposa e o filho estavam mortos e que não tinha nenhum herdeiro. Não pude resistir a um eco de *Macbeth*, ato 5, cena 3, em que o rei pede a armadura. O rei Ricardo sabia que, se perdesse, a linhagem masculina de sua casa estaria encerrada — mas lutou mesmo assim. Ele foi corajoso no fim. Que todos sejamos assim.

A princípio, Carlos, o Temerário, duque da Borgonha, relutou em se comprometer com a causa dos irmãos York exilados. O duque Carlos conhecia muito bem o poder do rei Luís da França. Mas Luís e o conde de Warwick estavam organizando abertamente um ataque imenso que partiria de Calais rumo às terras da Borgonha nos primeiros meses de 1471, e forçaram o duque Carlos a apoiar o maior inimigo deles com trinta e seis navios e cerca de mil e duzentos homens, com alguns ingleses entre eles. A nau capitânia que levava Eduardo e o irmão Ricardo se chamava meramente *Antony*. Transformei-a em *Marco Antônio*, o nobre romano que fez o discurso fúnebre de César. Deve ter sido uma aposta horrível para o duque Carlos ceder um efetivo tão importante no exato momento em que mais precisava dele, mas deu certo.

Nota: "*Placebo Domino in regione vivorum*" — "Agradarei ao Senhor na terra dos vivos" — era a primeira resposta das congregações em velórios do século XV. Alguns iam apenas pela comida, e "cantor de Placebo" já era um insulto em 1470, usado nos *Contos da Cantuária*, de Chaucer, uma geração antes como descrição dos falsos enlutados que ganhavam algum benefício sem serem sinceros. Acho fascinante a origem da expressão, por isso a incluí aqui.

Eduardo desembarcou primeiramente em Cromer, em Norfolk, mas soube que o duque de Norfolk fora preso e que o conde de Oxford estava contra ele. O desembarque em Cromer foi impossível naquela ocasião, de modo que ele e o irmão Ricardo se decidiram por Ravenspur, na foz do rio Humber, perto de Hull e não muito distante da cidade de York — o mesmíssimo ponto de desembarque usado por Henrique de Bolingbroke setenta e dois anos antes para usurpar o trono de Ricardo II.

Essa campanha específica começou mal, com Hull se recusando a abrir os portões. Eduardo só teve permissão de entrar em York com poucos homens, e o avanço foi lento e sofrido enquanto ele passava pelo Castelo de Sandal. Hoje, ninguém sabe direito por que João Neville, lorde Montacute, decidiu não sair do Castelo de Pontefract contra ele, mas não saiu — e perdeu a oportunidade de bloquear o retorno de York antes que desabrochasse.

Em vez disso, Eduardo e Ricardo continuaram reunindo homens até terem uns seis ou oito mil, ainda em imensa desvantagem numérica diante das forças de Warwick. Lorde Hastings, na verdade, foi um dos que acompanharam Eduardo a Flandres. Eu o fiz se encontrar com Eduardo em Leicester porque queria mostrar os nomes chegando, um a um, uma avalanche que começou devagar, mas que não pôde ser detida após iniciada.

Warwick continua a ser um personagem fascinante quinhentos anos depois. Duvido que lhe fiz justiça, porque ele era um indivíduo verdadeiramente complexo. Sua habilidade diplomática é inegável. Para sobreviver e prosperar na vanguarda da Guerra das Rosas, ele teria de ser um homem de ótima capacidade de avaliação em questões pessoais. Claramente confiava na lealdade da família e esperava o mesmo dos outros. Ele só se voltou contra Eduardo quando este impossibilitou que o apoiasse, com ataques e mais ataques ao clã Neville. Em essência, Warwick foi leal a duas gerações de York. Ele foi afastado, e o resultado foi extraordinariamente trágico. Elizabeth Woodville pode ter parte da culpa, embora Eduardo IV também tenha seu quinhão.

Em combate, Warwick não era nem de longe tão talentoso quanto precisava ser. Perdeu a segunda batalha de St. Albans quando as forças de Margarida contornaram sua posição entrincheirada e atacaram pela retaguarda. Depois, cometeu o erro monumental de capturar Eduardo e o manter prisioneiro sem um plano de verdade, tendo de por fim libertar um rei rancoroso e vingativo. Quando isso desmoronou de forma espetacular, não conseguiu impedir a fuga de Eduardo com Ricardo de Gloucester.

É verdade que Warwick se recusou a combater o exército yorkista em Coventry, embora tivesse posição e efetivo muitíssimo superiores. Naturalmente, examinar os fatos depois de ocorridos é maravilhoso, mas algo esquisito aconteceu em Coventry. Desconfio que Warwick tenha visto Eduardo IV e Ricardo de Gloucester no campo — e se arrependido de suas escolhas, ao menos tempo suficiente para que não tomasse a atitude fatal. Ele os tinha encurralados: Montacute atrás, o conde de Oxford a leste, vinte mil homens ou mais dentro e em torno de Coventry. Se tivesse atacado, Warwick poderia ter escrito o final que quisesse.

Entretanto, Ricardo de Gloucester fora outrora seu pupilo. Warwick conhecia Eduardo desde a infância e ficou ao seu lado em Towton, um evento de tamanha selvageria que tenho certeza de que marcou todos os sobreviventes. Talvez seja apenas coincidência que Warwick, Eduardo IV, Gloucester, Clarence e Montacute fossem todos membros da Ordem da Jarreteira, mas é uma ideia estranha.

Jamais saberemos com certeza o que passou pela mente de Warwick no início de abril de 1471. Ele morreu na Batalha de Barnet, poucos dias depois. Pode não ter sido um grande tático em combate, mas em Coventry nem precisaria ser. Ele os tinha nas mãos... e os deixou passar. O homem que lutou ao lado de Eduardo em Towton não era covarde, e essa é a única outra explicação que se encaixa nos fatos.

Nota: George de Clarence realmente trocou de lado outra vez, traindo o sogro. Eduardo, Ricardo e George se encontraram na estrada de Banbury, e houve "*right kind and loving language betwixt them*" — linguagem correta, gentil e amorosa entre eles —, ao menos por um tempo.

Nas escolas inglesas, a morte de Clarence por afogamento num barril de vinho de Malmsey foi por muito tempo uma das mortes famosas que todo mundo conhecia, ao lado de Henrique I, morto depois de consumir lampreias (enguias) em excesso, ou do almirante Nelson, atingido na batalha de Trafalgar. Não sei ao certo se hoje ainda é assim, embora espere que seja. As histórias formam a cultura e podem ser mais importantes do que pensamos.

Nota sobre a Batalha de Barnet: Na Páscoa de 1471, Londres se tornou o ponto de reunião da casa de York. As estimativas são sempre capciosas, mas fontes concordam que o exército de Eduardo ainda era bem pequeno, com algo entre sete e doze mil homens. Em geral, aceita-se que a vantagem numérica de Warwick era de pelo menos três para um. Eduardo não poderia esperar seu golpe de sorte em Barnet, então teria sido loucura ele sair de uma cidade defensável para atacar? Ele estava com os irmãos, e todos eram jovens. É possível que tivessem se empurrado uns aos outros — e isso poderia facilmente ter provocado um desastre. Mas Eduardo também era o vitorioso de Towton e uma figura quase mítica em combate. Com 28 anos e a boa forma restaurada, seria aterrorizante enfrentá-lo, a mera presença dele valendo milhares em termos de moral. Assim como Henrique V lutou em Azincourt, Eduardo continuou uma tradição de reis guerreiros e de apostas muito arriscadas.

Hoje, Barnet faz parte de Londres. Em 1471, não passava de um ponto na estrada de Londres a uns treze quilômetros da Torre, uma cidadezinha no meio de um campo aberto. Nem Warwick nem Eduardo IV a teriam escolhido como campo de batalha. Foi apenas onde se chocaram na estrada e onde, por fim, Warwick foi morto, uma carreira grandiosa e turbulenta levada a um fim violento. Ele escolhera entre reis mais de uma vez — e tivera tanto Eduardo quanto Henrique em sua custódia pessoal em alguma ocasião. Warwick tomou decisões desastrosas e outras grandiosas, mas ele realmente perdoou Margarida de Anjou e trabalhou para restaurar a casa de Lancaster no trono e desfazer tudo o que havia provocado. Desconfio que, apesar de todos os seus defeitos, ele era realmente um grande homem.

Espero ter descrito Barnet com alguma exatidão, com base na minha leitura dos eventos. É verdade que Eduardo se aproximou protegido pela escuridão e que seu exército ficou perto demais para ser incomodado pelo fogo intermitente dos canhões de Warwick a noite inteira. Também é verdade que, quando Eduardo atacou entre as quatro e as cinco da manhã de Páscoa, a neblina espessa impediu que visse que os exércitos tinham se sobreposto. Sua ala direita investiu à frente, a esquerda recuou — e dezenas de milhares de homens em luta giraram com Eduardo no eixo da roda. No lado de Warwick, Oxford derrotou a ala esquerda de York e a perseguiu até a cidade de Barnet. Seu retorno se mostrou totalmente caótico, incluindo o fato de que a estrela de seu símbolo era parecida com o Sol em Chamas de Eduardo. Gritos de traição subiram no lado de Lancaster, e os homens simplesmente entraram em pânico. Eduardo se aproveitou e Montacute, irmão de Warwick, foi morto, provocando o colapso do centro que arrastou Warwick também. Foi um fim inglório para uma vida extraordinária. É verdade que os corpos foram exibidos em Londres e também que Eduardo não os esquartejou como era comum, tendo mandado devolvê-los à família para sepultamento na Abadia de Bisham.

A rainha Margarida de Anjou e o filho Eduardo de Lancaster, príncipe de Gales, realmente puseram os pés na Inglaterra pela primeira vez em dez anos no mesmo dia em que Warwick foi morto em combate. Tinham partido quase uma semana antes, mas tempestades os forçaram a voltar.

Não é difícil imaginar o desespero inicial de Margarida quando soube que Warwick havia morrido. Mas ela se permitiu ser tranquilizada por Edmundo Beaufort, lorde Somerset. Ele conhecia o sul da Inglaterra e foi fundamental para formar um grande exército lá, no que seria verdadeiramente a última esperança de Margarida.

O rei Eduardo deu suas próprias ordens de convocação de novos soldados depois de perder boa parte de seu exército em Barnet. A única dificuldade era que não sabia onde Margarida atacaria e teve de persegui-la por vastas extensões de terra. Ele sabia que ela já havia ido uma vez a Gales e desconfiou que talvez seguisse para o norte, rumo ao rio Severn, para atravessá-lo e entrar em Gales em algum ponto entre Gloucester e Tewkesbury.

Margarida chegou a Bristol e recebeu muito apoio lá, conseguindo homens, recursos e equipamento, inclusive canhões. Eduardo escolheu um bom ponto para entrar em formação de combate e então foi informado de que Margarida não parara para enfrentá-lo e continuara em frente. Mais uma vez, ele teve de marchar em perseguição.

Na corrida para chegar a Gales, Eduardo enviou mensageiros à frente, e Gloucester e sua ponte pelo Severn se fecharam para Margarida, assim como Hull tinha se fechado para ele algumas semanas antes. Os lordes e as tropas de Margarida seguiram para a próxima grande travessia, o vau de Tewkesbury. Eles chegaram depois de uma marcha de quarenta e dois quilômetros. O exército de Eduardo percorreu cinquenta e oito quilômetros em marcha forçada para interceptá-los antes que atravessassem. Ambos estavam exaustos, mas Eduardo estava decidido a retribuir a humilhação que havia sofrido.

O vau do rio em Tewkesbury não podia ser atravessado à noite nem com um exército hostil ao alcance e pronto para atacar. As forças de Lancaster teriam de lutar, e foi por pouco.

Eduardo não poderia se gabar de nenhum grande talento tático em Tewkesbury. Ele manteve uma reserva de duzentos lanceiros, que foi útil, mas a tática decisiva foi o ataque violento de Gloucester ao duque de Somerset, que perdera o pai e o irmão mais velho na Guerra das Rosas. Ele reagiu com uma investida enraivecida morro abaixo, abandonando a vantagem do terreno. Então o centro de Eduardo foi capaz de vencer as forças de Lancaster parte a parte. Conta-se até hoje a história de que Somerset subiu o morro de volta e matou o seu aliado barão Wenlock por não ter dado apoio a sua posição.

O príncipe Eduardo foi morto quando o centro de York rompeu suas linhas, levando consigo as últimas esperanças de Lancaster e efetivamente dando fim à guerra num só golpe.

Pulei de 1471 para 1482 na segunda parte. Não porque nada interessante tenha acontecido. As invasões da França e da Escócia, em particular, são fascinantes. Mas meu foco era a Guerra das Rosas como um todo. É verdade que, de certa maneira, esta é a história de Eduardo IV, mas também é a história de Margarida de Anjou — e de York e Lancaster. Para os interessados numa história fulgurante da vida desse rei um tanto esquecido, recomendo *Edward IV*, de Charles Ross, que tem todos os detalhes que aqui ficariam deslocados. Também recomendo *Richard the Third*, de Paul Murray Kendall. Ambos são leituras maravilhosas, repletas de detalhes que não encontrei espaço para incluir. Por exemplo, Kendall mencionou que Ricardo e a esposa Ana teriam sido despidos da cintura para cima como parte da cerimônia de coroação para serem ungidos com óleo. Além disso, levantar a questão de como a nudez feminina era vista na época também dá peso ao fato de que nenhuma fonte contemporânea mencionasse que Ricardo tinha uma corcunda. Como eu já disse, ele era um renomado espadachim e, mesmo com o torso nu, não despertou nenhum interesse especial. Minha ideia é que, na verdade, ele seria um pouco torto, com um dos ombros levantado, como podemos ver pela escoliose de seu esqueleto, mas que uma massa de músculos seria comum num espadachim medieval, assim como cicatrizes e marcas de todos os tipos na pele.

Com cinco séculos de distância, é impossível saber com certeza o que matou Eduardo IV. Sabemos que ele bebia uma quantidade monumental de álcool e deixava espantados os visitantes de sua corte. Sabemos que sofreu um grande número de golpes na cabeça ao longo da vida. Algum tipo de hemorragia ou derrame parece mais provável. Uma fonte contemporânea desconfiou de veneno, mas um coágulo é mais provável.

Ele tinha 40 anos quando morreu. Parece uma perda trágica, mesmo hoje. Se, como Eduardo III, Eduardo IV tivesse reinado cinquenta anos, não teria havido Ricardo III nem Bosworth Field — mas também não haveria os Tudor nem o período elisabetano.

Uma nota sobre nomes: O rei Henrique VI teve um filho chamado Eduardo, que se tornou, por pouco tempo, príncipe de Gales. O rei Eduardo IV e o rei Ricardo III, também. O irmão deles, George, duque de Clarence, também tinha um filho chamado Eduardo, que se tornou conde de Warwick e ficou aos cuidados de seu tio Ricardo por algum tempo como alguém que teria mais direito ao trono que o próprio rei. Assim como por algum tempo houve Ricardos demais, também houve muitíssimos Eduardos. Nenhum escritor de ficção romântica ou policial jamais teve problemas assim. Não sei se o filho de Ricardo III era ou não chamado de "Ned".

É verdade que o duque Ricardo de Gloucester interceptou o príncipe Eduardo quando era levado de volta para a coroação em Londres. A rapidez e a calma com que Gloucester agiu apoiam o diagnóstico de duplo derrame do irmão, o que deu a Ricardo tempo para se preparar.

Há poucos homens na história com tantos fãs ardorosos, alguns dos quais não acreditarão em nenhum malfeito por parte de Ricardo. No entanto, ele agiu para que os filhos do irmão fossem declarados ilegítimos poucos dias depois de Eduardo IV dar o último suspiro. Então por que mandaria matá-los, perguntam alguns, se não eram mais uma ameaça? Porque Ricardo de Gloucester vivera durante os triunfos e desastres da Guerra das Rosas. O pai dele fora desonrado. Ele próprio fora desonrado com o rei Eduardo — e ambos lutaram para recuperar o poder e os títulos. Dentre todos os homens, Ricardo conhecia o perigo de deixar vivo um possível inimigo. Tinham permitido que o rei Henrique VI de Lancaster vivesse. O resultado estava lá para ser visto e julgado.

Ricardo mantinha na Torre um dos filhos do irmão. Conseguiu o outro com uma delegação que foi ao santuário, para onde Elizabeth fugira com os filhos. Ninguém mais, ninguém menos que o arcebispo da Cantuária levou o menino embora depois de discutir se sua remoção violava ou não o santuário. Aparentemente, a mãe aquiesceu, mas o que mais ela poderia fazer ou dizer com os homens armados do protetor cercando a fortaleza no terreno da Abadia de Westminster?

Ricardo foi inteligente e perspicaz ao se livrar dos inimigos acusando-os de conspiração contra os meninos, enquanto a probabilidade era de que estivessem envolvidos em conspirações contra ele. Mandou executar lorde Hastings, assim como os lordes Rivers, Grey e Vaughn. Lorde Stanley também foi preso por alguns dias, mas libertado em seguida. No fim das contas, Ricardo depositou demasiada confiança em um homem casado com Margarida Beaufort.

Júlio César teve um filho com Cleópatra. O menino se chamava Ptolomeu Cesário e deveria ter herdado dois impérios. E teria herdado, na verdade, se César Augusto não tivesse ordenado sua execução quando o garoto tinha apenas 17 anos. Aquele mesmo benigno Augusto também mandou matar o neto para que o moço não interferisse com a entrega pacífica do poder ao imperador Tibério. Esses acontecimentos podem ser chamados de tragédias, é claro, mas não são de fato uma surpresa.

Em relação aos sobrinhos, Ricardo teria se livrado daquelas futuras ameaças em algum momento do verão de 1483. Na época, Ricardo tinha esposa e filho, embora, como era tão terrível e tão comum, ambos tenham morrido pouco tempo depois. Naqueles primeiros meses quentes do reinado, Ricardo estaria meramente assegurando a própria linhagem. Ele não era um Hamlet hesitante, mas um homem de ação que agiu com vigor para aproveitar uma oportunidade que poucos teriam percebido.

O assassinato dos meninos teria sido cometido em silêncio e sem provas. Seria considerado um ato vergonhoso e, sem dúvida, um pecado, mas um pecado necessário. Pelo menos um possível levante foi evitado quando correu o boato de que os meninos não estavam mais vivos para serem resgatados.

Há quem diga que foi lorde Buckingham, talvez em resposta a um grito de Ricardo, não muito diferente daquele de Henrique II, um século antes, que disse "Quem me livrará desse padre turbulento?" — e quatro cavaleiros foram à Cantuária para assassinar um arcebispo. A história pode ser sombria e sangrenta. No fim das contas, os príncipes foram assassinados por ou a mando de apenas três candidatos: Ricardo III, Buckingham ou Henrique VII, limpando o caminho para a casa de Tudor.

Tenho certeza de que Ricardo deu a ordem. A rebelião de Buckingham em 1483 foi, a princípio, uma tentativa de restaurar a casa de York por meio dos príncipes da Torre. A notícia de que tinham sido mortos desfez completamente a coalizão. Buckingham tentou passar para uma rebelião lancastriana, mas fracassou completamente. Talvez ele pretendesse apoiar Henrique Tudor o tempo todo, mas a questão central é que houve um motivo para Ricardo ordenar a morte dos príncipes.

O rei Ricardo nunca foi o assassino corcunda da peça de Shakespeare, que sentia prazer com o próprio mal. Eu ficaria surpreso se não tivesse sido ele a matar Henrique VI na cela, embora, mais uma vez, seja impossível ter certeza. Ricardo não era santo, o irmão Eduardo, também não. Talvez Henrique VI fosse, mas a história não é bondosa para com os santos.

Num pensamento final a respeito de Ricardo, ele demonstrou seu poder e talvez um toque de grandeza depois da rebelião de 1483. Executou apenas dez e desonrou noventa e seis, dos quais perdoou depois cerca de trinta. Voltou a Londres apenas quatro meses depois de partir na sua primeira viagem real pelo reino. Então seu reinado foi abalado pela morte do filho e, alguns meses depois, da esposa. Em ambos os casos, a tuberculose é a causa mais provável, um flagelo Se Ricardo tivesse vencido em Bosworth, não há razão verdadeira para supor que não tivesse recuperado tudo: uma nova esposa, novos filhos, um longo reinado. Ele lutou corpo a corpo e desmontou o gigantesco guarda-costas de Henrique, Sir John Cheyney, com uma lança quebrada. Cheyney sobreviveu à batalha e esteve presente na coroação de Henrique em Londres.

Ricardo Plantageneta tinha apenas 32 anos quando foi morto. Quem sabe o que poderia ter feito se tivesse vivido? Recomendo o fascinante livro *Bosworth: The Birth of the Tudors*, de Chris Skidmore.

Uma nota sobre datas: a Batalha de Bosworth foi sabidamente travada em 22 de agosto de 1485, mas isso no calendário juliano, criado por Júlio César e pelo astrólogo grego Sosígenes. Era extraordinariamente preciso para 46 a.C. e estabelecia a duração do ano em 365 dias com um dia a mais acrescentado a cada quatro anos em fevereiro, que, na época, era o fim do ano romano. (E daí vem o nome de setembro, outubro, novembro e dezembro: eles eram o sétimo, oitavo, nono e décimo meses de um calendário que começava em março.) Durante quase dois mil anos, horas extras se acumularam na duração do ano sem serem notadas; isso foi finalmente revisto no calendário gregoriano de 1752, quando foi preciso avançar as datas em onze dias. No entanto, o século XV estava apenas nove dias errado. Portanto, na verdade, a Batalha de Bosworth foi travada em 31 de agosto de 1485 pelo calendário que usamos hoje.

Qualquer que fosse sua fraqueza ou doença, Henrique VI era um bom homem. Sem dúvida merecia coisa melhor do que ser assassinado em seus aposentos na Torre de Londres. Estive onde ele foi morto. Sinto muito que não tenha sido poupado de uma vida em que o filho foi morto antes da idade adulta, e a esposa, alquebrada e humilhada nas tentativas de salvar o marido. De certo modo, faz parte da natureza dolorosa de sua história que Margarida tenha morrido em 1482, na França, com o rei Eduardo IV ainda forte e, aparentemente, disposto a reinar durante décadas. Se tivesse vivido apenas mais alguns anos, ela teria visto todos os seus inimigos destruídos e pelo menos uma parte da casa de Lancaster de volta ao trono. Mas não. De certa maneira, essa foi sua história — e sua tragédia.

Conn Iggulden
Londres, 2015

Este livro foi composto na tipografia Adobe
Garamond Pro, em corpo 12,5/16, e impresso
em papel off-white no Sistema Cameron da
Divisão Gráfica da Distribuidora Record.